In ewiger Schuld

MIX
Papier aus verantwortungsvollen Quellen
FSC® C014496

Penguin Random House Verlagsgruppe FSC® N001967

Sonderausgabe der Penguin Random House Verlagsgruppe GmbH

Redaktion: Anja Lademacher
Umschlaggestaltung: www.dasbuero.net, Düsseldorf
Umschlagmotiv: © AdobeStock / razoomanetu
Druck und Bindung: GGP Media GmbH, Pößneck
Printed in Germany

Für Charlotte
Ganz egal, wie alt du wirst,
du bleibst immer mein kleines Mädchen.

EINS

Sie begruben Joe drei Tage nach seiner Ermordung.

Maya trug schwarz, wie es sich für eine trauernde Witwe gehörte. Die wütende Sonne brannte unermüdlich auf sie herab und erinnerte sie an die Monate, die sie in der Wüste verbracht hatte. Der Pastor der Familie spulte die üblichen Klischees ab, aber Maya hörte nicht zu. Ihr Blick wanderte zum Schulhof auf der gegenüberliegenden Straßenseite.

Ja, vom Friedhof aus überblickte man den Hof einer Grundschule.

Maya war hier unzählige Male vorbeigefahren, links der Friedhof, die Grundschule rechts, doch die seltsame, wenn nicht sogar obszöne Anordnung war ihr nie aufgefallen. Was war zuerst da gewesen, fragte sie sich, der Schulhof oder der Friedhof? Wer hatte die Entscheidung getroffen, eine Schule neben den Friedhof zu bauen – oder umgekehrt? War dieses Nebeneinander von Lebensende und Lebensanfang überhaupt wichtig, oder war es nur irgendwie rührend? Der Tod war so nah – immer, nur einen Atemzug entfernt –, vielleicht war es also klug, den Kindern diesen Gedanken schon früh nahezubringen.

Mit diesen Nichtigkeiten beschäftigte sich Maya, während sie zusah, wie Joes Sarg in der Erde verschwand. Lenk dich ab. Das war der Schlüssel. Bring's hinter dich.

Das schwarze Kleid juckte. Im letzten Jahrzehnt war Maya bei über hundert Begräbnissen gewesen, dies war jedoch das erste Mal, dass sie Schwarz tragen musste. Sie hasste es.

Rechts neben ihr verging Joes engste Familie – seine Mutter Judith, sein Bruder Neil, seine Schwester Caroline – vor Hitze und tiefer Trauer. Links neben ihr wurde ihre (und Joes) zweijährige Tochter Lily unruhig und fing an, Mayas Arm als Seilschaukel zu benutzen. Man sagte, dass zu Kindern keine Gebrauchsanweisung mitgeliefert wurde. Das schien nie zutreffender gewesen zu sein als heute. Wie, fragte Maya sich, lautete die Etikette für eine Situation wie diese? Ließ man seine zweijährige Tochter zu Hause, oder nahm man sie mit auf die Beerdigung ihres Vaters? Solche Themen wurden auf den allgegenwärtigen, ansonsten scheinbar allwissenden Mami-Websites nicht behandelt. In einem Anfall zornigen Selbstmitleids hätte Maya die Frage fast gepostet: »Hi, ihr Lieben, mein Mann wurde vor Kurzem ermordet. Soll ich meine zweijährige Tochter zur Beerdigung mitnehmen oder sie zu Hause lassen? Oh, und hättet ihr vielleicht ein paar Kleidungstipps? Danke.«

Auf der Beerdigung waren hunderte Menschen, und aus einer tief verborgenen Hirnwindung wurde ihr signalisiert, dass Joe das gefallen hätte. Joe hatte Menschen gemocht. Und die Menschen hatten Joe gemocht. Aber natürlich waren die vielen Leute nicht nur gekommen, weil er so beliebt gewesen war. Auch der morbide Reiz der Tragödie hatte die Trauergäste angelockt: Ein junger Mann, der charmante Spross der wohlhabenden Burkett-Familie – und Ehemann einer in einen internationalen Skandal verwickelten Frau –, war kaltblütig erschossen worden.

Lily legte beide Arme um das Bein ihrer Mutter. Maya beugte sich hinunter und flüsterte: »Es dauert nicht mehr lange, Mäuschen, okay?«

Lily nickte, umklammerte sie aber nur noch fester.

Maya nahm wieder Habtachtstellung ein und strich mit beiden Händen das kratzige schwarze Kleid glatt, das sie sich von Eileen geliehen hatte. Joe hätte nicht gewollt, dass sie Schwarz trug. Er hatte sie lieber in der Ausgehuniform gesehen, die sie früher getragen hatte, als sie noch Army Captain Maya Stern war. Als sie sich damals bei einer von den Burketts organisierten Wohltätigkeitsgala zum ersten Mal begegneten, war Joe im Frack direkt auf sie zugekommen, hatte sie dreist angelächelt (Maya hatte den Begriff dreist erst wirklich verstanden, als sie dieses Lächeln gesehen hatte) und gesagt: »Wow, ich dachte, *Männer* in Uniform würden die Leute antörnen.«

Ein lahmer Anmachspruch, so lahm, dass er sie zum Lachen gebracht hatte, was Joe den Auftakt verschaffte, den er brauchte. Er war aber auch verdammt attraktiv. Selbst in dieser Situation, in dieser drückenden Schwüle, nur ein paar Schritte von seiner Leiche entfernt, konnte sie sich ein schwaches Lächeln nicht verkneifen. Ein Jahr später waren Maya und Joe verheiratet. Nicht viel später kam Lily. Und jetzt, als hätte jemand bei einem Video den Schnellvorlauf gedrückt, stand sie hier beim Begräbnis ihres Ehemanns und des Vaters ihres einzigen Kindes.

»Alle Liebesgeschichten«, hatte Mayas Vater ihr vor vielen Jahren verkündet, »enden in einer Tragödie.«

Maya hatte den Kopf geschüttelt und gesagt: »Mein Gott, Dad, das ist gruselig.«

»Ja, aber so ist es: Entweder vergeht die Liebe, oder man hat das seltene Glück, dass sie ewig dauert, sodass man dazu verdammt ist, die Liebe seines Lebens sterben zu sehen.«

Maya hatte das Bild ihres Vaters vor Augen, der ihr in ihrem Haus in Brooklyn am vergilbten Resopal-Küchentisch gegenübersaß. Dad hatte die Strickjacke an, die er immer trug (alle Berufsgruppen, nicht nur das Militär, hatten irgendeine Art Uniform). Um ihn herum stapelten sich die College-Essays, die er benoten musste. Mom und er waren schon vor Jahren gestorben, nur ein paar Monate nacheinander. Ehrlich gesagt konnte Maya immer noch nicht genau beurteilen, in welcher Art von Tragödie ihre Liebe geendet hatte. Während der Pfarrer weiter salbaderte, umfasste Judith Burkett, Joes Mutter, Mayas Hände im Todesgriff der Trauernden.

»Das«, murmelte die alte Frau, »übertrifft es noch.«

Maya fragte nicht, was sie damit meinte. Es war nicht nötig. Judith Burkett trug schon das zweite Kind zu Grabe: Zwei ihrer drei Söhne waren verstorben, einer angeblich bei einem tragischen Unfall, einer war ermordet worden. Maya blickte auf ihr eigenes Kind hinunter und überlegte, wie eine Mutter mit diesem Schmerz weiterleben konnte.

Als hätte sie ihre Gedanken gelesen, flüsterte die alte Frau: »Es wird nie wieder gut.« Die schlichten Worte zerteilten die Luft wie die Sense des Schnitters. »Niemals.«

»Es war meine Schuld«, sagte Maya.

Das hatte sie nicht sagen wollen. Judith hob den Blick und sah sie an.

»Ich hätte …«

»Du hättest nichts tun können«, sagte Judith. Es wirkte wenig überzeugend. Maya verstand das, weil die anderen vermutlich etwas Ähnliches dachten. Maya Stern hatte früher viele Menschen gerettet … warum hatte sie ihren eigenen Mann nicht retten können?

»Asche zu Asche …«

Wow, bemühte der Pfarrer wirklich diese abgedroschene Floskel, oder bildete Maya sich das ein? Sie hatte nicht aufgepasst. Das tat sie nie auf Beerdigungen. Sie war dem Tod schon zu oft zu nahe gewesen. Sie kannte das Geheimnis, wie man eine solche Zeremonie überstand: Betäub dich. Konzentrier dich auf gar nichts. Lass alle Geräusche und Eindrücke bis zur Unkenntlichkeit verschwimmen. Joes Sarg prallte mit einem dumpfen Geräusch auf den Boden. Es klang in der stillen Luft zu lange nach. Judith taumelte, stöhnte und stützte sich auf Maya. Maya verharrte in militärischer Haltung – hoch erhobener Kopf, kerzengerader Rücken, die Schultern nach hinten. Sie hatte kürzlich einen dieser Selbsthilfe-Artikel gelesen, die die Leute so gerne per Mail weiterleiteten. Es ging um »Power-Posing«, das angeblich der Leistungssteigerung diente. Das Militär hatte den Nutzen dieses Leckerbissens der Küchenpsychologie schon lange für sich entdeckt. Soldaten präsentierten sich nicht in Habtachtstellung, weil es gut aussah, sondern weil es ihnen Kraft gab oder – was ebenso wichtig war – weil es Freund und Feind gegenüber so wirkte, als sei man stärker. Kurz hatte Maya einen Flashback – das glänzende Metall, das Geräusch der Schüsse, Joes Sturz, Mayas blutverschmierte Bluse, während sie durch den dunklen Park stolperte, ferne Straßenlaternen von dunstigen Heiligenscheinen gekrönt …

»Hilfe … bitte … helfen Sie mir … mein Mann wurde …«

Sie schloss die Augen und schob das Bild beiseite.

Halt durch, sagte sie sich. *Bring's einfach hinter dich.*

Und das tat sie.

Dann die Kondolenzbekundungen.

Es gab nur zwei Gelegenheiten, bei denen man sich anstellen musste, um jemandem die Hand zu geben. Begräbnisse und Hochzeiten. Diese Tatsache hatte sicher etwas Rührendes an sich, Maya kam nur nicht darauf, was genau das war.

Sie hatte keine Ahnung, wie viele Leute an ihr vorbeigingen, aber es dauerte Stunden. Trauergäste schlurften vorwärts wie in einem Zombiefilm – es würde nicht helfen, einen zu erschlagen, es wurden immer mehr. Nur nicht aufgeben.

Die meisten begnügten sich mit einem leisen: »Mein herzliches Beileid«, was die perfekte Wahl war. Andere redeten zu viel. Darüber, wie tragisch das alles sei, was für ein Verlust, wie die Stadt vor die Hunde gehe, dass sie fast schon mal mit vorgehaltener Pistole beraubt worden wären (Regel Nr. 1: Wenn du kondolieren willst, sprich nicht über dich selbst), dass sie hofften, die Polizei werde die Bestien, die das getan hatten, auf den elektrischen Stuhl schicken, was für ein Glück Maya gehabt habe, dass Gott über sie gewacht habe (was wohl implizierte, dass Gott sich für Joe nicht so sehr interessiert hatte), dass hinter allem ein höherer Plan stecke, dass nichts ohne Grund geschehe (ein Wunder, dass sie diesen Leuten nicht direkt ins Gesicht schlug).

Joes Familie wurde müde, sie mussten sich zwischendurch setzen. Maya nicht. Sie blieb die ganze Zeit stehen, sah den Trauergästen in die Augen und begrüßte jeden mit einem festen Händedruck. Durch mehr oder weniger dezente Körpersprache ließ sie diejenigen abblitzen, die ihrer Trauer durch Umarmungen oder Wangenküsse Ausdruck verleihen wollten. So substanzlos ihre Worte auch sein mochten, Maya lauschte ihnen aufmerksam, nickte, sagte im stets gleichen Tonfall gespielter Aufrichtigkeit »Vielen Dank, dass Sie sich Zeit genommen haben« und begrüßte die nächste Person in der Reihe. Hier noch ein paar weitere allgemeingültige Regeln für Kondolenzbekundungen: Reden Sie nicht zu viel. Knapp gehaltene Plattitüden sind am besten, unverfänglich ist besser als anstößig. Wenn Sie das Bedürfnis haben, mehr zu sagen, geben Sie eine nette, kurze Erinnerung an den Verstorbenen zum Besten. Aber tun Sie nicht das, was zum Beispiel Joes Tante Edith getan hat: Fangen Sie nicht an, hysterisch zu weinen, um sich als Trauergast in der Rolle »seht mich an, wie ich leide« zu ergehen – und sagen Sie nie etwas so hanebüchen

Dummes zur trauernden Witwe wie: »Sie Ärmste, erst Ihre Schwester, dann Ihr Mann.«

Die Welt stand für einen Moment still, als Tante Edith das aussprach, was so viele andere dachten, besonders weil Mayas junger Neffe Daniel und ihre noch jüngere Nichte Alexa in Hörweite waren. Das Blut rauschte durch Mayas Adern, und sie musste sich extrem zusammennehmen, um nicht die Hand auszustrecken, Tante Edith bei der Kehle zu packen und ihr die Stimmbänder herauszureißen.

Stattdessen sagte Maya im stets gleichen Tonfall gespielter Aufrichtigkeit: »Danke, dass du dir Zeit genommen hast.«

Sechs Army-Angehörige aus Mayas früherer Einheit, darunter auch Shane, blieben im Hintergrund und behielten sie im Auge. Das machten sie, ob es ihr gefiel oder nicht. Der Wachdienst schien nie zu enden, wenn sie zusammen waren. Sie stellten sich nicht in die Reihe. So dumm waren sie nicht. Sie waren ihre stummen Wächter, stets zur Stelle. Ihre Anwesenheit bot ihr an diesem schrecklichen Tag den einzigen echten Trost. Gelegentlich meinte Maya, in der Ferne ihre Tochter juchzen zu hören – Eileen Finn, ihre älteste Freundin, war mit Lily zum Spielplatz der Grundschule gegenüber gegangen. Kinderlachen kam ihr in dieser Situation gleichermaßen obszön wie wohltuend lebensbejahend vor: Einerseits sehnte sie sich danach, andererseits ertrug sie es kaum.

Daniel und Alexa, Claires Kinder, standen als Letzte in der Schlange. Maya umarmte sie, wollte sie wie immer vor allem Bösen beschützen, das ihnen widerfahren könnte. Eddie, ihr Schwager – war er das? Wie bezeichnete man den Mann, der mit der Schwester verheiratet gewesen war, bevor sie ermordet wurde? »Exschwager« sagte man wohl eher, wenn sie geschieden waren. Nannte man ihn »*ehemaliger* Schwager«? Oder blieb man einfach bei »Schwager«?

Weitere Nichtigkeiten, mit denen man sich ablenken konnte.

Eddie näherte sich vorsichtiger. Kleine Haarbüschel, die er beim Rasieren übersehen hatte, ragten an ein paar Stellen aus seinem Gesicht. Eddie küsste Maya auf die Wange. Der Geruch von Mundwasser und Minzpastillen war so stark, dass er alles überdeckte, was man sonst womöglich riechen könnte – aber das war ja auch der Sinn der Sache.

»Joe wird mir fehlen«, murmelte Eddie.

»Ich weiß. Er mochte dich wirklich gern, Eddie.«

»Wenn ich dir irgendwie helfen kann …« *Kümmer dich ordentlicher um deine Kinder*, dachte Maya, aber die Wut, die sie normalerweise in seiner Gegenwart verspürte, war heute verschwunden, sie war verpufft wie durch ein Loch in einem Schlauchboot.

»Danke, wir schaffen das schon.«

Eddie ging schweigend davon, als hätte auch er ihre Gedanken gelesen, was vermutlich sogar zutraf.

»Entschuldige, dass ich dein letztes Spiel verpasst habe«, sagte Maya zu Alexa, »aber morgen bin ich da.«

Plötzlich sahen alle drei leicht beklommen aus.

»Ach, brauchst du aber nicht«, sagte Eddie.

»Schon okay. Ist eine nette Ablenkung.«

Eddie nickte und ging mit Daniel und Alexa zum Wagen. Alexa drehte sich auf dem Weg noch einmal um. Maya lächelte ihr beruhigend zu. *Es hat sich nichts verändert*, besagte das Lächeln. *Ich werde immer für dich da sein, so wie ich es deiner Mutter versprochen habe*.

Maya sah zu, wie Claires Familie in ihren Wagen stieg. Daniel, der kontaktfreudige Vierzehnjährige, setzte sich auf den Beifahrersitz. Alexa, die erst zwölf war, saß allein hinten. Seit ihre Mutter gestorben war, schien sie ständig zusammenzuzucken, als wartete sie auf den nächsten Tiefschlag. Eddie winkte noch einmal, lächelte Maya erschöpft zu und fuhr los.

Maya beobachtete, wie sich das Auto langsam entfernte. Dabei fiel ihr Blick auf Roger Kierce, den Detective von der Mordkommission des NYPD, der an einem Baum lehnte. Selbst heute. Selbst jetzt. Sie überlegte, ob sie zu ihm gehen, ihn zur Rede stellen und Antworten verlangen sollte, aber wieder ergriff Judith ihre Hand.

»Ich würde mich freuen, wenn du und Lily mit uns nach Farnwood kommen würdet.«

Wenn sie von ihrem Haus sprachen, benutzten sie immer seinen Namen. Wahrscheinlich hätte das ein Hinweis darauf sein müssen, was aus ihr werden würde, wenn sie in eine solche Familie einheiratete.

»Danke«, sagte Maya, »aber ich denke, Lily muss nach Hause.«

»Sie muss bei ihrer Familie sein. Ihr beide müsst das.«

»Ich weiß das Angebot zu schätzen.«

»Das ist mein Ernst. Lily ist und bleibt unsere Enkelin. Und du bist und bleibst unsere Tochter.«

Judith presste ihre Hand noch etwas fester, um ihren Worten Nachdruck zu verleihen. Es war nett von Judith, das zu sagen, fast so, als würde sie es wie bei ihren Wohltätigkeits-Galas von einem Teleprompter ablesen, trotzdem stimmte es nicht – zumindest was Maya betraf. Niemand, der einen Burkett heiratete, war mehr als ein Außenseiter, der bestenfalls toleriert wurde.

»Ein andermal«, sagte Maya. »Du wirst das sicher verstehen.«

Judith nickte und umarmte sie flüchtig. Das taten auch Joes Bruder und seine Schwester. Maya musterte ihre bestürzten

Mienen, als sie in Richtung der Stretch-Limousinen taumelten, die sie zum Burkett-Anwesen bringen würden.

Ihre früheren Army-Kameraden waren noch da. Sie sah Shane an und nickte ihm kurz zu. Sie verstanden es. Es war nicht so, dass sie »wegtraten«, vielmehr schienen sie sich langsam und fast unmerklich zurückzuziehen, ohne irgendwelche Wellen zu schlagen oder etwas durcheinanderzubringen. Die meisten von ihnen waren noch im Militärdienst. Nach den Ereignissen an der syrisch-irakischen Grenze hatte man Maya dazu angehalten, einer ehrenhaften Entlassung zuzustimmen. Sie hatte keine andere realistische Möglichkeit gesehen und zugestimmt. Statt also ein Kommando zu führen oder zumindest Rekruten auszubilden, gab sie die Soldatin im Ruhestand: Captain Maya Stern, für kurze Zeit das Gesicht der neuen Army, gab jetzt auf dem Teterboro Airport im nördlichen New Jersey Flugstunden. Manchmal war es ganz okay, aber meistens fehlte ihr die Army mehr, als sie es sich je hätte vorstellen können.

Endlich stand Maya allein vor dem Erdhaufen, der bald ihren Ehemann bedecken würde.

»Ach, Joe«, sagte sie laut.

Sie versuchte, die Gegenwart des Verstorbenen zu erspüren. Das hatte sie schon öfter versucht, in unzähligen Abschiedssituationen. Sie hatte versucht, eine Art Lebenskraft nach dem Tod ausfindig zu machen – aber da war nichts. Manche Menschen glaubten, dass zumindest ein Hauch fortbestehen müsste – dass Energie und Bewegung nie ganz verschwanden, dass die Seele ewig bestand, dass man Materie nie dauerhaft zerstören konnte und so weiter. Vielleicht stimmte das, aber je mehr Zeit Maya in der Nähe von Verstorbenen verbrachte, desto mehr erschien es ihr, als ob nichts, absolut gar nichts, zurückbleiben würde.

Sie blieb am Grab stehen, bis Eileen mit Lily vom Spielplatz zurückkam.

»Fertig?«, fragte Eileen.

Maya warf noch einen Blick auf das Loch im Boden. Sie wollte Joe noch etwas Bedeutsames sagen, etwas, das für beide eine Art… tja… Schlussstrich sein könnte, ihr fiel aber nichts ein.

Eileen fuhr sie nach Hause. Lily schlief sofort ein in ihrem Kindersitz, der aussah, als hätte die NASA ihn konstruiert. Maya saß auf dem Beifahrersitz und starrte aus dem Fenster. Als sie ihr Haus erreichten – Joe hatte doch tatsächlich auch ihm einen Namen geben wollen, doch sie hatte mit der Faust auf den Tisch gehauen –, gelang es Maya irgendwie, den komplizierten Gurtmechanismus zu öffnen und Lily behutsam aus dem Auto zu heben, ohne sie zu wecken.

»Danke fürs Bringen«, flüsterte Maya.

Eileen machte den Motor aus. »Was dagegen, wenn ich noch einen Moment mit reinkomme?«

»Wir schaffen das schon.«

»Zweifelsohne.« Eileen öffnete ihren Sicherheitsgurt. »Ich wollte dir aber noch etwas schenken. Dauert nur zwei Minuten.«

Maya hielt ihn in der Hand. »Ein digitaler Bilderrahmen?«

Eileen war erdbeerblond mit Sommersprossen und einem breiten Lächeln. Sie hatte ein Gesicht, das den Raum erleuchtete, sobald sie ihn betrat, und das die darunterliegende Qual ausgezeichnet verbarg.

»Nein, es ist eine als digitaler Bilderrahmen getarnte Überwachungskamera für das Kindermädchen. Eine Nanny-Cam.«

»Wie bitte?«

»Wenn du die Vollzeitstelle annimmst, musst du das alles besser im Auge behalten, stimmt's?«

»Schon möglich.«

»Wo spielt Isabella meistens mit Lily?«

Maya deutete nach rechts. »Im Wohnzimmer.«

»Komm, ich zeig's dir.«

»Eileen …«

Sie nahm Maya den Bilderrahmen aus der Hand. »Komm einfach mit.«

Das Wohnzimmer lag direkt neben der Küche. Es war in hellem Holz gehalten, hatte eine Decke wie eine Kathedrale, die bis unter den Dachfirst reichte. An der Wand hing ein Großbildfernseher, und auf dem Boden standen zwei randvolle Körbe mit pädagogisch wertvollem Spielzeug für Lily. Den Platz des wunderschönen Mahagoni-Couchtischs hatte ein »Pack 'n Play«-Laufstall eingenommen. Der Tisch war leider nicht kinderfreundlich gewesen und hatte daher ausgedient.

Eileen ging zum Bücherregal. Sie wählte einen Platz für den Bilderrahmen und steckte den Stecker in die nächste Steckdose. »Ich hab schon ein paar Fotos von deiner Familie draufgeladen. Der digitale Bilderrahmen wird sie einfach in zufälliger Reihenfolge zeigen. Spielen Isabella und Lily normalerweise an der Couch?«

»Ja.«

»Gut.«

Eileen drehte den Rahmen in die Richtung. »Da ist ein Weitwinkelobjektiv eingebaut, also siehst du das ganze Zimmer.«

»Eileen …«

»Ich habe sie bei der Beerdigung gesehen.«

»Wen?«

»Dein Kindermädchen.«

»Isabellas und Joes Familie kennen sich schon ewig. Ihre Mutter war Joes Kindermädchen. Und ihr Bruder ist der Hausgärtner.«

»Ehrlich?«

Maya zuckte die Achseln. »Die Reichen.«

»Sie sind anders.«

»Das sind sie.«

»Und du vertraust ihr?«

»Wem, Isabella?«

»Ja.«

Maya zuckte die Achseln. »Du kennst mich.«

»Genau.« Eileen war ursprünglich eine Freundin von Claire gewesen – die beiden waren in ihrem ersten Studienjahr am Vassar College Zimmergenossinnen im Studentenwohnheim gewesen –, und schon nach kurzer Zeit waren alle drei Frauen eng befreundet. »Du vertraust niemandem, Maya.«

»So würde ich das nicht sagen.«

»Okay. Aber nicht, wenn es um dein Kind geht.«

»Wenn es um mein Kind geht«, sagte Maya, »ja, gut, dann vertraue ich niemandem.«

Eileen lächelte. »Deshalb geb ich dir den. Hör zu, ich glaub ja nicht, dass du etwas herausfindest. Isabella scheint toll zu sein.«

»Aber sicher ist sicher.«

»Genau. Ich kann dir gar nicht sagen, wie sehr es mich beruhigt hat, wenn Kyle und Missy mit dem Kindermädchen allein waren.«

Maya kam ein anderer Gedanke – hatte Eileen den Rahmen nur für das Kindermädchen benutzt, oder hatte sie Beweismaterial gegen jemand anders zusammengetragen. Aber sie fragte nicht nach.

»Hat dein Rechner einen SD-Slot?«, fragte Eileen.

»Keine Ahnung.«

»Ist auch egal. Ich hab dir einen SD-Karten-Reader mit USB-Anschluss besorgt. Du brauchst ihn nur in deinen Laptop oder Computer zu stecken. Einfacher geht's nicht. Am Abend nimmst du einfach die SD-Karte aus dem Bilderrahmen – die ist hier hinten, siehst du?«

Maya nickte.

»Dann steckst du die Karte in den Reader. Das Video erscheint auf dem Monitor. Auf die SD-Karte passen 32 Gigabyte, das müsste für einige Tage reichen. Außerdem ist ein Bewegungsmelder in den Rahmen eingebaut, wenn keiner im Zimmer ist, wird also auch nichts aufgenommen.«

Maya konnte sich ein Lächeln nicht verkneifen. »Na sieh mal einer an.«

»Was? Hast du Probleme mit dem Rollentausch?«

»Ein bisschen. Ich hätte selbst daran denken müssen.«

»Ich bin überrascht, dass du das nicht getan hast.«

Maya senkte den Blick und sah ihrer Freundin in die Augen. Eileen war knapp eins sechzig groß, Maya gut eins achtzig, wirkte aber dank ihrer militärischen Haltung noch größer. »Hast du auf deiner Nanny-Cam etwas gesehen?«

»Du meinst etwas, das ich nicht hätte sehen sollen?«

»Ja.«

»Nein«, sagte Eileen. »Und ich weiß, was du denkst. Nein, er war nicht wieder da. Und nein, ich hab ihn nicht gesehen.«

»Ich sag ja gar nichts.«

»Gar nichts?«

»Was für eine Freundin wäre ich, wenn ich gar nichts sagen würde?«

Eileen trat zu ihr und umarmte Maya. Maya erwiderte die Umarmung. Eileen, nicht irgendeine Fremde, die ihre Aufwartung machte. Maya war ein Jahr nach Claire aufs Vassar College gegangen. Und seit die drei Frauen in jenen friedlichen Tagen, bevor Maya auf die Army Aviation School in Fort

Rucker, Alabama, gegangen war, zusammengewohnt hatten, gehörte Eileen zu ihren besten Freunden – genau wie Shane.

»Ich liebe dich, das weißt du doch.«

Maya nickte. »Ja, ich weiß.«

»Bist du sicher, dass ich heute Nacht nicht bei euch bleiben soll?«

»Du musst dich um deine eigene Familie kümmern.«

»Das ist kein Problem«, sagte Eileen und deutete mit dem Daumen auf den digitalen Bilderrahmen. »Ich hab ja alles im Blick.«

»Witzig.«

»Eigentlich nicht. Aber ich weiß, dass du eine Pause brauchst. Ruf an, wenn ich dir helfen kann. Oh, und ums Abendessen brauchst du dich nicht zu kümmern. Ich hab dir was beim Chinesen bestellt. Bei *Look See*. Müsste in zwanzig Minuten kommen.«

»Ich liebe dich, das weißt du doch.«

»Ja«, sagte Eileen und ging zur Tür. »Ich weiß.« Dann blieb sie stehen. »Holla.«

»Was ist?«

»Du hast Besuch.«

ZWEI

Ihr Besuch manifestierte sich in der Gestalt von Roger Kierce. Der kleine, stark behaarte Detective der NYPD-Mordkommission gab alles, um cool und relaxed zu wirken. Kierce trat durch die Tür, sah sich um, wie Polizisten sich eben umsehen, und sagte: »Hübsches Haus.«

Maya runzelte die Stirn und gab sich keinerlei Mühe, ihren Ärger zu verstecken.

Kierce hatte etwas von einem Höhlenmenschen. Er war stämmig, breit, und seine Arme wirkten zu kurz für seinen Körper. Er hatte eins dieser Gesichter, die auch direkt nach dem Rasieren noch unrasiert aussahen. Seine buschigen Augenbrauen erinnerten an Raupen kurz vor der Verpuppung, und die Haare auf seinem Handrücken hätte man mit einem Lockenstab bearbeiten können.

»Ist hoffentlich in Ordnung, dass ich mal vorbeischaue.«

»Was sollte dagegen sprechen?«, fragte Maya. »Ach ja, vielleicht die Tatsache, dass ich gerade meinen Mann beerdigt habe.«

Kierce täuschte Reue vor. »Ach richtig, mein Timing ist nicht das beste.«

»Meinen Sie?«

»Aber morgen arbeiten Sie ja wieder, und, sind wir doch ehrlich, den richtigen Zeitpunkt gibt es nicht, oder?«

»Guter Einwand. Was kann ich für Sie tun, Detective?«

»Hätten Sie etwas dagegen, wenn ich mich kurz setze?«

Maya deutete auf die Couch im Wohnzimmer. Ein unheimlicher Gedanke kam ihr: Dieses Treffen – jedes Treffen in diesem Zimmer – würde ab sofort von der Nanny-Cam aufgezeichnet werden. Was für ein seltsamer Gedanke. Sie konnte sie natürlich von Hand ein- und ausschalten, aber wer dachte schon daran – und wer wollte sich dauernd darum kümmern? Sie war sich nicht sicher, ob die Kamera auch den Ton aufnahm. Sie musste Eileen fragen. Oder einfach abwarten, bis sie sich eine Aufnahme ansah.

»Hübsches Haus«, sagte Kierce.

»Ja, das sagten Sie bereits.«

»Wann wurde es gebaut?«

»Um 1920.«

»Das Haus gehört der Familie Ihres verstorbenen Ehemannes, richtig?«

»Ja.«

Kierce setzte sich. Sie blieb stehen.

»Was kann ich für Sie tun, Detective?«

»Nur eine kleine Nachbetrachtung.«

»Nachbetrachtung?«

»Haben Sie einen Moment Geduld, ja?« Kierce präsentierte etwas, das er wohl für ein entwaffnendes Lächeln hielt. Maya kaufte es ihm nicht ab. »Wo hab ich denn …?« Er suchte in der Innentasche seiner Jacke und zog ein abgewetztes Notizbuch heraus. »Hätten Sie etwas dagegen, dass wir die Sache noch einmal durchgehen?«

Maya wusste nicht, was sie von ihm halten sollte, und genau das war vermutlich Kierce' Absicht. »Was wollen Sie wissen?«

»Fangen wir doch noch einmal ganz vorne an, okay?«

Sie setzte sich und breitete die Arme aus, als wollte sie sagen: *Schießen Sie los.*

»Warum haben Sie sich mit Joe im Central Park getroffen?«

»Er hat den Vorschlag gemacht, dass wir uns da treffen.«

»Telefonisch, richtig?«

»Ja.«

»War das normal?«

»Wir haben uns da öfter getroffen, ja.«

»Wann?«

»Das kann ich nicht mehr sagen. Mehrmals. Das habe ich Ihnen doch schon gesagt. Ist eine hübsche Ecke. Wir haben eine Decke ausgebreitet und am Bootshaus Mittag gegessen …« Sie setzte an, unterbrach sich wieder, schluckte. »Es war einfach ein netter Ort, weiter nichts.«

»Tagsüber bestimmt. Aber nachts ist es doch etwas abgelegen, finden Sie nicht?«

»Wir haben uns da immer sicher gefühlt.«

Er lächelte sie an. »Ich wette, Sie fühlen sich fast überall sicher.«

»Soll heißen?«

»Wenn man da war, wo Sie waren … also … in puncto Gefährlichkeit ist der Central Park vermutlich wirklich relativ sicher.« Kierce hustete in seine Hand. »Na, jedenfalls hat Ihr Mann Sie angerufen und gesagt: ›Wollen wir uns da treffen?‹, und Sie sind hingegangen.«

»Genau.«

»Nur …«, Kierce sah in sein Notizbuch, leckte den Zeigefinger an und begann, darin zu blättern, »… dass er Sie nicht angerufen hat.«

Er sah sie an.

»Wie bitte?«

»Sie sagten, Joe hätte Sie angerufen und Ihnen vorgeschlagen, sich dort zu treffen.«

»Nein, das haben Sie gesagt. Ich habe gesagt, er hat mir am Telefon vorgeschlagen, dass wir uns dort treffen.«

»Aber dann habe ich gesagt: ›Er hat Sie angerufen‹, und Sie sagten ›Genau‹.«

»Das ist doch Wortklauberei, Detective. Sie haben die Verbindungsdaten von dem Abend, richtig?«

»Die habe ich, ja.«

»Und dort findet sich ein Telefonat zwischen meinem Mann und mir?«

»Ja.«

»Ich erinnere mich nicht, ob er mich oder ich ihn angerufen habe. Auf jeden Fall hat er vorgeschlagen, dass wir uns an unserem Lieblingsort im Park treffen. Ich hätte diesen Vorschlag auch machen können – ich verstehe nicht, warum das wichtig ist –, und vielleicht hätte ich das sogar, wenn er mir nicht zuvorgekommen wäre.«

»Kann irgendjemand bestätigen, dass Sie und Joe sich häufiger dort getroffen haben?«

»Ich glaube nicht, weiß aber auch nicht, warum das eine Rolle spielen sollte.«

Kierce reagierte mit einem aufgesetzten Lächeln. »Ich auch nicht, aber fahren wir doch einfach fort, ja?«

Sie schlug die Beine übereinander und wartete.

»Sie haben geschildert, wie zwei Männer sich aus Richtung Westen näherten. Ist das richtig?«

»Ja.«

»Und sie trugen Sturmhauben?«

Sie hatten das schon zigmal besprochen. »Ja.«

»Schwarze Sturmhauben, richtig?«

»Ja.«

»Und Sie sagten, einer sei ungefähr eins achtzig gewesen – wie groß sind Sie, Mrs Burkett?«

Fast hätte sie gefaucht, er solle sie »Captain« nennen – sie konnte es nicht ausstehen, wenn man sie »Missus« nannte –, aber sie hatte diesen Dienstgrad nicht mehr. »Bitte nennen Sie mich Maya. Und ich bin ungefähr eins achtzig groß.«

»Einer der Männer war also so groß wie Sie?«

Sie bemühte sich, nicht die Augen zu verdrehen. »Äh, so ist es.«

»Sie haben die Angreifer sehr genau beschrieben.« Kierce begann, aus seinem Notizbuch vorzulesen. »Ein Mann war eins achtzig groß. Den anderen haben Sie auf eins fünfundsiebzig geschätzt. Einer trug einen schwarzen Kapuzenpullover und rote Chucks. Der andere trug ein hellblaues T-Shirt ohne Logo, einen beigen Rucksack und schwarze Laufschuhe, an die Marke konnten Sie sich nicht erinnern.«

»Das ist korrekt.«

»Der Mann mit den roten Chucks – das war derjenige, der Ihren Mann erschossen hat?«

»Ja.«

»Und dann haben Sie die Flucht ergriffen.«

Maya sagte nichts.

»Laut Ihrer Aussage wollten sie Sie berauben. Sie sagten, Joe habe ziemlich lange gebraucht, um ihnen sein Portemonnaie zu geben. Außerdem trug Ihr Mann eine sehr teure Uhr. Eine Hublot, glaube ich.«

Ihre Kehle war trocken. »Ja, das ist richtig.«

»Warum hat er sie ihnen nicht einfach gegeben?«

»Ich glaube … ich glaube, das hätte er.«

»Aber?«

Sie schüttelte den Kopf.

»Maya?«

»Hat Ihnen schon mal jemand eine Pistole direkt vors Gesicht gehalten, Detective?«

»Nein.«

»Dann verstehen Sie es womöglich nicht.«

»Was verstehe ich nicht?«

»Der Lauf. Die Mündung. Wenn jemand eine Waffe auf Sie richtet, wenn jemand Ihnen damit droht abzudrücken, wird dieses schwarze Loch unglaublich groß, fast so, als wollte es Sie mit Haut und Haaren verschlingen. Manche Menschen erstarren bei diesem Anblick.«

Kierce sprach jetzt leise: »Und Joe… gehörte zu diesen Menschen.«

»In diesem Moment schon.«

»Und das dauerte zu lange?«

»Ja, offensichtlich.«

Sie saßen einen Moment lang schweigend da.

»Kann sich der Schuss aus Versehen gelöst haben?«, fragte Kierce.

»Das bezweifle ich.«

»Wieso sagen Sie das?«

»Aus zwei Gründen. Erstens war es ein Revolver. Kennen Sie sich mit Revolvern aus?«

»Nicht sehr gut.«

»Da die Trommel sich dreht, muss man entweder den Hahn spannen oder sehr kräftig am Abzug ziehen. Man schießt nicht versehentlich.«

»Verstehe. Und der zweite Grund?«

»Der ist noch naheliegender«, sagte sie. »Der Schütze hat danach noch zweimal geschossen. Man gibt nicht versehentlich drei Schüsse ab.«

Kierce nickte und sah wieder in sein Notizbuch. *»Die erste Kugel traf die linke Schulter Ihres Mannes, die zweite streifte das Schlüsselbein.«*

Maya schloss die Augen.

»Wie weit war der Schütze entfernt, als er die Schüsse abgab?«

»Drei Meter.«

»Der Gerichtsmediziner sagte, beide Schüsse seien nicht tödlich gewesen.«

»Ja, das hatten Sie mir schon gesagt.«

»Und was ist dann passiert?«

»Ich habe versucht, ihn zu stützen.«

»Joe?«

»Ja, Joe«, fauchte sie. »Wen denn sonst?«

»Entschuldigung. Was ist dann passiert?«

»Ich ... Joe ist zusammengesackt, auf die Knie.«

»Und dann hat der Gangster den dritten Schuss abgegeben?«

Maya sagte nichts.

»Den dritten Schuss«, wiederholte Kierce. »Den Schuss, der ihn umgebracht hat.«

»Das habe ich Ihnen schon erzählt.«

»Was haben Sie mir erzählt?«

Maya hob den Blick und sah ihm in die Augen. »Ich habe nicht gesehen, wie zum dritten Mal geschossen wurde.«

Kierce nickte. »Das ist wahr«, sagte er sehr langsam. »Weil Sie da schon weggerannt waren.«

»Hilfe ... bitte ... helfen Sie mir ... mein Mann wurde ...«

Ihre Brust begann zu zucken. Die Geräusche ... Schüsse, das Surren von Hubschrauberrotoren, die Schmerzensschreie – alles stürzte gleichzeitig auf sie ein. Sie schloss die Augen, atmete ein paarmal tief durch, achtete darauf, dass ihr das alles nicht anzusehen war.

»Maya?«

»Ja, ich bin weggerannt. Okay? Zwei Männer mit Pistolen. Ich bin geflohen. Ich bin weggerannt und habe meinen

Mann zurückgelassen, und irgendwann, ich weiß es nicht, fünf oder zehn Sekunden später, habe ich hinter mir den Knall gehört, und ja, aufgrund dessen, was Sie mir erzählt haben, weiß ich, dass dieser Räuber, als ich weg war, meinem Mann, der noch kniete, den Revolver an den Kopf gehalten und abgedrückt…«

Sie sprach nicht weiter.

»Niemand gibt Ihnen irgendeine Schuld, Maya.«

»Ich habe nicht gefragt, ob das jemand tut, Detective«, stieß sie zwischen zusammengebissenen Zähnen hervor. »Was wollen Sie?«

Kierce blätterte in seinen Notizen. »Neben den sehr detaillierten Beschreibungen der Täter konnten Sie uns sagen, dass der in den roten Chucks mit einem Smith and Wesson 686 bewaffnet war, während sein Partner eine Beretta M9 trug.« Kierce hob den Blick. »Das ist ziemlich beeindruckend.«

»Gehört zur Ausbildung.«

»Zur militärischen Ausbildung, richtig?«

»Sagen wir einfach, dass ich eine gute Beobachterin bin.«

»Oh, das ist sehr bescheiden, Maya. Wir wissen alle von Ihren Heldentaten im Ausland.«

Und von meinem Absturz, hätte sie fast ergänzt.

»Dieser Teil des Parks ist nicht besonders gut beleuchtet. Es gibt nur ein paar Straßenlaternen weiter entfernt.«

»Das reicht.«

»Das reicht, um das Fabrikat zu erkennen?«

»Mit Schusswaffen kenne ich mich aus.«

»Ja, natürlich. Sie sind sogar ein erfahrener Scharfschütze, ist das richtig?«

»Scharfschützin.« Sie korrigierte ihn ebenso automatisch, wie er herablassend lächelte.

»Mein Fehler. Trotzdem, in der Dunkelheit…«

»Der Smith and Wesson war aus Edelstahl und daher in der Dunkelheit gut zu erkennen. Ich habe auch gehört, wie er den Hahn gespannt hat. Bei einem Revolver macht man das, bei einer Halbautomatik nicht.«

»Und die Beretta?«

»Was den Hersteller betrifft, bin ich mir nicht sicher, aber sie hatte einen beweglichen Lauf, so wie eine Beretta.«

»Wie Sie wissen, konnten wir aus der Leiche Ihres Mannes drei Kugeln sichern. Kaliber .38, was zum Smith and Wesson passen würde.« Er rieb sich das Gesicht, als wäre er tief in Gedanken versunken. »Sie haben doch Schusswaffen, richtig, Maya?«

»Hab ich.«

»Ist eine davon zufällig ein Smith and Wesson 686?«

»Sie kennen die Antwort«, sagte sie.

»Woher sollte ich die kennen?«

»In New Jersey bin ich gesetzlich dazu verpflichtet, alle im Bundesstaat gekauften Waffen registrieren zu lassen. Daher wissen Sie das alles. Es sei denn, Sie wären vollkommen inkompetent, Detective Kierce, was Sie definitiv nicht sind. Sie haben sofort überprüft, was für Waffen ich registriert habe. Es wäre nett, wenn wir mit den Spielchen aufhören und zur Sache kommen könnten.«

»Wie weit ist es Ihrer Meinung nach von der Stelle, wo Ihr Mann zu Boden gegangen ist, bis zum Bethesda-Brunnen?«

Der plötzliche Themenwechsel brachte sie aus dem Konzept. »Ich bin mir sicher, dass Sie das ausgemessen haben.«

»Stimmt, das haben wir. Es sind knapp 300 Meter, wenn man alle Wegbiegungen mit einrechnet. Ich bin die Strecke abgelaufen. Ich bin längst nicht so fit wie Sie, aber ich habe dafür etwa eine Minute gebraucht.«

»Okay.«

»Es geht dabei um Folgendes. Wir haben mehrere Zeugen, die einen Schuss gehört haben. Diese Zeugen sagen auch, dass Sie erst eine, eher zwei Minuten später erschienen sind. Wie würden Sie das erklären?«

»Warum sollte ich das erklären müssen?«

»Das ist eine berechtigte Frage.«

Sie blinzelte nicht einmal. »Glauben Sie, dass ich meinen Mann erschossen habe, Detective?«

»Haben Sie das?«

»Nein. Und wissen Sie, wie ich das beweisen kann?«

»Wie?«

»Kommen Sie mit mir auf den Schießstand.«

»Wieso?«

»Wie Sie schon sagten, bin ich eine erfahrene Scharfschützin.«

»Darüber wurden wir informiert.«

»Dann wissen Sie es ja.«

»Was wissen wir?«

Maya beugte sich vor und sah ihm in die Augen. »Selbst mit verbundenen Augen hätte ich keine drei Schüsse gebraucht, um jemanden aus dieser Entfernung zu töten.«

Kierce lächelte tatsächlich über die Antwort. »Touché. Und ich möchte mich dafür entschuldigen, dass ich in diese Richtung ermittle, weil ich eigentlich nicht glaube, dass Sie Ihren Mann erschossen haben. Und ich kann auch mehr oder weniger beweisen, dass Sie es nicht getan haben.«

»Wie meinen Sie das?«

Kierce stand auf. »Haben Sie Ihre Waffen hier im Haus?«

»Ja.«

»Würden Sie sie mir zeigen?«

Zuerst ging sie mit ihm zum Waffentresor im Keller.

»Ich gehe davon aus, dass Sie ein glühender Anhänger des Zweiten Zusatzartikels zur Verfassung sind, wenn es um den Besitz von Waffen geht«, sagte Kierce.

»Aus der Politik halte ich mich raus.«

»Aber Sie mögen Waffen.« Er betrachtete den Waffentresor. »Ich sehe kein Zahlenschloss. Öffnet man ihn mit einem Schlüssel?«

»Nein, man bekommt ihn nur mit einem Daumenabdruck auf.«

»Ah, verstehe. Damit ist sichergestellt, dass nur Sie ihn öffnen können.«

Maya schluckte. »Inzwischen schon.«

»Oh«, sagte Kierce, als er sein Missgeschick erkannte. »Ihr Mann.«

Sie nickte.

»Hat noch jemand außer Ihnen beiden Zugriff?«

»Niemand.« Sie drückte ihren Daumen auf den Sensor. Mit einem hörbaren Ploppen öffnete sich die Tür. Sie trat zur Seite.

Kierce sah hinein und stieß einen leisen Pfiff aus. »Wozu brauchen Sie die alle?«

»Ich brauche keine davon. Ich schieße einfach gern. Es ist mein Hobby. Die meisten Menschen mögen das nicht. Oder sie verstehen es nicht. Damit komme ich klar.«

»Und wo ist Ihr Smith and Wesson 686?«

Sie deutete in den Tresor. »Hier.«

Er kniff die Augen zusammen. »Darf ich ihn mitnehmen?«

»Den Smith and Wesson?«

»Ja, wenn das okay ist.«

»Ich dachte, Sie glauben nicht, dass ich es getan habe.«

»Tu ich auch nicht. Aber wie wäre es, wenn wir nicht nur Sie, sondern auch Ihren Revolver ausschließen.«

Maya nahm den Revolver heraus. Wie die meisten guten Schützen war sie fast zwangsneurotisch, wenn es um die Reinigung und das Laden/Entladen ihrer Waffen ging. Also checkte sie auch diesmal, dass er ungeladen war. Das war er.

»Ich gebe Ihnen dafür eine Quittung.«

»Ich könnte natürlich eine gerichtliche Anordnung verlangen.«

»Und ich würde wahrscheinlich eine bekommen«, sagte er.

Auch wieder wahr. Sie gab ihm die Waffe.

»Detective?«

»Was ist?«

»Sie verschweigen mir etwas.«

Kierce lächelte. »Ich melde mich.«

DREI

Isabella, Lilys Kindermädchen, kam am nächsten Morgen um sieben.

Beim Begräbnis hatte Isabellas Familie zu den aufgewühltesten Gästen gehört. Ihre Mutter Rosa, Joes früheres Kindermädchen, war völlig aufgelöst gewesen, hatte ihr Taschentuch fest umklammert und musste immer wieder von ihren Kindern Isabella und Hector gestützt werden. Und selbst jetzt waren Isabellas Augen von den gestrigen Tränen noch leicht gerötet.

»Es tut mir so leid für Sie, Mrs Burkett.«

Maya hatte sie mehrmals gebeten, sie mit dem Vornamen anzusprechen statt mit Mrs Burkett, aber Isabella hatte nur genickt und sie weiter Mrs Burkett genannt, also hatte Maya es auf sich beruhen lassen. Wenn Isabella sich in einem förmlichen Arbeitsumfeld wohler fühlte, wieso sollte Maya sie zwingen, es zu ändern?

»Danke, Isabella.«

Den Mund noch voller Frühstücksflocken, hüpfte Lily von ihrem Küchenstuhl und rannte auf sie zu. »Isabella!«

Isabellas Miene leuchtete, als sie das kleine Mädchen hochhob und lange umarmte. Für einen Moment verspürte Maya den typischen Neid berufstätiger Mütter: Sie war froh, dass ihre Tochter das Kindermädchen so gern mochte, aber auch eifersüchtig, weil ihre Tochter das Kindermädchen so gern mochte.

Vertraute sie Isabella?

Wie sie Eileen gestern schon gesagt hatte, lautete die Antwort auf diese Frage, ja – soweit sie einer »Fremden« in so einer Situation vertrauen konnte. Natürlich war es Joes Idee gewesen, Isabella einzustellen. Maya war damals nicht hundertprozentig überzeugt gewesen – es gab da diesen neuen Kindergarten an der Porter Street, der sich *Growin' Up* nannte, was Maya als kleine Hommage an den Song von Bruce Springsteen gedeutet hatte. Ein hübsches, freundlich lächelndes junges Ding namens Kitty Shum (»Nennen Sie mich Miss Kitty!«) hatte Maya durch die sauberen, gepflegten, farbenfrohen Räume geführt, in denen überall Überwachungskameras hingen. Sie hatte weitere freundlich lächelnde junge Dinger getroffen und natürlich andere Kinder, mit denen Lily spielen konnte. Joe hatte trotzdem auf dem Kindermädchen bestanden. Er hatte Maya daran erinnert, dass Isabellas Mutter ihn »praktisch großgezogen« hatte, und Maya hatte im Scherz entgegnet: »Bist du sicher, dass das eine Empfehlung ist?« Da Maya damals allerdings auf dem Sprung zu einem sechsmonatigen Auslandseinsatz war, hatte sie bei dieser Entscheidung nur eingeschränktes Stimmrecht – und eigentlich keinen Grund, nicht froh darüber zu sein.

Maya küsste Lily auf den Kopf und machte sich auf den Weg zur Arbeit. Sie hätte sich noch ein paar Tage Zeit lassen und bei ihrer Tochter zu Hause bleiben können. Auf das Geld war sie gewiss nicht angewiesen – trotz des Ehevertrags würde sie eine wohlhabende Witwe sein –, die klassische Rolle der hingebungsvollen Mutter, die alles aufgab, um ganz für ihr Kind da zu sein, lag ihr aber nicht. Maya hatte versucht, in diese ganze »Mami-Welt« einzutauchen, Kaffeeklatsch mit den Mit-Müttern, bei dem man sich über die Sauberkeitserziehung, die besten Vorschulen oder Sicherheitstests von Kinderwagen unterhielt und ausführlich und mit echtem Interesse über die banalsten Fortschritte der eigenen Kinder berichtete. Maya hatte zwar lächelnd bei den Moms gesessen, aber innerlich war sie im Irak, hatte sie Flashbacks, die sich meist um eine bestimmte blutige Erinnerung drehten – häufig ging es um Jake Evans, einen Neunzehnjährigen aus Fayetteville, Arkansas, dem die untere Körperhälfte weggesprengt worden war, was er aber irgendwie überlebt hatte. Und sie bemühte sich, mit der für sie unergründlichen Tatsache zurechtzukommen, dass dieser banale Kaffeeklatsch auf demselben Planeten stattfand wie diese blutige Schlacht.

In Gesellschaft anderer Mütter nahm sie die Rotorengeräusche oft deutlicher wahr als die schaurigen Bilder. Schon komisch, dachte sie, dass diese überfürsorglichen Eltern, die nie etwas auf sich beruhen lassen konnten, als »Helikopter-Eltern« bezeichnet wurden.

Die Leute hatten einfach keine Ahnung.

Auf dem Weg zum Auto, das in ihrer eigenen Einfahrt stand, prüfte Maya die Umgebung, checkte die Stellen, an denen sich Feinde verstecken konnten, um sie anzugreifen. Das hatte einen einfachen Grund: Alte Gewohnheiten wurde man nicht los. Einmal Soldatin, immer Soldatin.

Keine Feinde in der Nähe, weder imaginäre noch reale.

Maya wusste, dass sie von ihrem Einsatz dort drüben eine Psychose wie aus dem Lehrbuch mitgebracht hatte, aber niemand kehrte von dort ohne Narben zurück. Sie betrachtete ihre psychische Störung eher als eine Art Erkenntnisgewinn: Im Gegensatz zu den meisten anderen Menschen hatte sie die Welt gesehen und sie verstanden.

In der Army hatte Maya Kampfhubschrauber geflogen, häufig, um anderen Deckung zu geben oder um für vorrückende Bodentruppen freie Bahn zu schaffen. Angefangen hatte sie in Fort Campbell in *UH-60 Black Hawks*, bis sie genug Flugstunden zusammenhatte, um sich für das renommierte *160th Special Operations Aviation Regiment* (SOAR) im Nahen Osten zu bewerben. Soldaten bezeichneten Hubschrauber üblicherweise als »Birds«, was okay war, aber es war unglaublich nervig, wenn Zivilisten das taten. Eigentlich war es ihr Plan gewesen, in der Army zu bleiben – im Prinzip für den Rest ihres Lebens –, aber mit der Veröffentlichung des Videos auf der Website von *CoreyTheWhistle* war ihr dieser Plan um die Ohren geflogen, als wäre auch sie, wie Jake Evans, auf eine Mine getreten.

Die heutigen Flugstunden würde sie in einer Cessna 172 geben, einer einmotorigen, viersitzigen Maschine, die, nebenbei gesagt, das meistverkaufte Flugzeug aller Zeiten war. Der Unterricht verlief meistens so, dass der Flugschüler stundenlang flog. Mayas Job bestand dann weniger darin, Anweisungen zu geben, als ein Auge auf alles zu haben.

Fliegen oder einfach nur während des Flugs im Cockpit sitzen war für Maya eine Art Meditation. Sie spürte, wie sich die angespannte Schulter- und Nackenmuskulatur lockerte. Nein, es war nicht der Thrill oder der Kick, den man beim Flug über Bagdad in einem UH-60 Black Hawk verspürte, und sie vermisste auch die Euphorie, die sie empfunden hatte, als sie als eine der ersten Frauen einen Boeing MH-6 Little Bird Kampfhubschrauber steuerte. Niemand sprach über diese grausige Euphorie während der Kampfhandlungen, den Adrenalinschub, den manche Leute mit einem Drogenrausch verglichen. Es gehörte sich nicht, den Kampfeinsatz zu genießen, dieses Kribbeln zu verspüren und dabei zu realisieren, dass nichts im Leben mit diesem Gefühl mithalten konnte. Das war das schreckliche Geheimnis, über das man niemals sprechen durfte. Ja, der Krieg war schrecklich, und kein Mensch sollte diese Erfahrung machen müssen. Maya würde ihr Leben dafür geben, dass er niemals in Lilys Nähe kam. Die unausgesprochene Wahrheit lautete aber, dass man süchtig nach Gefahr war. Und das wollte man nicht. Man wurde in einem seltsamen Licht gesehen. Denn wer dieses Gefühl mochte, war vermutlich von Geburt an gewalttätig, hatte kein Mitgefühl, oder ihm wurde sonst irgendwelcher Unsinn unterstellt. Aber Angst machte süchtig. Zu Hause lebte man ein relativ ruhiges, friedliches, prosaisches Leben. Dann ging man rüber in die Wüste, lebte eine Weile mit Schüben von Todesangst, und wenn man zurückkam, sollte man wieder so ruhig, friedlich und prosaisch leben wie vorher. So funktionierten Menschen aber nicht. Während ihrer Flugstunden ließ Maya das Handy immer im Spind, um sich nicht ablenken zu lassen. In Notsituationen war sie über Funk erreichbar. Doch als sie in der Mittagspause auf ihr Handy sah, fand sie eine seltsame SMS von ihrem Neffen Daniel:

Alexa will nicht, dass du zu ihrem Fußballspiel kommst.

Maya wählte seine Nummer. Daniel meldete sich beim ersten Klingelton.

»Hallo?«, sagte er.

»Was ist da los?«

Als Maya Alexas Fußballtrainer auf die Schulter tippte, drehte der kräftig gebaute Mann sich so schnell um, dass ihr die Trillerpfeife, die er um den Hals trug, fast ins Gesicht schlug.

»Was ist?«, schrie er.

Der Trainer – er hieß Phil und hatte eine Tochter namens Patty, eine unausstehliche Tyrannin – war während des ganzen Spiels schreiend auf und ab gelaufen, und nur der ein oder andere Wutanfall hatte ihn zum Stillstehen bewegt. Maya kannte Drill-Sergeants, die so ein Benehmen bei abgehärteten Rekruten für übertrieben gehalten hätten, von zwölfjährigen Mädchen ganz zu schweigen.

»Ich bin Maya Stern.«

»Oh, ich weiß, wer Sie sind, aber …«, Coach Phil deutete mit einer dramatischen Geste aufs Feld, »… ich bin hier mitten in einem Spiel. Sie sollten das respektieren, Soldatin.«

Soldatin? »Ich habe nur eine kurze Frage.«

»Ich hab jetzt keine Zeit für Fragen. Kommen Sie nach dem Spiel zu mir. Zuschauer müssen sich auf der anderen Seite des Feldes aufhalten.«

»Liga-Regel?«

»Genau.«

Coach Phil entließ Maya, indem er sich umdrehte, sodass sie jetzt auf seinen breiten Rücken blickte. Maya rührte sich nicht von der Stelle.

»Das ist die zweite Halbzeit«, sagte Maya.

»Was?«

»In den Liga-Regeln steht, dass die Mädchen mindestens die Hälfte der Spielzeit auf dem Platz sein müssen«, sagte Maya. »Die zweite Halbzeit läuft, und drei Mädchen waren noch nicht auf dem Platz. Selbst wenn Sie sie noch für den Rest des Spiels einwechseln, ist das nicht mehr die Hälfte der Spielzeit.«

Mit zehn bis fünfzehn Kilo weniger hätten Coach Phil seine Shorts wahrscheinlich ganz gut gepasst. Sein rotes Polohemd mit dem aufgestickten »Coach« auf der linken Brust war so eng, dass es als Wurstpelle durchgegangen wäre. Er sah aus wie eine heruntergekommene Exsportskanone, was er, wie Maya annahm, wahrscheinlich auch war. Er war groß und kräftig und wirkte bedrohlich auf andere.

Ohne sich umzudrehen, sagte Coach Phil aus dem Mundwinkel: »Zu Ihrer Information, dies ist das Halbfinale der Liga-Meisterschaft.«

»Ich weiß.«

»Wir führen nur mit einem Tor.«

»Ich habe die Liga-Regeln gelesen«, sagte Maya. »Ich habe da keine Ausnahme für Halbfinalspiele gefunden. Und im Viertelfinale haben Sie auch nicht alle vier Ersatzspielerinnen eingesetzt.«

Er drehte sich um und stellte sich breitbeinig vor sie. Er rückte den Schirm seiner Kappe zurecht und trat in Mayas Distanzzone. Sie wich nicht zurück. In der ersten Halbzeit, als sie bei den Eltern gesessen hatte und die ewigen Tiraden sowohl gegen die Mädchen als auch gegen die Schiedsrichter ertragen musste, hatte Maya mit ansehen müssen, wie er die Kappe zweimal vor sich auf den Boden schleuderte. Es sah aus wie ein Wutanfall eines Zweijährigen.

»Wenn ich die Mädchen letzte Woche eingesetzt hätte«, sagte Coach Phil in einem Ton, als würde er Glassplitter ausspucken, »wären wir gar nicht ins Halbfinale gekommen.«

»Das heißt, Sie hätten das Spiel verloren, weil Sie sich an die Regeln gehalten hätten?«

Patty, die Tochter des Trainers, fing an zu lachen. »Das heißt, wir hätten das Spiel verloren, weil die scheiße sind.«

»Okay, Patty, das reicht. Geh für Amanda rein.«

Patty grinste, bis sie beim Schiedsrichterassistenten an der Mittellinie war.

»Ihre Tochter«, sagte Maya.

»Was ist mit ihr?«

»Sie hackt auf den anderen Mädchen rum.«

Er verzog angewidert das Gesicht. »Hat Alice Ihnen das gesagt?«

»Alexa«, korrigierte sie ihn. »Und nein, hat sie nicht.«

Daniel hatte es ihr erzählt.

Er beugte sich so weit zu ihr vor, dass sie eine unangenehme Duftwolke vom Thunfisch-Sandwich abbekam. »Hören Sie, Soldatin …«

»Soldatin?«

»Sie sind doch Soldatin, oder? Oder Sie waren es zumindest.« Er grinste. »Wie man hört, haben Sie auch ein paar Regeln gebrochen.«

Ihre Finger beugten und streckten sich, beugen und strecken.

»Als ehemalige Soldatin«, fuhr er fort, »müssten Sie das eigentlich verstehen.«

»Wieso?«

Coach Phil zog seine Shorts hoch. »Das …«, er deutete auf den Platz, »… ist ein Schlachtfeld. Ich bin der General, das sind meine Soldaten. Sie würden auch keinen blöden Landser hinter den Steuerknüppel einer F-16 setzen oder so, stimmt's?«

Maya spürte, wie ihr Blut in Wallung geriet. »Nur um das klarzustellen«, sagte sie, wobei es ihr irgendwie gelang, das mit ruhiger Stimme zu tun, »wollen Sie dieses Fußballspiel etwa mit den Kriegen vergleichen, die unsere Soldaten in Afghanistan und im Irak führen?«

»Begreifen Sie das etwa nicht?«

Beugen, strecken, beugen, strecken, beugen, strecken. Ruhiger Atem, langsam und gleichmäßig.

»Das ist Sport«, sagte Coach Phil und deutete wieder auf den Platz. »Ernsthafter Wettkampfsport – und ja, es ist ein bisschen wie Krieg. Ich verhätschele diese Mädchen nicht. Sie sind schließlich nicht mehr in der fünften Klasse, wo alles eitel Sonnenschein ist. Dies ist die Sechste. Das wahre Leben. Haben Sie mich verstanden?«

»Die Liga-Regeln auf der Website …«

Er beugte sich so weit vor, dass der Schirm seiner Kappe ihren Kopf berührte. »Es ist mir scheißegal, was auf der Website steht. Wenn Ihnen etwas nicht passt, schicken Sie eine offizielle Beschwerde an den Liga-Vorstand.«

»Dessen Präsident Sie sind.«

Coach Phil lächelte breit. »Ich muss jetzt meine Mädchen coachen. Also tschüssikowski.« Er winkte ihr noch einmal mit den Fingern zu, drehte sich langsam um und blickte wieder auf den Platz.

»Sie sollten mir nicht den Rücken zuwenden«, sagte Maya.

»Und was wollen Sie dagegen tun?«

Sie sollte es nicht tun. Das war ihr vollkommen klar. Sie musste die Sache einfach auf sich beruhen lassen. Sie durfte Alexas Situation nicht noch verschlimmern.

Beugen, strecken, beugen …

Doch noch während Maya diese versöhnlichen Gedanken durch den Kopf gingen, verfolgten ihre Hände einen anderen Plan. Blitzschnell beugte sie sich vor, packte seine Shorts – und betete, dass er eine Unterhose trug –, dann zog sie sie bis zu den Knöcheln hinunter.

Danach geschahen mehrere Dinge sehr schnell hintereinander.

Die Menge schnappte kollektiv nach Luft. Der Coach, der eine enge Feinripp-Unterhose präsentierte, reagierte in Lichtgeschwindigkeit, beugte sich nach unten, um die Shorts wieder hochzuziehen. Dabei geriet er jedoch ins Stolpern und stürzte.

Dann setzte das Gelächter ein.

Maya wartete.

Coach Phil gewann schnell das Gleichgewicht wieder. Beim Aufspringen zog er sich die Shorts hoch und stürzte sich auf sie. Sein Gesicht war so rot vor Wut und Scham wie die Lampe vor dem Arbeitszimmer einer Prostituierten.

»Miststück.«

Maya bereitete sich innerlich vor, rührte sich aber nicht.

Coach Phil ballte eine Faust.

»Nur zu«, sagte Maya. »Geben Sie mir einen Vorwand, Sie niederzuschlagen.«

Der Trainer hielt inne, blickte Maya in die Augen, sah etwas darin und senkte die Hand. »Ach, Sie sind es nicht wert.«

Schluss jetzt, dachte Maya.

Sie bereute ihr Vorgehen bereits, vor allem weil sie ihrer Nichte die falsche Lektion über Gewalt als Lösungsweg erteilt hatte. Gerade sie hätte es besser wissen müssen. Aber als sie zu Alexa hinüberblickte, in der Erwartung, ihre stille Nichte würde verängstigt oder gedemütigt wirken, sah sie ein schwaches Lächeln in ihrem Gesicht. In diesem Lächeln lag keine Genugtuung oder gar Freude über die Demütigung des Trainers. Das Lächeln besagte etwas anderes.

Jetzt weiß sie es, dachte Maya.

Maya hatte es beim Militär gelernt, aber natürlich galt das auch im wahren Leben. Deine Kameraden mussten wissen, dass du ihnen den Rücken freihieltst. Das war die erste Regel, die erste Lektion, die über allen anderen stand. Wenn der Feind es auf dich abgesehen hat, bekommt er es auch mit mir zu tun.

Vielleicht hatte Maya überreagiert, vielleicht aber auch nicht, auf jeden Fall wusste Alexa jetzt, dass ihre Tante an ihrer Seite sein und für sie kämpfen würde, ganz egal, was geschah.

Daniel hatte sich auf den Weg zu ihr gemacht, als der Tumult ausbrach, versuchte auf seine Art irgendwie zu helfen. Auch er nickte Maya zu. Auch er hatte es verstanden.

Ihre Mutter war tot. Ihr Vater war ein Trinker.

Aber Maya hielt ihnen den Rücken frei.

Maya hatte ihren Verfolger entdeckt.

Sie fuhr Daniel und Alexa nach Hause und beobachtete wie üblich ihre Umgebung, ließ den Blick schweifen und suchte nach Gegenständen und Personen, die nicht dorthin gehörten, als sie den roten Buick Verano im Rückspiegel sah.

Der Buick selbst hatte eigentlich nichts Verdächtiges an sich. Sie war noch keine zwei Kilometer gefahren, aber der Wagen war ihr schon aufgefallen, als sie nach dem Fußballspiel vom Parkplatz auf die Straße bog. Musste nichts zu bedeuten haben. Hatte wahrscheinlich nichts zu bedeuten. Shane hatte von einem sechsten Sinn gesprochen, den man als Soldat entwickelte, sodass man manchmal irgendwie einfach wusste, was los war. Das war Unsinn. Maya hatte ihm dieses Gewäsch abgekauft, bis ihnen allen auf schreckliche Art bewiesen wurde, dass sie falschlagen.

»Tante Maya?«

Das war Alexa.

»Was ist, Schatz?«

»Danke, dass du zum Spiel gekommen bist.«

»Hat Spaß gemacht. Ich finde, du hast toll gespielt.«

»Nee, Patty hat recht. Ich bin scheiße.«

Daniel lachte. Alexa auch.

»Hör auf damit. Du spielst gern Fußball, oder?«

»Ja, das ist aber mein letztes Jahr.«

»Wieso?«

»Ich bin nicht gut genug, um nächstes Jahr noch weiterzuspielen.«

Maya schüttelte den Kopf. »Darum geht's doch nicht.«

»Hä?«

»Sport soll Spaß machen und fit halten.«

»Meinst du das ernst?«, fragte Alexa.

»Ja.«

»Tante Maya?«

»Ja, Daniel.«

»Glaubst du zufällig auch an den Osterhasen?«

Daniel und Alexa lachten wieder. Maya schüttelte den Kopf und lächelte. Sie sah in den Rückspiegel.

Der rote Buick Verano war noch da.

Sie überlegte, ob Coach Phil zu einer zweiten Runde antreten wollte. Die Autofarbe passte – rot –, aber nein, der Prachtbursche fuhr sicher einen Penisersatz-Sportwagen, einen Hummer oder etwas in der Art.

Als sie am Straßenrand vor Claires Haus hielt – selbst so lange nach dem Mord betrachtete Maya es noch als das Haus ihrer Schwester –, fuhr der rote Buick ohne zu zögern an ihr vorbei. Also vielleicht doch kein Verfolger. Vielleicht war es einfach eine andere Familie aus der Umgebung, die auch beim Fußballspiel gewesen war. Das wäre plausibel.

Maya musste daran denken, wie Claire ihr und Eileen das Haus zum ersten Mal gezeigt hatte. Damals hatte es ein bisschen ausgesehen wie jetzt: ungepflegter Rasen, abblätternde Farbe, aufgeplatzte Wege und Blumen mit hängenden Köpfen.

»Was haltet ihr davon?«, hatte Claire sie gefragt.

»Das ist eine Bruchbude.«

Claire hatte gelächelt. »Genau, danke. Wartet mal ab.«

Maya ging die Kreativität für solche Dinge ab. Sie sah das Potenzial nicht. Claire schon. Sie hatte ein Händchen für so etwas. Schon bald gingen einem Begriffe wie heiter und heimelig durch den Kopf, wenn man bei ihr vorfuhr. Schließlich sah es fast aus wie die Buntstiftzeichnung eines glücklichen Kindes, auf der die Sonne immer schien und die Blumen größer waren als die Haustür.

Davon war inzwischen nichts mehr zu sehen.

Eddie empfing sie an der Haustür. Seine Entwicklung war

parallel zu der des Hauses verlaufen – nach Claires Tod war er ergraut und welk geworden. »Wie ist's gelaufen?«, fragte er seine Tochter.

»Wir haben verloren«, sagte Alexa.

»Oh, wie schade.«

Sie gab ihrem Vater einen Kuss auf die Wange, als sie und Daniel ins Haus eilten. Eddie sah Maya etwas misstrauisch an, trat aber zur Seite und ließ sie herein. Er trug eine Jeans und ein rotes Flanellhemd, und wieder stand Maya in einer Duftwolke aus zu viel Mundwasser.

»Ich hätte sie sonst abgeholt«, rechtfertigte er sich.

»Nein«, sagte Maya. »Hättest du nicht.«

»Ich wollte nicht … Ich hab was getrunken, als klar war, dass du sie abholst.«

Sie sagte nichts. Die Kartons standen noch gestapelt in der Ecke. Claires Sachen. Eddie hatte sie noch nicht in den Keller oder die Garage gebracht. Sie lagen einfach wie bei einem Messie im Wohnzimmer.

»Das mein ich ernst«, sagte er. »Ich fahr nicht, wenn ich was getrunken habe.«

»Du bist ein Engel, Eddie.«

»So herablassend.«

»Wohl kaum.«

»Maya?«

»Was ist?«

Die Haarbüschel auf dem Kinn und der rechten Wange waren immer noch da – Stellen, die er zu rasieren vergessen hatte. Claire hätte sie gesehen, ihn darauf hingewiesen und ihn aufgefordert, darauf zu achten, dass er so nicht aus dem Haus geht.

Leise sagte er: »Als sie noch lebte, habe ich nicht getrunken.«

Maya wusste nicht, was sie dazu sagen sollte, also hielt sie den Mund.

»Na ja, ich hab schon mal gelegentlich ein Bier getrunken oder so, aber…«

»Ich weiß, was du meinst«, unterbrach Maya ihn. »Ich muss aber los. Kümmer dich um die Kids.«

»Der örtliche Fußballverband hat angerufen.«

»Aha?«

»Offenbar hast du da eine ziemliche Szene gemacht.«

Maya zuckte die Achseln. »Ich hab mit dem Trainer die Regeln diskutiert.«

»Mit welchem Recht?«

»Dein Sohn, Eddie. Er hat mich angerufen, damit ich deiner Tochter helfe.«

»Und du glaubst, dass du ihr damit geholfen hast?«

Maya sagte nichts.

»Du glaubst, ein Arschloch wie Coach Phil vergisst so etwas? Du glaubst, er findet keine Möglichkeit, seinen Frust an Alexa auszulassen?«

»Das sollte er lieber lassen.«

»Oder was?«, fauchte Eddie. »Kümmerst du dich auch in Zukunft darum?«

»Ja, Eddie. Wenn sie das braucht. Ich werde für sie einstehen, bis sie für sich selbst einstehen kann.«

»Indem du dem Trainer die Hose herunterziehst?«

»Indem ich tue, was nötig ist.«

»Hörst du eigentlich, was du da sagst?«

»Laut und deutlich. Ich habe gesagt, ich werde für sie einstehen. Und weißt du, warum ich das mache? Weil es sonst niemand tut.«

Er zuckte zurück, als hätte sie ihm eine Ohrfeige gegeben. »Mach, dass du aus meinem Haus kommst.«

»Gut.« Maya ging in Richtung Tür, blieb aber noch einmal stehen und drehte sich zu ihm um. »Dein Haus ist übrigens eine Müllhalde. Bring es in Schuss.«

»Ich habe gesagt, du sollst machen, dass du hier rauskommst. Und vielleicht solltest du lieber erst einmal eine Weile nicht wieder herkommen.«

Sie erstarrte. »Wie bitte?«

»Ich will dich nicht in der Nähe meiner Kinder sehen.«

»Deiner …?« Maya trat näher an ihn heran. »Würdest du mir bitte sagen, warum?«

Der Zorn, der in seinen Augen lag, schien sich aufzulösen. Eddie schluckte, wandte den Blick ab und sagte: »Du verstehst das nicht.«

»Was versteh ich nicht?«

»Du warst diejenige, die in den Kampf gezogen ist, damit wir anderen es nicht tun mussten. Du hast dafür gesorgt, dass wir uns sicher fühlen.«

»Ich *war* diejenige?«

»Ja.«

»Das versteh ich nicht.«

Schließlich sah er ihr in die Augen. »Der Tod verfolgt dich, Maya.«

Sie stand nur da. Irgendwo in der Umgebung stellte jemand einen Fernseher an. Sie hörte gedämpfte Schreie.

Eddie begann, an den Fingern abzuzählen. »Erst der Krieg. Dann Claire. Jetzt Joe.«

»Du gibst mir die Schuld?«

Er öffnete den Mund, schloss ihn wieder, versuchte es noch einmal. »Vielleicht. Ich weiß nicht. Vielleicht hat der Tod dich in irgendeinem Dreckskaff in der Wüste gefunden. Vielleicht hast du ihn aber auch schon immer in dir getragen und irgendwie freigelassen … oder er hat dich nach Hause verfolgt.«

»Du laberst eine gewaltige Scheiße, Eddie.«

»Möglich. Verdammt, ich mochte Joe. Joe war ein guter Mensch. Und jetzt ist er auch tot.« Eddie sah zu ihr auf. »Ich will nicht, dass es als Nächstes jemanden trifft, den ich liebe.«

»Du weißt, dass ich niemals zulassen würde, dass jemand Daniel oder Alexa etwas tut.«

»Und du glaubst, das liegt in deiner Macht, Maya?«

Sie antwortete nicht.

»Du hättest auch nicht zugelassen, dass jemand Claire oder Joe etwas tut. Und was ist passiert?«

Beugen, strecken.

»Du laberst Scheiße, Eddie.«

»Mach, dass du hier rauskommst. Verschwinde und komm nicht zurück.«

VIER

Eine Woche später tauchte der rote Buick Verano wieder auf.

Maya war nach einem langen Arbeitstag mit zu vielen Flugstunden auf dem Heimweg. Sie war müde, hatte Hunger und wollte nur noch nach Hause und Isabella erlösen. Und jetzt war der verdammte rote Buick wieder da.

Wie sollte sie damit umgehen?

Sie ging gerade die möglichen Optionen durch, als der Buick abbog. Wieder Zufall? Oder hatte der Fahrer gemerkt, dass sie nach Hause fuhr? Maya hätte auf Letzteres gewettet.

Als sie ihr Haus erreichte, wartete Hector, Isabellas Bruder, schon neben seinem Pick-up. Er holte Isabella normalerweise ab, wenn er mit dem Gärtnern fertig war.

»Hallo, Mrs Burkett.«

»Hi, Hector.«

»Ich habe nur eben die Blumenbeete fertig gemacht.« Er zog den Reißverschluss seines Kapuzenpullovers bis zum Hals hoch. Eine seltsame Kleiderwahl bei der Hitze. »Gefällt's Ihnen?«

»Sie sehen toll aus. Darf ich Sie um einen Gefallen bitten?«

»Natürlich.«

»Der Garten meiner Schwester bräuchte etwas Pflege. Wenn ich Ihnen die Stunden extra bezahle, könnten Sie da vielleicht mal den Rasen mähen und etwas Ordnung schaffen?«

Hector wirkte etwas unsicher, als er den Vorschlag hörte. Seine Familie arbeitete ausschließlich für die Burketts. Sie bezahlten ihn.

»Ich kläre das vorher noch mit Judith«, sagte Maya.

»Klar, dann kann ich das gerne machen.«

Als Maya zum Haus ging, surrte ihr Handy. Eine SMS von Alexa.

Samstag ist Soccer Day. Kommst du?

In der letzten Woche hatte sie sich rausgeredet, weil sie nach dem Vorfall mit Coach Phil nicht bei ihnen vorbeikommen wollte. So sicher sie auch war, dass er unrecht hatte, machte Eddies Vorwurf ihr doch zu schaffen. Sie wusste, dass sein »Der Tod verfolgt dich«-Geschwafel völlig irrational war. Aber vielleicht musste man einem Vater Irrationalität zubilligen, wenn es um seine Kinder ging – eine Zeitlang zumindest.

Vor vielen Jahren, nach Daniels Geburt, hatten Claire und Eddie Maya für den unwahrscheinlichen Fall, dass beiden Eltern etwas zustieß, zum Vormund zuerst für Daniel, dann für ihre beiden Kinder gemacht. Aber schon damals, schon bevor Claire wissen konnte, wie sehr die ganze Geschichte aus dem Ruder laufen würde, hatte sie Maya zur Seite genommen und gesagt: »Wenn mir etwas zustößt, kommt Eddie nicht allein zurecht.«

»Wie kommst du darauf?«

»Er ist ein guter Mensch. Aber er ist nicht wirklich gefestigt oder stark. Du musst für sie da sein, ganz egal, was passiert.«

Sie brauchte kein »Versprich mir das« oder so etwas hinzuzufügen. Claire wusste Bescheid. Maya wusste Bescheid. Maya nahm ihre Verantwortung und die Besorgnis ihrer Schwester ernst, und wenngleich sie Eddies Wunsch für eine kurze Zeit

Folge leisten mochte, wusste er ebenso gut wie sie, dass sie nicht ewig auf Abstand bleiben würde.

Sie antwortete auf die SMS: Mist, kann nicht. Irre viel Arbeit. Bis demnächst? LG

Als Maya zur Hintertür ging, hatte sie einen Flashback zu diesem Tag im Camp Arifjan in Kuwait: Es war am Mittag gewesen – zu Hause also fünf Uhr morgens –, als der Anruf sie erreichte.

»Ich bin's«, sagte Joe mit zittriger Stimme. »Ich habe schlechte Neuigkeiten.«

Seltsam, dachte sie in der kurzen Pause, bevor ihre Welt unterging, eigentlich hatte sie damit gerechnet, gewissermaßen am anderen Ende der Leitung zu stehen. Diese schrecklichen Anrufe waren praktisch immer in die andere Richtung gegangen – die schlechten Nachrichten aus dem Nahen Osten wurden Richtung Westen in die Vereinigten Staaten übermittelt. Natürlich hatte sie selbst nie angerufen. Es gab Protokolle, die befolgt werden mussten. Ein »Bevollmächtigter für die Übermittlung von Todesmeldungen« – ja, das gab es – teilte es der Familie persönlich mit. Was für eine Aufgabe. Niemand meldete sich dafür freiwillig – die Leute wurden zu Freiwilligen erklärt. Der »Bevollmächtigte für die Übermittlung von Todesnachrichten« legte seine blaue Ausgehuniform an, stieg mit einem Geistlichen in einen Wagen, klopfte bei den nächsten Angehörigen an die Tür und überbrachte die auswendig gelernte Todesnachricht.

»Was ist passiert?«, hatte sie Joe gefragt.

Schweigen. Das schlimmste Schweigen, das sie je erlebt hatte.

»Joe?«

»Es geht um Claire«, hatte er gesagt, und Maya hatte gespürt, wie etwas in ihr zu Staub zerfiel.

Sie öffnete die Hintertür. Lily saß auf der Couch und malte mit einem grünen Buntstift. Sie blickte nicht auf, als ihre Mutter hereinkam, aber das war in Ordnung. Lily gehörte zu den Kindern, die sich hervorragend konzentrieren konnten. Und jetzt konzentrierte sie sich ganz aufs Malen. Isabella stand langsam auf, als fürchtete sie, sie aus ihrer Trance zu wecken, und durchquerte das Zimmer.

»Danke, dass Sie so lange geblieben sind«, sagte Maya.

»Das ist kein Problem.«

Lily hob den Blick und lächelte ihnen zu. Beide lächelten zurück und winkten.

»Wie war sie heute?«

»Der reinste Sonnenschein.« Isabella sah Lily mit trister Miene an. »Sie versteht es nicht.«

Das oder etwas Ähnliches sagte Isabella jeden Tag.

»Wir sehen uns morgen früh«, sagte Maya.

»Ja, Mrs Burkett.«

Als Maya sich neben ihre Tochter setzte, hörte sie Hectors Pick-up wegfahren. Sie betrachtete die wechselnden Bilder auf dem digitalen Bilderrahmen – beziehungsweise der Nanny-Cam – und war sich der Tatsache bewusst, dass alles, was sie tat, aufgezeichnet wurde. Sie hatte sich die Aufnahmen fast täglich angeguckt, nur um sicherzugehen, dass Isabella nicht… na ja, was eigentlich? Die Videos waren jedenfalls immer ziemlich ereignislos. Maya sah sich nie die Stellen an, auf denen sie mit ihrem Kind spielte. Das kam ihr seltsam vor. Eine Überwachungskamera im Zimmer zu haben kam ihr allerdings auch seltsam vor. Es gab ihr das Gefühl, sie müsste sich anders verhalten. Veränderte die Kamera Mayas Umgang mit Lily? Ja, wahrscheinlich schon.

»Was malst du?«, fragte Maya.

»Siehst du das nicht?«

Es sah aus wie Schlangenlinien. »Nein.«

Lily wirkte beleidigt.

Maya zuckte die Achseln. »Verrätst du es mir?«

»Zwei Kühe und eine Raupe.«

»Die Kuh ist grün?«

»Das ist doch die Raupe.«

Glücklicherweise klingelte Mayas Handy. Ein Blick aufs Display verriet ihr, dass es Shane war.

»Wie hältst du dich?«, fragte Shane.

»Gut.«

Stille. Drei Sekunden vergingen, bevor Shane weitersprach.

»Ich fahr voll ab auf dieses peinliche Schweigen«, sagte Shane. »Du auch?«

»Es ist wunderbar. Also, was gibt's?«

Für solche »Wie hältst du dich«-Fragen standen sie sich zu nahe. Das war einfach nicht Teil ihrer Freundschaft.

»Wir müssen reden«, sagte er.

»Dann rede.«

»Ich komm vorbei. Hast du Hunger?«

»Eigentlich nicht.«

»Ich kann eine Pizza mit Chicken Wings von *Best of Everything* mitbringen.«

»Dann sieh zu, dass du damit herkommst, verdammt noch mal.«

Sie legte auf. In Camp Arifjan konnte man zu fast jeder Mahlzeit Pizza bekommen, der Belag schmeckte aber wie sauer gewordener Ketchup, und der Teig hatte die Konsistenz von Zahnpasta. Seit sie wieder zurück war, wollte sie nur noch Pizza aus dünnem, knusprigem Teig, und die machte niemand besser als *Best of Everything*.

Als Shane ankam, setzten sich alle an den Küchentisch und verschlangen die Pizza. Lily liebte Shane. Alle Kinder liebten

Shane. Mit Erwachsenen kam er nicht ganz so gut zurecht. Er wirkte etwas unbeholfen, etwas stoisch, was die meisten Menschen nicht mochten, da sie auf Äußerlichkeiten und falsches Lächeln Wert legten. Shane kam mit Small Talk und der übertriebenen Dummschwätzerei der modernen Gesellschaft nicht zurecht.

Als sie die Pizza aufgegessen hatten, bestand Lily darauf, dass Shane sie ins Bett brachte, nicht Maya.

Shane zog eine Schnute. »Dir vorzulesen ist aber so schrecklich langweilig.«

Lily lachte sich schlapp. Sie ergriff seine Hand und fing an, ihn zur Treppe zu ziehen. »Nein, nicht!«, jammerte Shane und ließ sich auf den Boden fallen. Lily lachte noch lauter und zog weiter. Shane protestierte den ganzen Weg über. Lily brauchte zehn Minuten, um ihn die Treppe hinaufzubekommen.

Als sie im Schlafzimmer waren, las Shane ihr eine Geschichte vor, und Lily schlief so schnell ein, dass Maya sich fragte, ob er ihr eine Valium untergeschoben hatte.

»Das ging aber schnell«, sagte sie, als er wieder runterkam.

»War Teil meines Plans.«

»Welcher Plan?«

»Sie müde zu machen, indem ich mich die Treppe raufzerren lasse.«

»Clever.«

»Na ja.«

Sie nahmen sich zwei kalte Bier aus dem Kühlschrank und setzten sich in den Garten. Es war dunkel geworden. Die Schwüle drückte etwas, aber wenn man in der Wüstenhitze mit einem zwanzig Kilo schweren Rucksack unterwegs gewesen war, machte einem Hitze, welcher Art auch immer, nicht mehr viel aus.

»Angenehme Nacht«, sagte Shane.

Sie setzten sich an den Swimmingpool und tranken etwas von ihrem Bier. Zwischen ihnen hatte sich eine Kluft aufgetan, und das gefiel Maya ganz und gar nicht.

»Hör auf damit«, sagte sie.

»Womit?«

»Du behandelst mich wie …«

»Wie was?«

»Wie eine Witwe. Lass das.«

Shane nickte. »Ja, okay. Mein Fehler.«

»Also, worüber wolltest du mit mir reden?«, fragte sie.

Er trank noch einen Schluck Bier. »Vielleicht ist es nichts.«

»Aber?«

»Es ist ein Geheimdienstbericht im Umlauf.« Shane war noch beim Militär. Er leitete die örtliche Einheit der Militärpolizei. »Wie's aussieht, könnte Corey Rudzinski wieder im Lande sein.«

Shane wartete auf ihre Reaktion. Maya trank einen langen, kräftigen Schluck Bier und sagte nichts.

»Wir vermuten, dass er vor zwei Wochen aus Kanada über die Grenze gekommen ist.«

»Gibt es einen Haftbefehl gegen ihn?«

»Eigentlich nicht.«

Corey Rudzinski war der Gründer von *CoreyTheWhistle*, einer Website, auf der Whistleblower sicher vertrauliche Informationen ins Internet stellen konnten. Illegalen Aktivitäten von Regierungen und Großkonzernen sollte ein Riegel vorgeschoben werden. Erinnern Sie sich noch an die Story über ein südamerikanisches Regierungsmitglied, das Schmiergelder von den Ölgesellschaften angenommen hat? Wie hat die Öffentlichkeit davon erfahren? Durch einen Tipp an *CoreyTheWhistle*. An den Korruptionsskandal bei der Polizei und die rassistischen E-Mails? *CoreyTheWhistle*. An die Misshandlungen von Gefängnisinsassen in Idaho, den vertuschten Atomunfall in Asien, den Sicherheitsdienst, der sich einen Hostessenservice bestellt hatte? Alles herausgekommen via *CoreyTheWhistle*.

Und dann war da natürlich die Sache mit den Todesopfern unter Zivilisten aufgrund einer übereifrigen Helikopter-Pilotin der Army?

Ja, erraten.

Auch dieser Knüller war freundlicherweise von Coreys anonymen Whistleblowern zur Verfügung gestellt worden.

»Maya?«

»Er kann mir nichts mehr tun.«

Shane legte den Kopf auf die Seite.

»Was ist?«

»Nichts.«

»Er kann mir nichts mehr anhaben«, sagte sie. »Er hat das Video doch schon veröffentlicht.«

»Nicht alles.«

Sie trank einen Schluck Bier. »Ist mir egal, Shane.«

Er lehnte sich zurück. »Okay.« Dann: »Was glaubst du, warum hat er es nicht getan?«

»Was nicht getan?«

»Die Tonspur veröffentlicht.«

Diese Frage machte ihr mehr zu schaffen, als Shane je erfahren würde.

»Er ist ein Whistleblower«, sagte Shane. »Warum hat er sie nicht auch veröffentlicht?«

»Keine Ahnung.«

Shane richtete seinen Blick ins Nichts. Maya kannte diesen Blick.

»Ich geh mal davon aus, dass du eine Theorie hast«, sagte sie.

»Habe ich.«

»Lass hören.«

»Corey wartet auf den richtigen Zeitpunkt«, sagte Shane.

Maya runzelte die Stirn.

»Zuerst hatte er den Medienrummel bei der Erstveröffentlichung. Und jetzt wartet er, bis er wieder neue Publicity braucht, um den Rest zu veröffentlichen.«

Sie schüttelte den Kopf.

»Er ist ein Raubtier«, sagte Shane. »Raubtiere brauchen immer neues Futter.«

»Soll heißen?«

»Um mit seinem Projekt Erfolg zu haben, muss Corey Rudzinski nicht nur die Leute ausschalten, die er für korrupt hält, sondern er muss es so machen, dass es ihm die größtmögliche Publicity garantiert.«

»Shane?«

»Ja.«

»Es ist mir im Prinzip egal. Ich bin raus aus der Army. Ich bin sogar – keuch – eine Witwe. Von mir aus kann er machen, was er will.«

Sie fragte sich, ob Shane ihr den Fatalismus abkaufte, aber schließlich kannte auch er nicht die ganze Wahrheit, oder?

»Okeydokey.« Shane trank sein Bier aus. »Erzählst du mir, was hier wirklich vorgeht?«

»Wie meinst du das?«

»Ich hab den Test für dich gemacht, ohne Fragen zu stellen.«

Sie nickte. »Danke.«

»Ich erwarte keine Dankbarkeit von dir, das weißt du.«

Das stimmte.

»Mit der Durchführung dieses Tests habe ich gegen meinen Diensteid verstoßen. Die Sache war, um es ohne Umschweife zu sagen, gesetzeswidrig. Das ist dir klar, oder?«

»Lass gut sein, Shane.«

»Hast du gewusst, dass Joe in Gefahr war?«

»Shane …«

»Oder hatten sie es eigentlich auf dich abgesehen?«

Maya schloss einen Moment die Augen. Die Geräusche donnerten auf sie ein.

»Maya?«

Sie öffnete die Augen und drehte sich langsam zu ihm um. »Vertraust du mir?«

»Jetzt beleidige mich nicht. Du hast mir das Leben gerettet. Du bist der beste und tapferste Soldat, unter Frauen wie Männern, der mir je begegnet ist.«

Sie schüttelte den Kopf. »Die besten und tapfersten sind in Pappkartons zurückgekommen.«

»Nein, Maya, das sind sie nicht. Die haben den höchsten Preis bezahlt, das ist wahr. Sie waren diejenigen, die das größte Pech hatten. Das weißt du ebenso gut wie ich. Sie standen zur falschen Zeit am falschen Ort.«

Das stimmte. Es war nicht so, dass die kompetenteren Soldaten bessere Überlebenschancen hatten. Es war ein Glücksspiel. Für die Opfer war ein Krieg keine Leistungsgesellschaft.

Mit leiser Stimme sagte Shane in die Dunkelheit hinein: »Du wirst versuchen, die Sache alleine hinzubiegen, richtig?«

Sie antwortete nicht.

»Du willst Joes Mörder allein zur Strecke bringen.«

Das war keine Frage. Die Stille hing noch eine Weile in der Luft, genau wie die Schwüle.

»Ich bin da, wenn du Hilfe brauchst. Das weißt du doch, oder?«

»Ich weiß.« Dann: »Vertraust du mir, Shane?«

»Ich würde mein Leben in deine Hände legen.«

»Dann halt dich da raus.«

Shane trank sein Bier aus und ging zur Tür.

»Ich brauche noch etwas«, sagte Maya.

Sie reichte ihm einen Zettel.

»Was ist das?«

»Das Kennzeichen eines roten Buick Verano. Ich muss wissen, wem der Wagen gehört.«

Shane verzog das Gesicht. »Ich werde keinen von uns durch die Frage in Verlegenheit bringen, wieso du das wissen musst«, sagte er. »Dann musst du mir aber erst mal entgegenkommen.«

Er küsste sie väterlich auf den Kopf und ging.

Maya sah noch einmal nach ihrer schlafenden Tochter. Dann tappte sie den Flur entlang zum Hightech-Fitnessraum, den Joe bei ihrem Einzug hatte einbauen lassen. Sie nahm ein paar leichte Gewichte – Kniebeugen, Kreuzheben, Bankdrücken –, dann ging sie aufs Laufband. Das Haus war ihr schon immer zu groß vorgekommen. Und zu schick. Ihre Familie war keineswegs arm gewesen, aber dieser Reichtum passte nicht zu ihr. Maya fühlte sich hier nicht wohl, das war von Anfang an so gewesen. Aber so waren die Burketts nun einmal. Die Familie entließ niemanden aus ihrer Umklammerung – ihr Einflussbereich dehnte sich einfach immer weiter aus.

Sie geriet ordentlich ins Schwitzen. Das Training tat ihr gut. Als sie fertig war, legte Maya sich ein Handtuch über die Schultern und nahm sich ein eiskaltes Bier aus dem Kühlschrank. Sie drückte die Flasche gegen ihre Stirn. Schön kalt.

Sie bewegte die Maus, um den Computer aus dem Standby zu wecken, und ging ins Internet. Dann gab sie die URL von *CoreyTheWhistle* ein und wartete, bis die Seite geladen war. Andere vergleichbare Seiten wie WikiLeaks waren sehr schlicht und sachlich aufgebaut – schematisch, schwarz-weiß, informativ. Corey hatte sich für eine anregendere Optik entschieden.

Das Motto, das in verschiedenen Schriftarten am oberen Rand stand, war einfach und geschmacklos. »Wir haben die Pfeife. Sie müssen nur noch, äh, blasen.«

Darunter die reinste Farbexplosion. Es gab Thumbnails zu den verschiedensten Videos. Und während konkurrierende Websites Übertreibungen mieden, fand man bei Coreys die erfolgversprechendsten und geschmacklosesten Schlagzeilen als Anreißer: »Die Top-Ten-Überwachungsmethoden, mit denen die Regierung uns ausspioniert – Nummer 7 wird Sie umhauen.« »Die Wall-Street will Ihr Geld … und Sie werden nicht glauben, was als Nächstes kommt.« »Sie denken, die Polizei ist da, um Sie zu schützen? Denken Sie noch mal drüber nach.« »Wir töten Zivilisten. Warum die Vier-Sterne-Generäle uns hassen.« »Zwanzig Anzeichen dafür, dass Ihre Bank Sie ausnimmt.« »Die reichsten Männer der Welt zahlen keine Steuern. Wie Sie das auch hinkriegen.« »Welchem Despoten sind Sie am ähnlichsten? Dieser Test verrät es Ihnen.«

Sie klickte auf *Archiv* und fand das alte Video. Sie wusste nicht genau, warum sie auf Coreys Website ging, um es sich anzusehen. Auch auf YouTube konnte man es in diversen Varianten finden. Sie hätte es sich ebenso gut dort angucken können, aber irgendwie erschien es ihr richtiger, direkt zur Quelle zu gehen.

Irgendjemand hatte das, was als Rettungsmission begonnen hatte, an Corey Rudzinski weitergegeben. Vier Soldaten, von denen Maya drei kannte und mochte, waren bei al-Qa'im, also im Grenzgebiet zwischen Syrien und dem Irak, in einen Hinterhalt geraten. Zwei waren noch am Leben, saßen durch Feindbeschuss aber in der Falle. Ein schwarzer SUV näherte sich, um sie fertigzumachen. Maya und Shane, die mit Höchstgeschwindigkeit in einem Boeing MH-6 Little Bird Kampfhubschrauber zu Hilfe eilten, hatten die angstvollen

Hilfeschreie der beiden überlebenden Soldaten gehört. Sie klangen so jung, so verdammt jung, und sie wusste, dass die zwei, die schon tot waren, genauso geklungen hätten.

Als das Ziel in Sicht kam, warteten sie auf die Bestätigung, obwohl die meisten Leute glauben, dass Militärtechnik nie versagt, hatte das Funksignal vom *Joint Operations Command* in Al Asad starke Aussetzer. Ganz anders als das der beiden Soldaten, die um Rettung flehten. Maya und Shane warteten. Beide fluchten über Funk, forderten eine Antwort vom JOC, während sie die Schreie der beiden Überlebenden mithörten. Das war der Moment, in dem Mayas MH-6 den schwarzen SUV mit einer AGM-Hellfire-Rakete außer Gefecht setzte. Der SUV explodierte. Die Infanterie rückte nach und rettete die Soldaten. Beide hatten Schussverletzungen, aber sie überlebten.

Damals hatte das Ganze nach einer gelungenen Rettungsaktion ausgesehen.

Mayas Handy klingelte. Schnell schloss sie den Browser, als hätte man sie beim Pornogucken erwischt. Auf dem Display erschien FARNWOOD, der Name des Familienanwesens der Burketts.

»Hallo?«

»Maya, hier ist Judith.«

Joes Mutter. Seit Joes Tod war mehr als eine Woche vergangen, aber ihre Stimme klang immer noch bleiern, als müsste sie sich jedes Wort mühsam abringen.

»Oh, hi, Judith.«

»Ich wollte mich erkundigen, wie es dir und Lily geht.«

»Sehr aufmerksam von dir. Uns geht es so gut, wie man es unter diesen Umständen erwarten kann.«

»Freut mich, das zu hören«, sagte Judith. »Außerdem wollte ich dich daran erinnern, dass Heather Howell morgen um Punkt neun in der Farnwood-Bibliothek Joes Testament verlesen wird.«

Die Reichen gaben sogar ihren Zimmern Namen.

»Ich werde da sein, danke.«

»Sollen wir dir einen Wagen schicken?«

»Nicht nötig, das krieg ich schon hin.«

»Warum bringst du Lily nicht mit? Wir würden uns freuen, sie zu sehen.«

»Das entscheide ich, wenn's so weit ist, okay?«

»Natürlich. Ich … Sie fehlt mir wirklich sehr. Sie sieht fast aus wie … Also, dann sehen wir uns morgen früh.«

Es gelang Judith offenbar, die Tränen so lange zurückzuhalten, bis sie aufgelegt hatte.

Maya saß einen Moment lang ganz still. Vielleicht würde sie Lily mitnehmen. Und Isabella. Dabei fiel ihr ein, dass sie die SD-Karte der Nanny-Cam seit zwei Tagen nicht überprüft hatte. Warum auch? Sie war müde. Das hatte bis morgen früh Zeit.

Maya zog sich um und ging ins Schlafzimmer. Dort setzte sie sich in den großen Sessel – Joes Sessel – und schlug ein Buch auf. Eine neue Biografie der Gebrüder Wright. Sie versuchte, sich zu konzentrieren, aber ihre Gedanken fanden keine Ruhe.

Corey Rudzinski war wieder in den USA. War das ein Zufall?

Du wirst versuchen, die Sache alleine hinzubiegen, richtig?

Sie spürte die Warnsignale. Maya klappte das Buch zu und schlüpfte schnell ins Bett. Sie schaltete das Licht aus und wartete.

Zuerst kam der Schweiß, dann Visionen – aber am meisten machten ihr die Geräusche zu schaffen. Die Geräusche. Der pausenlose Lärm, die ständige Kakofonie aus Hubschrauberrotoren, Störgeräuschen im Funkgerät, Schüssen – und natürlich die menschlichen Geräusche, das Lachen, der Hohn, die Panik, die Schreie.

Maya zog sich das Kissen über die Ohren, aber das machte es nur noch schlimmer. Die Geräusche umgaben sie nicht einfach, sie waren nicht nur ein Widerhall in ihrem Kopf. Sie zerschnitten das Innere ihres Kopfes. Zerfetzten ihr Hirn, ihre Träume und Gedanken wie heißes Schrapnell.

Maya unterdrückte einen Schrei. Die Nacht würde übel werden. Sie würde Hilfe brauchen. Also öffnete sie ihre Nachttischschublade. Sie nahm die Flasche heraus und schluckte zwei Clonazepam.

Die Pillen beendeten die Geräusche nicht, aber nachdem Maya sie noch eine Weile ertragen hatte, dämpften sie sie so stark, dass sie einschlafen konnte.

FÜNF

Mayas erster Gedanke beim Aufwachen: Guck dir das Nanny-Cam-Video an.

Maya wachte immer genau um 4:58 Uhr auf. Manche Leute behaupteten, dass sie einen inneren Wecker hatte, aber wenn das zutraf, war er defekt, denn er ließ sich nur auf 4:58 Uhr stellen und selbst dann nicht ausschalten, wenn sie lange aufgeblieben war und sich nach zusätzlichem Schlaf sehnte. Wenn sie versuchte, ihn ein paar Minuten früher oder später zu stellen, wechselte er sofort wieder zur Standardzeit 4:58 Uhr.

Angefangen hatte das während ihrer Grundausbildung. Ihr Drill-Sergeant weckte sie um 5:00 Uhr, und während die meisten anderen Rekruten stöhnten und sich quälten, war Maya schon zwei volle Minuten wach und auf das Erscheinen des Sergeants vorbereitet.

Nachdem Maya am Abend vorher eingeschlafen (sprich: ohnmächtig geworden) war, hatte sie gut geschlafen. Seltsamerweise suchten ihre Dämonen sie nur selten im Schlaf heim – sie hatte keine Albträume, zerwühlte die Laken nicht, wachte nicht schweißgebadet auf. Maya erinnerte sich nie an ihre Träume, was entweder bedeutete, dass sie friedlich schlief, oder, dass ihr Unterbewusstsein gnädigerweise dafür sorgte, dass sie ihre Träume vergaß.

Sie nahm das Haargummi vom Nachttisch und band sich die Haare zu einem Pferdeschwanz. Joe hatte den Pferdeschwanz gemocht. »Ich steh auf deine Knochenstruktur«, hatte er gesagt. »Ich will so viel wie möglich von deinem Gesicht sehen.« Außerdem hatte er gern mit dem Pferdeschwanz gespielt und sogar, bei einigen Gelegenheiten, sanft daran gezogen, aber das war eine ganz andere Sache.

Sie wurde rot bei der Erinnerung.

Maya checkte ihr Handy. Nichts Wichtiges. Sie schwang ihre Beine aus dem Bett und tappte den Flur entlang. Lily schlief noch. Das war keine Überraschung. Was den inneren Wecker betraf, kam Lily eher nach ihrem Vater: Schlaf so lange, bis du wirklich unbedingt aufstehen musst.

Draußen war es noch dunkel. In der Küche roch es nach Gebackenem. Isabellas Werk. Maya kochte und backte nicht und engagierte sich auch sonst nicht im kulinarischen Bereich, wenn sie nicht dazu gezwungen war. Viele ihrer Freundinnen kochten mit großer Begeisterung, was Maya komisch fand, da das Kochen seit Generationen oder eigentlich während der gesamten Menschheitsgeschichte als lästige und aufreibende Arbeit angesehen wurde, die man zu vermeiden suchte. In Geschichtsbüchern fand man kaum Berichte über Monarchen, Adelige oder irgendjemanden, der einer erweiterten Elite angehörte, der seine Zeit in der Küche verbracht hätte. Essen? Klar. Edle Speisen und gute Weine? Natürlich. Aber Mahlzeiten zubereiten? Das war eine niedere Tätigkeit, die den Dienstboten überlassen wurde.

Maya überlegte kurz, ob sie sich Rührei mit Bacon machen sollte, aber etwas Milch über ein paar Frühstücksflocken zu gießen sprach sie doch mehr an. Sie setzte sich an den Tisch und versuchte, nicht an die bevorstehende Verlesung von Joes Testament zu denken. Sie glaubte nicht, dass es irgendwelche Überraschungen geben würde. Maya hatte einen Ehevertrag unterschrieben (Joe: »Ist eine Familientradition – ein Burkett, der keinen hat, wird sofort enterbt.«), und als Lily geboren wurde, hatte Joe ihn so formuliert, dass sein gesamter Besitz im Falle seines Todes treuhänderisch für seine Tochter verwaltet wurde. Damit war Maya vollkommen zufrieden.

Im Schrank waren keine Frühstücksflocken. Mist. Isabella hatte sich über den vielen Zucker darin beschwert, aber war sie wirklich so weit gegangen, sie wegzuwerfen? Maya ging zum Kühlschrank, dann blieb sie stehen.

Isabella.

Die Nanny-Cam.

Sie war mit diesem Gedanken aufgewacht, was seltsam war. Natürlich hatte sie sich die meisten Videos angesehen, aber nicht täglich. Sie fand es nicht unbedingt nötig. Es war nichts passiert, was ihr auch nur im Entferntesten fragwürdig vorkam. Normalerweise sah Maya sich alles im Schnellvorlauf an. Isabella war auf dem Video immer heiter und fröhlich, was Maya etwas seltsam vorkam, da es nicht Isabellas üblichem Gemütszustand entsprach. In Lilys Nähe hatte sie gute Laune, ansonsten erinnerte ihr Gesicht aber an einen Totempfahl. Sie war keine große Lächlerin.

Aber auf den Videos lächelte sie immer. Sie war das perfekte Kindermädchen, ständig. Und seien wir ehrlich: Das war niemand. Absolut niemand. Wir alle hatten unsere schwachen Momente, richtig?

Wusste Isabella von der Nanny-Cam?

Mayas Laptop und der SD-Karten-Reader, den Eileen ihr geschenkt hatte, steckten in ihrem Rucksack. Eine Weile hatte Maya noch ihren Militär-Rucksack benutzt – ein beigefarbenes Nylonding mit vielen Fächern und Taschen –, aber dann hatten sich zu viele Möchtegern-Soldaten das Modell im Internet bestellt, sodass ihr das irgendwie zu angeberisch vorgekommen war. Joe hatte ihr einen schwarzen Kevlar-Laptop-Rucksack von Tumi gekauft. Sie hatte ihn für überteuert gehalten, bis sie sah, was die Möchtegern-Soldaten im Internet für ihre Rucksäcke bezahlten.

Sie nahm den Bilderrahmen aus dem Regal, drückte den Knopf an der Seite und zog die SD-Karte heraus. Was war, wenn Isabella es gemerkt hatte? Wäre das überhaupt so unwahrscheinlich? Eigentlich doch nicht. Wenn man ein aufmerksamer Mensch war – und das war Isabella –, überlegte man vielleicht, warum die Arbeitgeberin plötzlich einen neuen digitalen Bilderrahmen kaufte. Wenn man aufmerksam war – und, wie schon erwähnt, war Isabella das –, überlegte man vielleicht, warum dieser neue Bilderrahmen ausgerechnet an dem Tag auftauchte, an dem die Arbeitgeberin ihren ermordeten Ehemann beerdigt hatte. Wenn man aufmerksam war, tat man das alles womöglich oder auch nicht. Wer konnte das schon so genau sagen?

Maya steckte die SD-Karte in den Reader und hängte den Reader an die USB-Buchse. Warum war sie dabei so nervös? Wenn ihr Verdacht zutraf, wenn Isabella gemerkt hatte, dass der Bilderrahmen mehr konnte, als ein paar Familienfotos wiederzugeben, würde Isabella sich natürlich nur von ihrer besten Seite zeigen. Sie wäre nicht so dumm, irgendetwas Verdächtiges zu tun. Eine geheime Nanny-Cam zeichnete sich dadurch aus, dass sie *geheim* war. Sobald das Kindermädchen davon wusste, war die ganze Übung bestenfalls überflüssig.

Sie klickte auf den Play-Button. Die Aufnahmefunktion wurde über einen Bewegungsmelder gesteuert, daher startete das Video, als Isabella mit einem Kaffee in der Hand vorbeiging – natürlich mit einer Tasse mit Schutzdeckel, sodass keine Gefahr bestand, dass etwas von der heißen Flüssigkeit auf die zarte Haut des jungen Mädchens tropfte. Isabella hob Lilys ausgestopfte Giraffe vom Fußboden auf und ging damit zurück in Richtung Küche und dann aus dem Bild.

»Mommy?«

Die Kamera zeichnete keinen Ton auf, daher blickte Maya zur Treppe hinüber, wo ihre Tochter stand. Wärme durchströmte sie. Sie mochte vielem im Erziehungsprozess mit Zynismus begegnen, aber das Gefühl, das einen erfasste, wenn man sein Kind ansah, wenn der Rest der Welt dahinter verblasste, wenn alles außer diesem kleinen Gesicht zur Kulisse wurde – das kannte Maya.

»Hey, mein Schatz.«

Maya hatte irgendwo gelesen, dass das Vokabular eines zweijährigen Kindes durchschnittlich etwa fünfzig Worte umfasste. Das schien ungefähr hinzukommen. »Mehr« stand ganz oben auf der Liste. Maya eilte die Treppe hoch, griff über das Kindergeländer und nahm Lily auf den Arm. Lily hielt eins der unzerstörbaren Papp-Bücher in den Händen, in diesem Fall eine gekürzte Version von Dr. Seuss' Klassiker *One Fish Two Fish Red Fish Blue Fish.* Sie hatte dieses Buch in letzter Zeit mit sich herumgetragen, wie manche Kinder einen Teddybären. Ein Buch statt eines Stofftiers – Maya freute das unglaublich.

»Soll Mommy dir daraus vorlesen?«

Lily nickte.

Maya trug Lily nach unten und setzte sie an den Küchentisch. Das Video lief noch. Eins hatte Maya gelernt: Kleine Kinder lieben Wiederholungen. Neue Erfahrungen sind ihnen nicht geheuer. Lily hatte einen ganzen Haufen Pappbücher. Maya mochte die Bücher von P.D. Eastman wie *Are You My Mother?* oder *A Fish Out of Water* mit ihren unheimlichen Elementen und dem überraschenden Schluss. Lily hörte zu – jedes Buch war besser als kein Buch –, kehrte dann aber immer wieder zu den Bildern und Reimen von Dr. Seuss zurück – und wer wollte ihr das verdenken?

Maya sah zum Computer-Bildschirm, wo das Video aus der

Nanny-Cam weiterlief. Dort saßen Lily und Isabella auf der Couch. Isabella reichte Lily einen Goldfish-Cracker nach dem anderen, als würde sie einen Seelöwen für einen gelungenen Trick mit Heringen belohnen. Maya folgte dem Vorbild und holte die Cracker aus dem Schrank. Ein paar schüttete sie auf den Tisch. Lily fing an, einen nach dem anderen zu essen.

»Willst du noch etwas anderes?«

Lily schüttelte den Kopf und zeigte auf das Buch. »Lesen.«

»Nicht ›Lesen‹. Sag: ›Mommy, liest du mir bitte etwas …«

Maya hielt inne. Schluss jetzt. Sie nahm das Buch, schlug die erste Seite auf, fing an mit *»one fish, two fish«* und blätterte um. Sie hatte gerade den *»fat fish«* mit dem gelben Hut erreicht, als ihr auf dem Computer-Bildschirm etwas ins Auge stach.

Maya hörte auf zu lesen.

»Mehr«, verlangte Lily.

Maya rückte näher an den Bildschirm heran.

Die Kamera hatte sich wieder eingeschaltet, aber es war nichts zu sehen. Wieso …? Maya nahm an, dass sie Isabellas Rücken sah. Vermutlich stand Isabella direkt vor dem Bilderrahmen, sodass Maya nichts sehen konnte.

Falsch.

Isabella war zu klein. Ihr Kopf könnte die Sicht versperren, aber ihr Rücken? Unmöglich. Außerdem sah Maya die Farbe. Isabella hatte gestern eine rote Bluse getragen. Dieses Hemd war grün.

Waldgrün.

»Mommy?«

»Sekunde, Schatz.«

Wer immer es war, entfernte sich vom Bilderrahmen und aus dem Sichtfeld der Kamera. Maya hatte jetzt einen freien Blick auf die Couch. Lily saß alleine dort. Sie hatte dasselbe

Buch wie jetzt in der Hand, blätterte alleine darin und tat so, als würde sie es lesen.

Maya wartete.

Von links – aus der Küche – kam jemand ins Bild. Und es war nicht Isabella.

Es war ein Mann.

Zumindest wirkte die Person wie ein Mann. Er stand nah an der Kamera, sodass sein Gesicht nicht zu sehen war. Einen Moment lang dachte Maya, es könnte Hector sein, der für eine kurze Pause ins Haus gekommen war, um sich ein Glas Wasser zu holen oder so etwas, aber Hector trug einen Overall und ein Sweatshirt. Dieser Kerl trug Jeans und ein grünes …

… waldgrünes …

Hemd …

Auf dem Bildschirm blickte Lily zu dem vermeintlichen Mann auf. Als sie ihm breit zulächelte, spürte Maya, wie sich ein Felsbrocken auf ihren Brustkorb legte. Lily war sehr zurückhaltend gegenüber Fremden. Wer immer das also war, wer immer dieses wohlbekannte waldgrüne Hemd trug …

Der Mann ging zur Couch. Sein der Kamera zugewandter Rücken versperrte Maya den Blick auf ihre Tochter. Maya geriet kurz in Panik, als ihre Tochter außer Sicht war, bewegte tatsächlich den Kopf nach links und rechts, als könnte sie so an dem Mann vorbeigucken und sich vergewissern, dass Lily noch da, noch auf der Couch war, mit demselben Dr.-Seuss-Buch. Sie hatte das Gefühl, ihre Tochter wäre in Gefahr und diese Gefahr würde zumindest so lange andauern, bis Maya sie wieder sehen konnte. Das war natürlich Unsinn. Maya wusste das. Sie betrachtete etwas, das in der Vergangenheit lag, keinen Livestream, und ihre Tochter saß gesund und allem Anschein nach glücklich und zufrieden neben ihr – zumindest war sie glücklich gewesen, bis ihre Mommy so still geworden war und nur noch auf den Bildschirm starrte.

»Mommy?«

»Eine Sekunde noch, Schatz, ja?«

Der Mann in der wohlbekannten Jeans und dem waldgrünen Hemd – so hatte er es immer beschrieben, nicht einfach grün, dunkelgrün oder leuchtend grün, sondern waldgrün – hatte ihrer Tochter offensichtlich nichts angetan, sie nicht entführt oder irgendetwas in der Art, daher war die Angst, die Maya jetzt verspürte, nicht nur überzogen, sondern vollkommen unangebracht.

Auf dem Bildschirm trat der Mann zur Seite.

Maya sah Lily wieder. Sie ging davon aus, dass die Angst nachlassen würde. Aber das passierte nicht. Der Mann drehte sich um und setzte sich neben Lily auf die Couch. Er sah in die Kamera und lächelte.

Irgendwie gelang es Maya, nicht zu schreien.

Beugen, strecken, beugen …

Maya, die im Kampf immer Ruhe bewahrt hatte, der es immer gelungen war, sich an einen Ort in sich selbst zurückzuziehen, sodass ihr Puls ruhig blieb und die Adrenalinschübe sie nicht lähmten, suchte jetzt verzweifelt nach diesem Ort. Die bekannten Kleidungsstücke, die Jeans und besonders das waldgrüne Hemd, hätten sie auf die Möglichkeit – und mit »Möglichkeit« meinte sie »Unmöglichkeit« – dessen, was sie gerade sah, vorbereiten müssen. Sie schrie nicht. Sie schnappte nicht nach Luft.

Stattdessen breitete sich etwas in ihrer Brust aus, das das Atmen erschwerte. Das Blut schien in ihren Adern zu gefrieren. Ihre Lippen zitterten.

Dort, auf dem Computer-Monitor, sah Maya Lily auf den Schoß ihres toten Ehemanns klettern.

SECHS

Es war nur ein kurzes Video.

Kaum saß Lily auf »Joes« Schoß, da nahm er sie auf den Arm und ging mit ihr aus dem Sichtfeld der Kamera. Dreißig Sekunden später war die Aufnahme zu Ende, der Bewegungsmelder hatte die Nanny-Cam ausgeschaltet.

Das war's.

Als die Kamera sich erneut einschaltete, kamen Isabella und Lily aus der Küche und fingen an zu spielen, so wie etliche Male zuvor. Maya schaltete in den Schnellvorlauf, aber der Rest des Tages verlief ähnlich wie alle anderen. Sie sah nur Isabella und Lily. Keine toten Ehemänner und auch sonst niemanden.

Maya spulte zurück und sah sich das Video ein zweites Mal an, dann ein drittes.

»Buch!«

Lily wurde ungeduldig. Maya drehte sich zu ihrer Tochter um und überlegte, wie sie fragen sollte. »Liebling«, sagte sie langsam, »hast du Daddy gesehen?«

»Daddy?«

»Ja, Lily. Hast du Daddy gesehen?«

Lily sah plötzlich traurig aus. »Daddy wo?«

Maya wollte ihre Tochter nicht verunsichern, aber die Ereignisse hatten eine ziemlich überraschende Wendung genommen. Wie ging man damit um? Maya sah keine andere Möglichkeit. Sie schaltete das Video noch einmal ein und zeigte es

Lily. Lily sah wie gebannt zu. Als Joe erschien, jauchzte sie vor Freude. »Daddy!«

»Ja«, sagte Maya und ignorierte den Stich, den die Begeisterung ihrer Tochter ihr versetzte. »Hast du Daddy gesehen?«

Lily deutete auf den Bildschirm. »Daddy!«

»Ja, das ist Daddy. War er gestern hier?«

Lily starrte sie nur an.

»Gestern«, sagte Maya. Sie stand auf und ging zur Couch. Sie setzte sich genau auf die Stelle, auf der »Joe« – sie konnte seinen Namen nur in Anführungszeichen denken – gesessen hatte. »War Daddy gestern hier?«

Lily begriff nicht, was sie von ihr wollte. Maya versuchte, fröhlich zu wirken, damit es wie ein Spiel und nicht so verzweifelt aussah, aber entweder haperte es an ihrer Körpersprache, oder ihre kleine Tochter besaß eine bessere Intuition, als Maya erwartet hatte.

»Mommy, stopp.«

Du verunsicherst sie.

Maya setzte ein breites, falsches Lächeln auf und nahm ihre Tochter auf den Arm. Kichernd tanzte sie mit Lily den ganzen Weg die Treppe hinauf, bis Lilys Miene sich wieder aufhellte. Sie legte ihre Tochter aufs Bett und schaltete den Fernseher ein. Auf *Nick Jr.* lief *Bubble Guppies*, eine von Lilys Lieblingssendungen, und ja, Maya hatte sich geschworen, den Fernseher nicht als Babysitter zu nutzen – alle Eltern schworen sich das und scheiterten daran –, aber vielleicht war es in Ordnung, ihn kurz zur Baby-Ablenkung einzusetzen.

Maya ging zu Joes Wandschrank und blieb unschlüssig davor stehen. Seit er tot war, hatte sie ihn nicht ein einziges Mal geöffnet. Es war noch zu früh. Aber jetzt war für solche Rücksichtnahmen natürlich keine Zeit. Während Lilys Blick am Fernsehbild hing, öffnete Maya die Tür und machte das Licht an.

Joe achtete sehr auf seine Kleidung, und er ging sehr pfleglich mit ihr um, ähnlich wie Maya, tja… mit ihren Waffen umging. Seine Anzüge waren ordentlich auf Bügel gehängt, und jeder Bügel hing genau acht Zentimeter vom nächsten entfernt. Seine Anzughemden waren nach Farben sortiert. Die Hosen hingen umgekehrt an diesen Bügeln, bei denen die Beine eingeklemmt wurden, nie an solchen, bei denen sie durchgezogen wurden, dabei konnten schließlich Falten entstehen.

Joe kaufte sich seine Kleidung gerne selbst. Fast alles, was Maya ihm geschenkt hatte, konnte er nicht ausstehen. Eine Ausnahme gab es jedoch: ein waldgrünes Twill-Hemd mit Button-down-Kragen, das sie bei einer Firma namens *Moods of Norway* bestellt hatte. Und dieses Hemd hatte der »Joe« im Video getragen – falls ihre Augen ihr keinen Streich gespielt hatten, was nicht auszuschließen war. Sie wusste genau, wo er es aufbewahrt hatte.

Und da war es nicht. Auch dieses Mal schrie sie nicht, schnappte nicht nach Luft. Aber jetzt war sie sich sicher.

Jemand war im Haus gewesen. Irgendjemand hatte Joes Wandschrank durchsucht.

Zehn Minuten später beobachtete Maya die Ankunft der einzigen Person, die schnelle Antworten auf ihre Fragen liefern konnte.

Isabella.

Isabella war gestern hier gewesen und hatte angeblich auf Lily aufgepasst, daher müsste es ihr, zumindest theoretisch, aufgefallen sein, dass Mayas verstorbener Ehemann etwas aus seinem Wandschrank geholt oder mit ihrer Tochter gespielt hatte.

Durchs Schlafzimmerfenster beobachtete Maya, wie Isabella den Weg zum Haus entlangging. Sie versuchte sich ein Bild von dem sich nähernden Kindermädchen zu machen, wie sie es auch bei einem sich nähernden Feind getan hätte. Isabella schien unbewaffnet zu sein, wenn man von ihrer Handtasche absah, in der allerdings eine Pistole Platz finden könnte. Sie drückte die Handtasche fest an den Körper, als fürchtete sie, jemand könnte versuchen, sie ihr zu entreißen – aber so hielt Isabella ihre Tasche immer. Sie war kein besonders herzlicher Mensch – außer wenn es wirklich wichtig war. Mit Lily. Sie hatte Joe auf die Art geliebt, wie treue Angestellte einen Gönner liebten. Maya hatte sie bestenfalls als Anhängsel akzeptiert. Bei loyalen Angestellten kam so etwas gelegentlich vor: Sie waren empfindlicher und hochnäsiger als ihre reichen Chefs.

Wirkte Isabella heute noch misstrauischer als sonst?

Schwer zu sagen. Mit ihrem unruhigen Blick, der unbeweglichen Miene und der abweisenden Körpersprache wirkte Isabella immer misstrauisch. Aber war sie heute misstrauischer als sonst, oder trübte Mayas Fantasie, die sowieso gerade auf Hochtouren lief, ihr Urteilsvermögen?

Isabella kam mit ihrem Schlüssel durch die Hintertür herein. Maya wartete oben.

»Mrs Burkett?«

Schweigen.

»Mrs Burkett.«

»Wir sind gleich unten.«

Maya nahm die Fernbedienung und schaltete den Fernseher aus. Sie rechnete mit Lilys Protest, aber nichts geschah. Lily hatte Isabellas Stimme gehört und wollte schnell zu ihr. Maya nahm Lily auf den Arm und ging die Treppe hinunter.

Isabella stand an der Spüle und wusch eine Kaffeetasse ab. Als sie die Schritte hörte, drehte sie sich um. Ihr Blick fiel auf

Lily, nur auf Lily, und ihre unbewegliche Miene verwandelte sich in ein Lächeln. Ein freundliches Lächeln, dachte Maya, aber fehlte nicht etwas von dem sonst vorhandenen Strahlen?

Schluss jetzt.

Lily streckte die Arme aus. Isabella stellte den Wasserhahn aus, trocknete sich die Hände ab und kam auf sie zu. Auch Isabella streckte die Arme aus, fing an zu gurren und wackelte in einer »Haben-will«-Geste mit den Fingern.

»Wie geht's Ihnen, Isabella?«, fragte Maya.

»Gut, Mrs Burkett, danke.«

Wieder griff Isabella nach Lily, und für einen kurzen Augenblick dachte Maya daran, ihr Kind einfach wegzuziehen. Eileen hatte gefragt, ob sie dieser Frau vertraute. So sehr sie irgendjemandem vertrauen konnte, wenn es um ihr Kind ging, hatte sie geantwortet. Aber nachdem sie die Aufzeichnungen der Nanny-Cam gesehen hatte …

Isabella riss Lily fast aus ihren Händen. Maya ließ es zu. Und ohne ein weiteres Wort ging Isabella mit Lily ins Wohnzimmer. Sie setzten sich auf die Couch.

»Isabella?«

Isabella blickte auf, sie wirkte erschrocken. Ein Lächeln war auf ihrem Gesicht eingefroren. »Ja, Mrs Burkett?«

»Kann ich Sie kurz sprechen?«

Lily saß auf ihrem Schoß.

»Jetzt?«

»Ja, bitte«, sagte Maya. Sie hatte plötzlich den Eindruck, dass ihre Stimme seltsam klang. »Ich möchte Ihnen etwas zeigen.«

Isabella setzte Lily sanft aufs Sofakissen neben sich. Sie reichte ihr ein Pappbuch, stand auf und strich sich den Rock glatt. Dann kam sie langsam auf Maya zu, fast so, als erwartete sie eine Ohrfeige.

»Ja, Mrs Burkett.«

»War gestern jemand hier?«

»Ich weiß nicht, was Sie meinen.«

»Ich meine«, sagte Maya mit gleichmütiger Stimme, »ob gestern außer Ihnen und Lily noch jemand hier im Haus war?«

»Nein, Mrs Burkett.« Die unbewegliche Miene war wieder da. »Wen meinen Sie?«

»Ich meine irgendjemand. Ist Hector zum Beispiel zwischendurch mal reingekommen?«

»Nein, Mrs Burkett.«

»Dann war also niemand hier.«

»Niemand.«

Maya blickte kurz zum Computer, dann sah sie Isabella wieder an. »Sind Sie zwischendurch weg gewesen?«

»Ob wir das Haus verlassen haben?«

»Ja.«

»Lily und ich waren auf dem Spielplatz. Wie jeden Tag.«

»Haben Sie das Haus noch zu einem anderen Zeitpunkt verlassen?«

Isabella sah nach oben, als versuche sie sich zu erinnern. »Nein, Mrs Burkett.«

»Haben Sie das Haus irgendwann alleine verlassen?«

»Ohne Lily?«, fragte sie und saugte dabei scharf Luft ein, als wäre es das Anstößigste, was sie sich vorstellen könnte. »Nein, Mrs Burkett, natürlich nicht.«

»Haben Sie sie irgendwann zwischendurch einmal allein gelassen?«

»Ich verstehe nicht.«

»Das ist eine einfache Frage, Isabella.«

»Ich verstehe das alles nicht«, sagte Isabella. »Warum stellen Sie mir diese Fragen? Sind Sie mit meiner Arbeit nicht zufrieden?«

»Das habe ich nicht gesagt.«

»Ich lasse Lily nie alleine. Nie. Nur wenn sie oben schläft, komme ich manchmal runter und mache ein bisschen sauber …«

»Das meine ich nicht.«

Isabella betrachtete Mayas Gesicht. »Was meinen Sie dann?«

Es gab keinen Grund, das noch länger fortzusetzen. »Ich möchte Ihnen etwas zeigen.«

Der Laptop stand auf der Kücheninsel. Maya griff danach, als Isabella näher kam. »Ich habe im Wohnzimmer eine Kamera«, begann sie.

Isabella wirkte verwirrt.

»Ich habe sie von einer Freundin geschenkt bekommen«, erläuterte Maya. Aber musste sie ihr Vorgehen wirklich erklären? »Sie nimmt auf, was passiert, wenn ich nicht hier bin.«

»Eine Kamera?«

»Ja.«

»Aber ich habe keine Kamera gesehen, Mrs Burkett.«

»Das sollten Sie auch nicht. Sie ist versteckt.«

Isabella sah kurz nach hinten zum Wohnzimmer.

»Eine Nanny-Cam«, fuhr Maya fort. »Sie haben doch den digitalen Bilderrahmen im Regal gesehen.«

Sie sah, wie Isabellas Blick das Bücherregal erfasste. »Ja, Mrs Burkett.«

»Das ist eine Kamera.«

Isabella drehte sich zu ihr um. »Dann haben Sie mir nachspioniert?«

»Ich habe mein Kind beschützt«, sagte Maya.

»Aber Sie haben mir nichts davon gesagt.«

»Nein, das habe ich nicht.«

»Warum nicht?«

»Es gibt keinen Grund, aggressiv zu werden.«

»Nein?« Isabellas Ton wurde schärfer. »Sie haben mir nicht vertraut.«

»Würden Sie das?«

»Was?«

»Es geht nicht um Sie, Isabella. Lily ist mein Kind. Ich bin für ihr Wohlergehen verantwortlich.«

»Und Sie glauben, es ist das Beste für Lily, wenn Sie mir nachspionieren?«

Maya stellte auf Vollbild und startete die Stelle im Video. »Bis heute Morgen dachte ich, es könne nicht schaden.«

»Und jetzt?«

Maya drehte den Laptop um, sodass Isabella den Bildschirm sehen konnte. »Sehen Sie das.«

Maya guckte sich das Video nicht noch einmal an. Sie hatte es oft genug gesehen. Stattdessen konzentrierte sie sich auf Isabellas Gesicht und achtete auf Anzeichen für Stress und Unehrlichkeit.

»Worauf soll ich achten?«

Maya sah auf den Bildschirm. Der falsche Joe war gerade aus dem Bild verschwunden, nachdem er kurz die Kamera verdeckt hatte. »Sehen Sie es sich einfach an.«

Isabella kniff die Augen zusammen. Maya versuchte ruhig zu atmen. Es hieß, man wusste nie, wie jemand reagieren würde, wenn eine Granate auf einen zuflog. Da entschied sich, ob man die Leute richtig eingeschätzt hatte: Man stand mit seinen Kameraden irgendwo, und eine Handgranate landete direkt vor deinen Füßen. Wer floh? Wer duckte sich? Wer warf sich auf die Granate und opferte sein Leben? Man konnte versuchen, es vorherzusagen, aber erst wenn tatsächlich eine Handgranate geworfen wurde, bekam man eine Antwort.

Maya hatte sich ihren Kameraden gegenüber wiederholt

bewiesen. Sie wussten, dass sie im Gefecht dem Druck standhielt, dass sie in solchen Situationen cool, ruhig und gefasst reagierte. Sie war eine Anführerin, die diese Eigenschaft immer wieder unter Beweis gestellt hatte.

Das Eigenartige war, dass sich diese Führungsstärke und Gelassenheit nicht in ihr Leben zu Hause hatten übertragen lassen. Eileen hatte ihr von ihrem kleinen Sohn Kyle erzählt, der in der Montessori-Vorschule organisiert und ordentlich war – und zu Hause ein totaler Chaot. So ähnlich war es auch bei Maya.

Als sie neben Isabella stand, während »Joe« ins Bild kam und Lily auf seinen Schoß setzte, und Isabellas Gesichtsausdruck sich nicht veränderte, spürte Maya, wie etwas in ihr nachzugeben drohte.

»Und?«, fragte Maya.

Isabella sah sie an. »Was und?«

In ihrem Kopf zersplitterte etwas. »Was soll das heißen: ›Was und?‹«

Isabella zuckte zusammen.

»Wie erklären Sie sich das?«

»Was meinen Sie?«

»Hören Sie auf, mit mir zu spielen, Isabella.«

Isabella trat einen Schritt zurück. »Ich verstehe nicht, was Sie von mir wollen.«

»Haben Sie sich das Video angesehen?«

»Natürlich.«

»Dann haben Sie doch den Mann gesehen?«

Isabella antwortete nicht.

»Sie haben doch den Mann gesehen, oder?«

Isabella sagte immer noch nichts.

»Ich habe Sie etwas gefragt, Isabella.«

»Ich weiß nicht, was Sie meinen.«

»Sie haben ihn gesehen, ja?«

»Wen?«

»Wieso ›Wen?‹ Joe natürlich!« Maya streckte die Hand aus und packte Isabella am Kragen. »Wie zum Teufel ist er ins Haus gekommen?«

»Bitte, Mrs Burkett! Sie machen mir Angst!«

Maya zog Isabella zu sich heran. »Sie haben Joe nicht gesehen?«

Isabella sah ihr in die Augen. »Haben Sie ihn gesehen?« Sie flüsterte, war kaum zu hören. »Wollen Sie behaupten, Sie hätten Joe in dem Video gesehen?«

»Sie … Sie nicht?«

»Bitte, Mrs Burkett«, sagte Isabella. »Sie tun mir weh.«

»Moment, wollen Sie etwa sagen …«

»Lassen Sie mich los!«

»Mommy …«

Das war Lily. Maya sah zu ihrer Tochter hinüber. Isabella nutzte die Ablenkung, um sich ein Stück von ihr zu entfernen und sich die Hand an die Kehle zu legen, als wäre sie gewürgt worden.

»Alles in Ordnung, mein Schatz«, sagte Maya zu Lily. »Hier ist alles okay.«

Isabella, die so tat, als müsste sie nach Luft schnappen, sagte: »Mommy und ich haben nur gespielt, Lily.«

Lily sah beide an.

Mit der rechten Hand rieb Isabella sich immer noch viel zu theatralisch den Hals. Maya drehte sich zu ihr um. Schnell hob Isabella die geöffnete linke Hand und bedeutete Maya so, dass sie aufhören sollte.

»Ich will Antworten«, sagte Maya.

Es gelang Isabella zu nicken. »Okay«, sagte sie, »aber ich brauch erst einen Schluck Wasser.«

Maya zögerte, dann sah sie zur Spüle. Sie stellte das Wasser an, öffnete einen Schrank, nahm ein Glas heraus. Ein Gedanke schoss ihr durch den Kopf.

Eileen hatte ihr die Nanny-Cam geschenkt.

Maya dachte darüber nach, als sie das Glas unter den Strahl hielt. Sie ließ es halbvoll laufen, wandte sich Isabella zu. Dann hörte sie ein seltsames Zischen.

Maya schrie, als der Schmerz – weißer, heißer Schmerz – ihr Gesicht verbrannte.

Es fühlte sich an, als würde ihr jemand winzige Glassplitter in die Augäpfel drücken. Mayas Knie gaben nach. Sie sank zu Boden.

Das Zischen.

Irgendwo in weiter Ferne, hinter dem brennenden Schmerz, wurde ihr bewusst, was es war.

Isabella hatte ihr etwas ins Gesicht gesprüht.

Pfefferspray.

Pfefferspray brannte nicht nur in den Augen, es wirkte auch auf die Schleimhäute in der Nase, im Mund und in der Lunge. Maya versuchte, die Luft anzuhalten, damit nichts in ihre Lunge geriet, dann versuchte sie, schnell und kräftig zu blinzeln, damit die Tränenflüssigkeit das Gas wegspülte. Aber vorerst gab es keine Erlösung, kein Entkommen.

Maya konnte sich nicht bewegen.

Sie hörte jemanden rennen, dann fiel eine Tür zu.

Isabella war weg.

»Mommy?«

Maya hatte es ins Bad geschafft.

»Mommy geht's gut, Schatz. Mal mir ein Bild, okay? Ich bin gleich bei dir.«

»Isabella?«

»Isabella geht's auch gut. Sie kommt bald zurück.«

Die Wirkung hielt länger an, als sie gedacht hatte. Außerdem brannte die Wut in ihr ebenso stark wie ihre Augen. Zehn Minuten lang war sie vollständig außer Gefecht gewesen, so hilflos, dass sie nicht einmal zu den einfachsten Abwehrreaktionen gegen einen Feind in der Lage gewesen wäre. Irgendwann hatte der Schmerz nachgelassen, sie musste nicht mehr würgen und bekam wieder richtig Luft. Sie hatte sich die Augen ausgespült und die Haut mit Flüssigseife gewaschen. Dann hatte sie sich Vorwürfe gemacht.

Dem Feind den Rücken zuwenden. Anfängerfehler.

Wie konnte man nur so dämlich sein?

Sie war wütend – und zwar vor allem auf sich selbst. Sie hatte Isabella die Show fast abgekauft, ihr geglaubt, dass sie ahnungslos war. Daher hatte sie die Deckung sinken lassen. Nur für einen Moment. Und das hatte sie nun davon. Hatte sie nicht oft genug beobachten können, wie ein kleiner Ausrutscher, ein kurzes Nachlassen der Konzentration Leben gekostet hatte? Hatte sie diese wichtige Lektion nicht gelernt?

Es würde ihr nicht noch einmal passieren.

Okay, Schluss mit der Selbstgeißelung. Sie musste aus ihren Fehlern lernen und nach vorne schauen.

Also: Was jetzt?

Die Antwort lag auf der Hand. Lass dir noch ein paar Minuten Zeit. Warte, bis du wieder im Vollbesitz deiner Kräfte bist. Dann machst du Isabella ausfindig und bringst sie zum Reden.

Es klingelte an der Tür.

Maya spülte sich noch einmal die Augen aus und ging zur Tür. Sie überlegte, ob sie sich erst eine Pistole holen sollte – nur kein Risiko mehr eingehen –, sah aber sofort, dass es Detective Kierce war.

Als sie die Tür geöffnet hatte, starrte er sie an. »Was ist denn mit Ihnen passiert?«

»Ich habe Pfefferspray abbekommen.«

»Wie bitte?«

»Isabella. Mein Kindermädchen.«

»Ist das Ihr Ernst?«

»Nein, ich bin eine brillante Komödiantin. Nichts bringt die Menge so in Wallung wie Witze über Kindermädchen mit Pfefferspray.«

Rogers Kierce' Blick durchstreifte den Raum, bevor er wieder an Maya hängen blieb. »Warum?«

»Ich habe auf meiner Nanny-Cam etwas gesehen.«

»Sie haben eine Nanny-Cam?«

»Hab ich.« Wieder dachte sie daran, dass Eileen sie ihr geschenkt und sogar genau gesagt hatte, wo sie sie hinstellen sollte. »Sie ist in einem Bilderrahmen versteckt.«

»Mein Gott. Haben Sie … haben Sie gesehen, wie Isabella Ihrer Tochter …«

»Was?« Natürlich war es für einen Polizisten normal, so etwas zu denken. »Nein, darum geht's nicht.«

»Dann kann ich Ihnen nicht ganz folgen.«

Maya überlegte, wie sie weitermachen sollte, erkannte aber sofort, dass der direkte Weg langfristig der einzig sichere war. »Das Einfachste ist wohl, wenn ich es Ihnen zeige.«

Sie ging zum Laptop auf der Kücheninsel. Kierce folgte ihr. Er wirkte verwirrt. Na ja, dachte sie, die Verwirrung würde sich noch potenzieren.

Maya drehte den Laptop so, dass er den Bildschirm sehen konnte. Sie bewegte den Cursor auf Play, klickte und wartete.

Nichts.

Sie prüfte den Kartenleser.

Die SD-Karte war weg.

Sie sah auf der Kücheninsel und auch auf dem Fußboden nach. Obwohl sie wusste, was passiert war.

»Was ist?«, fragte Kierce.

Maya atmete tief und gleichmäßig. Sie musste ruhig bleiben. Sie versuchte, zwei bis drei Schritte vorauszudenken, wie bei einem Einsatz. Man konnte nicht einfach auf einen schwarzen SUV feuern. Man musste sich überlegen, wie man weitermachte. Man brauchte die bestmöglichen Infos, bevor man irgendwelche lebensverändernden Schritte machte.

Sie wusste, wie das klingen würde. Falls sie mit dem herausplatzte, was sie auf der Nanny Cam gesehen hatte, würde Kierce sie für verrückt halten. Verdammt, sie fand ja auch, dass es verrückt klang, als sie es sich noch einmal durch den Kopf gehen ließ. Ihre Gedanken waren vom Pfefferspray noch etwas benebelt. Was genau war hier passiert? War sie ganz sicher, dass sie klar denken konnte?

Immer mit der Ruhe.

»Mrs Burkett?«

»Ich habe Ihnen schon mehrmals gesagt, dass Sie mich Maya nennen sollen.«

Die SD-Karte, der einzige Beweis für ihre aberwitzige Behauptung, war verschwunden. Isabella hatte sie mitgenommen. Wahrscheinlich wäre es am klügsten, wenn Maya sich selbst darum kümmerte. Doch wenn sie das tat, wenn sie ihm jetzt nichts davon erzählte und das Video dann wieder auftauchte …

»Isabella muss sie mitgenommen haben.«

»Was hat sie mitgenommen?«

»Die SD-Karte.«

»Nachdem sie Sie mit Pfefferspray besprüht hat?«

»Ja«, sagte Maya und versuchte mit aller Macht, überzeugend zu wirken.

»Also hat sie Sie besprüht, sich die Speicherkarte geschnappt und dann? Dann ist sie abgehauen?«

»Genau.«

Kierce nickte. »Und was war auf dieser Speicherkarte?«

Maya warf einen kurzen Blick ins Wohnzimmer. Lily war glücklich in ein riesiges, vierteiliges Zoo-Puzzle vertieft. »Ich habe einen Mann gesehen.«

»Einen Mann?«

»Ja. Auf dem Video. Lily saß auf seinem Schoß.«

»Brr«, sagte Kierce. »Ich nehme an, es handelte sich um einen Fremden?«

»Nein.«

»Sie kannten ihn?«

Sie nickte.

»Und wer war es?«

»Sie werden mir nicht glauben. Sie werden verständlicherweise denken, dass ich an Wahnvorstellungen leide.«

»Geben Sie mir eine Chance.«

»Es war Joe.«

Man muss Kierce zugutehalten, dass er nicht das Gesicht verzog, nach Luft schnappte oder sie ansah, als wäre sie total durchgeknallt.

»Verstehe«, sagte er in dem Versuch, die Fassung zu wahren. »Dann war es ein altes Video?«

»Wie bitte?«

»Es war ein altes Video, das Sie aufgenommen haben, als Joe noch lebte. Und dann haben Sie … was weiß ich, Sie dachten, Sie hätten es gelöscht, oder …«

»Ich habe die Nanny-Cam erst nach dem Mord bekommen.«

Kierce stand nur reglos da.

»Laut der Datumsanzeige wurde es gestern aufgenommen«, fuhr Maya fort.

»Aber …«

Schweigen.

Dann: »Sie wissen, dass das nicht sein kann.«

»Das weiß ich«, sagte Maya.

Sie starrten sich an. Sie würde ihn nicht überzeugen können. Also wechselte Maya das Thema. »Warum sind Sie hier?«

»Sie müssen aufs Revier mitkommen.«

»Warum?«

»Das kann ich Ihnen nicht sagen. Aber es ist wirklich wichtig.«

SIEBEN

Im *Growin'-Up*-Kindergarten hatte wieder das junge, lächelnde Ding Dienst.

»Oh, ich erinnere mich an Sie«, sagte sie. Sie beugte sich zu Lily hinunter. »Und an dich erinnere ich mich auch. Hi, Lily!«

Lily sagte nichts. Die beiden Frauen gaben ihr ein paar Bauklötze und gingen ins Büro.

»Ich würde sie gern anmelden«, sagte Maya.

»Wunderbar! Wann soll es losgehen?«

»Jetzt.«

»Äh, das ist etwas ungewöhnlich. Normalerweise rechnen wir zwei Wochen für die Bearbeitung eines Antrags.«

»Mein Kindermädchen hat überraschend gekündigt.«

»Tut mir leid, das zu hören, aber …«

»Miss … entschuldigen Sie, ich habe Ihren Namen vergessen.«

»Kitty Shum.«

»Richtig, Miss Kitty. Entschuldigung. Kitty, sehen Sie das grüne Auto da draußen?«

Kitty sah aus dem Fenster. Ihre Augen verengten sich. »Belästigt diese Person Sie? Sollen wir die Polizei rufen?«

»Nein, wissen Sie, das ist ein Zivilfahrzeug der Polizei. Mein Mann wurde kürzlich ermordet.«

»Ich habe etwas darüber gelesen«, sagte Kitty. »Herzliches Beileid.«

»Danke. Die Sache ist die: Der Polizist muss mich mit aufs Revier nehmen. Warum, weiß ich nicht. Er ist einfach vorbeigekommen. Ich muss mich also entscheiden. Ich kann Lily mitnehmen, während die mir Fragen zur Ermordung ihres Vaters stellen …«

»Mrs Burkett?«

»Maya.«

»Maya.« Kitty sah immer noch zu Kierce' Wagen hinüber. »Wissen Sie, wie man unsere Handy-App herunterlädt?«

»Ja.«

Kitty nickte. »Es ist das Beste für Ihr Kind, wenn Sie sich nicht lang und emotional von ihr verabschieden.«

»Danke.«

Als sie das Revier im Central Park erreichten, fragte Maya: »Können Sie mir jetzt sagen, warum wir hier sind?«

Kierce hatte während der ganzen Fahrt kaum ein Wort gesagt. Es hatte Maya nicht gestört. Sie brauchte Zeit, um über alles nachzudenken – die Nanny-Cam, das Video, Isabella, das waldgrüne Hemd.

»Ich brauche Sie für zwei Gegenüberstellungen.«

»Gegenüberstellungen mit wem oder was?«

»Ich möchte Sie nicht beeinflussen.«

»Die Mörder können es nicht sein. Ich habe Ihnen doch gesagt, dass sie Sturmhauben trugen.«

»Schwarze Sturmhauben, sagten Sie. Mit Öffnungen nur für Augen und Mund.«

»Richtig.«

»Okay, gut. Kommen Sie mit.«

»Das versteh ich nicht.«

»Sie werden schon sehen.«

Auf dem Weg probierte Maya die App von *Growin' Up* aus.

Sie ermöglichte es ihr, die Rechnung zu bezahlen, Stunden zu buchen, den »Aktivitäten-Plan« ihres Kindes und die Lebensläufe des gesamten Personals einzusehen. Aber die beste Funktion, die auch erst ihr Interesse an *Growin' Up* geweckt hatte, war ein ganz spezielles weiteres Angebot. Das sah sie sich jetzt an. Es gab drei Auswahlmöglichkeiten: das rote Zimmer, das grüne Zimmer und das gelbe Zimmer. Lilys Altersgruppe war im gelben Zimmer. Also tippte sie auf das gelbe Symbol.

Kierce öffnete die Tür. »Maya?«

»Einen Moment.«

Das Handy-Display erwachte zum Leben und zeigte eine Live-Übertragung vom gelben Zimmer. Man hätte meinen können, dass Maya für heute von Überwachungsvideos die Nase voll hatte, aber so war es nicht. Sie hielt das Handy quer, um das Bild zu vergrößern. Und da war Lily. In Sicherheit. Eine Betreuerin – Maya konnte später nachsehen, wer sie war, und ihren Lebenslauf nachlesen– half ihr und einem Jungen in Lilys Alter beim Bauklötzestapeln.

Erleichterung durchströmte Maya. Beinahe hätte sie gelächelt. Sie hätte schon vor Monaten darauf bestehen sollen, dass Lily so einen Kindergarten besuchen konnte. Bei einer Nanny musste man sich ganz auf eine Person verlassen, die nicht überwacht und nicht von der Gruppe kontrolliert wurde. Hier gab es Zeugen, Überwachungskameras, und Lily lernte den Umgang mit anderen Kindern. Das musste einfach sicherer sein.

»Maya?«

Wieder Kierce. Sie schloss die App und steckte das Handy ein. Zusammen betraten sie den Raum. Darin befanden sich zwei weitere Personen: die Staatsanwältin, die den Fall bearbeitete, und ein Verteidiger. Maya versuchte, sich zu konzentrieren, aber ihr schwirrte der Kopf noch von den Bildern der Nanny-Cam und von Isabella. Sie spürte die Nachwirkungen des Pfeffersprays in der Lunge und in den Nasenschleimhäuten. Sie schniefte wie eine Kokainsüchtige.

»Ich möchte noch einmal zu Protokoll geben, dass ich hiermit nicht einverstanden bin«, sagte der Verteidiger. Sein Pferdeschwanz reichte bis unter die Schulterblätter. »Diese Zeugin hat zugegeben, die Gesichter nie gesehen zu haben.«

»Ist zur Kenntnis genommen«, sagte Kierce. »Und wir geben Ihnen recht.«

Pferdeschwanz hob die Hände. »Und was soll das dann?«

Das fragte Maya sich auch.

Kierce zog an einer Schnur, und ein Rollo fuhr hoch. Er beugte sich zu einem Mikrofon hinab und sagte: »Die erste Gruppe, bitte.«

Sechs Personen kamen in den kleinen Raum. Alle trugen Sturmhauben.

»Das ist doch lächerlich«, sagte Pferdeschwanz.

Damit hatte Maya nicht gerechnet.

»Mrs Burkett«, sagte Kierce sehr deutlich, als würden seine Worte aufgenommen, was, wie Maya annahm, vermutlich auch der Fall war, »erkennen Sie jemanden in diesem Raum?«

Er sah sie an und wartete.

»Nummer vier«, sagte Maya.

»Das ist doch Blödsinn«, sagte Pferdeschwanz.

»Und woran erkennen Sie Nummer vier?«

»Erkennen ist vielleicht zu viel gesagt«, antwortete Maya. »Aber er hat die gleiche Größe und den gleichen Körperbau wie derjenige, der meinen Mann erschossen hat. Außerdem trägt er die gleiche Kleidung.«

»Ein paar der anderen Männer sind ganz genauso gekleidet«, sagte Pferdeschwanz. »Wieso sind Sie sich so sicher?«

»Da passen, wie ich schon sagte, der Körperbau und die Größe nicht.«

»Sind Sie sicher?«

»Ja. Nummer zwei kommt ihm noch am nächsten, trägt aber blaue Sneaker. Der Täter, der meinen Mann erschossen hat, hat rote getragen.«

»Nur um das klarzustellen«, fuhr Pferdeschwanz fort, »Sie können nicht sicher sagen, dass Nummer vier derjenige ist, der Ihren Mann erschossen hat. Sie sagen, dass Sie sich daran erinnern, dass Größe und Körperbau in etwa übereinstimmen und dass er ähnliche Kleidung …«

»Nicht ähnlich«, unterbrach ihn Maya. »Er trug die gleiche Kleidung.«

Pferdeschwanz legte den Kopf auf die Seite. »Wirklich?«

»Ja.«

»Das können Sie unmöglich wissen, Mrs Burkett. Da draußen gibt es mehr als ein Paar rote Chucks, richtig? Was ich meine, ist, wenn ich dort vier rote Chucks hinstellen würde, könnten Sie mir dann sicher sagen, welche der Angreifer an dem Abend getragen hat?«

»Nein.«

»Sehen Sie.«

»Trotzdem ist die Kleidung nicht ›ähnlich‹. Er trägt eben rote Chucks und keine weißen. Nummer vier trägt genau das gleiche Outfit wie der Schütze.«

»Was mich zu einem anderen Punkt bringt«, sagte Pferdeschwanz. »Sie wissen nicht sicher, dass er der Schütze war, oder? Der Mann mit der Sturmhaube könnte die gleiche Kleidung tragen und ebenso groß sein wie der Schütze. Ist das richtig?«

Maya nickte. »Das ist richtig.«

»Danke.«

Pferdeschwanz war fürs Erste fertig. Wieder beugte Kierce sich vor. »Sie können gehen. Und dann die zweite Gruppe, bitte.«

Sechs weitere Männer mit Sturmhauben kamen herein. Maya musterte sie. »Wahrscheinlich ist es Nummer fünf.«

»Wahrscheinlich?«

»Nummer zwei trägt die gleiche Kleidung, und Größe und Körperbau passen auch. Trotzdem würde ich aus der Erinnerung sagen, dass es Nummer fünf war, aber die beiden sind sich so ähnlich, dass ich es nicht beschwören könnte.«

»Danke«, sagte Kierce. Wieder beugte er sich zum Mikrofon. »Das ist alles, danke.«

Maya folgte Kierce aus dem Raum.

»Was ist hier los?«

»Wir haben zwei Verdächtige aufgegriffen.«

»Wie haben Sie sie gefunden?«

»Durch Ihre Beschreibung.«

»Können Sie sie mir zeigen?«

Kierce zögerte, aber nur für einen Moment. »Okay, kommen Sie.« Er führte sie an einen Tisch mit einem Großbildschirm, der wahrscheinlich 75 Zentimeter Bildschirmdiagonale hatte, wenn nicht noch mehr. Sie setzten sich. Kierce fing an zu tippen. »Wir haben auf allen Videos von Überwachungskameras aus der Umgebung des Tatorts in der Mordnacht nach Männern gesucht, auf die Ihre Beschreibung passt. Wie Sie sich vorstellen können, hat das eine ganze Weile gedauert. Jedenfalls gibt's an der Ecke 74th Street und 5th Avenue ein Gebäude mit Eigentumswohnungen. Sehen Sie selbst.«

Das Video zeigte zwei Männer von oben.

»Sind sie das?«

»Ja«, sagte Maya. »Oder soll ich wieder diesen Juristenjargon mit übereinstimmender Kleidung und Körperbau abspulen?«

»Nein, dieses Gespräch wird nicht aufgezeichnet. Wie Sie sehen, tragen die beiden dort keine Sturmhauben. Das hatten wir natürlich auch nicht erwartet. Auf der Straße hätte das nur Aufmerksamkeit erregt.«

»Trotzdem«, sagte Maya, »verstehe ich nicht ganz, wie Sie sie aus dem Blickwinkel identifizieren konnten.«

»Ich weiß. Die Kamera ist verdammt hoch angebracht. Das ist wirklich ärgerlich. Ich kann Ihnen gar nicht sagen, wie oft wir solche Bilder bekommen. Die Kamera ist absurd hoch angebracht, und Täter, die das wissen, halten einfach die ganze Zeit den Kopf gesenkt, oder sie tragen eine Schirmmütze, sodass wir ihr Gesicht nicht sehen können. Aber als wir diese Bilder hatten, wussten wir, dass sie in dieser Gegend unterwegs sind. Also haben wir weitergesucht.«

»Und Sie haben noch mehr Bilder gefunden.«

Kierce nickte und fing wieder an zu tippen. »Ja. In einem Duane-Reade-Drogeriemarkt eine halbe Stunde später.«

Er stellte das Video an. Es war in Farbe. Offenbar befand sich die Kamera neben einer Kasse. Die Gesichter der beiden Männer waren deutlich zu erkennen. Einer war schwarz, der andere hatte hellere Haut, vielleicht Lateinamerikaner. Sie zahlten bar.

»Eiskalt«, sagte Kierce.

»Was?«

»Sehen Sie sich die eingeblendete Zeit an. Das ist fünfzehn Minuten, nachdem sie Ihren Mann erschossen haben. Sie sind nicht einmal einen Kilometer vom Tatort entfernt und kaufen Red Bull und Chips.«

Maya starrte nur auf den Bildschirm.

»Wie schon gesagt, eiskalt.«

Sie sah ihn an. »Oder ich habe mich geirrt.«

»Unwahrscheinlich.« Kierce hielt das Video an, und das Bild erstarrte. Ja, Männer. Zweifelsohne junge Männer, aber Maya hatte mit zu vielen Männern diesen Alters gedient, um sie Jungs zu nennen. »Sehen Sie sich das an.«

Er drückte eine Pfeiltaste auf der Tastatur. Die Kamera zoomte heran, vergrößerte das Bild. Kierce klickte auf den Latino. »Das ist der andere, ja? Der, der nicht geschossen hat?«

»Ja.«

»Fällt Ihnen etwas auf?«

»Eigentlich nicht.«

Er zoomte noch näher heran, die Kamera war direkt auf die Hüfte des Mannes gerichtet. »Schauen Sie noch mal genau hin.«

Maya nickte. »Er ist bewaffnet.«

»Genau. Er trägt eine Pistole. Wenn man noch näher heranzoomt, sieht man den Griff.«

»Nicht unbedingt dezent.«

»Nein. Hey, ich frage mich, wie all Ihre patriotischen Kumpel, die dafür sind, dass man Waffen offen tragen darf, darauf reagieren würden, wenn diese beiden Kerle so ausgestattet die Straße entlangschlendern.«

»Ich bezweifle, dass es sich um eine legal erworbene Waffe handelt«, sagte Maya.

»Die Zweifel sind berechtigt.«

»Sie haben die Waffe gefunden?«

»Ja, und Sie haben recht.« Er seufzte und stand auf. »Darf ich Ihnen Emilio Rodrigo vorstellen. Hat ein beeindruckendes Vorstrafenregister für sein Alter. Das gilt allerdings für beide. Mr Rodrigo hatte eine Beretta M9 bei sich, als wir ihn festgenommen haben. Sie war illegal in seinem Besitz. Er wird dafür ins Gefängnis gehen.«

Er hielt inne.

Maya sagte: »Höre ich da ein ›aber‹?«

»Wir haben einen Haftbefehl bekommen und bei beiden die Wohnungen durchsucht. Da haben wir auch die Kleidung gefunden, die Sie beschrieben und heute identifiziert haben.«

»Wird das vor Gericht ausreichen?«

»Eher nicht. Wie unser pferdeschwänziger Kumpel gerade schon sagte: Es sind rote Chucks. Die haben viele Leute. Außerdem haben wir keine Sturmhauben gefunden, was ich etwas seltsam fand. Die Kleidung haben sie schließlich auch behalten. Warum hätten sie dann die Sturmhauben wegwerfen sollen?«

»Keine Ahnung.«

»Wahrscheinlich haben sie sie unterwegs irgendwo in einen Mülleimer gesteckt. Wissen Sie? Gleich danach. Sie schießen, fliehen, reißen sich die Masken vom Kopf und werfen sie weg.«

»Klingt plausibel.«

»Ja, nur dass wir alle Mülleimer in der Umgebung durchsucht haben. Na ja, sie könnten sie natürlich auch anders losgeworden sein, vielleicht in einem Gully oder so etwas.« Kierce zögerte.

»Was?«

»Die Sache ist die, dass wir, wie ich schon sagte, die von Ihnen beschriebene Beretta gefunden haben. Aber die Mordwaffe, den .38er Revolver, haben wir nicht gefunden.«

Maya lehnte sich zurück. »Es hätte mich auch ziemlich überrascht, wenn sie den behalten hätten. Sie nicht?«

»Ich denke schon. Allerdings ...«

»Ja?«

»Solche Typen werfen die Tatwaffe oft nicht weg. Müssten sie eigentlich. Tun sie aber nicht. Hat schließlich auch einen gewissen Wert. Also verwenden sie sie noch mal. Oder sie verkaufen sie an einen Kumpel oder so etwas.«

»Aber das war doch eine ziemlich große Sache, oder? Ein reiches, prominentes Opfer. Es gab einen großen Medienrummel.«

»Das ist wahr.«

Maya sah ihn an. »Aber Sie glauben es nicht, oder? Sie haben eine andere Theorie.«

»Die habe ich.« Kierce wandte den Blick ab. »Allerdings ergibt sie überhaupt keinen Sinn.«

»Wieso?«

Er fing an, sich am Arm zu kratzen. Musste eine Art nervöser Tick sein. »Wir haben die .38er Kugeln, die wir der Leiche Ihres Mannes entnommen haben, einer ballistischen Untersuchung unterzogen. Sie wissen schon. Um festzustellen, ob die Waffe schon in anderen Fällen benutzt wurde.«

Maya sah ihn an. Kierce kratzte weiter. »Ich entnehme Ihrer Miene«, sagte sie, »dass Sie in Ihrer Datenbank etwas gefunden haben.«

»Das haben wir, ja.«

»Dann haben diese Kerle schon mal jemanden ermordet?«

»Das halte ich für unwahrscheinlich.«

»Aber Sie sagten gerade …«

»Dieselbe Waffe. Das heißt nicht, dass es dieselben Täter waren. Denn Fred Katen, den Sie gerade als den Mörder identifiziert haben, hat für den Zeitpunkt des ersten Mordes ein bombensicheres Alibi. Er saß im Knast. Er kann es nicht getan haben.«

»Wann?«

»Wann was?«

»Wann hat dieser erste Mord stattgefunden?«

»Vor vier Monaten.«

Es wurde kalt im Raum. Kierce brauchte es nicht auszusprechen. Er wusste Bescheid. Sie wusste Bescheid. Kierce konnte ihr nicht in die Augen sehen. Er wandte den Blick ab, nickte und sagte: »Ihr Mann wurde mit derselben Waffe ermordet wie Ihre Schwester.«

ACHT

Alles okay mit Ihnen?«, fragte Kierce.

»Geht schon.«

»Ich weiß, dass das alles sehr viel auf einmal ist.«

»Ich bin kein Kind mehr, Detective.«

»Tut mir leid. Sie haben recht. Lassen Sie uns das noch einmal durchgehen, okay?«

Maya nickte. Sie starrte ins Leere.

»Wir müssen die ganze Sache jetzt aus einer völlig anderen Perspektive betrachten. Wir sind bisher davon ausgegangen, dass es sich um zwei nicht miteinander in Verbindung stehende Morde an willkürlich ausgewählten Opfern handelte, aber jetzt, wo wir wissen, dass beide mit derselben Waffe getötet wurden …«

Maya sagte nichts.

»Als Ihre Schwester erschossen wurde, waren Sie im Nahen Osten stationiert, ist das richtig?«

»Camp Arifjan«, sagte sie. »In Kuwait.«

»Ich weiß.«

»Was?«

»Wir haben das überprüft. Um sicherzugehen.«

»Um sicherzu …?« Sie hätte fast gelächelt. »Ach, Sie meinen, um sicherzugehen, dass ich mich nicht irgendwie nach Hause geschlichen und meine Schwester erschossen habe, dann wieder nach Kuwait zurückgekehrt bin, und … Moment … vier Monate gewartet und dann meinen Mann umgebracht habe?«

Kierce antwortete nicht. Musste er auch nicht. »Haben wir alles überprüft. Ihr Alibi ist wasserdicht.«

»Super«, sagte sie.

Wieder dachte Maya an Joes Anruf. Die Tränen. Der Schock. Der Anruf. Der verdammte Anruf hatte Mayas Leben komplett über den Haufen geworfen. Danach war nichts mehr so gewesen wie vorher. Wirklich faszinierend, wenn man darüber nachdachte. Man flog um die halbe Welt in irgendein Höllenloch, um gegen einen durchgeknallten Feind zu kämpfen. Man sollte meinen, dass dort die Gefahr läge, dass die wahre Bedrohung von dem bewaffneten Gegner dort ausginge. Man sollte meinen, wenn dein Leben den Bach runterginge, wäre eine Panzerfaust, ein Sprengsatz oder ein Fanatiker mit einer Kalaschnikow daran schuld.

Aber nein. Der Feind hatte – wie es der Feind eben tat – dort zugeschlagen, wo sie am wenigsten darauf vorbereitet gewesen war: zu Hause, in den guten alten USA.

»Maya?«

»Ich hör zu.«

»Die Ermittler, die die Ermordung Ihrer Schwester untersucht haben, glaubten, dass es sich um einen Einbruch handelte. Sie wurde … kennen Sie die Einzelheiten?«

»Zumindest die meisten.«

»Tut mir leid.«

»Ich habe Sie gebeten, mich nicht wie ein Kind zu behandeln.«

»Tu ich nicht. Ich versuche nur, mich menschlich zu verhalten. Was ihr angetan wurde …«

Maya zog ihr Handy heraus und schaltete die App ein. Sie wollte das Gesicht ihrer Tochter sehen. Sie brauchte etwas, woran sie sich festhalten konnte. Doch dann bremste sie sich. Nein. Nicht jetzt. Zieh Lily da nicht mit rein. Sie sollte nichts, aber auch gar nichts mit dieser Sache zu tun haben. Nicht einmal auf diese Art.

»Nach dem Mord hat die Polizei sich auch Claires Mann näher angesehen, Ihren Schwager…« Er fing an, in den Papieren zu blättern.

»Eddie.«

»Genau. Edward Walker.«

»Er würde so etwas nicht tun. Er hat sie geliebt.«

»Na ja, die Ermittlungen gegen ihn wurden eingestellt«, sagte Kierce. »Aber jetzt müssen wir uns sein Privatleben doch noch mal genauer ansehen. Wir müssen alles noch einmal neu aufrollen.«

Jetzt verstand Maya. Sie lächelte, aber ohne Fröhlichkeit oder Wärme. »Seit wann, Detective?«

Er sah sie nicht an. »Wie bitte?«

»Seit wann kennen Sie das Ergebnis des ballistischen Tests?«

Kierce las weiter in der Akte.

»Sie wissen das schon eine Weile, stimmt's? Dass Joe und Claire mit derselben Waffe erschossen wurden.«

»Wie kommen Sie darauf?«

»Als Sie bei mir waren, um meinen Smith and Wesson zu untersuchen, wollten Sie sich vergewissern, dass es sich nicht um die Mordwaffe handelt – die Waffe, mit der beide Morde begangen wurden.«

»Das hat nichts zu bedeuten.«

»Nein, aber Sie sagten, Sie könnten mehr oder weniger beweisen, dass ich nicht geschossen habe. Erinnern Sie sich?«

Er antwortete nicht.

»Sie wussten bereits, dass ich ein perfektes Alibi habe. Sie wussten, dass meine Schwester mit derselben Waffe erschossen wurde wie mein Mann. Und Sie wussten, dass ich bei Claires Ermordung im Nahen Osten war. Die ganze Geschichte mit dem Überfall und den Männern mit den Sturmhauben hätte ich dennoch erfinden können. Aber dann haben Sie auch die beiden Männer gefunden. Und nachdem Sie das Ergebnis des ballistischen Tests hatten, brauchten Sie sich nur noch beim Militär nach meinem Aufenthaltsort zu erkundigen. Das haben Sie getan. Ich weiß, wie lange das dauert. Das lässt sich nicht mit einem kurzen Anruf erledigen. Also, seit wann kennen Sie das Ergebnis des ballistischen Tests?«

Er sprach leise. »Seit der Beerdigung.«

»Aha. Und wann haben Sie Emilio Rodrigo und Fred Katen gefunden und die Bestätigung erhalten, dass ich in Kuwait war?«

»Gestern, am späten Abend.«

Maya nickte – genau wie sie erwartet hatte.

»Ach, kommen Sie, Maya, tun Sie nicht so naiv. Wie ich schon sagte, haben wir uns nach der Ermordung Ihrer Schwester Ihren Schwager näher angesehen. Das ist einer der wenigen Bereiche, in denen es keinen Sexismus gibt. Sie sind die Ehefrau. Sie waren allein mit ihm im Park. Wenn Sie an meiner Stelle wären, wer wäre dann Ihr Hauptverdächtiger?«

»Vor allem«, ergänzte Maya, »wenn diese Ehefrau beim Militär war und in Ihren Augen eine Waffennärrin ist.«

Er versuchte gar nicht erst, sich zu verteidigen. Aber das war auch gar nicht nötig. Er hatte recht. Der Ehepartner gehörte immer zu den Hauptverdächtigen.

»Das hätten wir also aus dem Weg geräumt«, sagte Maya. »Und was machen wir jetzt?«

»Wir suchen nach Verbindungen«, sagte Kierce. »Verbindungen zwischen Ihrer Schwester und Ihrem Mann.«

»Die erste und wichtigste wäre dann wohl ich.«

»Ja. Aber es gibt noch weitere.«

Maya nickte. »Sie haben zusammengearbeitet.«

»Genau. Joe hat Ihre Schwester in seiner Wertpapierfirma eingestellt. Warum?«

»Weil Claire clever war.« Schon ihren Namen auszusprechen tat weh. »Weil Joe wusste, dass sie eine hart arbeitende, zuverlässige und vertrauenswürdige Person war.«

»Und weil Claire zur Familie gehörte?«

Maya überlegte. »Ja, aber nicht im Sinne von Vetternwirtschaft.«

»In welchem Sinne dann?«

»Die Burketts sind eine große Familie – ein Klan.«

»Sie vertrauen Außenseitern nicht?«

»Sie *wollen* Außenseitern nicht vertrauen.«

»Okay, verstanden«, sagte Kierce, »aber wenn ich Tag für Tag mit meiner Schwägerin zusammenarbeiten müsste … igitt. Verstehen Sie, was ich meine?«

»Ja.«

»Natürlich ist meine Schwägerin eine olympiareife Nervensäge erster Klasse. Ich bin sicher, dass Ihre Schwester …« Er fing sich wieder und räusperte sich. »Sie haben also zusammengearbeitet, Joe und Claire – sind dabei Spannungen aufgetreten?«

»Darüber hatte ich mir auch Sorgen gemacht«, sagte Maya. »Mein Onkel hatte eine Firma. Sehr erfolgreich. Aber irgendwann wollten andere Verwandte mitarbeiten. Er hat es ihnen erlaubt, worauf das Ganze den Bach runtergegangen ist. Familie und Geld ist nie eine gute Mischung. Irgendwo kommen da immer Neid und Missgunst auf.«

»Und bei den beiden nicht?«

»Ganz im Gegenteil. Claire und Joe hatten eine spannende neue Verbindung geschaffen. Arbeit. Die beiden sprachen die ganze Zeit nur übers Geschäft. Sie rief ihn an, wenn sie neue Ideen hatte. Und er schickte ihr eine SMS, wenn ihm etwas einfiel, das am nächsten Tag erledigt werden musste.« Sie zuckte die Achseln. »Allerdings …?«

»Allerdings?«

Maya sah ihn an. »Ich war nur selten da.«

»Sie waren im Ausland stationiert.«

»Ja.«

»Trotzdem«, sagte Kierce, »passt das alles ganz und gar nicht zusammen. Was könnte irgendjemanden dazu bringen, Claire zu töten, die Mordwaffe vier Monate lang aufzubewahren, um sie dann diesem Katen zu geben, damit er Joe umbringt?«

»Kierce, haben Sie einen Moment?« Ein anderer Polizist aus dem Revier blieb auf der anderen Seite das Raums stehen und winkte Kierce zu sich heran.

»Entschuldigen Sie mich kurz.«

Kierce ging zu dem Polizisten, einem jungen Mann, hinüber. Die beiden steckten die Köpfe zusammen und sprachen flüsternd miteinander. Maya beobachtete sie. Ihr schwirrte immer noch der Kopf, ihre Gedanken kehrten immer wieder zu einer Angelegenheit zurück, die Kierce nicht die geringsten Sorgen zu machen schien.

Das Nanny-Cam-Video. Kein Wunder, dachte sie. Schließlich hatte er es nicht gesehen. Er konzentrierte sich ganz auf die Fakten, und obwohl er ihre Schilderung nicht einfach als das wirre Gefasel einer paranoiden Irren abgetan hatte, hielt er sie vermutlich für das Produkt einer überreizten Fantasie oder etwas Ähnliches. Und wenn sie ganz ehrlich war, konnte auch Maya selbst diese Möglichkeit nicht ganz außer Acht lassen.

Kierce beendete seine Unterhaltung und kam zu ihr zurück.

»Was gibt's?«

Er nahm sein Jackett und warf es sich über die Schulter wie

Frank Sinatra im Sands Casino. »Ich fahr Sie nach Hause«, sagte er. »Wir können unser Gespräch unterwegs zu Ende führen.«

Nachdem sie zehn Minuten gefahren waren, sagte Kierce: »Sie haben gesehen, dass ich mich eben mit einem Kollegen unterhalten habe?«

»Ja.«

»Dabei ging es um Ihre, äh, Situation.« Er blickte auf die Straße. »Ich meine, um das, was Sie von der Nanny-Cam, dem Pfefferspray und dem ganzen Drumherum erzählt haben.«

Also hatte er es doch nicht vergessen. »Was ist damit?«

»Tja, also das, was Sie über den Inhalt gesagt haben, werde ich erst einmal ignorieren, okay? Bis ich es sehe und wir beide das Video analysieren können, besteht kein Grund, Ihre Darstellung zu diskreditieren oder, ähm … zu bestätigen, was sich auf diesem, ähm … Medium befindet … Was war es noch? Ein USB-Stick?«

»Eine SD-Karte.«

»Richtig, eine SD-Karte. Es gibt zurzeit keinen Grund, sich mit solch abstrakten Dingen zu beschäftigen. Das heißt aber keineswegs, dass wir nichts tun können.«

»Ich kann Ihnen nicht folgen.«

»Sie wurden angegriffen. Das ist eine Tatsache. Um es genau zu sagen: Sie haben offensichtlich Pfefferspray oder etwas Ähnliches abbekommen. Ihre Augen sind immer noch gerötet. Ich sehe, dass Sie noch mit ein paar Nachwirkungen kämpfen. Also, ganz egal, was wir sonst glauben, Ihnen ist eindeutig etwas zugestoßen.«

Er drehte sich zu ihr um und sah sie kurz an.

»Sie sagten, die Angreiferin sei Ihr Kindermädchen Isabella gewesen?«

»Genau.«

»Ich habe einen meiner Männer zu ihr nach Hause geschickt. Sie wissen schon. Um die Stichhaltigkeit Ihrer Einlassung zu prüfen.«

Ihrer Einlassung. Hübsche Wortwahl. »Und? Hat Ihr Mann sie gefunden?«

Kierce blickte immer noch auf die Straße. »Ich möchte Ihnen erst eine Frage stellen.«

Diese Antwort gefiel ihr nicht. »Okay?«

»Während dieser Auseinandersetzung«, begann Kierce und sprach jetzt sehr deutlich, »haben Sie da gedroht, Isabella Mendez zu erwürgen?«

»Hat sie Ihnen das erzählt?«

»Es ist eine ganz einfache Frage.«

»Nein, das habe ich nicht.«

»Sie haben sie nicht angerührt?«

»Ich könnte sie angerührt haben, aber …«

»Könnte?«

»Ach, kommen Sie, Detective. Ich mag sie berührt haben, um ihre volle Aufmerksamkeit zu bekommen. So wie Frauen das manchmal machen.«

»Frauen.« Er lächelte fast. »Jetzt spielen Sie also die Frauen-Karte.«

»Ich habe ihr nicht wehgetan oder so was.«

»Haben Sie sie festgehalten?«

Maya merkte, worauf das hinauslief. »Ihr Mann hat sie also gefunden.«

»Das hat er.«

»Und sie hat dann behauptet, es wäre Selbstverteidigung gewesen, als sie mir das Pfefferspray ins Gesicht gesprüht hat?«

»So in etwa. Sie sagte, Sie hätten sich irrational verhalten.«

»Inwiefern?«

»Sie sagte, Sie hätten wirres Zeug geredet und meinten, Joe in einem Video gesehen zu haben.«

Maya überlegte, wie sie das angehen sollte. »Und was noch?«

»Sie sagte, Sie hätten ihr Angst gemacht. Dann hätten Sie sie in bedrohlicher Weise am Hemdkragen gepackt, nah an der Kehle.«

»Verstehe.«

»Sagt sie die Wahrheit?«

»Hat sie erwähnt, dass ich ihr das Video vorgespielt habe?«

»Ja.«

»Und?«

»Sie sagt, der Bildschirm wäre leer gewesen.«

»Wow«, sagte Maya.

»Sie sagte, sie hätte befürchtet, dass Sie an Wahnvorstellungen leiden. Sie wären beim Militär gewesen und würden häufig eine Waffe tragen. Sie sagte, wenn man all das berücksichtigte – Ihren Background, das wirre Gerede, die Wahnvorstellungen, Ihre Tätlichkeit …«

»Tätlichkeit?«

»Sie haben selbst zugegeben, Maya, dass Sie sie angefasst haben.«

Sie runzelte die Stirn, blieb aber ruhig.

»Isabella sagte, sie hätte sich bedroht gefühlt, daher hätte sie das Pfefferspray eingesetzt und die Flucht ergriffen.«

»Hat Ihr Mann auch nach der fehlenden SD-Karte gefragt?«

»Das hat er.«

»Lassen Sie mich raten. Sie hat sie nicht genommen und weiß nichts darüber.«

»Volltreffer«, sagte Kierce. Er setzte den Blinker. »Wollen Sie sie immer noch anzeigen?« Maya wusste, was dabei herauskommen würde. Eine Waffennärrin mit zweifelhafter Vergangenheit beim Militär schreit, dass sie auf einem Video ihren ermordeten Ehemann gesehen hat, der mit ihrer Tochter spielt, um dann das Kindermädchen am Schlafittchen zu packen und sie hinterher zu beschuldigen, leichtfertig Pfefferspray eingesetzt und – richtig – das Video, auf dem ihr toter Ehemann zu sehen ist, gestohlen zu haben.

Ja, wirklich überzeugend.

»Erst mal nicht«, sagte Maya.

Kierce setzte Maya an ihrem Haus ab. Er versprach, sich zu melden, sobald es etwas Neues gab. Maya bedankte sich. Sie überlegte, ob sie Lily aus dem Kindergarten abholen sollte, aber ein kurzer Blick auf ihre neue Handy-App sagte ihr, dass dort Märchenstunde war. Und selbst aus dem eigenartigen Blickwinkel der Kamera sah sie, dass Lily gebannt zuhörte. Das Abholen hatte also noch Zeit. Dutzende SMS und E-Mails waren auf ihrem Handy eingetroffen, alle von Joes Familie. O verdammt, sie hatte die Testamentseröffnung verpasst. Eigentlich interessierte sie das Testament nicht sonderlich, aber Joes Familie musste stocksauer sein. Sie nahm das Handy und rief Joes Mutter an.

Judith meldete sich nach dem ersten Klingeln. »Maya?«

»Es tut mir leid.«

»Alles okay bei dir?«

»Mir geht's gut«, sagte Maya.

»Und Lily?«

»Auch. Mir ist etwas dazwischengekommen. Ich wollte euch nicht beunruhigen.«

»Dir ist etwas dazwischengekommen, das wichtiger ist als ...«

»Die Polizei hat die Schützen gefunden«, unterbrach Maya sie. »Ich musste sie identifizieren.«

Maya hörte, wie Judith nach Luft schnappte. »Konntest du das?«

»Ja.«

»Dann sind sie jetzt im Gefängnis? Und das Ganze ist vorbei?«

»Nein, es ist komplizierter«, sagte Maya. »Im Moment haben sie noch nicht genug in der Hand, um sie zu verhaften.«

»Das verstehe ich nicht.«

»Sie haben Sturmhauben getragen, daher konnte ich ihre Gesichter nicht sehen. Der Körperbau und die Kleidung reichen nicht aus.«

»Dann … dann haben sie sie einfach wieder laufen lassen? Die beiden Männer, die meinen Sohn umgebracht haben, laufen frei auf der Straße herum?«

»Einer sitzt wegen unerlaubten Waffenbesitzes. Wie schon gesagt, es ist kompliziert.«

»Vielleicht können wir darüber reden, wenn du morgen Vormittag vorbeikommst. Heather Howell hielt es für besser, mit der Testamentseröffnung zu warten, bis alle Parteien anwesend sind.«

Heather Howell war die Familienanwältin. Maya verabschiedete sich, legte auf und starrte in ihre Küche. Alles war neu und gepflegt, und, Herrgott, sie vermisste den alten Resopal-Küchentisch aus Brooklyn.

Was zum Teufel machte sie in diesem Haus? Sie hatte nie wirklich hierhergehört.

Sie ging hinüber zum Nanny-Cam-Bilderrahmen. Vielleicht steckte die SD-Karte doch noch drin. Maya hatte keine Ahnung, wie das möglich sein sollte, war aber für so ziemlich jede Lösung offen. Hatte sie wirklich Joe gesehen? Nein. Könnte er irgendwie noch am Leben sein? Nein. Hatte sie sich das alles nur eingebildet?

Nein.

Ihr Vater war ein großer Krimi-Fan gewesen. Er hatte Claire und Maya am Resopal-Küchentisch Romane von Sir Arthur Conan Doyle vorgelesen. Wie hatte Sherlock Holmes es formuliert: »Wenn man das Unmögliche ausgeschlossen hat, muss das, was übrig bleibt, die Wahrheit sein, so unwahrscheinlich sie auch klingen mag.«

Maya nahm den Bilderrahmen in die Hand und betrachtete die Rückseite.

Keine SD-Karte.

Wenn man das Unmögliche ausgeschlossen hat…

Die SD-Karte war weg. Also hatte Isabella sie mitgenommen. Also hatte Isabella gelogen. Isabella hatte das Pfefferspray eingesetzt, um Maya außer Gefecht zu setzen, sodass sie die SD-Karte mitnehmen konnte. Isabella war irgendwie daran beteiligt.

Aber woran war sie beteiligt?

Eins nach dem anderen.

Maya wollte den Bilderrahmen wieder ins Regal stellen, ließ es dann aber sein. Sie starrte ihn an, sah die digitalen Fotos, die Eileen für sie geladen hatte, vorbeiziehen, als ihr ein früherer Gedanke erneut durch den Kopf schoss.

Wieso hatte Eileen ihr die Nanny-Cam überhaupt geschenkt?

Eileen hatte es ihr erklärt: Maya war jetzt allein. Und Lily wurde von einem Kindermädchen betreut. Es war sinnvoll, eine Nanny-Cam zu haben. Man sollte lieber auf Nummer sicher gehen. Und das stimmte ja auch alles, oder?

Maya starrte den Bilderrahmen immer noch an. Wenn man ganz genau hinsah, erkannte man die kleine Kameralinse, die oben in den schwarzen Rahmen eingebaut war. Schon seltsam, wenn man darüber nachdachte: Natürlich bedeutete die Nanny-Cam ein Stück mehr Sicherheit, aber wenn man eine Kamera ins Haus ließ…

Holte man sich dann womöglich auch jemand anders mit ins Haus? Wurde man vielleicht sogar beobachtet?

Okay, immer schön langsam. Jetzt werd mal nicht gleich paranoid. Ihr war auch klar, dass die meisten Geräte dieser Art heutzutage so konstruiert waren, dass man jemanden damit auch live beobachten konnte. Das bedeutete nicht, dass das jemand tat, aber die Möglichkeit war gegeben. Der Hersteller könnte eine Hintertür eingebaut haben, sodass man jeden ihrer Schritte genauso verfolgen konnte wie Maya über ihre App Lily im Kindergarten.

Heilige Scheiße. Warum hatte sie sich so ein Ding ins Haus geholt?

Wieder hatte sie Eileens Stimme im Ohr.

»Und du vertraust ihr?«

Und dann:

»Du vertraust niemandem, Maya…«

Aber das stimmte nicht. Sie vertraute Shane. Sie hatte Claire vertraut. Und Eileen?

Sie hatte Eileen über Claire kennengelernt. Maya war in ihrem letzten Jahr auf der Highschool, als Claire, die ein Jahr älter war, auf dem Vassar College angefangen hatte. Maya hatte Claire zum College gefahren und ihr beim Auspacken geholfen. Eileen war Claire als Zimmergenossin zugeteilt worden. Maya erinnerte sich noch, wie cool sie Eileen damals fand. Sie war hübsch, witzig und konnte fluchen wie ein Seemann. Sie war laut, vergnügt und wild. Wenn Claire sie während der Semesterferien nach Brooklyn mitgebracht hatte, hatte Eileen stundenlang mit Dad diskutiert und mehr ausgeteilt als eingesteckt.

Maya hatte Eileen für eine knallharte Powerfrau gehalten. Aber das Leben veränderte die Menschen. Es stutzte diese überlebensgroßen Frauen zurecht. Sie wurden mit der Zeit ruhiger. Diese clevere, freche Mitschülerin aus der Highschool, wo ist sie hin? Bei Männern passierte das nicht so häufig. Solche Jungs gingen oft an die Wall Street, wurden zu *Masters of the Universe*. Und die supererfolgreichen Studentinnen? Viele schienen einen langsamen gesellschaftlichen Erstickungstod zu sterben.

Warum also hatte Eileen Maya die Nanny-Cam gegeben?

Das Nachdenken brachte sie nicht weiter. Es war an der Zeit, sie zur Rede zu stellen und herauszubekommen, was zum Teufel hier los war. Maya ging in den Keller. Sie öffnete den Tresor mit ihrem Zeigefinger. Die Beretta M9 lag direkt vor ihr, aber sie nahm die Glock 26. Die war kleiner. Ließ sich besser verstecken.

Sie rechnete nicht damit, eine Waffe zu brauchen, aber damit rechnete ja eigentlich nie jemand.

NEUN

Als Maya vorfuhr, arbeitete Eileen im Vorgarten in ihrem Rosenbeet. Eileen winkte. Maya winkte zurück und schaltete den Motor aus.

Maya hatte nie viele Freundinnen gehabt.

Maya und Claire waren in Greenpoint, Brooklyn, im Erdgeschoss eines zweistöckigen Hauses aufgewachsen. Ihr Vater war College-Professor an der New York University. Ihre Mutter hatte sechs Jahre als Strafverteidigerin gearbeitet, dann aber gekündigt, um sich um ihre Kinder zu kümmern. Ihre Eltern waren weder Pazifisten noch Sozialisten oder so etwas, gehörten aber auf jeden Fall eher dem linken Spektrum an. Sie schickten ihre Töchter ins Sommerlager der Brandeis University. Sie ließen sie Blasinstrumente lernen und die Klassiker lesen. Sie unterrichteten sie in Religion, betonten dabei aber immer, dass es dabei um Allegorien und Mythen ging, nicht um Tatsachen. Sie besaßen keine Schusswaffen. Sie gingen weder jagen noch angeln und waren auch sonst alles andere als Frischluftfanatiker.

Maya hatte sich schon in jungen Jahren zu dem Gedanken hingezogen gefühlt, Flugzeuge zu fliegen. Niemand wusste, wie sie darauf gekommen war. Keiner aus der Familie flog oder hatte Interesse am Fliegen, an Mechanik oder überhaupt irgendetwas in diesem Bereich gezeigt. Ihre Eltern waren davon ausgegangen, dass es sich bei Mayas Leidenschaft um eine Phase handelte, die vorübergehen würde. Das tat sie nicht. Die

Entscheidung, sich für das Elite-Pilotenprogramm der Army zu bewerben, wurde von ihren Eltern weder verurteilt noch gutgeheißen. Sie schienen sie allerdings nicht zu verstehen.

In der Grundausbildung hatte sie eine Beretta M9 bekommen, und sosehr die Leute auch nach allen möglichen komplizierten psychologischen Gründen dafür suchten, war es einfach so, dass Maya gerne mit der Pistole schoss. Ja, sie hatte begriffen, dass Waffen töten konnten, ihr destruktives Wesen erkannt und sah auch, dass sie für viele Leute, vor allem Männer, eine gefährliche und dumme Kompensation für körperliche Unzulänglichkeiten darstellten. Ihr war bewusst, dass manche Menschen Waffen trugen, weil sie sich dann stark fühlten, dass dies bei einigen Menschen krankhafte Züge annahm und dass das ziemlich übel enden konnte. Sie selbst schoss jedoch einfach nur gerne. Sie konnte es einfach gut und fühlte sich davon angezogen. Wieso? Wer zum Henker sollte das wissen? Aus dem gleichen Grund, aus dem manche Leute sich vom Basketball oder vom Schwimmen angezogen fühlten, Antiquitäten sammelten oder Fallschirm sprangen, vermutete sie.

Eileen stand auf und klopfte sich die Erde von den Knien. Sie lächelte und ging auf Maya zu. Maya stieg aus dem Wagen.

»Hey«, sagte Eileen.

»Warum hast du mir die Nanny-Cam geschenkt?« Sie kam direkt zur Sache.

Eileen blieb wie angewurzelt stehen. »Wieso? Was ist passiert?«

Maya suchte nach der temperamentvollen Studentin. Gelegentlich entdeckte sie ein paar Anzeichen dafür, dass sie noch vorhanden war. Sie war dabei, sich zu erholen, aber die Zeit verging, und die Wunden verheilten nicht vollständig. Eileen war so klug, zäh und geistreich gewesen – zumindest hatte es so ausgesehen –, und dann hatte sie den falschen Mann kennengelernt. So einfach war das.

Robby war anfangs total in sie vernarrt gewesen. Er schmeichelte Eileen und gab mit ihr an. Er war stolz auf sie, erzählte allen Leuten, wie klug sie war. Doch dann wurde er zu stolz auf sie, ein Stolz, der sich auf dem schmalen Grat zwischen Liebe und Manie bewegte. Claire war besorgt, doch Maya sah die blauen Flecken zuerst. Eileen hatte angefangen, langärmlige Kleidung zu tragen. Anfangs unternahm aber keine der Schwestern etwas, einfach weil sie es nicht wahrhaben wollten. Maya hatte angenommen, dass man den Opfern häuslicher Gewalt … die Opferrolle ansah. Dass schwache Frauen in solche Situationen gerieten. Einsame oder ungebildete Frauen, Frauen ohne Rückgrat – das waren diejenigen, die sich von Männern misshandeln ließen.

Starke Frauen wie Eileen? Niemals.

»Antworte einfach auf meine Frage«, sagte Maya. »Warum hast du mir die Nanny-Cam geschenkt?«

»Was glaubst du?«, entgegnete Eileen. »Du bist eine Witwe mit einer kleinen Tochter.«

»Zum Schutz.«

»Verstehst du das wirklich nicht?«

»Wo hast du ihn gekauft?«

»Was?«

»Den digitalen Bilderrahmen mit der versteckten Kamera. Wo hast du ihn gekauft?«

»Im Internet.«

»In welchem Shop?«

»Das ist jetzt ein Witz, oder?«

Maya sah sie nur an.

»Pff, okay, ich hab sie bei Amazon gekauft. Was ist los, Maya?«

»Zeig's mir.«

»Ist das dein Ernst?«

»Wenn du sie im Internet gekauft hast, steht sie in der Liste deiner Bestellungen. Zeig es mir.«

»Ich versteh nicht, was das soll. Was ist passiert?«

Maya hatte Eileen immer bewundert. Ihre Schwester war manchmal etwas sehr brav gewesen. Eileen war wilder. In Eileens Nähe hatte sie sich wohl gefühlt. Sie war von Eileen begeistert gewesen.

Aber das war lange her.

Eileen zog ihre Gartenhandschuhe aus und warf sie auf den Boden. »Wenn's sein muss.«

Sie ging zur Tür. Maya folgte ihr. Als sie sie einholte, sah Maya, dass ihre Miene starr war.

»Eileen …«

»In dem anderen Punkt hattest du recht.«

»In welchem Punkt?«

Tränen standen ihr in den Augen. »Robby. So bin ich ihn endgültig losgeworden.«

»Das versteh ich nicht.« Eileens Haus stammte aus den 60er-Jahren und hatte Stockwerke mit verschiedenen Wohnebenen. Sie standen im Wohnzimmer. An einer Wand hingen Fotos von Kyle und Missy. Kein Bild von Eileen. Kein Bild von Robby. Mayas Blick wurde jedoch vom Poster an einer anderen Wand angezogen. Claire hatte das gleiche in ihrem Wohnzimmer gehabt. Das Poster zeigte in vier Schwarz-Weiß-Fotos von links nach rechts die Bauphasen des Eiffelturms. Eileen und Claire hatten die Poster auf einer gemeinsamen Rucksackreise ihrer Dreier-Clique gekauft. Sie waren gemeinsam nach Frankreich gereist, als Eileen und Claire zwanzig und Maya neunzehn waren.

In der ersten Woche hatten sich die Frauen jeden Abend

einen anderen Franzosen gesucht. Sie hatten mit ihnen herumgeknutscht, mehr nicht, und hinterher die ganze Nacht kichernd davon gesprochen, wie niedlich François, Laurent oder Pascal waren. Nach einer Woche hatte Claire Jean-Pierre kennengelernt, und eine perfekte Sommerromanze hatte ihren Lauf genommen – intensiv, leidenschaftlich, romantisch und in aller Öffentlichkeit zur Schau gestellt (was bei Maya und Eileen einen leichten Brechreiz ausgelöst hatte) –, die bedauerlicherweise zwangsläufig zu einem vorzeitigen Tod innerhalb von sechs Wochen verurteilt gewesen war.

Am Ende ihres Aufenthalts hatte Claire einen flüchtigen Augenblick lang tatsächlich mit dem Gedanken gespielt, nicht zu ihrem letzten College-Jahr nach Vasser zurückzukehren. Sie war verliebt. Jean-Pierre war verliebt. Er hatte sie angefleht zu bleiben. Er sei ein »romantischer Realist«, hatte er behauptet, daher wisse er, wie die Chancen stünden, er wisse aber auch, dass sie es schaffen könnten. Er liebe sie.

»Bitte, Claire, ich weiß, dass wir es schaffen können.«

Claire war einfach zu pragmatisch. Sie brach sein und ihr eigenes Herz. Sie war mit ihnen nach Hause gefahren, hatte geweint, und dann hatte sie ihr normales Leben wie geplant fortgesetzt.

Wo, fragte Maya sich, war Jean-Pierre jetzt? War er verheiratet? Glücklich? Hatte er Kinder? Dachte er noch an Claire? Hatte er übers Internet oder sonst wie erfahren, dass sie tot war? Wie hatte er auf ihren Tod reagiert? Schockiert, wütend, mit Verleugnung, deprimiert, mit einem bedauernden Achselzucken?

Maya fragte sich, was passiert wäre, wenn Claire beschlossen hätte, bei Jean-Pierre in Frankreich zu bleiben. Höchstwahrscheinlich hätte die Romanze noch ein paar Wochen, vielleicht Monate gedauert, dann wäre sie nach Hause zurückgekommen. Vielleicht hätte sie ein Semester auf dem College verpasst und ihren Abschluss mit etwas Verspätung gemacht.

Gehupft wie gesprungen.

Claire hätte in Paris bleiben müssen. Sie hätte nicht so verdammt pragmatisch sein sollen.

»Ich weiß, dass du dachtest, du hättest mir Robby endgültig vom Hals geschafft«, sagte Eileen. »Und ich bin dir auch sehr dankbar. Du hast mir damals das Leben gerettet. Das weißt du.«

Die SMS, die Eileen Maya mitten in der Nacht geschickt hatte, war einfach gewesen: Er bringt mich um. Hilf mir bitte. Maya war mit derselben Waffe wie jetzt in der Handtasche hergefahren. Robby war betrunken und tobte, nannte Eileen eine dreckige Hure und Schlimmeres. Er hatte Eileen nachspioniert und gesehen, wie sie im Fitnessstudio einem Mann zugelächelt hatte. Er bewarf Maya bei ihrer Ankunft mit Gegenständen, während er seine Frau suchte, die sich im Keller versteckt hatte.

»Du hast ihm Angst eingejagt.«

Maya war vielleicht einen Schritt zu weit gegangen, aber manchmal war das die einzige Möglichkeit.

»Aber als er mitgekriegt hat, dass du wieder im Ausland warst, ist er wieder vorbeigekommen.«

»Warum hast du nicht die Polizei gerufen?«

Eileen zuckte nur die Achseln. »Die haben mir nie geglaubt. Sie stellen zwar die richtigen Fragen und sagen die richtigen Sachen. Aber du kennst Robby. Er kann sehr charmant sein.«

Und, dachte Maya, *Eileen hat ihn nie angezeigt.* Der Teufelskreis des Missbrauchs, befeuert von einer Mischung aus Angst und grundlosem Optimismus.

»Was ist dann passiert?«

»Er ist zurückgekommen und hat mich verprügelt. Hat mir zwei Rippen gebrochen.«

Maya schloss die Augen. »Eileen.«

»Ich konnte nicht mehr mit der Angst leben. Ich habe überlegt, mir eine Pistole zu besorgen. Du weißt schon. Es wäre Selbstverteidigung gewesen, stimmt's?«

Maya sagte nichts.

»Aber wie wäre es weitergegangen? Die Cops hätten sich gefragt, warum ich mir plötzlich eine Waffe gekauft habe. Wahrscheinlich wäre ich trotzdem angeklagt worden. Und wenn nicht, was für ein Leben wäre das für Kyle und Missy gewesen? Ihre Mom hat ihren Dad umgebracht. Was meinst du, hätten sie das überhaupt begriffen?«

Ja, dachte Maya, behielt es aber für sich.

»Ich konnte nicht mehr mit der Angst leben. Also habe ich es so eingerichtet, dass er mich noch einmal verprügelte. Das war alles. Wenn ich das überstand, war ich ihn vielleicht ein für alle Mal los.«

Maya wusste, worauf das hinauslief. »Du hast ihn mit der versteckten Kamera aufgenommen.«

Sie nickte. »Ich bin mit dem Video zu meinem Anwalt gegangen. Er sagte, ich solle damit zur Polizei gehen, aber ich wollte nur, dass es vorbei ist. Also hat er mit Robbys Anwalt gesprochen, worauf Robby den Antrag auf ein gemeinsames Sorgerecht zurückgezogen hat. Er weiß, dass mein Anwalt das Video hat, und wenn er zurückkommt … Es ist nicht perfekt, aber es ist besser als vorher.«

»Warum hast du mir nichts davon gesagt?«

»Weil du nichts machen konntest. Du hast immer alle beschützt. Ich wollte dir das nicht mehr zumuten. Dir sollte es auch gut gehen.«

»Mir geht es gut.«

»Nein, Maya, das tut es nicht.«

Eileen beugte sich über den Computer. »Weißt du, dass

viele Leute der Meinung sind, dass Cops immer Kameras tragen sollten? 92 Prozent der Bevölkerung. Na ja, wieso auch nicht? Jedenfalls fragte ich mich, ob wir nicht alle immer Kameras tragen sollten. Wie würden wir uns dann verhalten? Würden wir besser miteinander umgehen? Also hab ich angefangen, darüber nachzudenken. Ich hab mir gedacht, wir sollten so viel wie möglich aufnehmen. Darum habe ich dir eine versteckte Kamera gekauft. Verstehst du?«

»Zeig mir die Bestellung, bitte.«

»Gut.« Eileen hatte ihren Widerstand aufgegeben. »Hier.«

Maya blickte auf den Monitor. Da war sie – eine Bestellung über drei digitale Bilderrahmen mit versteckten Kameras.

»Die Bestellung ist einen Monat alt.«

»Ich hatte drei Stück bestellt. Ich hab dir eine von meinen geschenkt.«

Vor einem Monat. Der Gedanke, dass Eileen etwas mit der ganzen Sache zu tun hatte – was auch immer diese »ganze Sache« genau sein mochte –, kam ihr auf einmal sehr unwahrscheinlich vor. Vor einem Monat hätte das niemand vorhersehen können. Und, ganz ehrlich, was zum Henker hätte Eileen auch vorhaben sollen?

Das ergab doch alles keinen Sinn.

»Maya?«

Sie drehte sich zu Eileen um.

»Ich werde den Teil überspringen, in dem ich beleidigt bin, weil du mir nicht vertraut hast.«

»Ich habe etwas gesehen ...«

»Ja, das dachte ich mir schon. Was?«

Maya war nicht in der Stimmung, Eileen von dem Irrsinn zu erzählen. Vielleicht hätte Eileen ihr geglaubt, vielleicht auch nicht, aber auf jeden Fall würde es lange dauern, ihr das zu erklären. Und wie hätte Eileen ihr helfen können?

»Die Polizei hat etwas Seltsames über Claires Ermordung herausbekommen.«

»Eine Spur?«

»Möglich.«

»Nach so langer Zeit?« Eileen schüttelte den Kopf. »Wow.«

»Erzähl mir, woran du dich erinnern kannst.«

»Was Claires Ermordung angeht?«

»Ja.«

Eileen zuckte die Achseln. »Es war ein Einbruch. Gelegenheitstäter, meinte die Polizei. An mehr erinnere ich mich nicht.«

»Es war kein Einbruch. Und es waren keine Gelegenheitstäter.«

»Was dann?«

»Claire wurde mit derselben Waffe umgebracht wie Joe«, sagte Maya.

Eileens Augen weiteten sich. »Aber … das kann nicht sein.«

»Doch, kann es.«

»Und das hast du mithilfe der Nanny-Cam herausgefunden?«

»Was? Nein. Die Polizei hat mit den Kugeln, die sie aus Joes Leiche entfernt haben, einen ballistischen Test durchgeführt. Dann haben sie die Ergebnisse in eine Datenbank eingegeben, um festzustellen, ob mit der Waffe schon andere Morde begangen wurden.«

»Und es war dieselbe Waffe, mit der auch Claire ermordet wurde?« Eileen sackte in sich zusammen. »Mein Gott.«

»Du musst mir helfen, Eileen.«

Eileen sah sie wie durch eine Nebelwand an. »Wenn du meinst.«

»Du musst dich erinnern.«

»Okay.«

»Hat Claire sich vor dem Mord irgendwie anders verhalten? Ist etwas Seltsames passiert? Ganz egal was.«

»Ich dachte immer, sie wäre zufällig Opfer eines Verbrechens geworden.« Eileen war immer noch perplex. »Weil sie irgendwelche Einbrecher auf frischer Tat ertappt hat.«

»Das stimmt nicht. Das wissen wir jetzt. Du musst dich konzentrieren, Eileen, okay? Claire ist tot. Joe ist tot. Beide wurden mit derselben Waffe ermordet. Vielleicht waren sie beide in irgendetwas verwickelt…«

»In etwas verwickelt? Claire?«

»Nichts Schlimmes. Aber irgendetwas lief da. Etwas, das beide verband. Denk nach, Eileen. Du kanntest Claire besser als jeder andere.«

Eileen senkte den Kopf.

»Eileen?«

»Ich hab nicht gedacht, dass es irgendetwas damit zu tun hat…«

Ein Ruck ging durch Maya hindurch. Sie versuchte, ganz ruhig zu bleiben. »Erzähl.«

»Claire war… nicht eigenartig oder so etwas, aber… da war etwas.«

Maya nickte, versuchte, Eileen zum Weitersprechen zu ermutigen.

»Wir waren zum Mittagessen im *Baumgart's*. Das war ein oder zwei Wochen vor ihrer Ermordung. Ihr Handy klingelte. Sie ist kreidebleich geworden. Normalerweise ist sie einfach ans Telefon gegangen, wenn ich mit ihr unterwegs war. Wir hatten eigentlich keine Geheimnisse voreinander, wie du weißt.«

»Erzähl weiter.«

»Aber damals hat Claire sich ihr Handy geschnappt und ist rausgestürmt. Ich hab durchs Fenster gesehen, wie aufgeregt sie war. Das Telefonat hat vielleicht fünf Minuten gedauert, dann ist sie wieder reingekommen.«

»Hat sie dir erzählt, wer angerufen hat?«

»Nein.«

»Hast du sie gefragt?«

»Ja. Sie sagte, es wäre nichts …«

»Höre ich da ein ›aber‹?«

»Aber das stimmte ganz offensichtlich nicht.« Eileen schüttelte den Kopf. »Wieso habe ich sie nicht überredet, mir mehr zu erzählen? Wieso habe ich bloß …? Jedenfalls war sie danach beim Mittagessen extrem fahrig. Ich habe noch ein paarmal versucht, das Thema zur Sprache zu bringen, aber sie ist einfach nicht darauf eingegangen. Herrgott. Ich hätte hartnäckiger nachfragen müssen.«

»Ich glaube nicht, dass du viel mehr hättest tun können.« Maya überlegte. »Die Polizei wird sich ihre Verbindungsdaten angesehen haben. Die müssen wissen, wer da angerufen hat.«

»Das ist es ja.«

»Was?«

»Das Handy.«

»Was ist damit?«

»Es war nicht ihrs.«

Maya beugte sich vor. »Wie bitte?«

»Ihr Handy, das mit der Hülle mit den Kinderfotos drauf, lag noch auf dem Tisch«, sagte Eileen. »Claire hatte ein zweites Handy dabei.«

ZEHN

Die Bediensteten der Burketts wohnten in einem Komplex von kleinen Häusern am Rand von Farnwood Estate, gleich links an der Lieferantenzufahrt. Die Häuser waren einstöckig und erinnerten Maya an Kasernen. Das größte gehörte den Mendez', Isabellas Familie. Rosa, Isabellas Mutter, arbeitete noch im Haupthaus, wobei Maya nicht genau hätte sagen können, was sie dort tat, seit sämtliche Kinder erwachsen waren.

Maya klopfte an Isabellas Tür. Es war nichts zu hören, aber die Mendez' waren auch hart arbeitende Menschen. Sie hatten irre lange Dienstzeiten. Maya war keineswegs Sozialistin, sie fand es aber dennoch absurd, dass sich die Burketts unentwegt über die Bediensteten und die arbeitende Bevölkerung beklagten und gleichzeitig ernsthaft daran glaubten, dass Leistung in diesem Lande belohnt wurde. Dabei waren ihnen Wohlstand und Ansehen einfach zugefallen, weil zwei Generationen zuvor ein Großvater eine Möglichkeit entdeckt hatte, die Immobiliengesetze für die eigenen Zwecke auszunutzen. Die meisten Burketts hätten die Arbeitszeiten ihrer Bediensteten nicht einmal eine Woche durchgestanden.

Hector fuhr in seinem Dodge Ram Pickup vor. Er hielt in sicherem Abstand und stieg aus.

»Mrs Burkett?« Er wirkte verängstigt.

»Wo ist Isabella?«

»Sie sollten lieber gehen.«

Maya schüttelte den Kopf. »Erst wenn ich mit Isabella gesprochen habe.«

»Sie ist nicht da.«

»Wo ist sie?«

»Sie ist weggefahren.«

»Wohin?«

Hector schüttelte den Kopf.

»Ich will mich nur entschuldigen«, sagte Maya. »Das Ganze war ein Missverständnis.«

»Ich sag's ihr.« Er trat von einem Fuß auf den anderen. »Ich glaube, Sie sollten jetzt lieber gehen.«

»Wo ist sie, Hector?«

»Ich werde es Ihnen nicht sagen. Sie haben ihr wirklich Angst gemacht.«

»Ich muss mit ihr reden. Sie können ja dabeibleiben und aufpassen, dass ihr nichts passiert, oder so.«

Hinter ihr sagte eine Stimme: »Das kommt nicht infrage.«

Maya drehte sich um und sah Isabellas Mutter vor dem Haus stehen. Sie musterte Maya mit einem verächtlichen Blick und sagte. »Verschwinden Sie.«

»Nein.«

Sie sah ihren Sohn an. »Komm rein, Hector.«

Hector ging im großen Bogen um Maya ins Haus. Isabellas Mutter warf Maya noch einen finsteren Blick zu, dann schloss sie die Tür, sodass Maya allein draußen stand.

Damit hätte sie rechnen müssen.

Rückzug, dachte Maya. *Überleg, wie du weiter vorgehst.*

Ihr Handy surrte. Sie sah aufs Display. Shane.

»Hey«, meldete sie sich.

»Ich habe das Kennzeichen für dich überprüft«, sagte Shane ohne Vorrede. »Dein Buick Verano wurde von einer Firma namens WTC Limited geleast.«

WTC. Das sagte ihr nichts. »Hast du eine Ahnung, wofür das steht?«

»Nein. Unter der Adresse erreicht man einen Briefkasten in Houston, Texas. Sieht aus wie eine Holdinggesellschaft.«

»Also etwas, das man nutzt, wenn man nicht erkannt werden will?«

»Ja. Um mehr zu erfahren, bräuchte ich einen Gerichtsbeschluss. Und um den zu bekommen, bräuchte ich einen plausiblen Grund dafür, dass man sich den Laden mal genauer ansehen sollte.«

»Vergiss es einfach«, sagte sie.

»Wenn du meinst.«

»Ist nicht weiter wichtig.«

»Belüg mich nicht, Maya. Ich hasse das.«

Sie antwortete nicht.

»Wenn du bereit bist, mir alles zu erzählen, ruf mich an.«

Shane legte auf.

Eddie hatte die Schlösser nicht ausgetauscht.

Maya war nicht mehr bei Claires Haus gewesen – ja, für sie war es weiterhin Claires Haus –, seit sie Coach Phil die Shorts heruntergezogen hatte. In der Einfahrt stand kein Wagen. Auf ihr Klopfen reagierte niemand. Also schloss sie die Tür auf und ging hinein. Als sie in die Diele trat, fielen ihr Eddies Worte wieder ein.

»Der Tod verfolgt dich, Maya …«

Vielleicht hatte Eddie recht. War es dann aber in Ordnung, Daniel und Alexa in Gefahr zu bringen?

Oder Lily?

Die Kartons mit Claires Sachen standen immer noch auf dem Boden. Maya dachte an das geheimnisvolle Zweithandy, das Eileen gesehen hatte. So etwas besorgte man sich vermutlich, damit niemand mitbekam, mit wem man telefonierte.

Also, was war mit dem Handy geschehen?

Bei ihrem Tod hatte Claire es nicht bei sich gehabt, sonst hätte die Polizei es untersucht. Ganz ausgeschlossen war es dennoch nicht. Sie könnten das Handy im Zuge der Ermittlungen gefunden haben und zu dem Schluss gekommen sein, dass es bedeutungslos war. Davon ging Maya jedoch nicht aus. Shane hatte Kontakt zur Polizei. Er hatte für sie einen Blick in die Akten geworfen. Ein zweites Handy oder unerklärliche Telefonate wurden dort nicht erwähnt.

Also war das Handy wohl nicht gefunden worden.

Die Kartons waren nicht beschriftet. Eddie schien sie eilig gepackt zu haben … offenbar hatte er in einem Anfall von Kummer alles hastig hineingestopft, sodass Kleidungsstücke und Hygieneartikel, Schmuck und Papiere, Schuhe und Andenken wild durcheinander lagen. Claire hatte kitschige Souvenirs geliebt. Antiquitäten und echte Sammlerstücke wurden meist als zu teuer befunden, aber für eine Schneekugel oder Ähnliches hatte es immer gereicht, wenn sie eine Stadt oder eine Sehenswürdigkeit zum ersten Mal besuchte. Sie hatte ein Tequila-Glas aus Tijuana, eine Spardose in Form des Schiefen Turms von Pisa, einen Gedenkteller an Lady Di, ein bewegliches hawaiianisches Hula-Girl, das die Hüften auf dem Armaturenbrett kreisen ließ, und ein Paar gebrauchte Würfel aus einem Kasino in Las Vegas.

Maya verzog keine Miene, als sie den albernen Nippes durchging, der Claire irgendwann in ihrem Leben ein Lächeln entlockt hatte. Sie war auf einer Mission. Aber irgendwo war es dennoch sehr schmerzhaft, dies zu tun, den Krempel zu durchwühlen, der ihrer Schwester etwas bedeutet hatte, und Schuldgefühle stellten sich ein.

Dein Mann hat recht. Ich habe den Tod hereingelassen. Ich hätte hierbleiben müssen. Ich hätte dich beschützen müssen …

Auf einer anderen Ebene – einer höheren, bedeutsameren Ebene – halfen ihr der Schmerz und die Schuldgefühle jedoch. Sie hoben den Zweck der Mission hervor. Wenn man sah, was auf dem Spiel stand, wenn einem der tiefere Sinn seiner Mission bewusst wurde, half das, sich zu motivieren. Man ließ sich nicht so leicht ablenken und ging mit größerer Konzentration vor. Man hatte das Ziel, das man verfolgte, klarer vor Augen. Und das gab einem Kraft.

In den Kartons war allerdings kein Handy.

Als sie den letzten Karton durchsucht hatte, sank sie zu Boden. *Denk nach*, ermahnte sie sich. *Du musst denken wie Claire.* Ihre Schwester hatte ein Handy besessen, von dem niemand etwas erfahren sollte. Wo hätte sie es versteckt …?

Eine schwache Erinnerung kam auf. Claire war im dritten Highschool-Jahr gewesen, Maya im zweiten. In ihrem vielleicht einzigen Akt der Rebellion hatte Claire angefangen zu rauchen. Dad hatte eine empfindliche Nase. Er roch es, wenn sie geraucht hatte.

In den meisten Punkten war Dad ziemlich liberal gewesen. Als College-Professor hatte er alles schon gesehen und wusste, dass Jugendliche so einiges ausprobieren mussten. Aber Zigaretten waren ein wunder Punkt. Seine Mutter war auf furchtbarste Art an Lungenkrebs gestorben. Als es auf ihr Ende zuging, war »Nana« in das kleine, freie Zimmer im Haus gezogen. Maya erinnerte sich hauptsächlich an die Geräusche: das schreckliche, feuchte, rasselnde Gurgeln, das aus Nanas Zimmer kam, als sie an ihren letzten Tagen langsam und elendig erstickte. Nach Nanas Tod hatte Maya sich lange nicht getraut, das Zimmer zu betreten. Der Tod schien noch darin zu verweilen. Sein Geruch schien in die Wände gezogen zu sein.

Und schlimmer noch, manchmal meinte Maya, das gurgelnde Luftholen zu hören. Sie hatte irgendwo gelesen, dass Geräusche nie vollkommen verschwanden. Sie wurden einfach nur immer leiser und leiser.

Wie die Geräusche von Hubschrauber-Rotoren. Wie das Geräusch einer Schießerei. Wie Schreie aus Todesangst.

Vielleicht, dachte Maya, hatte alles in diesem schrecklichen Zimmer angefangen … vielleicht verfolgte der Tod sie seit damals.

Maya blieb auf dem Boden sitzen und schloss die Augen. Sie versuchte, ruhig zu atmen und die Geräusche auf Distanz zu halten. Die Erinnerungen nagten an ihr: Dad hatte Zigaretten gehasst.

Okay. Claire hatte angefangen zu rauchen, und Dad war ausgerastet. Er hatte nachts Claires Schlafzimmer durchsucht, und wenn er Zigaretten fand, bekam er einen kleinen Tobsuchtsanfall. Die Phase, in der Claire rauchte, war bald vorüber, aber sie hatte während dieser Zeit ein Versteck benutzt, das ihr Vater nicht entdecken konnte.

Mayas Augen leuchteten auf.

Sie sprang auf und lief ins Wohnzimmer. Die alte Truhe – komischerweise Nanas alte Truhe – war noch da. Claire hatte sie als Beistelltisch benutzt, auf dem Familienfotos standen. Maya nahm sie herunter. Auf den meisten Bildern waren Daniel und Alexa zu sehen, aber es gab dort auch ein Hochzeitsfoto von Eddie und Claire. Maya starrte es an. Die beiden sahen so verdammt jung, hoffnungsvoll und glücklich aus – und vollkommen arglos. Sie hatten keine Ahnung, was das Leben für sie bereithielt. Aber das hatte sowieso niemand.

In der Truhe wurden Tischtücher und Bettwäsche aufbewahrt. Maya nahm sie heraus und tastete den Boden ab.

»Mein Vater hat die Truhe aus Kiew mitgebracht«, hatte Nana ihnen erzählt. Das war Jahre, bevor der Krebs sie erstickt hatte. Sie hatten sie besucht, als sie klein waren, als Nana noch agil und gesund war und mit ihnen schwimmen ging oder ihnen Tennisspielen beibrachte. »Guckt mal. Seht ihr das?«

Die beiden kleinen Mädchen hatten sich über die Truhe gebeugt.

»Das hat er selbst eingebaut. Es ist ein Geheimfach.«

»Warum ist es geheim, Nana?«, hatte Claire gefragt.

»Damit er das Geld und den Schmuck seiner Mutter darin verstecken konnte. Jeder Fremde kann ein Dieb sein. Vergesst das nicht, ihr beiden, wenn ihr älter werdet. Ihr könnt euch immer aufeinander verlassen, aber lasst eure Wertsachen nie an einem Ort, an dem andere sie finden können.«

Mayas Finger ertasteten die kleine Furche. Sie drückte, bis sie das Klicken hörte, und schob die Platte zur Seite. Dann beugte sie sich über die Truhe, genau wie sie es als Kind getan hatte, und sah hinein.

Da lag das Handy.

Mit einem zufriedenen Lächeln zog Maya es heraus. Wäre sie ein religiöser Mensch gewesen, sie hätte geschworen, dass ihre Schwester und ihre Nana aus dem Himmel auf sie herunterblickten. Aber sie war nicht religiös. Wer einmal tot war, blieb für immer tot. Genau das war das Problem.

Sie versuchte, das Handy einzuschalten, aber der Akku war vollkommen leer. Das war nicht weiter überraschend. Wahrscheinlich hatte es seit Claires Ermordung dort gelegen. Maya drehte es um und sah sich die Ladebuchse an. Sie kam ihr bekannt vor. Dafür konnte sie ein Kabel besorgen und das Handy laden.

»Was machst du hier?«

Die Stimme erschreckte sie, und instinktiv rollte sie sich zur Seite. Als sie auf die Beine kam, war sie bereit, sich zu verteidigen.

»Um Himmels willen, Eddie.«

Eddies Gesicht war rot. »Ich hab gefragt…«

»Schon verstanden. Gib mir einen Moment, um zu Atem zu kommen.«

So viel zu Konzentration und Fokussierung, dachte Maya. Sie war so fasziniert gewesen von der Brillanz ihrer Entdeckung, dass Eddie hereinkommen und sich anschleichen konnte, ohne dass sie es gemerkt hatte. Wieder ein Fehler.

»Ich habe dich gefragt, was du…«

»Ich habe die Kartons durchgesehen«, sagte Maya.

Eddie machte einen etwas zu großen Schritt auf sie zu. »Ich hab dir doch gesagt, dass du dich hier fernhalten sollst.«

»Das hast du.«

Eddie trug immer noch das rote Flanellhemd mit den hochgekrempelten Ärmeln, das seine muskulösen Unterarme zeigte. Er war drahtig und fit wie ein Weltergewichtsboxer. Claire hatte das an ihm gemocht. Seinen Körperbau. Seine Augen waren gerötet vom Alkohol.

Er streckte die offene Hand aus.

»Gib mir den Schlüssel. Sofort.«

»Keine Chance, Eddie.«

»Ich kann auch die Schlösser auswechseln.«

»Du kannst ja kaum deine Kleidung wechseln.«

Er sah die auf dem Boden verteilten Bilderrahmen und die Bettwäsche an. »Was hast du in der Truhe gesucht?«

Maya antwortete nicht.

»Ich hab gesehen, dass du da was rausgenommen hast. Gib es zurück.«

»Nein.«

Er beäugte sie, seine Hände ballten sich zu Fäusten. »Ich kann's mir auch holen ...«

»Nein, kannst du nicht. Hatte Claire eine Affäre, Eddie?«

Das stoppte ihn. Sein Unterkiefer fiel herunter. Dann sagte er: »Fahr zur Hölle.«

»Wusstest du davon?«

Wieder traten Eddie Tränen in die Augen, und für einen Moment blieb Mayas Blick an dem Hochzeitsfoto hängen, an Eddies glücklichem, hoffnungsvollem Gesicht. Also kamen die geröteten Augen vielleicht doch nicht nur vom Alkohol. Eddie sah es auch, das Foto, und etwas in ihm zerbrach. Er sank auf die Couch und vergrub das Gesicht in den Händen.

»Eddie?«

Seine Stimme war kaum zu hören. »Wer war es?«

»Ich weiß es nicht. Eileen hat erzählt, dass Claire geheime Anrufe erhielt. Ich habe gerade dieses Handy gefunden, das sie in der Truhe versteckt hatte.« Sein Gesicht ruhte noch immer in seinen Händen. »Ich kann es einfach nicht glauben«, sagte er mit leerer Stimme.

»Was ist passiert, Eddie?«

»Nichts.« Er blickte auf. »Na ja, es war nicht unsere beste Phase. Aber so läuft das nun mal in einer Ehe. Es gibt Hochs und Tiefs. Das kennst du doch auch, oder?«

»Über mich sprechen wir im Moment nicht.«

Eddie schüttelte den Kopf und senkte ihn wieder. »Vielleicht. Vielleicht aber auch nicht.«

»Was soll das jetzt heißen?«

»Claire hat für deinen Mann gearbeitet«, sagte er langsam.

Der Tonfall gefiel Maya nicht. »Und?«

»Und ihre Ausrede war meistens, dass sie Überstunden gemacht hat, wenn ich sie gefragt habe, warum sie so spät nach Hause kam.«

Er sah sie an. Sie sah ihn an. Maya war nicht diejenige, die um den heißen Brei herumredete.

»Wenn du andeuten willst, dass Claire und Joe …«

Der Gedanke war zu grotesk, um ihn zu Ende zu führen.

»Du bist diejenige, die behauptet hat, dass sie eine Affäre hatte«, sagte Eddie und stand achselzuckend auf. »Ich erzähl dir nur, wo sie war.«

»Du hattest also die Vermutung, dass es einen anderen gab.«

»Das hab ich nicht gesagt.«

»Doch, das hast du. Wie kommt's, dass du der Polizei nie von deinem Verdacht erzählt hast?«

Die Frage beantwortete er nicht.

»Oh, alles klar«, sagte Maya. »Du warst ihr Ehemann. Sie haben dich sowieso ganz genau unter die Lupe genommen. Man stelle sich vor, was passiert wäre, wenn sie gewusst hätten, dass du sie verdächtigst, eine Affäre zu haben.«

»Maya.«

Sie wartete. Er trat einen Schritt auf sie zu. Sie trat einen Schritt zurück.

»Gib mir das verdammte Handy«, sagte er. »Und mach, dass du aus meinem Haus kommst.«

»Das Handy nehme ich mit.«

Eddie stellte sich ihr in den Weg. »Willst du mich wirklich auf die Probe stellen?«

Maya dachte an die Pistole in ihrer Handtasche. Eine Waffe vergaß man nicht. Wenn man eine Waffe trug, dachte man ständig an sie, sie konnte eine Last sein oder sich wie durch ein leichtes Zupfen am Ärmel bemerkbar machen. Sie war, wohl oder übel, immer eine mögliche Option.

Eddie trat einen Schritt auf sie zu.

Sie würde ihm auf keinen Fall das Handy überlassen. Ihre

Hand zuckte schon in Richtung Handtasche, als sie zwei weitere bekannte Stimmen vernahm.

»Tante Maya!«

»Yay!«

Daniel und Alexa stürmten durch die Tür, wie es nur Kinder konnten. Sie umarmten ihre Tante. Maya erwiderte die Umarmungen, wobei sie darauf achtete, dass sie nicht gegen ihre Handtasche gedrückt wurden. Sie gab beiden einen etwas hektischen Kuss, entschuldigte sich und verschwand, bevor Eddie eine Dummheit begehen konnte.

Fünf Minuten später rief Eddie sie auf ihrem Handy an.

»Tut mir leid«, sagte er. »Ich habe Claire geliebt. Herrgott, wie sehr ... Das weißt du alles. Und natürlich hatten wir auch Probleme, aber sie hat mich auch geliebt.«

Maya fuhr den Wagen. »Ich weiß, Eddie.«

»Tu mir einen Gefallen, Maya.«

»Welchen?«

»Was immer du auf dem Handy findest, auch wenn es schlimm ist, du musst es mir sagen. Ich muss die Wahrheit wissen.«

Im Rückspiegel entdeckte Maya den roten Buick.

»Versprich's mir, Maya.«

»Versprochen.«

Sie legte auf und sah wieder in den Rückspiegel, aber der rote Buick war verschwunden. Zwanzig Minuten später, im *Growin' Up*, bat Miss Kitty sie, die restlichen Unterlagen auszufüllen, und informierte sie über die Zahlungsmodalitäten. Lily wollte noch nicht gehen, was Maya als gutes Zeichen wertete.

Als sie zu Hause war, kümmerte Maya sich zuerst um Lily, dann öffnete sie ihre »Kabel-Schublade«. Wie die meisten

Menschen, die sie kannte, warf Maya nie ein Netzgerät weg. Die Schublade war übervoll, alles quoll heraus wie bei einer Dosenschlange. Sie musste sich durch zig, vielleicht hunderte Kabel wühlen – verdammt, wahrscheinlich passte eins davon noch in einen Betamax-Videorekorder.

Irgendwann fand sie ein Ladekabel, das in Claires Handy passte, schloss es an und wartete, bis es genug Saft hatte, sodass sie es anschalten konnte. Es dauerte fast zehn Minuten. Das Handy war ziemlich einfach – kein unnötiges Zeug, bitte –, hatte aber tatsächlich eine Anrufliste. Sie öffnete sie und ging die Anrufe durch. Es war immer dieselbe Nummer.

Maya scrollte nach unten und zählte sechzehn Anrufe. Die Nummer sagte ihr nichts. Die Vorwahl war 201. Also nördliches New Jersey.

Wen zum Teufel hatte Claire angerufen?

Sie sah sich die Daten an. Drei Monate vor ihrer Ermordung hatte es begonnen. Der letzte Anruf hatte sie vier Tage vor dem Mord erreicht. Was hatte das zu bedeuten? Sie hatte unterschiedlich häufig telefoniert: anfangs und zum Schluss öfter, dazwischen nur selten.

Hatte Claire sich zu Dates verabredet?

Jean-Pierre kam ihr wieder in den Sinn. Ihre Fantasie machte sich selbstständig. Was wäre, wenn Jean-Pierre sich nach all den Jahren bei Claire gemeldet hätte? So etwas hörte man immer wieder, vor allem im Internetzeitalter. Ein Lover verschwand nie ganz, wenn man einen Facebook-Account hatte.

Aber nein, es war nicht Jean-Pierre. Das hätte Claire ihr erzählt.

Wirklich? War sie sich da so sicher? Claire hatte irgendetwas vorgehabt, das war keine Frage, und sie hatte es nicht für erforderlich gehalten, Maya darüber zu informieren. Maya hatte immer gedacht, dass sie und Claire alles teilten, dass sie keine Geheimnisse voreinander hätten. Aber ehrlich gesagt war Maya schließlich auch am anderen Ende der Welt gewesen, hatte in einer einsamen Wüste für ihr Land gekämpft, statt hier zu Hause zu sein und ihre Schwester zu beschützen.

Du hattest Geheimnisse vor mir, Claire.

Und was nun?

Der erste Schritt war ganz einfach: Google die Telefonnummer. Vielleicht hatte sie Glück und fand etwas. Maya gab die Nummer in die Suchmaschine ein und drückte Enter.

Bingo. Äh, irgendwie …

Die Nummer erschien sofort, was sie überraschte. Denn wenn man eine Telefonnummer googelte, erhielt man sonst häufig Angebote von Dritten, die einem anboten, Informationen über den Besitzer dieser Nummer zu kaufen. Bei der von Claire gewählten Telefonnummer handelte es sich jedoch um so etwas wie einen Geschäftsanschluss. Doch wie fast alles andere im Zusammenhang mit dem Irrsinn der letzten Wochen warf auch diese Antwort mehr Fragen auf, als sie Lösungen bot. Der Betrieb lag tatsächlich im nördlichen New Jersey, ganz in der Nähe der George-Washington-Bridge, wenn man Google-Maps Glauben schenken konnte. Er hieß *Leather and Lace* – ein Gentlemen's Club.

Gentlemen's Club. Die freundliche Umschreibung für einen Striptease-Club.

Um sicherzugehen, klickte Maya auf den Link, und ein Bildschirm voll knapp bekleideter Frauen öffnete sich. Ja. Ein Striptease-Club. Ihre Schwester hatte sich ein geheimes Handy besorgt und es in der alten Truhe ihrer Großmutter versteckt, um einen Striptease-Club anzurufen. War das logisch?

Nein.

Maya versuchte, diese neue Information der Mixtur hinzuzufügen und alles neu zu betrachten: Claire, Joe, die Nanny-Cam, das Handy, den Striptease-Club, den Rest … Maya ging alle Möglichkeiten durch und stand am Ende mit vollkommen leeren Händen da. Das Ganze ergab überhaupt keinen Sinn. Sie fing an, nach Strohhalmen zu greifen. Vielleicht hatte Claire eine Affäre und … ihr Lover arbeitete da? Vielleicht war Jean-Pierre der Manager des Clubs. Die Website bot ihrer »gehobenen Kundschaft« etwas an, das sich »French Lapper« nannte, wobei Maya weder wusste noch wissen wollte, worum es sich handelte. Vielleicht hatte Claire ein geheimes Doppelleben geführt und dort gearbeitet. Solche Storys hörte man gelegentlich oder sah sie in schlechten Fernsehfilmen. Hausfrau am Tag, Stripperin bei Nacht.

Stopp.

Sie nahm ihr Handy und rief Eddie an.

»Hast du was gefunden?«, fragte er.

»Hör zu, Eddie, wenn ich irgendwelche Verrenkungen machen muss …«, kaum hatte sie das gesagt, erkannte sie die Ironie in ihren Worten, »… wenn ich nicht ganz offen sprechen kann, komme ich nicht weiter, okay?«

»Ja, 'tschuldigung, was gibt's?«

»Warst du irgendwann mal in einem Striptease-Club?«

Schweigen. Dann: »Irgendwann?«

»Ja.«

»Letztes Jahr gab's eine Bachelor-Party mit ein paar Jungs von der Arbeit in so einem Club.«

»Und seitdem?«

»Das war's.«

»Welcher Club war das?«

»Moment, was hat das mit …«

»Antworte einfach, Eddie.«

»In der Nähe von Philadelphia. Bei Cherry Hill.«

»Sonst keiner?«

»Nein, das war's.«

»Sagt dir ein Club namens *Leather and Lace* irgendetwas?«

»Soll das ein Witz sein?«

»Eddie?«

»Nein, der Name sagt mir nichts.«

»Okay, danke.«

»Willst du mir nicht sagen, worum es geht?«

»Noch nicht. Tschüss.«

Maya saß da und starrte auf die Website. Warum hatte Claire beim *Leather and Lace* angerufen?

Es war sinnlos, noch mehr unausgereifte Theorien aufzustellen. Am liebsten wäre sie sofort losgefahren, um sich den Club anzusehen, aber sie hatte keinen Babysitter für Lily. *Growin' Up* machte um 20 Uhr zu.

Morgen, dachte sie. Morgen würde sie dem *Leather and Lace* auf den Zahn fühlen, wenn man das so sagen konnte.

ELF

Maya hatte einen sehr befremdlichen Traum über die Verlesung von Joes Testament gehabt. Er war surreal, eine dieser nächtlichen Visionen, die man wie durch eine Milchglasscheibe sah, bei denen man sich nicht erinnern konnte, was gesagt wurde, wo man genau war oder an was auch immer. Nur an eins erinnerte sie sich genau.

Joe war dabei gewesen.

Er saß in einem opulenten burgunderroten Ledersessel und trug denselben Smoking wie an dem Abend, an dem sie sich kennengelernt hatten. Er war höllisch attraktiv und fixierte eine verschwommene Gestalt, die das Dokument verlas. Maya hörte kein Wort von dem, was diese Gestalt sagte – es war, als würde man Charlie Browns Lehrerin zuhören –, irgendwie war ihr aber klar, dass die Gestalt das Testament vorlas. Maya interessierte es nicht. Sie konzentrierte sich ganz auf Joe. Sie rief ihn, versuchte, seine Aufmerksamkeit auf sich zu ziehen, aber Joe drehte sich nicht um.

Als Maya aufwachte, hörte sie wieder die Geräusche – die Schreie, die Rotoren, die Schüsse. Sie schnappte sich das Kissen und drückte es sich auf die Ohren, um den schrecklichen Lärm zu dämpfen. Sie wusste natürlich, dass es nicht helfen würde, dass die Geräusche von innen aus ihrem Kopf kamen und diese Versuche sie allenfalls dort festhalten würden. Trotzdem tat sie es. Normalerweise hörten die Geräusche bald wieder auf. Sie musste nur die Augen schließen – noch so eine absurde Handlung, die Augen schließen, um Geräusche zu dämpfen – und abwarten.

Als der Anfall abklang, stand Maya auf und ging ins Bad. Sie sah in den Spiegel und war so klug, das Badezimmerschränkchen zu öffnen, damit sie sich ihre ausgemergelte Miene nicht ansehen musste. Dort lagen die kleinen braunen Pillendosen. Sie überlegte, ob sie ein oder zwei Tabletten nehmen sollte, aber sie musste nachher fit sein, wenn sich die ganze Familie zur Testamentsverlesung versammelte.

Sie duschte und wählte einen schwarzen Chanel-Hosenanzug, den Joe ihr geschenkt hatte. Joe hatte gerne für sie eingekauft. Sie hatte den Anzug ihm zuliebe anprobiert, und er hatte ihr gefallen, trotzdem hatte sie behauptet, sie würde ihn nicht mögen, weil sie den Preis obszön fand. Aber Joe hatte sich nicht täuschen lassen. Am nächsten Tag war er zur Boutique gefahren und hatte ihn gekauft. Genau wie jetzt hatte der Anzug auf dem Bett gelegen, als sie nach Hause kam.

Sie zog ihn an und weckte Lily.

Eine halbe Stunde später war Maya mit Lily im *Growin' Up*. Miss Kitty trug ein Disney-Prinzessinnen-Kostüm, das Maya nicht kannte. »Willst du dich auch als Prinzessin verkleiden, Lily?« Lily nickte, ging mit Prinzessin Miss Kitty und vergaß fast, ihrer Mutter zum Abschied zu winken. Maya stieg wieder in den Wagen, lud die App des *Growin' Up* und sah Lily dabei zu, wie sie sich ein Elsa-Kostüm aus *Die Eiskönigin* anzog.

»›Let it go‹«, sang Maya vor sich hin, als sie sich auf den Weg zu ihren Schwiegereltern machte.

Sie schaltete das Radio an, um die eigene Stimme aus ihrem Kopf zu verbannen und sie durch irgendeine Belanglosigkeit zu ersetzen, die gerade im Vormittagsprogramm lief. Viele Moderatoren im Vormittagsprogramm finden sich unglaublich witzig. Sie schaltete auf Mittelwelle – hörte überhaupt noch jemand Mittelwelle? – und stellte einen Nachrichtensender ein. Die fast militärische Präzision und Vorhersehbarkeit beruhigten sie. Viertel vor und Viertel nach kam Sport. Alle zehn Minuten Verkehr. Sie war abgelenkt, hörte höchstens mit einem Ohr hin, als ein Bericht ihre Aufmerksamkeit weckte:

»Hacker Corey the Whistle hat versprochen, der Öffentlichkeit noch diese Woche eine Schatztruhe voll neuer Leaks zu präsentieren, die, wie er behauptet, nicht nur ein führendes Regierungsmitglied bloßstellen, sondern auch zumindest einen Rücktritt und höchstwahrscheinlich eine Verurteilung nach sich ziehen …«

Trotz allem und ungeachtet ihrer Worte, dass sie der grässlichen Reichweite von Corey the Whistle entkommen wäre, spürte Maya, wie ihr ein weiterer Schauer über den Rücken lief. Shane hatte sich gefragt, warum Corey nicht alles veröffentlicht hatte, ob er nicht einfach nur auf den richtigen Moment wartete, um eine weitere, größere Bombe platzen zu lassen, und ja, die Formulierung war treffend gewesen, und das entlockte ihr ein trauriges Lachen. Natürlich hatte auch sie sich diese Frage gestellt. Maya Stern war Schnee von gestern, aber das Potenzial war vorhanden. Große Geheimnisse verklangen nicht. Ihr Echo hallte noch lange nach, wurde gelegentlich verstärkt und verursachte – wieder fiel ihr auf, wie häufig militärische Begriffe in die Alltagssprache aufgenommen wurden – massive Kollateralschäden.

Farnwood war ein klassisches, altmodisches Reichen-Domizil. Bevor Maya Joe kennengelernt hatte, war sie davon ausgegangen, dass so etwas nur noch in Geschichtsbüchern oder Romanen existierte. Aber so war es nicht. Sie hielt vor dem Tor, das von Morris bewacht wurde. Morris arbeitete seit Anfang der Achtziger am Tor. Auch er wohnte im Bedienstetenkomplex, genau wie Isabellas Familie.

»Hey, Morris.«

Er musterte sie mürrisch, wie er es immer tat, und erinnerte sie auf seine Art daran, dass sie nur in die Familie eingeheiratet hatte und keine Blutsverwandte war. Vielleicht steckte heute sogar noch etwas mehr hinter Morris' Blick, etwas, das entweder mit einem Nachhall der Trauer über Joes Tod oder, was wahrscheinlicher war, mit den Gerüchten über Isabella und die Pfefferspray-Attacke zusammenhing. Widerwillig drückte Morris den Knopf, und das Tor öffnete sich so langsam, dass es mit bloßem Auge kaum zu erkennen war.

Maya fuhr den Hügel hinauf, an einem Rasen-Tennisplatz und einem Fußballplatz in Originalgröße vorbei, die, soweit Maya sich erinnern konnte, beide nie bespielt worden waren, und erreichte eine Tudorvilla, die sie an Bruce Waynes Haus aus der alten Batman-Fernsehserie erinnerte. Sie rechnete fast damit, dass eine für die Fuchsjagd ausgerüstete Gruppe Männer sie in Empfang nehmen könnte. Stattdessen erwartete sie ihre Schwiegermutter Judith allein an der Tür. Maya parkte neben dem gepflasterten Weg.

Judith war eine schöne Frau. Sie war zierlich, hatte große, runde Augen und anmutige, puppenähnliche Gesichtszüge. Sie sah jünger aus, als sie war. Sie hatte etwas machen lassen – Botox, vielleicht eine Kleinigkeit um die Augen –, es war aber geschmackvoll, und den größeren Anteil an ihrem jugendlichen Aussehen hatten wohl ihre Gene oder die täglichen Yoga-Übungen. Ihre Figur zog noch immer Blicke auf sich. Männer fühlten sich sehr stark zu ihr hingezogen – Aussehen, Hirn, Geld –, Maya hielt es für möglich, dass sie ein Verhältnis hatte, wusste aber nichts Genaueres.

»Ich glaube, sie hat einen heimlichen Liebhaber«, hatte Joe einmal zu ihr gesagt.

»Warum heimlich?«

Aber Joe hatte nur die Achseln gezuckt.

Angeblich war sie in jungen Jahren als Hippie an der Westküste unterwegs gewesen. Das konnte Maya sich gut vorstellen. Wenn man genau hinsah, entdeckte man noch eine gewisse Ungezähmtheit in ihren Augen und ihrem Lächeln.

Judith kam die Treppe herunter, blieb aber auf der vorletzten Stufe stehen, sodass ihre und Mayas Augen in etwa auf einer Höhe waren. Sie küssten sich auf die Wangen, wobei Judith an ihr vorbeisah.

»Wo ist Lily?«

»Im Kindergarten.«

Maya rechnete mit einem Ausdruck von Überraschung im Gesicht ihrer Schwiegermutter. Es gab keinen. »Du musst das mit Isabella klären.«

»Sie hat dir davon erzählt?«

Judith sparte sich die Antwort.

»Dann hilf mir dabei«, sagte Maya. »Wo ist sie?«

»Wenn ich das richtig verstanden habe, ist Isabella auf Reisen.«

»Wie lange?«

»Ich weiß es nicht. Ich schlage vor, dass Rosa so lange für sie einspringt.«

»Lieber nicht.«

»Du weißt, dass sie Joes Kindermädchen war?«

»Ja, das weiß ich.«

»Und?«

»Und lieber nicht.«

»Dann lässt du sie im Kindergarten?« Judith schüttelte missbilligend den Kopf. »Ich habe vor Jahren mit Kindertagesstätten zu tun gehabt.« Judith war zertifizierte Psychiaterin und empfing immer noch zweimal die Woche Patienten in der Upper East Side in Manhattan. »Erinnerst du dich an die Fälle von Kindesmissbrauch in den Achtzigern und Neunzigern?«

»Natürlich. Hat man dich damals als Expertin zu Rate gezogen?«

»So in der Art.«

»Ich dachte, es hätte sich herausgestellt, dass das alles erfunden war. Es wäre kindliche Hysterie gewesen oder so etwas.«

»Ja«, sagte Judith. »Die Mitarbeiter wurden entlastet.«

»Und?«

»Die Mitarbeiter wurden entlastet«, wiederholte sie, »das System allerdings nicht.«

»Ich kann dir nicht folgen.«

»Die Kinder in den Tagesstätten waren extrem manipulierbar. Warum wohl?«

Maya zuckte die Achseln.

»Überleg mal. Diese Kinder haben sich die ganzen Horrorgeschichten ausgedacht. Ich frage mich, wieso? Warum waren die Kinder so erpicht darauf, das zu sagen, was ihre Eltern hören wollten? Vielleicht, nur vielleicht, wäre das nicht passiert, wenn die Eltern ihnen mehr Aufmerksamkeit geschenkt hätten …«

Das, dachte Maya, war ziemlich weit hergeholt.

»Der Punkt ist, dass ich Isabella kenne. Ich kenne sie, seit sie ein kleines Mädchen war. Ich vertraue ihr. Die Leute in der Kindertagesstätte kenne ich nicht, daher vertraue ich ihnen nicht – und du tust das auch nicht.«

»Ich habe etwas Besseres als Vertrauen«, sagte Maya.

»Wie bitte?«

»Ich kann sie beobachten.«

»Was?«

»Die Sicherheit in der Gruppe. Es gibt viele potenzielle Zeugen, darunter auch mich.« Sie hielt das Handy hoch, drückte auf die Schaltfläche, worauf Lily in ihrem Prinzessin-Elsa-Kostüm erschien. Judith nahm das Handy und lächelte, als sie das Bild sah. »Was macht sie da?«

Maya sah es sich an. »So, wie sie sich dreht, würde ich sagen, sie tanzt nach dem Titelsong der *Eiskönigin*.«

»Überall sind Kameras«, sagte Judith mit einem Kopfschütteln. »Das ist eine ganz neue Welt.« Sie gab Maya das Handy zurück. »Also, was war los zwischen dir und Isabella?«

Es wäre nicht klug, jetzt damit anzufangen, vor allem weil sie eigentlich hier waren, um sich die Verlesung von Joes Testament anzuhören. »Ich würde mir darüber keine Sorgen machen.«

»Darf ich ganz offen sprechen?«

»Machst du das nicht immer?«

Judith lächelte. »In dem Punkt sind wir beide uns sehr ähnlich. Na ja, in diversen Punkten. Wir haben beide in diese Familie eingeheiratet. Wir sind beide Witwen. Und wir sagen beide das, was wir meinen.«

»Ich höre.«

»Gehst du noch zu deinem Arzt?«

Maya antwortete nicht.

»Deine Situation hat sich grundlegend verändert, Maya. Dein Mann wurde ermordet. Vor deinen Augen. Du hättest selbst getötet werden können. Jetzt ziehst du allein ein Kind auf. Wenn man diese Stressfaktoren zusammennimmt und dazu deine vorherige Diagnose …«

»Was hat Isabella dir erzählt?«

»Nichts«, sagte Judith. Sie legte Maya eine Hand auf die Schulter. »Ich könnte dich selbst behandeln, aber …«

»Das wäre keine gute Idee.«

»Genau. Es wäre falsch. Ich muss mich auf meine Rolle als verzückte Oma und hilfreiche Schwiegermutter beschränken.

Aber ich kenne da jemanden, eine Kollegin. Eigentlich eher eine Freundin. Sie hat ihre Ausbildung mit mir in Stanford gemacht. Eure Militär-Psychiater sind sicher kompetent, aber diese Frau ist die Beste in ihrem Fachgebiet.«

»Judith?«

»Ja?«

»Mir geht's gut.«

Eine Stimme sagte: »Mom?«

Judith drehte sich um. Caroline, ihre Tochter und Joes Schwester, war aus dem Haus gekommen. Die beiden Frauen sahen sich ziemlich ähnlich, man erkannte sofort, dass sie Mutter und Tochter waren, aber wenn Judith immer stark und selbstbewusst wirkte, schien Caroline ständig den Kopf einzuziehen.

»Hallo, Maya.«

»Caroline.«

Weitere Wangenküsse.

»Heather erwartet uns in der Bibliothek«, sagte Caroline. »Neil ist schon da.«

Judiths Miene verdunkelte sich. »Gut, dann lass uns gehen.«

Judith stellte sich zwischen Caroline und Maya und bot jeder einen Arm an. Schweigend durchquerten sie das große Foyer und gingen am Ballsaal vorbei. Über dem Kamin hing ein Porträt von Joseph T. Burkett Sr., Judith blieb einen Moment stehen und starrte ihn an.

»Joe sah seinem Vater so ähnlich«, sagte sie.

»Das ist wahr«, stimmte Maya zu.

»Noch etwas, das wir gemeinsam haben«, sagte Judith mit dem Anflug eines Lächelns. »Den gleichen Männergeschmack, was?«

»Ja, groß, dunkelhaarig und attraktiv«, sagte Maya. »Aber ich weiß nicht recht, ob uns das wirklich von der Masse abhebt.«

Judith gefiel das. »Auch wieder wahr.«

Caroline öffnete die Flügeltür, und sie traten in die Bibliothek. Vielleicht kam es daher, dass sie gerade zugesehen hatte, wie kleine Mädchen sich verkleideten, vielleicht auch daher, dass sie vor Kurzem mit Lily *Die Schöne und das Biest* angeguckt hatte, jedenfalls erinnerte sie die Bibliothek an die des Biests. Der Raum erstreckte sich über zwei Stockwerke, und die Wände waren vom Fußboden bis zur Decke mit dunklen Eichenregalen bestückt. Kunstvoll verzierte Orientteppiche bedeckten den Boden. An der Decke hing ein Kronleuchter, und die Bücherregale waren mit zwei Rollleitern auf gusseisernen Schienen ausgestattet. Ein großer antiker Globus ließ sich aufklappen und barg eine Karaffe mit Cognac. Neil, Joes überlebender Bruder, bediente sich schon daran.

»Hey, Maya.«

Weitere Wangenküsse, wenn auch schludriger. Alles an Neil war schludrig. Er war einer dieser birnenförmigen Männer, die immer schludrig aussahen, ganz egal wie perfekt ihr Anzug geschnitten war.

»Möchte noch jemand einen?«

Er deutete auf die Karaffe.

»Nein, danke«, sagte Maya.

»Bist du sicher?«

Judith schürzte die Lippen. »Es ist neun Uhr morgens, Neil.«

»Aber irgendwo auf der Welt ist es fünf Uhr nachmittags. So sagt man doch, oder?« Er lachte. Keiner stimmte ein. »Außerdem wird nicht jeden Tag das Testament meines Bruders verlesen.«

Judith wandte den Blick ab. Neil war das Nesthäkchen, das jüngste der vier Burkett-Kinder. Joe war der Erstgeborene, ein Jahr später gefolgt von Andrew, der »auf See umgekommen«

war – so formulierte es die Familie immer –, dann kamen Caroline und schließlich Neil. Seltsamerweise lag die Leitung des Familien-Imperiums in Neils Händen. Joseph Sr., der in Geldangelegenheiten absolut nicht zu Sentimentalität neigte, hatte ihn den älteren Geschwistern vorgezogen.

Joe hatte es mit einem Achselzucken abgetan. »Neil ist skrupellos«, hatte er einmal zu ihr gesagt. »Dad war schon immer ein Freund von Skrupellosigkeit.«

»Vielleicht sollten wir uns setzen«, schlug Caroline vor.

Maya sah sich die Sessel an, diese opulenten burgunderroten Ledersessel, und musste an ihren Traum denken. Einen Moment lang sah sie Joe in seinem Smoking, die Beine übereinandergeschlagen, messerscharfe Bügelfalte, zur Seite blickend, unnahbar.

»Wo ist Heather?«, fragte Judith.

»Ich bin schon da.«

Alle drehten sich um und sahen zur Tür. Seit zehn Jahren war Heather Howell die Familienanwältin. Davor hatte ihr Vater Charles Howell III sich um die juristischen Angelegenheiten der Burketts gekümmert. Und vor ihm hatte Heathers Großvater, Charles Howell II den Posten innegehabt.

Über den ersten Charles Howell war nichts bekannt.

»Okay«, sagte Judith. »Lasst uns anfangen.«

Es war seltsam, wie schnell sie von der warmen, herzlichen Mutter zur professionellen Psychologin umschalten konnte, die sie jetzt war, die steife, aristokratische Matriarchin mit britischem Akzent.

Sie begaben sich zu ihren Plätzen, aber Heather Howell blieb einfach stehen. Judith drehte sich zu ihr um. »Gibt es ein Problem?«

»Ich fürchte schon.«

Heather gehörte zu den Anwälten, die Selbstsicherheit und

Kompetenz ausstrahlten. Man wollte sie auf seiner Seite haben. Maya war ihr zum ersten Mal direkt nach Joes Heiratsantrag begegnet. Heather hatte sie zu sich in diesen Raum bestellt, einen Ehevertrag auf den Tisch geknallt und in einem nüchternen, dabei aber nicht unhöflichen Tonfall gesagt. »Unterzeichnen Sie dieses Dokument. Es ist nicht verhandelbar.«

Jetzt sah Heather Howell zum ersten Mal ein bisschen verloren aus oder zumindest so, als wäre ihr nicht ganz wohl.

»Heather?«, sagte Judith.

Heather Howell sah sie an.

»Was ist los?«

»Ich fürchte, wir werden die Verlesung des letzten Willens und Testaments verschieben müssen.«

Judith sah Caroline an. Nichts. Sie sah Maya an. Maya stand nur da. Judith wandte sich wieder an Heather. »Könntest du uns erklären, warum?«

»Es gibt Regeln, an die wir uns halten müssen.«

»Was für Regeln?«

»Du brauchst dir keine Sorgen zu machen, Judith.«

Die Antwort passte Judith nicht. »Seh ich so aus, als bräuchte ich Schutz oder Zuspruch?«

»Nein, tust du nicht.«

»Also, warum können wir Joes Testament nicht verlesen?«

»Es ist nicht so, dass wir es nicht verlesen könnten«, sagte Heather, die jedes Wort abzuwägen schien, bevor es aus ihrem Mund kam.

»Aber?«

»Aber es gibt eine Verzögerung.«

»Dann frage ich noch einmal: Warum?«

»Eigentlich geht es nur um Papierkram«, sagte Heather.

»Was meinst du damit?«

»Wir … äh … haben noch keine offizielle Sterbeurkunde.«

Schweigen.

»Er ist seit fast zwei Wochen tot«, sagte Judith. »Er wurde beerdigt.«

In einem geschlossenen Sarg, wie Maya plötzlich wieder einfiel.

Maya hatte diese Entscheidung nicht getroffen. Das hatte sie Joes Familie überlassen. Ihr war es egal gewesen. Tot war tot. Die Familie sollte dem Ritual folgen, das ihren Schmerz am besten linderte. Die Beerdigung im geschlossenen Sarg war natürlich eine logische Entscheidung gewesen. Joe hatte eine Kugel in den Kopf bekommen. Selbst wenn der Leichenbestatter wirklich gute Arbeit gemacht hatte, war das höchstwahrscheinlich kein schöner Anblick gewesen.

Wieder Judiths Stimme. »Heather?«

»Ja, natürlich, ich weiß. Ich bin ja auch auf der Beerdigung gewesen. Aber für diese Testamentseröffnung brauchen wir eine offizielle Sterbeurkunde, einen amtlichen Beleg. Wir haben es mit einem ungewöhnlichen Fall zu tun. Ich habe einen meiner Mitarbeiter gebeten, sich die rechtliche Situation noch einmal genau anzusehen. Weil Joe, na ja, ermordet wurde, brauchen wir die Bestätigung der offiziellen Stellen bei den Strafverfolgungsbehörden. Ich habe gerade erst die Information bekommen, dass es noch etwas länger dauern könnte, bis die entsprechenden Beweise gesichert sind.«

»Wie lange?«, fragte Judith.

»Das kann ich wirklich nicht sagen, ich hoffe aber, dass es jetzt, wo wir an der Sache dran sind, höchstens noch ein oder zwei Tage dauern wird.«

Neil meldete sich erstmalig zu Wort. »Wieso Beweise? Was meinen die damit? Beweise, dass Joe tot ist?«

Heather Howell fing an, mit ihrem Ehering herumzuspielen. »Ich kenne noch nicht alle Fakten, aber bevor wir mit der

Testamentseröffnung beginnen, muss dieses … ja, nennen wir es ruhig Chaos … also, dieses Chaos muss erst beseitigt werden. Ich habe meine besten Leute darauf angesetzt. Ich melde mich dann.«

Da alle verblüfft schwiegen, drehte Heather Howell sich schnell auf dem Absatz um und verließ den Raum.

ZWÖLF

Ist wahrscheinlich nur eine Kleinigkeit«, sagte Judith, als sie Maya zurück zum Foyer begleitete.

Maya antwortete nicht.

»So sind Anwälte nun einmal. Alles muss perfekt sein, unter anderem, um ihre Mandanten zu schützen, vor allem aber, damit sie die Zeit in Rechnung stellen können.« Sie versuchte, ihre Worte mit einem Lächeln zu begleiten, was ihr nicht gelang. »Da ist sicher nur die Bürokratie aufgrund der Umstände irgendwo ins Stocken geraten...« Ihre Stimme verklang, als wäre ihr bewusst geworden, dass sie über Joe sprach, nicht über irgendeine juristische Belanglosigkeit.

»Zwei Söhne«, sagte Judith mit leerer Stimme.

»Es tut mir leid.«

»Keine Mutter sollte zwei Söhne begraben müssen.«

Maya nahm ihre Hand. »Nein«, sagte sie, »keine Mutter sollte das.«

»Und ebenso wenig sollte eine junge Frau ihre Schwester und ihren Mann begraben.«

Der Tod verfolgt dich, Maya...

Vielleicht verfolgte er Judith auch.

Judith hielt ihre Hand noch einen Moment, dann ließ sie sie los. »Bitte lass uns in Kontakt bleiben, Maya.«

»Selbstverständlich.«

Sie gingen zusammen raus in die Sonne. Judiths schwarze Limousine wartete. Der Chauffeur hielt ihr die Tür auf.

»Komm bald mal mit Lily vorbei.«

»Mach ich.«

»Und klär das mit Isabella, bitte.«

»Je eher wir uns treffen«, sagte Maya, »desto eher können wir das Missverständnis aus der Welt schaffen.«

»Ich werde sehen, was ich tun kann.«

Judith setzte sich in den Fond. Der Chauffeur schloss die Tür. Maya blieb stehen, bis die Limousine die Zufahrt hinunter und außer Sicht war.

Als sie zu ihrem Wagen ging, wartete Caroline auf sie.

»Hast du einen Moment Zeit? Ich würd gern mit dir reden.«

Eigentlich nicht, dachte Maya. Sie wollte dringend los. Sie musste ein paar Orte aufsuchen. Zwei, um genau zu sein. Zuerst wollte sie einen Zwischenstopp am Bedienstetenkomplex machen und womöglich Rosa überraschen. Wenn das nicht klappte, hatte sie einen Plan B, um Isabellas Aufenthaltsort herauszubekommen. Dann musste sie zum *Leather and Lace* und feststellen, welche Verbindung es zwischen diesem »Gentlemen's Club« und ihrer verstorbenen Schwester gegeben haben könnte.

Caroline legte Maya die Hand auf den Arm. »Bitte?«

»Ja, okay.«

»Aber nicht hier.« Carolines Blick schoss unruhig hin und her, als sie sagte: »Lass uns ein paar Schritte gehen.«

Maya verkniff sich ein Seufzen. Caroline ging die Zufahrt entlang. Ihr kleiner Hund, Laszlo, ein Havaneser, folgte ihr. Der Hund war nicht angeleint, aber wie sollte Laszlo auf diesem Riesengrundstück auch in Gefahr geraten? Maya überlegte, wie es gewesen sein musste, hier aufzuwachsen, an einem Ort voller Reichtum, Schönheit und Überfluss, wo alles, was man sah – der Rasen, die Bäume, die Gebäude –, dir oder deiner Familie gehörte.

Caroline bog rechts ab. Maya und Laszlo folgten ihr.

»Den hat mein Vater für Joe und Andrew gebaut.« Caroline blickte lächelnd zum Fußballplatz. »Der Tennisplatz war meine Domäne. Ich habe gern Tennis gespielt. Ich habe auch viel trainiert. Mein Vater hat immer die besten Trainer aus Port Washington kommen lassen, ich habe Privatunterricht bekommen. Aber ich habe das Spielen nie *geliebt*, verstehst du? Dann kann man trainieren, so viel man will. Obwohl ich durchaus ein gewisses Talent hatte. Im Internat war ich auf Platz eins im Einzel. Aber um noch mehr zu erreichen, muss man besessen sein. Da kann man niemandem etwas vormachen.«

Maya nickte, weil sie nicht wusste, was sie sonst hätte tun sollen. Laszlo lief mit hängender Zunge nebenher. Caroline wollte ihr irgendetwas mitteilen. Maya durfte sie nicht drängen. Sie musste einfach die Ruhe bewahren.

»Aber Joe und Andrew … die haben das Fußballspielen geliebt. Von ganzem Herzen. Beide waren tolle Spieler, Joe Stürmer, wie du bestimmt weißt, und Andrew Torwart. Ich hab keine Ahnung, wie viel Zeit die beiden da draußen verbracht haben. Joe hat Schüsse trainiert, und Andrew hat versucht, sie zu halten. Der Platz ist, was meinst du, knapp einen halben Kilometer vom Haus entfernt?«

»Kommt ungefähr hin.«

»Man konnte sie bis ins Haus lachen hören. Es schallte von unten den Hügel herauf durchs Fenster. Mom hat oft einfach im Wohnzimmer gesessen und gelächelt.«

Caroline lächelte auch in diesem Moment. Ihr Lächeln sah genauso aus wie das ihrer Mutter, trotzdem war es nur eine Kopie, die bei Weitem nicht die Ausstrahlung und die Kraft des Originals besaß.

»Weißt du viel über meinen Bruder Andrew?«

»Nein«, sagte Maya.

»Hat Joe nicht über ihn gesprochen?«

Natürlich hatte er das. Joe hatte ihr ein großes Geheimnis über den Tod seines Bruders verraten, das Maya weder mit Caroline noch mit irgendjemand anders teilen wollte.

»Alle Welt glaubt, dass mein Bruder vom Boot gefallen ist...«

Joe und sie hatten in einem Ferienort auf den Turks- und Caicosinseln nackt im Bett gelegen und zur Decke gestarrt. Joes Augen glänzten im Mondschein. Das Fenster war offen, und sie bekam im kühlen Luftzug eine Gänsehaut. Und Maya hatte Joes Hand genommen.

»In Wahrheit ist Andrew gesprungen ...«

Maya sagte: »Er hat nicht oft über ihn gesprochen.«

»Hat vermutlich immer noch zu sehr geschmerzt. Die beiden waren sich sehr nah.« Caroline blieb stehen. »Aber versteh das bitte nicht falsch, Maya. Joe und Andrew haben mich auch geliebt, und, na ja, Neil war halt der nervige kleine Bruder, mit dem sie sich arrangiert haben. Aber die beiden waren unzertrennlich. Als Andrew starb, waren beide auf demselben Internat, wusstest du das?«

Maya nickte.

»Sie waren auf der Franklin Biddle Academy unten in Philadelphia. Sie haben im selben Wohnheim gewohnt und in derselben Fußballmannschaft gespielt. Und hier haben sich Joe und Andrew auch immer ein Zimmer geteilt, obwohl doch so unglaublich viel Platz ist.«

»Andrew hat Selbstmord begangen, Maya. Er hat so sehr gelitten, und ich habe es nicht mitgekriegt ...«

»Maya?«

Sie sah Caroline an.

»Was hältst du von der Sache heute? Vom diesem... Aufschub?«

»Ich weiß nicht.«

»Keine Vermutung?«

»Eure Anwältin hat behauptet, es gäbe irgendein Chaos mit den Unterlagen.«

»Und das glaubst du?«

Maya zuckte die Achseln. »Ich war bei der Army, da ist Papierchaos praktisch die Norm.«

Caroline sah zu Boden.

»Was ist?«, fragte Maya.

»Hast du ihn gesehen?«

»Wen?«

»Joe«, sagte Caroline.

Maya erstarrte. »Worauf willst du hinaus?«

»Seine Leiche«, sagte Caroline leise. »Vor der Beerdigung. Hast du Joes Leiche gesehen?«

Maya schüttelte langsam den Kopf. »Nein.«

Caroline sah sie an. »Findest du das nicht seltsam?«

»Es war ein geschlossener Sarg.«

»War das dein Wunsch?«

»Nein.«

»Wessen dann?«

»Ich denke, deine Mutter hat das entschieden.«

Caroline nickte, als erschiene ihr das logisch. »Ich habe gefragt, ob ich ihn sehen kann.«

Von wegen ruhig und friedlich – die stille Umgebung fing an, ihr die Luft zu nehmen. Maya versuchte tief und gleichmäßig zu atmen. Stille, jede Art der Stille hatte immer etwas, das sie sowohl schätzte als auch fürchtete.

»Du hast schon viele Tote gesehen, stimmt's, Maya?«

»Ich versteh nicht, worauf du hinauswillst?«

»Wenn Soldaten sterben, warum ist es dann so wichtig, ihre Leichen nach Hause zu bringen?«

Langsam ging Caroline ihr auf die Nerven. »Weil wir niemanden zurücklassen.«

»Ja, das habe ich auch schon gehört. Aber wieso? Ich weiß, du wirst sagen, es geht darum, die Toten zu ehren und so weiter, aber ich glaube, es steckt noch mehr dahinter. Der Soldat ist tot. Man kann nichts mehr für ihn tun – oder für sie, ich mein das nicht sexistisch. Ihr schafft die Leiche nach Hause, dabei geht es aber nicht um den Toten, sondern um die Familie, oder? Die Geliebten zu Hause müssen den Verstorbenen sehen. Sie müssen die Leiche sehen, um einen Schlussstrich ziehen zu können.«

Maya war nicht in der Stimmung, das Thema zu vertiefen. »Komm auf den Punkt.«

»Ich wollte Joe nicht nur sehen. Ich *musste* ihn sehen. Ich musste mir begreiflich machen, was da geschehen war. Wenn man keine Leiche sieht, versteht man so etwas nicht richtig. Es ist, als ob …«

»Als ob was?«

»Als ob es womöglich nie passiert wäre. Als könnten sie noch am Leben sein. Man träumt von ihnen.«

»Man träumt auch von den Toten.«

»Oh, ich weiß. Aber ohne so einen Schlussstrich ist das etwas anderes. Als Andrew auf See umgekommen ist …«

Wieder diese dämliche Formulierung.

»… habe ich seine Leiche auch nicht gesehen.«

Das überraschte Maya. »Moment, wieso denn nicht? Die Leiche wurde doch geborgen, oder?«

»Das hat man mir zumindest gesagt, ja.«

»Du glaubst es nicht?«

Caroline zuckte die Achseln. »Ich war jung. Sie haben mir die Leiche nie gezeigt. Auch er wurde in einem geschlossenen Sarg begraben. Ich habe Visionen, Maya. Tagträume, in denen er erscheint. Immer noch. Bis heute. Ich habe Träume, in denen Andrew nicht gestorben ist, wache auf, und er steht direkt da vorne am Fußballtor, lächelt und trainiert. Oh, ich weiß, dass er nicht da ist. Ich weiß, dass er bei einem Unfall umgekommen ist, aber andererseits… weiß ich es auch *nicht*. Verstehst du? Ich konnte Andrews Tod nie akzeptieren. Manchmal glaube ich, er hat den Sturz vom Boot irgendwie überlebt, ist weggeschwommen und sitzt jetzt irgendwo auf einer einsamen Insel, sodass ich ihn irgendwann wiedersehe, und alles ist wieder gut. Aber wenn ich seine Leiche hätte sehen können…«

Maya blieb ganz still stehen.

»Daher wusste ich, was ich tun musste. Dieses Mal wusste ich es. Ich durfte nicht noch einmal den gleichen Fehler machen. Deshalb habe ich gefragt, ob ich ihn sehen kann. Ehrlich gesagt habe ich sie angefleht. Es war mir egal, wie er aussieht. Vielleicht hätte es mir geholfen. Ich musste ihn sehen, damit ich akzeptiere, dass er wirklich tot ist, verstehst du?«

»Aber du durftest ihn nicht sehen?«

Caroline schüttelte den Kopf. »Sie haben mich nicht zu ihm gelassen.«

»Wer hat dich nicht zu ihm gelassen?«

Wieder blickte sie zum Fußballtor. »Zwei Brüder. Beide sehr früh verstorben. Könnte einfach Pech sein, weißt du? Das kommt vor. Aber in beiden Fällen habe ich die Leiche nicht gesehen. Hast du gehört, was Heather eben gesagt hat? Keiner wird Joe offiziell für tot erklären. Meine beiden Brüder. Es ist, als ob…« Sie drehte sich um und sah Maya direkt in die Augen. »…als könnten beide noch am Leben sein.«

Maya rührte sich nicht. »Das sind sie aber nicht.«

»Ich weiß, dass es verrückt klingt…«

»Es ist verrückt.«

»Du hast einen Streit mit Isabella gehabt, stimmt's? Sie hat es uns erzählt. Sie sagte, du hättest geschrien, dass du Joe gesehen hättest. Warum hast du das getan? Was hast du damit gemeint?«

»Caroline, hör mir zu. Joe ist tot.«

»Wieso bist du dir so sicher?«

»Ich war dabei.«

»Aber du hast ihn nicht sterben sehen, stimmt's? Es war dunkel. Beim dritten Schuss bist du weggerannt.«

»Hör zu, Caroline. Die Polizei war da. Die haben ermittelt. Joe ist nach den beiden Schüssen, die ich gesehen habe, nicht aufgestanden und weggegangen. Die Polizei hat sogar zwei Verdächtige festgenommen. Wie erklärst du dir das alles?«

Caroline schüttelte den Kopf.

»Was ist?«

»Du wirst mir nicht glauben.«

»Versuch's.«

»Der Polizist, der die Ermittlung geleitet hat«, sagte Caroline. »Er heißt Roger Kierce.«

»Das stimmt.«

Schweigen.

»Caroline, was ist los?«

»Ich weiß, dass das verrückt klingt …«

Maya wollte die Information aus ihr herausschütteln.

»Wir haben so ein Privatkonto bei einer Bank. Ich werde da nicht ins Detail gehen. Es ist nicht weiter wichtig, sagen wir einfach, man kann es nicht zur Quelle zurückverfolgen. Verstehst du, was ich sagen will?«

»Ich glaube schon. Moment. Heißt die Bank WTC?«

»Nein.«

»Und der Sitz ist nicht in Houston?«

»Nein, der ist im Ausland. Wieso fragst du nach Houston?«

»Spielt keine Rolle. Erzähl weiter. Ihr habt ein Privatkonto im Ausland.«

Caroline starrte sie einen Moment zu lange an. »Ich bin ein paar von den neueren Online-Transaktionen durchgegangen.«

Maya nickte aufmunternd.

»Das meiste waren Überweisungen auf Nummernkonten oder an Offshore-Firmen, Geld, das hin und her überwiesen wird, damit man es nicht zurückverfolgen kann. Auch da will ich nicht ins Detail gehen. Aber ich bin auch auf einen bestimmten Namen gestoßen. Es gab mehrere Überweisungen an Roger Kierce.«

Maya hielt dem plötzlichen Schlag stand, ohne auch nur zu blinzeln. »Bist du sicher?«

»Ich habe es gesehen.«

»Zeig's mir.«

»Was?«

»Du kannst online auf das Konto zugreifen«, sagte Maya. »Also zeig's mir.«

Caroline gab das Passwort ein. Zum dritten Mal erschien dieselbe Nachricht auf dem Monitor: ERROR: UNAUTHORIZED ACCESS.

»Das versteh ich nicht«, sagte Caroline. Sie saß vor dem Computer in der Bibliothek. »Maya?«

Maya stand hinter ihr und starrte auf den Monitor. *Nichts übereilen*, sagte sie sich. *Denk nach.* Aber über diese Sache hier musste sie nicht lange nachdenken. Nachdem sie ein paar Möglichkeiten durchgegangen war, wurde ihr schnell klar, was los war: Entweder trieb Caroline ein seltsames Spiel mit ihr, oder jemand hatte das Passwort geändert, sodass sie nicht mehr auf das Konto zugreifen konnte.

»Was genau hast du gesehen?«, fragte Maya.

»Das hab ich dir doch schon gesagt. Überweisungen an Roger Kierce.«

»Wie viele?«

»Ich weiß es nicht. Drei oder so.«

»Wie hoch waren die Beträge?«

»Jeweils neuntausend Dollar.«

Neuntausend. Das war logisch. Zahlungen unter zehntausend Dollar unterlagen nicht der Meldepflicht.

»Was noch?«, fragte Maya.

»Wie meinst du das?«

»Wann erfolgte die erste Zahlung?«

»Das weiß ich nicht mehr.«

»Vor oder nach Joes Ermordung?«

Caroline legte den Zeigefinger über die Lippen und überlegte. »Hundertprozentig sicher bin ich mir nicht, aber …«

Maya wartete.

»Ich meine mich zu erinnern, dass die erste Zahlung vorher abgebucht wurde.«

Maya hatte zwei Möglichkeiten, damit umzugehen.

Eine lag auf der Hand. Stell Judith zur Rede. Stell Neil zur Rede. Mach es sofort und verlange Antworten. Aber diese direkte Herangehensweise brachte auch Probleme mit sich. Schon rein logistisch, da beide im Moment nicht zu Hause waren, aber was noch wichtiger war: Was hoffte sie zu finden? Wenn die beiden etwas verheimlichten, würden sie es ihr gegenüber dann zugeben? Selbst wenn sie sie irgendwie zwingen könnte, sich in das Konto einzuloggen, hätten sie die Beweise nicht längst vernichtet oder zumindest irgendwie verschleiert?

Aber was verheimlichten sie?

Was glaubte Maya, war hier im Gange? Warum hätte die

Burkett-Familie den Detective der Mordkommission bezahlen sollen, der die Ermittlung in Joes Fall leitete? Ergab das überhaupt irgendeinen Sinn? Wenn sie davon ausging, dass Carolines Bericht stimmte, wenn die ersten Zahlungen schon vor dem Mord geleistet worden waren … Woher hätten die Burketts wissen sollen, dass man Kierce den Fall übertrug? Nein, das ergab keinen Sinn. Aber Caroline war sich ja auch nicht ganz sicher gewesen, was das Datum der ersten Überweisung betraf. Logischer wäre es – »logischer« im Sinne von nicht völlig absurd –, wenn die Zahlungen erst nach dem Mord erfolgt wären.

Aber zu welchem Zweck?

Sie musste mehrere Schritte vorausdenken. Das war der Schlüssel. Und wenn Maya mehrere Schritte vorausdachte, sah sie keinen Vorteil darin, Neil oder Judith zur Rede zu stellen, falls sie – oder einer der beiden – hinter diesen vermeintlichen Überweisungen steckten. Maya würde ihren Kenntnisstand preisgeben, ohne im Gegenzug irgendwelche brauchbaren Informationen zu bekommen.

Gedulde dich. Bring erst einmal so viel wie möglich in Erfahrung. Dann kannst du sie, wenn nötig, zur Rede stellen. Man sagte, ein Anwalt durfte nie eine Frage stellen, wenn er die Antwort nicht schon kannte. In ähnlicher Manier griff ein guter Soldat nicht an, bevor er die voraussichtlichen Resultate nicht schon berechnet und Gegenschläge ausgearbeitet hatte.

Vor dem Gespräch mit Caroline hatte Maya doch einen Plan gehabt: Schnapp dir Isabella und bring sie zum Reden. Stell fest, warum Claire heimlich im *Leather and Lace* angerufen hat. Halt dich an diesen Plan und fang bei Isabellas Haus an.

Hector öffnete die Tür.

»Isabella ist nicht da.«

»Mrs Burkett ist der Meinung, dass ich mit ihr reden soll.«

»Sie ist im Ausland«, sagte Hector.

Blödsinn. »Wie lange?«

»Sie meldet sich bei Ihnen. Bitte kommen Sie nicht wieder her.«

Er schloss die Tür. Das hatte Maya erwartet. Als sie zu ihrem Wagen zurückging, ging sie um Hectors Pick-up herum und heftete einen magnetischen GPS-Sender unter seine Stoßstange.

Im Ausland, von wegen.

Der Sender funktionierte ganz einfach: Man lud eine App herunter, rief eine Karte auf und konnte darauf nicht nur den aktuellen Aufenthaltsort des Fahrzeugs sehen, sondern auch, wo es vorher gewesen war. Die Geräte waren nicht schwer zu bekommen. Zwei Läden im Einkaufszentrum hatten sie geführt. Maya hatte nie daran geglaubt, dass Isabella das Land verlassen hatte.

Sie würde aber darauf wetten, dass Hector sie irgendwann zu seiner Schwester führte.

DREIZEHN

Manche Leute mochten erwarten, dass das *Leather and Lace* erst am Abend öffnete. Sie lagen falsch. Im Schatten des MetLife Stadium, Heimat sowohl der New York Giants wie auch der New York Jets, öffnete der »Gentlemen's Club« um 11 Uhr vormittags und bot ein »üppiges Luxus-Lunch-Buffet« an. Maya war schon ein paar Mal in Striptease-Clubs gewesen, meistens in Kurzurlauben. Die männlichen Kameraden hatten da Dampf abgelassen. Sie war gelegentlich mitgegangen. Natürlich gehörte sie nicht zur Zielgruppe dieser Etablissements, aber sie hätte nie erwartet, dass weibliche Gäste dort so bevorzugt behandelt wurden. Praktisch jede Pole-Tänzerin hatte sie wie wild angebaggert. Maya hatte ein paar Theorien entwickelt, die weniger darauf abzielten, dass die Tänzerinnen lesbisch waren, sondern vielmehr, dass sie einen Hass auf Männer entwickelt hatten. Das behielt sie aber lieber für sich.

Vor der Tür des *Leather and Lace* stand der unabdingbare Muskelprotz. Gut eins neunzig, gut hundertdreißig Kilo, kein Hals, Bürstenschnitt, enges schwarzes T-Shirt, dessen Ärmel wie Aderpressen saßen.

»Hallöchen«, sagte er, als hätte ihm jemand eine Gratis-Vorspeise angeboten. »Was kann ich für Sie tun, kleine Lady?«

Au Backe! »Ich muss den Manager sprechen.«

Er kniff die Augen leicht zusammen, musterte sie von oben

bis unten – Fleischbeschau – und nickte. »Hast du Referenzen?«

»Ich würde gern den Manager sprechen.«

Muskelprotz ließ den Blick mindestens zum dritten Mal über ihren Körper streifen. »Du bist ein bisschen alt für diese Branche«, sagte er. Dann nickte er noch einmal und belohnte sie mit seinem freundlichsten Lächeln. »Aber was mich betrifft, ich find dich total heiß.«

»Das bedeutet mir viel«, sagte Maya, »aus Ihrem Mund.«

»Ist mein voller Ernst. Du bist heiß. Toller, knackiger Body.«

»Da kriege ich ja fast weiche Knie. Der Manager?«

Ein paar Minuten später ging Maya am erstaunlich umfangreichen Buffet entlang. Bisher hatten sich nur wenige Gäste eingefunden. Die Männer hielten den Kopf gesenkt. Zwei Frauen tanzten auf der Bühne mit der Begeisterung von Mittelschülerinnen, die morgens vor einer Mathearbeit aufwachten. Nur verschreibungspflichtige Beruhigungsmittel hätten ihnen einen noch gelangweilteren Ausdruck verleihen können. Und genau das, und nicht etwa die moralische Komponente, war Mayas eigentliches Problem mit solchen Clubs. Sie waren so erotisch wie eine Stuhlprobe.

Der Manager trug Yoga-Shorts und ein ärmelloses Shirt. Er forderte sie auf, ihn »Billy« zu nennen. Billy war klein, verbrachte zu viel Zeit im Fitnessstudio und hatte dünne Finger. Sein Büro war in einem hellen Avocado-Grün gestrichen. Diverse Bildschirme zeigten Livestreams von den Umkleideräumen und den Bühnen. Die Kamerapositionen erinnerten Maya an die bei *Growin' Up*.

»Erstens möchte ich Ihnen sagen, dass Sie heiß sind. Okay? Echt heiß.«

»Das höre ich immer wieder«, sagte Maya.

»Sie sind voll der Typ durchgestylte Sportlerin. Ist heutzutage sehr beliebt. Wie diese scharfe Braut in *Die Tribute von Panem*. Wie heißt die noch?«

»Jennifer Lawrence.«

»Nein, nicht die Schauspielerin, die Rolle, meine ich. Wissen Sie, wir fahren hier diese ganze Fantasy-Schiene, also könnten Sie unsere ...« Billy schnippte mit den Fingern. »... Katniss sein. So hieß sie doch, oder? Die scharfe Braut in Lederklamotten mit Pfeil und Bogen und so weiter. Katniss Everdingens. Aber ...« Seine Augen weiteten sich. »Hey, Scheiße noch mal, ich hab eine geniale Idee. Statt Kat-*niss* werden wir Sie Kat-*nip* nennen. Verstanden?«

Hinter ihnen sagte eine Frauenstimme: »Sie sucht keinen Job, Billy.«

Als Maya sich umdrehte, sah sie, dass dort eine Frau mit Brille saß. Sie war Mitte dreißig und trug ein elegant geschnittenes Kostüm, das in diese Umgebung passte wie eine Zigarre in ein Fitnesscenter.

»Was meinst du damit?«, fragte Billy.

»Sie ist nicht der Typ.«

»Ach, komm schon, Lulu, das ist nicht fair«, sagte Billy. »Das sind doch alles bloß Vorurteile.«

Lulu lächelte Maya schwach zu. »Toleranz gedeiht an den seltsamsten Orten.« Dann sagte sie zu Billy. »Ich kümmre mich darum.«

Billy verließ das Büro. Lulu setzte sich hinter den Schreibtisch und ließ den Blick über die Bildschirme schweifen. Sie klickte sich durch diverse Überwachungskameras.

»Was kann ich für Sie tun?«, fragte Lulu.

Es gab keinen Grund, um den heißen Brei herumzureden. »Meine Schwester hat hier mehrmals angerufen. Ich versuche herauszufinden, warum.«

»Man kann hier Tische reservieren. Vielleicht einfach deshalb.«

»Nein, das halte ich für unwahrscheinlich.«

Lulu zuckte die Achseln. »Ich weiß nicht, was ich Ihnen dazu sagen soll. Hier rufen eine Menge Leute an.«

»Sie hieß Claire Walker. Sagt Ihnen der Name etwas?«

»Spielt keine Rolle. Selbst wenn es so wäre, würde ich es Ihnen nicht verraten. Sie sehen ja, in welcher Branche wir tätig sind. Wir sind stolz auf unsere Diskretion.«

»Ist immer schön, wenn es etwas gibt, auf das man stolz sein kann.«

»Jetzt mal nicht so überheblich, Miss …«

»Maya. Maya Stern. Und meine Schwester wurde ermordet.«

Schweigen.

»Sie hatte ein geheimes Handy.« Maya zog es heraus und öffnete die Anrufliste. »Sämtliche Telefonate in der Liste hatten hier ihren Ursprung oder ihr Ziel.«

Lulu sah nicht einmal hin. »Herzliches Beileid.«

»Danke.«

»Aber ich kann Ihnen nichts dazu sagen.«

»Ich kann dieses Handy der Polizei übergeben. Eine Frau hat die Existenz dieses Handys geheim gehalten. Sie hat damit nur mit diesem Club telefoniert. Dann wird sie ermordet. Glauben Sie nicht, dass die Cops sich hier einmal ganz genau umsehen wollen?«

»Nein«, sagte Lulu. »Das glaube ich nicht. Aber selbst wenn Sie sich für diese Vorgehensweise entscheiden sollten, haben wir nichts zu verbergen. Woher wissen Sie überhaupt, dass das Handy Ihrer Schwester gehörte?«

»Was?«

»Wo haben Sie es gefunden? In ihrem Haus? Hat sie mit

anderen Leuten zusammengelebt? Vielleicht gehörte es einem der Mitbewohner? War sie verheiratet? Hatte sie einen Liebhaber? Vielleicht war es seins?«

»War es nicht.«

»Sind Sie sicher? Hundertprozentig? Es soll vorkommen – und das wird Sie vielleicht schockieren –, dass Männer bezüglich ihrer Besuche hier lügen. Und selbst wenn Sie irgendwie beweisen könnten, dass dieses Handy wirklich das Ihrer Schwester ist, hier nutzen viele Leute das Telefon. Tänzerinnen, Barkeeper, Bedienungen, Köche, Hausmeister, Tellerwäscher, selbst Kunden. Wie lange ist es her, dass Ihre Schwester ermordet wurde?«

»Vier Monate.«

»Wir löschen die Dateien der Videoüberwachung nach zwei Wochen. Auch das aus Gründen der Diskretion. Wir wollen vermeiden, dass sich jemand eine gerichtliche Verfügung besorgt, um festzustellen, ob der Ehemann womöglich hier gewesen ist. Also, selbst wenn Sie sich ein Video ansehen wollten …«

»Schon verstanden«, sagte Maya.

Lulu lächelte ihr herablassend zu. »Tut mir leid, dass wir Ihnen nicht weiterhelfen können.«

»Ja, man merkt Ihnen an, dass Sie vollkommen am Boden zerstört sind.«

»Wenn Sie mich jetzt bitte entschuldigen würden?«

Maya trat einen Schritt auf sie zu. »Vergessen Sie die juristische Seite mal für einen Moment. Sie wissen, dass ich nicht hergekommen bin, um eine Indiskretion aufzudecken. Ich appelliere an Ihre Menschlichkeit. Meine Schwester wurde ermordet. Die Polizei hat die Hoffnung, den Fall zu lösen, so gut wie aufgegeben. Dieses Handy ist die einzige neue Spur. Also bitte ich Sie als Mitmenschen, mir zu helfen.«

Lulu war schon auf dem Weg zur Tür. »Ich möchte Ihnen noch mal mein Beileid aussprechen, kann Ihnen aber leider nicht helfen.«

Als Maya aus dem Club kam, war sie vom Sonnenlicht vollkommen geblendet. In solchen Läden war immer Nacht, im wahren Leben war allerdings gerade erst Mittag. Maya blinzelte, schirmte die Augen mit der Hand ab und torkelte wie Dracula, den man ins Tageslicht zerrt, aus der Tür.

»Hast du den Job nicht gekriegt?«, fragte Muskelprotz.

»Nichts zu machen.«

»Schade.«

»Ja.«

Und was jetzt?

Natürlich könnte sie ihre Drohung wahr machen und mit der Polizei zurückkommen. Damit wäre Kierce allerdings mit im Boot. Vertraute Maya ihm? Gute Frage. Entweder nahm er für irgendetwas Geld, oder Caroline log. Oder Caroline irrte sich. Oder … scheißegal. Sie vertraute Caroline nicht. Und Kierce vertraute sie auch nicht.

Wem vertraute sie dann?

Momentan brachte es nichts, überhaupt irgendjemandem zu vertrauen, aber wenn es eine Person gab, von der sie glaubte, dass sie die Wahrheit sagte, war es Shane. Was natürlich bedeutete, dass sie vorsichtig sein musste. Shane war ihr Freund, aber er war auch eine ehrliche Haut. Sie hatte ihn schon zu etwas gedrängt, das ihm nicht gefiel. Sie waren am Abend in der Schießanlage verabredet. Vielleicht könnte sie ihn dort darauf ansprechen. Aber wenn sie genauer darüber nachdachte, hielt sie es doch für unwahrscheinlich. Er stellte einfach zu viele Fragen.

Hey … Moment mal.

Maya lief über den Parkplatz, wobei sie in der plötzlichen Helligkeit immer noch blinzeln musste. Und da entdeckte sie ihn. Zuerst war er ihr gar nicht aufgefallen. Er war weit entfernt, und außerdem fuhren jede Menge von den Dingern herum.

Jede Menge rote Buick Veranos.

Dieser stand in der hintersten Ecke des Parkplatzes, halb verdeckt zwischen einem Zaun und einem großen SUV, einem Cadillac Escalade. Sie blickte zurück zur Tür. Muskelprotz begutachtete ihren Hintern. Welche Überraschung. Sie winkte kurz und ging auf den roten Wagen zu.

Sie musste feststellen, ob das Kennzeichen übereinstimmte.

Oben auf dem Zaun entdeckte Maya Überwachungskameras. Na und? Warum sollte sich jemand die Streams gerade jetzt ansehen, und falls doch, was könnte es schaden? Sie hatte eine Art Plan. In einem ihrer sehr seltenen lichten Momente in letzter Zeit hatte sie – um nicht wieder unvorbereitet in eine solche Situation zu geraten – im Einkaufszentrum mehrere GPS-Sender gekauft. Der Erste davon hing bereits an Hectors Pick-up.

Einen zweiten hatte sie einsatzbereit in der Handtasche.

Der Plan war einfach und logisch. Erstens: Stell fest, ob es das richtige Auto ist, indem du das Kennzeichen überprüfst. Zweitens: Geh am roten Buick vorbei und klatsch den GPS-Sender unter die Stoßstange.

Der zweite Teil könnte ein Problem werden. Der Wagen stand in einer Ecke direkt am Zaun, sodass es einem möglichen Beobachter recht seltsam vorkommen mochte, dass sie so lässig daran vorbeischlenderte. Allerdings war auf dem Parkplatz nicht viel los, weil die wenigen Leute, die ankamen oder wegfuhren, auf der anderen Seite parkten, und obwohl vielleicht vielen der Besuch hier nicht peinlich war, spazierten sie doch nicht unbedingt mit stolzgeschwellter Brust umher.

Das Kennzeichen kam ins Blickfeld. Ja, es war derselbe Wagen.

WTC Limited. Eine Holdinggesellschaft, vielleicht für *Leather and Lace*?

»Falsche Richtung.«

Muskelprotz. Sie drehte sich um. Er trat direkt neben sie. Sie rang sich ein Lächeln ab.

»Wie bitte?«

»Das ist der Mitarbeiterparkplatz.«

»Oh«, sagte Maya. »Tut mir leid. Ich bin manchmal ein bisschen wirr.« Sie versuchte es mit einem »Hihi, was bin ich doch für ein Dussel«-Lachen. »Da hab ich wohl an der falschen Stelle geparkt. Oder ich wollte den Job so dringend …«

»Nein, wollten Sie nicht.«

»Wie bitte?«

Er deutete mit seinem fleischigen Zeigefinger nach hinten. »Sie haben da drüben geparkt, auf der anderen Seite.«

»Oh, hab ich das? Ich bin manchmal so leer im Kopf.«

Sie blieb stehen. Er blieb stehen.

»Bei uns darf niemand den Mitarbeiterparkplatz betreten«, sagte er. »Firmenpolitik. Wissen Sie, manche Typen kommen raus und warten am Wagen der Tänzerinnen. Sie wissen schon, was ich meine. Oder sie versuchen, das Kennzeichen herauszubekommen, um sie anzurufen. Manchmal müssen wir die Mädels hier rausbegleiten, damit sie an den unheimlichen Kerlen vorbeikommen. Alles klar?«

»Ja, aber ich bin kein unheimlicher Kerl.«

»Nein, Ma'am, das sind Sie keineswegs.«

Sie blieb stehen. Er blieb stehen.

»Kommen Sie«, sagte er. »Ich bringe Sie zu Ihrem Wagen.«

Gegenüber, etwa hundert Meter die Straße hinunter, befand sich einer dieser riesigen Lagerhaus-Shops. Maya fuhr hin und hielt so, dass sie den Mitarbeiterparkplatz des *Leather and Lace* im Auge hatte. Sie hoffte, dass irgendwann jemand in den roten Buick Verano steigen und losfahren würde und sie ihm folgen konnte.

Und was dann?

Einen Schritt nach dem anderen.

Aber was war mit dem ganzen Unsinn, dass man beim Pläneschmieden immer ein paar Schritte vorausdenken musste?

Sie wusste es nicht. Vorbereitet zu sein war schön und gut, aber es gab auch noch so etwas wie Improvisation. Der folgende Schritt würde dann vom Fahrziel des roten Buick abhängen. Wenn der Wagen zum Beispiel für die Nacht vor einem Haus abgestellt wurde, konnte sie vielleicht herausbekommen, wer dort wohnte.

Hinsichtlich der Kleidung ist die Klientel eines Striptease-Clubs – anders als beim Geschlecht – recht vielfältig. Neben Malochern in Arbeitsschuhen und Jeans sah Maya Angestellte in Business-Anzügen, Sommerfrischler in T-Shirts und Cargo-Shorts und sogar ein paar Männer in Golfkleidung, die aussahen, als hätten sie gerade erst das letzte Loch gespielt. Hey, vielleicht kamen sie ja einfach alle wegen des guten Essens.

Eine Stunde verging. Vier Personen verließen den Mitarbeiterparkplatz, drei kamen dazu. Keiner näherte sich dem roten Buick Verano am Zaun.

Maya hatte viel Zeit, über die neuesten Entwicklungen nachzudenken. Sie kam trotzdem nicht weiter. Zeit half ihr nicht, sie brauchte mehr Informationen.

Der rote Buick war von einer Gesellschaft namens WTC Limited geleast worden. Gehörte die Gesellschaft den Burketts? Caroline hatte etwas von Geldtransfers von und auf

Auslandskonten und an anonyme Firmen gesagt. War WTC Limited eine von ihnen? Hatte Claire den Fahrer des Buick Verano gekannt? Oder Joe?

Maya und Joe hatten mehrere gemeinsame Konten gehabt. Sie öffnete sie auf ihrer Handy-App und sah sich die Kreditkartenabrechnungen an. War Joe im *Leather and Lace* gewesen? Falls ja, konnte sie das auf den Auszügen sehen? Aber wäre Joe so dumm gewesen? Wussten Läden wie *Leather and Lace* nicht, dass neugierige Ehefrauen die Kreditkartenabrechnungen ihrer Männer überprüften, und benutzen deshalb – besonders wenn sie an Lulus Stolz auf ihre Diskretion dachte – einen anderen Namen?

Wie zum Beispiel WTC Limited?

Mit aufkeimender Hoffnung suchte sie nach einer Abbuchung von WTC Limited. Nichts. Der Club war in Carlstadt, New Jersey. Sie suchte nach Abbuchungen, die auf diesen Ort hinwiesen. Wieder nichts.

Jemand hielt zwei Plätze neben dem roten Buick. Die Autotür wurde geöffnet, und eine Stangentänzerin stieg aus. Ja, Maya wusste, welchen Job sie hatte. Lange blonde Haare, Shorts, die kaum die Hälfte des Hinterns bedeckten, operierte Brüste, die so hoch ragten, dass sie keine Ohrringe mehr brauchte – es bedurfte kein Stangentänzer-Pendant zum Schwulenradar, um zu erkennen, dass diese Frau entweder eine Stangentänzerin oder die fleischgewordene Fantasievorstellung eines männlichen sechzehnjährigen Teenagers war.

Als die aufreizende Tänzerin durch den Mitarbeitereingang an der Seite in den Club ging, kam ein Mann heraus. Er hatte sich eine Yankees-Baseballkappe tief über die Augen gezogen, die er außerdem hinter einer Sonnenbrille versteckte. Er ging mit gesenktem Kopf und gebeugtem Rücken, so wie man es machte, wenn man unauffällig in der Menge untertauchen wollte. Maya richtete sich auf. Der Mann trug einen dieser wilden Bärte, die einige abergläubische Sportler sich während der Playoff-Spiele wachsen lassen.

Obwohl sie nicht viel von ihm sah, kam er ihr trotzdem irgendwie bekannt vor…

Maya startete den Wagen. Der Mann ging mit gesenktem Kopf weiter, beschleunigte seinen Schritt und stieg in den roten Buick Verano.

Das war also ihr Mann.

Ihm lange zu folgen könnte riskant sein. Am besten wäre es vielleicht, ihn direkt zur Rede zu stellen. Er könnte seinen Verfolger entdecken, oder sie könnte ihn aus den Augen verlieren. Also Schluss mit dem Rumgeeiere und ran an den Speck. Sie konnte zum *Leather and Lace*-Parkplatz zurückfahren, den Wagen blockieren und Antworten einfordern. Aber auch mit diesem Szenario gab es Probleme. Der Club hatte Security-Leute. Wahrscheinlich jede Menge. Muskelprotz würde sich einmischen und höchstwahrscheinlich auch ein paar Kollegen von ihm. Striptease-Clubs waren es gewohnt, kleinere Zwischenfälle in Eigenregie zu lösen. Shanes gelegentliche Berichte von seiner Arbeit bei der Militärpolizei stützten die Aussagen von Muskelprotz. Häufig blieben Männer noch, nachdem der Club geschlossen hatte, und warteten auf eine Tänzerin, in der festen Überzeugung, sie wäre an mehr interessiert als an dem, was er im Portemonnaie hatte, obwohl das absolut niemals vorkam. Männer, denen es in unglaublich vieler Hinsicht an Selbstbewusstsein mangelte, schafften es trotzdem irgendwie, sich der Illusion hinzugeben, dass sie für jede Frau unwiderstehlich wären.

Kurz gesagt: Sie würde auf Wachleute stoßen. Da war es wohl doch besser, ihm ein Stück weit zu folgen, um ihn dann alleine zu erwischen.

Der rote Buick setzte sich in Bewegung und fuhr zur Ausfahrt. Maya war hinter ihm, sie fädelte sich auf der Paterson Plank Road ein und war sofort verunsichert. Warum? War das nur Einbildung, oder hatte der Buick kurz gezögert, als hätte der Fahrer sie bereits entdeckt? Eigentlich war das unmöglich. Es waren drei Fahrzeuge zwischen ihnen.

Schon nach zwei Minuten wurde Maya klar, dass die Verfolgung nicht funktionieren würde.

Sie hatte nicht damit gerechnet, aber während sie ihren Plan umzusetzen versuchte, traten weitere Probleme auf. Erstens: Er kannte ihren Wagen – schließlich hatte er sie mehrmals beschattet. Ein Blick in den Rückspiegel würde reichen, um sich eine Geschichte zusammenzureimen.

Zweitens: Lulu, Billy, Muskelprotz oder sonst irgendjemand im Club könnte ihn gewarnt haben – hatte ihn höchstwahrscheinlich gewarnt. Also war Buick-Yankees-Kappe auf der Hut. Und dann könnte er sie tatsächlich schon entdeckt haben.

Drittens: So lange wie er Maya schon beschattet hatte, könnte Buick-Yankees-Kappe mit Mayas Wagen das Gleiche gemacht haben, was Maya mit Hectors Pick-up gemacht hatte – einen GPS-Sender dranhängen. Dann wusste er, dass ihr Wagen den ganzen Vormittag in der Nähe des Clubs gestanden hatte.

Das Ganze könnte ein abgekartetes Spiel sein. Es könnte eine Falle sein. Vielleicht sollte sie einen geordneten Rückzug antreten, einen besseren Plan schmieden und dann ins *Leather and Lace* zurückkehren. Nein, niemals. Schluss mit der passiven Herangehensweise. Sie brauchte Antworten, und wenn das bedeutete, weniger Vorsicht walten zu lassen und womöglich etwas zu forsch vorzugehen, war das auch in Ordnung.

Sie waren noch im Gewerbegebiet, ein paar Kilometer von

der Schnellstraße entfernt. Sobald der Buick dort war, hatte sie keine Chance mehr. Maya griff in ihre Handtasche. Die Pistole war griffbereit. Die Ampel sprang auf Rot. Der Buick hielt an, stand ganz vorne auf der rechten Spur. Maya trat aufs Gas, scherte nach links aus und fuhr an den Fahrzeugen vor ihr vorbei. Sie musste schnell sein. Vor dem Buick riss sie das Lenkrad herum, hielt schräg vor ihm und blockierte ihn so.

Sie sprang aus dem Wagen, hielt die Pistole tief unten außer Sichtweite. Ja, das Vorgehen war höchst riskant, aber sie hatte ihre Chancen durchkalkuliert. Wenn er versuchte, zurückzusetzen oder abzuhauen, würde sie ihm in die Reifen schießen. Würde jemand die Polizei rufen? Wahrscheinlich. Aber sie war bereit, dieses Risiko einzugehen. Schlimmstenfalls würde die Polizei sie festnehmen. Dann würde sie von der Ermordung ihres Mannes erzählen und dass dieser Kerl sie seitdem verfolgte. Eventuell musste sie dann noch eine Weile die hysterische Witwe spielen, aber es war kaum zu erwarten, dass man sie wegen irgendetwas Ernsthaftem verurteilte.

Innerhalb weniger Sekunden war Maya am roten Buick. Die Windschutzscheibe reflektierte, sodass sie den Fahrer nicht sehen konnte, aber das ließ sich ändern. Sie überlegte, ob sie zur Fahrerseite gehen und ihn durch die Scheibe hindurch mit der Pistole bedrohen sollte, blieb dann aber doch an der Beifahrertür. Falls sie nicht verriegelt war, konnte sie einfach einsteigen, falls doch, konnte sie den Fahrer auch von dieser Seite aus mit der Waffe bedrohen.

Sie streckte die Hand aus und zog am Türgriff.

Die Tür öffnete sich.

Maya sprang in den Buick und richtete die Pistole auf den Mann mit der Yankees-Kappe.

Der Mann sah sie an und lächelte. »Hey, Maya.«

Sie saß wie gelähmt da.

Er nahm die Baseballkappe ab und sagte: »Schön, dass wir uns endlich persönlich kennenlernen.«

Sie wollte abdrücken. Sie meinte, von dieser Situation geträumt zu haben – ihm zu begegnen, die Waffe auf ihn zu richten, abzudrücken, ihm den Kopf wegzublasen. Ihr erster, instinktiver Gedanke war so primitiv wie banal: Töte deinen Feind.

Aber wenn sie das tat und selbst wenn sie dabei die rechtlichen und moralischen Bedenken fürs Erste außer Acht ließ, würde er die Antworten auf ihre Fragen vermutlich mit ins Grab nehmen. Und sie musste unbedingt die Wahrheit erfahren, jetzt mehr denn je. Weil der Mann, der sie in seinem roten Buick verfolgt hatte, der Mann, der heimlich in den Wochen vor ihrer Ermordung mit Claire telefoniert hatte, kein anderer war als Corey the Whistle.

VIERZEHN

Warum verfolgen Sie mich?«

Corey lächelte immer noch. »Stecken Sie die Pistole ein, Maya.«

Auf Fotos war Corey Rudzinski immer elegant gekleidet, glattrasiert und etwas milchgesichtig. Daher ergänzten sich der zottelige Bart, die Baseballkappe und die Altmänner-Jeans zu einer ziemlich guten Verkleidung. Maya starrte ihn unverwandt an, während sie weiter die Pistole auf ihn richtete. Die Fahrer hinter ihnen fingen an zu hupen.

»Wir versperren die Straße«, sagte Corey. »Fahren Sie Ihren Wagen an die Seite, dann können wir reden.«

»Ich will wissen …«

»Ich werd's Ihnen sagen. Aber fahren Sie erst Ihren Wagen an die Seite.«

Mehr Gehupe.

Maya griff zum Zündschloss und zog seinen Autoschlüssel heraus. Sie würde ihn nicht entkommen lassen. »Bleiben Sie, wo Sie sind.«

»Kein Problem, Maya.«

Sie fuhr ihren Wagen auf den Seitenstreifen, parkte dort und stieg wieder in den Buick. Sie gab ihm den Autoschlüssel zurück.

»Ich könnte mir vorstellen, dass Sie ein wenig irritiert sind«, sagte Corey.

Dr. Understatement. Maya war perplex. Wie ein angeschlagener Boxer brauchte sie ein bisschen Zeit, um sich zu erholen, musste sich kurz anzählen lassen, um sich wieder auf den Kampf konzentrieren zu können. Ein paar vage Erklärungsversuche, wie es dazu kommen konnte, bildeten sich in ihrem Kopf, zerplatzten dann aber wie Seifenblasen.

Das Ganze ergab überhaupt keinen Sinn.

Sie fing mit der naheliegendsten Frage an: »Woher kennen Sie meine Schwester?«

Sein Lächeln schwand, als sie die Frage stellte, und verwandelte sich in etwas, das wie echte Trauer aussah – dann wurde ihr klar, warum. Maya hatte »kennen Sie« gesagt – Gegenwart. Corey Rudzinski hatte Claire tatsächlich gekannt. Sie hatte ihm, das sah Maya, etwas bedeutet.

Er sah nach vorne. »Lassen Sie uns ein Stück fahren«, sagte er.

»Mir wäre es lieber, wenn Sie einfach meine Frage beantworten.«

»Ich kann nicht einfach hierbleiben. Das ist zu gefährlich. Sie würden es nicht akzeptieren.«

»Sie?«

Er antwortete nicht. Er fuhr zurück zum *Leather and Lace* und parkte an derselben Stelle wie vorher. Zwei Wagen folgten ihnen auf den Parkplatz. Waren sie die ganze Zeit hinter ihnen gewesen? Gut möglich, dachte Maya.

Neben dem Angestellteneingang befand sich ein Tastaturfeld. Corey tippte eine Zahl ein. Maya merkte sie sich – für alle Fälle. »Lohnt sich nicht«, sagte er. »Es muss außerdem jemand drinnen den Summer drücken.«

»Sie geben einen Code ein, und dann prüft ein Wachmann, wer Sie sind?«

»Richtig.«

»Klingt ein bisschen nach Overkill. Oder nach Paranoia.«

»Ja, kann ich mir vorstellen.«

Der Flur war dunkel und stank nach dreckigen Socken. Sie durchquerten den Club. Der Disney-Song *A Whole New World* erfüllte den Raum. Die Stangentänzerin trug ein Prinzessin-Jasmin-Kostüm aus *Aladdin*. Maya runzelte die Stirn. Verkleidungen waren offensichtlich nicht nur bei Vorschulkindern beliebt.

Er führte sie durch einen Perlenvorhang in ein privates Hinterzimmer. Der Raum war in Gold und Grün gehalten und sah aus, als hätte sich der Innenarchitekt von einem Cheerleader-Outfit aus dem Mittelwesten inspirieren lassen.

»Sie wissen sicher, dass ich vorhin schon einmal hier war«, sagte Maya. »Ich habe mit dieser Lulu gesprochen.«

»Ja.«

»Dann haben Sie mich vermutlich beobachtet, als ich den Club verlassen habe. Sie haben gesehen, wie ich zu Ihrem Wagen gegangen bin. Dann wussten Sie auch, dass ich Sie verfolgt habe.«

Er antwortete nicht.

»Und die beiden Wagen, die nach uns auf den Parkplatz gefahren sind, gehören zu Ihnen?«

»Overkill, Maya. Oder Paranoia. Nehmen Sie Platz.«

»Darauf?« Maya runzelte die Stirn. »Wie oft werden die Polster gereinigt?«

»Oft genug. Setzen Sie sich.«

Beide nahmen Platz.

»Ich muss Ihnen erklären, was ich tue«, fing er an.

»Ich weiß sehr genau, was Sie tun.«

»Ach?«

»Sie halten Geheimnisse für die Wurzel allen Übels, daher enthüllen Sie sie und scheißen auf die Konsequenzen.«

»Damit kommen Sie der Wahrheit tatsächlich ziemlich nah.«

»Dann ersparen Sie mir die Erklärungen. Woher kennen Sie meine Schwester?«

»Sie hat mich kontaktiert«, sagte Corey.

»Wann?«

Corey zögerte. »Ich bin kein Radikaler. Und auch kein Anarchist. So ist das nicht.«

Maya hatte absolut kein Interesse daran zu erfahren, wie *es* war oder nicht war. Sie wollte etwas über Claire erfahren – und warum Corey sie verfolgte. Aber sie wollte ihn auch nicht unnötig verärgern und ihm dadurch womöglich die Redelaune verderben. Also sagte sie nichts.

»Was die Geheimnisse betrifft, haben Sie recht. Ich habe als Hacker angefangen. Bin nur so aus Spaß in Computersysteme eingedrungen. Später auch bei großen Unternehmen oder Regierungsstellen. Das war eine Art Spiel. Aber dann bin ich auf die ganzen Geheimnisse gestoßen. Ich habe erkannt, in welchem Ausmaß die Mächtigen die einfachen Menschen ausnutzen.« Er fing sich wieder. »Sie wollen jetzt aber nicht die ganze Rede hören, oder?«

»Muss nicht sein.«

»Na ja, was ich sagen wollte, ist, dass wir nicht mehr viel hacken. Wir geben Whistleblowern eine Möglichkeit, die Wahrheit zu sagen. Weiter nichts. Weil Menschen die Kontrolle über sich selbst verlieren, wenn es um Macht und Geld geht. Das liegt einfach in ihrer Natur. Wir biegen uns die Wahrheit so zurecht, dass sie unserem eigenen Interesse nützt. Daher sind die Leute, die für Zigarettenfirmen arbeiten, eigentlich keine schlimmen oder gar bösen Menschen. Sie schaffen es nur einfach nicht, das Richtige zu tun, weil es nicht in ihrem eigenen Interesse liegt. Wir Menschen sind unglaublich gut darin, unser Tun vor uns selbst zu rechtfertigen.«

So viel zur nicht gehaltenen Rede.

Eine Kellnerin kam in den Raum. Ihr Top war nicht breiter als ein Stirnband. »Drinks?«, fragte sie.

»Maya?«, fragte Corey.

»Ich brauch nichts.«

»Ich hätte gern ein Sodawasser mit einem Stück Limette.«

Die Kellnerin ging. Corey wandte sich an Maya.

»Die Leute glauben, ich will Regierungen oder Unternehmen schwächen. Dabei will ich eigentlich genau das Gegenteil. Ich will sie stärken, indem ich sie zwinge, das Richtige zu tun, sich in den Dienst der Gerechtigkeit zu stellen. Wenn deine Regierung oder dein Unternehmen auf Lügen aufgebaut ist, dann bau es um, sodass es auf der Wahrheit basiert. Daher bin ich gegen Geheimnisse. Grundsätzlich. Wenn ein Milliardär ein Regierungsmitglied bezahlt, um Zugriff auf ein Ölfeld zu bekommen, verrät es den Menschen. Oder in Ihrem Fall: Wenn deine Regierung in einem Krieg Zivilisten umbringt …«

»Das haben wir nicht getan.«

»Schon klar, ich weiß. Kollateralschaden. Ein wunderbar schwammiger Begriff, finden Sie nicht auch? Ganz egal, was man glaubt, ob es ein Unfall war oder absichtlich geschah, wir, das Volk, müssen Bescheid wissen. Vielleicht wollen wir den Krieg trotzdem führen. Aber wir müssen Bescheid wissen. Geschäftsleute lügen und betrügen. Sportler lügen und betrügen. Regierungen lügen und betrügen. Wir nehmen es achselzuckend zur Kenntnis. Aber stellen Sie sich eine Welt vor, in der das nicht geschieht. Stellen Sie sich eine Welt vor, in der es um Verantwortung geht und nicht um Autoritätsgläubigkeit. Stellen Sie sich eine Welt vor, in der es keinen Geheimnismissbrauch mehr gibt.«

»Gibt es in Ihrer Welt auch Einhörner und Feenstaub?«, fragte Maya.

Er lächelte. »Sie halten mich für naiv?«
»Corey – darf ich Sie Corey nennen?«
»Bitte.«
»Woher kennen Sie meine Schwester?«
»Das habe ich schon gesagt. Sie hat mich kontaktiert.«
»Wann?«
»Ein paar Monate vor ihrem Tod. Sie hat eine E-Mail an meine Website geschickt. Die wurde schließlich an mich weitergeleitet.«
»Was stand darin?«
»In ihrer E-Mail? Sie wollte mit mir reden.«
»Worüber?«
»Was glauben Sie, Maya. Über Sie.«
Die Kellnerin kam zurück. »Zwei Sodawasser mit Limette.« Sie blinzelte Maya freundlich zu. »Ich weiß, dass Sie keins bestellt haben, Schätzchen, aber Sie könnten Durst bekommen.«
Sie stellte die Drinks ab, lächelte Maya noch einmal zu und ging.
»Sie wollen mir aber nicht erzählen, dass Claire das Video mit der Kampfszene an Sie weitergeleitet …«
»Nein.«
»… weil Claire nämlich absolut keinen Zugriff darauf …«
»Nein, Maya, das habe ich nicht gesagt. Ihre Schwester hat mich kontaktiert, nachdem ich Ihr Video veröffentlicht habe.«
Das war logischer, beantwortete die Frage aber nicht. »Was wollte sie?«
»Deshalb versuche ich, Ihnen unsere Philosophie zu erklären. Über das Whistleblowing. Über das Aufdecken von Informationen. Über die Rechenschaftspflicht und die Freiheit.«
»Ich kann Ihnen nicht folgen.«
»Claire hat mich kontaktiert, weil sie fürchtete, ich würde den Rest des Videos veröffentlichen.«

Schweigen.

»Sie wissen, was ich meine, stimmt's, Maya?«

»Ja.«

»Sie haben Claire davon erzählt.«

»Ich habe ihr alles erzählt. Wir haben uns immer alles erzählt. Das dachte ich zumindest.«

Corey lächelte ihr zu. »Claire wollte Sie schützen. Sie hat mich gebeten, die Tonspur nicht zu veröffentlichen.«

»Und Sie haben es nicht getan.«

»Das ist richtig.«

»Weil Claire Sie darum gebeten hat?«

Er trank einen Schluck. »Ich kenne einen Mann… oder besser gesagt eine Gruppe, die glaubt, wie meine Gruppe zu sein. Das ist sie aber nicht. Auch sie decken Geheimnisse auf, allerdings aus dem persönlichen Bereich. Da geht es um Ehefrauen, die fremdgehen, Anabolika-Nutzer, Rachepornos und solche Sachen. Private Mauscheleien. Wenn Sie anonym im Internet etwas Sittenwidriges planen, wird diese Gruppe Sie outen. So wie es diese Hacker letztes Jahr mit dieser Fremdgeh-Website gemacht haben.«

»Und Sie halten das für falsch?«

»So ist es.«

»Warum? Wird die Welt dadurch nicht von Geheimnissen befreit?«

»Komisch«, sagte er.

»Was?«

»Dieses Argument hat Ihre Schwester auch gebracht. Ich würde nicht so weit gehen zu sagen, dass wir scheinheilig sind, aber ja, wir treffen eine Auswahl. Es geht einfach nicht anders. Ich hatte die Tonspur zu Ihrem Video aus persönlichen, eigennützigen Gründen nicht veröffentlicht. Ich wollte mir das für später aufbewahren, um den Effekt der Enthüllung zu maximieren. Das hätte mehr Besucher auf meine Website gelockt und so meinem Ziel mehr Publicity verschafft.«

»Und warum haben Sie es dann nicht getan?«

»Ihre Schwester. Sie hat mich gebeten, es nicht zu tun.«

»Einfach so?«

»Sie war sehr überzeugend. Sie, Maya, wären nur ein Spielball, erklärte sie mir. Sie würden von einem korrupten System gezwungen, eine Rolle auszufüllen. Einerseits würde ich gerne alles veröffentlichen, weil die Wahrheit Sie tatsächlich befreien würde. Andererseits würden Sie persönlich sich davon nicht wieder erholen. Claire hat mich überzeugt, dass ich, würde ich die Tonspur veröffentlichen, nicht besser wäre als meine Kollegen, die Menschen an den Pranger stellen, weil sie fremdgegangen sind.«

Maya hatte genug von dieser um sich selbst kreisenden Argumentation. »Sie wollten etwas gegen den Krieg unternehmen, nicht gegen mich persönlich?«

»Ja.«

»Also haben Sie der Öffentlichkeit Ihre Version präsentiert. Die Leute sollten die Regierung verachten. Wenn sie die Tonspur hören würden, würden sie womöglich mir die Schuld geben.«

»So ist es wohl.«

Er hatte die Wahrheit durch eine eigene Version ersetzt, dachte Maya. Kaum kratzte man etwas an der Oberfläche, stellte sich heraus, dass wir alle gleich waren. Sie hatte im Moment aber keine Zeit und auch keinen Grund, sich darüber Gedanken zu machen.

»Meine Schwester hat Sie also kontaktiert«, sagte Maya, »um mich zu schützen.«

»Ja.«

Maya nickte. Das war nachvollziehbar. Traurig, schrecklich

und nachvollziehbar. Wieder übermannten sie Schuldgefühle. »Und was ist dann passiert?«

»Sie hat mich von der Rechtschaffenheit ihrer Absicht überzeugt.« Ein schwaches Lächeln umspielte seine Lippen. »Und ich sie von der Rechtschaffenheit meiner.«

»Das versteh ich nicht.«

»Claire hat für ein großes, korruptes Unternehmen gearbeitet. Sie hatte Zugriff auf sämtliche Daten.«

Langsam klickte es. »Sie haben sie dazu gebracht, Ihnen Informationen zuzuspielen.«

»Sie hat die Rechtschaffenheit meiner Absicht erkannt.«

Maya kam ein Gedanke.

»Was ist?«

»Beruhte das Ganze auf Gegenleistungen?«, fragte Maya. »Hat Claire sich bereit erklärt, im Tausch gegen die Nichtveröffentlichung der Tonspur Burkett Enterprises ans Messer zu liefern?«

»So plump lief das nicht.«

Oder vielleicht doch?

»Also«, sagte Maya, die spürte, wie die Wahrheit immer deutlicher zum Vorschein kam, »haben Sie Claire überredet, die Drecksarbeit für Sie zu machen. Und das hat zu ihrer Ermordung geführt.«

Ein Schatten fiel auf sein Gesicht. »Nicht nur zu Claires«, sagte Corey.

»Was meinen Sie damit?«

»Sie hat mit Joe zusammengearbeitet.«

Maya ließ das einen Moment sacken, bevor sie den Kopf schüttelte. »Joe würde niemals etwas tun, was seiner Familie schadet.«

»Ihre Schwester hat das offenbar anders gesehen.«

Maya schloss die Augen.

»Denken Sie drüber nach. Claire guckt sich die Sache genauer an. Sie wird ermordet. Dann guckt Joe sich die Sache genauer an …«

Die Verbindung, dachte Maya. Alle suchten nach einer Verbindung.

Corey glaubte, sie zu kennen.

Doch er irrte sich.

»Nach dem Tod Ihrer Schwester hat Joe Kontakt zu mir aufgenommen.«

»Was wollte er?«

»Er wollte mich treffen.«

»Und?«

»Ich konnte nicht. Ich musste im Untergrund bleiben. Sie haben bestimmt davon gelesen. Die dänische Regierung hat versucht, mich mit fingierten Vorwürfen festzuhalten. Ich habe ihm mitgeteilt, dass ich sichere Kommunikationswege finden werde, aber er hat auf einem persönliches Treffen bestanden. Ich glaube, er wollte uns helfen, und nehme an, dass er dabei auf ein Geheimnis gestoßen ist und er deshalb umgebracht wurde.«

»Welchen Bereich haben Claire und Joe sich denn genauer angeguckt?«

»Finanzkriminalität.«

»Können Sie das etwas näher eingrenzen?«

»Sie kennen den Spruch, dass hinter jedem großen Vermögen ein Verbrechen steht? Das trifft zu. Gewiss könnte man die eine oder andere Ausnahme finden, aber wenn man am Lack eines großen Unternehmens kratzt, stellt man immer fest, dass irgendjemand geschmiert wurde oder die Konkurrenz unter Druck gesetzt hat.«

»Und in diesem Fall?«

»Die Familie Burkett blickt zurück auf eine lange und internationale Historie von Politikerbestechungen. Erinnern Sie sich an den Fall des Pharmaunternehmens Ranbaxy?«

»Flüchtig«, sagte Maya. »Ging es da nicht um gefälschte Medikamente oder so etwas?«

»Das kommt hin. Die Burketts gehen in Asien mit einer ihrer Pharmafirmen ganz ähnlich vor. Da sterben Menschen, weil die Medikamente von EAC, das ist der Name der Firma, nicht die Inhaltsstoffe enthalten, die nach Angaben der Hersteller drin sein sollen. Bisher ist es den Burketts gelungen, sich hinter Vorwürfen von Inkompetenz gegenüber der lokalen Leitung zu verschanzen. Kurz gesagt: Sie behaupten, sie hätten nichts von den Mängeln gewusst, die vorgeschriebenen Tests durchführen lassen und so weiter. Das ist alles gelogen. Sie haben die Daten gefälscht, da sind wir uns sicher.«

»Aber das konnten Sie nicht beweisen«, sagte Maya.

»Genau. Wir brauchten einen Insider, um an die Daten zu kommen.«

»Also haben Sie Claire vorgeschickt.«

»Niemand hat sie dazu gezwungen, Maya.«

»Nein, Sie haben sie bezirzt.«

»Damit beleidigen Sie die Intelligenz Ihrer Schwester. Claire kannte die Risiken. Sie war tapfer. Ich habe sie nicht dazu gezwungen. Sie wollte das Richtige tun. Gerade Sie müssten verstehen … dass Ihre Schwester bei dem Versuch gestorben ist, eine Ungerechtigkeit aufzudecken.«

»Lassen Sie das«, sagte Maya.

»Was?«

Sie hasste es, wenn Leute Vergleiche zum Militärdienst oder zum Krieg zogen. Sie fand es überheblich und unangemessen. Aber auch das musste man nicht gerade jetzt diskutieren.

»Ihre Theorie ist also, dass jemand aus Joes Familie Claire

umgebracht hat – und dann auch Joe –, um diese Erkenntnisse zu vertuschen?«

»Was? Glauben Sie etwa, sie wären zu so etwas nicht in der Lage?«

Maya überlegte. »Dass sie Claire umbringen, wäre vielleicht noch denkbar«, sagte sie, »aber sie würden niemals einen der ihren umbringen.«

»Da könnten Sie recht haben.« Er rieb sich das Gesicht und sah zur Seite. Im Nebenraum erklang *Sei hier Gast* aus dem Film *Die Schöne und das Biest*, und der Vers »Wir sind hier, um dir zu dienen« erhielt so eine ganz neue Bedeutung.

»Aber«, fuhr er fort, »ich glaube, Claire hat noch etwas anderes gefunden. Etwas Größeres als einen manipulierten Medikamententest.«

»Und das wäre?«

Er zuckte die Achseln. »Ich weiß es nicht. Lulu hat mir erzählt, dass Sie ihr Einweg-Handy gefunden haben?«

»Ja.«

»Ich werde Ihnen jetzt nicht erklären, wie unsere Kommunikation genau ablief, dass die Anrufe hier über das Darknet weitergeleitet wurden und schließlich den Weg zu mir fanden. Trotzdem. Wir hatten Funkstille vereinbart. Wir wollten erst wieder Kontakt aufnehmen, wenn sie alles Material zusammenhatte. Oder im Notfall.«

Maya beugte sich vor. »Aber dann hat Claire sich gemeldet.«

»Ja. Ein paar Tage vor ihrem Tod.«

»Was hat sie gesagt?«

»Dass sie etwas gefunden hatte.«

»Etwas anderes als Medikamentenfälschungen?«

Er nickte. »Etwas potenziell Größeres«, sagte er. »Sie sagte, sie sei noch dabei, die Daten zu sammeln, wollte mir aber schon das erste Beweisstück zukommen lassen.« Er sprach nicht weiter und starrte mit seinen hellblauen Augen ins Nichts. »Das war unser letztes Telefonat.«

»Hat sie Ihnen dieses erste Beweisstück geschickt?«

Er nickte. »Deshalb sind Sie hier.«

»Was?«

Aber sie wusste es bereits. Er hatte die ganze Zeit gewusst, wo sie war – dass sie den Club besucht hatte, dass sie mit Lulu gesprochen hatte, dass sie ihn verfolgte. Das Zusammentreffen mit Corey Rudzinski war kein Zufall. Es steckte eine Absicht dahinter.

»Sie sind hier«, sagte er, »damit ich Ihnen zeigen kann, was Claire gefunden hat.«

»Sein Name ist Tom Douglass. Mit Doppel-s.«

Corey reichte ihr den Ausdruck. Sie waren immer noch im privaten Hinterzimmer des Striptease-Clubs. Es war ein ziemlich guter Platz für ein geheimes Treffen. Keiner beachtete einen, und keiner wollte, dass man ihm irgendwelche Beachtung schenkte.

»Sagt Ihnen der Name etwas?«, fragte Corey.

»Müsste er das?«

Corey zuckte die Achseln. »War nur eine allgemeine Frage.«

»Ich habe ihn noch nie gehört«, sagte Maya. »Wer ist das?«

Auf dem Ausdruck stand, dass »Tom Douglass Security« monatlich neuntausend Dollar erhalten hatte. Maya fiel sofort auf, dass es sich um die gleiche Summe handelte wie bei den angeblichen monatlichen Zahlungen an Roger Kierce.

Zufall?

»Tom Douglass war in Livingston, New Jersey, als Privatdetektiv tätig. Seine Detektei war ein Ein-Mann-Betrieb. Er hat sein Geld vorwiegend mit Ehe-Angelegenheiten und

Background-Checks verdient. Vor drei Jahren hat er die Detektei dichtgemacht, das Geld fließt aber noch immer.«

»Demnach könnte alles legal sein. Ein Privatdetektiv mit Festgehalt. Er hat die Detektei geschlossen, arbeitet aber weiterhin für seinen besten Klienten.«

»Durchaus möglich. Aber Ihre Schwester glaubte offensichtlich, es würde mehr dahinterstecken.«

»Zum Beispiel?«

Corey zuckte die Achseln.

»Wieso haben Sie sie nicht gefragt?«

»Sie verstehen nicht, wie wir arbeiten.«

»Doch, ich denke schon. Und als Claire wegen dieser Angelegenheit ermordet wurde, haben Sie da die Polizei informiert?«

»Nein.«

»Oder ihr mitgeteilt, was sie gefunden hatte?«

»Das habe ich Ihnen doch schon gesagt. Ich musste im Untergrund bleiben, als sie gestorben war.«

»Sie ist nicht einfach *gestorben*«, sagte Maya. »Sie wurde gequält und brutal ermordet.«

»Ich weiß. Ich hab's begriffen, das können Sie mir glauben.«

»Aber das reicht nicht, um mir zu helfen, ihren Mörder zu finden.«

»Unsere Quellen bestehen auf Vertraulichkeit.«

»Aber Ihre Quelle wurde ermordet.«

»Das ändert nichts an unserer Verpflichtung ihr gegenüber.«

»Absurd«, sagte Maya.

»Wieso?«

»Sie sind ganz wild auf eine Welt ohne Geheimnisse. Es stört Sie aber nicht, selbst welche zu erschaffen, die Sie dann für sich behalten. Was ist mit Ihrer Die-Öffentlichkeit-muss-über-alles-Bescheid-wissen-Utopie?«

»Das ist nicht fair, Maya. Wir wussten nicht einmal, ob ihre Ermordung etwas mit ihrer Arbeit für uns zu tun hatte.«

»Natürlich wussten Sie das. Sie haben den Mund gehalten, weil Sie Angst hatten, es könnte ein schlechtes Licht auf Sie werfen, wenn herauskommt, dass eine Ihrer Quellen ermordet wurde. Sie haben befürchtet, dass Claire verraten und deshalb umgebracht worden war. Und Sie haben befürchtet – oder Sie fürchten vermutlich immer noch –, dass sich diese undichte Stelle in Ihrer Organisation befinden könnte.«

»Das stimmt nicht«, sagte Corey.

»Woher wollen Sie das wissen?«

»Sie haben von unserer Paranoia gesprochen. Vom Sicherheits-Overkill. Wir haben Sicherungssysteme. Es ist ausgeschlossen, dass der Name von meiner Organisation weitergegeben wurde.«

»Sie wissen schon, dass die Öffentlichkeit Ihnen das nicht abnehmen würde.«

Er legte eine Hand auf die Wange. »Es könnte zu Fehlinterpretationen kommen, das ist wahr.«

»Die Leute würden Ihnen die Schuld geben.«

»Unsere Feinde könnten diese Geschehnisse gegen uns einsetzen. Unsere anderen Whistleblower könnten sich bedroht fühlen.«

Maya schüttelte den Kopf. »Sie merken es wirklich nicht, oder?«

»Was?«

»Plötzlich rechtfertigen Sie es, Geheimnisse zu bewahren. Sie machen genau das Gleiche wie die Regierungen und Unternehmen, die Sie verurteilen.«

»Das stimmt nicht.«

»Natürlich stimmt das. Sie versuchen, Ihre Institution um jeden Preis zu schützen. Ihretwegen wurde meine Schwester ermordet. Und Sie helfen dem Mörder, ungestraft davonzukommen, um Ihre Organisation zu decken.«

Hinten in seinen Augen blitzte etwas auf. »Maya?«

»Was ist?«

»Von Ihnen brauche ich wirklich keinen Vortrag über Moral.«

Auch wieder wahr. Vielleicht hatte Maya ihn zu sehr gereizt. Das war ein Fehler. Er musste ihr vertrauen. »Also, warum bezahlen die Burketts Tom Douglass?«

»Keine Ahnung. Wir haben uns vor ein paar Monaten in Douglass' Computer gehackt, seine Internet-Chronik überprüft und uns sogar eine Liste mit den von ihm gesuchten Worten besorgt. Wir haben nichts Brauchbares gefunden. Was er auch getan hat, seinen Unterlagen kann man es nicht entnehmen. Es muss etwas anderes sein. Etwas *ganz* anderes.«

»Haben Sie versucht, ihn zu fragen?«

»Oh, er spricht nicht mit uns, und wenn die Polizei ihn verhören wollte, würde er sich auf die anwaltliche Schweigepflicht berufen. Alle arbeitsbedingten Vorgänge werden über Howell and Lamy abgewickelt, die Anwaltskanzlei der Familie.«

Das war Heather Howells Kanzlei.

»Und wie kommen wir dann an mehr Informationen?«, fragte Maya.

»Wir haben ihn durchgecheckt und nichts gefunden«, sagte Corey. »Also dachte ich, Sie könnten es vielleicht noch mal versuchen.«

FÜNFZEHN

Anders als in vielen Filmen erreichte man das Büro von *Tom Douglass Investigations* nicht durch eine Tür mit Milchglasscheibe, in die sein Name eingraviert war. Vielmehr lag es in einem nichtssagenden Backsteinbau an der Northfield Avenue in Livingston, New Jersey. Im Flur roch es wie in einer Zahnarztpraxis, was sich durch die lange Liste von Namen mit einem Dr. med. dent. davor erklären ließ. Maya klopfte an die Massivholztür. Keiner öffnete. Sie versuchte den Knauf zu drehen. Abgeschlossen.

An der Rezeption der gegenüberliegenden Praxis stand ein Mann in einem Arztkittel. Er glotzte sie mit dem Feingefühl eines Vorschlaghammers an. Sie erwiderte das Lächeln, deutete auf die Tür und zuckte die Achseln.

Arztkittel kam zu ihr. »Sie haben wunderschöne Zähne«, sagte er.

»Oh … wow, danke.« Maya heuchelte atemlose Ergriffenheit und lächelte weiter. »Wissen Sie, wann Mr Douglass wieder da ist?«

»Brauchen Sie Hilfe bei einer Ermittlung, Schätzchen?«

Schätzchen. »Irgendwie schon. Ist vertraulich.« Sie biss sich auf die Unterlippe, um anzudeuten, wie ernst die Sache war, und, ja, okay, vielleicht auch ein bisschen aus Koketterie. »Haben Sie ihn heute schon gesehen?«

»Ich habe Tom seit Wochen nicht gesehen. Muss schön sein, wenn man einfach mal ein paar Tage frei machen kann.«

Maya bedankte sich und ging zum Ausgang. Kittel rief ihr etwas nach. Sie beachtete ihn nicht und ging schneller. Corey hatte ihr auch die Privatadresse von Tom Douglass gegeben. Es waren nur fünf Autominuten. Sie würde es da versuchen.

Douglass wohnte in einem sehr adretten Haus im Cape-Cod-Stil. Himmelblau mit dunkel abgesetzten Fenster- und Türrahmen. Die Blumenkästen barsten förmlich vor Farbenfreude. Die Fensterläden waren etwas übertrieben dekorativ. Auch sonst wirkte alles ein wenig dick aufgetragen, war aber insgesamt hübsch. Maya parkte am Straßenrand und ging die Zufahrt hinauf. Neben der Garage stand ein Anhänger mit einem Boot.

Maya klopfte. Eine Mittfünfzigerin in einem schwarzen Trainingsanzug öffnete.

Die Augen der Frau verengten sich. »Was kann ich für Sie tun?«

»Hi«, sagte Maya und bemühte sich, fröhlich zu klingen. »Ich suche Tom Douglass.«

Die Frau – Maya vermutete, dass es sich um Mrs Douglass handelte – musterte Maya. »Er ist nicht da.«

»Wissen Sie, wann er wieder zurückkommt?«

»Das kann dauern.«

»Ich heiße Maya Stern.«

»Ja«, sagte die Frau. »Ich kenne Sie aus den Nachrichten. Was wollen Sie von meinem Mann?«

Gute Frage. »Darf ich reinkommen?«

Mrs Douglass trat zur Seite, um sie ins Haus zu lassen. Maya hatte eigentlich nicht geplant, das Haus zu betreten. Sie hatte die Frage nur gestellt, um Zeit zu gewinnen und zu überlegen, wie sie weiter vorgehen könnte.

Mrs Douglass führte sie durch den Flur ins Wohnzimmer. Die Einrichtung wurde von nautischen Elementen dominiert.

Durchgängig. An der Decke hingen ausgestopfte Fische. Die holzvertäfelten Wände waren mit antiken Angelruten, Fischernetzen, einem alten Steuerruder und Rettungsringen geschmückt. Es gab auch Familienfotos mit dem Meer im Hintergrund. Maya entdeckte zwei Söhne, die beide inzwischen erwachsen sein mussten. Die vierköpfige Familie war offenbar gern gemeinsam zum Angeln rausgefahren. Maya war zwar nie ein großer Angelfan gewesen, aber ihr war über die Jahre hinweg aufgefallen, dass die Menschen nur sehr selten so breit und aufrichtig lächelten wie auf Fotos, auf denen sie ihre selbst gefangenen Fische präsentierten.

Mrs Douglass verschränkte die Arme und wartete.

Die beste Herangehensweise, dachte Maya sich, war vermutlich der direkte Weg.

»Ihr Mann arbeitet schon seit Langem für die Burkett-Familie, richtig?«

Ausdruckslose Miene.

»Ich würde ihn gerne zu seiner Tätigkeit befragen.«

»Verstehe«, sagte Mrs Douglass.

»Wissen Sie etwas über seine Arbeit für die Burketts?«

»Sie sind eine Burkett, Maya, oder?«

Die Frage brachte Maya für einen Moment aus dem Konzept. »Ja, ich habe wohl eingeheiratet.«

»Das meinte ich. Und ich weiß, dass Ihr Mann ermordet wurde.«

»Ja.«

»Mein Beileid.« Dann: »Glauben Sie, dass Tom etwas über den Mord weiß?«

Wieder war Maya verblüfft von ihrer Unverblümtheit. »Ich weiß es nicht.«

»Aber deshalb sind Sie hier?«

»Zum Teil.«

Mrs Douglass nickte. »Tut mir leid, aber ich weiß wirklich nichts.«

»Ich würde Tom gern sprechen.«

»Er ist nicht da.«

»Wo ist er?«

»Unterwegs.«

Sie machte sich auf den Weg zurück zur Tür.

»Meine Schwester ist auch ermordet worden«, sagte Maya.

Mrs Douglass ging langsamer.

»Sie hieß Claire Walker. Sagt Ihnen der Name etwas?«

»Müsste er?«

»Direkt vor ihrem Tod hat sie von den geheimen Zahlungen der Burketts an Ihren Mann erfahren.«

»Geheime Zahlungen? Ich weiß nicht, was Sie damit andeuten wollen, aber ich glaube, Sie sollten jetzt besser gehen.«

»Was hat Tom für die Burketts gemacht?«

»Keine Ahnung.«

»Ich kenne Ihre Steuererklärungen der letzten fünf Jahre.«

Jetzt war es an Mrs Douglass, überrascht zu sein. »Sie kennen … was?«

»Mehr als die Hälfte des Jahreseinkommens Ihres Mannes stammt von den Burketts. Es handelt sich um beachtliche Summen.«

»Na und? Tom arbeitet hart.«

»Und was macht er so?«

»Keine Ahnung. Und wenn ich es wüsste, würde ich es Ihnen nicht sagen.«

»Diese Zahlungen haben meine Schwester beunruhigt, Mrs Douglass. Ein paar Tage nachdem Claire davon erfahren hatte, wurde sie gefoltert, und jemand hat ihr eine Kugel in den Kopf geschossen.«

Ihr Mund formte ein perfektes O. »Und Sie denken jetzt … was genau … dass Tom etwas damit zu tun hatte?«

»Das habe ich nicht gesagt.«

»Mein Mann ist ein anständiger Mensch. Er war, genau wie Sie, beim Militär.« Sie nickte in Richtung einer Tafel mit den Worten »Semper paratus« und zwei silbernen gekreuzten Ankern, dem Abzeichen für einen angesehenen Bootsmannsmaat. Maya kannte einige BMs aus der Navy. Sie waren stolz auf ihre Arbeit. »Tom hat fast zwanzig Jahre bei der örtlichen Polizei gearbeitet. Er ist frühzeitig in den Ruhestand gegangen, nachdem er sich bei der Arbeit eine Verletzung zugezogen hatte. Er hat seine eigene Detektei aufgemacht und war sehr fleißig.«

»Und was hat er für die Burketts gemacht?«

»Ich habe doch schon gesagt, dass ich das nicht weiß.«

»Oder es mir nicht verraten würden.«

»Richtig.«

»Dabei war das, was er für sie getan hat, neun- oder zehntausend Dollar im Monat wert. Und zwar schon seit … wie lange?«

»Ich weiß es nicht.«

»Sie wissen nicht, seit wann er für die Burketts gearbeitet hat?«

»Seine Arbeit war vertraulich.«

»Er hat nie von den Burketts erzählt?«

Zum ersten Mal entdeckte Maya einen kleinen Riss im Schutzpanzer der Frau, als sie leise antwortete: »Nie.«

»Wo ist er, Mrs Douglass?«

»Er ist unterwegs. Und ich weiß absolut nichts.« Sie öffnete die Haustür. »Ich sag ihm, dass Sie hier waren.«

SECHZEHN

Die meisten Leute hatten ziemlich altmodische Vorstellungen vom Aussehen einer Schießanlage oder eines Waffengeschäfts. Sie erwarteten muffige, ausgestopfte Tiere, Bärenfelle an den Wänden, staubige, wahllos aufgereihte Gewehre und einen schmierigen Tresen, hinter dem ein übellauniger Inhaber herumstapfte, der entweder wie Elmer Fudd aus *Bugs Bunny* gekleidet war oder im Unterhemd herumlief und eine Hakenhand hatte.

So war es aber längst nicht mehr.

Maya, Shane und ihre Kameraden trafen sich in einem hochmodernen Waffenclub namens RTSP, was für *Right To Self-Protect* stand oder, wie manche Leute scherzten, *Right To Shoot People*. Staub gab es hier nicht – alles glänzte wie neu. Die ausnahmslos aufmerksamen Angestellten trugen ordentlich in die Khaki-Hosen gesteckte schwarze Polohemden. Die Waffen wurden in Vitrinen und Glaskästen präsentiert wie Juwelen. Es gab insgesamt zwanzig Schießplätze, zehn 25-Yard-Schießstände, zehn 15-Yarder. Der ebenfalls vorhandene digitale Simulator funktionierte wie ein Videospiel in Lebensgröße: In einem Kinoraum konnten verschiedene Angriffssituationen und Ähnliches nachgestellt werden – ein Raubüberfall, eine Geiselnahme, der Wilde Westen, sogar ein Zombie-Angriff –, in denen man von »realistisch« nachgestellten Zielen angegriffen wurde. Man »schoss« mit Laserstrahlen aus einer Schusswaffe in Originalgröße und mit Originalgewicht.

Maya kam meistens, um mit echten Waffen auf Schießscheiben zu schießen und mit Freunden abzuhängen, von denen die meisten beim Militär gewesen waren. Dieser Ort erfüllte diesen Zweck in, wie es in der Anzeige hieß, »angenehmer und eleganter Atmosphäre«. Manche Leute traten Clubs bei, um Golf, Tennis oder Bridge zu spielen. Maya war VIP-Mitglied im »Guntry Club«. Als ehemalige oder aktuelle Militärangehörige erhielten sie und ihre Freunde einen Preisnachlass von 50 Prozent.

Der *Guntry Club* an der Route 10 hatte dunkel getäfelte Holzwände, dicke Teppichböden und erinnerte Maya abwechselnd an eine Möchtegern-Version der Burkett-Bibliothek oder an das Restaurant einer gehobenen Steakhaus-Kette. Mitten im Raum stand ein Poolbillard-Tisch. Es gab viele Ledersessel. Drei Wände waren mit Flachbildschirmen bestückt, an der vierten stand in riesiger Kursivschrift der Text des zweiten Zusatzartikels zur Verfassung. Es gab einen Zigarrenraum, Kartenspieltische und freies WLAN.

Rick, der Inhaber, trug genau wie die Angestellten Khakis und ein schwarzes Polohemd. Außerdem hatte er immer eine Pistole am Gürtel. Er begrüßte sie mit einem traurigen Lächeln und einer Gangster-Faust. »Schön, dass du wieder hier bist, Maya. Als wir das gehört haben, haben die Jungs und ich …«

Sie nickte. »Danke für die Blumen.«

»Wir wollten halt irgendwas machen.«

»Danke, nett von euch.«

Rick hustete in die Faust. »Ich weiß ja nicht, ob es der richtige Zeitpunkt ist, um das anzusprechen, aber wenn du einen Job mit flexibleren Arbeitszeiten …«

Rick bot ihr dauernd einen Job als Lehrgangsleiterin an. Frauen waren statistisch gesehen die am schnellsten wachsende Bevölkerungsgruppe unter den Waffenkäufern und in

Schießanlagen wie diesen. Außerdem zogen Frauen es vor, von Ausbilderinnen geschult zu werden, und von denen gab es bisher noch sehr wenige.

»Ich behalt's im Hinterkopf«, sagte Maya.

»Prima. Die Jungs sind oben.«

Mit Shane und Maya waren an diesem Abend fünf Leute aus ihrer Clique da. Shane und Maya gingen auf den 25-Yards-Stand, die anderen drei in den Simulator. Für Maya hatte das Schießen etwas mit Zen zu tun. Das Ausatmen beim Abdrücken, die Stille, die Ruhe vor dem erwarteten Rückstoß, all das tröstete und besänftigte sie.

Als sie fertig waren, gingen sie wieder hoch in den VIP-Raum. Maya war die einzige Frau. Man hätte meinen können, dass Sexismus an einem solchen Ort an der Tagesordnung war, aber hier ging es ausschließlich darum, wie gut man schoss. Mayas Ruf, ja, ihr Heldenstatus beim Militär, machte sie hier zu einer Art lokaler Prominenz. Ein paar von den Jungs waren tief beeindruckt von ihr. Manche waren auch leicht verknallt. Das störte Maya nicht. Trotz allem, was man las, begegneten die meisten Soldaten Frauen mit großem Respekt. In ihrem Fall schien es ihnen zu gelingen, ihre Zuneigung oder sonstigen Empfindungen in züchtige oder brüderliche Gefühle zu transformieren.

Mayas Blick streifte über die Worte des zweiten Zusatzartikels an der Wand.

DA EINE WOHLGEORDNETE MILIZ
FÜR DIE SICHERHEIT
EINES FREIEN STAATES NOTWENDIG IST,
DARF DAS RECHT DES VOLKES,
WAFFEN ZU BESITZEN UND ZU TRAGEN,
NICHT BEEINTRÄCHTIGT WERDEN.

Eine etwas altbackene Ausdrucksweise. Maya hatte gelernt, dass man hierüber weder mit Befürwortern noch mit Gegnern des Zusatzartikels diskutieren durfte. Ihr Vater, der ein entschiedener Gegner von Schusswaffen gewesen war, hatte immer gefaucht: »Du willst ein großes Sturmgewehr? Zu welcher ›wohlgeordneten Miliz‹ gehörst du denn?«, während die Befürworter erlaubten Waffenbesitzes unter ihren Freunden entgegneten: »Welchen Teil von ›nicht beeinträchtigt werden‹ hast du nicht verstanden?« Natürlich war die Formulierung extrem dehnbar, und die Menschen griffen sich immer nur das heraus, was ihrem eigenen Interesse entsprach. Waffenliebhaber lasen aus diesem Dokument das eine heraus, Waffenhasser das andere.

Shane brachte Maya eine Cola mit. Alkohol war hier im Club verboten, denn selbst den weniger rational denkenden Mitgliedern war klar, dass Alkohol und Waffen nicht zusammengehörten. Sie setzten sich zu fünft um den Tisch und begannen zu plaudern. Am Anfang ging es wie immer um das heimische Sportteam, doch dann bewegte sich das Gespräch schnell in anspruchsvollere Regionen. Das war für Maya der schönste Teil. Sie war eine von ihnen und vielleicht sogar ein bisschen mehr. Die Jungs hatten oft Fragen zur weiblichen Sichtweise, weil – Breaking News – der Krieg einem die Beziehung in der Heimat versaute. Wenn es hieß, zu Hause würde sowieso niemand verstehen, was man als Soldat durchmachte, war das natürlich oft auch eine billige Ausrede, trotzdem war es verdammt richtig. Nachdem man in irgendeinem Höllenloch gedient hatte, sah man vieles mit anderen Augen. Manchmal auf eine für jedermann nachvollziehbare Weise, viel häufiger aber ging es nur um Kleinigkeiten wie Schattierungen, Gerüche oder Texturen. Dinge, die früher wichtig gewesen waren, waren es dann nicht mehr und umgekehrt. Eine

Beziehung oder eine Ehe zu führen war schon an sich schwierig genug, wenn dann aber noch die Kriegserfahrungen dazukamen, wurden aus kleinen Rissen schnell klaffende Wunden. Keiner sah das, was man selbst mit diesem scharfsichtigen, unvoreingenommenen Blick sah. Nur deine Kameraden. Es war wie in diesen Filmen, in denen nur der Held die Geister sehen konnte und alle anderen ihn für verrückt hielten.

In diesem Raum sahen alle die Geister.

Shane, der Single war und Probleme hatte, mit seinen Gefühlen umzugehen, konnte mit dem Beziehungskram nicht viel anfangen. Er setzte sich in einen Sessel in der Ecke, zog den neuen Roman von Anna Quindlen aus der Tasche und fing an zu lesen. Shane las gern und viel – allerdings wohl nicht, wenn er Kindern vorlesen sollte, wie Maya vor ein paar Tagen gesehen hatte –, und er konnte überall lesen, selbst in einem Hubschrauber, in dem das Rotorgeräusch so laut war, dass es direkt aus dem Gehirn zu kommen schien.

Schließlich setzte Maya sich zu ihm. Im Fernseher über ihnen lief das dritte Viertel des Basketballspiels der New York Knicks gegen die Brooklyn Nets. Shane legte das Buch weg und seine langen Beine auf den Lederhocker. Dann sagte er: »Cool.«

»Was?«

»Ich geh davon aus, dass du jetzt bereit bist, mir zu erzählen, was los ist.«

Das war sie nicht. Sie wollte ihn beschützen. Immer.

Allerdings würde Shane das nicht akzeptieren, und es wäre tatsächlich unfair und vielleicht auch verletzend, ihm nichts zu sagen. Sie überlegte, ob sie ihm von ihrem Treffen mit Corey Rudzinski erzählen sollte, hatte aber keine Ahnung, wie er darauf reagieren würde. Wahrscheinlich würde er wütend werden. Außerdem hatte Corey ihr seine Bedingungen deutlich genannt:

»Kein Wegwerf-Handy. Wir nehmen nur im Notfall Kontakt auf. Wenn Sie mich brauchen, rufen Sie im Club an und fragen nach Lulu. Wenn ich Sie sprechen muss, ruft der Club Ihr Handy an und legt auf. Es bedeutet, dass Sie herkommen sollen. Und eins noch, Maya: Wenn mir irgendetwas nicht ganz geheuer ist, bin ich weg. Wahrscheinlich für immer. Also kein Wort. Zu niemandem.«

Kein Wort – das schien im Moment das Beste zu sein. Wenn sie in dieser Angelegenheit Mist baute, würde Corey höchstwahrscheinlich verschwinden. Das durfte sie nicht riskieren.

Aber sie hatte noch etwas in der Hinterhand.

Shane sah sie an und wartete. Das hielt er die ganze Nacht durch.

»Was weißt du über Kierce?«, fragte Maya.

»Den Cop von der Mordkommission, der die Ermittlungen zu Joes Ermordung leitet?«

Maya nickte.

»Nicht viel. Er hat einen ganz guten Ruf, mehr weiß ich nicht, wir hängen ja nicht die ganze Zeit mit dem NYPD ab. Wieso?«

»Erinnerst du dich an Joes Schwester Caroline?«

»Klar.«

»Sie hat mir erzählt, dass die Familie Kierce Geld gezahlt hat.«

Shane verzog das Gesicht. »Was heißt ›Geld gezahlt‹?«

»Drei Mal knapp zehn Riesen.«

»Wofür?«

Maya zuckte die Achseln. »Das weiß sie nicht.«

Sie erzählte von Caroline, von den angeblichen Zahlungen, vom nicht akzeptierten Passwort und von ihrer Entscheidung, erst einmal zu warten, bevor sie Neil oder Judith zur Rede stellte.

»Das ergibt doch keinen Sinn«, sagte Shane. »Warum zum Henker sollte Joes Familie Kierce bestechen?«

»Sag du es mir«, antwortete Maya.

Er überlegte einen Moment. »Wir wissen beide, dass die Reichen oft ziemlich seltsam sind.«

»Das ist wahr.«

»Aber würden sie Kierce wirklich bezahlen, weil sie hoffen, dass er seine Arbeit dann besser macht? Damit er Joes Fall vorrangig behandelt? Das macht er doch sowieso. Glauben die Burketts, man müsste einem Cop Trinkgeld geben oder so was?«

»Ich weiß es nicht«, sagte Maya. »Aber da ist noch etwas.«

»Was?«

»Caroline behauptet, die Familie hätte Kierce schon bezahlt, *bevor* Joe ermordet wurde.«

»Quatsch.«

»Sie glaubt das.«

»Sie irrt sich. Das ist doch total unlogisch. Warum hätten sie Kierce schon vor dem Mord Geld überweisen sollen?«

Wieder sagte Maya: »Ich weiß es nicht.«

»Ist ja nicht so, dass sie, na ja, hätten vorhersagen können, dass Joe ermordet wird und ausgerechnet dieser Detective den Fall dann bearbeitet?« Shane schüttelte den Kopf. »Du weißt, was die naheliegendste Antwort ist, oder?«

»Nein.«

»Caroline spielt mit dir.«

Maya hatte das in Erwägung gezogen.

»Komm schon, die ganze Show … vor deinen Augen ins Internet zu gehen und plötzlich, o Schreck, ist das Passwort geändert worden? Das ist ein verdammt großer Zufall, oder?«

»Schon, ja.«

»Also lügt sie. Warte, streich das.«

»Was?«

Shane sah sie an. »Caroline ist total durchgeknallt, oder?«

»Absolut.«

»Dann lügt sie vielleicht doch nicht«, sagte Shane, der gerade eine neue Theorie ausbrütete. »Vielleicht hat sie sich das Ganze nur eingebildet. Setz die Teile zusammen. Da ist diese Durchgeknallte. Ihr Bruder wurde ermordet. Alle treffen sich zur Testamentseröffnung. Die wird plötzlich abgesagt. Wieso noch gleich, Papierchaos?«

»Nicht einfach Chaos«, sagte Maya. »Die Sterbeurkunde lag noch nicht vor.«

»Noch besser. Also steht sie unter Stress?«

Maya runzelte die Stirn. »Und deshalb glaubt sie, Zahlungen an den Mordermittler gesehen zu haben?«

»Ist im Moment ebenso wahrscheinlich wie jedes andere mögliche Szenario.« Shane lehnte sich zurück. »Maya?«

Sie wusste, was kommen würde.

»Könntest du bitte damit aufhören?«, fragte er.

»Womit?«

Er runzelte die Stirn. »Ich bekomme Bauchschmerzen, wenn du mich belügst.«

»Ich belüge dich nicht.«

»Wortklauberei. Was verschweigst du mir?«

Wahrscheinlich zu viel. Wieder überlegte sie, ob sie ihm mehr erzählen sollte, aber wieder setzte dieser Reflex ein, ihn zu beschützen. Sie überlegte, ob sie ihm von Claires geheimem Handy erzählen sollte, aber das würde direkt zu Corey führen. Und dafür war es noch zu früh. Sie hatte ihm auch noch nicht erzählt, was sie auf der Nanny-Cam gesehen hatte, aber auch das hatte noch Zeit. Vorsicht war besser als Nachsicht. Man konnte Dinge später ansprechen, man konnte sie aber nicht mehr ungehört machen.

Shane beugte sich zu ihr herüber, checkte kurz, dass ihn keiner außer ihr hören konnte, und flüsterte: »Woher hattest du diese Kugel?«

»Lass bloß die Finger davon.«

»Ich hab dir einen Riesengefallen getan.«

»Und deine Gefallen sind an Bedingungen geknüpft, Shane?«

Wie erwartet brachte sie ihn damit zum Schweigen. Sie kam wieder auf Caroline zu sprechen.

»Du hast erwähnt, dass Caroline unter Stress steht. Interessanter Ansatz«, sagte Maya.

Shane wartete.

»Sie hat nicht nur über Joe gesprochen, sondern auch über ihren anderen Bruder.«

»Über Neil?«

Maya schüttelte den Kopf. »Über Andrew.«

Shane verzog das Gesicht. »Ist das der, der vom Boot gefallen ist?«

»Er ist nicht gefallen.«

»Wie meinst du das?«

Endlich. Ein Punkt, bei dem sie das Gefühl hatte, sich ihm anvertrauen zu können. »Joe war dabei. Er war mit ihm auf dem Boot.«

»Ja, na und?«

»Und Joe hat mir erzählt, dass es kein Unfall war. Er meinte, Andrew hätte Selbstmord begangen.«

Shane sank in seinen Sessel. »Heißa.«

»Ja.«

»Weiß die Familie das?«

Maya zuckte die Achseln. »Ich glaube nicht. Die sagen alle, es wäre ein Unfall gewesen.«

»Und das hat Caroline gestern angesprochen?«

»Ja.«

»Warum?«, fragte Shane. »Ist doch fast zwanzig Jahre her, dass Andrew Burkett gestorben ist, oder?«

»Ich glaube, das lag auf der Hand«, sagte Maya.

»Inwiefern?«

»Zwei Brüder. Beide standen sich angeblich sehr nahe. Beide sind jung und auf tragische Weise umgekommen.«

Shane nickte. Jetzt verstand er. »Noch ein Grund dafür, dass die Fantasie ihr einen Streich gespielt haben könnte.«

»Und sie hat Joes Leiche nicht gesehen.«

»Wie bitte?«

»Caroline. Sie hat Joes Leiche nicht gesehen. Andrews auch nicht. Eigentlich wollte sie sie sehen. Um einen Schlussstrich zu ziehen. Andrew ist auf dem Meer umgekommen, daher hat sie die Leiche nicht gesehen. Joe wurde ermordet. Und seine Leiche hat sie auch nicht gesehen.«

»Das versteh ich nicht«, sagte Shane. »Warum hat sie Joes Leiche nicht gesehen?«

»Die Familie hat es nicht erlaubt oder so. Ganz begriffen habe ich es auch nicht. Aber sieh es mal von ihrem Standpunkt. Zwei tote Brüder. Aber keine Leichen. Caroline hat keinen von beiden im Sarg gesehen.«

Sie schwiegen, Shane hatte das Problem erkannt. Als Caroline darüber sprach, wie wichtig es war, die Leiche eines verstorbenen Angehörigen noch einmal sehen zu können, hatte sie einen Nerv getroffen. Genau das hatten Maya und Shane im Nahen Osten immer wieder erlebt. Wenn ein Soldat im Kampf starb, konnten die Angehörigen den Tod oft nicht akzeptieren, bis sie den Beweis vor Augen hatten.

Die Leiche.

Vielleicht hatte Caroline recht. Vielleicht war das der Grund dafür, dass alle, selbst die Toten, wieder in die Heimat zurückgebracht wurden.

Shane brach das Schweigen. »Caroline hat also Probleme damit, Joes Tod zu akzeptieren.«

»Sie hat Probleme, *beide* Todesfälle zu akzeptieren«, sagte Maya.

»Und sie glaubt, dass der Mann, der die Ermittlungen in Joes Mordfall leitet, von ihrer Familie bezahlt wird.«

In diesem Moment traf eine Erkenntnis Maya so hart, dass sie fast das Gleichgewicht verloren hätte. »Oh, nein …«

»Was ist?«

Maya schluckte. Sie überlegte und versuchte, ihre Gedanken zu ordnen. Das Boot. Das Steuerruder. Die Angeltrophäen …

»Semper paratus«, sagte sie.

»Was?«

Maya sah Shane in die Augen. »Semper paratus.«

»Das ist Latein«, sagte Shane. »Es heißt ›allzeit bereit‹.«

»Du kennst es?«

Das Boot. Die Angeltrophäen. Das Steuerruder und die Rettungsringe. Vor allem aber die gekreuzten Anker. Maya hatte angenommen, dass sie für die Navy standen. Das war auch meist so. Es gab aber noch eine andere Truppeneinheit, die ihre Bootsmannsmaate mit gekreuzten Ankern ehrte.

Shane nickte. »Es ist das Motto der Küstenwache.«

Die Küstenwache.

Die Abteilung der Streitkräfte, deren Zuständigkeitsbereich sich sowohl auf internationale als auch auf U.S.-Gewässer erstreckte. Die Küstenwache konnte die Zuständigkeit für jeden Todesfall auf hoher See an sich ziehen …

»Maya.«

Sie sah ihn an. »Du musst mir noch einen Gefallen tun, Shane.«

Er sagte nichts.

»Ich muss wissen, wer den Tod auf hoher See von Andrew Burkett untersucht hat«, sagte sie. »Du musst feststellen, ob es ein Bootsmannsmaat der Küstenwache namens Tom Douglass war.«

SIEBZEHN

Lily ins Bett zu bringen war normalerweise eine Routineangelegenheit. Maya kannte die Horrorgeschichten darüber, welcher Albtraum es sein konnte, kleine Kinder ins Bett zu bringen. Bei Lily war das nicht so. Es war, als hätte sie den Tag voll ausgekostet, sodass sie ihn leicht hinter sich lassen konnte. Ohne Murren legte sie den Kopf aufs Kissen, und schwupps, schlief sie ein. Aber als Maya sie heute zudeckte, sagte Lily: »Geschichte.«

Maya war erschöpft, aber war das nicht eine der Freuden des Mutterdaseins? »Natürlich, Mäuschen, was soll ich dir vorlesen?«

Lily deutete auf ein Buch von Debi Gliori. Maya fing an, daraus vorzulesen, und hoffte, dass es wie Hypnose oder ein langweiliger Mitarbeiter wirken würde und Lilys Augen schläfrig wurden, bevor sie ihr ganz zufielen. Aber das Buch hatte den gegenteiligen Effekt – Maya dämmerte weg, während Lily sie anstupste, damit sie wach blieb. Es gelang Maya, die Geschichte zu Ende zu lesen. Sie klappte das Buch zu und wollte aufstehen, als Lily sagte: »Noch mal, noch mal.«

»Ich glaube, es ist Zeit zu schlafen, Mäuschen.«

Lily fing an zu weinen. »Hab Angst.«

Maya wusste, dass man sein Kind in solchen Situationen nicht mit zu sich ins Bett nehmen sollte. Was allerdings in den Anleitungen für Eltern vergessen wurde, war, dass alle Menschen, selbst Eltern, sich für die einfache Lösung entscheiden, wenn sie müde oder erschöpft sind. Dieses Mädchen hatte seinen Vater verloren. Natürlich war Lily zu jung, um das richtig zu verstehen, trotzdem musste da etwas sein, ein schlummernder Schmerz, ein intuitives Wissen darum, dass eben doch nicht alles in Ordnung war.

Maya nahm Lily hoch. »Komm. Du kannst bei mir schlafen.«

Sie ging mit Lily ins Schlafzimmer und legte sie sanft auf Joes Seite. Dann baute sie aus mehreren Kissen am Bettrand ein provisorisches Geländer und warf noch ein paar weitere Kissen vor dem Bett auf den Boden, um auf Nummer sicher zu gehen. Maya deckte Lily bis zum Kinn zu und durchlebte dabei einen dieser *Wow*-Momente, wie er allen Eltern gelegentlich zuteilwurde, in denen man von der Liebe für das eigene Kind vollkommen überwältigt und von großer Ehrfurcht erfüllt war und etwas empfand, das man für immer festhalten wollte, während einen eben diese Fürsorge, der Gedanke daran, diesen Menschen zu verlieren, gleichzeitig in eine lähmende Angst versetzte. Wie, fragte man sich in solchen Momenten, sollte man je wieder entspannen, wenn man wusste, wie gefährlich die Welt war?

Lily schloss die Augen und schlief ein. Maya blieb stehen, rührte sich nicht, betrachtete das kleine Gesicht ihrer Tochter, bis sie sicher war, dass sie tief und gleichmäßig atmete. Sie verharrte so, bis dankenswerterweise ihr Handy klingelte und den Bann brach.

Sie hoffte, dass Shane anrief, um ihre Fragen zu Tom Douglass zu beantworten, obwohl er ihr gesagt hatte, dass er erst am nächsten Morgen eine Möglichkeit hatte, sich die Dienstakte eines Militärangehörigen anzusehen. Sie griff nach dem Telefon, sah aufs Display, auf dem der Name ihrer Nichte Alexa erschien. Nach einem kurzen Anflug von Panik – noch eine

Person, die sie niemals verlieren durfte – drückte Maya die grüne Taste.

»Alles okay?«

»Äh, ja«, sagte Alexa. »Was sollte sein?«

»Einfach so.« Mannomann, Maya musste dringend ein bisschen runterkommen. »Was gibt's, Kleine? Brauchst du Hilfe bei den Hausaufgaben?«

»Logisch, glaubst du wirklich, dass ich dann ausgerechnet dich anrufen würde?«

Maya lachte. »Guter Einwand.«

»Morgen ist *Soccer Day*.«

»Wie bitte?«

»Das ist diese lahme Fußball-Veranstaltung bei uns im Ort, wo jede Klassenstufe ein Spiel hat, Souvenirs und sonstiger Werbekram zugunsten der Mannschaften verkauft werden, mit Hüpfburg und allem Drum und Dran. Eine tolle Sache für kleine Kinder.«

»Okay.«

»Du hast zwar gesagt, dass du beschäftigt bist, aber ich hab gehofft, dass du mit Lily vorbeikommen kannst.«

»Oh.«

»Dad und Daniel werden auch da sein. Daniels Spiel ist um zehn, meins um elf. Wir können Lily rumführen, ihr ein Luftballon-Tier besorgen – Mr Ronkowitz, mein Englischlehrer, macht welche für die kleinen Kinder – und mit ihr Karussell fahren. Könnte Spaß machen. Wir vermissen sie.«

Maya betrachtete die neben ihr schlafende Lily. Das überwältigende Gefühl kehrte mit voller Kraft zurück.

»Tante Maya?«

Alexa und Daniel waren Lilys Cousine und Cousin. Lily himmelte sie an. Maya wollte – war darauf angewiesen –, dass die beiden eine wichtige Rolle in Lilys Leben einnahmen.

»Da bin ich ja froh, dass Lily schon schläft«, sagte Maya zu Alexa.

»Hä?«

»Wenn ich ihr jetzt sagen würde, dass sie euch morgen sieht, wäre sie viel zu aufgeregt, und ich würde sie nicht mal in die Nähe des Betts bekommen.«

Alexa lachte. »Prima, dann sehen wir uns morgen früh? Das Ganze ist hinten am Kreisel.«

»Okay.«

»Oh, und nur zur Info. Mein bescheuerter Trainer ist auch da.«

»Keine Sorge. Ich glaube, wir beide wissen inzwischen, woran wir sind.«

»Gute Nacht, Tante Maya.«

»Gute Nacht, Alexa.«

Die Nacht war schlimm.

Die Geräusche starteten ihren Angriff, als Maya in der sanften Phase zwischen Bewusstsein und Schlaf dahindämmerte. Der Krach, das Geschrei, der Rotor und die Schüsse ließen nicht nach. Sie gewährten ihr auch keine Pause. Sie wurden immer lauter und tosten unablässig weiter. Maya war nicht im Bett. Sie war auch nicht dort. Sie war in dieser Zwischenwelt, einsam, verloren. Um sie herum waren nur die Dunkelheit und der Lärm, nicht nachlassender, endloser Lärm, ein Lärm, der aus ihrem Inneren zu kommen schien, als wäre ein kleines Lebewesen in ihren Kopf gekrochen und würde dort kreischen und keifen.

Sie sah keinen Ausweg, konnte keinen klaren Gedanken fassen. Es gab kein Hier und Jetzt, kein Gestern und kein Morgen. Das alles würde sich später wieder finden. Im Moment gab es nur die Qual der Geräusche, die ihr Gehirn zerschredderten wie die Sense des Schnitters. Maya legte ihre Hände rechts und links gegen den Kopf und drückte kräftig, als wollte sie ihren Schädel zerquetschen.

So schlimm war es.

Es war so schlimm, dass man fast alles tun würde, damit es … bitte …

… o Gott, bitte …

… aufhörte. Man begann, darüber nachzudenken, zur Pistole zu greifen und die Geräusche so zum Schweigen zu bringen, wenn man noch wusste, wo man war, wenn man wusste, dass man so nah am Nachttisch war, wo man eine Pistole in dem kleinen Tresor aufbewahrte …

Maya wusste nicht, ob es Minuten oder Stunden dauerte. Ihr kam es endlos vor. Zeit hatte keine Bedeutung, wenn die Geräusche sie zu ersticken drohten. Sie wartete einfach ab und versuchte, sich irgendwie über Wasser zu halten.

Aber irgendwann drang ein neues Geräusch, ein »normaleres« Geräusch in die akustische Hölle vor. Es schien aus großer Entfernung zu kommen. Es schien lange zu brauchen, um sie zu erreichen und zu ihr durchzudringen. Es musste sich durch die anderen, ohrenbetäubenden Geräusche vorkämpfen – und eins dieser Geräusche war – wie Maya erkannte, als sie langsam zu Bewusstsein kam – ihr eigenes Schreien.

Eine Klingel. Dann eine Stimme:

»Maya? Maya?«

Shane. Er hämmerte gegen die Tür.

»Maya?«

Sie öffnete die Augen. Die Geräusche verflüchtigten sich nicht sofort, vielmehr schienen sie sich höhnisch zurückzuziehen und sie so daran zu erinnern, dass sie zwar leiser werden mochten, aber trotzdem immer bei ihr waren. Wieder dachte Maya an die Theorie, dass kein Geräusch ganz erstarb. Wenn man im Wald schrie und ein Echo hörte, wurde dieses Echo zwar immer schwächer, aber es verklang nie ganz. Genauso war es auch mit ihren Geräuschen.

Sie verschwanden nie ganz.

Maya blickte nach rechts, wo Lily geschlafen hatte.

Aber sie war nicht da.

Mayas Herz hörte einen Moment lang auf zu schlagen. »Lily?«

Das Hämmern und Klingeln waren verstummt. Maya schoss hoch. Sie schwang die Beine aus dem Bett. Als sie aufzustehen versuchte, wurde ihr schwindelig, sodass sie sich wieder setzen musste.

»Lily?«, rief sie noch einmal.

Sie hörte, wie unten die Tür geöffnet wurde.

»Maya?«

Shane war im Haus. Sie hatte ihm für Notfälle einen Schlüssel gegeben.

»Hier oben.« Maya versuchte noch einmal aufzustehen, was ihr dieses Mal gelang. »Lily? Lily ist nicht da.«

Das Haus bebte, als Shane die Treppe heraufstürmte, wobei er immer zwei Stufen auf einmal nahm.

»Lily!«

»Ich hab sie«, sagte Shane.

Er stand mit Lily auf dem rechten Arm in der Tür. Erleichterung durchströmte Mayas Adern.

»Sie stand oben an der Treppe«, sagte Shane.

Lily hatte Tränen im Gesicht. Maya eilte zu ihr. Lily zuckte kurz zusammen, und Maya begriff, dass ihre Tochter wahrscheinlich durch die Schreie ihrer Mutter geweckt worden war.

Maya atmete durch und rang sich ein Lächeln ab. »Es ist alles okay, meine Süße.«

Das kleine Mädchen drückte ihr Gesicht an Shanes Schulter.«

»Tut mir leid, Lily. Mommy hatte einen Albtraum.«

Lily legte Shane die Arme um den Hals. Shane musterte Maya, und er versuchte nicht, sein Mitleid und seine Besorgnis zu verstecken. Mayas Herz zersplitterte in tausend Einzelteile.

»Ich hab versucht, dich anzurufen«, sagte er. »Als du nicht rangegangen bist…«

Maya nickte.

»Hey«, sagte Shane viel zu fröhlich. Fröhlichkeit war nicht seine Stärke. Selbst Lily spürte, dass etwas an seinem Tonfall nicht stimmte. »Lasst uns runtergehen und frühstücken. Was haltet ihr davon?«

Lily wirkte immer noch etwas argwöhnisch, erholte sich aber schnell. So war das mit Kindern. Sie waren unglaublich widerstandsfähig. Die meisten Situationen bewältigten sie ebenso gut wie die besten Soldaten.

»Ach, und soll ich euch etwas verraten?«, sagte Maya.

Lily sah ihre Mutter misstrauisch an.

»Wir gehen nachher mit Daniel und Alexa auf ein Fest.«

Die Augen des kleinen Mädchens weiteten sich.

»Es gibt Luftballons und Karussells…«

Maya erzählte weiter von den Wunderdingen beim Soccer Day, und nach wenigen Minuten war das Gewitter der letzten Nacht im Glanz des neuen Tages verblasst. Zumindest für Lily. Maya hingegen hielt die Angst noch viel zu lange in ihrer Umklammerung, vor allem, weil ihre Tochter diese Angst jetzt auch unmittelbar zu spüren bekommen hatte.

Was hatte sie getan?

Shane fragte nicht, ob alles in Ordnung war. Er wusste, was los war. Nachdem sie Lily vor ihr Frühstück gesetzt hatten und außer Hörweite waren, fragte er: »Wie schlimm ist es?«

»Mir geht's gut.«

Shane wandte sich einfach ab.

»Was ist?«

»Es fällt dir immer leichter, mich zu belügen.«

Er hatte recht.

»Sehr schlimm«, sagte sie. »Bist du jetzt zufrieden?«

Shane sah sie wieder an. Er wollte sie in den Arm nehmen – das sah sie –, tat es aber nicht. Schade. Sie hätte es brauchen können.

»Du musst mit jemandem reden«, sagte Shane. »Wie wäre es mit Wu?«

Wu war der Psychiater von *Veterans Affairs.* »Ich ruf ihn an.«

»Wann?«

»Wenn das vorbei ist.«

»Wenn was vorbei ist?«

Sie antwortete nicht.

»Es geht nicht mehr nur um dich, Maya.«

»Soll heißen?«

Er sah zu Lily.

»Tiefschlag, Shane.«

»Dein Pech. Du hast eine Tochter, die du jetzt alleine erziehen musst.«

»Ich kümmere mich darum.«

Maya sah auf die Uhr. Viertel nach neun. Sie überlegte, wann sie das letzte Mal länger als bis 4:58 Uhr geschlafen hatte, konnte sich aber nicht erinnern. Und sie dachte an Lily. Was war passiert? War ihre Tochter von den Schreien ihrer Mutter aufgewacht? Hatte Lily versucht, sie zu wecken, oder hatte sie sich einfach ängstlich zusammengekauert?

Was für eine Mutter war sie?

Der Tod verfolgt dich, Maya …

»Ich kümmere mich darum«, wiederholte sie. »Aber erst muss ich das hier noch durchziehen.«

»Und mit ›durchziehen‹ meinst du herausfinden, wer Joe umgebracht hat?«

Sie antwortete nicht.

»Du hast übrigens recht gehabt«, sagte Shane.

»Womit?«

»Deshalb bin ich hier. Du hast mich gebeten, mir Tom Douglass' Akte aus seiner Zeit bei der Küstenwache anzusehen.«

»Und?«

»Er hat da vierzehn Jahre gedient und dabei auch seine ersten Erfahrungen mit den polizeilichen Aufgaben bei der Küstenwache gemacht. Im Zuge dessen war er tatsächlich der zuständige Ermittler bei der Untersuchung des Todes von Andrew Burkett.«

Rumms. Es ergab Sinn. Es ergab keinen Sinn.

»Weißt du, wie er den Fall beurteilt hat?«

»Unfalltod. Laut seinem Bericht ist Andrew Burkett nachts über Bord gefallen und ertrunken. Höchstwahrscheinlich war Alkohol im Spiel.«

Beide standen sich noch einen Moment gegenüber und versuchten, die Informationen zu verdauen.

»Was zum Henker geht hier vor, Maya?«

»Ich weiß es nicht, habe aber die Absicht, es herauszubekommen.«

»Wie?«

Maya zog ihr Handy aus der Tasche und wählte die Festnetznummer von Douglass. Es meldete sich niemand. Maya hinterließ eine Nachricht auf dem Anrufbeantworter. »Ich weiß jetzt, warum die Burketts Sie bezahlen. Rufen Sie mich an.«

Sie hinterließ ihre Handynummer und legte auf.

»Wie hast du das von Douglass herausbekommen?«, fragte Shane.

»Das ist nicht wichtig.«

»Wirklich nicht?«

Shane erhob sich und fing an, auf und ab zu gehen. Man brauchte ihn nicht so gut zu kennen wie Maya, um zu merken, dass das kein gutes Zeichen war.

»Was ist?«, fragte sie.

»Ich habe heute Morgen mit Detective Kierce telefoniert.«

Maya schloss die Augen. »Warum hast du das getan?«

»Ach, ich weiß nicht. Vielleicht einfach, weil du gestern Abend einen ziemlich massiven Vorwurf in den Raum gestellt hast.«

»Caroline hat das getan.«

»Egal. Ich wollte ihn mal ein bisschen abchecken.«

»Und?«

»Ich mag ihn. Ich halte ihn für eine ehrliche Haut. Ich glaube, Caroline labert einen Haufen Scheiße.«

»Okay, vergiss es einfach.«

Shane stieß den nervigen Summton aus, der in Quizsendungen anzeigte, dass man die falsche Antwort gegeben hatte.

»Was ist?«

»Tut mir leid, Maya. Falsche Antwort.«

»Wovon redest du?«

»Kierce hat mir keine Informationen zu den laufenden Ermittlungen gegeben«, fuhr Shane fort. »Er hat sich so verhalten, wie ich es von einem guten Cop erwarte, einem Cop, der sich an die Regeln hält und keine Bestechungsgelder nimmt.«

Maya gefiel die Richtung nicht, in die sich das Gespräch plötzlich entwickelte.

»Aber«, sagte Shane und hielt den gestreckten Zeigefinger

in die Luft, »er war der Ansicht, es sei in Ordnung, mich über einen gewissen Vorfall in Kenntnis zu setzen, der sich kürzlich in deinem Haus ereignet hat.«

Maya sah zu Lily hinüber. »Er hat dir von der Nanny-Cam erzählt?«

»Bingo.«

Shane wartete auf eine Erklärung. Sie sagte nichts. Beide standen nur da und starrten sich gegenseitig zu lange an. Shane brach das Schweigen.

»Aus welchem Grund hättest du mir so etwas verschweigen sollen«, fragte er.

»Ich wollte es erzählen.«

»Aber?«

»Aber du hältst mich auch so schon für psychisch instabil.«

Wieder stieß Shane den nervigen Summton aus. »Falsch. Ich bin vielleicht der Ansicht, dass du Hilfe brauchst ...«

»Genau. Du drängst mich, Wu anzurufen. Und was hättest du gedacht, wenn ich dir erzählt hätte, dass ich meinen ermordeten Ehemann auf einer Nanny-Cam gesehen habe?«

»Ich hätte zugehört«, sagte Shane. »Ich hätte zugehört und versucht, dir dabei zu helfen, der Sache auf den Grund zu gehen.«

Sie wusste, dass er es ehrlich meinte. Shane nahm sich einen Stuhl, stellte ihn neben sie und setzte sich.

»Erzähl mir, was passiert ist. Ganz genau.«

Es hatte keinen Sinn, ihm das noch länger vorzuenthalten. Sie erzählte Shane von der Nanny-Cam, von Isabellas Pfefferspray-Angriff, von Joes fehlender Kleidung und von ihrem Besuch im Bedienstetenkomplex der Burketts, wo sie Isabella gesucht hatte. Als sie fertig war, sagte Shane: »Ich erinnere mich an das Hemd. Wieso sollte es verschwunden sein, wenn du dir das alles nur eingebildet hast?«

»Wer weiß?«

Shane stand auf und ging zur Treppe.

»Wo willst du hin?«

»Ich guck mir seinen Schrank an, prüfe, ob es wirklich nicht da ist.«

Sie wollte protestieren, aber so war Shane. Er musste jeden Schritt durchgehen. Sie wartete. Fünf Minuten später kam er zurück.

»Weg«, sagte er.

»Was nichts zu sagen hat«, warf Maya ein. »Es könnte tausend Gründe geben, warum das Hemd nicht im Schrank hängt.«

Shane setzte sich ihr gegenüber und zupfte an seiner Unterlippe. Fünf Sekunden vergingen. Dann zehn. »Lass uns über die ganze Sache reden.«

Maya wartete.

»Weißt du noch, was General Dempsey bei seinem Besuch im Camp gesagt hat?«, fragte Shane. »Über die Vorhersagbarkeit von Kampfhandlungen?«

Sie nickte. General Martin Dempsey, der Vorsitzende der Joint Chiefs of Staff, hatte gesagt, dass von allen Unterfangen des Menschen der Krieg das am wenigsten vorhersagbare sei. Die einzige Regel im Kampfgeschehen laute, dass man niemals wissen könne, was geschehen wird. Man müsse immer auch auf das scheinbar Unmögliche vorbereitet sein.

»Also gehen wir alles durch«, sagte Shane. »Nehmen wir mal an, dass du auf deiner Nanny-Cam wirklich Joe gesehen hast.«

»Er ist tot, Shane.«

»Das ist mir klar. Trotzdem … lass uns Schritt für Schritt vorgehen. Es ist eine Art Fingerübung.«

Sie verdrehte die Augen, signalisierte ihm aber, dass er fortfahren solle.

»Okay. Du hast dir also das Video von dieser Nanny-Cam angeguckt. Wo? Auf deinem Fernseher?«

»Auf dem Laptop. Ich habe ein Lesegerät für die SD-Karte.«

»Klar, 'tschuldigung. Die SD-Karte. Die, die Isabella mitgenommen hat, nachdem sie dir Pfefferspray ins Gesicht gesprüht hat?«

»Ja.«

»Also, du hast die SD-Karte ins Lesegerät gesteckt. Du hast gesehen, wie Joe mit Lily auf der Couch spielte. Die offensichtlichen Möglichkeiten können wir wohl ausschließen. Das war keine alte Aufnahme oder so etwas, richtig?«

»Richtig.«

»Bist du sicher? Du hast gesagt, Eileen habe dir die Nanny-Cam nach der Beerdigung geschenkt. Hätte vielleicht jemand eine alte Aufnahme reinstecken können oder so etwas? Ein Video von den beiden, das jemand vor Joes Ermordung gemacht hat?«

»Nein. Lily trug genau die Sachen, die sie an dem Tag getragen hat. Es war genau aus dem richtigen Winkel aufgenommen, von dieser Stelle im Regal, mit einer auf die Couch gerichteten Kamera. Irgendwie steckt natürlich ein Trick dahinter. Muss ja. Vielleicht wurde Joe, was weiß ich, irgendwie reinkopiert oder so was. Aber es war jedenfalls kein altes Video.«

»Okay, damit hätten wir diese Möglichkeit ausgeschlossen.«

Langsam fand sie es lächerlich. »Welche Möglichkeit?«

»Dass es ein altes Video war. Also versuchen wir etwas anderes.« Wieder begann Shane, an seiner Unterlippe zu zupfen. »Lass uns einmal annehmen – nur um dieser Theorie nachzugehen –, dass es wirklich Joe war. Dass er noch lebt.«

Shane hob die Hände, obwohl sie nichts gesagt hatte. »Ich weiß, schon gut, aber hab etwas Geduld, ja?«

Maya unterdrückte einen Seufzer und signalisierte mit einem Achselzucken ein »Wie du meinst«.

»Wie würdest du vorgehen?«, fragte er. »Wenn du an Joes Stelle wärst und deinen Tod vortäuschen wolltest?«

»Wenn ich meinen Tod vortäuschen und dann was, hinterher in mein Haus schleichen und mit meiner Tochter spielen würde? Ich weiß nicht, Shane. Sag du's mir? Offenbar hast du eine Theorie.«

»Nicht direkt eine Theorie, aber …«

»Kommen darin auch Zombies vor?«

»Maya?«

»Ja.«

»Du wirst sarkastisch, wenn du das Gefühl hast, dich rechtfertigen zu müssen.«

Sie runzelte die Stirn. »Diese Psychologie-Kurse«, sagte sie, »machen sich jetzt mal so richtig bezahlt, oder?«

»Ich versteh nicht, wovor du solche Angst hast.«

»Ich habe Angst davor, meine Zeit zu verschwenden. Aber gut, Shane. Vergiss die Zombies. Wie lautet deine Theorie? Wie würdest du an Joes Stelle deinen Tod vortäuschen?«

Shane zupfte weiter an seiner Lippe. Maya fürchtete, dass sie gleich bluten würde.

»Ich *könnte* es folgendermaßen machen«, sagte er. »Ich *könnte* zwei Gauner von der Straße anheuern. Ich *könnte* ihnen Waffen mit Platzpatronen geben.«

»Wow«, sagte Maya.

»Lass mich ausreden, ich streich jetzt das ›könnte‹, wenn du nichts dagegen hast. Ich, Joe, würde es so arrangieren. Ich hätte Blutkapseln oder so etwas dabei. Damit es echt aussieht. Joe mochte diese Stelle im Park, richtig? Er kannte die Lichtverhältnisse dort, wusste, wie dunkel es da um die Zeit war und dass du nicht genau sehen konntest, was vorging. Überleg doch mal. Glaubst du wirklich, dass die beiden Gauner rein zufällig da waren? Kam dir das nicht seltsam vor?«

»Moment, ausgerechnet das findest du seltsam?«

»Diese ganze Geschichte mit dem Raubüberfall …« Shane schüttelte den Kopf. »Die war mir von Anfang an ziemlich suspekt.«

Maya saß nur da. Kierce hatte mit dem ballistischen Test bereits bewiesen, dass die Theorie mit dem Raubüberfall Unsinn war, weil Joe und Claire mit derselben Waffe umgebracht worden waren. Offenbar wusste Shane das nicht.

»Nehmen wir an, dass das alles ein abgekartetes Spiel war«, sagte Shane, der sich immer mehr für seine absonderliche Verschwörungstheorie erwärmte. »Nehmen wir an, die beiden Gauner hatten den Auftrag, mit Platzpatronen zu schießen und den Anschein zu erwecken, dass Joe tot war.«

»Shane?«

»Ja.«

»Dir ist schon klar, dass das vollkommen irre klingt, oder?«

Er zupfte weiter an der Unterlippe.

»Vergiss nicht, dass die Polizei auch da war, Shane. Es gibt Leute, die die Leiche gesehen haben.«

»Okay, eins nach dem anderen. Erstens, die Leute, die die Leiche gesehen haben. Natürlich hätte es nicht gereicht, wenn du die einzige Zeugin gewesen wärst. Joe liegt also mit den falschen Blutflecken auf dem Boden oder so. Im Dunkeln. Ein paar Leute sehen ihn. Aber die haben ja nicht seinen Puls gefühlt oder so was.«

Maya schüttelte den Kopf. »Willst du mich auf den Arm nehmen?«

»Siehst du irgendwelche Probleme mit meiner Theorie?«

»Ich weiß gar nicht, wo ich anfangen soll«, erwiderte Maya. »Was ist mit den Cops?«

Er breitete die Hände aus. »Hast du mir nicht selbst erzählt, dass irgendwelche Gelder geflossen sind?«

»An Kierce, meinst du? Deinen neuen Kumpel, den du magst und der sich an die Regeln hält?«

»Ich könnte mich in ihm irren. Wäre nicht das erste Mal. Vielleicht hat Kierce es eingerichtet, dass er im Dienst war, als der Mord geschah. Oder vielleicht, was weiß denn ich, haben die Burketts auch den Polizeichef, den Captain oder wen auch immer dafür bezahlt, dass Kierce ganz oben auf irgendeiner Liste stand und als Erster am Tatort war.«

»Du solltest eins von diesen Verschwörungsvideos bei YouTube einstellen, Shane. Wurde 9/11 auch von irgendwelchen US-Behörden eingefädelt?«

»Ich zeige nur Möglichkeiten auf, Maya.«

»Dann lass mich das auf den Punkt bringen«, sagte sie. »Es waren also alle beteiligt. Die Gauner, die Kierce festgenommen hat. Die Bullen am Tatort. Der Gerichtsmediziner. Schließlich war klar, dass eine Obduktion durchgeführt werden würde, als Joe als Leiche weggekarrt wurde, oder?«

»Stopp«, sagte Shane.

»Was ist?«

»Hast du nicht gesagt, dass es Probleme mit der Sterbeurkunde gab?«

»Bürokratisches Chaos. Und hör bitte auf, an deiner Lippe zu zupfen.«

Shane lächelte fast. »Meine Version ist nicht wasserdicht. Das gebe ich zu. Ich könnte Kierce fragen, ob ich mir die Fotos von der Obduktion ansehen kann …«

»Was er dir nicht gestatten wird.«

»Da würde ich mir schon was einfallen lassen.«

»Lass es. Oh, und wenn die sich schon solche Mühe machen, könnten sie auch ein paar Obduktionsfotos zusammenbasteln.«

»Gutes Argument.«

»Sollte sarkastisch sein.« Maya schüttelte den Kopf. »Er ist tot, Shane. Joe ist tot.«

»Oder er verarscht dich.«

Maya dachte einen Moment darüber nach. »Oder«, sagte sie dann, »jemand anders tut das.«

ACHTZEHN

Der Soccer Day schien einem nostalgischen amerikanischen Spielfilm entsprungen zu sein, der insgesamt etwas zu perfekt geraten war, zu sehr nach einem Norman-Rockwell-Gemälde aussah, um authentisch zu wirken. Es gab Zelte, Stände, Spiele und Karussells. Menschen lachten und johlten, Schiedsrichter pfiffen, und überall lief Musik. Imbisswagen verkauften Burger, Würste, Eis und Tacos. Man konnte praktisch alles in Grün-weiß, den Farben der Stadt, kaufen: T-Shirts, Mützen, Kapuzenpullis, Polohemden, Aufkleber, Wasserflaschen, Kaffeebecher, Schlüsselketten, Faltstühle. Selbst die Hüpfburg und die aufblasbaren Rutschen waren grün-weiß.

Jede Klassenstufe hatte einen eigenen Aktivitäten-Stand aufgebaut. Die Mädchen aus der Siebten dekorierten Arme, Beine und Schultern mit Abzieh-Tattoos. Die Jungs aus der achten Klasse hatten ein Fußballtor aufgebaut und ermittelten die Schussgeschwindigkeit der Besucher mit einer Radar-Pistole. Bei den Mädchen aus der sechsten Klasse konnten sich die Kinder schminken lassen.

Dort fanden Maya und Lily Alexa.

Als Alexa sie sah, ließ sie ihren Pinsel fallen, rannte auf sie zu und rief: »Lily! Hey!«

Lily, die an der Hand ihrer Mutter gegangen war, ließ sie sofort los. Sie kicherte, hielt sich die winzigen Händchen vor den Mund und zitterte vor Begeisterung und Freude, wie es nur kleine Kinder tun. Das Zittern und Kichern nahmen noch zu, als ihre Cousine auf sie zustürmte, und als Alexa Lily auf den Arm nahm, verwandelte sich das Kichern in gellendes Gelächter.

Maya blieb die Zuschauerrolle – sie stand daneben und lächelte.

»Lily! Tante Maya!«

Jetzt eilte auch Daniel auf sie zu. Eddie folgte seinem Sohn, auch er hatte ein Lächeln im Gesicht. Die Szene kam Maya vollkommen unwirklich vor, fast schon obszön inmitten ihres privaten Durcheinanders, aber das war okay so. Auf der Welt gab es Zäune und Grenzen. Mehr als alles andere wünschte Maya sich, dass diese drei Kinder auf der richtigen Seite dieser Grenzen blieben.

Daniel gab seiner Tante einen kurzen Kuss auf die Wange, bevor er zu Lily ging. Er nahm sie seiner Schwester vom Arm und hob sie hoch in die Luft. Beim Klang von Lilys Lachen, einem Laut voller reiner, ungetrübter Unschuld, zuckte Maya zusammen. Wann, fragte sie sich, hatte sie zum letzten Mal mitbekommen, dass ihre Tochter einen solchen Laut von sich gegeben hatte?

»Dürfen wir mit ihr Karussell fahren, Tante Maya?«, fragte Alexa.

»Wir sind auch vorsichtig«, ergänzte Daniel.

Eddie stellte sich neben Maya.

»Klar«, sagte Maya. »Braucht ihr Geld?«

»Wir haben schon was«, sagte Daniel, und weg waren sie.

Maya lächelte Eddie kurz zu. Ihr früherer Schwager sah heute besser aus, glattrasiert und mit klarem Blick. Er gab ihr einen Kuss auf die Wange. Kein Alkoholgeruch. Maya sah den drei Kindern hinterher. Daniel hatte Lily wieder abgesetzt. Lily ging zwischen ihrem Cousin und ihrer Cousine, hielt sich mit der rechten Hand an Daniel, mit der linken an Alexa fest.

»Schöner Tag«, sagte Eddie.

Maya nickte. Das war es wirklich. Die Sonne schien wie im Film. Der amerikanische Traum lag direkt vor ihren Augen, hüllte alles ein wie eine warme Decke, sie hatte jedoch das überwältigende Gefühl, dass sie nicht hierhergehörte, dass ihre Anwesenheit wie eine dunkle Wolke über allem schwebte und das strahlende Licht absorbierte.

»Eddie?«

Er hielt sich die Hand über die Augen, um die Sonne abzuschirmen. Dann sah er sie an.

»Claire hat dich nicht betrogen.«

Ihm schossen so schnell Tränen in die Augen, dass er den Blick abwenden musste. Er beugte sich leicht vor. Maya fürchtete, dass er weinen könnte. Sie streckte die Hand aus, wollte sie ihm auf die Schulter legen, hielt aber inne und ließ die Hand wieder sinken.

»Bist du sicher?«, fragte er.

»Ja.«

»Und das Handy?«

»Du erinnerst dich doch an … äh … die Probleme, die ich mit dem Einsatzvideo hatte, das veröffentlicht worden ist?«

»Ja, natürlich.«

»Es gab noch mehr Material.«

»Wie meinst du das?«

»Der Kerl, der es publiziert hat …«

»Corey the Whistle«, sagte Eddie.

»Genau. Er hat die Tonspur nicht veröffentlicht.«

Eddie sah sie verwirrt an.

»Ich glaube, Claire hat es ihm ausgeredet.«

»Die Tonspur?«, sagte Eddie. »Die hätte dir noch mehr geschadet?«

»Ja.«

Eddie nickte, fragte aber nicht, was drauf war. »Claire hat sich wahnsinnig aufgeregt, als das Ganze aufflog. Haben wir alle. Wir haben uns Sorgen um dich gemacht.«

»Claire ist noch einen Schritt weitergegangen.«

»Wie?«

»Sie ist mit Corey in Kontakt getreten. Sie hat sich bei seiner Organisation eingeklinkt.«

Es gab keinen Grund, mit Eddie über Claires mögliche Motive zu reden. Vielleicht hatte Claire nur für Corey gearbeitet, weil er eine Gegenleistung dafür verlangt hatte, dass er Maya zufriedenließ. Vielleicht hatte Corey, der sehr charmant und gewinnend sein konnte, sie überzeugt, dass es sowohl juristisch als auch moralisch recht und billig wäre, die Burkett-Familie fertigzumachen. Im Endeffekt spielte es keine Rolle.

»Claire hat angefangen, Dreck über die Burketts zu sammeln«, sagte sie. »Um Coreys Organisation zu helfen, den Burketts in die Parade zu fahren.«

»Glaubst du, dass sie deshalb umgebracht wurde?«

Maya sah zu ihrer Tochter hinüber. Alexas komplettes Fußballteam hatte sich um Lily versammelt und stieß Oohs und Aahs aus. Sie schminkten ihr Gesicht mit grüner und weißer Farbe, und selbst auf diese Entfernung spürte Maya, wie viel Spaß ihre Tochter hatte.

»Ja.«

»Das versteh ich nicht«, sagte Eddie. »Warum hat Claire mir nichts davon erzählt?«

Maya beobachtete weiterhin die Kinder und hielt sich an ihre Rolle als stumme Wächterin. Sie spürte, dass Eddie sie ansah, sagte aber nichts. Claire hatte ihm nichts erzählt, um ihn nicht in Gefahr zu bringen. Und weil sie Eddie kein Wort gesagt hatte, hatte sie ihm höchstwahrscheinlich das Leben gerettet. Sie hatte ihren Mann geliebt. Sie hatte ihn sehr geliebt. Jean-Pierre war nur eine naive Fantasie, die im Licht der Wirklichkeit schnell verblasst wäre. Claire, die verliebte Pragmatikerin, hatte das erkannt, selbst als Maya, deren Liebesleben impulsiver verlief, dazu nicht in der Lage gewesen war. Claire hatte Eddie geliebt. Sie hatte Daniel und Alexa geliebt. Sie hatte dieses Leben mit Soccer Days und Kinderschminken im grellen Sonnenschein geliebt.

»Erinnerst du dich an irgendetwas Ungewöhnliches, Eddie? Irgendwas, das zu diesen Informationen passen könnte?«

»Ich hab ja schon gesagt, dass sie angefangen hatte, länger zu arbeiten. Sie war etwas abwesend. Ich hab sie gefragt, was los ist, sie wollte es mir aber nicht sagen.« Er sprach ganz leise. »Sie hat nur gesagt, ich soll mir keine Sorgen machen.«

Die Kinder hatten Lily fertig geschminkt und machten sich auf den Weg zum Karussell.

»Hat sie jemals einen Mann namens Tom Douglass erwähnt?«

Eddie überlegte. »Nein. Wer ist das?«

»Ein Privatdetektiv.«

»Warum hätte sie zu ihm gehen sollen?«

»Die Burketts haben ihn bezahlt. Hat sie je über Andrew Burkett gesprochen?«

Er runzelte die Stirn. »Joes Bruder, der ertrunken ist?«

»Ja.«

»Nein. Was hat der damit zu tun?«

»Das weiß ich noch nicht. Aber du musst etwas für mich tun.«

»Erzähl.«

»Sieh dir alles noch einmal mit anderen Augen an. Ihre Reiseaufzeichnungen, ihre Unterlagen, all ihre Notizen. Ganz egal was. Sie hat versucht, den Burketts eins auszuwischen. Dabei muss sie darauf gestoßen sein, dass sie diesen Tom Douglass bezahlt haben, was dann vermutlich der Auslöser für alles Weitere war.«

Eddie nickte. »Ich halt die Augen offen.«

Beide sahen zu, wie Daniel Lily auf ein Karussellpferd hob. Daniel blieb auf einer Seite neben ihr stehen, Alexa auf der anderen. Lily strahlte.

»Guck sie dir an«, lachte Eddie. »Einfach …«

Maya nickte, hatte Angst zu sprechen. Eddie hatte gesagt, dass der Tod sie verfolgte, aber so einfach war das wohl nicht. Um sie herum spielten Kinder und Familien, lachten und genossen den Glanz dieses scheinbar ganz normalen Tages. Sie hatten keine Angst oder Sorgen, weil sie es nicht begriffen. Alle spielten, alle lachten, und sie fühlten sich so verteufelt sicher. Sie sahen nicht, wie zerbrechlich das Ganze war. Der Krieg war weit weg, dachten sie. Nicht nur auf einem anderen Kontinent, sondern in einer anderen Welt. Er konnte ihnen nichts antun.

Doch da täuschten sie sich.

Einer von ihnen hatte er schon etwas angetan – Claire, um genauer zu sein, und das war Mayas Schuld. Was sie in einem Kampfhubschrauber über al-Qa'im getan hatte, hatte ein Echo erzeugt, einen Nachhall, genau wie die Geräusche, die sie nicht loswurde, und dieses Echo war bis zu ihrer Schwester vorgedrungen.

Die Wahrheit war unübersehbar und extrem schmerzlich. Wenn Maya diese Fehler im Hubschrauber nicht gemacht hätte, wäre Claire noch am Leben. Sie würde hier stehen, überwältigt von der Schönheit und dem fröhlichen Lachen ihrer Kinder. Es war Mayas Schuld, dass sie das nicht mehr konnte. Claire war nicht hier, und Daniels und Alexas glückliches Lächeln verdeckte einen Anflug von Traurigkeit, den sie immer in sich tragen würden.

Lily fing an, sich umzugucken. Sie fand ihre Mutter und winkte. Maya schluckte und winkte zurück. Auch Daniel und Alexa winkten und bedeuteten Maya, dass sie zu ihnen kommen sollte.

»Maya?«, sagte Eddie.

Sie antwortete nicht.

»Geh zu ihnen.«

Maya schüttelte den Kopf.

»Du hast jetzt keinen Wachdienst«, sagte er und hatte also Mayas Gedanken für ihren Geschmack etwas zu genau gelesen. »Geh zu ihnen rüber und freu dich mit deiner Tochter.« Er verstand es nicht. Sie gehörte nicht hierher. Sie war eine Außenseiterin, nicht in ihrem Element – obwohl dies ironischerweise genau das Leben war, für das sie gekämpft, für dessen Schutz sie alles riskiert hatte. Ja, für dieses Leben. Für solche Momente. Trotzdem konnte sie die Grenze nicht überschreiten und daran teilhaben. Vielleicht war das der Deal, auf den man sich einließ. Man konnte teilhaben oder es beschützen, beides ging eigentlich nicht. Ihre Kameraden vom Militär würden das verstehen. Manche hätten sich gezwungen, die Grenze zu überschreiten. Sie hätten gelächelt, wären zum Karussell gegangen, hätten die passenden T-Shirts gekauft, aber irgendwo tief unten im Gehirn hatte sich ein Zweifel eingenistet, den sie nie wieder ganz loswerden würden und der sie zwang, in ihrer Umgebung jederzeit nach einer herannahenden Gefahr Ausschau zu halten.

Würde das je verschwinden?

Möglich. Aber noch war es nicht so weit. Also stand Maya als stumme Wächterin da und sah zu.

»Geh du hin«, sagte Maya.

Eddie überlegte kurz. »Nein, ich bleib bei dir.«

Sie blieben stehen und beobachteten sie.

»Maya?«

Sie antwortete nicht.

»Wenn du herausbekommst, wer Claire umgebracht hat, musst du es mir sagen.«

Eddie wollte derjenige sein, der seine Frau rächte. Doch das würde nicht geschehen. »Okay«, sagte sie.

»Versprochen?«

Wen interessierte schon eine Lüge mehr oder weniger? »Versprochen.«

Ihr Handy summte. Sie sah aufs Display. Tom Douglass' Festnetzanschluss. Sie trat etwas zur Seite und meldete sich: »Hallo?«

»Ich habe Ihre Nachricht bekommen«, sagte Mrs Douglass. »Kommen Sie so schnell wie möglich vorbei.«

»Ich kann Lily mit zu uns nehmen«, sagte Eddie. »Die Kids werden begeistert sein.«

Das würde wirklich vieles erleichtern. Wenn Lily jetzt gehen müsste, würde sie verständlicherweise einen Wutanfall bekommen, wie ihn … tja … nur eine Zweijährige hinlegen konnte.

»Es geht um diesen Tom Douglass«, sagte sie, obwohl er nicht gefragt hatte. »Er wohnt in Livingston. Sollte höchstens zwei, drei Stunden dauern.«

Eddie verzog das Gesicht.

»Livingston. Das ist Ausfahrt 15W an der New Jersey Turnpike, oder?«

»Stimmt, wieso?«

»In der Woche vor Claires Ermordung«, sagte er, »war sie

mehrmals an dieser Mautstelle, das habe ich an der Abrechnung von ihrem *E-Z-Pass* gesehen.«

»War das ungewöhnlich?«

»Ich hab mir die Abrechnungen vorher nie genauer angeguckt, aber eigentlich schon. So weit fahren wir normalerweise nicht.«

»Was hältst du davon?«

»Da unten ist ein schickes Einkaufszentrum. Ich hab gedacht, sie ist da hingefahren.«

Oder er hatte nicht zu genau hingucken wollen, was verständlich wäre. Wie auch immer. Maya machte sich auf zu ihrem Wagen. Claire war ermordet worden, weil sie einem Geheimnis auf der Spur gewesen war. In dem Punkt war Maya sich sicher. Das Geheimnis hatte etwas mit Tom Douglass und im weitesten Sinne auch mit Joes Bruder Andrew zu tun. Was Andrew Burkett, der schon fast fünfzehn Jahre tot war, als Maya und Joe sich kennenlernten, mit Claires Ermordung zu tun haben könnte, lag für sie immer noch im Dunkeln.

Auf dem Weg zum Highway schaltete sie sich durch ein paar Radiosender, fand aber keinen, der ihr zusagte. Es brachte auch nichts, die Situation bis ins Kleinste zu analysieren. Ihre Tochter war bei Claires Familie in sicheren Händen.

Sie verband die Playlist ihres Handys über Bluetooth mit dem Radio und versuchte, den Kopf freizubekommen. Lykke Li sang ihren Song *No Rest for the Wicked.* Lykke sang, dass sie ihren »Guten« im Stich gelassen habe und dann die Hammer-Zeile: »I let my true love die.« Maya sang mit, verlor sich kurz in Glückseligkeit, und als der Song zu Ende war, hörte sie ihn noch einmal, sang dabei mit bis zur letzten Zeile, die auch ein Hammer war: »I had his heart, but I broke it every time.«

Joe hatte ihr den Song geschenkt. Ihre Beziehung war ein verrückter Wirbelsturm gewesen, das galt allerdings für Mayas gesamte katastrophale Beziehungsgeschichte. Zwei Tage nachdem sie sich bei der Wohltätigkeitsveranstaltung kennengelernt hatten, hatte Joe die Idee gehabt, gemeinsam im Privatflugzeug der Burketts auf die Turks- und Caicosinseln zu fliegen. Maya waren die Sinne geschwunden, dann hatte sie zugesagt. Sie hatten das Wochenende in einer Villa im Amanyara Resort verbracht.

Sie hatte erwartet, dass diese Beziehung ihrem üblichen impulsiven Muster folgen würde: intensiv, prickelnd, überzogen und wahnsinnig romantisch – gefolgt von einer schnellen Schwarzblende. In kürzester Zeit vom Prickeln zum Zischen, weil die Luft raus war. Von der Liebe zum Lebewohl. Für Maya wurde jeder, in den sie sich verliebte, zum Jean-Pierre. Für etwa drei Wochen.

Also hatte sie sich nach der ersten Woche, als Joe ihr eines Morgens eine von ihm zusammengestellte Playlist präsentierte, jeden Song ganz genau angehört und nach versteckten Bedeutungen in den Texten gesucht. Dabei hatte sie wie ein Teenager im Bett gelegen und die Decke angestarrt. Sein Musikgeschmack gefiel ihr. Die Songs hatten sie mehr als nur angesprochen. Sie hatten ihre Verteidigungslinien perforiert, sie geschwächt und so die Möglichkeit geschaffen, sie – auch wenn das sexistisch klang – zu erziehen.

Aber Maya wusste, dass immer zwei dazugehörten. Es hatte ihr gefallen, sich hilflos mitreißen zu lassen in den Strudel, der Joe für sie darstellte – Alkohol, Musik, Reisen, Sex –, aber wie bei all ihren Beziehungen hatte sie von Anfang an das Ende vor Augen gehabt. Sie kam damit klar. Das Militär war ihr Leben. Ehe, Kinder, Soccer Days – solche Dinge hatte sie nicht auf dem Plan. Eigentlich hätte von Joe am Ende nur eine schöne Erinnerung bleiben sollen.

Denn ihre Beziehungen kippten ins Negative. Ihre Erinnerungen nicht. Aber dann war Maya schwanger geworden, und Joe hatte, als sich ihre Gedanken über ihre Zukunft überschlugen, noch einmal richtig nachgelegt. Er war vor ihr auf die Knie gesunken und hatte ihr einen Heiratsantrag gemacht, während Geigen spielten. Er hatte versprochen, sie glücklich zu machen. Er hatte versprochen, sie zu lieben. Er hatte gesagt, er sei stolz, dass sie beim Militär sei, und geschworen, alles dafür zu tun, dass sie ihre Karriereziele erreichte. Sie würden verschieden sein, hatte er gesagt, jeder würde nach seinen eigenen Regeln leben. Joes Leidenschaft hatte eine ungeheure Wucht. Sie riss sie mit sich, und bevor sie richtig wusste, wie ihr geschah, war Captain Maya Stern eine Burkett.

Lykke Li verklang, und *White Blood* von Oh Wonder begann. Warum um alles in der Welt, dachte sie, hörte sie sich jetzt Joes Schmachtfetzen an? Ganz einfach: Sie mochte die Songs. In einem Vakuum – wenn sie vergaß, wohin das alles geführt hatte – berührten sie diese Songs noch immer, selbst dieser, trotz der herzzerreißenden Anfangszeilen:

I'm ready to go, I'm ready to go,
Can't do it alone …

Schön, aber Blödsinn, dachte Maya, als sie Tom Douglass' Boot neben der Garage erblickte. Sie war bereit, es allein zu machen.

Die Haustür wurde geöffnet, bevor Maya die Klingel erreicht hatte. Mrs Douglass erschien. Sie wirkte erschöpft, die Haut spannte sich auf ihrem Gesicht. Sie sah nach links und rechts, öffnete die Fliegengittertür und sagte: »Kommen Sie rein.«

Maya trat ein. Mrs Douglass schloss die Tür hinter ihnen.

»Werden wir beobachtet?«, fragte Maya.

»Ich weiß es nicht.«

»Ist Ihr Mann zu Hause?«

»Nein.«

Maya sagte nichts. Die Frau hatte sie wieder herbestellt, weil sie etwas von ihr wollte. Dann sollte sie auch den Anfang machen.

»Ich habe Ihre telefonische Nachricht bekommen«, sagte Mrs Douglass.

Maya nickte fast unmerklich.

»Sie sagten, Sie wüssten, was mein Mann für die Burketts gemacht hat.«

Dieses Mal wartete Mrs Douglass auf eine Antwort. Maya hielt sie kurz.

»Das habe ich nicht gesagt.«

»Aha?«

»Ich habe gesagt, ich weiß, warum die Burketts ihn bezahlen.«

»Ich sehe da keinen Unterschied.«

»Ich glaube nicht, dass er für sie gearbeitet hat«, sagte Maya. »Es sei denn, Sie betrachten die Annahme von Bestechungsgeld als Arbeit.«

»Wovon reden Sie?«

»Mrs Douglass, hören Sie bitte auf, mich zu verarschen.«

Ihre Augen weiteten sich. »Das tu ich nicht. Bitte sagen Sie mir, was Sie herausbekommen haben.«

Maya hörte Verzweiflung in der Stimme der Frau. Falls sie log, beherrschte sie das ziemlich gut.

»Sie müssen doch irgendeine Vorstellung davon gehabt haben, was Ihr Mann für die Burketts gemacht hat«, sagte Maya.

»Tom ist Privatdetektiv«, sagte sie. »Ich habe angenommen, dass er für eine einflussreiche Familie in vertraulichen Angelegenheiten ermittelt.«

»Aber er hat Ihnen nie erzählt, was genau das war?«

»Das habe ich doch schon gesagt. Seine Arbeit war vertraulich.«

»Ach kommen Sie, Mrs Douglass. Wollen Sie mir erzählen, dass Ihr Mann jeden Tag von der Arbeit nach Hause gekommen ist und nie mit Ihnen darüber gesprochen hat, was im Büro los war?«

Eine Träne löste sich aus ihrem Auge und lief die Wange hinab. »Was hat Tom getan?«, fragte sie kaum hörbar. »Bitte sagen Sie es mir.«

Wieder überlegte Maya, wie sie weiter vorgehen sollte, und entschied sich für den direkten Weg. »Ihr Mann war bei der Küstenwache. In dieser Zeit hat er den Tod eines jungen Mannes namens Andrew Burkett untersucht.«

»Ja, das weiß ich. Damals hat Tom die Familie kennengelernt. Den Burketts gefiel die Arbeit, die er damals gemacht hat. Daher haben sie ihm Aufträge gegeben, als er seine eigene Detektei eröffnet hat.«

»Das glaube ich nicht«, sagte Maya. »Ich glaube, die Burketts wollten, dass er Andrews Tod in seinem Bericht als Unfall darstellt.«

»Warum?«

»Genau diese Frage würde ich Ihrem Mann gern stellen.«

Mrs Douglass plumpste auf die Couch, als hätten ihre Knie einfach nachgegeben. »Sie haben ihm all die Jahre so viel Geld bezahlt ...«

»Für die Burketts ist Geld kein Thema.«

»Aber so viel? All die Jahre?« Sie legte eine zitternde Hand auf ihren Mund. »Wenn das stimmt, was Sie sagen – und ich sage nicht, dass es stimmt –, dann muss es sich um eine große Sache gehandelt haben.«

Maya kniete sich hin. »Wo ist Ihr Mann, Mrs Douglass?«

»Ich weiß es nicht.«

Maya wartete.

»Deshalb habe ich Sie zurückgerufen. Tom wird seit drei Wochen vermisst.«

NEUNZEHN

Mrs Douglass hatte ihren Mann bei der Polizei als vermisst gemeldet, aber im Prinzip konnte die Polizei nicht viel machen, wenn ein 57-jähriger Mann verschwand und kein Verdacht auf ein Verbrechen vorlag.

»Tom angelt für sein Leben gern«, sagte sie. »Manchmal bleibt er wochenlang weg. Die Polizei hat das mitgekriegt. Ich habe ihnen gesagt, dass er das nicht tun würde, ohne mir Bescheid zu sagen, aber …« Sie zuckte hilflos die Achseln. »Sie haben seinen Namen ins System aufgenommen, was immer das genau heißen mag. Einer der Detectives sagte, sie könnten eine Ermittlung einleiten, aber um die Dateien auf seinem Rechner einzusehen, bräuchten sie eine gerichtliche Verfügung.«

Ein paar Minuten später ging Maya. Lange genug gewartet. Sie rief ihre frühere Schwiegermutter an. Nach dem dritten Klingeln sagte Judith mit leiser Stimme: »Ich habe gerade einen Patienten. Ist alles okay?«

»Wir müssen reden.«

Es entstand eine seltsame Pause, und Maya fragte sich, ob Judith sich entschuldigte und den Raum verließ. »Komm zu mir in die Praxis. Um fünf, in Ordnung?«

»Alles klar.«

Maya legte auf und rief Eddie an, um Lily abzuholen.

»Lass sie hier«, sagte er. »Sie und Alexa haben einen Riesenspaß.«

»Bist du sicher?«

»Entweder bringst du Lily öfter vorbei, oder ich muss eine hinreißende Zweijährige einstellen, die uns regelmäßig besucht.«

Maya lächelte. »Danke.«

»Alles okay bei dir?«

»Mir geht's gut, danke.«

»Tu nicht das, was Claire getan hat, Maya.«

»Was meinst du?«

»Lüg nicht, um mich zu schützen.«

Er hatte nicht unrecht, doch andererseits, wo stünden sie heute, wenn Claire sich ihm anvertraut hätte?

Als sie ihr Haus erreichte, stand ein Wagen in der Zufahrt. Auf der Bank vor ihrer Hintertür saß eine ihr wohlbekannte Person und notierte etwas auf einem gelben Notizblock. Maya fragte sich, wie lange er schon dort saß. Vor allem aber fragte sie sich, warum er gerade jetzt dort saß.

Hatte Shane das veranlasst – oder war es ein weiterer Zufall?

Sie fuhr vor und machte den Motor aus. Ricky Wu hob erst den Blick, als Maya ausgestiegen war. Er klickte den Kugelschreiber ein und lächelte ihr zu. Maya erwiderte das Lächeln nicht.

»Hallo, Maya.«

»Hallo, Dr. Wu.«

Er mochte es nicht, wenn man ihn Doktor nannte. Er gehörte zu den Psychiatern, die unbedingt mit dem Vornamen angesprochen werden wollten. Mayas Vater hatte früher oft einen alten Steely-Dan-Song mit dem Titel *Doctor Wu* gehört. Sie hatte schon überlegt, ob er deshalb das Gesicht verzog, wenn sie ihn so ansprach.

»Ich habe angerufen und Nachrichten hinterlassen«, sagte Wu.

»Ja, ich weiß.«

»Dann habe ich mir gedacht, es ist wohl besser, wenn ich mal vorbeischaue.«

»Haben Sie das?« Maya schloss die Tür auf. Sie trat ein. Wu folgte ihr ins Haus.

»Ich dachte, ich könnte Ihnen mein Beileid aussprechen«, sagte er.

Sie schnalzte missbilligend. »Das überrascht mich jetzt.«

»Wie bitte?«

»Ich hätte nicht gedacht, dass Sie die Wiederaufnahme unserer Patientin-Psychiater-Beziehung mit einer Lüge beginnen würden.«

Falls Wu verletzt war, zeigte es sich in seinem Lächeln nicht. »Können wir uns einen Moment setzen?«

»Ich würde lieber stehen bleiben.«

»Wie fühlen Sie sich, Maya?«

»Mir geht's gut.«

Er nickte: »Keine Episoden in letzter Zeit?«

Shane, dachte sie.

Er würde es ihr nie abnehmen, dass sie vollständig verschwunden waren. »Ein paar«, sagte Maya.

»Möchten Sie mit mir darüber reden?«

»Ich habe sie im Griff.«

»Das überrascht mich.«

»Was?«

Wu zog eine Augenbraue hoch. »Ich hätte nicht gedacht, dass Sie die Wiederaufnahme unserer Patientin-Psychiater-Beziehung mit einer Lüge beginnen würden.«

Gut gekontert, dachte Maya.

Wu probierte es mit seinem sanften Lächeln. Maya wollte ihn auf später vertrösten, als sie plötzlich, ohne Vorwarnung, Lilys ängstliches Gesicht an diesem Morgen vor Augen hatte.

Unvermittelt schossen ihr Tränen in die Augen. Sie drehte ihm den Rücken zu und kämpfte dagegen an.

»Maya?«

Sie schluckte. »Das muss aufhören.«

Wu trat einen Schritt näher. »Was ist passiert?«

»Ich habe meinem Kind Angst gemacht.«

Sie erzählte von letzter Nacht. Wu hörte zu, ohne sie zu unterbrechen. Als sie fertig war, sagte er: »Ich könnte eventuell Ihre Medikation umstellen. Bei Patienten mit ähnlichen Symptomen habe ich in letzter Zeit mit Nefazodon gute Erfolge erzielt.«

Maya hatte Angst, dass ihre Stimme versagte. Sie nickte.

»Ich habe welche im Auto, wenn Sie wollen.«

»Danke.«

»Kein Problem.« Er trat noch einen Schritt näher. »Mir ist da allerdings noch etwas aufgefallen.«

Sie runzelte die Stirn. »Warum geben Sie mir nicht einfach die Medikamente und lassen mich zufrieden?«

»Tut mir leid, Maya, irgendeinen Haken gibt's immer.«

»Das hab ich mir schon gedacht. Okay, was ist Ihnen aufgefallen?«

»Sie haben vorher nie zugegeben, dass Sie Hilfe brauchen.«

»Okay, gut beobachtet.«

»Das meinte ich nicht.«

»Oh.«

»Sie haben es zugegeben«, sagte er, »weil Sie Ihr Kind schützen wollen. Ginge es um Sie selbst, hätten Sie das nicht getan. Es musste für Lily sein.«

»Ja, auch das ist gut beobachtet.«

»Sie wollen nicht geheilt werden. Sie wollen Ihr Kind beschützen.« Er legte den Kopf auf seine Psychiater-Art auf die Seite. »Wann werden Sie aufhören, so zu denken?«

»Wann ich aufhören werde, daran zu denken, mein Kind zu beschützen?« Maya zuckte die Achseln. »Wann machen Eltern das denn so?«

»Punkt für Sie«, sagte Wu und legte die Handflächen auf den Küchentresen. »Die Antwort ist etwas oberschlau, aber der Punkt geht trotzdem an Sie. Ändert aber nichts daran, dass Sie auf mich hören müssen. Das *S* in PTBS steht für ›Störung‹. Sie können das nicht einfach mit Willenskraft durchstehen. Sie wollen, dass Ihr Kind sicher ist? Dann arbeiten Sie an Ihrer Posttraumatischen Belastungsstörung.«

»Das sehe ich auch so«, sagte sie.

Wu lächelte. »Das war jetzt einfach.«

»Ich mache einen Termin bei Ihnen.«

»Warum fangen wir nicht gleich an?«

»Ich hab nicht viel Zeit.«

»Ach, diese erste Sitzung wird nicht lange dauern.«

Sie überlegte kurz und dachte dann, wieso nicht? »Es ist so ähnlich wie das, was ich früher schon durchgemacht habe.«

»Intensiver?«

»Ja.«

»Wie oft treten diese Episoden auf?«

»Wollen Sie sie weiter so bezeichnen? ›Episoden?‹ Das ist doch nur ein nettes Wort für das, worum es sich tatsächlich handelt, oder? Es sind Halluzinationen.«

»Diesen Begriff mag ich nicht. Es schwingen zu viele negative Konnotationen mit, die …«

Sie unterbrach ihn. »Darf ich Sie etwas fragen?«

»Selbstverständlich, Maya.«

Es war eine sehr spontane Entscheidung, aber sie beschloss, es zu versuchen. Er konnte sich ruhig nützlich machen. »Mir ist noch etwas passiert. Etwas, das mit diesem ganzen Kram in Verbindung steht.«

Wu sah sie an und nickte. »Erzählen Sie.«

»Eine Freundin hat eine Nanny-Cam für mich gekauft«, fing sie an.

Wieder hörte Wu zu, ohne sie zu unterbrechen. Sie erzählte ihm, dass sie Joe auf dem Laptop gesehen hatte. Wu hatte sich gut unter Kontrolle, seine Miene verriet nicht viel.

»Interessant«, sagte er, als sie fertig war. »Wenn ich es richtig verstanden habe, ist das am Tag passiert?«

»Ja.«

»Also nicht nachts«, sagte er mehr zu sich selbst als zu ihr. Dann noch einmal: »Interessant.«

Sie hatte genug von »interessant«. »Meine Frage ist«, sagte Maya, »ob es eine Halluzination war oder eine Fälschung oder was sonst?«

»Gute Frage.« Ricky Wu setzte sich wieder, schlug die Beine übereinander, rieb sich sogar das Kinn. »Das ist natürlich eine knifflige Sache mit dem Gehirn im Allgemeinen, dazu noch Ihre Situation – die PTBS, die Schwester ermordet, der Ehemann vor Ihren Augen ermordet, die Belastung als alleinerziehende Mutter, die die meisten Therapien ignoriert –, die naheliegendste Erklärung ist … Tja, auch hier mag ich die mitschwingenden Konnotationen nicht, aber ich glaube, die meisten Fachleute würden zu dem Schluss kommen, dass Sie sich eingebildet – oder halluziniert – haben, dass Sie Joe auf dem Computermonitor gesehen hätten. Die einfache Diagnose, die oft die beste ist, würde lauten, dass Sie ihn so dringend sehen wollten, dass Sie es schließlich getan haben.«

»Die meisten Fachleute?«, sagte Maya.

»Wie bitte?«

»Sie sagten ›die meisten Fachleute würden zu dem Schluss kommen‹. Die meisten interessieren mich eigentlich nicht. Mich interessiert, was Sie darüber denken.«

Wu lächelte. »Ich fühle mich geradezu geschmeichelt.«

Sie sagte nichts.

»Man sollte meinen, dass ich auch dieser Ansicht sein müsste. Sie haben mich gemieden. Es geschähe Ihnen recht. Sie haben die Behandlung gegen meinen Rat vorzeitig abgebrochen. Dann sind weitere Probleme dazugekommen. Sie vermissen Ihren Mann. Sie haben nicht nur einen Beruf verloren, den Sie als Berufung angesehen haben, jetzt werden Sie auch noch in die Rolle einer alleinerziehenden Mutter gedrängt.«

»Ricky?«

»Ja.«

»Kommen Sie jetzt bitte zum ›aber‹.«

»Aber Sie leiden nicht an Halluzinationen. Sie haben plastische Flashbacks. Das ist ein bekanntes Symptom bei einer PTBS. Manche glauben, dass solche plastischen Flashbacks ähnlich oder sogar dasselbe wie Halluzinationen sein können. Es besteht die Gefahr, dass solche Flashbacks eine Psychose nach sich ziehen können. Aber was Sie haben, ob es nun plastische Flashbacks oder Halluzinationen sind, war immer akustisch. Wenn Sie nachts eine dieser Episoden haben, sehen Sie die Toten doch gar nicht, oder?«

»Nein.«

»Sie werden nicht von ihren Gesichtern heimgesucht. Von den drei Männern. Von der Mutter.« Er schluckte. »Von dem Kind.«

Sie sagte nichts.

»Sie hören ihre Schreie. Aber Sie sehen die Gesichter nicht.«

»Und?«

»Das ist keineswegs ungewöhnlich. Dreißig bis vierzig Prozent der Kriegsveteranen mit einer PTBS berichten von akustischen Halluzinationen. In Ihrem Fall waren sie ausschließlich akustisch. Ich will damit nicht sagen, dass Sie Joe nicht…«, er malte mit den Fingern Anführungszeichen in die Luft, »…›gesehen‹ haben. Vielleicht haben Sie das. Ich sage nur, dass es nicht im Einklang mit Ihrer Diagnose oder Ihrer bisherigen Erkrankung steht. Der Annahme, dass Sie sich aufgrund Ihrer PTBS eingebildet haben, Ihren Ehemann auf einem Video ohne Ton gesehen zu haben, könnte ich nicht beipflichten.«

»Kurz zusammengefasst«, sagte sie, »Sie glauben nicht, dass ich es mir eingebildet habe.«

»Was Sie Halluzinationen nennen, Maya, sind Flashbacks, Erinnerungen an Ereignisse, die wirklich geschehen sind. Sie sehen oder hören nichts, was nicht passiert ist.«

Sie lehnte sich zurück.

»Was empfinden Sie jetzt?«, fragte er.

»Erleichterung, denke ich.«

»Hundertprozentig sicher bin ich mir natürlich nicht. Sind Sie nachts immer noch in diesem Hubschrauber?«

»Ja.«

»Erzählen Sie mir, woran Sie sich erinnern.«

»Es ist immer noch das Gleiche, Ricky.«

»Sie bekommen den Notruf. Die Soldaten sind umstellt.«

»Ich fliege hin. Ich feuere.« Sie wollte zum Ende kommen. »Das haben wir doch schon besprochen.«

»Haben wir. Was passiert dann?«

»Was wollen Sie hören?«

»An dieser Stelle sprechen Sie nie weiter. Fünf Menschen wurden getötet. Zivilisten. Darunter eine Mutter von zwei…«

»Ich hasse das.«

»Was?«

»Das sagen Sie immer. ›Darunter eine Frau. Eine Mutter.‹

Das ist doch total sexistischer Scheißdreck. Zivilist ist Zivilist. Die Männer waren Väter. Das sagt aber nie jemand. ›Frau und Mutter von was weiß ich wie vielen Kindern.‹ Als wäre das schlimmer als ein Mann, der Vater ist.«

»Wortklauberei«, sagte er.

»Was?«

»Sie regen sich über die Wortwahl auf, weil Sie der Wahrheit nicht ins Gesicht sehen wollen.«

»Herrje, ich hasse es, wenn Sie so etwas sagen. Welcher Wahrheit will ich nicht ins Gesicht sehen?«

Er sah sie mit seinem mitleidsvollen Blick an. Sie konnte diesen Blick nicht ausstehen. »Es war ein Fehler, Maya. Mehr nicht. Sie müssen sich selbst verzeihen. Die Schuld lässt Sie nicht los, und gelegentlich manifestiert sie sich dann in akustischen Flashbacks.«

Sie verschränkte die Arme. »Sie enttäuschen mich, Dr. Wu.«

»Wieso?«

»Weil es banal ist, weiter nichts. Ich habe Schuldgefühle wegen der getöteten Zivilisten. Also wird es mir natürlich besser gehen, sobald ich aufhöre, mir die Schuld zu geben.«

»Nein«, sagte er. »Es geht nicht um Heilung. Aber womöglich würde es Ihnen die Nächte ein bisschen erleichtern.«

Er verstand es nicht, andererseits kannte er die Tonspur des Videos natürlich nicht. Würde das seine Meinung ändern? Vielleicht, vielleicht auch nicht.

Ihr Handy summte. Nur ein Klingeln. Sie sah aufs Display.

»Ricky?«

»Ja.«

»Ich muss meine Tochter abholen«, log sie. »Kann ich die neuen Medikamente bekommen?«

ZWANZIG

Leather and Lace stand auf dem Display.

Corey hatte es deutlich gesagt. Wenn er anrief und auflegte, sollte sie zu ihm kommen.

Als sie auf den Parkplatz fuhr, lehnte Muskelprotz sich ins Fenster ihres Wagens und sagte: »Freut mich, dass Sie den Job gekriegt haben.«

Mann, sie hoffte bloß, dass er eingeweiht war, und wusste, dass ihre Rolle als Stripperin nur Tarnung war.

»Stellen Sie den Wagen auf den Mitarbeiterparkplatz und nehmen Sie den Seiteneingang.«

Maya befolgte seine Anweisungen. Als sie ausstieg, winkten ihr zwei ihrer »Kolleginnen« lächelnd zu. Maya blieb ihrer Rolle treu und winkte lächelnd zurück. Der Seiteneingang war verschlossen, also sah Maya in die Kamera und wartete. Sie hörte das Surren und zog die Tür auf. Drinnen stand ein Mann und musterte sie kalt.

»Tragen Sie eine Waffe?«

»Ja.«

»Geben Sie sie mir.«

»Nein«, sagte Maya.

Die Antwort gefiel ihm nicht, aber hinter ihm sagte eine Stimme: »Das ist in Ordnung.«

Lulu.

»Derselbe Raum wie beim letzten Mal«, sagte Lulu zu ihr. »Er erwartet sie.«

»Also gleich an die Arbeit«, sagte Maya in einem halbherzigen Versuch, einen Witz zu machen.

Lulu lächelte und zuckte die Achseln.

Sie roch das Cannabis schon, bevor sie um die Ecke bog und sah, wie Corey sich einen Joint anzündete. Er inhalierte tief, stand auf und bot ihn ihr an.

»Danke, für mich nicht«, sagte sie. »Sie wollten mich sprechen?«

Corey hielt einen Moment den Rauch in der Lunge und nickte. Nachdem er den Rauch wieder ausgestoßen hatte, sagte er: »Nehmen Sie Platz.«

Wieder sah sie das Polster stirnrunzelnd an.

»Diesen Raum benutzt niemand«, sagte er. »Außer mir.«

»Und das soll mich beruhigen?«

Sie hatte zumindest mit einem schwachen Lächeln gerechnet, aber er begann sichtlich gereizt auf und ab zu gehen. Maya setzte sich und hoffte, dass sie ihn so etwas beruhigen konnte.

»Waren Sie bei Tom Douglass?«, fragte er.

»Gewissermaßen.«

»Wie meinen Sie das?«

»Ich war bei seiner Frau. Tom Douglass wird seit drei Wochen vermisst.«

Er blieb stehen. »Wo ist er?«

»Welchen Teil von ›vermisst‹ haben Sie nicht verstanden, Corey?«

»Herrgott.« Er nahm noch einen Zug vom Joint. »Haben Sie herausbekommen, warum die Burketts ihn bezahlt haben?«

»Teilweise.« Sie wusste noch immer nicht, ob sie ihm vertraute, doch andererseits, welche Wahl hatte sie? »Tom Douglass war bei der Küstenwache.«

»Und?«

»Er hat den Unfalltod von Andrew Burkett untersucht.«

»Wovon reden Sie?«

Sie erzählte ihm, was sie kürzlich erfahren hatte und was sie bereits von Joe wusste, dass Andrew Selbstmord begangen hatte. Corey nickte zwischendurch etwas zu energisch, und sie fragte sich, wann der Joint wirken würde und er sich entspannte.

»Dann fasse ich das noch mal zusammen«, sagte er, immer noch auf und ab gehend. »Ihre Schwester fängt an, diese Sache zu untersuchen. Sie stolpert über die Burkett-Zahlungen an Tom Douglass. Zack, sie wird gefoltert und umgebracht. Zack, Ihr Mann wird umgebracht. Zack, Tom Douglass verschwindet. Stimmt das so im Großen und Ganzen?«

Die Reihenfolge war nicht ganz richtig. Sie lautete nicht Claire, Joe, Tom. Sie lautete Claire, Tom, Joe. Aber sie korrigierte ihn nicht.

»Aber da ist noch etwas«, sagte Maya.

»Und das wäre?«

»Man ermordet niemanden, um den Selbstmord des Sohnes zu verheimlichen. Man mag jemanden bezahlen, damit er den Mund hält, aber man bringt ihn nicht um.«

Corey nickte. »Und man bringt auf keinen Fall den eigenen Sohn um«, ergänzte er, immer noch zu energisch nickend, »denn wir gehen ja davon aus, dass das Geld von den Burketts kam.«

Sie sah jetzt, dass seine Augen rot unterlaufen waren. Sie wusste nicht, ob das vom Cannabis oder vom Weinen kam.

»Corey?«

»Ja.«

»Sie und Ihre Jungs haben Quellen. Gute Quellen. Sie müssen sich in Tom Douglass' Leben hacken.«

»Das habe ich schon.«

»Ja, vor ein paar Wochen, da haben Sie vermutet, dass es etwas mit seiner Arbeit zu tun hat, und dort gesucht. Aber jetzt brauchen wir alles. Die Kreditkarten-Abrechnungen, Bargeldabhebungen an Geldautomaten, wann er seine letzte Überweisung getätigt hat, welche Gewohnheiten er hat, wohin er gegangen sein könnte. Wir müssen ihn finden. Kriegen Sie das hin?«

»Ja«, sagte Corey. »Das kriegen wir hin.«

Er ging wieder auf und ab.

»Was gibt's sonst noch für Probleme?«, fragte Maya.

»Ich glaube, ich muss wieder abtauchen. Vielleicht für sehr lange Zeit.«

»Warum?«

Corey antwortete sehr leise, flüsterte fast. »Es geht um etwas, das Sie beim letzten Mal, als Sie hier waren, gesagt haben.«

»Worüber?«

Er sah nach links und nach rechts. »Ich habe hier Fluchtwege«, sagte er. »Geheime Fluchtwege.«

Maya wusste nicht, was sie davon halten sollte. »Okay.«

»In der Wand da drüben ist sogar eine Geheimtür. Ich kann mich verstecken oder durch einen Tunnel zum Fluss entkommen. Falls die Polizei versucht, diesen Ort zu umstellen, selbst wenn sie es unbemerkt macht, würde ich hier rauskommen. Sie können sich nicht vorstellen, was hier alles vorbereitet ist.«

»Schon klar. Aber wieso müssen Sie abtauchen?«

»Eine undichte Stelle!«, rief Corey und spie die Worte aus, als ekelten sie ihn. »Sie haben es selbst gesagt, richtig? Sie sagten, es wäre möglich, dass jemand aus meiner Organisation Claires Namen weitergegeben hat. Ich habe intensiv darüber nachgedacht. Angenommen, meine Organisation … ich meine, angenommen, wir sind nicht so wasserdicht, wie ich dachte. Wissen Sie, wie viele Leute dann auffliegen könnten? Wissen Sie, wie viele Menschen massive, möglicherweise sogar lebensbedrohliche Konsequenzen fürchten müssten?«

Brr. Maya musste ihn beruhigen. »Ich glaube nicht, dass es eine undichte Stelle war, Corey.«

»Warum nicht?«

»Wegen Joe.«

»Ich kann Ihnen nicht folgen.«

»Claire wurde ermordet. Joe wurde ermordet. Sie haben es selbst gesagt, Joe könnte ihr geholfen haben. Da haben Sie Ihre undichte Stelle. Claire hat Joe davon erzählt. Und vielleicht hat sie es auch noch jemand anders erzählt. Oder Joe hat es jemand anders erzählt, oder einer der beiden hat einfach im Zuge der Ermittlungen Mist gebaut.«

Ob das stimmte, interessierte sie nicht. Sie musste dafür sorgen, dass er nicht plötzlich verschwand.

»Ich weiß nicht«, sagte Corey. »Ich fühle mich nicht sicher.«

Sie stand auf und legte ihm die Hände auf die Schultern. »Ich brauche Ihre Hilfe, Corey.«

Er sah ihr nicht in die Augen. »Vielleicht hatten Sie recht. Vielleicht sollten wir uns an die Polizei wenden. Wie Sie schon sagten. Ich gebe Ihnen alle Informationen, die ich habe. Anonym. Dann können die den Rest erledigen.«

»Nein«, sagte Maya.

»Ich dachte, genau das wollten Sie?«

»Nicht mehr.«

»Warum nicht?«

»Wenn ich das tue, fliegen Sie und Ihre Organisation zwangsläufig auf.«

Er runzelte die Stirn, drehte den Kopf und sah sie an. »Sie machen sich Sorgen um meine Organisation?«

»Kein Stück«, sagte Maya. »Aber wenn Sie das tun, nehmen Sie uns jede Chance. Wenn Sie fliehen. Ich brauche Sie, Corey. Wir können das besser als die Cops.«

Sie stoppte.

»Es steckt noch mehr dahinter«, sagte er. »Was ist es?«

»Ich traue ihnen nicht.«

»Den Cops?«

Sie nickte.

»Aber mir vertrauen Sie?«

»Meine Schwester hat es getan.«

»Und wurde deshalb ermordet«, sagte Corey.

»Ja, das stimmt. Aber so kann man mit der Vergangenheit nicht umgehen. Wenn Sie sie nicht dazu gebracht hätten, Whistleblowerin zu werden, tja, dann wäre sie vermutlich noch am Leben. Aber wenn ich im Hubschrauber keine Zivilisten getötet hätte, wäre das Video nicht an Sie weitergeleitet worden, Sie hätten es nicht veröffentlicht, und Claire hätte Sie nicht kontaktiert. Das heißt, wenn ich einen anderen Beruf ergriffen hätte, würde Claire jetzt vermutlich zu Hause mit ihren Kindern spielen, statt im Grab zu vermodern. Das sind zu viele Wenn und Aber, Corey. So an die Sache heranzugehen wäre reine Zeitverschwendung.«

Corey trat zurück und nahm einen weiteren tiefen Zug. Als er wieder sprechen konnte, sagte er: »Ich weiß nicht, was ich machen soll.«

»Bleiben Sie. Gucken Sie sich Tom Douglass an. Helfen Sie mir, die Sache zu Ende zu bringen.«

»Und jetzt soll ich Ihnen einfach so vertrauen.«

»Sie brauchen mir nicht zu vertrauen«, sagte sie. »Erinnern Sie sich?«

Jetzt verstand er. »Weil ich noch etwas gegen Sie in der Hand habe.«

Maya ersparte sich die Antwort. Corey sah sie an. Sie wusste, dass er sie nach der Tonspur des Videos fragen wollte. Aber sie hatte auch eine Frage.

»Warum haben Sie die Tonspur nicht veröffentlicht?«, fragte sie.

»Das habe ich Ihnen schon gesagt.«

»Sie sagten, meine Schwester hätte es Ihnen ausgeredet.«

»Das stimmt.«

»Das nehme ich Ihnen aber nicht ab. Es muss eine ganze Weile gedauert haben, bis Claires Nachricht Sie erreicht hat. Die Story hatte zwar Wellen geschlagen, die fingen aber auch schon wieder an sich zu legen. Ihre Organisation wäre wieder in den Schlagzeilen gewesen.«

»Glauben Sie, das ist das Einzige, was mich interessiert?«

Wieder sparte Maya sich die Antwort.

»Ohne Schlagzeilen kommt die Wahrheit nicht ans Licht. Ohne Schlagzeilen können wir keine neuen Leute rekrutieren, die die Wahrheit verbreiten.«

Sie wollte die Rede nicht noch einmal hören. »Lauter Gründe, die Tonspur zu veröffentlichen, Corey. Also, warum haben Sie es nicht getan?«

Er ging zur Couch und setzte sich. »Weil ich auch ein Mensch bin.«

Maya setzte sich.

Corey ließ den Kopf für einen Moment in die Hände sinken und holte ein paarmal tief Luft. Als er wieder aufblickte, war sein Blick klarer, ruhiger, weniger panisch. »Weil ich dachte, Sie machen so schon genug durch, Maya. Manchmal ist das Strafe genug.«

Sie sagte nichts.

»Und wie leben Sie damit, Maya?«

Wenn Corey eine ehrliche Antwort auf diese Frage erwartete, würde er sich ganz hinten in einer sehr langen Schlange anstellen müssen.

Sie saßen noch eine Weile schweigend da, das Dröhnen des Clubs schien meilenweit entfernt zu sein. Hier war nichts Neues mehr zu erfahren, dachte Maya. Außerdem musste sie sowieso zu Judith in die Praxis.

Maya stand auf und ging zur Tür. »Versuchen Sie, so viel wie möglich über Tom Douglass herauszubekommen.«

EINUNDZWANZIG

Judiths Praxis befand sich im Erdgeschoss eines Wohnblocks in der Upper East Side in Manhattan, einen Block vom Central Park entfernt. Maya hatte keine Ahnung, was für Patienten Judith inzwischen behandelte. Sie war Ärztin mit einem Doktortitel der Stanford University und Professorin auf dem Weill Cornell Medical College, obwohl sie nicht unterrichtete. Dass eine Person, die nur Teilzeit arbeitete, so eine Stellung innehatte, konnte nur Personen überraschen, die die Bedeutung des Namens Burkett und hoher Spendenzahlungen nicht richtig einschätzen konnten.

Schockierende Neuigkeit: Geld verlieh einem Einfluss und Macht. In ihrem Beruf verwendete Judith ihren Mädchennamen Velle. Vielleicht, um Schwierigkeiten aus dem Weg zu gehen, die mit dem Namen Burkett einhergehen könnten, oder einfach weil viele Frauen das so machten. Wer wusste das schon. Maya ging am Portier vorbei zu Judiths Vorzimmer. Judith teilte sich die Praxis mit zwei weiteren Ärztinnen, die in Teilzeit arbeiteten. An der Tür standen ihre Namen – Judith Velle, Angela Warner und Mary McLeod –, jeder gefolgt von langen Buchstabenkombinationen.

Maya drehte den Knauf und öffnete die Tür. Das Wartezimmer war klein und leer – ein Zweiersofa und eine Couch. Die Bilder an den Wänden waren so harmlos, dass sie auch in einem Ketten-Motel gut aufgehoben gewesen wären. Wände und Teppichboden waren beige. An der Tür zum Behandlungsraum hing ein Schild mit der Aufschrift: THERAPIESITZUNG. BITTE NICHT STÖREN.

Es gab keine Arzthelferin. Maya vermutete, dass viele Patienten in der Öffentlichkeit standen, und je weniger Leute sie sahen, desto geringer war die Chance, dass Gerüchte aufkamen. Am Ende einer Sitzung verließ der Patient den Behandlungsraum durch eine andere Tür, die direkt auf den Flur führte. Der nächste Patient – oder in diesem Fall Maya – wurde aus dem Wartezimmer hereingebeten. So bekamen die Patienten sich nicht zu Gesicht.

Der Wunsch nach Privatsphäre und Diskretion war natürlich verständlich – auch Maya wollte nicht, dass jemand etwas von ihrer »Störung« erfuhr –, allerdings konnte diese Haltung das Problem auch verstärken. Ärzte betonten immer wieder, dass psychische Erkrankungen wie körperliche Erkrankungen waren. Jemandem, der klinisch depressiv war, zu sagen, er solle sich zusammenreißen und einfach mal wieder ausgehen, war gleichbedeutend wie jemanden mit zwei gebrochenen Beinen aufzufordern, durchs Zimmer zu spurten. Theoretisch war das alles schön und gut, praktisch blieb das Stigma jedoch bestehen.

Allerdings ließ sich eine psychische Erkrankung ja tatsächlich verheimlichen. Und wenn Maya zwei gebrochene Beine verheimlichen könnte, weil sie irgendwie noch laufen konnte, würde sie das womöglich auch tun. Wer wusste das schon so genau? Im Moment musste sie erst einmal diese Sache erledigen, dann konnte sie sich Sorgen um ihre Behandlung machen. Die Antworten befanden sich da draußen, waren zum Greifen nah. Und keiner konnte sich sicher fühlen, bis sie die Wahrheit herausbekommen und die Schuldigen bestraft hatte.

Mit zwei gebrochenen Beinen hätte sie das womöglich nicht gekonnt. Mit einer PTBS konnte sie es ganz sicher.

Maya sah auf die Uhr. Fünf vor. Sie versuchte, in einem der geistlosen Magazine zu lesen, aber die Worte blieben nicht hängen. Sie spielte kurz auf ihrem Handy, ein Spiel, bei dem man aus jeweils vier Buchstaben Worte bilden musste, konnte sich aber nicht konzentrieren. Sie trat näher an die Tür. Sie legte nicht das Ohr daran, um zu lauschen, stellte sich aber so nah davor, dass sie das Raunen von zwei Frauenstimmen hörte. Die Zeit verging nur langsam, aber schließlich hörte Maya, wie die andere Tür geöffnet wurde. Vermutlich ging die Patientin.

Maya eilte wieder zu ihrem Platz, nahm ein Magazin und schlug die Beine übereinander. Miss Ungezwungen. Die Tür wurde geöffnet, und eine Frau, die Maya für eine jung gebliebene Sechzigjährige hielt, lächelte ihr zu.

»Maya Stern?«

»Ja.«

»Hier entlang, bitte.«

Dann gab es doch eine Arzthelferin, dachte Maya. Sie musste ihren Arbeitsplatz im Behandlungsraum haben. Maya folgte der Frau durch die Tür, in der Annahme, dass Judith dort an einem Schreibtisch oder auf einem Stuhl neben einer Behandlungscouch oder sonstiger Psychiater-Ausstattung sitzen würde. Aber Judith war nicht zu sehen. Maya wandte sich an die Arzthelferin. Die streckte ihre Hand aus.

»Ich heiße Mary.«

Jetzt verstand Maya. Sie betrachtete die Diplome an den Wänden. »Wie in Mary McLeod?«

»Genau. Ich bin eine Kollegin von Judith. Sie hatte gehofft, dass wir uns etwas unterhalten könnten.« Den Diplomen zufolge hatten beide Frauen in Stanford Medizin studiert. Maya entdeckte auch Judiths Grundstudiumsabschluss von der University of Southern California. Mary hatte ihren Bachelor an der Rice University und ihre Facharztausbildung an der UCLA gemacht.

»Wo ist Judith?«

»Das weiß ich nicht, wir arbeiten an unterschiedlichen Tagen. Wir teilen uns die Praxis.«

Maya gab sich keine Mühe, ihren Ärger zu verbergen. »Ja, ich habe Ihren Namen an der Tür gesehen.«

»Warum setzen Sie sich nicht für einen Moment, Maya?«

»Warum zum Teufel sollte ich das tun?«

Falls Mayas Streitlust Mary McLeod in Verlegenheit brachte, ließ sie es sich nicht anmerken. »Ich denke, ich kann Ihnen helfen.«

»Sie können mir helfen, indem Sie mir sagen, wo Judith ist.«

»Das habe ich Ihnen schon gesagt. Ich weiß es nicht.«

»Dann tschüss.«

»Mein Sohn hat zwei Auslandseinsätze mitgemacht. Im Irak und in Afghanistan.«

Maya konnte nicht anders. Sie zögerte.

»Jack fehlt es. Das ist der springende Punkt, über den sie nie reden, oder? Er hat sich verändert. Er fand es furchtbar, und trotzdem will er wieder zurück. Er fühlt sich schuldig. Er glaubt, dort Freunde zurückgelassen zu haben. Aber es steckt noch etwas anderes dahinter. Etwas, das er nicht in Worte fassen kann.«

»Mary?«

»Was ist?«

»Ist es gelogen, dass Sie einen Sohn beim Militär haben?«

»Das würde ich nie tun.«

»Natürlich würden Sie das. Sie versuchen, mich auszutricksen. Sie und Judith haben mich ausgetrickst, damit ich in diese Praxis komme. Sie haben mich mit einem Trick in dieses Behandlungszimmer gelockt. Und jetzt versuchen Sie, mich mit einem Trick dazu zu bringen, mit Ihnen zu reden.«

Mary McLeod stand dort wie versteinert. »Ich lüge nicht über meinen Sohn.«

»Vielleicht nicht«, sagte Maya. »Trotzdem müssten Judith und Sie wissen, dass man ohne Vertrauen keine Arzt-Patient-Beziehung aufbauen kann. Dieser ganze kleine Schwindel hier hat dieses Vertrauen zerstört.«

»Das ist Unsinn.«

»Was ist Unsinn?«

»Dass man ohne Vertrauen keine Arzt-Patient-Beziehung aufbauen kann.«

»Ist das Ihr Ernst?«

»Nehmen Sie an, jemand, den Sie lieben – vielleicht Ihre Schwester –, würde sämtliche Symptome einer Krebserkrankung ...«

»Oh, fangen Sie nicht so an.«

»Warum nicht, Maya? Wovor haben Sie Angst? Vielleicht könnte der Krebs geheilt werden, wenn Sie diesen geliebten Menschen überzeugen könnten, zu einem Arzt zu gehen. Wenn Sie und der Arzt ein Komplott schmieden würden, um ihn in seine Praxis zu bekommen ...«

»Das ist etwas anderes.«

»Nein, Maya, ist es nicht. Es ist genau dasselbe. Sie verstehen es nicht, aber so ist es. Sie brauchen Hilfe, genau wie der Krebspatient.«

Es war Zeitverschwendung. Maya fragte sich, ob Mary McLeod Teil des Komplotts war oder ob das ihr Ernst war – die Manipulation also allein von Judith ausging, die ihre Kollegin und Exkommilitonin belogen hatte. Spielte aber keine Rolle.

»Ich muss Judith sprechen«, sagte Maya.

»Tut mir leid, Maya. Da kann ich Ihnen leider nicht helfen.«

Maya ging zur Tür. »Sie können mir überhaupt nicht helfen.«

Scheiß drauf.

Auf dem Weg zum Wagen wählte Maya die Telefonnummer. Judith meldete sich beim zweiten Klingeln.

»Wie ich gehört habe, ist es mit meiner Kollegin nicht gut gelaufen.«

»Wo bist du, Judith?«

»Farnwood.«

»Bleib, wo du bist«, sagte Maya.

»Ich warte auf dich.«

In der Hoffnung, Isabella bei einem Spaziergang anzutreffen, fuhr Maya wieder durch die Bedienstetenzufahrt. Der ganze Komplex schien jedoch leer zu sein. Vielleicht sollte sie einfach einbrechen und herumschnüffeln, gucken, ob sie einen Hinweis darauf fand, wo Isabella sich versteckt hielt, aber das war riskant, und außerdem hatte sie keine Zeit. Judith wusste, wie lange man von Manhattan nach Farnwood fuhr.

Der Butler öffnete. Maya konnte sich seinen Namen einfach nicht merken. Es war kein klassischer Name für einen Butler wie Jeeves oder Carson, sondern etwas ganz Normales wie Bobby oder Tim. Trotzdem musterte Bobby/Tim sie, wie es sich für einen Dienstboten gehörte, von oben herab.

Ohne Vorrede sagte Maya: »Ich möchte Judith sprechen.«

»Madam erwartet Sie«, sagte er in einem unechten englischen Privatschulakzent, »im Salon.«

»Salon« nennen die Reichen ihr Wohnzimmer. Judith trug einen schwarzen Hosenanzug und eine Perlenkette, die ihr fast bis zur Hüfte reichte. Sie hatte silberne Creolen angelegt und die Haare stylisch nach hinten gegelt. Das Kristallglas in ihrer Hand hielt sie, als wolle sie für das Titelfoto eines Magazins posieren.

»Hallo, Maya.«

Kein Bedarf an Formalitäten. »Erzähl mir von Tom Douglass.«

Ihre Augen verengten sich. »Von wem?«

»Tom Douglass.«

»Der Name sagt mir nichts.«

»Dann denk noch mal scharf nach.«

Sie überlegte. Oder sie tat wenigstens so. Nach ein paar Sekunden zuckte sie theatralisch die Achseln.

»Er war bei der Küstenwache. Er hat den Unfall deines Sohnes auf hoher See untersucht.«

Judith fiel das Glas aus der Hand, und es zersplitterte auf dem Fußboden. Maya sprang nicht zurück. Judith auch nicht. Sie standen sich einen Moment gegenüber, während die Glasscherben über den Boden sprangen und dann liegen blieben.

Mit einem leichten Zischen in der Stimme fragte sie: »Was zum Teufel willst du damit sagen?«

Wenn das Schauspielerei war …

»Tom Douglass ist inzwischen Privatdetektiv«, sagte Maya. »Deine Familie hat ihm jahrelang fast zehntausend Dollar im Monat bezahlt. Ich würde gern wissen, warum.«

Judith schwankte leicht, wie ein Boxer im Kampf, der hoffte, wieder einen klaren Kopf zu bekommen, indem er sich anzählen ließ. Die Frage hatte sie zweifelsohne überrascht. Vielleicht hatte sie nichts von den Zahlungen gewusst oder aber nicht damit gerechnet, dass Maya etwas davon erfährt. Beides war möglich.

»Warum sollte ich diesen Mann bezahlen, diesen Tom … wie hieß er noch weiter?«

»Douglass. Mit Doppel-s. Und genau das ist meine Frage.«

»Ich habe keine Ahnung. Andrew ist bei einem tragischen Unfall ums Leben gekommen.«

»Nein«, sagte Maya. »Das stimmt so nicht. Aber das weißt du ja längst, oder?«

Judith wurde leichenblass. Der Schmerz war so offensichtlich, so deutlich, dass Maya fast den Blick abgewandt hätte. Der Angriffsmodus war schön und gut, aber ganz egal, wie die Wahrheit am Ende aussehen mochte, sie sprachen über den Tod des Sohnes dieser Frau. Ihr Schmerz war real, überwältigend und zerstörerisch.

»Ich habe keine Ahnung, worüber du sprichst«, sagte Judith.

»Dann erzähl mir, wie er damals gestorben ist.«

»Was?«

»Wie genau ist Andrew vom Boot gefallen?«

»Ist das dein Ernst? Wieso kommst du nach all den Jahren mit dieser Frage? Du hast ihn nicht einmal gekannt.«

»Das ist wichtig.« Maya trat einen Schritt auf ihre frühere Schwiegermutter zu. »Wie ist er gestorben, Judith?«

Sie versuchte, Maya mit hoch erhobenem Kopf zu antworten, schaffte es aber nicht. »Andrew war so jung«, sagte sie und bemühte sich, nicht völlig zusammenzusacken. »Sie haben auf der Yacht eine Party gefeiert. Er hat zu viel getrunken. Es herrschte raue See. Er war allein oben an Deck und ist runtergefallen.«

»Nein.«

Judith fauchte: »Was?«

Für den Bruchteil einer Sekunde dachte Maya, Judith würde durch den Raum stürmen und sich auf sie stürzen. Doch der Moment verging. Judith senkte den Blick, und als sie sich gesammelt hatte, sprach sie mit leiser, fast flehender Stimme.

»Maya?«

»Ja.«

»Erzähl mir, was du über Andrews Tod weißt.«

Wurde Maya an der Nase herumgeführt? Schwer zu sagen. Judith wirkte vollkommen ausgelaugt, am Boden zerstört. Wusste sie wirklich nichts über das Ganze?

»Andrew hat Selbstmord begangen«, sagte Maya.

Judith gab sich große Mühe, nicht zurückzuzucken. Sie schüttelte steif den Kopf. Es war nur eine kurze Bewegung. »Das ist nicht wahr.«

Maya ließ ihr Zeit, wartete, bis sie die Verleugnungsphase hinter sich hatte.

Als Judith so weit war, fragte sie: »Wer hat dir das erzählt?«

»Joe.«

Wieder schüttelte Judith den Kopf.

»Warum bezahlt ihr Tom Douglass?«, fragte Maya noch einmal.

Bei Soldaten nannte man es den »Thousand Yard Stare«, diesen kalten, leeren Blick, wenn ein Soldat einfach zu viel gesehen hatte. Etwas Ähnliches zeigte sich jetzt in Judiths Gesicht.

»Er war doch noch ein Kind«, murmelte Judith, und obwohl nur Maya in diesem Raum anwesend war, sprach Judith nicht mit ihr. »Er war noch nicht einmal achtzehn …«

Maya ging einen Schritt auf sie zu. »Du hast es wirklich nicht gewusst?«

Judith sah sie erschrocken an. »Ich begreife nicht, was du willst.«

»Die Wahrheit?«

»Welche Wahrheit? Was hast du überhaupt damit zu tun? Ich versteh nicht, warum du die ganzen alten Geschichten wieder ausgräbst.«

»Ich habe sie nicht ausgegraben. Joe hat sie mir erzählt.«

»Joe hat dir erzählt, dass Andrew Selbstmord begangen hat?«

»Ja.«

»Das hat er dir im Vertrauen gesagt?«

»Ja.«

»Und diverse Jahre später verspürst du das Bedürfnis, sein Vertrauen zu missbrauchen und es mir zu sagen?« Judith schloss die Augen.

»Ich wollte dir nicht wehtun.«

»Selbstverständlich nicht«, sagte Judith mit einem kurzen Glucksen. »Das merke ich.«

»Aber ich muss wissen, warum ihr den Mann von der Küstenwache bezahlt, der Andrews Tod untersucht hat.«

»Warum willst du das wissen?«

»Das ist eine lange Geschichte.«

Judiths Glucksen klang schmerzlicher als jedes Schluchzen. »Ach, ich glaube, die Zeit würde ich mir nehmen, Maya.«

»Meine Schwester hat es herausgefunden.«

Judith runzelte die Stirn. »Sie hat etwas über diese angeblichen Zahlungen herausgefunden?«

»Ja.«

Schweigen.

»Und dann wurde sie ermordet«, sagte Maya. »Und danach wurde Joe ermordet.«

Judith zog eine Augenbraue hoch. »Du willst also andeuten, dass es eine Verbindung gibt. Zwischen Claires und Joes Ermordung.«

Also hatte Kierce es ihr nicht erzählt. »Beide wurden mit derselben Waffe umgebracht.«

Mayas Worte trafen wie ein weiterer Schlag, sie taumelte zurück. »Das ist unmöglich.«

»Warum ist das unmöglich?«

Wieder schloss Judith die Augen, sammelte Kraft, dann öffnete sie sie wieder. »Maya, du musst jetzt langsam machen und mir erzählen, was hier vorgeht.«

»Das ist ganz einfach. Ihr bezahlt Tom Douglass. Ich will wissen, warum.«

»Ich habe den Eindruck«, sagte sie, »dass du das schon herausbekommen hast.«

Judiths plötzliche Verhaltensänderung überraschte sie. »Der Selbstmord?«

Judith rang sich ein Lächeln ab.

»Ihr wolltet einen Selbstmord vertuschen?«

Judith sagte nichts.

»Warum?«, fragte Maya.

»Burketts begehen keinen Selbstmord, Maya.«

Ergab das Sinn? Nein, natürlich nicht. Was hatte sie übersehen? Es wurde Zeit, die Richtung zu wechseln, um Judith wieder aus dem Tritt zu bringen. »Und warum bezahlt ihr Roger Kierce?«

»Wen?« Judith verzog das Gesicht. »Moment. Den Polizisten?«

»Ja.«

»Warum um alles in der Welt sollten wir ihn bezahlen?«

Wir. »Sag du's mir.«

»Ich versichere dir, dass ich keine Ahnung habe. Hat das auch deine Schwester entdeckt?«

»Nein«, sagte Maya. »Caroline hat es mir erzählt.«

Wieder umspielte ein schwaches Lächeln Judiths Lippen. »Und du hast ihr geglaubt?«

»Warum sollte sie lügen?«

»Caroline lügt nicht. Aber … sie ist manchmal etwas verwirrt.«

»Sehr interessant, Judith.«

»Was?«

»Ihr habt zwei Männer bestochen. Beide haben die Todesfälle deiner Söhne untersucht.«

Judith schüttelte den Kopf. »Das ist doch alles Unsinn.«

»Das lässt sich ja glücklicherweise schnell klären«, sagte Maya. »Lass uns mit Caroline reden.«

»Caroline ist im Moment nicht da.«

»Dann ruf sie an. Wir leben im 21. Jahrhundert. Jeder hat ein Handy. Hier…«, Maya hielt ihr Handy hoch, »… ich hab ihre Nummer gespeichert.«

»Das wird nichts nützen.«

»Warum nicht?«

»Sagen wir einfach«, erwiderte Judith, die jetzt langsamer sprach, »dass man Caroline derzeit nicht stören darf.«

Maya ließ das Handy sinken.

»Sie … Caroline geht es nicht gut. Das kommt immer wieder mal vor. Sie braucht Ruhe.«

»Du hast sie in die Klapse gesteckt?«

Maya hatte absichtlich die abfällige Bezeichnung gewählt, um sie aus der Reserve zu locken. Es funktionierte. Judith wand sich sichtlich.

»Es ist furchtbar, das so auszudrücken«, sagte Judith. »Gerade du solltest da etwas sensibler sein.«

»Wieso *gerade ich*? Ach du meinst, weil ich meine eigenen Probleme mit der PTBS habe?«

Judith antwortete nicht.

»Und welches Trauma hat Caroline erlitten?«

»Nicht nur im Krieg gibt es traumatisierende Erlebnisse, Maya.«

»Ich weiß. Man kann auch ein Trauma erleiden, weil zwei Brüder jung und auf tragische Weise sterben.«

»Genau. Diese Traumata haben andere Probleme mit sich gebracht.«

»Andere Probleme mit sich gebracht«, wiederholte Maya. »Meinst du zum Beispiel, dass Caroline glaubt, ihre Brüder wären noch am Leben?«

Maya hatte erwartet, dass ihre Worte ein weiterer Schlag wären, aber dieses Mal war Judith anscheinend vorbereitet. »Das Gehirn will etwas«, sagte Judith. »Das Gehirn will etwas so sehr, dass Illusionen hervorgerufen werden. Verschwörungstheorien, Paranoia, Visionen – je verzweifelter man ist, desto empfänglicher wird man dafür. Caroline ist unreif. Das ist die Schuld ihres Vaters. Um sie zu beschützen, hat er sie von allem ferngehalten. Er hat ihr nie erlaubt, sich mit den Widrigkeiten des Lebens auseinanderzusetzen oder für sich selbst einzustehen. Als dann die starken Männer in ihrem Leben starben – diejenigen, die sie beschützt haben –, wollte Caroline das nicht wahrhaben.«

»Und warum hast du ihr nicht erlaubt, Joes Leiche zu sehen?«

»Das hat sie dir erzählt?« Judith schüttelte den Kopf. »Keiner von uns hat Joes Leiche gesehen.«

»Warum nicht?«

»Du müsstest das doch wissen. Mein Sohn wurde ermordet. Er hat eine Kugel ins Gesicht bekommen. Wer würde so etwas sehen wollen?«

Maya dachte darüber nach und kam wieder einmal zu dem Schluss, dass das alles nicht richtig zusammenpasste. »Und wie war es damals, als Andrew aus dem Meer gezogen wurde?«

»Was meinst du?«

»Hast du die Leiche gesehen?«

»Warum in aller Welt willst du das wissen? Mein Gott, du glaubst doch nicht etwa …«

»Sag mir einfach, ob du ihn gesehen hast.«

Judith schluckte. »Andrews Leiche war mehr als vierundzwanzig Stunden im Meer. Mein Mann hat ihn identifiziert, aber… es war nicht leicht. Fische hatten sich schon an ihm zu schaffen gemacht. Warum hätte ich ihn mir…« Sie brach ab, und ihre Augen verengten sich. »Was willst du damit erreichen, Maya?«

Maya sah sie nur an. »Warum bezahlt ihr Tom Douglass?«

Sie ließ sich Zeit. »Nehmen wir mal an, es wäre wahr, was Joe dir über Andrews Tod erzählt hat.«

Maya wartete.

»Nehmen wir an, Andrew hätte Selbstmord begangen. Ich war seine Mutter. Und ich habe es nicht erkannt. Im richtigen Leben konnte ich Andrew nicht retten. Aber vielleicht kann ich ihn jetzt beschützen. Verstehst du?«

Maya musterte ihr Gesicht. »Natürlich«, sagte sie.

Aber das stimmte nicht.

»Was auch immer damals mit Andrew passiert ist – wie sehr er auch gelitten haben mag –, es ist lange her und hat nichts mit heute zu tun. Es hat nichts mit Joe oder deiner Schwester zu tun.«

Maya glaubte ihr keinen Moment. »Und die Zahlungen an Roger Kierce?«

»Die Frage habe ich schon beantwortet. Die gibt es nicht. Caroline hat sie erfunden.«

Hier war nichts weiter zu erfahren. Jedenfalls jetzt nicht. Maya musste weitergraben, brauchte mehr Informationen. Ihr fehlten noch zu viele Teile in diesem Puzzle.

»Ich geh dann lieber.«

»Maya?«

Sie wartete.

»Caroline ist womöglich nicht die Einzige, die Ruhe

braucht. Sie ist nicht die Einzige, die sich etwas so sehr wünscht, dass sie Dinge sieht, die nicht existieren.«

Maya nickte. »Sehr subtil, Judith.«

»Ich würde mir wünschen, dass du dir von Mary oder mir helfen lässt.«

»Mir geht's gut.«

»Nein, tut es nicht. Das weißt du ebenso gut wie ich. Wir beide kennen die Wahrheit, oder?«

»Und welche Wahrheit wäre das, Judith?«

»Meine Jungs haben genug gelitten«, sagte Judith scharf. »Mach nicht den Fehler, ihnen noch mehr Leid zuzufügen.«

ZWEIUNDZWANZIG

Lily war draußen im Vorgarten und spielte mit ihrem Onkel Eddie eine Art Fangen, als Maya um die Ecke kam. Maya bremste und hielt am Straßenrand. Sie blieb einen Moment sitzen und sah einfach zu. Alexa kam aus dem Haus und schloss sich dem vergnügten Treiben an, bei dem sie und ihr Vater so taten, als würden sie Lily nicht erwischen. Sie ließen sich dramatisch fallen, wenn sie nach ihr griffen und sie verfehlten, und selbst aus dieser Entfernung und bei geschlossenen Autofenstern hörte Maya Lilys juchzendes Lachen. Vielleicht war dieser Gedanke sentimental, aber gab es ein fröhlicheres Geräusch als ein ungetrübtes Kinderlachen? Der krasse Gegensatz zwischen den beiden Geräuschen – diesem hier, das Maya viel zu selten in den Ohren klang, und dem, das sie nachts gnadenlos verfolgte – war ihr durchaus bewusst, aber was brachte es, bei diesem Gedanken zu verharren. Sie fuhr weiter, setzte ein Lächeln auf und hielt vor Claires und Eddies Haus.

Maya drückte kurz auf die Hupe und winkte. Eddie drehte sich um, das Gesicht vor fröhlicher Ausgelassenheit gerötet, und hob die Hand. Maya stieg aus. Auch Alexa richtete sich auf. Lily passte es nicht, dass Eddie und Alexa zu spielen aufhörten, daher tippte sie ihnen immer wieder gegen die Beine, um sie dazu zu bringen, von Neuem zu versuchen, sie zu fangen.

Alexa kam ihrer Tante entgegen und umarmte sie. Eddie

küsste sie auf die Wange. Lily verschränkte die Arme und schmollte.

»Ich bleib!«, verkündete Lily.

»Wir können zu Hause noch Fangen spielen«, sagte Maya.

Wie nicht anders zu erwarten, ließ Lily sich dadurch nicht besänftigen.

Eddie legte Maya eine Hand auf den Arm. »Hast du kurz Zeit? Ich will dir etwas zeigen.« Er wandte sich an seine Tochter. »Alexa, kannst du noch ein paar Minuten auf Lily aufpassen?«

»Klar.«

Damit entlockte sie Lily ein Lächeln. Als Maya mit Eddie ins Haus ging, hörte sie Lily wieder juchzen.

»Ich bin die Abrechnungen von Claires *E-Z-Pass* noch mal durchgegangen«, sagte er. »Wenn ich das richtig sehe, ist sie innerhalb einer Woche zweimal bei Douglass gewesen.«

»Das überrascht mich nicht«, sagte Maya.

»Hatte ich auch nicht erwartet. Aber vielleicht überrascht es dich ja, wohin sie nach dem zweiten Mal gefahren ist.« Er hatte die Abrechnungen ausgedruckt. Er reichte ihr ein Blatt und deutete auf den ersten Bereich, den er markiert hatte.

»Eine Woche vor ihrer Ermordung«, fuhr Eddie fort, »war Claire also unten in Livingston. Siehst du die Uhrzeit?«

Maya nickte. 08:46 Uhr.

»Wenn du das weiterdenkst, ist sie um halb zehn auf den Parkway gefahren statt auf die Turnpike. Sieh dir die nächsten Zeilen an.«

»Ja.«

»Sie hat sich nicht auf den Rückweg nach Hause gemacht«, sagte Eddie. »Sie ist weiter Richtung Süden gefahren. Bei Ausfahrt 129 ist sie dann vom Parkway wieder auf die New Jersey Turnpike gewechselt und bei Ausfahrt 6 abgefahren.«

Es stand unten auf der Seite. Ausfahrt 6 führte, wie Maya wusste, auf die Pennsylvania Turnpike.

»Und danach?«, fragte Maya.

»Hier drüben. Sie hat die Interstate 476 genommen. Richtung Süden.«

»Nach Philadelphia«, sagte Maya.

»Oder zumindest in die Gegend«, sagte Eddie.

Maya gab ihm die Blätter zurück. »Gab es irgendeinen Grund für Claire, dort hinzufahren?«

»Nein.«

Maya sparte sich die Frage nach Freunden, die Claire dort besucht haben könnte, ob sie dort einkaufen war oder ob sie plötzlich Lust bekommen hatte, sich die Independence Hall anzusehen. Denn das war nicht der Grund für Claires Fahrt gewesen. Sie hatte mit Tom Douglass gesprochen. Offenbar hatte sie etwas von ihm erfahren, das sie dann nach Philadelphia geführt hatte.

Maya schloss die Augen. »Ich will ja keine dumme Bemerkung über die Freiheitsglocke machen«, sagte Eddie, »aber klingelt da irgendetwas bei dir?«

Maya hatte keine Wahl, also belog sie Eddie noch einmal. »Nein«, sagte sie. »Es läutet weder, noch klingelt es.«

Aber es hatte etwas geklingelt, wenn auch nur ganz leise.

Caroline hatte sie daran erinnert, dass Joe und Andrew noch auf der Highschool waren, als Andrew starb. Auf einem Internat, um genau zu sein. Einem vornehmen Internat für Jungen aus bestem Hause, der Franklin Biddle Academy.

Die am Rand von Philadelphia lag.

Als Maya auf dem Heimweg war, rief Eileen an. »Erinnerst du dich daran, dass wir uns mittwochabends immer was vom Chinesen geholt haben?«

»Klar.«

»Ich werde die Tradition wiederaufleben lassen. Bist du zu Hause?«

»So gut wie.«

»Prima«, sagte Eileen etwas zu begeistert. »Ich besorg uns unsere Lieblingsessen.«

»Stimmt was nicht?«

»Ich bin in zwanzig Minuten bei dir.«

Zu viele Möglichkeiten gingen Maya im Kopf herum. Zum ersten Mal versuchte sie, die Gedanken loszulassen. Zumindest für den Moment. Sie musste sich wieder auf das Wesentliche konzentrieren. Auf das, was sie sicher wusste. Die meisten Leute reduzierten und simplifizierten das Sparsamkeitsprinzip der Scholastik, besser bekannt als Ockhams Rasiermesser, wenn sie es so erklärten, dass die einfachste Antwort normalerweise die richtige sei. Eigentlich hatte der Franziskanermönch Wilhelm von Ockham jedoch verdeutlichen wollen, dass man Dinge nicht unnötig verkomplizieren sollte, dass man eine Theorie nicht überladen durfte, wenn eine einfachere Erklärung zur Verfügung stand. Man musste sie zurechtstutzen, die Auswüchse beschneiden.

Andrew war tot. Claire war tot. Joe war tot.

Andererseits konnte sie nicht alles andere ausblenden, was sie in Erfahrung gebracht hatte, oder? Konnte sie das, was sie mit eigenen Augen gesehen hatte, einfach außer Acht lassen? Oder musste sie sich auch da mit der einfachsten Antwort zufriedengeben? Aber was war die einfachste Antwort?

Na ja, angenehm war es jedenfalls nicht.

Probehalber sollte sie aber vielleicht trotzdem alles so weit wie möglich zurückstutzen. Sie musste so objektiv sein wie möglich. Um sich dann diese Frage zu stellen: War die Person verlässlich, die das Video auf der Nanny-Cam gesehen hatte – oder hatte sie so viel Stress, Druck und Nackenschläge erlebt, dass man ihr Urteilsvermögen in Zweifel ziehen musste?

Sei objektiv, Maya.

Es war leicht, seinen eigenen Augen zu trauen, oder? Taten wir alle. Wir sagten uns: Wir sind nicht verrückt. Die anderen sind die Verrückten. Das war Teil des Menschseins: Wir halten unsere Perspektive für allgemeingültig.

Also nimm eine andere Perspektive ein.

Der Krieg. Keiner verstand ihn. Keiner kannte die Wahrheit. Alle dachten, Maya sei von Schuldgefühlen gepeinigt, weil Zivilisten getötet worden waren. Das wäre ja auch logisch. Sie sahen die Sache aus ihrer Perspektive: Du fühlst dich schuldig, lautete ihre Theorie, und diese Schuld manifestiert sich in quälenden Flashbacks. Du versuchst es mit einer Therapie. Du nimmst Medikamente. Der Tod begleitet dich. Nein, falsch. Der Tod tat mehr als das.

Der Tod verfolgt dich, Maya …

War so ein Mensch – ein vom Tod begleiteter Mensch, ein Mensch, der selbst den Personen, die ihm am nächsten standen, vorgegaukelt hatte, dass sein Zustand zu einem erheblichen Teil auf Schuldgefühlen beruhte – ein Mensch, dessen Urteilsvermögen man trauen konnte? Wenn man alle Auswüchse und Verzweigungen zurückstutzte: Durfte man einem solchen Menschen zutrauen, die Tatsachen rational zu betrachten und die Wahrheit in Erfahrung zu bringen?

Objektiv betrachtet nicht.

Andererseits – scheiß auf die Objektivität, oder?

Schlussfolgerung: Irgendjemand versuchte, sie total zu verarschen.

Als es um Carolines Aufenthaltsort ging, war Judith extrem zugeknöpft gewesen. Maya zog ihr Handy heraus und rief ihre

Schwägerin an. Die Mailbox meldete sich. Wie nicht anders zu erwarten. Als der Piepton zum Hinterlassen einer Nachricht ertönte, sagte Maya: »Caroline, ich möchte nur wissen, ob es dir gut geht. Melde dich bitte, sobald du diese Nachricht bekommst.«

Eileen parkte schon in der Zufahrt, als Maya zu Hause ankam. Maya hielt an. Lily war auf dem Rücksitz eingeschlafen. Sie stieg aus, wollte die hintere Tür öffnen, als Eileen sagte: »Lass sie noch einen Moment schlafen. Wir müssen reden.«

Maya drehte sich um und sah ihre Freundin an. Eileen hatte geweint.

»Was ist los?«

»Ich könnte Mist gebaut haben«, sagte sie. »Mit der Nanny-Cam.«

Eileen fing an zu zittern.

»Schon okay«, sagte Maya. »Ich bring Lily rein, dann können wir …«

»Nein«, sagte Eileen. »Wir müssen das hier draußen besprechen.«

Maya sah sie fragend an.

»Wäre möglich, dass es nicht sicher ist, sich drinnen zu unterhalten«, sagte Eileen und senkte die Stimme. »Vielleicht hört jemand mit.«

Maya sah Lily durchs Autofenster an. Sie schlief noch.

»Was ist passiert?«, fragte Maya.

»Robby.« Der Ex, der sie misshandelt hatte.

»Was ist mit ihm?«

»Du wolltest mir doch nicht erzählen, was mit deiner Nanny-Cam passiert ist, richtig?«

»Ja, wieso?«

»Du warst bei mir zu Haus. Du warst aufgeregt und wütend

und hast mich sogar verdächtigt. Ich musste dir beweisen, dass ich die Kamera gekauft habe.«

»Schon klar«, sagte Maya. »Was hat das mit Robby zu tun?«

»Er ist wieder da«, sagte sie, und Tränen schossen ihr aus den Augen. »Er hat mich beobachtet.«

»Hoho, langsam, Eileen.«

»Die hier hab ich per E-Mail gekriegt.« Sie griff in ihre Handtasche und drückte Maya einen Stapel Fotos in die Hand. »Sie wurden natürlich von einer anonymen Adresse verschickt. Nicht zurückverfolgbar. Ich weiß aber, dass sie von Robby sind.«

Maya sah sich die Fotos an. Sie waren in Eileens Haus aufgenommen worden. Die ersten drei in ihrem Wohnzimmer. Zwei zeigten ihre Kinder, Kyle und Missy, beim Spielen auf der Couch. Das dritte zeigte die verschwitzte Eileen in einem Sport-BH mit einem Glas Wasser in der Hand.

»Ich war nach dem Training gerade nach Hause gekommen«, erklärte Eileen. »Es war niemand da. Also habe ich das T-Shirt ausgezogen und unten in den Wäschekorb geworfen.«

Maya spürte, wie Panik in ihr aufstieg, sprach aber mit ruhiger Stimme. »Der Winkel«, sagte sie und ging weitere Fotos von Eileen und ihren Kindern durch. »Die Bilder wurden von deiner Nanny-Cam aufgenommen?«

»Ja.«

Maya rutschte das Herz in die Hose.

»Guck dir das letzte an.«

Es war ein Foto von Eileen und einem Mann, den Maya noch nie gesehen hatte. Sie küssten sich.

»Das ist Benjamin Barouche. Wir haben uns auf Match.com kennengelernt. Es war unser drittes Date. Ich hab ihn mit zu mir nach Hause genommen. Die Kinder haben oben geschlafen. Ich hab nicht lange gefackelt. Am Nachmittag ist die E-Mail mit den Fotos gekommen.«

Warum hatte Maya nicht daran gedacht?

»Dann hat sich irgendjemand in deine Nanny …«

»Nicht irgendjemand. Robby. Das muss Robby gewesen sein.«

»Okay, also hat Robby sich in deine Nanny-Cam gehackt?«

Eileen fing an zu weinen. »Ich dachte, die Kameras hätten keine Verbindung zum Internet, weiß du? Schließlich haben sie ja auch eine SD-Karte. Damit hatte ich nicht gerechnet. Ist aber auch gar nicht ungewöhnlich. Sich in Kameras zu hacken, meine ich. Die Leute machen das bei allen möglichen Kameras von sozialen Medien und Skype und … ich hätte Sicherheitsmaßnahmen ergreifen müssen. Aber ich hab das nicht gewusst.« Sie brach ab und wischte sich die Tränen aus dem Gesicht.

»Tut mir leid, Maya«, sagte sie.

»Schon gut.«

»Ich weiß nicht, was bei deiner Nanny-Cam passiert ist«, sagte Eileen. »Und es ist auch okay, wenn du es mir nicht erzählen willst. Aber ich dachte, vielleicht ist das die Erklärung. Dass sich vielleicht jemand reingehackt hat und dich und Lily sehen konnte.«

Maya versuchte, diese neue Information zu verarbeiten. Im Moment war ihr nicht klar, was genau diese Neuigkeit bedeutete oder ob sie etwas mit ihrer Situation zu tun hatte. Hätte jemand an einem anderen Ort ein Video von Joe machen und auf ihre Nanny-Cam hochladen können? Und selbst wenn? Das Video war in ihrem Wohnzimmer aufgenommen worden und zeigte ihre Couch.

Aber wurde sie überwacht?

»Maya?«

»Ich habe keine solche E-Mail bekommen«, sagte Maya. »Und mir hat auch niemand Fotos gemailt.«

Eileen sah sie an. »Was dann? Was ist mit deiner Nanny-Cam passiert?«

»Ich habe Joe gesehen«, sagte Maya.

DREIUNDZWANZIG

Maya trug Lily nach oben, legte sie ins Bett und deckte sie zu. Sie überlegte, auf der Rückseite der Nanny-Cam nachzusehen, ob das WLAN eingeschaltet war, aber im Moment wollte sie einem möglichen Überwacher keinen Hinweis auf ihren Verdacht geben.

Überwacher. Wow. So viel dazu, dass sie paranoid sein könnte.

Sie und Eileen hatten das chinesische Essen im Speisezimmer zu sich genommen, weit entfernt vom Objektiv der Nanny-Cam, über das sie womöglich ausspioniert wurden. Maya erzählte Eileen, was sie auf der Nanny-Cam gesehen hatte, was Isabella getan hatte… dann unterbrach sie ihre Beichte, weil das, was sie tat, dumm war.

Fakt: Eileen hatte die Nanny-Cam in ihr Haus gebracht.

Maya versuchte, den Zweifel zu ignorieren, aber der Verdacht hallte ihr in den Ohren. Sie konnte ihn etwas leiser stellen, wurde ihn aber nicht ganz los.

»Was wirst du machen?«, fragte Maya. »Mit Robby, meine ich.«

»Ich habe meinem Anwalt Kopien von den Fotos gegeben. Er meinte, dass ich ohne Beweis überhaupt nichts machen kann. Außerdem habe ich sichergestellt, dass das WLAN komplett ausgestellt ist. Und ich habe eine Firma bestellt, die mein Computernetzwerk so einrichtet, dass es vollkommen sicher ist.«

Das klang nach einem ziemlich guten Plan.

Eine halbe Stunde später begleitete Maya Eileen zu ihrem Wagen, dann rief sie Shane an. »Du musst mir noch einen Gefallen tun.«

»Du kannst es gerade nicht sehen«, sagte Shane, »aber ich seufze theatralisch.«

»Jemand, dem ich vertraue, muss meine Wohnung nach Wanzen absuchen.«

Sie erzählte von Eileen und der gehackten Nanny-Cam.

»Weißt du, ob deine gehackt wurde?«, fragte er.

»Nein. Hast du jemanden, der mir helfen kann?«

»Habe ich. Aber ich muss ehrlich sein. Das klingt alles ein bisschen …«

»Paranoid?«, beendete sie den Satz.

»Ja, wär möglich.«

»Hast du Dr. Wu angerufen?«

»Maya?«

»Was ist?«

»Dir geht's nicht gut.«

Sie antwortete nicht.

»Maya?«

»Ich weiß«, sagte sie.

»Es ist nicht schlimm, wenn man Hilfe braucht.«

»Ich muss die Sache erst hinter mich bringen.«

»Welche Sache musst du hinter dich bringen?«

»Bitte, Shane.«

Es entstand eine kurze Pause. Dann sagte er: »Ich seufze wieder.«

»Theatralisch?«

»Kann man auch anders seufzen? Ich komme morgen Vormittag mit ein paar Leuten vorbei und säubere deine Wohnung.« Er räusperte sich. »Bist du bewaffnet, Maya?«

»Was glaubst du?«

»Rhetorische Frage«, sagte er. »Wir sehen uns morgen früh.«

Shane legte auf. Maya war noch nicht bereit für eine weitere Schreckensnacht mit Flashbacks. Stattdessen richtete sie ihre Aufmerksamkeit auf Claires Ausflug nach Philadelphia.

Lily schlief noch. Maya wusste, dass sie ihre Tochter wecken, ihr die Kleidung, die sie den ganzen Tag getragen hatte, ausziehen, sie baden und ihr einen sauberen Pyjama anziehen müsste. Die »guten« Mütter würden darauf bestehen, und einen Moment hatte Maya ihre missbilligenden Blicke vor Augen. Allerdings trugen diese Mütter wohl auch keine Pistolen und beschäftigten sich nicht mit Morden, oder? Sie begriffen nicht einmal, dass blutgetränkte Welten wie Mayas Seite an Seite mit den ihren existierten, dass sie Nachbarn waren, dass die Familie nebenan mit Tod und Terror beschäftigt war, während sie sich um Kunst und Handwerk, um die Freizeitaktivitäten ihrer Kinder, um Karate-Kurse und Nachhilfeunterricht kümmerten.

Wurde sie beobachtet?

Im Moment konnte sie nichts dagegen tun. Sie musste andere Dinge erledigen, wichtige Dinge, die keinen Aufschub duldeten, also schob sie ihre Paranoia beiseite und öffnete ihren Laptop. Wenn ihr Haus wirklich verwanzt war – was sie immer noch nicht wirklich glaubte –, könnte auch ihr WLAN angezapft sein. Um mehr als hundert Prozent sicher zu sein, änderte sie den Namen und das Passwort ihres WLAN-Netzes und nutzte ein VPN zum Browsen.

Eigentlich müsste das reichen, aber weiß der Geier.

Sie ging wieder ins Internet und suchte nach »Andrew Burkett«. Wie nicht anders zu erwarten, gab es mehrere – einen College-Professor, einen Autohändler, einen Doktoranden. Sie versuchte, einen anderen Schlüsselbegriff hinzuzufügen und in der Vergangenheit zu suchen. Ein paar Artikel über Andrews Tod erschienen. Eine große Lokalzeitung hatte folgendermaßen getitelt:

Junger Burkett-Spross
fällt von Yacht und ertrinkt

Schlagworte. »Yacht«, nicht »Boot«. Und natürlich »Spross«. Den Ausdruck hatten sie bei Joe auch verwendet. »Spross«, die Reichen bekamen sogar ein eigenes Wort für ihre Nachkommen. Sie überflog ein paar Artikel. Niemand wusste genau, wo im Atlantik Andrew von Deck gefallen war, als die Familien-Yacht, *Lucky Girl*, in dieser Nacht auf halber Strecke zwischen dem Abfahrtshafen Savannah, Georgia, und dem Zielhafen Hamilton auf Bermuda unterwegs gewesen war. Dazwischen lag viel offenes Meer.

Laut der Zeitungsberichte war Andrew Burkett am 24. Oktober um 1 Uhr nachts zum letzten Mal gesehen worden, nachdem er lange mit »Schulfreunden und Verwandten« gefeiert hatte. Er wurde um 6 Uhr morgens als vermisst gemeldet. Joe hatte erzählt, dass drei ihrer Mannschaftskameraden aus dem Fußballteam der Franklin Biddle Academy sowie ihre Schwester Caroline mit an Bord gewesen waren. Die Burkett-Eltern waren nicht mit auf der Yacht gefahren. Judith und Joseph hatten sie mit dem kleinen Neil in einem Luxushotel auf Bermuda erwartet. Während der Überfahrt hatte sich eine erfahrene und ziemlich teure Mannschaft um sie gekümmert – und, holla, im Artikel wurde auch Rosa Mendez erwähnt, Isabellas Mutter, die »vor allem für die junge Caroline« zuständig gewesen war.

Maya las die wichtigsten Stellen noch einmal. Sie überlegte einen Moment, bevor sie fortfuhr.

Andrews Leiche war am Tag nach der Vermisstenmeldung gefunden worden. In späteren Artikeln wurde Ertrinken als Todesursache angegeben. Von Fremdeinwirkung oder Selbstmord war nicht die Rede.

Okay. Und was jetzt?

Maya gab Andrews Namen zusammen mit den Worten »Franklin Biddle Academy« ein. Ein Link zur Ehemaligen-Seite der Schule erschien. Als Maya darauf klickte, öffnete sich ein Dropdown-Menü mit diversen Jahrgangsseiten. Sie überschlug schnell im Kopf, wann Andrew seinen Abschluss gemacht haben müsste, und klickte auf das Jahr. Es gab Verzeichnisse vergangener Jahrestreffen, die Daten einer bevorstehenden Wiedersehensfeier und natürlich einen Link, unter dem man der Academy Geldspenden zukommen lassen konnte.

Am unteren Rand der Website befand sich ein Button mit der Aufschrift »In memoriam«.

Nach einem weiteren Klick erschienen zwei Porträtfotos von Schülern. Beide sahen verdammt jung aus, aber das waren die Kids, mit denen Maya beim Militär gedient hatte, natürlich auch. Wieder dachte sie an die Gartenzäune, den schmalen Grat, die verschiedenen Welten, die Seite an Seite existierten. Der junge Mann auf dem rechten Foto war Andrew Burkett. Maya hatte sich nie wirklich Zeit genommen, sich das Gesicht ihres Beinahe-Schwagers genau anzusehen. Joe war nicht der Typ, der alte Familienfotos im Haus verteilte, und obwohl in einem der hinteren Salons der Burketts ein Porträt von Andrew hing, hatte es Maya geschafft, diesem Bild nie größere Aufmerksamkeit zu schenken. Auf diesem Foto hatte Andrew jedenfalls keine große Ähnlichkeit mit seinem deutlich attraktiveren Bruder Joe. Andrew war mehr nach seiner Mutter gekommen. Maya studierte das junge Gesicht noch eine Weile, als könnte darin irgendein Hinweis verborgen sein, als könnte

Andrew Burkett jetzt noch aus diesem alten Schulfoto heraustreten und verlangen, dass endlich die Wahrheit gesagt wurde. Es geschah nicht.

Ich werde dahinterkommen, Andrew. Ich werde auch dich rächen.

Maya sah sich das Foto des anderen jungen Verstorbenen an. Der Name unter dem Foto lautete Theo Mora. Theo sah aus wie ein Lateinamerikaner, hatte vielleicht aber auch nur einen dunkleren Hautton. Auf dem Foto präsentierte er das unbehagliche, forcierte Lächeln eines, tja, Highschool-Schülers, der für sein Schulfoto posieren muss. Seine Haare sahen aus, als wären sie plattgegelt, aber auf dem besten Weg, wieder die Kontrolle zu übernehmen. Genau wie Andrew trug auch er ein Jackett und eine Schulkrawatte. Während Andrews Krawatte allerdings in einem perfekten Windsorknoten gebunden war, sah seine aus wie die eines müden Angestellten auf der nächtlichen Heimfahrt mit der U-Bahn.

Die Bildüberschrift lautete: »Zu früh von uns gegangen, aber für immer in unseren Herzen.« Weitere Informationen gab es nicht. Maya googelte Theo Mora. Es dauerte etwas, aber schließlich fand sie eine Todesanzeige in einer Lokalzeitung aus Philadelphia. Keinen Artikel. Und auch sonst nichts. Nur eine schlichte Todesanzeige. Als Todesdatum war der 12. September angegeben, also rund sechs Wochen *vor* Andrews Sturz von der Yacht. Zum Zeitpunkt seines Todes war Theo Mora siebzehn Jahre alt gewesen, also genauso alt wie Andrew.

Zufall?

Maya las die Anzeige noch einmal. Eine Todesursache war nicht angegeben. Sie gab die Namen »Andrew Burkett« und »Theo Mora« in ein Suchfeld ein. Zwei Links zu Websites der Franklin Biddle Academy erschienen. Einer verwies auf die »In memoriam«-Seite, die sie sich schon angesehen hatte. Sie klickte auf den anderen Link und landete auf der Seite, auf der die Schulmannschaften aufgeführt waren. Sie entdeckte ein Archiv sämtlicher Mannschaftsaufstellungen. Maya sah sich die Fußballseite des betreffenden Jahres an.

Sieh da! Andrew und Theo Mora waren Mannschaftskameraden gewesen.

Konnte es Zufall sein, dass zwei Schüler derselben Highschool in ihrem letzten Schuljahr im Abstand von weniger als zwei Monaten starben?

Natürlich.

Wenn man aber die Zahlungen an Tom Douglass und Claires Fahrt nach Philadelphia dazunahm, wenn man berücksichtigte, dass Tom Douglass vermisst wurde und Claire gefoltert und ermordet worden war …

Kein Zufall.

Sie sah sich den Rest der Mannschaftsaufstellung an. Joe hatte im selben Jahr graduiert, spielte die Saison aber noch mit dem Team zu Ende. Er war Vize-Kapitän, was sie nicht überraschte. Für eine Highschool-Fußballmannschaft waren das verdammt viele Tote.

Sie klickte auf einen weiteren Link und fand ein Mannschaftsfoto. Eine Hälfte der Mannschaft stand, die andere Hälfte kniete. Alle wirkten stolz, jung und gesund. Maya entdeckte Joe sofort unter den Stehenden, und zwar – auch das überraschte sie nicht – genau in der Mitte. Das dreiste Lächeln hatte er schon damals im Gesicht. Sie sah ihn einen Moment lang an, so verdammt attraktiv und selbstbewusst, bereit, es mit der ganzen Welt aufzunehmen, in dem Wissen, dass er immer obenauf sein würde, und sie konnte in diesem Moment nicht anders, als an sein Schicksal zu denken.

Andrew stand auf dem Mannschaftsfoto neben seinem Bruder, buchstäblich in Joes Schatten. Theo Mora kniete als Zweiter von rechts in der vorderen Reihe. Wieder wirkte sein

Lächeln etwas unbeholfen und forciert. Maya musterte die anderen Gesichter in der Hoffnung, eins zu entdecken, das sie kannte. Sie fand aber keins. Drei von diesen Jungs waren in der Nacht mit auf der Yacht gewesen. War sie einem davon schon einmal begegnet? Vermutlich nicht.

Sie klickte zurück zur Aufstellung und druckte die Namensliste aus. Sie konnte die Namen morgen früh googeln und …

Und was dann?

Sie anrufen oder ihnen eine E-Mail schicken. Sie fragen, ob sie auf der Yacht gewesen waren. Feststellen, ob sie wussten, was mit Andrew passiert war oder, was vielleicht noch wichtiger war, wie Theo Mora gestorben war.

Sie suchte noch eine Weile im Internet, fand aber nichts Neues. Maya überlegte, ob Claire etwas Ähnliches getan hatte. Unwahrscheinlich. Wahrscheinlich hatte Tom Douglass ihr einen Hinweis gegeben, irgendetwas über diese verdammte Schule, und da Claire dazu neigte, immer gleich ganz oben anzufangen, könnte sie zur Franklin Biddle Academy runtergefahren sein und ein paar Fragen gestellt haben.

War sie deshalb ermordet worden?

Es gab eine Möglichkeit, das festzustellen. Maya würde morgen einen Ausflug nach Philadelphia machen.

VIERUNDZWANZIG

Eine weitere schreckliche Nacht voller Flashbacks. Noch während die Geräusche wie heiße Schrapnellsplitter durch ihren Kopf schossen, versuchte Maya herauszufinden, ob Wu recht hatte, ob sie ausschließlich Flashbacks hatte oder ob sie auch Dinge hörte, die sie nie zuvor gehört hatte. Akustische Halluzinationen. Aber wie bei jeder nächtlichen Expedition war die Antwort trügerisch und ging in Rauch auf, sobald sie dem Ziel näher kam. Die Geräusche wurden immer durchdringender und schmerzhafter, bis Maya schließlich nur noch auf den Tagesanbruch wartete.

Sie wachte erschöpft auf, und ihr wurde bewusst, dass Sonntag war. Am Sonntag würde sie in der Franklin Biddle Academy niemanden antreffen, der ihre Fragen beantwortete. Außerdem war *Growin' Up* sonntags geschlossen. Vielleicht war das auch besser so. Ein Soldat verwendete auch seine Pausen sinnvoll. Wenn man die Gelegenheit hatte, sich auszuruhen, tat man das. Bei jeder sich bietenden Gelegenheit gab man dem Körper sowie dem Geist die Chance zu heilen.

Der ganze Horror konnte ruhig noch einen Tag warten.

Also würde Maya Urlaub von Tod und Zerstörung nehmen und einfach einen ganz normalen Tag mit ihrer Tochter verbringen.

Die reinste Wonne, oder?

Allerdings erschien Shane pünktlich um acht Uhr mit zwei Männern, die ihr kurz zunickten und anfingen, die Wohnung nach Wanzen und Kameras zu durchsuchen. Als die beiden die Treppe hinaufgingen, griff Shane nach der Nanny-Cam im Wohnzimmer und sah sich die Rückseite an.

»Das WLAN ist ausgeschaltet«, sagte er.

»Das heißt?«

»Das heißt, dass dich damit niemand ausspionieren kann, selbst wenn er die technischen Möglichkeiten dafür ansonsten haben sollte.«

»Okay.«

»Es sei denn, es gibt eine Art Hintertür. Was ich bezweifle. Oder jemand war im Haus und hat das WLAN ausgeschaltet, weil er wusste, dass wir kommen.«

»Klingt unwahrscheinlich«, sagte Maya.

Shane zuckte die Achseln. »Du bist diejenige, die ihr Haus auf Wanzen untersuchen lässt. Und wenn wir schon hier sind, sollten wir auch unsere Arbeit tun, okay?«

»Okay.«

»Erste Frage: Wer außer dir hat einen Schlüssel zu diesem Haus?«

»Du.«

»Stimmt. Aber ich hab mich selbst gerade einem Schnellverhör unterzogen und bin unschuldig.«

»Witzig.«

»Danke. Also wer noch?«

»Niemand.« Dann fiel es ihr ein. »Mist.«

»Was ist?«

Sie sah ihn an. »Isabella hat einen.«

»Und der vertrauen wir nicht mehr, richtig?«

»Keinen Millimeter.«

»Glaubst du wirklich, dass sie noch einmal hier aufgetaucht ist und mit dem Bilderrahmen herumgespielt hat?«, fragte Shane.

»Das halte ich für unwahrscheinlich.«

»Vielleicht solltest du dir ein paar Kameras anschaffen, um die Einbruchssicherheit zu verbessern«, sagte er. »Aber auf jeden Fall solltest du erst mal die Schlösser austauschen lassen.«

»In Ordnung.«

»Also hast du einen Schlüssel, ich habe einen, und Isabella hat einen.« Shane stemmte die Hände in die Hüfte und stieß einen Seufzer aus. »Jetzt reiß mir nicht den Kopf ab«, sagte er.

»Aber?«

»Aber was ist mit Joes?«

»Joes Schlüssel?«

»Ja.«

»Keine Ahnung.«

»Hatte er ihn dabei, als er … äh …«

»Ermordet wurde?«, beendete Maya den Satz für ihn. »Ja, er hatte den Schlüssel bei sich. Davon gehe ich zumindest aus. Normalerweise hatte er den Hausschlüssel immer bei sich. Wie eigentlich praktisch jeder in der freien Welt.«

»Hast du die Sachen zurückbekommen, die er bei sich hatte?«

»Nein. Die Polizei muss sie noch haben.«

Shane nickte. »Also gut.«

»Was ist gut?«

»Egal was. Ich weiß einfach nicht, was ich sonst sagen soll, Maya. Das Ganze ist verdammt absurd. Ich begreif es absolut nicht, daher stelle ich dir Fragen, in der Hoffnung, dass mir vielleicht irgendetwas klar wird. Du vertraust mir doch, oder?«

»Ich würde mein Leben in deine Hände legen.«

»Trotzdem«, sagte Shane, »erzählst du mir nicht, was los ist.«

»Ich erzähl dir doch, was los ist.«

Shane drehte sich um, betrachtete sich im Spiegel und kniff die Augen zusammen.

»Was machst du?«, fragte sie.

»Nachgucken, ob ich wirklich so dumm aussehe.« Shane drehte sich wieder zu ihr um. »Warum hast du mich nach diesem Typen von der Küstenwache gefragt? Was zum Teufel hat Andrew Burkett mit der ganzen Sache zu tun? Der ist gestorben, als er noch auf der Highschool war.«

Sie zögerte.

»Maya?«

»Ich weiß es noch nicht«, sagte sie. »Aber es könnte eine Verbindung geben.«

»Zwischen wem oder was? Willst du sagen, dass Andrews Tod auf dem Boot etwas mit Joes Ermordung im Central Park zu tun hat?«

»Ich will sagen, dass ich es noch nicht weiß.«

»Also, was hast du als Nächstes vor?«, fragte Shane.

»Heute?«

»Ja.«

Fast wären ihr Tränen in die Augen geschossen, es gelang ihr gerade noch, sie zurückzuhalten. »Nichts, Shane. Okay? Nichts. Es ist Sonntag. Ich bin euch sehr dankbar, dass ihr vorbeigekommen seid, aber ich stelle mir das so vor: Wenn ihr mit der Untersuchung meines Hauses fertig seid, verschwindet ihr, damit ich an diesem fantastischen Herbstsonntag mit meiner Tochter einen klassischen Mutter-Tochter-Ausflug wie aus dem Bilderbuch unternehmen kann.«

»Ehrlich?«

»Ja, Shane. Ehrlich.«

Shane lächelte. »Das ist so cool.«

»Ja.«

»Wohin fährst du mit ihr?«

»Nach Chester?«

»Äpfel pflücken?«

Maya nickte.

»Da sind meine Eltern mit mir auch oft hingefahren«, sagte Shane mit beschwingter Stimme.

»Willst du mitkommen?«

»Nein«, sagte er im sanftesten Ton, den sie je gehört hatte. »Und du hast recht. Es ist Sonntag. Wir sehen zu, dass wir fertig werden, und verschwinden. Du kannst Lily schon fertig machen.«

Sie suchten weiter, fanden keine Wanzen, dann verabschiedete Shane sich mit einem Wangenkuss. Maya setzte Lily in den Kindersitz im Auto und machte sich auf den Weg. Mutter und Tochter machten alles, was man an einem solchen Tag so machte. Sie fuhren mit dem Heuwagen. Sie gingen in den Streichelzoo und fütterten die Ziegen. Sie pflückten Äpfel, aßen Eis und sahen einem Clown zu, der Lily mit Luftballon-Tieren in seinen Bann zog. Um sie herum verbrachten Menschen, die wochentags hart arbeiteten, ihre wertvolle Freizeit: Sie lachten, gingen Hand in Hand, beschwerten sich, stritten und freuten sich. Maya beobachtete sie, während sie versuchte, den Augenblick zu genießen, einfach mit ihrer Tochter in die Schönheit des strahlenden Herbsttags einzutauchen. Aber auch diesmal gelang ihr das nicht richtig, es war, als würde sie alles nur von außen betrachten, es nicht selbst erleben. Sie konnte diese Augenblicke zwar absichern, an ihnen teilzunehmen war ihr jedoch nicht möglich. Die Stunden vergingen, der Tag neigte sich dem Ende zu, und Maya wusste nicht genau, wie sie sich fühlte.

Die Nacht von Sonntag auf Montag war nicht besser als die vorherigen. Sie probierte es mit den neuen Tabletten, die aber nicht halfen, die Geister zu besänftigen. Wenn sich überhaupt etwas änderte, schien es eher so, als würden sich die Geräusche von dem, was sie eingenommen hatte, nähren und dadurch noch an Lautstärke zulegen.

Als sie aufwachte, rang sie nach Luft und griff schnell zum Telefon, um Wu anzurufen. Sie hielt in der Bewegung inne, noch bevor sie auf Wählen gedrückt hatte. Einen Moment lang überlegte sie sogar, ob sie Mary McLeod, Judiths Kollegin, anrufen sollte, aber auch das würde sie auf keinen Fall tun.

Komm damit klar, Maya. Es dauert jetzt nicht mehr lang.

Sie zog sich an, brachte Lily zu *Growin' Up* und rief bei der Arbeit an, um zu sagen, dass sie es nicht schaffen würde.

»Das kannst du mir nicht antun, Maya«, sagte Karena Simpson, ihre Chefin und frühere Piloten-Kollegin bei der Army. »Ich muss diese Firma am Leben halten. Du kannst die Flugstunden nicht in letzter Minute absagen.«

»Entschuldige.«

»Hör zu, ich weiß, dass du ziemlich schwere Zeiten durchmachst…«

»Ja, Karena, das tue ich«, unterbrach Maya sie. »Und vielleicht bin ich auch etwas übereilt wieder eingestiegen. Tut mir leid, dass ich dich so hängen lasse, aber vielleicht brauche ich doch noch ein bisschen Zeit.«

Das war zum Teil gelogen, zum Teil wahr. Sie hasste es, schwach zu erscheinen, aber auch das war notwendig. Maya wusste inzwischen, dass sie nicht wieder in diesen Job zurückkehren würde. Nie mehr.

Zwei Stunden später erreichte sie Bryn Mawr, Pennsylvania, und fuhr an perfekt geschnittenen Hecken und einer Steintafel mit der Aufschrift »Franklin Biddle Academy« vorbei. Die Tafel war klein, geschmackvoll und so gestaltet, dass man sie im üppigen herbstlichen Grün leicht übersehen konnte – und genau das war der Sinn der Sache. Als sie am gepflegten Rasenquadrat entlang auf den Besucherparkplatz fuhr, schrie alles um sie herum prätentiös, patrizierhaft, privilegiert und protzig. Lauter *Ps*. Selbst der Campus wirkte einschüchternd. Er schien eher nach frisch gedruckten Dollarnoten als nach Herbstlaub zu duften.

Geld half einem, sich abzuschotten. Mit Geld konnte man sich Zäune und unterschiedliche Grade von Abgeschiedenheit kaufen. Manchmal wurde mit Geld eine urbane Welt gekauft. Manchmal wurden mit Geld vorstädtische Wohnsiedlungen gekauft. Und manchmal wurden mit Geld – mit sehr viel Geld – Orte wie dieser gekauft. Wir alle versuchten nur, uns immer tiefer in einem schützenden Kokon zu verkriechen.

Das Hauptbüro befand sich in einem Natursteingebäude namens Windsor House. Maya hatte sich überlegt, dass es besser wäre, sich nicht telefonisch anzumelden. Sie hatte sich den Schulleiter im Internet angesehen und beschlossen, dass sie ihn einfach überraschen würde. Wenn er nicht da war, auch okay. Dann würde sie jemand anders finden, mit dem sie sich über dieses Thema unterhalten konnte. Und wenn er da war, würde er sie auch empfangen. Schließlich war er nur Schulleiter einer Highschool, kein Staatsoberhaupt. Außerdem gab es auf dem Campus immer noch ein Burkett-Wohnheim. Ihr Nachname würde ihr hier sicher die meisten Türen öffnen, die ansonsten geschlossen blieben.

Die Frau am Empfang sprach sie leise an: »Kann ich Ihnen helfen?«

»Maya Burkett. Ich möchte den Schulleiter sprechen. Tut mir leid, aber ich habe keinen Termin.«

»Nehmen Sie bitte Platz.«

Aber es dauerte nicht lange. Auf der Website der Schule hatte Maya erfahren, dass ein ehemaliger Schüler und Lehrer namens Neville Lockwood IV. hier seit 23 Jahren Schulleiter war. Bei diesem Namen und einem solchen Stammbaum erwartete sie ein gewisses Aussehen: rötliches Gesicht, aristokratische Gesichtszüge, Stirnglatze, blonde Haare. Und der Mann, der sie empfing, bot ihr nicht nur das, sondern auch noch eine Drahtgestell-Brille, deren Bügel das Ohr umschlossen, eine Tweed-Jacke und, ja, eine Fliege mit Argyle-Muster.

Er umfasste ihre beiden Hände.

»Oh, Mrs Burkett«, sagte Neville Lockwood mit diesem Akzent, der mehr über die soziale Herkunft des Sprechers verrät als über die geographische, »wir alle auf der Franklin Biddle möchten Ihnen unser aufrichtiges Beileid aussprechen.«

»Danke.«

Er führte sie in sein Büro. »Ihr Mann war einer unserer beliebtesten Schüler.«

»Nett, dass Sie das sagen.«

In einem großen Kamin lagen graue Holzscheite. Rechts davon befand sich eine Standuhr. Lockwood setzte sich hinter seinen Kirschholz-Schreibtisch und bot ihr den Polsterstuhl davor an. Ihre Sitzfläche war etwas tiefer als seine, was, wie Maya vermutete, kein Zufall war.

»Die Hälfte der Trophäen in der Windsor Sports Hall verdanken wir Joe. Er ist immer noch der Rekordtorschütze des Fußballteams. Wir hatten überlegt … Also, wir hatten überlegt, ob wir eine Gedenkveranstaltung für ihn im Clubhaus geben sollen. Er war sehr gerne dort.«

Neville Lockwood lächelte ihr etwas gönnerhaft zu. Sie erwiderte das Lächeln. Diese Sport-Reminiszenzen könnten die

Einleitung für die Bitte um eine Spende sein – Maya merkte so etwas meist erst recht spät – ,wie auch immer, sie wollte ihre Sache voranbringen.

»Kennen Sie zufällig meine Schwester?«

Die Frage überraschte ihn. »Ihre Schwester?«

»Ja. Claire Walker.«

Er überlegte einen Moment. »Der Name kommt mir bekannt vor …«

Maya wollte schon sagen, dass Claire vor etwa vier bis fünf Monaten hier gewesen war und kurz darauf ermordet wurde. Aber das könnte ihn womöglich schockieren, und er würde ihr nichts mehr erzählen. »Vergessen Sie's, spielt auch keine Rolle. Ich würde Ihnen gern ein paar Fragen über die Zeit stellen, als mein Mann hier zur Schule ging.«

Er hatte die Hände zusammengelegt und wartete.

Sie musste behutsam vorgehen. »Wie Sie wissen, Direktor Lockwood …«

»Bitte nennen Sie mich Neville.«

»Neville.« Sie lächelte. »Wie Sie wissen, ist diese Academy für die Familie Burkett sowohl die Quelle großen Stolzes … als auch der tiefen Trauer.«

Er setzte eine angemessen ernste Miene auf. »Ich nehme an, Sie sprechen über den Bruder Ihres Mannes.«

»Das tue ich.«

Neville schüttelte den Kopf. »Eine schreckliche Geschichte. Ich weiß, dass sein Vater vor ein paar Jahren verstorben ist, aber … Die arme Judith. Noch einen Sohn zu verlieren.«

»Ja.« Maya ließ sich Zeit. »Und ich weiß nicht genau, wie ich es ansprechen soll, aber mit Joe, tja, aus der damaligen Fußballmannschaft der Schule sind inzwischen drei Personen verstorben.«

Die Farbe wich aus Neville Lockwoods Gesicht.

»Ich spreche vom Tod Theo Moras«, sagte Maya. »Erinnern Sie sich an den Vorfall?«

Neville Lockwood hatte seine Stimme wiedergefunden. »Ihre Schwester.«

»Was ist mit ihr?«

»Sie war hier auf dem Campus und hat sich nach Theo erkundigt. Deshalb kam mir der Name bekannt vor. Ich war nicht hier, habe aber hinterher davon erfahren.«

Bestätigung. Maya war auf der richtigen Spur.

»Wie ist Theo gestorben?«, fragte sie.

Neville Lockwood wandte den Blick ab. »Ich könnte Sie einfach fortschicken, Mrs Burkett. Ich könnte Ihnen sagen, dass die Schule strikte Regeln zum Schutz der Privatsphäre hat, sodass ich Ihnen keine Einzelheiten nennen darf.«

Maya schüttelte den Kopf. »Das wäre unklug.«

»Wie kommen Sie darauf?«

»Wenn Sie meine Fragen nicht beantworten«, sagte Maya, »müsste ich womöglich die Behörden einschalten, die sehr viel weniger diskret vorgehen würden.«

»Wirklich?« Ein schwaches Lächeln umspielte seine Lippen. »Und damit wollen Sie mich einschüchtern? Sagen Sie, ist dies die Stelle, wo der böse Schulleiter lügt, um den Ruf seiner Eliteeinrichtung zu schützen?«

Maya wartete.

»Also, ich werde das nicht tun, Captain Stern. Ja, ich kenne Ihren richtigen Namen. Ich weiß alles über Sie. Und, ähnlich wie das Militär hat diese Akademie einen heiligen Ehrenkodex. Ich bin überrascht, dass Joe Ihnen nichts davon erzählt hat. Wir haben unsere Wurzeln im Quäkertum, und das verlangt von uns Offenheit und Einigkeit. Wir verheimlichen nichts. Wir glauben, je mehr die Menschen wissen, desto besser sind wir durch die Wahrheit geschützt.«

»Gut«, sagte Maya. »Und wie ist Theo gestorben?«

»Ich muss Sie allerdings bitten, die Privatsphäre der Familie zu respektieren.«

»Das werde ich.«

Er seufzte. »Theo Mora ist an einer Alkoholvergiftung gestorben.«

»Er hat sich totgesoffen?«

»So etwas passiert leider. Nicht oft. Genau genommen war er der Einzige in der Geschichte dieser Institution. Aber eines Nachts hat Theo es mit dem Alkohol übertrieben. Er war nicht als Partylöwe oder so etwas bekannt. Aber so läuft das oft. Er kannte sich nicht aus und hat viel zu viel auf einmal getrunken. Wahrscheinlich wäre Theo noch rechtzeitig gefunden worden, aber er ist herumgeirrt und in einen Keller geraten. Ein Hausmeister hat ihn am nächsten Morgen entdeckt. Zu dem Zeitpunkt war er schon tot.«

Maya wusste nicht, was sie davon halten sollte.

Neville Lockwood legte die Hände auf den Schreibtisch und beugte sich vor. »Würden Sie mir verraten, warum Sie und Ihre Schwester jetzt danach fragen?«

Maya ignorierte seine Frage. »Haben Sie je darüber nachgedacht«, sagte sie, »wie es kommt, dass zwei Schüler aus derselben Schule und derselben Fußballmannschaft so kurz hintereinander sterben?«

»Ja«, sagte Neville Lockwood. »Sogar häufig.«

»Haben Sie je die Möglichkeit in Erwägung gezogen«, fuhr Maya fort, »dass eine Verbindung zwischen Theos und Andrews Tod bestehen könnte?«

Er lehnte sich zurück und legte die Fingerspitzen beider Hände aneinander. »Ganz im Gegenteil«, sagte er. »Ich sehe nicht, wie man annehmen kann, dass zwischen diesen beiden Vorfällen keine Verbindung besteht.«

Mit der Antwort hatte Maya nicht gerechnet.

»Würden Sie mir das erklären?«, fragte sie.

»Ich war Mathematiklehrer. Ich habe jede Menge Seminare über Statistik und Wahrscheinlichkeitsrechnung gegeben. Bivariate Verteilungen, Lineare Regression, Standardabweichungen und so weiter. Daher betrachte ich vieles im Leben in Form von Formeln und Gleichungen. So funktioniert mein Gehirn einfach. Die Wahrscheinlichkeit, dass zwei Schüler von demselben kleinen Elite-Internat innerhalb weniger Monate sterben, ist gering. Dass beide Schüler in derselben Klassenstufe waren, macht es noch unwahrscheinlicher. Und da beide auch noch in derselben Fußballmannschaft gespielt haben, tja, da kann man den Zufall langsam ausschließen.« Er lächelte beinahe und hob den Zeigefinger gedankenverloren, als wäre er wieder im Seminar. »Wenn man allerdings auch noch den letzten Faktor in die Gleichung einbezieht, tendiert die Wahrscheinlichkeit, dass es sich um Zufall handelt, nahezu gegen null.«

»Welchen letzten Faktor?«, fragte Maya.

»Theo und Andrew waren Zimmergenossen.«

Es wurde still im Raum.

»Die Wahrscheinlichkeit, dass zwei siebzehnjährige Zimmergenossen eines kleinen Elite-Internats jung sterben, zwischen ihren Toden aber keine Verbindung besteht … Ich muss gestehen, dass ich an diese extrem geringe Wahrscheinlichkeit nicht glaube.«

In der Ferne hörte Maya eine Kirchenglocke läuten. Türen wurden geöffnet. Jungengelächter ertönte.

»Nach Andrew Burketts Tod«, fuhr Neville Lockwood fort, »war ein Ermittler hier. Jemand von der Küstenwache, der sich um alle möglichen Todesfälle auf See kümmerte.«

»Hieß er Tom Douglass?«

»Möglich. Daran erinnere ich mich nicht mehr. Aber er war hier in diesem Büro. Er saß auf dem Platz, auf dem Sie jetzt sitzen. Und auch er wollte wissen, ob es möglicherweise eine Verbindung gab.«

Maya schluckte. »Und Sie haben ihm gesagt, dass Sie die sehen?«

»Ja.«

»Würden Sie mir erzählen, worin sie bestand?«

»Theos Tod war ein gewaltiger Schock für unsere Gemeinschaft. In den Zeitungen stand nie, wie es genau passiert war. Die Familie wollte es so. Wir waren von den Ereignissen schockiert. Aber Andrew Burkett war Theos bester Freund. Er war vollkommen am Boden zerstört. Ich gehe davon aus, dass Sie Joe erst lange nach Andrews Tod kennengelernt haben und Andrew nicht kannten, ist das richtig?«

»Ja.«

»Die beiden Brüder waren sehr verschieden. Andrew war ein sehr verletzlicher Junge. Ein nettes Kind. Sein Trainer sagte immer, dass genau diese Eigenschaft Andrew auf dem Fußballplatz im Weg gestanden hat. Anders als Joe musste er nicht als Sieger aus dem Wettkampf hervorgehen. Ihm fehlte die Aggressivität, der Biss, der Killerinstinkt, den man im Kampf braucht.«

Wieder diese unpassenden Kriegsmetaphern, dachte Maya, zur Beschreibung eines Sportereignisses.

»Bei Andrew könnten noch weitere Aspekte hineingespielt haben«, fügte Neville Lockwood hinzu, »dazu kann ich nichts sagen. In diesem Zusammenhang zählt jedoch nur, dass Theos Tod Andrew sehr schwer getroffen hat. Wir haben den Schulbetrieb damals für eine Woche eingestellt. Wir hatten Psychologen vor Ort, aber die meisten Jungs sind nach Hause gefahren, um … wieder zu Kräften zu kommen.«

»Was war mit Andrew und Joe?«, fragte Maya.

»Auch die sind nach Hause gefahren. Ich erinnere mich, dass Ihre Schwiegermutter sofort mit Andrews alter Nanny angereist ist, um die beiden abzuholen. Aber später sind alle Jungs, einschließlich Ihres Mannes, in die Schule zurückgekehrt. Alle … bis auf einen.«

»Andrew.«

»Genau.«

»Wann ist er zurückgekommen?«

Neville Lockwood schüttelte den Kopf. »Andrew Burkett ist nicht mehr an diese Schule zurückgekehrt. Seine Mutter hielt es für das Beste, dass er sich für den Rest des Semesters frei nahm. Auf dem Campus kehrte wieder Normalität ein. So laufen diese Dinge. Joe führte die Fußballmannschaft zu einer sehr erfolgreichen Saison. Sie gewannen die Liga und die Internats-Meisterschaft in Pennsylvania. Und als die Saison zu Ende war, hat Joe ein paar Mannschaftskameraden zum Feiern auf die Yacht der Familie eingeladen …«

»Wissen Sie noch, wen er eingeladen hat?«

»Ich bin mir nicht sicher. Christopher Swain auf jeden Fall. Er war gemeinsam mit Joe Mannschaftskapitän. Wen er sonst noch eingeladen hat, weiß ich nicht mehr. Aber Sie hatten mich nach der Verbindung zwischen den Toten gefragt. Ich glaube, sie ist jetzt offensichtlich, aber das ist nur meine Theorie. Wir haben es mit einem verletzlichen Jungen zu tun, dessen bester Freund einen tragischen Tod erleidet. Der Junge ist gezwungen, das Internat zu verlassen, und kämpft womöglich, das ist jetzt eine Hypothese, mit depressiven Stimmungen. Vielleicht, auch das ist wieder hypothetisch, muss der Junge Antidepressiva oder stimmungsaufhellende Medikamente nehmen. Er ist auf einer Yacht mit Leuten zusammen, deren Anwesenheit ihn sowohl an die Tragödie als auch an das erinnert, was er am

Internatsleben geliebt und seitdem vermisst hat. Auf der Yacht wird eine wilde Party gefeiert. Der Junge trinkt zu viel, was sich mit den Medikamenten, die er womöglich genommen hat, nicht verträgt. Er ist auf einem Boot mitten auf dem Meer. Er geht aufs Oberdeck und blickt aufs Wasser. Er leidet fürchterlich.«

Neville Lockwood verstummte.

»Sie glauben, dass Andrew Selbstmord begangen hat«, sagte Maya.

»Vielleicht. Es wäre eine Möglichkeit. Vielleicht hat die Mischung aus Alkohol und Medikamenten auch seinen Gleichgewichtssinn beeinträchtigt, sodass er von Bord gefallen ist. In beiden Fällen wäre die Beweisführung, wenn Sie so wollen, dieselbe: Theos Tod führte auf direktem Wege zu Andrews. Die wahrscheinlichste Hypothese lautet, dass beide Todesfälle direkt miteinander in Verbindung stehen.«

Maya saß nur da.

»Und jetzt«, sagte er, »wo ich Ihnen meine Theorie offenbart habe, könnten Sie mir vielleicht erklären, warum das heute noch von Bedeutung ist?«

»Eine Frage hätte ich noch, wenn Sie erlauben.«

Er nickte, damit sie fortfuhr.

»Wenn zwei Todesfälle in derselben Mannschaft unwahrscheinlich sind, wie erklären Sie sich dann drei?«

»Drei? Da kann ich Ihnen nicht folgen.«

»Ich spreche von Joe.«

Er runzelte die Stirn. »Er ist… wie viel… siebzehn Jahre später gestorben?«

»Trotzdem. Sie kennen sich mit Wahrscheinlichkeitsrechnung aus. Wie groß ist die Wahrscheinlichkeit, dass sein Tod nicht mit den anderen in Verbindung steht?«

»Wollen Sie andeuten, dass zwischen der Ermordung Ihres

Mannes und Theos und Andrews Tod ein Zusammenhang besteht?«

»Ich habe den Eindruck«, sagte Maya, »dass Sie diese Frage bereits beantwortet haben.«

FÜNFUNDZWANZIG

Mehr war hier nicht zu erfahren.

Ein paar Minuten später begleitete Neville Lockwood sie nach draußen. Maya blieb einen Moment in ihrem Auto sitzen. Vor ihr stand das geschichtsträchtige Wahrzeichen der Franklin Biddle Academy, der achtstöckige anglikanische Glockenturm. Wieder ertönten die vier Noten des Westminsterschlags. Maya sah auf ihre Uhr. Offenbar schlug die Glocke jede Viertelstunde.

Sie zog ihr Handy heraus und fing an zu googeln. Theo Moras Eltern hießen Javier und Raisa. Sie suchte in den White-Pages-Adressverzeichnissen, ob sie in der Nähe wohnten. Sie fand eine Raisa Mora im Stadtgebiet von Philadelphia. Es war einen Versuch wert.

Ihr Handy klingelte. Es war das *Leather and Lace.* Sie hielt sich das Handy ans Ohr, aber natürlich hatte der Anrufer schon aufgelegt. Corey wollte sie sehen. Tja, sie war gut zwei Stunden entfernt und musste noch woandershin. Corey würde warten müssen. Raisa Mora wohnte in einer Straße mit Reihenhäusern, die schon bessere Zeiten erlebt hatten. Maya fand die richtige Hausnummer und ging die verwitterten Betonstufen hinauf. Sie drückte den Klingelknopf, lauschte auf Schritte, hörte nichts. Am Wegesrand lagen zersplitterte Flaschen. Vom übernächsten Haus aus begrüßte sie ein Mann im offenen Flanellhemd über dem Unterhemd mit einem zahnlosen Lächeln.

Der Glockenturm mit dem Westminsterschlag schien sehr weit entfernt zu sein.

Maya zog an der Fliegengittertür. Sie öffnete sich mit einem rostigen Quietschen. Dann klopfte Maya kräftig an die Tür.

»Wer ist da?«, rief eine Frau von drinnen.

»Mein Name ist Maya Stern.«

»Was wollen Sie?«

»Sind Sie Raisa Mora?«

»Was wollen Sie?«

»Ich möchte Ihnen ein paar Fragen über Ihren Sohn Theo stellen.«

Die Tür wurde geöffnet. Raisa Mora trug eine blassgelbe Kellnerinnen-Uniform. Ihre Wimperntusche war verschmiert. Der Dutt war eher grau als schwarz. Sie trug Socken, und Maya konnte sich vorstellen, wie sie gerade von einem langen Arbeitstag nach Hause gekommen war und ihre Schuhe in die Ecke gekickt hatte.

»Wer sind Sie?«

»Mein Name ist Maya Stern …«, dann überlegte sie es sich anders und ergänzte, »… Burkett.«

Der Name weckte ihre Aufmerksamkeit. »Sie sind Joes Frau.«

»Ja.«

»Sie sind Soldatin, oder?«

»Exsoldatin«, sagte Maya. »Haben Sie etwas dagegen, wenn ich hereinkomme?«

Raisa verschränkte die Arme und lehnte sich an den Türrahmen. »Was wollen Sie?«

»Ich möchte Ihnen ein paar Fragen zum Tod Ihres Sohnes Theo stellen.«

»Warum?«

»Bitte, Mrs Mora, Sie haben gute Gründe, mich das zu fragen, aber ich habe wirklich keine Zeit, das alles zu erklären. Ich kann nur so viel sagen: Ich bin nicht sicher, ob wir wirklich die ganze Wahrheit über den Tod Ihres Sohnes erfahren haben.«

Raisa starrte sie ein paar Sekunden lang an. »Ihr Mann wurde vor Kurzem ermordet. Es stand in der Zeitung.«

»Ja.«

»Die Polizei hat zwei Verdächtige festgenommen. Das stand da auch.«

»Sie sind unschuldig«, sagte Maya.

»Das verstehe ich nicht.« Die Fassade brach zwar nicht, bekam jedoch einen kleinen Riss, durch den eine Träne entwich. »Glauben Sie, dass Joes Ermordung etwas mit meinem Theo zu tun hat?«

»Ich weiß es nicht«, sagte Maya, so sanft sie konnte. »Aber würde es etwas schaden, wenn Sie meine Fragen beantworten?«

Raisa verschränkte immer noch die Arme vor der Brust. »Was wollen Sie wissen?«

»Alles.«

»Dann kommen Sie rein. Ich muss mich hinsetzen.«

Die beiden Frauen setzten sich nebeneinander auf eine abgewetzte Couch, die schon bessere Tage gesehen hatte, so wie der Rest des Zimmers. Raisa reichte Maya ein gerahmtes Familienfoto. Das Alter, die Sonneneinstrahlung oder beides hatte die Farben ausgebleicht. Auf dem Foto waren fünf Personen. Maya erkannte Theo und zwei kleinere Jungs, vermutlich seine Brüder. Hinter den drei Kindern standen Raisa, die gar nicht so viel jünger, aber verdammt viel glücklicher aussah, und ein stämmiger Mann mit dickem Schnurrbart und einem breiten Lächeln.

»Das ist Javier«, sagte Raisa und deutete auf den Mann. »Theos Vater. Er ist zwei Jahre nach Theos Tod gestorben. Krebs. Heißt es zumindest, aber ...«

Javier lächelte breit. Es war ein Lächeln, dessen Anblick auf dem Foto bereits gute Laune verbreitete, sodass man sich unwillkürlich fragte, wie dieses Lachen klingen mochte. Raisa nahm Maya das Foto aus der Hand und stellte es vorsichtig wieder ins Regal.

»Javier ist aus Mexiko in die USA gekommen. Ich war ein armes Mädchen in San Antonio. Wir haben uns dort kennengelernt und ... ach, das müssen Sie nicht alles wissen.«

»Doch, erzählen Sie weiter.«

»Es spielt aber keine Rolle«, sagte Raisa. »Wir sind dann in Philadelphia gelandet, weil ein Vetter von Javier ihm hier einen Job in einer Landschaftsgärtnerei besorgt hat. Sie wissen schon. Bei reichen Leuten den Rasen mähen und so weiter. Aber Javier ...« Sie machte eine Pause und lächelte bei der Erinnerung. »Er war clever und ehrgeizig. Und auch sehr umgänglich. Alle mochten Javier. Er hatte eine wunderbare Ausstrahlung. Wissen Sie, was ich meine? Manche Menschen verbreiten einfach einen gewissen Zauber. Sie ziehen die Leute in ihren Bann. Mein Javier gehörte zu diesen Menschen.«

Maya nickte in Richtung des Fotos. »Ich weiß, was Sie meinen.«

»Man kann es sehen, oder?« Ihr Lächeln schwand. »Jedenfalls hat Javier viel für Familien in den Main-Line-Vororten gearbeitet, darunter auch für die Lockwoods.«

»Zu denen auch der Schulleiter gehört.«

»Vor allem für seinen Cousin. Ein superreicher Typ aus der Finanzbranche. Er hat zwar hauptsächlich in New York gelebt, hatte hier aber auch noch ein Anwesen. Er sieht vollkommen versnobt aus mit seinen blonden Haaren, dem vorspringenden Kinn und so weiter, war aber sehr nett. Er mochte Javier. Die beiden haben sich oft unterhalten. Irgendwann hat Javier ihm von Theo erzählt.« Plötzlich war der Schmerz wieder in ihrem Gesicht. »Mein Theo war ein ganz besonderer Junge. So klug. Ein toller Sportler. Er hatte wirklich alles, wie man so sagt. Wie alle Eltern wollten wir, dass es ihm besser ging als uns. Javier wollte Theo auf eine gute Schule schicken. Und die Franklin Biddle Academy suchte gerade ein paar Stipendiaten, weil sie dadurch finanzielle Unterstützung bekommen konnte, weil dann …«, sie zeichnete mit den Fingern Anführungszeichen in die Luft, »… ›Vielfalt‹ herrscht. Und dieser Lockwood wollte uns helfen. Er hat mit seinem Cousin, dem Schulleiter, gesprochen, und mir nichts, dir nichts … Haben Sie sich das Internat angeschaut?«

»Ja.«

»Lächerlich, oder?«

»Ich denke schon.«

»Aber Javier war überglücklich, als Theo dort einen Platz bekam. Ich habe mir eher Sorgen um Theo gemacht. Wie soll man sich in so einer Schule einfügen, wenn man aus einem Haus wie diesem kommt? Das ist fast so … ich weiß nicht … wie heißt das noch, wenn ein Taucher zu schnell an die Oberfläche kommt? Taucherkrankheit. So kam es mir vor. Ich hab aber nichts gesagt. Ich bin ja nicht blöd. Ich wusste sehr gut, was für eine Chance das für Theo war. Sie verstehen, was ich meine?«

»Ja, natürlich.«

»Eines Morgens war Javier also auf der Arbeit.« Raisa Mora presste die Hände wie zu einem verzweifelten Gebet zusammen, woraus Maya schloss, dass sie sich Theos Tod näherten. »Ich musste erst zur Spätschicht. Darum war ich noch hier. Es hat geklingelt.« Ihr Blick wanderte Richtung Tür. »Die haben nicht angerufen. Sie sind an die Haustür gekommen und haben geklingelt, als ob Theo bei der Army gewesen wäre oder so etwas. Als ich aufmache, stehen Schulleiter Lockwood und ein anderer Angestellter vom Internat vor mir. Seinen Namen weiß ich nicht mehr. Sie standen einfach da, und als ich ihre Gesichter sah, hätte man denken sollen, dass ich sofort Bescheid wusste. Man sollte doch denken, dass ich sofort weiß, was los ist, als sie so mit gesenktem Kopf und Trauermiene dastehen, und dass ich auf der Stelle zusammensacke und ›Nein, nein!‹ schreie, oder so etwas. Es lief aber vollkommen anders. Ich habe gelächelt und gesagt: ›Na, das ist ja mal eine nette Überraschung.‹ Ich habe sie hereingebeten und gefragt, ob sie eine Tasse Kaffee wollen, und dann …« Sie lächelte fast. »Soll ich Ihnen etwas Schreckliches erzählen?«

Maya dachte, das hätte sie schon – was könnte noch schrecklicher sein? –, aber dann nickte sie.

»Ich habe hinterher erfahren, dass sie das alles aufgenommen haben. Das ganze Gespräch. Auf Anraten ihres Rechtsanwalts oder so etwas. Es lief tatsächlich die ganze Zeit ein Band mit, während sie mir erzählten, dass die Leiche meines Sohnes von einem Hausmeister in einem Keller gefunden worden war. Ich habe es nicht begriffen. ›Hausmeister?‹, habe ich gesagt. Sie haben mir seinen Namen genannt, als würde das eine Rolle spielen. Theo hätte zu viel getrunken, haben sie mir erzählt. Eine Art Überdosis Alkohol. Ich habe gesagt: ›Theo trinkt keinen Alkohol‹, und sie haben genickt, als ob das vollkommen logisch wäre, dass immer die Jungs, die sich nicht damit auskennen, zu viel trinken und daran sterben. Sie sagten, dass man die Jungs normalerweise noch retten kann, wenn so etwas passiert, aber Theo ist herumgeirrt und schließlich irgendwo unten im Keller gelandet. Er wurde erst am nächsten Tag entdeckt. Und da war es schon zu spät.«

Fast Wort für Wort die gleiche Geschichte, die Neville Lockwood ihr erzählt hatte.

Es klang fast ein bisschen, als hätten sie es geprobt.

»Wurde eine Obduktion durchgeführt?«, fragte Maya.

»Ja. Javier und ich haben persönlich mit der Gerichtsmedizinerin gesprochen. Eine nette Frau. Wir haben in ihrem Büro gesessen, wo sie uns erzählt hat, dass es eine Alkoholvergiftung war. Ich glaube, an dem Abend haben sich viele von den Jungs betrunken. Da ist wohl eine Party außer Kontrolle geraten. Aber Javier hat die Geschichte nicht geglaubt.«

»Was war denn seiner Ansicht nach geschehen?«

»So richtig wusste er es auch nicht. Er dachte, vielleicht hätten sie Theo unter Druck gesetzt. Sie wissen schon: Er war der Neue aus armen Verhältnissen, vielleicht hatten die reichen Jungs ihn gedrängt, und er hatte es übertrieben. Javier wollte einen Riesenstunk machen.«

»Und Sie?«

»Mir war nicht klar, was das bringen sollte«, sagte sie mit einem müden Achselzucken. »Selbst wenn es wahr gewesen wäre, hätte es Theo nicht wieder zurückgebracht. Und so etwas passiert doch überall, oder? Die Kids hier im Viertel werden auch unter Druck gesetzt. Wozu also sollte das gut sein? Und dann … Ich weiß, dass das falsch ist, aber wir mussten auch an das Geld denken.«

Maya begriff, was sie sagen wollte. »Die Schule hat Ihnen eine finanzielle Entschädigung angeboten?«

»Sehen Sie diese beiden anderen Jungs auf dem Bild?« Sie wischte sich die Tränen aus den Augen, atmete tief durch und streckte die Brust heraus. »Das ist Melvin. Er ist jetzt Professor in Stanford. Gerade dreißig Jahre alt und schon Professor. Und Johnny studiert auf der Johns Hopkins Medizin. Die Academy hat dafür gesorgt, dass unsere Jungs nie etwas für ihre Bildung bezahlen mussten. Javier und ich haben auch etwas Geld bekommen. Aber wir haben alles auf Konten für unsere Jungs gelegt.«

»Mrs Mora, erinnern Sie sich an Theos Zimmergenossen auf dem Internat?«

»Sie meinen Andrew Burkett?«

»Ja.«

»Er wäre sonst wohl … Ihr Schwager geworden. Der arme Junge.«

»Erinnern Sie sich an ihn?«

»Natürlich. Sie waren alle bei Theos Beerdigung. All diese hübschen, reichen Jungs in blauen Blazern, Schulkrawatten, mit welligen Haaren. Alle haben die gleiche Kleidung getragen und sich in eine Reihe gestellt und ›mein Beileid‹ gesagt. Wie Reiche-Jungs-Roboter. Außer Andrew, der war anders.«

»Inwiefern?«

»Er war traurig. Wirklich traurig. Er hat nicht nur so getan.«

»Waren sie enge Freunde? Andrew und Theo?«

»Ja, ich glaube schon. Theo hat gesagt, dass Andrew sein bester Freund ist. Als Andrew kurz danach von diesem Boot gefallen ist, na ja, in der Zeitung stand, dass es ein Unfall war, aber das habe ich nicht so ganz geglaubt. Der arme Junge hat seinen besten Freund verloren und fällt dann kurz danach von einem Boot?« Sie sah Maya mit einer hochgezogenen Augenbraue an. »Das war kein Unfall, oder?«

Maya sagte: »Ich glaube nicht, nein.«

»Javier hat es auch nicht geglaubt. Wussten Sie, dass wir bei Andrews Beerdigung waren?«

»Nein, das wusste ich nicht.«

»Ich weiß noch, wie ich zu Javier gesagt habe: ›Andrew war so traurig wegen Theo. Ich frage mich, ob der Kummer ihn umgebracht hat?‹ Verstehen Sie? Vielleicht war er ja so traurig, dass er vom Boot gesprungen ist.«

Maya nickte.

»Aber Javier glaubte das nicht.«

»Was hat er geglaubt?«

Raisa senkte den Blick und betrachtete ihre zusammengepressten Hände. »Javier hat zu mir gesagt: ›Trauer treibt einen Mann nicht zu so etwas – Schuld schon.‹«

Schweigen.

»Wissen Sie, Javier ist damit überhaupt nicht zurechtgekommen. Die Vereinbarung mit dem Internat hat er als Blutgeld bezeichnet. Ich habe das nicht so gesehen. Wie schon gesagt, kann ich mir vorstellen, dass die reichen Jungs Theo ein bisschen gedrängt haben, aber im Endeffekt … Ich dachte immer, Javier war so wütend, weil er sich selbst die Schuld daran gegeben hat. Schließlich hatte er Theo dazu gedrängt, auf eine Schule zu gehen, auf die er nicht gehörte. Und, Gott steh mir bei, auch ich habe ihm die Schuld gegeben. Ich hab zwar versucht, es mir nicht anmerken zu lassen, aber ich glaube, Javier hat es mir angesehen. Selbst als er krank wurde. Selbst als ich ihn gepflegt habe. Selbst als er im Bett lag, meine Hand gehalten hat und gestorben ist. Ich glaube, Javier hat diesen Ausdruck in meinem Gesicht gesehen – vielleicht war es das Letzte, was er gesehen hat.«

Sie hob den Kopf und wischte mit dem Zeigefinger eine Träne weg.

»Vielleicht hatte er ja recht. Vielleicht ist Andrew Burkett nicht vor Kummer gestorben, sondern weil er sich schuldig fühlte.«

Sie saßen einen Moment still nebeneinander. Maya ergriff Raisas Hand. Das war nicht ihre Art. Es war etwas, das Maya nur selten machte. Aber es kam ihr richtig vor.

Nach einer Weile sagte Raisa: »Ihr Mann wurde vor ein paar Wochen ermordet.«

»Ja.«

»Und jetzt sind Sie hier.«

Maya nickte.

»Das ist kein Zufall, oder?«

»Nein«, sagte Maya, »das ist es nicht.«

»Wer hat meinen Jungen getötet, Mrs Burkett? Wer hat meinen Theo ermordet?«

Maya sagte Raisa Mora, dass sie die Antwort nicht kannte.

Doch langsam beschlich sie das Gefühl, dass sie sie vielleicht doch kannte.

SECHSUNDZWANZIG

Nachdem Maya wieder in ihren Wagen gestiegen war, starrte sie noch eine Zeit lang aus dem Fenster. Am liebsten wollte sie den Kopf senken und den Tränen freien Lauf lassen. Aber dafür war keine Zeit. Sie sah auf ihr Handy. Zwei weitere verpasste Anrufe vom *Leather and Lace*. Die mussten da langsam verzweifeln. Maya beschloss, sich nicht an die Abmachungen zu halten. Sie rief zurück und ließ sich mit Lulu verbinden.

»Kann ich Ihnen helfen?«, fragte Lulu.

»Schluss mit der Geheimniskrämerei. Ich bin in Philadelphia.«

»Eine unserer besten Tänzerinnen ist krank, daher besteht heute Abend die Möglichkeit einzuspringen. Wenn Sie den Job wollen, müssen Sie rechtzeitig hier sein.«

Maya gab sich Mühe, nicht die Augen zu verdrehen. »Ich werde da sein.« Sie googelte Christopher Swain auf ihrem Handy, den zweiten Kapitän der Fußballmannschaft, der in der Nacht mit auf der Yacht gewesen war. Er war in Manhattan für eine Firma tätig, die passenderweise den Namen Swain Real Estate trug. Die Familie hatte große Besitztümer in allen fünf New Yorker Stadtbezirken. Prima. Noch mehr Reichtum, der durch die Unbilden des Marktes navigiert werden musste. Sie schickte eine kurze E-Mail an die Adresse, die sie auf der Ehemaligen-Website der Franklin Biddle Academy fand.

Mein Name ist Maya Burkett. Joe war mein Ehemann. Wir müssen uns dringend unterhalten. Bitte melden Sie sich so bald wie möglich bei mir.

Sie gab sämtliche Kontaktdaten an.

Zwei Stunden später fuhr Maya auf den Angestellten-Parkplatz des *Leather and Lace*. Sie wollte gerade aussteigen, als die Beifahrertür geöffnet wurde, Corey zu ihr in den Wagen stieg und sich duckte.

»Fahren Sie«, flüsterte er.

Maya reagierte sofort. Sie legte den Rückwärtsgang ein und hatte den Parkplatz nach wenigen Sekunden wieder verlassen.

»Was ist los?«, fragte sie, als sie auf der Straße waren.

»Wir machen einen kleinen Ausflug.«

»Wohin?«

Er nannte ihr eine Adresse in Livingston in der Nähe der Route 10.

»Livingston«, sagte Maya. »Dann vermute ich mal, dass es etwas mit Tom Douglass zu tun hat.«

Corey sah immer wieder nach hinten.

»Uns folgt niemand«, sagte sie.

»Sind Sie sicher?«

»Ja.«

»Ich musste da raus. Und keiner soll es erfahren.«

Maya fragte nicht, warum. Es ging sie nichts an. »Und wohin fahren wir?«

»Ich habe Tom Douglass' E-Mails überprüft.«

»Sie selbst?«

Aus den Augenwinkeln sah sie ihn lächeln. »Sie denken vermutlich, dass ich jede Menge Mitarbeiter habe.«

»Auf jeden Fall haben Sie viele … ›Follower‹ trifft es wohl nicht ganz. Die Leute vergöttern Sie.«

»Bis sie es irgendwann nicht mehr tun. Ich darf mich nicht auf sie verlassen. Ich bin nur gerade schwer angesagt. Aber die Leute suchen sich schnell etwas anderes. Erinnern Sie sich noch an ›Kony 2012‹? Also ja, das meiste mache ich selbst.«

Maya versuchte, wieder zur Sache zu kommen. »Sie haben also die E-Mails von Tom Douglass überprüft?«

»Richtig. So unglaublich das klingt, aber er nutzt immer noch AOL. Das ist mehr als altmodisch. Aber er macht auch sehr wenig über E-Mail. Seit fast einem Monat hat er keine mehr verschickt oder gelesen.«

Maya bog nach rechts auf den Highway ab. »Und vor einem Monat soll er auch verschwunden sein, sagt seine Frau.«

»So ist es. Und heute hat Douglass eine E-Mail von einem Julian Rubinstein bekommen, weil er eine Rechnung nicht bezahlt hat. Wenn ich den Inhalt der Mail richtig verstanden habe, hat Rubinstein Douglass Lagerraum hinter einer Karosserie-Werkstatt in Livingston vermietet.«

»Einer Autowerkstatt?«

»Ich glaube schon, ja.«

»Seltsamer Ort für einen Lagerraum«, sagte sie.

»Er überweist das Geld nicht und zahlt auch nicht per Kreditkarte, sodass es keine Unterlagen oder so was gibt. Douglass zahlt bar.«

Damit die Zahlungen nicht in irgendwelchen Büchern erscheinen, dachte Maya.

»Ich nehme also an, dass Douglass die letzte Zahlung vergessen hat«, sagte Corey. »Darum hat Julian Rubinstein ihm eine Mahnung gemailt. Sie war sehr freundlich gehalten, etwa so: ›Hey, Tom, lange nicht gesehen, du bist im Rückstand‹, so in der Art.«

Mayas Hände umklammerten das Lenkrad. Das klang nach einer Spur. »Haben Sie einen Plan?«

Corey hob eine Sporttasche an. »Sturmhauben, zwei Taschenlampen, Bolzenschneider.«

»Wir könnten auch einfach seine Frau bitten, uns reinzulassen.«

»Falls sie das darf«, sagte er. »Und was ist, wenn sie Nein sagt?«

Er hatte recht.

»Da wäre noch etwas, Maya.«

Der Ton gefiel ihr nicht.

»Ich habe nicht gelogen, aber Sie müssen das verstehen. Ich musste erst wissen, ob ich Ihnen vertrauen kann.«

»Mhm«, sagte Maya.

Sie hielten vor einer roten Ampel. Maya drehte sich zu ihm um und wartete.

»Ihre Schwester.«

»Was ist mit ihr?«

»Sie hat mir mehr Material über EAC Pharmaceuticals geschickt, als ich Ihnen verraten habe.«

Maya nickte. »Ja, das dachte ich mir schon.«

»Wieso?«

Sie musste ihm auch nicht alles sagen. »Sie wussten, dass die Burketts etwas Illegales im Schilde führten, hatten aber nichts Handfestes. Das haben Sie anfangs jedenfalls behauptet. Dann haben Sie EAC Pharmaceuticals erwähnt. Ich dachte mir, dass Claire Ihnen mehr gegeben hatte.«

»Stimmt. Trotzdem reichte das, was Claire uns gegeben hatte, nicht aus. Wir hätten damit zwar an die Öffentlichkeit gehen können, aber dann, na ja, hätten die Burketts vermutlich genug Zeit gehabt, den Rest unter den Teppich zu kehren. Die Ermittlungen waren noch nicht so weit gediehen, dass wir damit an die Öffentlichkeit gehen konnten. Wir brauchten mehr.«

»Also hat Claire weitergesucht.«

»Ja.«

»Und ist auf Tom Douglass gestoßen.«

»Richtig. Wobei Claire meinte, dass er nichts mit EAC Pharmaceuticals zu tun habe. Sie hielt es für eine ganz andere Sache. Eine viel bedeutendere.«

Die Ampel sprang auf Grün. Maya trat behutsam aufs Gas. »Warum haben Sie nach Claires Tod nicht zumindest das veröffentlicht, was sie Ihnen gegeben hatte?«

»Wie schon gesagt reichte es eigentlich nicht. Wichtiger war aber, dass ich der Tom-Douglass-Sache nachgehen wollte. Claire schien das noch größere Sorgen zu machen als die gefälschten Medikamente. Daher habe ich befürchtet, die Burketts könnten die ganze Sache komplett kaschieren, wenn sie erfahren, dass wir hinter ihnen her sind. Ich wollte aber noch mehr herausbekommen.«

»Als Claire tot war«, sagte Maya, »haben Sie mich dazu gebracht weiterzusuchen.«

Er widersprach nicht.

»Sie sind mir aber auch einer, Corey.«

»Ich muss zugeben, dass ich versuche, Menschen zu manipulieren.«

»Das ist sehr vorsichtig ausgedrückt.«

»Es ist für eine gute Sache.«

»Klar. Und warum erzählen Sie es mir jetzt?«

»Weil jemand an den gefälschten Medikamenten gestorben ist. Ein dreijähriger Junge in Indien. Er hatte Fieber wegen eines Infekts. Sie haben eine Behandlung mit EACs Amoxicillin-Generikum angefangen. Es hat absolut keine Wirkung gezeigt. Als der Arzt ein anderes Antibiotikum eingesetzt hat, war es schon zu spät. Der Junge ist ins Koma gefallen und gestorben.«

»Schrecklich«, sagte Maya. »Und wie sind Sie dahintergekommen?«

»Durch einen Krankenhausmitarbeiter. Ein Arzt, der anonym bleiben will, möchte Whistleblower werden. Er hat genaue Diagramme erstellt, Ton- und Videoaufzeichnungen gemacht und sogar ein paar Gewebeproben aufbewahrt. Aber selbst mit dem, was Claire mir gegeben hat, reicht das noch nicht, Maya. Die Burketts würden den Indern die Schuld in die Schuhe schieben, die die Pharmafirmen vor Ort leiten. Sie würden sich hinter teuren Anwälten verschanzen, die wissen, wie man eine Sache verschleiert. Sie könnten ein paar oberflächliche Wunden davontragen. Es könnte sie Millionen kosten, vielleicht einige hundert Millionen. Aber …«

»Sie halten Tom Douglass für ihr Kryptonit.«

»Ja, so kann man das sehen.« Er klang beschwingt, als er fortfuhr: »Und Claire hat das auch so gesehen.«

»Es macht Ihnen Spaß«, sagte Maya.

»Hatten Sie nicht auch gelegentlich Spaß an einem Kampfeinsatz?«

Sie antwortete nicht.

»Das bedeutet nicht, dass ich das Ganze nicht ernst nehmen würde. Aber ja, manchmal lasse ich mich hinreißen.«

Maya blinkte und bog rechts ab. »Haben Sie sich auch so gefühlt, als Sie mein Hubschrauber-Video bekommen haben? Haben Sie sich hinreißen lassen?«

»Ehrliche Antwort? Ja.«

Sie schwiegen. Maya fuhr. Corey spielte am Radio herum. Nach einer halben Stunde bogen sie ab auf den Eisenhower Parkway. Das Navi teilte ihnen mit, dass sie nur noch gut einen Kilometer vom Ziel entfernt waren.

»Maya?«

»Ja.«

»Sie haben immer noch viele Freunde unter Ihren alten Kameraden. Unter anderem Shane Tessier.«

»Sie überwachen mich?«

»Unregelmäßig.«

»Worauf wollen Sie hinaus, Corey?«

»Weiß einer von denen, was auf der Tonspur ist? Ich meine …«

»Ich weiß schon, was Sie meinen«, fauchte sie. Dann: »Nein.«

Er wollte noch eine Frage stellen, aber Maya unterbrach ihn: »Wir sind da.«

Als sie nach links auf eine Schotterstraße abbog, begann sie unwillkürlich, die Straßen nach Überwachungskameras abzusuchen. Nichts. Sie hielt eine Straße von der Autowerkstatt namens *JR's Body Shop* entfernt.

Corey reichte ihr eine Sturmhaube. Sie schüttelte den Kopf. »Ohne die fallen wir weniger auf. Es ist dunkel. Wir sind ein Paar, das sein Auto sucht, nachdem die Werkstatt schon zu ist, oder so etwas.«

»Ich muss extrem vorsichtig sein«, sagte er.

»Ich weiß.«

»Ich könnte erkannt werden.«

»Sie haben den Bart und eine Baseballkappe. Das reicht. Nehmen Sie den Bolzenschneider und blicken Sie nicht nach oben.«

Er sah sie zweifelnd an.

»Oder Sie warten hier, und ich mach das.«

Sie öffnete die Autotür und stieg aus. Corey gefiel das zwar nicht, er schnappte sich aber trotzdem den Bolzenschneider und folgte ihr. Sie gingen schweigend hintereinander her. Inzwischen war es dunkel, trotzdem stellte Maya die Taschenlampe nicht an. Sie ließ den Blick weiter über die Umgebung streifen. Keine Kameras. Keine Wachleute. Keine Wohnhäuser.

»Interessant«, sagte Maya.

»Was?«

»Dass Tom Douglass beschlossen hat, ausgerechnet hier Lagerraum anzumieten.«

»Was meinen Sie?«

»Ein kleines Stück die Straße runter bietet *CubeSmart* Lagerräume an. Und *Public Storage* ist auch nicht weit weg. Sie haben Überwachungskameras, eine direkte Zufahrt zu den Lagern und so weiter. Aber Tom Douglass hat sich dagegen entschieden.«

»Er ist halt altmodisch.«

»Möglich«, sagte Maya. »Oder er wollte sichergehen, dass wirklich niemand etwas davon erfährt. Denken Sie nach. Sie haben sich in seine Kreditkartenabrechnungen gehackt. Wenn er einen normalen Lagerraum per Scheck, Überweisung oder Kreditkarte bezahlt hätte, hätten Sie vermutlich irgendwelche Aufzeichnungen gefunden. Das wollte er offensichtlich vermeiden.«

JR's Body Shop war ein zitronengelb gestrichener, flacher Betonbau. Beide Garagentore waren geschlossen. Selbst aus der Ferne sah Maya die Vorhängeschlösser. Der Rasen war lange nicht mehr gemäht worden. Auf dem Grundstück lagen rostige Autoteile. Maya und Corey gingen in einem großen Bogen um das Gebäude herum nach hinten. Ein Autofriedhof hinderte sie am Weitergehen. Maya entdeckte einen zerbeulten, ehemals weißen Oldsmobile Cutlass Ciera aus den Neunzigern. Ihr Dad hatte dieses Modell früher gefahren, und sie hatte einen kurzen Flashback: Dad kam um die Ecke, auf den Rest der Familie zu, die dort auf ihn wartete. Er hupte mit seinem schrägen Lächeln im Gesicht, dann stieg Mom vorne ein, Claire und

Maya rutschten auf den Rücksitz. Es war kein schickes Auto, ganz gewiss nicht, aber Dad hatte es geliebt, und obwohl Maya sich dabei etwas albern vorkam, starrte sie ihn einen Moment an und sinnierte, ob es genau dieser Wagen war, der ihren Vater an jenem Tag so glücklich gemacht hatte. Sie musste daran denken, dass jedes der Fahrzeuge hier einmal glänzend und neu von einem aufgeregten, erwartungsvollen Käufer vom Gelände eines Autohauses gefahren worden war, bevor es dazu verdammt wurde, auf dem Hinterhof einer alten Werkstatt in der Nähe der Route 10 langsam vor sich hin zu gammeln.

»Alles in Ordnung mit Ihnen?«, fragte Corey.

Maya ging wortlos weiter. Sie schaltete ihre Taschenlampe ein. Das Grundstück schien etwa einen Hektar groß zu sein, und in der hintersten rechten Ecke, verdeckt von einem alten Chevrolet-Transporter, entdeckte Maya zwei Geräteschuppen, wie man sie im Baumarkt kaufen konnte, um Schaufeln, Harken und sonstige Gartengeräte darin unterzubringen.

Sie richtete den Strahl ihrer Taschenlampe darauf. Corey kniff kurz die Augen zusammen und nickte dann. Schweigend gingen sie auf die Schuppen zu, stiegen auf dem Weg über Radkappen, Motorteile und Autotüren.

Die Schuppen waren sehr klein. Maya nahm an, dass sie aus irgendeinem hochstrapazierfähigen, wetterfesten Kunststoff bestanden. Sie ließen sich in weniger als einer Stunde allein zusammenbauen. Beide Schuppen waren mit Vorhängeschlössern gesichert.

Sie gingen weiter, aber als sie noch rund drei Meter entfernt waren, blieben Maya und Corey im gleichen Moment stehen, weil ihnen der Geruch in die Nase stieg.

Corey sah Maya mit fassungsloser Miene an. Maya nickte nur.

»Oh, nein«, sagte Corey.

Corey wollte auf der Stelle umkehren und die Flucht ergreifen.

»Bleiben Sie hier«, sagte Maya.

Corey wartete.

»Wenn wir fliehen, machen wir es nur noch schlimmer«, sagte sie.

»Wir wissen nicht einmal, woher der Geruch kommt. Könnte ein Tier sein.«

»Möglich.«

»Dann gehen wir jetzt einfach.«

»Sie gehen, Corey.«

»Was?«

»Ich bleibe hier. Ich öffne die Schuppen. Für mich wäre ein kleiner Rückschlag kein Problem. Für Sie schon. Das versteh ich. Sie werden schon gesucht. Also gehen Sie. Ich erzähle niemandem, dass Sie hier waren.«

»Was werden Sie ihnen sagen?«

»Machen Sie sich darüber keine Sorgen. Gehen Sie.«

»Ich will aber wissen, was Sie gefunden haben.«

Maya hatte genug von seiner Unentschlossenheit. »Dann bleiben Sie eben noch einen Moment.«

Der Bolzenschneider glitt durch das Vorhängeschloss wie ein heißes Messer durch Butter. Die Tür flog auf, und ein menschlicher Arm fiel heraus.

»O Gott«, sagte Corey. Der Gestank war so heftig, dass er würgen musste. Er trat ein Stück zurück und versuchte, sich nicht zu übergeben. Maya blieb vor der Tür stehen.

Der Rest der Leiche rutschte hinterher. Maya sah, dass sie in ziemlich schlechtem Zustand war. Das Gesicht war schon leicht vermodert, nach den Fotos, die sie gesehen hatte, der Körpergröße und den grauen Haaren zu urteilen, handelte es sich aber um Tom Douglass. Sie trat näher an die Leiche heran.

»Was machen Sie?«

Sie sparte sich die Antwort. Es war nicht so, dass der Anblick von Leichen ihr nichts mehr ausmachte. Aber er schockierte sie nicht mehr so wie früher. Sie sah in den Schuppen hinter der Leiche. Leer.

Wieder fing Corey an, trocken zu würgen.

»Gehen Sie«, sagte Maya.

»Was?«

»Wenn Sie sich hier übergeben, sehen die Cops das. Machen Sie, dass Sie wegkommen. Sofort. Gehen Sie zurück zum Highway und suchen Sie sich dort ein Restaurant. Dann rufen Sie Lulu oder wen auch immer an und lassen sich abholen.«

»Mir ist nicht wohl bei dem Gedanken, Sie alleine hier zu lassen.«

»Ich bin nicht in Gefahr. Sie schon.«

Er sah erst nach links, dann nach rechts. »Sind Sie sicher?«

»Gehen Sie.«

Sie ging zum anderen Schuppen, zerschnitt das Vorhängeschloss und sah hinein.

Auch leer.

Als sie hinter sich blickte, stapfte Corey in der Ferne über die Autoteile in Richtung Straße. Sie wartete, bis er außer Sicht war. Dann sah sie auf die Uhr. Sie wischte ihre Fingerabdrücke vom Bolzenschneider und versteckte ihn im Oldsmobile. Selbst wenn die Polizei ihn fand, wäre das kein Beweis. Sie wartete noch zwanzig Minuten, um auf Nummer sicher zu gehen.

Dann wählte sie die Notrufnummer 9-1-1.

SIEBENUNDZWANZIG

Maya hatte sich eine Geschichte zurechtgelegt und hielt sich daran.

»Ich habe einen Tipp bekommen. Bei meiner Ankunft war das Schloss schon geknackt. Ein Arm hing heraus. Ich habe die Tür dann noch etwas weiter aufgezogen. Und dann habe ich die 911 angerufen.«

Der Polizist fragte, was für ein »Tipp« das war. Sie sagte, er sei anonym gewesen. Er fragte, welches Interesse sie an der Sache habe. In dem Punkt hielt sie sich an die Wahrheit, weil er sie von Tom Douglass' Witwe sowieso erfahren würde: Ihre Schwester Claire, die ermordet worden war, hatte kurz vor ihrem Tod Kontakt zu Tom Douglass aufgenommen, und Maya wollte wissen, warum.

Der Polizist stellte immer wieder die gleichen Fragen in unterschiedlichen Varianten. Sie sagte, sie müsse sich darum kümmern, dass ihre Tochter aus dem Kindergarten abgeholt wurde. Der Polizist erlaubte es ihr. Sie rief Eddie an und erklärte ihre Situation kurz.

»Alles okay bei dir?«, fragte Eddie.

»Mir geht's gut.«

»Das muss etwas mit Claires Ermordung zu tun haben, oder?«

»Zweifellos.«

»Ich hol Lily jetzt ab.«

Über Skype rief Maya im *Growin' Up* an und erklärte, umgeben von Polizisten, dass Lilys Onkel Eddie ihre Tochter heute abholen würde. Miss Kitty akzeptierte das nicht ohne Weiteres. Sie ließ Maya alle möglichen Fragen beantworten und bestand trotzdem auf Rückrufe und Bestätigungen, um sicherzugehen, dass alles in Ordnung war. Maya war froh über diesen Sicherheits-Overkill.

Ein paar Stunden später hatte Maya die Nase voll. »Nehmen Sie mich jetzt fest?«

Der leitende Polizist, ein Essex County Detective mit einem prächtigen blonden Lockenhelm und frechen Wimpern, druckste herum. »Wir können Sie wegen unerlaubten Betretens eines Privatgrundstücks festnehmen.«

»Dann tun Sie das«, sagte Maya und streckte die Arme aus. »Ich muss wirklich nach Hause zu meiner Tochter.«

»Sie sind eine Verdächtige.«

»Und wessen verdächtigt man mich?«

»Was denken Sie denn? Mord.«

»Aus welchem Grund?«

»Wie sind Sie heute Nacht hierhergekommen?«

»Das habe ich Ihnen schon gesagt.«

»Sie haben von der Frau des Opfers erfahren, dass ihr Mann vermisst wird, richtig?«

»Richtig.«

»Und dann haben Sie von einer geheimnisvollen Quelle den Tipp bekommen, in diesem Geräteschuppen nachzusehen.«

»Richtig.«

»Wer war die geheimnisvolle Quelle?«

»Sie war anonym.«

»Telefonisch?«, fragte Locke.

»Ja.«

»Festnetz oder Handy?«

»Festnetz.«

»Wir werden Ihre Anruflisten überprüfen.«

»Tun Sie das. Aber es ist spät geworden.« Sie stand auf. »Wenn das für heute also alles wäre ...«

»Warten Sie.«

Maya erkannte die Stimme und fluchte leise.

NYPD-Detective Roger Kierce stolzierte wie ein Höhlenmensch auf sie zu, wobei seine Arme vor seinem gedrungenen Körper hin und her schwangen.

»Wer sind Sie?«, fragte Locke.

Kierce zeigte seine Marke und nannte seinen Namen. »Ich ermittle im Fall Joe Burkett, Miss Sterns Ehemann, der erschossen wurde. Haben Sie die Todesursache schon?«

Locke sah Maya einen Moment lang argwöhnisch an. »Vielleicht sollten wir uns unter vier Augen unterhalten.«

»Sah aus, als hätte man ihm die Kehle durchgeschnitten«, sagte Maya. Beide sahen sie an. »Hey, ich muss wirklich los. Ich versuche nur, uns allen etwas Zeit zu sparen.«

Kierce verzog das Gesicht und sah Locke wieder an.

»Es scheint eine Schnittwunde am Hals zu geben«, sagte Locke. »Mehr wissen wir noch nicht. Der Gerichtsmediziner wird uns morgen früh seine Ergebnisse mitteilen.«

Kierce griff nach dem Stuhl, der neben Maya stand, drehte ihn um und setzte sich dann rittlings auf ihn. Maya beobachtete ihn und dachte an Carolines Worte, dass er Geld von den Burketts genommen hatte. Stimmte das? Sie bezweifelte es. Jedenfalls war es bestimmt nicht klug, das Thema bei diesem Zusammentreffen zur Sprache zu bringen.

»Ich könnte jetzt meinen Anwalt anrufen«, sagte Maya. »Wir wissen beide, dass Sie nicht genug gegen mich in der Hand haben, um mich festzunehmen.«

»Wir sind froh über Ihre Kooperation in dieser Angelegenheit«, sagte Kierce ohne einen Hauch von Aufrichtigkeit,

»aber bevor Sie gehen … Also, ich glaube, wir haben das bisher völlig falsch gesehen.«

Er wartete darauf, dass sie anbiss.

»Was haben *wir* …«, sie betonte das Wort, »… bisher falsch gesehen, Detective?«

Kierce legte die Hände auf die Stuhllehne. »Sie stolpern immer wieder über Leichen, nicht wahr?«

Eddies Worte: *»Der Tod verfolgt dich, Maya …«*

»Zuerst Ihr Mann. Jetzt dieser Privatdetektiv.«

Er lächelte ihr zu.

»Wollen Sie irgendeine Andeutung machen, Detective Kierce?«

»Ich mein ja bloß. Zuerst sind Sie mit Ihrem Mann im Park. Hinterher ist er tot. Dann suchen Sie hier nach Gott weiß was. Hinterher ist Tom Douglass tot. Was ist da der gemeinsame Nenner?«

»Lassen Sie mich raten«, sagte Maya. »Ich vielleicht?«

Kierce zuckte die Achseln. »So leid es mir tut, aber das ist einfach nicht zu übersehen, oder?«

»Nein, ist es nicht. Wie lautet also Ihre Theorie, Detective? Habe ich sie beide umgebracht?«

Wieder zuckte Kierce die Achseln. »Sagen Sie's mir.«

Maya hob die Hände. »Ja, da haben Sie mich wohl erwischt. Ich habe Tom Douglass … ähm, wenn ich mir den Zustand der Leiche ansehe … vor ein paar Wochen umgebracht. Dann habe ich die Leiche in den Geräteschuppen gestopft, bin offenbar damit davongekommen, dann aber aus irgendeinem unerfindlichen Grund trotzdem zu seiner Frau gefahren, weil ich ihn angeblich gesucht habe, und dann … jetzt müssen Sie mir weiterhelfen, Kierce … bin ich wieder hergekommen, um die Leiche aus dem Schuppen zu holen und mich selbst in die Sache hineinzuziehen?«

Er saß nur da.

»Und ja, ich sehe die Verbindung zu dieser Sache mit meinem Mann. Sie besteht wohl einfach darin, dass ich so dumm bin, immer dort herumzustehen, wo ein Mord begangen wurde, weil das die beste Möglichkeit ist, nicht damit in Verbindung gebracht zu werden, richtig? Oh, und bei Joe habe ich sogar – wow, bin ich gut – irgendwie die Waffe ausfindig gemacht, mit der jemand meine Schwester erschossen hat, obwohl ich gar nicht im Land war, als sie ermordet wurde. Stimmt das so in etwa, Detective Kierce? Hab ich noch etwas vergessen?«

Kierce sagte nichts.

»Und während Sie zu beweisen versuchen, dass ich zwei … oder, warten Sie, habe ich meine Schwester auch umgebracht? Nein, Sie haben mir ja schon gesagt, dass ich das nicht getan haben kann, weil Sie wissen, dass ich für mein Land im Ausland war … Und während Sie das alles beweisen, können wir vielleicht einen Blick auf Ihre Beziehung zur Familie Burkett werfen.«

Damit weckte sie Kierce' Aufmerksamkeit. »Wovon reden Sie?«

»Vergessen Sie's.« Maya stand auf und ging zur Tür. »Hören Sie, Sie können hier so viel Zeit verschwenden, wie Sie wollen. Ich hole jetzt meine Tochter ab.«

Sie hatten ihren Wagen beschlagnahmt.

»Haben Sie schon einen Gerichtsbeschluss?«, fragte Maya.

Locke reichte ihn ihr.

»Ging aber fix«, sagte sie.

Locke zuckte die Achseln.

Kierce sagte: »Ich nehme Sie mit.«

»Nicht nötig, danke.«

Maya bestellte mit dem Handy ein Taxi. Zehn Minuten später war es da. Zu Hause stieg sie in den anderen Wagen – Joes Auto – und fuhr zu Claires und Eddies Haus.

Sie parkte, und bevor sie das Haus erreicht hatte, stand Eddie schon in der Tür. »Und?«

Sie blieb bei ihm stehen und erzählte, wie der Abend verlaufen war. Alexa spielte mit Lily. Sie dachte über Alexa und Daniel nach. Sie waren wirklich großartige Kinder. Maya dachte ergebnisorientiert. Wenn man großartige Kinder hatte, gehörte man wahrscheinlich zu den großartigen Eltern. War das alleine Claires Verdienst? Wem würde Maya letztendlich eher zutrauen, ihre Tochter zu erziehen?

»Eddie?«

»Was ist?«

»Ich hab dir etwas verheimlicht.«

Er sah sie an.

»Als du gesagt hast, sie sei nach Philadelphia gefahren, hat bei mir doch etwas geklingelt. Andrew Burkett ist da aufs Internat gegangen.« Sie erzählte Eddie auch von ihrem Besuch dort. Sie überlegte, ob sie noch einen Schritt weiter gehen und ihm auch erzählen sollte, dass sie Joe auf der Nanny-Cam gesehen hatte, sah aber im Moment nicht, inwiefern diese Information ihm geholfen hätte.

»Das heißt«, sagte Eddie, als sie fertig war, »wir haben es mit drei Morden zu tun.« Er meinte Claire, Joe und den gerade entdeckten Tom Douglass. »Und wenn ich das richtig sehe, ist die einzige Verbindung zwischen diesen drei Morden Andrew Burkett.«

»So ist es«, sagte Maya.

»Dann muss offensichtlich auf diesem Boot irgendetwas passiert sein. Etwas sehr Schlimmes, sonst würden so viele Jahre danach nicht immer noch Menschen sterben.«

Maya nickte.

»Wer war damals noch dabei?«, fragte Eddie. »Wer ist noch auf dem Boot gewesen?«

Sie dachte an ihre E-Mail an Christopher Swain. Er hatte bisher nicht geantwortet. »Nur ein paar Freunde und Verwandte.«

»Und wer war von den Burketts an Bord?«, fragte Eddie.

»Andrew, Joe und Caroline.«

Eddie rieb sich das Kinn. »Zwei von ihnen sind tot.«

»Das stimmt.«

»Dann bleibt also nur …?«

»Caroline war noch ein Kind. Was hätte sie damals tun sollen?« Maya blickte zu Lily hinüber, sie sah müde aus. »Es wird spät, Eddie.«

»Ja, okay.«

»Und ich muss dich bei Lilys Kindergarten auf die Abholliste setzen lassen«, sagte Maya. »Da müssen wir beide persönlich anwesend sein, sonst lassen sie dich Lily nicht noch einmal abholen.«

»Ja, das hat Miss Kitty mir schon gesagt. Wir müssen zusammen hingehen und Ausweisfotos mitbringen und so weiter.«

»Falls du Zeit hast, könnten wir das gleich morgen erledigen.«

Eddie sah Lily an, die mit Alexa schläfrig eine Art Kuchenbacken spielte. »Das müsste klappen.«

»Danke, Eddie.«

Alle drei – Eddie, Alexa und jetzt auch Daniel – begleiteten Maya und Lily zum Wagen. Wieder fing Lily an, gegen die Abfahrt zu protestieren, war aber zu müde, um ihrem Prostest mit einem Wutanfall Nachdruck zu verleihen. Als Maya den Sicherheitsgurt um ihren Kindersitz schloss, waren ihr schon die Augen zugefallen.

Auf der Rückfahrt versuchte Maya, die Toten abzuschütteln, aber das war natürlich leichter gesagt als getan. Eddie hatte recht. Alles, was hier geschah, stand in direktem Zusammenhang mit dem, was vor siebzehn Jahren auf der Burkett-Yacht geschehen war. Das klang natürlich völlig absurd, aber so war es. Wieder sehnte sie sich nach der Einfachheit von Ockhams Rasiermesser, aber auch diesmal schienen Sir Arthur Conan Doyle und seine Schöpfung Sherlock Holmes die passendere Philosophie bereitzuhalten: »Wenn man das Unmögliche ausgeschlossen hat, muss das, was übrig bleibt, die Wahrheit sein, so unwahrscheinlich sie auch klingen mag.«

Es hieß, man könne die Vergangenheit nicht begraben. Wahrscheinlich stimmte das in dem Sinn, dass die Traumata Wellen erzeugten, einen Nachhall verursachten und irgendwie überlebten. Es war ähnlich wie das, was Maya durchlitt. Das traumatische Erlebnis im Hubschrauber hatte Wellen geworfen, einen Nachhall erzeugt und so irgendwie überlebt – wenn auch nur in ihr.

Also geh zurück in die Vergangenheit. Was war das ursprüngliche Trauma, mit dem das Ganze seinen Anfang genommen hatte? Man könnte meinen, es wäre die Nacht auf der Yacht gewesen, aber da hatte es nicht angefangen.

Sondern?

Geh so weit zurück, wie du kannst. Dort fand man normalerweise die Antwort. Und in diesem Fall konnte Maya es bis zum Campus der Franklin Biddle Academy und dem Tod von Theo Mora zurückverfolgen.

Bei ihrer Ankunft kam ihr das Haus überraschend einsam vor. Normalerweise fand sie Trost im Alleinsein. Heute Abend nicht. Lily war völlig erschöpft, schlief eher, als dass sie wach war, während Maya sie badete und ihr den Pyjama anzog. Maya hoffte insgeheim, dass Lily aufwachen würde, sodass sie noch etwas Zeit gemeinsam verbringen konnten, aber das tat sie nicht. Ihre Augen blieben geschlossen. Maya trug sie ins Bett und deckte sie zu.

»Hey, Mäuschen, wie wäre es mit einer Geschichte?«

Maya hörte die Bedürftigkeit in ihrer Stimme, aber Lily rührte sich nicht.

Sie stellte sich neben das Bett und betrachtete ihre Tochter. Einen Moment lang fühlte sie sich wunderbar normal. Sie wollte hierbleiben, in diesem Zimmer, bei ihrer Tochter. Ob sie diesen Wunsch als mutige Beschützerin verspürte oder als Mutter, die Angst vor dem Alleinsein hatte, konnte sie nicht sagen. War das überhaupt wichtig? Sie zog einen Stuhl heran und setzte sich an die Kommode neben der Tür. Sie blickte Lily lange einfach nur an. Unterschiedliche Gefühle rollten heran und brachen wie Wellen am Strand. Maya versuchte nicht, sie aufzuhalten oder zu bewerten. Sie ließ sie einfach so ungestört wie möglich auf sich zukommen.

Seltsamerweise war sie mit sich selbst im Reinen.

Es gab keinen Grund zu schlafen. Wenn sie sich hinlegte, würden die Geräusche zum Leben erwachen. Das war ihr klar. Lass sie noch etwas schweigen. Bleib einfach sitzen und sieh Lily an. War das nicht viel erholsamer und friedlicher, als in das albtraumhafte, nächtliche Hamsterrad in ihrem Kopf zu springen?

Maya wusste nicht genau, wie viel Zeit vergangen war. Eine Stunde vielleicht, vielleicht aber auch zwei. Sie wollte den Raum nicht verlassen, nicht einmal für eine Sekunde, aber sie musste ihr Notizbuch und einen Stift holen. Das tat sie schnell, hatte plötzlich Angst, ihre Tochter aus den Augen zu lassen. Als sie wieder in Lilys Zimmer war, setzte sie sich auf denselben Stuhl neben der Tür und fing an, die Briefe zu schreiben. Der Stift in ihrer Hand fühlte sich seltsam an. Sie schrieb kaum noch von Hand. Wer tat das schon? Man tippte die Dinge in einen Rechner und klickte auf Absenden.

Aber nicht heute Nacht. Nicht zu diesem Zweck.

Sie war fast fertig, als ihr Handy vibrierte. Sie sah auf das Display und meldete sich sofort, als sie sah, dass es Joes Schwester Caroline war.

»Caroline?«

Die Stimme am anderen Ende flüsterte: »Ich habe ihn gesehen, Maya.«

Maya spürte, wie ihr das Blut in den Adern gefror.

»Er ist wieder da. Ich weiß nicht, wie das sein kann. Er hat gesagt, er ist bald bei dir.«

»Caroline, wo bist du?«

»Das darf ich dir nicht sagen. Verrat niemandem, dass ich angerufen habe. Bitte.«

»Caroline …«

Die Verbindung wurde unterbrochen. Maya rief zurück. Sofort meldete sich die Mailbox. Sie hinterließ keine Nachricht.

Tiefe Atemzüge. Ein und aus. Beugen, strecken …

Sie würde nicht in Panik geraten. Weil es sinnlos war. Sie setzte sich wieder, versuchte den Anruf rational zu analysieren, und vermutlich zum ersten Mal seit langer Zeit klärten sich ein paar Dinge.

Doch diese Klarheit hielt nicht lange an.

Maya hörte einen Wagen in ihrer Zufahrt.

Carolines Stimme meldete sich wieder: *»Er hat gesagt, er ist bald bei dir.«*

Sie eilte ans Fenster und erwartete, dass ein …

Was eigentlich?

Zwei Wagen fuhren vor und hielten. Roger Kierce stieg aus seinem Zivilfahrzeug. Locke stieg aus einem Streifenwagen der Essex County Police.

Maya drehte sich um. Sie warf noch einen Blick auf ihre Tochter, bevor sie die Treppe hinunterging. Müdigkeit nagte an ihr, aber sie kämpfte dagegen an. Das Ende war in Sicht. Es konnte noch ein ganzes Stück sein. Aber es war endlich in Sicht.

Sie wollte nicht, dass die Polizisten klingelten und Lily weckten, daher öffnete sie die Tür, als die beiden näher kamen.

»Was ist los?«, fragte sie ungeduldiger, als sie beabsichtigt hatte.

»Wir haben etwas gefunden«, erwiderte Kierce.

»Was?«

»Sie werden mit uns kommen müssen.«

ACHTUNDZWANZIG

Es gelang Miss Kitty, ihr breites Lächeln auch dann noch zur Schau zu tragen, als sie Kierce' Zivilfahrzeug wiedererkannte. Bevor Maya etwas sagen konnte, hob Miss Kitty die Hand.

»Sie brauchen es nicht zu erklären.«

»Danke.«

Lily ging ohne Vorbehalte zu Miss Kitty, die die Tür zum sonnendurchfluteten gelben Raum öffnete. Das fröhliche Gelächter im Raum schien ihre Tochter zu verschlingen. Sie verschwand, ohne noch einmal zu ihrer Mutter zurückzublicken.

»Sie ist ein wunderbares Mädchen«, sagte Miss Kitty.

»Danke.«

Maya ließ ihren Wagen auf dem Parkplatz des *Growin' Up* stehen und stieg zu Kierce ins Auto. Er versuchte, auf der Fahrt ein Gespräch mit ihr anzufangen, doch Maya ließ sich nicht darauf ein. Sie fuhren schweigend nach Newark. Eine halbe Stunde später fand Maya sich in einem klassischen Vernehmungsraum im Revier der County Police wieder. Auf einem kleinen Stativ vor ihr auf dem Tisch war eine Kamera angebracht. Locke sorgte dafür, dass sie Mayas Gesicht erfasste, und schaltete sie an. Kierce fragte sie, ob sie bereit sei, Fragen zu beantworten. Sie sagte ja. Er bat sie, ein Papier zu unterschreiben, das das bestätigte. Sie unterschrieb.

Kierce legte seine großen Hände mit den haarigen Fingerknöcheln auf den Tisch und versuchte, Maya mit einem

»Entspannen Sie sich, es ist alles okay«-Lächeln zu beruhigen. Maya erwiderte es nicht.

»Hätten Sie etwas dagegen, wenn wir ganz vorne anfangen?«, fragte er.

»Ja.«

»Wie bitte?«

»Sie sagten, Sie hätten neue Informationen«, sagte Maya.

»Das ist richtig.«

»Warum fangen Sie nicht damit an?«

»Haben Sie einen Moment Geduld mit mir, okay?«

Maya antwortete nicht.

»Als Ihr Mann erschossen wurde, haben Sie zwei Männer identifiziert, die, wie Sie behauptet haben, Sie und Ihren Mann berauben wollten.«

»Behauptet?«

»Das ist nur so ein Ausdruck, Mrs Burkett. Haben Sie etwas dagegen, wenn ich Sie Mrs Burkett nenne?«

»Nein. Wie lautet Ihre Frage?«

»Wir haben zwei Männer ausfindig gemacht, auf die Ihre Beschreibung passt. Emilio Rodrigo und Fred Katen. Sie haben die beiden im Rahmen Ihrer Möglichkeiten identifiziert. Laut Ihrer Aussage haben die beiden jedoch Sturmhauben getragen. Wie Sie wissen, konnten wir sie nicht in Untersuchungshaft nehmen, allerdings wurde gegen Rodrigo Anklage wegen unerlaubten Waffenbesitzes erhoben.«

»Okay.«

»Kannten Sie Emilio Rodrigo oder Fred Katen, bevor Ihr Mann ermordet wurde?«

Holla. Worauf wollte er jetzt hinaus? »Nein.«

»Sie waren keinem der beiden je begegnet?«

Sie sah Locke an. Seine Miene war versteinert. Dann wandte sie sich wieder Kierce zu. »Nie.«

»Sind Sie sicher?«

»Ja.«

»Eine Theorie lautet nämlich, dass es sich nicht um einen Raubüberfall handelte, Mrs Burkett. Und es gibt auch die Theorie, dass Sie die beiden beauftragt haben, Ihren Mann zu töten.«

Wieder sah Maya erst Locke und dann Kierce an.

»Sie wissen, dass das nicht wahr ist, Detective Kierce.«

»Aha? Und woher soll ich das wissen?«

»Aus zwei Gründen. Erstens, wenn ich Emilio Rodrigo und Fred Katen beauftragt hätte, hätte ich sie bei der Polizei nicht identifiziert, oder?«

»Vielleicht wollten Sie sie hintergehen?«

»Klingt nach einem ziemlich riskanten Spiel meinerseits, finden Sie nicht? Soweit ich weiß, war meine Aussage der einzige Hinweis, den Sie zu diesen beiden Männern hatten. Wenn ich nichts gesagt hätte, hätten Sie niemals nach ihnen gesucht. Und warum hätte ich sie identifizieren sollen? Wäre es nicht in meinem Sinne gewesen, einfach den Mund zu halten?«

Darauf hatte er keine Antwort.

»Und wenn Sie aus irgendeinem unerfindlichen Grund glauben«, fuhr sie fort, »dass ich sie … tja … erst beauftragt hätte und dann ans Messer liefern wollte, warum sollte ich dann aussagen, dass sie Sturmhauben getragen haben? Hätte ich sie nicht klar identifizieren können, damit Sie sie verhaften?«

Kierce öffnete den Mund, aber Maya machte es wie Miss Kitty und unterbrach ihn, indem sie die Hand hob.

»Und bevor Sie jetzt mit irgendeiner schwachsinnigen Ausrede kommen … Wir wissen beide, dass ich nicht deshalb hier bin. Und bevor Sie fragen, woher ich das weiß: Wir sind in Newark, nicht in New York City. Wir sind im Zuständigkeitsbereich von Locke … Entschuldigung, ich habe Ihren Namen vergessen.«

»Essex County Detective Demetrius Mavrogenous.«

»Super, hätten Sie was dagegen, wenn ich bei Locke bleibe? Aber hören wir auf, unsere Zeit zu verschwenden, ja? Wenn es hier um Joes Ermordung ginge, wären wir in Ihrem Revier im Central Park, Detective Kierce. Stattdessen befinden wir uns in Newark, das in Essex County liegt, demselben Zuständigkeitsbereich wie Livingston, New Jersey, wo sich gestern die Leiche von Tom Douglass befand.«

»Sie befand sich nicht nur dort, sie wurde dort gefunden«, sagte Kierce und versuchte, wieder in Fahrt zu kommen. »Und zwar von Ihnen.«

»Ja, aber das ist keine neue Information, oder?«

Sie wartete.

»Nein«, sagte Kierce schließlich. »Ist es nicht.«

»Prima. Und ich bin nicht festgenommen, oder?«

»Nein, das sind Sie nicht.«

»Dann hören Sie mit den Spielchen auf, Detective. Erzählen Sie mir, welche neuen Informationen dazu geführt haben, dass ich heute Morgen hier bin.«

Kierce sah Locke an. Locke nickte.

»Gucken Sie bitte auf den Bildschirm zu Ihrer Rechten.«

An der Wand hing ein Flachbildfernseher. Locke griff nach einer Fernbedienung, schaltete ihn an, und ein Video startete. Es stammte von der Überwachungskamera einer Tankstelle. Man sah die Zapfsäule und im Hintergrund die Straße und eine Ampel. Maya wusste nicht, wo die Tankstelle genau war, hatte aber eine ziemlich klare Vorstellung davon, worauf das hinauslaufen würde. Sie warf Kierce einen verstohlenen Blick zu. Kierce beobachtete ihre Reaktion.

»Stopp«, sagte Locke. »Genau hier.«

Er drückte die Pause-Taste, zoomte heran, und Maya sah ihren Wagen rechts vor einer roten Ampel. Die Kamera zeigte ihren Wagen von hinten. »Wir können nur die ersten beiden Buchstaben erkennen, aber die stimmen mit Ihrem Kennzeichen überein. Ist das Ihr Wagen, Mrs Burkett?«

Sie hätte widersprechen und einwerfen können, dass es wahrscheinlich noch mehr BMWs gab, deren Kennzeichen mit diesen beiden Buchstaben begannen, aber was sollte es? »Sieht so aus.«

Kierce nickte Locke zu. Locke drückte den Knopf auf der Fernbedienung. Die Kamera bewegte sich auf das Fenster der Beifahrertür zu. Alle Augen waren auf sie gerichtet.

»Wer ist der Mann auf dem Beifahrersitz?«, fragte Kierce.

Das Fenster spiegelte zu stark, um mehr als eine Baseballkappe und einen Fleck erkennen zu können, bei dem es sich zweifellos um einen Menschen handelte.

Maya antwortete nicht.

»Mrs Burkett?«

Sie schwieg.

»Sie haben uns gestern Abend erzählt, dass Sie allein waren, als Sie die Leiche von Mr Douglass gefunden haben, oder nicht?«

Maya sah auf den Bildschirm. »Ich sehe nichts, was dem widersprechen würde.«

»Sie sind eindeutig nicht allein.«

»Und ich bin eindeutig nicht bei der Autowerkstatt, wo die Leiche gefunden wurde.«

»Wollen Sie uns erzählen, dass dieser Mann …«

»Sind Sie sicher, dass es ein Mann ist?«

»Wie bitte?«

»Ich sehe einen Klecks und eine Baseballkappe. Auch Frauen tragen Baseballkappen.«

»Wer ist das, Mrs Burkett?«

Sie würde ihnen nichts von Corey Rudzinski sagen. Sie hatte sich bereiterklärt, mit ihnen herzukommen, weil sie wissen wollte, was sie gefunden hatten. Jetzt wusste sie es. Also fragte sie wieder: »Bin ich festgenommen?«

»Nein.«

»Dann ist es wohl Zeit, dass ich gehe.«

Kierce grinste sie an. Das Grinsen gefiel ihr nicht. »Maya?«

Nicht mehr Mrs Burkett.

»Deshalb haben wir Sie nicht hergeholt.«

Maya blieb sitzen.

»Wir haben mit Mrs Douglass gesprochen, der Witwe. Sie hat uns von Ihrem Besuch erzählt.«

»Auch das ist kein Geheimnis. Davon habe ich Ihnen gestern Abend erzählt.«

»Das haben Sie. Mrs Douglass hat uns bestätigt, dass Sie bei ihr waren, weil Sie glaubten, Ihre Schwester Claire hätte Mr Douglass befragt. Ist das korrekt?«

Maya sah keinen Grund, das nicht zuzugeben. »Auch das habe ich Ihnen schon gesagt.«

Kierce legte den Kopf auf die Seite. »Woher wussten Sie, dass Ihre Schwester bei Tom Douglass war?«

Die Frage wollte sie nicht beantworten, was Kierce offensichtlich auch erwartet hatte.

»Haben Sie noch einen anonymen Tipp von einer geheimnisvollen Quelle bekommen?«

Maya antwortete nicht.

»Dann liege ich also richtig mit meiner Vermutung, dass der Tipp, dass Claire zu Tom Douglass Kontakt aufgenommen hat, von einer geheimnisvollen Quelle stammt. Und später haben Sie von einer geheimnisvollen Quelle den Tipp bekommen, dass Tom Douglass' Lagerraum angemietet hatte.

Sagen Sie, Maya: Haben Sie einen oder beide Tipps selbst verifiziert?«

»Was meinen Sie?«

»Hatten Sie irgendwelche Beweise dafür, dass Ihre geheimnisvolle Quelle die Wahrheit sagt?«

Sie verzog das Gesicht. »Also, ich weiß, dass Claire Tom Douglass besucht hat.«

»Hat sie das?«

Maya verspürte ein Kribbeln im Nacken.

»Der Tipp mit dem Lagerraum war jedenfalls gut – Tom Douglass war tatsächlich dort –, aber irgendwie hat Sie Ihre geheimnisvolle Quelle doch gewissermaßen im Regen stehen lassen, oder sehen Sie das anders?«

Maya sagte nichts.

»Ich gehe davon aus, dass dieser Mann – lassen Sie uns einfach mal spaßeshalber davon ausgehen, dass es sich um einen Mann handelt, ich bilde mir ein, einen Bart zu sehen – derjenige war, der Sie zu Tom Douglass geführt hat.«

Maya verschränkte die Hände und legte sie auf den Tisch. »Und was wäre, wenn er das getan hat?«

»Er war eindeutig in Ihrem Wagen, richtig?«

»Und?«

»Und …«, Kierce trat an den Tisch, stemmte die Fäuste darauf und beugte sich zu ihr herunter, »… wir haben Blut im Kofferraum Ihres Wagens gefunden, Mrs Burkett.«

Maya bewegte sich nicht.

»Blutgruppe AB positiv. Die gleiche Blutgruppe wie Tom Douglass. Wären Sie so freundlich, uns zu erklären, wie es dort hingekommen ist?«

NEUNUNDZWANZIG

Sie hatten die Blutgruppe, aber die Bestätigung, dass das Blut im Kofferraum ihres Wagens von Tom Douglass stammte, fehlte noch. Daher konnten sie Maya nicht festnehmen.

Aber sie kamen immer näher. Die Zeit wurde knapp.

Kierce bot Maya an, sie nach Hause zu fahren. Dieses Mal nahm sie das Angebot an. Die ersten zehn Minuten der Fahrt sagten beide nichts. Schließlich brach Kierce das Schweigen.

»Maya?«

Sie starrte aus dem Fenster. Sie hatte an Corey Rudzinski gedacht, den Mann, der das gewissermaßen alles in Gang gesetzt hatte. Corey war derjenige, der das Einsatzvideo aus dem Hubschrauber veröffentlicht und sie damit ins Straucheln gebracht hatte. Doch auch von dort konnte sie wieder in der Zeit zurückgehen zu ihrem Verhalten während dieser Mission, zu ihrer Entscheidung, zum Militär zu gehen, und so weiter. Aber was ihr Leben ins Trudeln gebracht und direkt zu Claires und Joes Tod geführt hatte, war eigentlich nur eines – die Veröffentlichung des verdammten Videos.

Hatte Corey the Whistle ein falsches Spiel mit ihr getrieben?

Maya war so scharf darauf gewesen, sein Vertrauen zu gewinnen, dass sie vergessen hatte, wie unklug es sein konnte, einem Mann zu vertrauen, der so hart daran gearbeitet hatte, ihr Leben zu zerstören. Sie ließ sich seine Worte noch einmal durch den Kopf gehen. Corey hatte gesagt, Claire wäre auf ihn zugekommen, hätte sich über seine Website an ihn gewandt. Maya hatte das geglaubt. Aber stimmte es auch? Es klang in mancher Hinsicht plausibel, dass Claire zu Corey Kontakt aufgenommen hatte, um ihn davon abzubringen, die Tonspur des Videos zu veröffentlichen. Aber es wäre ebenso plausibel, wenn nicht sogar plausibler, dass Corey sich an Claire gewandt und die Tonspur dazu verwendet hatte, sie zu manipulieren oder einfach zu erpressen, damit sie ihm Informationen über die Burketts und EAC Pharmaceuticals beschaffte.

Hatte Corey auch Maya manipuliert? Hatte er sie dazu gebracht, sich die Schuld an Tom Douglass' Ermordung in die Schuhe schieben zu lassen?

»Maya«, sagte Kierce noch einmal.

»Was ist?«

»Sie haben mich von Anfang an belogen.«

Schluss damit, dachte Maya. Es war Zeit, den Spieß umzudrehen. »Caroline Burkett hat mir erzählt, dass Sie von der Burkett-Familie Bestechungsgelder nehmen.«

Hatte Kierce kurz gelächelt? »Das ist eine Lüge.«

»Ist es das?«

»Ja. Ich weiß nur nicht, ob Caroline Burkett Sie belogen hat…«, er sah sie kurz an, richtete den Blick aber sofort wieder auf die Straße, »… oder ob Sie lügen, um mich zu verunsichern.«

»Insgesamt herrscht offenbar kein Klima des Vertrauens in diesem Wagen, oder?«

»Nein«, stimmte Kierce ihr zu. »Aber Ihnen läuft die Zeit davon, Maya. Lügen sterben nie. Man kann versuchen, die Wahrheit zu unterdrücken, aber irgendwie findet sie immer einen Weg ans Tageslicht.«

Maya nickte. »Sehr tiefschürfend, Kierce.«

Er kicherte kurz. »Ja, war wohl ein bisschen dick aufgetragen, was?«

Sie bogen in ihre Einfahrt ein. Maya zog am Türgriff, aber die Tür war verriegelt. Sie sah Kierce an.

»Ich werde die Antwort finden«, sagte er. »Ich hoffe nur, dass sie mich nicht zu Ihnen zurückführt. Wenn sie das aber tut…«

Sie wartete auf das Klicken beim Entriegeln der Tür. Als das Geräusch ertönte, öffnete sie die Tür und ging, ohne sich zu bedanken oder zu verabschieden. Als sie im Haus war, vergewisserte sie sich, dass alle Türen verschlossen waren, bevor sie die dunkle Kellertreppe hinunterging.

Der Keller war ursprünglich als ziemlich schicke »Männerhöhle« eingerichtet gewesen – drei Flachbild-Fernseher, Eichentresen, Weinkühlschrank, Poolbillardtisch, zwei Flipper –, aber Joe hatte ihn allmählich in ein Spielzimmer für Lily umgewandelt. Er hatte die dunkle Holzvertäfelung entfernen und die Wände weiß streichen lassen. Joe hatte überall lebensgroße Poster von Winnie Puuh und Madeline aufgehängt. Der Eichentresen war noch da, aber er hatte versprochen, auch den zu entfernen. Maya hätte kein Problem damit gehabt, wenn er geblieben wäre. In der hintersten Kellerecke stand eins dieser Spielhäuser von *Step 2*, das Joe bei *Toys'R'Us* an der Route 17 gekauft hatte. Es hatte etwas von einem kleinen Fort (»männlich«, hatte Joe verkündet), enthielt eine Kochnische (»weiblich«, hätte er fast erklärt, sein Überlebensinstinkt hatte aber die Oberhand behalten), eine funktionierende Klingel und ein Fenster mit Fensterläden.

Maya ging zum Waffentresor. Sie beugte sich hinunter, drehte sich noch einmal zur Kellertreppe um, obwohl sie wusste, dass sie alleine war, dann legte sie ihren Zeigefinger auf den Sensor. Der Tresor konnte 32 verschiedene Fingerabdrücke registrieren, aber nur Joe und sie hatten ihre hinterlegt. Sie hatte darüber nachgedacht, Shanes Fingerabdruck hinzuzufügen, falls er jemals eine ihrer Waffen brauchte oder ihr aus irgendeinem Grund eine herausholen musste, aber das hatte sich einfach nicht ergeben.

Zwei Klicks signalisierten, dass ihr Fingerabdruck erkannt und der Tresor entriegelt wurde. Maya drehte den Knauf und öffnete die Stahltür. Sie nahm die Glock 26 heraus, und um ganz sicher zu sein, vergewisserte sie sich, dass alle anderen Waffen noch an Ort und Stelle waren – dass niemand hergekommen war, den Tresor geöffnet und eine Waffe herausgenommen hatte.

Nein, sie glaubte nicht, dass Joe noch lebte, aber es wäre auch total behämmert, das zu diesem Zeitpunkt vollkommen auszuschließen.

Sie nahm eine Pistole nach der anderen heraus, um sie zu öffnen und gründlich zu reinigen, obwohl sie das erst vor Kurzem gemacht hatte. Jedes Mal, wenn sie eine Pistole anfasste, prüfte und reinigte sie sie. Dieses Verhalten, diese Pedanterie im Umgang mit ihren Waffen hatte ihr wahrscheinlich das Leben gerettet.

Oder es zerstört.

Sie schloss für einen Moment die Augen. In dieser Geschichte steckten so viel verrückte Was-wäre-Wenns, es gab so viele Scheidewege. Hatte das alles auf dem Campus der Franklin Biddle Academy oder auf der Yacht begonnen? Hätte es dort, in der Vergangenheit, einfach enden können, oder hatte ihr Kampfeinsatz bei al-Qa'im alles irgendwie wieder zum Leben erweckt? War Corey schuld daran, dass diese Geister wieder zum Leben erwacht waren? Oder Claire? War die Veröffentlichung des Videos der Grund? Oder lag es an Tom Douglass?

Oder lag es daran, dass sie diesen verdammten Tresor geöffnet hatte?

Maya wusste es nicht. Sie wusste nicht einmal mehr, ob es sie interessierte.

Die Pistolen, auf die sie blickte, die Pistolen, die sie Roger Kierce gezeigt hatte, waren diejenigen, die legal in New Jersey registriert waren. Sie waren alle vorhanden und angemeldet. Maya streckte die Hand aus, fand den Punkt an der Rückwand und drückte darauf.

Ein Geheimfach.

Unwillkürlich musste sie an Nanas Truhe in Claires Haus denken, wie die Idee mit der doppelten Wand und dem Geheimfach vor mehreren Generationen in Kiew ihren Anfang genommen und sie diese Familientradition fortgesetzt hatte. In diesem Fach befanden sich zwei weitere Pistolen, die sie außerhalb von New Jersey gekauft hatte und die daher nicht zu ihr zurückverfolgbar waren. Das war vollkommen legal. Und beide waren an Ort und Stelle. Aber warum auch nicht? Hatte sie etwa erwartet, dass Joes Geist eine von ihnen gestohlen hatte? Verdammt, Geister hatten keine Fingerabdrücke. Selbst wenn er es gewollt hätte, Joes Geist konnte den Tresor nicht öffnen.

Mannomann, sie war einfach fix und fertig.

Das Surren ihres Handys riss sie aus ihren Gedanken. Sie sah aufs Display, kannte die Nummer aber nicht. Sie nahm den Anruf an und sagte: »Hallo?«

»Spreche ich mit Maya Burkett?«

Eine Männerstimme, so glatt wie im öffentlichen Rundfunk, aber unverkennbar mit einem leichten Zittern.

»Ja. Und mit wem spreche ich?«

»Mein Name ist Christopher Swain. Sie haben mir eine E-Mail geschickt.«

Joes Cokapitän aus der Highschool-Fußballmannschaft. »Ja, danke, dass Sie sich melden.«

Schweigen. Einen Moment lang dachte sie, er hätte womöglich aufgelegt.

»Ich würde Ihnen gern ein paar Fragen stellen«, sagte sie.

»Worüber?«

»Über meinen Mann. Und über seinen Bruder Andrew.«

Stille.

»Mr Swain.«

»Joe ist tot, oder. Ist das richtig?«

»Ja.«

»Wer weiß noch, dass Sie Kontakt zu mir aufgenommen haben?«

»Niemand.«

»Wirklich?«

Maya spürte, dass sie das Handy fester umklammerte. »Ja, wirklich.«

»Dann rede ich mit Ihnen. Aber nicht am Telefon.«

»Sagen Sie mir, wo ich hinkommen soll.«

Er gab ihr eine Adresse in Connecticut.

»Ich könnte in zwei Stunden da sein«, sagte sie.

»Sagen Sie niemandem, dass Sie kommen. Wenn jemand bei Ihnen ist, werden sie Sie nicht reinlassen.«

Swain legte auf.

Sie?

Sie stellte sicher, dass die Glock geladen war, und schloss den Tresor. Sie legte den IWB-Holster aus Leder an, in dem sie die Glock verdeckt an der Hüfte tragen konnte, vor allem wenn sie eine gewisse Jeans aus Stretchmaterial und einen dunklen Blazer darüber anzog. Sie mochte das Gefühl, eine Waffe zu tragen. In irgendeinem Paralleluniversum gehörte es sich nicht, dass einem das gefiel – es war falsch, zeigte, dass man gewaltbereit war und so weiter –, aber das Gewicht der Waffe hatte etwas gleichermaßen Archaisches wie Beruhigendes. Allerdings lag darin natürlich auch eine gewisse Gefahr. Man fühlte sich zu sicher. Man neigte dazu, sich in Situationen zu begeben, die man meiden sollte, weil, hey, man konnte sich ja einfach den Weg freischießen. Man fing an, sich ein wenig unverwundbar zu fühlen, nahm sich zu wichtig, war ein bisschen zu mutig, ein bisschen zu machohaft.

Eine Waffe zu tragen eröffnete Möglichkeiten. Das war nicht immer gut.

Maya legte den Nanny-Cam-Bilderrahmen hinten in den Wagen. Sie wollte ihn nicht mehr im Haus haben.

Sie gab die Adresse, die Christopher Swain ihr genannt hatte, in die Navi-App ihres Handys ein. Die App zeigte an, dass sie bei der gegenwärtigen Verkehrslage eine Stunde und sechsunddreißig Minuten brauchen würde. Während der Fahrt hörte sie laut Songs von Joes Playlist. Wieder hätte sie nicht sagen können, warum sie das tat. Zuerst *Open* von Rhye mit dieser heißen, scharfen Zeile gleich am Anfang: »I'm a fool for that shake of your thighs«. Doch schon ein paar Zeilen später, noch im Nachhall dieses Augenblicks, spürte man, dass sich zwischen den Liebenden eine immer größer werdende Kluft auftat: »I know you're faded, mmm, but stay, don't close your eyes«. Der nächste Song von Låpsley mit seiner hinreißend gesungenen Warnung: »It's been a long time coming, but I'm falling short.« Junge, Junge! Wenn das nicht passte.

Maya verlor sich in der Musik, sang laut mit oder trommelte aufs Lenkrad. Im wahren Leben, im Hubschrauber, im Nahen Osten, zu Hause, eigentlich überall beherrschte sie sich. Hier nicht. Nicht, wenn sie allein in einem gottverdammten Auto saß. Allein in einem gottverdammten Auto drehte Maya die Lautstärke auf und grölte jede Zeile mit.

Und wie!

Der letzte Song, der erklang, als sie die Stadtgrenze von Darien erreichte, war ein eindringliches betörendes Stück von Cocoon, das seltsamerweise *Sushi* hieß, und wieder traf sie die Anfangszeile wie ein Schlag mit einem Dachbalken: »In the morning, I'll go down the graveyard, to make sure you're gone for good …«

Das holte sie in die Realität zurück.

Manchmal schien einem jeder Song nahezugehen.

Und manchmal kamen einem solche Texte einfach bedrohlich nah.

Sie fuhr eine schmale, ruhige Straße entlang. Rechts und links war dichter Wald. Auf dem Navi konnte sie sehen, dass das Ziel am Ende einer Sackgasse lag. Wenn das stimmte, und sie hatte keinen Grund, daran zu zweifeln, wohnte er recht abgeschieden. Am Ende der Straße war ein Wärterhäuschen. Die Schranke war unten. Maya hielt davor, und ein Wachmann kam auf sie zu.

»Kann ich Ihnen helfen?«

»Ich möchte mit Christopher Swain sprechen.«

Der Wachmann verschwand in sein Häuschen und nahm einen Telefonhörer ab. Kurz darauf legte er wieder auf und kam zu ihr zurück. »Fahren Sie zum Gästeparkplatz. Sie finden ihn auf der rechten Seite. Dort wird Sie jemand abholen.«

Gästeparkplatz?

Als sie die Zufahrt entlangfuhr, wurde ihr klar, dass dies nicht einfach nur irgendein Anwesen war. Aber was war es dann? An den Bäumen waren Überwachungskameras angebracht. Gebäude aus regengrauem Stein wurden sichtbar. Die

Abgeschiedenheit, die Steingebäude und die Anlage erinnerten sie an die Franklin Biddle Academy.

Auf dem Gästeparkplatz standen ungefähr zehn Autos. Als Maya parkte, kam ein anderer Wachmann in einem Golfwagen auf sie zu. Schnell nahm sie die Pistole aus dem Holster – sie hatte keinen Zweifel, dass sie hier abgetastet oder mit einem Metalldetektor untersucht werden würde – und legte sie ins Handschuhfach.

Der Wachmann musterte sie und bot ihr den Beifahrersitz im Golfwagen an. Maya setzte sich neben ihn.

»Dürfte ich bitte Ihren Ausweis sehen?«

Sie reichte ihm ihren Führerschein. Er fotografierte ihn mit seinem Smartphone und gab ihn zurück. »Mr Swain ist in Brocklehurst Hall. Ich bringe Sie hin.«

Als sie losfuhren, sah Maya ein paar Personen – die meisten Mitte zwanzig, Männer und Frauen, alle weiß –, die in kleinen Gruppen herumstanden oder zu zweit unterwegs waren. Viele rauchten. Zu viele. Die meisten trugen Jeans, Sneaker und entweder Sweatshirts oder dicke Pullover. Eine rechteckige Rasenfläche erinnerte an den Campus einer Universität, doch hier befand sich in der Mitte ein Springbrunnen mit einer Statue, die aussah wie die Jungfrau Maria.

Maya stellte die Frage, die sie seit einigen Minuten beschäftigte. »Was ist das für ein Ort?«

Der Wachmann deutete auf die Jungfrau Maria. »Ob Sie's glauben oder nicht, aber bis in die späten Siebziger war es ein Kloster.«

Sie glaubte es.

»Damals waren hier überall Nonnen.«

»Im Ernst?«, sagte Maya und bemühte sich, nicht zu sarkastisch zu klingen. Wer sollte sich auch sonst in einem Kloster aufhalten? »Und was ist es jetzt?«

Er runzelte die Stirn. »Das wissen Sie nicht?«

»Nein.«

»Wen besuchen Sie?«

»Christopher Swain.«

»Es ist nicht meine Aufgaben, etwas dazu zu sagen.«

»Bitte.« Ihr Tonfall veranlasste ihn, den Bauch einzuziehen. »Ich will nur wissen, wo ich bin.«

Er seufzte, um den Eindruck zu vermitteln, darüber nachzudenken, und sagte dann: »Dies ist das Solemani Recovery Center.«

»Recovery.« Ein Euphemismus für eine Entzugsklinik. Das erklärte alles. Welche Ironie! Die Reichen übernahmen einen schönen, abgelegenen Ort, an dem Nonnen gewohnt und vermutlich ein Armutsgelübde abgelegt hatten. Wenn man sich diesen Ort heute ansah, war von einem Armutsgelübde nichts mehr zu sehen. Vielleicht war es nicht unbedingt Ironie, aber irgendetwas in der Art war es.

Der Golfwagen hielt vor einem Gebäude, das wie ein Wohnheim aussah.

»Wir sind da. Gehen Sie einfach durch diese Tür.«

Sie wurde von einem weiteren Wachmann hereingelassen und, wie sie erwartet hatte, durch einen Metalldetektor geschickt. Dahinter begrüßte sie eine lächelnde Frau und schüttelte ihr die Hand.

»Hallo. Ich heiße Melissa Lee. Ich bin Moderatorin hier im Solemani.«

»Moderatorin.« Noch so ein Allzweck-Euphemismus.

»Christopher hat mich gebeten, Sie zu ihm in den Wintergarten zu bringen. Kommen Sie bitte mit.«

Melissa Lees Absätze klackerten und hallten durch den leeren Flur. Abgesehen von diesem Klackern war es ruhig wie in einem Kloster. Wenn man das wusste – und das tat man, wenn man täglich hier arbeitete –, wie kam man dann auf die Idee, diese Ruhe durch die Wahl seiner Schuhe zu stören? Waren sie Teil der Dienstkleidung? War es Absicht? Wieso trug sie nicht einfach Sneaker oder so etwas?

Und warum dachte sie über so nebensächliche Dinge nach?

Christopher Swain stand auf, um sie zu begrüßen, und war so nervös, als wären sie zu einem Date verabredet. Er trug einen gut geschnittenen schwarzen Anzug, ein weißes Hemd, eine schmale schwarze Krawatte, dazu einen dieser Bärte, die sorgfältige Planung erforderten, um so ungeplant zu wirken, und eine Skater-Frisur mit blonden Strähnchen. Er sah gut aus, auch wenn diese Attraktivität etwas zu bemüht wirkte. Der Grund für seinen Aufenthalt in dieser Einrichtung hatte Falten in sein Gesicht geätzt. Das gefiel ihm vermutlich nicht. Vermutlich ging er mit Botox oder Collagen dagegen an. Maya fand allerdings, dass sie seinem ansonsten sehr privilegierten Aussehen etwas Charakter verliehen.

»Kann ich Ihnen etwas bringen?«, fragte Melissa Lee.

Maya schüttelte den Kopf.

Melissa lächelte ihr zu und sah Swain an. Mit rührend besorgter Stimme fragte sie: »Sind Sie sicher, dass ich gehen soll, Christopher?«

»Ja, bitte.« Es klang zaghaft. »Ich glaube, das ist ein wichtiger Schritt für mich.«

Melissa nickte. »Das glaube ich auch.«

»Wir müssen das unter vier Augen besprechen.«

»Schon klar. Ich bleibe für alle Fälle in der Nähe. Falls etwas ist, rufen Sie einfach laut.«

Melissa lächelte Maya noch einmal schwach zu und ging. Sie schloss die Tür hinter sich.

»Wow«, sagte Swain, als sie alleine waren. »Sie sind wirklich wunderschön.«

Maya wusste nicht, was sie dazu sagen sollte, also hielt sie den Mund.

Er lächelte und musterte sie unverhohlen von oben bis unten. »Sie sind umwerfend und haben gleichzeitig diese Aura der Unerreichbarkeit. Als stünden Sie über allem.« Er schüttelte den Kopf. »Ich wette, Joe konnte Ihnen nicht einen Moment lang widerstehen. Liege ich richtig?«

Es war nicht der Zeitpunkt, die Feministin zu geben oder beleidigt zu sein. Er musste weiterreden. »Ja, so ungefähr.«

»Lassen Sie mich raten. Joe ist mit einer billigen Anmache an Sie herangetreten, irgendwie witzig, vielleicht ein wenig selbsterniedrigend und wehrlos. Stimmt auch, oder?«

»Ja, das stimmt.«

»Er hat Sie einfach umgehauen, oder?«

»Ja.«

»Oh, Mann, dieser Joe. Der Kerl war mehr als charismatisch, wenn er es darauf angelegt hat.« Wieder schüttelte Swain den Kopf, sein Lächeln schwand jedoch. »Er ist also wirklich tot? Joe, meine ich?«

»Ja.«

»Ich hab das nicht gewusst. Hier drinnen gibt's keine Nachrichten. Keine sozialen Medien, kein Internet, keine Außenwelt. Einmal am Tag dürfen wir unsere E-Mails checken. Da habe ich Ihre Nachricht gesehen. Als ich sie gelesen hatte … Also, mein Arzt sagte, es sei in Ordnung, wenn ich die Zeitungsartikel lese. Ich muss sagen, dass ich schockiert war, von Joe zu hören. Wollen wir uns setzen?«

Der Wintergarten war offenbar eine relativ neue Errungenschaft, die versuchte, sich in das alte Ambiente einzufügen, was nicht ganz gelang. Es wirkte alles etwas zusammengeflickt, mit der Buntglas-Kuppel und natürlich ein paar Pflanzen, allerdings weniger, als man in einem als Wintergarten ausgewiesenen Raum erwartete. In der Mitte standen sich zwei Ledersessel gegenüber. Maya setzte sich in den einen, Swain in den anderen.

»Ich kann einfach nicht glauben, dass er tot ist.«

Ja, dachte Maya, das hörte sie öfter.

»Sie waren dabei, oder? Als er erschossen wurde.«

»Ja«, sagte Maya.

»In den Zeitungsartikeln stand, dass Sie unverletzt entkommen konnten.«

»Ja.«

»Wie?«

»Ich bin davongelaufen.«

Swain sah sie an, als könnte er das nicht ganz glauben. »Das muss beängstigend gewesen sein.«

Sie sagte nichts.

»In den Artikeln hieß es, es sei ein misslungener Raub gewesen.«

»Ja.«

»Aber wir wissen beide, dass das nicht stimmt, oder Maya?« Er fuhr sich mit den Fingern durch die Haare. »Sie wären nicht hier, wenn es einfach ein Raubüberfall gewesen wäre.«

Sein Verhalten fing an, sie zu verunsichern. »Im Moment«, sagte Maya, »versuche ich nur, die Einzelteile zusammenzufügen.«

»Einfach unfassbar«, sagte er. »Ich kann's immer noch nicht glauben.«

Er lächelte seltsam.

»Was können Sie nicht glauben?«

»Dass Joe tot ist. Tut mir leid, dass ich so darauf herumreite. Es ist nur, dass er… Ich weiß nicht recht, ob es passend wäre zu sagen, dass er so ›voller Leben‹ war… Das ist so abgedroschen, oder? Sagen wir lieber, dass Joe vor Lebenskraft strotzte. Verstehen Sie? Er wirkte so stark, so mächtig, wie eine Feuersbrunst, die außer Kontrolle geraten war und so sehr wütete, dass man sie nicht löschen konnte. Er schien fast – ich weiß, dass das lächerlich klingt – unsterblich zu sein.«

Maya rutschte in ihrem Sessel ein wenig nach vorne. »Christopher?«

Er blickte aus dem Fenster.

»Sie waren in der Nacht auf der Yacht, als Andrew über Bord gefallen ist.«

Er rührte sich nicht.

»Was ist mit seinem Bruder Andrew wirklich passiert?«

Swain schluckte. Eine Träne löste sich aus seinem Auge und lief die Wange hinab.

»Christopher?«

»Ich habe es nicht gesehen, Maya. Ich war unter Deck.«

Sein Ton war eisig.

»Aber Sie wissen etwas.«

Noch eine Träne.

»Bitte verraten Sie es mir«, sagte Maya. »Ist Andrew wirklich von Bord gestürzt?«

Seine Worte klangen wie ein Stein, der in einen Brunnen fiel. »Ich weiß es nicht genau. Aber ich glaube nicht.«

»Was ist dann passiert?«

»Ich glaube …«, setzte Christopher Swain an, bevor er tief durchatmete, um noch einmal all seine Kraft und Entschlossenheit zusammenzunehmen, und noch einmal neu ansetzte: »Ich glaube, Joe hat ihn vom Boot gestoßen.«

DREISSIG

Swain umklammerte beide Lehnen seines Sessels.

»Es hat angefangen, als Theo Mora auf die Franklin Biddle Academy kam. Oder vielleicht ist es mir da erst aufgefallen.«

Sie hatten ihre Sessel enger zusammengeschoben, saßen jetzt fast Knie an Knie, brauchten einfach eine gewisse körperliche Nähe in diesem Raum, in dem es immer kälter zu werden schien.

»Wahrscheinlich denken Sie, es ginge um das alte Klischee, dass die Reichen nicht wollen, dass die Armen ihre Elite-Institutionen besudeln. Kann man sich ja auch lebhaft vorstellen, oder? Wie wir reichen Jungs uns zusammengerottet haben und auf den armen Theo losgegangen sind oder ihn schikaniert haben. Aber so war es nicht.«

»Wie war es dann?«, fragte Maya.

»Theo war witzig und aufgeschlossen. Er hat nicht den Fehler gemacht, sich zurückzuziehen oder vor uns zu katzbuckeln. Er hat sich sofort gut eingefügt. Alle mochten ihn. In den meisten Dingen schien er gar nicht groß anders zu sein als wir. Ich weiß, dass viele Leute Reiche und Arme für grundsätzlich verschieden halten, aber Kids – und das waren wir, zumindest dachte ich das – wollen eigentlich nur dazugehören und mit den anderen abhängen.«

Er wischte sich über die Augen.

»Und es hat natürlich nicht geschadet, dass Theo ein fantastischer Fußballspieler war. Nicht nur ein guter, sondern ein fantastischer. Ich war begeistert. Wir hatten in dem Jahr die Chance, alle Titel zu gewinnen. Nicht nur den Internatstitel in Pennsylvania, was wir dann auch geschafft haben, sondern den Highschool-Titel, wo auch die großen staatlichen und städtischen Highschools mitspielen. So gut war Theo. Er konnte von überall treffen. Und genau das war womöglich das Problem.«

»Wieso?«

»Für mich war er keine Bedrohung. Ich war Mittelfeldspieler. Für seinen Zimmergenossen und besten Freund Andrew auch nicht. Andrew war Torwart.«

Swain hielt inne und sah Maya an.

»Aber Joe war auch Stürmer«, sagte sie.

Swain nickte. »Ich will nicht sagen, dass er Theo gegenüber offen feindselig aufgetreten ist, aber … Ich kannte Joe seit der ersten Klasse. Wir sind zusammen aufgewachsen. Wir waren immer Kapitäne der Fußballteams. Und wenn man so viel Zeit mit einem Menschen verbringt, ergibt sich manchmal die Gelegenheit, hinter die Fassade zu blicken. Und so habe ich auch seine Zornausbrüche erlebt. Seine Wutanfälle. Als wir in der achten Klasse waren, hat Joe einen Jungen mit einem Baseballschläger krankenhausreif geschlagen. Ich weiß gar nicht mehr, worum es ging. Ich weiß nur noch, dass wir ihn zu dritt von dem armen Jungen wegziehen mussten. Joe hatte ihm den Schädel gebrochen. Ein Jahr später wollte ein Mädchen, das Joe mochte, Marian Barford, mit Tom Mendiburu zum Ball gehen. Zwei Tage vorher ist im Chemieraum ein Feuer ausgebrochen. Tom ist gerade noch lebend rausgekommen.«

Maya schluckte die aufsteigende Galle hinunter. »Und er wurde nicht angezeigt oder so etwas?«

»Sie haben Joes Vater nicht mehr kennengelernt, oder?«

»Nein.«

»Er war ein Angst einflößender Mann. Angeblich war er mit ein paar finsteren Gestalten befreundet. Na ja, jedenfalls wurde eine Entschädigung gezahlt, ein paar, sagen wir, zwielichtige Freunde der Burketts schauten vorbei und forderten einen zum Schweigen auf. Außerdem, tja, Joe war gut darin. Er hinterließ nicht viele Spuren. Wir hatten vorhin schon darüber gesprochen, wie charmant er sein konnte. Er konnte unglaublich gut Reue und Zerknirschung vortäuschen. Er entschuldigte sich. Er flehte einen an. Er war reich und mächtig und konnte seine dunkle Seite wenn nötig extrem gut verstecken. Ich muss Sie noch einmal daran erinnern, dass ich ihn praktisch mein Leben lang kannte. Und selbst ich habe solche Situationen höchstens vier- oder fünfmal erlebt. Aber wenn …«

Wieder stiegen ihm Tränen in die Augen.

»Wahrscheinlich fragen Sie sich, was ich an einem Ort wie diesem mache.«

Das hatte sie nicht. Sie war davon ausgegangen, dass er von irgendetwas abhängig war und hier Hilfe suchte. Was sonst? Eigentlich wollte sie, dass er weitererzählte, aber vielleicht brauchte er diese Abschweifung, und dann wäre es ein Fehler, ihn zu unterbrechen.

»Ich bin«, sagte er, »wegen Joe hier.«

Sie versuchte, nicht das Gesicht zu verziehen.

»Ich weiß, schon klar, eigentlich erwartet man von mir, die Verantwortung für meine Handlungen zu übernehmen. Darauf legen hier alle großen Wert. Und es stimmt auch, dass ich dazu neige, eine Abhängigkeit durch die nächste zu ersetzen. Ich war schon mehrmals hier: Alkohol, Pillen, Kokain … suchen Sie sich was aus. Aber ich war nicht immer so. In der

Schule wurde ich gehänselt, weil ich höchstens ein Bier getrunken habe. Es hat mir einfach nicht geschmeckt. Im letzten Schuljahr habe ich es mal mit Marihuana versucht. Davon ist mir schlecht geworden.«

»Christopher?«

»Ja.«

»Was ist mit Theo passiert?«

»Es sollte ein Streich sein. Hat Joe zumindest gesagt. Ich weiß nicht, ob ich ihm das geglaubt habe oder nicht, aber ... ich war so ein Schwächling. Korrigiere: Ich bin immer noch ein Schwächling. Joe war der Anführer. Ich war ein Mitläufer. Andrew auch. Aber ehrlich, was sollte schon groß passieren? Ein Streich. An Highschools wie der Franklin Biddle Academy ist so etwas an der Tagesordnung. Am Abend haben wir uns also auf Theo gestürzt. Wissen Sie, was ich meine? Wir sind in sein Zimmer gegangen – Joe und ich, Andrew war ja schon da –, haben ihn überwältigt und nach unten getragen.«

Er starrte ins Nichts, »Thousand Yard Stare«, dann breitete sich ein seltsames Lächeln auf seinem Gesicht aus. »Soll ich Ihnen was sagen?«

»Was?«

»Theo hat mitgespielt. Als hätte er verstanden, was los ist. Man spielte ihm einen Streich. Das gehörte dazu. So cool war er. Ich erinnere mich, dass er gelächelt hat, Sie wissen schon, als ob alles in Ordnung wäre. Und dann haben wir ihn nach unten gebracht und auf den Stuhl gesetzt. Joe hat ihn gefesselt. Wir haben ihm geholfen. Wir haben gelacht, und Theo hat so getan, als würde er um Hilfe rufen und so weiter. Ich weiß noch, dass ich einen Knoten locker gelassen habe. Joe ist hingegangen und hat ihn festgezogen. Und dann, als Theo gefesselt war, hat Joe einen Trichter herausgeholt. Sie kennen die Dinger. Zum Trinken? Er hat ihn Theo in den Mund gesteckt, und ich weiß noch, dass Theos Augen sich plötzlich veränderten. Als ob… ich weiß nicht… vielleicht hat er es plötzlich begriffen. Es waren noch zwei andere Jungs dabei. Larry Raia und Neil Kornfeld. Alle haben gelacht, und Andrew hat Bier in den Trichter gekippt. Wir haben Theo angefeuert. ›Trink, trink.‹ Und den Rest sehe ich immer wie in einem Traum. Einem Albtraum. Als könnte ich immer noch nicht glauben, dass das wirklich passiert ist, aber irgendwann hat Joe angefangen, Schnaps statt Bier in den Trichter zu kippen. Ich weiß noch, wie Andrew sagte: ›Halt, Joe, hör auf…‹«

Seine Stimme versiegte.

»Wie ging's weiter?«, fragte Maya, obwohl es jetzt offensichtlich zu sein schien.

»Plötzlich hat Theos Bein angefangen zu zucken. Als ob er einen Anfall hätte oder so.«

Christopher Swain fing an zu weinen. Maya wollte ihm die Hand auf die Schulter legen. Gleichzeitig wollte sie ihm auf die Schnauze hauen. Sie tat nichts von beidem, sondern blieb einfach sitzen und wartete ab.

»Bis gestern hatte ich die Geschichte noch nie erzählt. Niemandem. Aber nach Ihrer E-Mail… meine Ärztin kennt jetzt einige Teile davon. Daher hielt sie es für gut, wenn ich mit Ihnen rede. Aber in dieser Nacht, na ja, das war der Moment, in dem mein Leben aus den Fugen geraten ist. Ich hatte unglaubliche Angst. Ich wusste, wenn ich etwas verrate, bringt Joe mich um. Nicht nur damals. Auch heute noch. Selbst jetzt. Ich fühle mich immer noch…«

Maya versuchte, ihn zum Weiterreden zu bewegen. »Und was dann? Haben Sie die Leiche in die Kellerecke geschleppt?«

»Joe war das.«

»Aber Sie waren dabei, oder?«

Swain nickte.

»Dann hat Joe ihn also alleine getragen?«

Er schüttelte den Kopf.

»Wer hat Joe geholfen?«

»Andrew.« Er blickte auf. »Joe hat Andrew gezwungen, ihm zu helfen.«

»Ist Andrew daran zerbrochen?«

»Ich weiß es nicht. Vielleicht wäre Andrew auch so zerbrochen. Andrew, ich … wir waren danach nicht mehr dieselben.«

Javier Mora hatte recht gehabt. Andrew war nicht von der Trauer in den Tod getrieben worden, sondern von Schuldgefühlen.

»Und was ist dann passiert?«

»Was hätte ich tun können?«

Er hätte viele Möglichkeiten gehabt, aber Maya war nicht hier, um ihn zu verurteilen oder ihm zu vergeben. Sie wollte Informationen. Weiter nichts.

»Ich musste das Geheimnis für mich behalten. Also habe ich alles in mich hineingefressen. Ich habe versucht, mein normales Leben fortzuführen, aber nichts war mehr wie vorher. Meine Noten gingen in den Keller. Ich konnte mich nicht konzentrieren. Da habe ich angefangen zu trinken. Ja, ich weiß, dass das wie eine willkommene Ausrede klingt …«

»Christopher?«

»Ja?«

»Sechs Wochen danach waren Sie alle zusammen auf dieser Yacht.«

Er schloss die Augen.

»Was ist passiert?«

»Was soll schon passiert sein, Maya? Kommen Sie. Sie wissen jetzt, was los war. Erzählen Sie es mir, setzen Sie das Bild zusammen.«

Maya beugte sich vor. »Sie sind also zusammen auf dem Boot unterwegs nach Bermuda. Alle trinken. Sie selbst vermutlich am meisten. Zum ersten Mal seit Theos Tod treffen sich alle wieder. Auch Andrew. Er war in Therapie, die ihm aber nicht geholfen hat. Die Schuld droht ihn zu verschlingen. Also trifft er eine Entscheidung. Ich weiß nicht, wie das genau gelaufen ist, Christopher, also können Sie es mir vielleicht erzählen. Hat Andrew euch bedroht?«

»Nicht bedroht«, sagte Christopher. »Eigentlich nicht. Er hat nur … Er hat uns angefleht. Er konnte nicht schlafen. Er konnte nichts essen. Herrje, er sah furchtbar aus. Er sagte, wir müssten die Sache gestehen, weil er nicht wüsste, wie lange er diesem inneren Druck noch standhalten könnte. Ich war so betrunken, dass ich kaum begriffen habe, was er wollte.«

»Und dann?«

»Dann ist Andrew raus aufs Oberdeck gegangen. Um Abstand von uns zu bekommen. Ein paar Minuten später ist Joe ihm gefolgt.« Swain zuckte die Achseln. »Ende der Geschichte.«

»Sie haben das nie jemandem erzählt?«

»Nie.«

»Die anderen beiden, Larry Raia und Neil Kornfeld …«

»Neil wollte in Yale studieren. Er hat es sich anders überlegt und ist nach Stanford gegangen. Larry ist zum Studium ins Ausland gegangen, glaube ich. Wahrscheinlich nach Paris. Wir haben die Highschool wie benebelt beendet und uns dann nie wieder gesehen.«

»Und Sie haben dieses Geheimnis all die Jahre für sich behalten?«

Swain nickte.

»Und warum jetzt?«, fragte Maya. »Warum sind Sie jetzt bereit, die Wahrheit zu sagen?«

»Das wissen Sie.«

»Nein, ich bin mir nicht sicher.«

»Weil Joe tot ist«, sagte er. »Weil ich mich endlich sicher fühle.«

EINUNDDREISSIG

Christopher Swains Worte klangen ihr noch in den Ohren, als sie zum Gästeparkplatz zurückging.

»Weil Joe tot ist …« Im Endeffekt lief alles auf die Nanny-Cam hinaus, oder? Darüber musste sie jetzt nachdenken. Es gab drei Möglichkeiten, die das, was sie auf der Nanny-Cam gesehen hatte, erklärten:

Erstens und am wahrscheinlichsten: Jemand hatte das mit irgendeinem Photoshop-Programm hergestellt. Technisch kein Problem. Sie hatte das Video nur kurz gesehen, aber so etwas ließ sich leicht herstellen.

Zweitens und fast ebenso wahrscheinlich: Maya hatte sich eingebildet oder halluziniert, Joe gesehen zu haben, oder ihr Gehirn hatte sie auf irgendeine andere Art ausgetrickst und so ein Bild des lebenden Joe hervorgezaubert. Eileen Finn hatte ihr öfter Videos mit optischen Täuschungen geschickt. Man glaubte, etwas zu sehen, dann wurde die Kamera ein kleines Stück zur Seite gedreht, und man erkannte, dass das Auge ein bestimmtes, aber vollkommen falsches Bild ergänzt hatte. Wenn man Mayas Posttraumatische Belastungsstörung, ihre Medikamente, die Ermordung ihrer Schwester, die Schuldgefühle, die sie deshalb plagten, den Abend im Central Park und den ganzen Rest hinzufügte … Wie könnte sie diese Möglichkeit ausschließen?

Drittens und am unwahrscheinlichsten: Joe war irgendwie noch am Leben.

Wenn *zweitens* die Antwort war und sich das alles nur in ihrem Kopf abspielte, konnte sie wenig dagegen tun. Sie musste trotzdem weitermachen, weil die Wahrheit, selbst wenn sie nicht befreiend war, doch dabei half, die Welt wieder ins Lot zu bringen. Wenn aber entweder *erstens* (Photoshop) oder *drittens* (Joe lebte) die Antwort war, bedeutete das vor allem eins:

Jemand versuchte, sie massiv zu verarschen.

Und wenn entweder *erstens* oder *drittens* zutraf, bedeutete das mit ziemlich großer Sicherheit noch etwas: Isabella hatte gelogen. Sie hatte Joe auf dem Nanny-Cam-Video gesehen. Und es gab nur einen einzigen Grund dafür, dass Isabella leugnete, Joe gesehen zu haben, Maya Pfefferspray ins Gesicht gesprüht und die SD-Karte mitgenommen hatte, um damit zu verschwinden, und der war ziemlich banal: Sie steckte da mit drin.

Maya stieg in ihren Wagen, ließ den Motor an und startete ihre Playlist. Die Imagine Dragons rieten ihr, nicht zu nahe zu kommen, drinnen sei es dunkel, weil sich dort die Dämonen versteckt hielten.

Die hatten ja keine Ahnung.

Sie klickte auf die App des GPS-Senders, den sie an Hectors Pick-up angebracht hatte. Erstens, wenn Isabella an der Sache beteiligt war, handelte sie bestimmt nicht alleine. Das war einfach nicht ihre Art. Ihre Mutter Rosa, die auch auf der Yacht gewesen war, steckte bestimmt mit drin. Und auch ihr Bruder Hector. Zweitens – verdammt, was dachte sie heute mathematisch – war es natürlich möglich, dass Isabella weit weg war, Maya bezweifelte das jedoch. Bestimmt war Isabella irgendwo in der Nähe. Das Problem war nur, sie zu finden.

Sie nahm die Pistole aus dem Handschuhfach, prüfte die Sender-App, die ihr verriet, dass Hectors Pick-up momentan im Dienstbotenbereich von Farnwood parkte. Maya klickte auf den Chronik-Button und sah, wo der Pick-up in den letzten Tagen gewesen war. Der einzige Ort, der nicht recht in den Dienstplan eines Gärtners zu passen schien, war eine Siedlung in Paterson, New Jersey, die er regelmäßig besuchte. Natürlich könnte er dort Freunde oder eine Freundin haben. Aber irgendwie glaubte Maya das nicht so recht.

Und jetzt?

Selbst wenn Isabella sich dort versteckte, konnte Maya nicht einfach hinfahren und an die Tür klopfen. Sie musste vorausschauend handeln. Es ging ans Eingemachte. Die meisten Antworten hatte sie. Jetzt musste sie noch den Rest herausbekommen und die Sache ein für alle Mal zu Ende bringen.

Ihr Handy klingelte. Auf dem Display sah sie, dass es Shane war.

»Hallo?«

»Was hast du getan?«

Sein Tonfall erschütterte sie bis ins Mark.

»Wovon sprichst du?«

»Detective Kierce.«

»Was ist mit ihm?«

»Er weiß Bescheid, Maya.«

Sie sagte nichts. Der Raum schien sich um sie zusammenzuziehen.

»Er weiß, dass ich die Kugel für dich getestet habe.«

»Shane …«

»Claire und Joe wurden mit der gleichen Waffe erschossen, Maya. Wie zum Henker kann das sein?«

»Shane, hör mir zu. Du musst mir vertrauen, okay?«

»Das sagst du immer wieder. ›Vertrau mir.‹ Wie eine Art Mantra.«

»Das müsste sich eigentlich von selbst verstehen.« Sinnlos,

dachte sie. Sie hatte im Moment keine Chance, es ihm zu erklären. »Ich muss los.«

»Maya?«

Sie beendete das Telefonat und schloss die Augen.

Lass gut sein, sagte sie zu sich selbst.

Als sie die ruhige Straße entlangfuhr, war sie noch abgelenkt von Shanes Anruf, von dem, was Christopher Swain ihr erzählt hatte, und mit all den Gefühlen und Gedanken beschäftigt, die in ihrem Kopf rotierten.

Vielleicht erklärte auch das, was als Nächstes passierte.

Ein Transporter kam aus der Gegenrichtung auf sie zu. Die von Bäumen gesäumte Straße war schmal, daher zog sie langsam etwas nach rechts, damit der Transporter bequem vorbeifahren konnte. Der schwenkte vor ihr allerdings plötzlich nach links und schnitt ihr so den Weg ab.

Maya trat hart auf die Bremse, um nicht mit dem Transporter zusammenzustoßen. Ihr Körper wurde nach vorne gerissen, vom Sicherheitsgurt zurückgehalten, während die Instinkte übernahmen:

Sie wurde angegriffen.

Der Transporter hatte die Straße vor ihr komplett blockiert, also versuchte sie den Rückwärtsgang einzulegen, als sie das Klopfen an ihrem Seitenfenster hörte. Ein kurzer Blick verriet ihr, dass eine Pistole auf ihren Kopf gerichtet war. Am Rand ihres Blickfelds sah sie noch eine Gestalt an der Beifahrerseite.

»Es ist alles in Ordnung.« Die Stimme war durchs Fenster kaum zu hören. »Wir tun Ihnen nichts.«

Wieso stand der Mann so plötzlich neben ihrem Auto? Aus dem Transporter konnte er nicht sein. Dafür hätte die Zeit nicht ausgereicht. Offenbar handelte es sich um einen sorgfältig geplanten Überfall. Jemand hatte gewusst, dass sie im Solemani Recovery Center war. Sie befanden sich in einer ruhigen

Straße mit sehr wenig Verkehr. Also hatten die beiden Männer sich vermutlich hinter Bäumen am Straßenrand versteckt. Dann hatte der Transporter ihr den Weg abgeschnitten, und sie waren aus ihrem Versteck gekommen.

Maya blieb ganz still sitzen und überlegte, welche Optionen sie hatte.

»Bitte steigen Sie aus und kommen Sie mit uns.« Option eins: Greif zum Schalthebel und leg den Rückwärtsgang ein. Option zwei: Zieh die Waffe aus dem Hüftholster.

Das Problem bei beiden Optionen war offensichtlich. Der Mann hatte eine Pistole auf ihren Kopf gerichtet. Und sein Freund am anderen Fenster womöglich auch. Sie war nicht Wyatt Earp, und dies war nicht der O.K. Corral. Wenn der Mann bereit war, auf sie zu schießen, hatte sie keine Chance, die Pistole oder den Schalthebel rechtzeitig zu erreichen.

Also blieb nur Option drei: Aussteigen …

In diesem Moment sagte der Mann mit der Waffe: »Kommen Sie. Joe wartet schon.«

Die Schiebetür zum Laderaum des Transporters glitt ein Stück zur Seite. Maya saß in ihrem Wagen, hatte beide Hände am Lenkrad und spürte ihr Herz in der Brust schlagen. Die Schiebetür wurde nur halb geöffnet. Maya kniff die Augen zusammen, konnte aber im Laderaum nichts erkennen. Sie wandte sich an den Mann mit der Pistole.

»Joe …?«, sagte sie.

»Ja«, sagte der Mann, plötzlich mit freundlicher Stimme. »Kommen Sie. Sie wollen ihn doch sehen, oder?«

Zum ersten Mal blickte sie dem Mann ins Gesicht. Dann sah sie den anderen Mann an. Er hatte keine Waffe in der Hand.

Dritte Option …

Maya fing an zu weinen.

»Mrs Burkett?«

Durch ihre Tränen sagte sie: »Joe …«

»Ja.« Die Stimme des Mannes wurde eindringlicher. »Öffnen Sie die Tür, Mrs Burkett.«

Immer noch weinend tastete Maya unsicher nach dem Entriegelungsknopf. Sie drückte ihn, zog am Türgriff. Der Mann trat zurück, damit die Tür aufschwingen konnte. Er richtete immer noch die Waffe auf sie. Maya fiel halb aus dem Wagen. Der Bewaffnete wollte ihren Arm ergreifen, aber Maya, die immer noch mit den Tränen kämpfte, schüttelte den Kopf und sagte: »Nicht nötig.«

Sie richtete sich auf und taumelte auf den Transporter zu. Der Bewaffnete ließ sie gehen. In diesem Moment wusste Maya Bescheid.

Die Schiebetür wurde etwas weiter geöffnet.

Vier Personen, überschlug Maya. Der Fahrer, der Schiebetür-Öffner, der Mann an der Beifahrerseite und der Bewaffnete.

Als sie auf den Transporter zuging, zahlten sich ihre Ausbildung, die vielen Übungsstunden in Simulatoren und Schießanlagen aus. Sie empfand eine seltsame Ruhe, einen fast Zenartigen Zustand. Sie fühlte sich wie im Auge eines Hurrikans. Jetzt passierte es, auf die eine oder andere Art, ob sie lebend oder tot aus dieser Sache herauskam, sie war vorbereitet und handelte vorausschauend. Natürlich hatte sie ihr Schicksal nicht selbst in der Hand – diese Denkweise war Unsinn –, aber ihr Training und ihre Vorbereitung gaben ihr eine beruhigende Selbstsicherheit.

Immer noch leicht taumelnd drehte Maya den Kopf ein kleines Stück – nur ein ganz kleines bisschen –, denn was sie jetzt sah, würde über ihr weiteres Vorgehen entscheiden. Der Bewaffnete hatte sie nicht festgehalten, als sie aus dem Wagen stieg. Genau deshalb hatte sie die falschen Tränen vergossen und die Hysterische gespielt. Um zu sehen, wie er reagierte. Er war darauf reingefallen. Er hatte sie losgelassen.

Er hatte sie nicht abgetastet.

Daraus ergaben sich drei Schlussfolgerungen:

Sie sah nach hinten. Der Mann hatte tatsächlich die Pistole sinken lassen. Er hatte sich entspannt. Er betrachtete sie nicht länger als akute Bedrohung.

Erstens: Niemand hatte den Mann gewarnt, dass sie bewaffnet sein könnte …

Maya hatte ihr Vorgehen geplant, seit sie in Tränen ausgebrochen war. Sie hatte die Tränen als Waffe eingesetzt – die Kidnapper sollten sich entspannen, sie unterschätzen, ihr vor dem Aussteigen noch etwas Zeit geben, damit sie ihr weiteres Vorgehen exakt planen konnte.

Zweitens: Joe hätte gewusst, dass sie bewaffnet sein würde …

Sie hatte die Hand schon an der Hüfte, als sie losrannte. Es gab eine amüsante Tatsache, die den meisten Menschen nicht bekannt war. Es war schwierig, ein bewegliches Ziel mit einer Handfeuerwaffe zu treffen. Ausgebildete Polizisten verfehlten ihr Ziel in 76 Prozent aller Fälle bei Schüssen auf Entfernungen zwischen einem und drei Metern. Bei Zivilisten lag die Fehlschusswahrscheinlichkeit bei über 90 Prozent.

Also bewegte man sich.

Maya blickte hinter den Transporter. Dann, ohne zu zögern, ins Stolpern zu geraten oder den Gegner zu warnen, duckte sie sich, machte eine Rolle, zog dabei die Glock aus dem Holster, und als sie wieder hochkam, hatte sie die Pistole direkt auf den Bewaffneten gerichtet. Der Mann hatte das beobachtet und wollte noch reagieren, doch es war zu spät.

Maya zielte mitten auf seine Brust.

Im wahren Leben schoss man nie, um einen Gegner zu

verwunden oder kampfunfähig zu machen. Man richtete die Waffe mitten auf die Brust, das größtmögliche Ziel, weil so die größte Chance bestand, dass man überhaupt irgendetwas traf, wenn man sein Ziel verfehlte. Und dann schoss man einfach weiter.

Genau das tat Maya.

Der Mann ging zu Boden.

Drittens, die Schlussfolgerung: Joe hatte die Männer nicht geschickt.

Mehrere Dinge geschahen gleichzeitig.

Maya machte eine weitere Rolle, blieb weiter in Bewegung, damit sie kein festes Ziel darstellte. Sie drehte sich zu dem anderen Mann um, der auf der Beifahrerseite gestanden hatte. Sie riss die Glock hoch, war schussbereit, doch der Mann ging hinter ihrem Auto in Deckung.

Bleib in Bewegung, Maya.

Die Schiebetür des Transporters wurde zugeknallt. Der Motor heulte auf. Maya befand sich direkt hinter ihm, nutzte ihn als Deckung, falls der andere schießend hinter ihrem Auto hervorkam. Hier konnte sie natürlich nicht bleiben. Der Transporter würde jeden Moment losfahren, wahrscheinlich rückwärts. Wahrscheinlich würde der Fahrer versuchen, sie zu überrollen.

Maya reagierte instinktiv.

Flieh.

Der Bewaffnete lag am Boden. Die Männer im Transporter waren in Panik geraten. Und der letzte Mann hatte sich hinter ihrem Wagen versteckt.

Im Zweifel immer das Einfachste tun.

Maya hielt sich so gut es ging hinter dem Transporter, lief aber in Richtung Wald. Der Transporter schoss nach hinten, hätte sie fast erwischt, aber Maya blieb seitlich davon, und dann, als der Weg zum Mann an der Beifahrerseite vollständig vom Transporter versperrt war, drehte sie sich um und rannte die letzten Schritte auf die Bäume zu.

Nicht anhalten …

Der Wald war zu dicht, um sich beim Laufen umzudrehen und nach hinten zu sehen, aber irgendwann duckte sie sich hinter einen Baum und riskierte einen kurzen Blick. Der Mann, der sich hinter ihrem Auto versteckt hatte, folgte ihr nicht. Er sprintete direkt zum Transporter und sprang in den fahrenden Wagen. Dann war das Wendemanöver beendet, und der Transporter schoss mit quietschenden Reifen die Straße zurück.

Sie hatten den Bewaffneten verletzt am Straßenrand zurückgelassen.

Von dem Augenblick an, in dem Maya sich weggerollt hatte, bis jetzt waren nicht einmal zehn Sekunden vergangen.

Und weiter?

Die Entscheidung war sofort getroffen. Sie hatte keine Wahl. Wenn sie den Notruf wählte oder auf die Polizei wartete, würde sie festgenommen werden. Sie war im Park gewesen, als Joe erschossen wurde, hatte Tom Douglass gefunden, dazu die ballistischen Tests … Und jetzt war ein Mann mit ihrer Pistole erschossen worden – dafür würde sich keine schnelle Erklärung finden lassen.

Sie lief zurück zur Straße. Der Bewaffnete lag mit gespreizten Beinen auf dem Asphalt. Vielleicht verstellte er sich, was Maya allerdings nicht glaubte. Trotzdem hielt sie ihre Waffe auf ihn gerichtet, als sie auf ihn zuging.

Nicht nötig. Er war tot.

Sie hatte den Mann getötet.

Keine Zeit, darüber nachzudenken. Jeden Moment konnte hier ein Auto vorbeikommen. Schnell durchwühlte sie seine

Taschen und zog sein Portemonnaie heraus. Sie hatte jetzt keine Zeit nachzusehen, wer er war. Sie überlegte, ob sie sein Handy mitnehmen sollte – ihr eigenes konnte sie nicht mehr benutzen –, aber natürlich war das viel zu riskant. Schließlich dachte sie darüber nach, die Pistole mitzunehmen, die er noch in der Hand hielt, aber wenn alles schiefging, war das der einzige Beweis dafür, dass sie in Notwehr gehandelt hatte.

Außerdem hatte sie ihre Glock.

Sie hatte alles in Gedanken durchgespielt. Die Leiche des Bewaffneten lag nah am Straßenrand. Es war also kein Problem, sie den knappen Meter weiterzuziehen, sodass er die Böschung hinunterrollte.

Sie hielt kurz Ausschau, ob kein Wagen kam, dann tat sie es.

Es fiel ihr leichter, als sie erwartet hatte. Vielleicht gab das Adrenalin ihr Kraft. Die Leiche rutschte sofort die Böschung hinunter, bis sie gegen einen Baum prallte.

So war er zumindest erst einmal nicht mehr zu sehen.

Natürlich würde die Leiche gefunden werden. Vielleicht in einer Stunde, vielleicht in einem Tag. Auf jeden Fall hatte Maya sich so Zeit verschafft.

Sie lief zu ihrem Auto und stieg ein. Ihr Handy spielte verrückt. Shane versuchte sie zu erreichen. Und Kierce fragte sich vermutlich auch, was zum Teufel da eigentlich vorging. In der Ferne sah sie ein Auto auf sich zukommen. Maya blieb ruhig. Sie ließ den Wagen an und trat sanft aufs Gas. Sie war nur eine von vielen Besuchern im Solemani Recovery Center. Falls sich irgendwo in der Nähe Überwachungskameras befanden, würden sie einen davonrasenden Transporter zeigen und dann, ein oder zwei Minuten später, einen normal fahrenden BMW, für dessen Anwesenheit es eine Erklärung gab.

Tiefe Atemzüge, Maya. Einatmen, ausatmen. Beugen, strecken …
Fünf Minuten später war sie wieder auf dem Highway.

Maya sah zu, dass sie etwas Abstand zwischen sich und die Leiche brachte.

Sie stellte ihr Handy aus, und dann, weil sie nicht sicher war, ob man es noch orten konnte, zerschlug sie es am Lenkrad. Nach rund fünfzig Kilometern hielt sie auf dem Parkplatz eines CVS-Drogeriemarkts. Sie durchwühlte das Portemonnaie des Bewaffneten. Kein Ausweis, aber er hatte 400 Dollar in bar dabei. Perfekt. Maya war knapp bei Kasse und wollte keinen Geldautomaten benutzen.

Mit dem Geld kaufte sie drei Einweg-Handys und eine Baseballkappe. Sie betrachtete ihr Gesicht im Spiegel der Kundentoilette. Eine Katastrophe. Sie wusch sich so gut sie konnte und band sich einen Pferdeschwanz. Nachdem sie die Kappe aufgesetzt hatte, sah sie halbwegs präsentabel aus.

Wohin würden die Entführer fahren?

Wahrscheinlich stellten sie keine Bedrohung mehr dar. Möglich, dass sie zu ihrem Haus fahren und sie dort erwarten würden, aber eigentlich glaubte Maya nicht, dass sie ein so großes Risiko eingingen. Vermutlich war der Transporter gestohlen, ein Mietwagen oder hatte gefälschte Nummernschilder oder so etwas, sodass sie wahrscheinlich einfach Feierabend machten.

Trotzdem hatte sie nicht vor, nach Hause zu fahren.

Sie rief Eddie an. Er meldete sich nach dem zweiten Klingeln. Sie sagte ihm, wo sie sich treffen könnten. Er wollte sich sofort auf den Weg machen und stellte glücklicherweise keine Fragen. Auch das barg ein gewisses Risiko, es schien ihr aber gering zu sein. Trotzdem kontrollierte sie ihre Umgebung ganz genau, als sie sich dem *Growin' Up* näherte. Interessanterweise war er fast genauso positioniert, wie man eine Army-Stellung positionieren würde. Man konnte ihn im Normalfall nicht ungesehen erreichen. Außerdem gab es mehrere Sicherheitskordons. Natürlich könnte sich jemand den Weg freischießen, aber mit den durch Summer gesicherten Türen am Eingang und zu jedem Zimmer konnte man blitzschnell die Polizei rufen – und das Revier war nur einen Block entfernt.

Noch einmal umkreiste sie den Kindergarten.

Sie folgte Eddies Wagen, als sie ihn auf den Parkplatz fahren sah. Die Glock steckte wieder im Hüftholster. Eddie parkte. Maya parkte daneben, stieg aus und setzte sich neben ihn auf den Beifahrersitz.

»Was ist los, Maya?«

»Du musst dich hier anmelden, damit du Lily abholen kannst.«

»Und was war das für eine Nummer, von der du mich gerade angerufen hast?«

»Lass uns das hier einfach erledigen, okay?«

Eddie sah sie an. »Weißt du, wer Claire und Joe umgebracht hat?«

»Ja.«

Er wartete. Dann sagte er. »Aber du sagst es mir nicht.«

»Im Moment nicht, nein.«

»Weil …?«

»Weil ich keine Zeit habe. Weil Claire wollte, dass ich dich beschütze.«

»Vielleicht will ich ja gar nicht beschützt werden?«

»So läuft das nicht.«

»Und warum nicht? Wird langsam Zeit, dass ich dir helfe.«

»Im Moment«, sagte sie, »kannst du mir am besten helfen, indem du mit mir da reingehst.« Sie öffnete die Tür. Mit einem schweren Seufzer stieg Eddie aus. Als er ihr dabei den

Rücken zuwandte, stopfte Maya einen Umschlag unten in seine Laptop-Tasche. Dann stieg auch sie aus.

Miss Kitty drückte den Summer, sodass sie den Kindergarten betreten konnten, und half ihnen dann beim Papierkram. Während sie das Ausweisfoto von Eddie machte, blickte Maya in den sonnengelben Raum und entdeckte ihre Tochter dort. Als sie Lily sah, wurde ihr plötzlich leicht ums Herz. Lily trug eins von Mayas alten Hemden als Kittel, und ihre Hände waren mit Farbe beschmiert. Das kleine Mädchen lächelte breit. Maya stand nur da und spürte, wie eine Hand in ihre Brust griff und ihr Herz zusammenpresste.

Miss Kitty trat hinter sie. »Wollen Sie reingehen und sie begrüßen?«

Maya schüttelte den Kopf. »Sind wir hier fertig?«

»Ja. Ihr Schwager kann Ihre Tochter jetzt jederzeit abholen.«

»Ich muss nicht anrufen, um ihm die Erlaubnis zu erteilen?«

»So wollten Sie es doch, oder?«

»Ja.«

»Also haben wir es so eingerichtet.«

Maya nickte, ohne den Blick von Lily abzuwenden. Sie betrachtete ihre Tochter noch einmal, dann wandte sie sich ab. Sie sah Miss Kitty an. »Danke.«

»Alles okay mit Ihnen?«

»Mir geht's gut.« Sie sah Eddie an. »Wir sollten jetzt gehen.«

Als beide draußen auf dem Parkplatz waren, bat Maya Eddie, ihr kurz sein Handy zu leihen. Er gab es ihr widerspruchslos. Sie loggte sich über die Website bei ihrer GPS-Sender-App ein.

Hectors Pick-up war wieder in Paterson.

Gut. Zeit, weiter vorausschauend vorzugehen. Sie überlegte, ob sie Eddie bitten sollte, sein Handy behalten zu dürfen, hatte dann aber Angst, dass das jemand herausbekommen und sie verfolgen könnte. Sie gab es ihm zurück.

»Danke.«

»Erzählst du mir irgendwann, was hier vorgeht?«

Als sie ihre Autos erreichten, sagte Maya: »Warte noch.« Sie öffnete die Heckklappe ihres Wagens, suchte den Werkzeugkasten und nahm einen Schraubenzieher heraus.

»Was machst du?«, fragte Eddie.

»Ich tausche unsere Nummernschilder.«

Sie glaubte nicht, dass Kierce schon eine Fahndung nach ihr eingeleitet hatte, aber es schadete nicht, wenn man übervorsichtig war. Maya fing vorne an der Stoßstange an. Eddie nahm eine Fünfcentmünze aus der Tasche, benutzte sie als Schraubenzieher und machte sich hinten an die Arbeit. Nach zwei Minuten waren sie fertig.

Sie wollte in ihren Wagen einsteigen. Eddie blieb einfach stehen und sah sie an.

Maya wartete einen Moment. Es gab tausende Dinge, die sie ihm erzählen wollte – über Claire, über Joe, über alles. Sie öffnete den Mund, aber gerade sie musste wissen, dass nichts Gutes dabei herauskommen würde. Heute nicht. Jetzt nicht.

»Ich liebe dich, Eddie.«

Er schirmte seine Augen mit der Hand vor der untergehenden Sonne ab. »Ich liebe dich auch, Maya.«

Sie stieg in den Wagen und machte sich auf den Weg nach Paterson.

ZWEIUNDDREISSIG

Sie fand Hectors Dodge Ram auf einem Parkplatz vor einem Hochhaus an der Fulton Street in Paterson.

Maya parkte an der Straße und ging durchs Tor. Sie prüfte die Türen des Pick-ups in der Hoffnung, dass eine von ihnen nicht verschlossen sein könnte. Kein Glück. Sie überlegte, was sie tun sollte. Sie hatte keine Möglichkeit festzustellen, wo Hector sich im Gebäude aufhielt. Sie wusste noch nicht einmal, ob er wirklich bei Isabella war oder nicht. Es war zu spät, sich darüber Gedanken zu machen. Ihr Plan war ganz simpel.

Sie würde Hector dazu bringen, ihr zu erzählen, wo Isabella war.

Also stieg Maya wieder in ihren Wagen und wartete. Sie behielt den Eingang des Hochhauses im Auge und sah nur gelegentlich zum Pick-up, falls Hector aus einer anderen Richtung kommen würde. Eine halbe Stunde verging. Sie hätte gern irgendeinen Internetzugang gehabt – sie wollte sehen, ob Corey bereits wie erwartet Einzelheiten über EAC Pharmaceuticals gepostet hatte –, aber ihr Smartphone war zerstört, und mit den Einweg-Handys konnte man nur telefonieren oder SMS verschicken und empfangen. Sie hätte jedoch darauf gewettet, dass die ersten Posts bereits online waren. Das würde auch das versuchte Kidnapping erklären. Vermutlich hatte Corey Teile der Story gepostet, und jetzt versuchte jemand, wahrscheinlich ein Burkett, sämtliche Spuren zu beseitigen.

Hector erschien in der Tür.

Maya hatte ihre Pistole schon in der Hand. Hector hob den Schlüsselanhänger und drückte auf den Autoschlüssel. Die Blinker des Pick-ups leuchteten kurz auf, und die Türen wurden entriegelt. Hector sah besorgt aus, allerdings hatte er auch früher eigentlich nie wirklich entspannt oder gar glücklich gewirkt.

Mayas Plan war ganz einfach. Folg Hector zu seinem Wagen. Schleich dich an ihn heran. Halt ihm die Pistole ins Gesicht. Zwing ihn, dir von Isabella zu erzählen.

Es war kein sehr ausgefeilter Plan, aber für mehr war einfach keine Zeit.

Doch als Maya sich auf den Weg machte, sich von hinten an den Pick-up anschlich, zeigte sich, dass all das unnötig war.

Auch Isabella kam aus dem Hochhaus.

Bingo.

Maya duckte sich hinter den Wagen. Was jetzt? Sollte sie warten, bis Hector losfuhr, und dann zuschlagen? Wie würde Hector reagieren, wenn sie Isabella in seiner Anwesenheit eine Pistole vor die Nase hielt? Nicht gut, dachte sie. Er hatte ein Handy. Er könnte die Polizei rufen oder laut schreien oder … die Sache irgendwie versauen.

Nein, Maya musste warten, bis er weg war.

Hector stieg in seinen Wagen. Geduckt lief Maya bis zum nächsten Fahrzeug. Sie sorgte dafür, dass man die Pistole nicht bemerkte, und hoffte, dass sie niemand hier herumschleichen sah. Und wenn schon, vielleicht würde es verdächtig wirken, aber mehr auch nicht. Sie rechnete nicht damit, dass jemand die Polizei rief, aber das Risiko musste sie eingehen.

Isabella ging nach links.

Halt. Moment mal.

Maya war davon ausgegangen, dass Isabella nur mit herausgekommen war, um sich von Hector zu verabschieden oder vielleicht noch ein paar Worte mit ihm durchs Wagenfenster zu wechseln. Aber so war es nicht.

Isabella stieg auf der Beifahrerseite ein.

Maya hatte jetzt zwei Möglichkeiten. Erstens: Sie konnte zu ihrem Auto zurückgehen und sie verfolgen. Sie dachte ernsthaft darüber nach, fürchtete aber, dass sie sie verlieren würde und dann ohne ihr Smartphone nicht in der Lage wäre, sie ausfindig zu machen.

Zweitens …

Schluss jetzt.

Sie rannte zum Pick-up, riss die Hintertür auf, stieg ein und drückte Hector den Lauf ihrer Pistole an den Hinterkopf.

»Hände ans Lenkrad.« Sie richtete den Lauf der Waffe kurz auf Isabella, bevor sie ihn wieder an Hectors Kopf hielt. »Du auch, Isabella. Hände aufs Armaturenbrett.«

Beide starrten sie einen Moment lang schockiert an.

»Sofort.«

Langsam legten die beiden ihre Hände auf Lenkrad und Armaturenbrett, wie sie es verlangt hatte. Dann fiel ihr ein, wie sehr sie Isabella bei ihrem letzten Aufeinandertreffen unterschätzt hatte. Also streckte Maya die Hand aus und griff nach ihrer Handtasche.

Sie sah hinein.

Ja, Pfefferspray und Handy waren da.

Hectors Handy lag im Becherhalter. Maya schnappte es sich und warf es in Isabellas Handtasche. Dann überlegte sie, ob Hector bewaffnet war. Sie hielt ihre Glock weiter auf ihn gerichtet und tastete die üblichen Stellen kurz ab. Nichts. Sie zog den Wagenschlüssel aus dem Zündschloss und steckte auch den in die Handtasche. Schließlich ließ sie die Handtasche vor sich auf den Boden fallen. Im selben Moment sah sie etwas und zuckte zusammen. Eine Farbe hatte ihre Aufmerksamkeit erregt…

»Was wollen Sie?«, fragte Isabella.

Auf dem Boden hinter dem Fahrersitz lag ein Kleiderhaufen.

»Sie können doch nicht einfach eine Pistole…«

»Schnauze«, sagte Maya. »Wenn ihr zu laut atmet, puste ich Hector den Kopf weg.«

Ganz oben auf dem Haufen lag ein graues Sweatshirt. Sie schob es mit dem Fuß zur Seite und hätte vor Wut fast abgedrückt, als sie sah, was darunterlag. Es war das wohlbekannte waldgrüne Hemd mit Button-down-Kragen.

»Rede«, sagte Maya.

Isabella musterte sie mit finsterem Blick.

»Letzte Gelegenheit.«

»Ich habe nichts zu sagen.«

Also fing Maya an zu reden. »Hector ist ähnlich gebaut wie Joe. Also hat er vermutlich Joes Rolle in eurem Video übernommen. Du hast ihn ins Haus gelassen. Er hat die Szene gespielt. Lily kannte Hector. Sie wäre bereitwillig zu ihm gegangen. Dann habt ihr einfach ein Video genommen, auf dem Joes Gesicht…« Dieses Lächeln. »Mein Gott, es ist aus unserem Hochzeitsvideo.«

»Von uns erfahren Sie nichts«, sagte Isabella. »Sie bringen uns nicht um.«

Schluss jetzt. Maya umklammerte die Pistole fester und schlug Hector den Metallgriff so hart auf die Nase, dass man hörte, wie sie brach. Hector heulte auf und griff sich ins Gesicht. Blut sickerte zwischen seinen Fingern hervor.

»Vielleich bringe ich euch nicht um«, sagte Maya, »aber die

erste Kugel geht in seine Schulter. Die nächste in den Ellbogen. Die dritte ins Knie. Also redet!«

Isabella zögerte.

Maya holte aus, und diesmal schlug sie Hector die Pistole seitlich aufs Ohr. Er stöhnte und sank zur Seite. Instinktiv nahm Isabella die Hände vom Armaturenbrett, um ihrem Bruder zu helfen. Maya fuhr ihr mit der Pistole übers Gesicht, steckte so viel Kraft hinein, dass es wehtat, aber keinen ernsthaften Schaden anrichtete.

Trotzdem blutete jetzt auch Isabella.

Dann drückte Maya den Lauf ihrer Pistole gegen Hectors Schulter und drückte leicht auf den Abzug.

»Halt!«, rief Isabella.

Maya rührte sich nicht.

»Wir haben es getan, weil Sie Joe getötet haben.«

Maya bewegte sich immer noch nicht. »Wer sagt das?«

»Das spielt doch keine Rolle.«

»Du glaubst also, ich hätte meinen eigenen Mann getötet«, sagte Maya und deutete mit einer Kopfbewegung auf die Pistole in ihrer Hand. »Wie kommst du dann auf die Idee, dass ich nicht auf deinen Bruder schießen würde?«

»Es war unsere Mutter.«

Hector hatte geantwortet.

»Sie hat gesagt, dass Sie Joe umgebracht haben. Und wir sollten ihr helfen, das zu beweisen.«

»Und wie?«

Hector richtete sich auf. »Haben Sie ihn nicht umgebracht?«

»Wie solltet ihr Rosa helfen, Hector?«

»Sie haben recht, ich habe mich als Joe verkleidet. Wir haben die Szene von Ihrer Nanny-Cam aufnehmen lassen. Dann habe ich die SD-Karte nach Farnwood gebracht. Die Familie hatte einen Photoshop-Experten besorgt. Nach einer Stunde war ich wieder zurück, und Isabella hat die SD-Karte wieder in den Bilderrahmen gesteckt.«

»Stopp«, sagte Maya. »Woher wusstet ihr, dass ich eine Nanny-Cam habe?«

Isabella schnalzte missbilligend. »Am Tag nach der Beerdigung haben Sie plötzlich einen digitalen Bilderrahmen, auf dem Familienfotos sind? Ich bitte Sie. Sie sind die einzige Mutter, die ich kenne, die keine Fotos von ihrer Tochter im Haus hat. Sie hängen nicht einmal Lilys selbst gemalte Bilder auf. Als ich den Bilderrahmen gesehen habe … für wie dumm halten Sie mich?«

Maya erinnerte sich, wie gut Isabella auf den Videos gewesen war, dass sie die ganze Zeit gelächelt hatte und immer voller Begeisterung bei der Sache war. »Und was dann … habt ihr Rosa davon erzählt?«

Isabella sparte sich die Antwort.

»Dann war das mit dem Pfefferspray wohl auch ihre Idee.«

»Ich wusste nicht, wie Sie sich verhalten würden, wenn Sie das Video gesehen hatten. Ich sollte Ihnen nur die SD-Karte abnehmen. Damit Sie das Video niemand anders zeigen konnten.«

Sie wollten sie isolieren.

»Für den Fall, dass Sie es mir zeigen würden«, fuhr Isabella fort, »sollte ich so tun, als hätte ich nichts gesehen.«

»Warum?«

»Was glauben Sie?« Es war offensichtlich. »Ich sollte Fehler machen, ich sollte an meiner geistigen Gesundheit zweifeln …«

Maya verstummte. Sie blickte jetzt an ihnen vorbei, direkt durch die Windschutzscheibe des Pick-ups. Isabella und Hector sahen erst sie an, dann drehten sie sich um, weil sie wissen wollten, was Mayas Aufmerksamkeit auf sich gezogen hatte.

Direkt vor dem Pick-up stand Shane.

»Wenn ihr euch bewegt«, sagte Maya zu Hector und Isabella, »erschieße ich euch.«

Sie öffnete die hintere Tür, stieg aus, drehte sich um und griff noch einmal in den Wagen, um Isabellas Handtasche herauszunehmen. Shane blieb stehen und wartete. Seine Augen waren gerötet.

»Was machst du da?«, fragte er.

»Sie haben mir eine Falle gestellt«, sagte Maya.

»Was?«

»Hector hat Joes Kleidung getragen. Dann hat jemand Joes Gesicht hineinkopiert.«

»Dann ist Joe …«

»Tot. Ja. Wie hast du mich gefunden, Shane?«

»GPS.«

»Ich hab kein Handy bei mir.«

»Ich hab an deinen beiden Autos Sender angebracht«, sagte Shane.

»Warum hast du das getan?«

»Weil du nicht rational gehandelt hast«, sagte er. »Und zwar schon vor der Geschichte mit der Nanny-Cam. Das musst du zugeben.«

Maya sagte nichts.

»Und ja, ich habe Dr. Wu angerufen. Ich dachte, vielleicht könnte er dich dazu bewegen, die Therapie wiederaufzunehmen. Und ja, ich habe die Sender an deinen Autos angebracht, für den Fall, dass du Hilfe brauchst. Als Kierce mich dann wegen der ballistischen Tests kontaktiert hat und du nicht zurückgerufen hast …«

Maya blickte zum Pick-up. Keine Bewegung.

Tiefe Atemzüge …

»Ich muss dir was erzählen, Shane.«

»Über die ballistischen Tests?«

Sie schüttelte den Kopf. *Beugen, strecken …*

»Über den Tag in al-Qa'im.«

Shane sah sie verwirrt an. »Was ist damit?«

Sie öffnete den Mund, schloss ihn wieder.

»Maya?«

»Wir hatten schon ein paar Männer verloren. Gute Männer. Ich war nicht bereit, noch weitere zu verlieren.«

Tränen schossen ihr in die Augen.

»Ich weiß«, sagte Shane. »Das war unsere Mission.«

»Und dann haben wir diesen SUV gesehen. Und ich höre, wie unsere Jungs um Hilfe betteln, während der SUV auf sie zufährt. Das Ziel war programmiert. Wir hatten die Situation gemeldet. Aber sie haben uns keine Genehmigung zum Angriff erteilt.«

»Stimmt«, sagte Shane. »Sie wollten sich vergewissern, dass es keine Zivilisten waren.«

Maya nickte.

»Also haben wir gewartet«, sagte Shane.

»Während unsere Jungs um ihr Leben flehten.«

Shanes Mundwinkel zuckten. »Es war hart, sich das anzuhören. Ich weiß. Aber wir haben das Richtige getan. Wir haben gewartet. Wir haben uns an die Vorschriften gehalten. Es war nicht unsere Schuld, dass die Zivilisten gestorben sind. Als wir dann die Bestätigung bekamen …«

Maya schüttelte den Kopf. »Wir haben nie eine Bestätigung bekommen.«

Shane sah sie an.

»Ich habe deinen Funk ausgeschaltet.«

»Was … was willst du damit …?«

»Joint Operations Command hat gefunkt, dass wir warten sollen.«

Er schüttelte den Kopf. »Wovon sprichst du?«

»Sie haben uns keine Freigabe erteilt. Sie glaubten, mindestens eine Person im SUV sei ein Zivilist, möglicherweise minderjährig. Sie haben gefunkt, dass die Wahrscheinlichkeit bei fünfzig Prozent liege, dass die Leute im SUV der Feind seien.«

»Und du hast trotzdem gefeuert«, sagte Shane.

»Ja.«

»Warum?«

»Weil mir die Zivilisten egal waren«, sagte Maya. »Unsere Jungs waren mir wichtig.«

»Herrgott, Maya.«

»Ich habe eine Entscheidung getroffen. Ich wollte nicht noch einen von unseren Leuten verlieren. Nicht während meiner Mission. Nicht, wenn ich etwas dagegen tun konnte. Mir war es egal, ob Zivilisten sterben, ob es Kollateralschäden gibt. Es hat mich nicht interessiert. Das ist die Wahrheit. Ihr glaubt, ich hätte diese schrecklichen Flashbacks, weil ich mich wegen der toten Zivilisten schuldig fühle. Ganz im Gegenteil, Shane. Ich habe sie, weil ich mich *nicht* schuldig fühle. Die Toten verfolgen mich nicht. Was mich verfolgt, Shane, was ich nicht loswerde, ist die Gewissheit, dass ich wieder ganz genauso handeln werde, wenn ich noch einmal in eine solche Situation gerate.«

Jetzt hatte Shane Tränen in den Augen.

»Man muss kein Psychiater sein, um das zu verstehen. Ich bin jede Nacht gezwungen, die Situation aufs Neue zu durchleben – kann aber am Ausgang nichts ändern. Deshalb werde ich diese Flashbacks nie wieder loswerden, Shane. Nacht für

Nacht sitze ich in diesem Hubschrauber. Nacht für Nacht suche ich nach einer Möglichkeit, diese Soldaten zu retten.«

»Und jede Nacht tötest du wieder diese Zivilisten«, sagte Shane. »Oh, Gott …«

Er breitete die Arme aus und ging auf sie zu, aber sie wies ihn zurück. Damit würde sie absolut nicht klarkommen. Schnell drehte sie sich um und sah in den Pick-up. Isabella und Hector hatten sich nicht von der Stelle gerührt.

Es war Zeit loszulegen.

»Was hat Kierce dir erzählt, Shane?«

»Joe und Claire wurden mit derselben Pistole erschossen«, sagte Shane. »Du wusstest das bereits, oder? Kierce hat es dir erzählt.«

Maya nickte.

»Mir hast du es aber nicht erzählt, Maya.«

Sie sparte sich die Antwort.

»Du hast mir alles erzählt, außer von den Ergebnissen der ballistischen Tests.«

»Shane …«

»Ich dachte mir schon, dass du auf eigene Faust versuchst, Claires Mörder zu finden. Die Polizei hatte nichts auf die Reihe bekommen. Ich dachte mir auch, dass du irgendetwas herausbekommen hattest.«

Maya ließ den Pick-up nicht aus den Augen. Weniger um Hector und Isabella zu beobachten, sondern vielmehr weil sie Shane nicht in die Augen sehen konnte.

»Du hast mir die Kugel gegeben, *bevor* Joe erschossen wurde«, sagte Shane. »Du hast mich gefragt, ob sie aus der Waffe stammt, mit der Claire ermordet wurde. Sie stimmten überein. Du hast mir allerdings nicht erzählt, woher du diese Kugel hattest. Und jetzt erfahre ich, dass Joe mit derselben Waffe getötet wurde. Wie kann das sein?«

»Es gibt nur eine Möglichkeit«, sagte Maya.

Shane schüttelte den Kopf, aber er wusste es schon. Sie sah ihm in die Augen und hielt seinem Blick stand.

»Ich habe ihn getötet«, sagte Maya. »Ich habe Joe getötet.«

DREIUNDDREISSIG

Maya trug Hectors Baseballkappe und saß am Steuer seines Pick-ups. Sie fuhr durch das hintere Tor nach Farnwood und dann weiter zum Hauptgebäude. Es war dunkel. Sie sah zwar ein paar Wachleute, die Sicherheitsmaßnahmen waren jedoch ziemlich lax. Keiner stoppte den wohlbekannten Dodge Ram Pick-up oder kümmerte sich anderweitig um ihn.

Shane passte auf Hector und Isabella auf, damit sie niemanden vor Mayas Besuch auf dem Anwesen warnen konnten. Mit dem Einweg-Handy rief Maya das *Leather and Lace* an und ließ sich mit Lulu verbinden.

»Ich kann nichts mehr für Sie tun«, sagte Lulu.

»Ich glaube doch.«

Nachdem sie aufgelegt hatte, parkte Maya an der Seite des Hauptgebäudes. Sie schlich durch die Dunkelheit nach hinten und versuchte es an der Küchentür. Sie war nicht abgeschlossen. Das Haus war ruhig und leer. Es brannte kein Licht. Maya trat kurz an den Kamin. Dann setzte sie sich allein ins vordere Wohnzimmer und wartete. Zeit verging. Ihre Augen gewöhnten sich an die Dunkelheit.

Sie sah die Vergangenheit in Form von grellen Schnappschüssen, und es war der erste dieser Schnappschüsse, auf dem sie sah, wie sie den Waffentresor öffnete, der alles verändert hatte. Bei ihrem ersten Heimatbesuch nach Claires Tod war sie zum Grab gefahren. Joe hatte sie begleitet. Er hatte sich seltsam verhalten, was ihr aber damals nicht groß aufgefallen war. Trotzdem fragte sie sich, wie es um ihn stand, überlegte, wie wenig Zeit sie eigentlich miteinander verbracht hatten während der kurzen, heftigen Romanze, mit ihrem Dienst und seiner Arbeit. Verdacht geschöpft hatte sie allerdings trotzdem nicht.

Hatte sie damals schon gedacht, dass sie den Mann eigentlich nicht besonders gut kannte? Nein, das dachte sie erst im Nachhinein.

Das Öffnen des Waffentresors hatte alles verändert.

Maya war eine Pedantin, wenn es um ihre Waffen ging. Sie hielt sie blitzsauber. Daher wusste sie eins sofort, als sie die beiden Smith-and-Wesson-686-Revolver herausnahm: Einer von ihnen – der aus dem Geheimfach – war benutzt worden.

Nach ihrer Rückkehr hatte Joe wiederholt darauf hingewiesen, wie sehr er Schusswaffen hasste und dass er kein Interesse habe, mit ihr zur Schießanlage zu gehen, und dass er wirklich wünschen würde, dass sie ihre Pistolen nicht im Haus aufbewahrte.

Kurz gesagt, er beteuerte zu viel. Rückblickend kam es Maya seltsam vor, warum ein Mann, der keinerlei Interesse an Waffen hatte, seine Fingerabdrücke im Sicherheitssystem des Waffentresors hinterlegen wollte. »Für alle Fälle«, hatte Joe gesagt. »Man kann nie wissen.«

Es gab Momente im Leben, in denen sich alles veränderte. Wieder war es wie eine dieser optischen Täuschungen. Man sah etwas, dann verschob sich der Perspektive ein ganz kleines Stück, und alles veränderte sich. So hatte Maya sich gefühlt, als sie diesen Revolver in der Hand hielt, den jemand zu reinigen versucht hatte, der offensichtlich nicht wusste, was er tat.

Es war ein Tiefschlag. Ein Betrug der schlimmsten Art. Sie hatte mit dem Feind geschlafen … sie kam sich wie eine Idiotin vor, wenn nicht schlimmer. Trotzdem ergab es auf eine schreckliche, furchtbare Art irgendwie Sinn.

Sie wusste Bescheid.

Selbst als sie in der Verleugnungsphase war, wusste sie, dass diese Waffe, ihre Waffe, ihre Schwester getötet hatte. Sie hatte es schon gewusst, bevor sie auf den Schießplatz gegangen, damit geschossen und Shane die Kugel gebracht hatte. Sie hatte es sogar schon gewusst, bevor sie Shane überredet hatte, die Kugel heimlich mit der .38er zu vergleichen, die in Claires Schädel gefunden worden war.

Joe hatte Claire umgebracht.

Trotzdem bestand die Möglichkeit, dass sie sich irrte. Es bestand die Möglichkeit, dass ein cleverer Auftragsmörder den Waffentresor geknackt, ihre Waffe benutzt und sie zurückgelegt hatte. Es bestand die Möglichkeit, dass Joe doch nicht der Täter war. Deshalb hatte sie die beiden Smith and Wesson 686 ausgetauscht, hatte den außerhalb von New Jersey gekauften Revolver, den Joe aus dem Geheimfach des Tresors genommen hatte, gegen den in New Jersey gekauften und daher registrierten ausgetauscht, der offen im Tresor platziert gewesen war. Sie hatte sichergestellt, dass die anderen Waffen nicht geladen waren und dass auch keine Munition für sie vorhanden war …

Nur der Smith and Wesson im Geheimfach war geladen.

Sie fing an, Joes Sachen zu durchwühlen, und hinterließ absichtlich Hinweise darauf, dass sie das getan hatte. Er sollte merken, dass sie ihm auf der Spur war. Sie wollte sehen, wie er reagierte. Um so viele Informationen zusammenzutragen, dass sie ihn zwingen konnte, ihr zu sagen, warum er Claire ermordet hatte.

Ja, Kierce hatte recht gehabt. Maya hatte Joe an dem Abend angerufen, nicht umgekehrt.

»Ich weiß, was du getan hast«, hatte sie gesagt.

»Wovon sprichst du?«

»Ich habe Beweise.«

Sie hatte ihn aufgefordert, sich mit ihr im Central Park zu treffen. Sie war vor ihm da gewesen und hatte die Umgebung inspiziert. Dort fielen ihr zwei zwielichtige Gestalten auf, die am Bethesda-Brunnen vorbeigingen – später sollte sie erfahren, dass sie Emilio Rodrigo und Fred Katen hießen. An der Art, wie Rodrigo sich bewegte, erkannte sie, dass er eine Waffe trug.

Perfekt. Sündenböcke, die dafür niemals verurteilt werden konnten.

Als sie sich trafen, gab sie Joe reichlich Chancen.

»Warum hast du Claire getötet?«

»Sagtest du nicht, du hättest Beweise, Maya. Du hast nichts.«

»Ich werde Beweise finden. Ich werde keine Ruhe geben. Ich werde dir das Leben zur Hölle machen.« In diesem Moment zog Joe den geladenen Smith and Wesson 686, den er im Geheimfach des Waffentresors gefunden hatte. Er lächelte ihr zu. Zumindest hatte sie den Eindruck. Wahrscheinlich war es zu dunkel, um das zu erkennen, außerdem starrte sie auf den Revolver. Aber jetzt, als sie sich das, was passiert war, noch einmal durch den Kopf gehen ließ, hätte sie schwören können, dass Joe gelächelt hatte.

Er richtete die Waffe mitten auf ihre Brust.

Alles, was sie vorher gedacht hatte – das Gerede darüber, dass sie Bescheid wüsste –, war vergessen, als sie sah, wie der Mann, den sie zu lieben gelobt hatte, bis dass der Tod sie scheide, eine geladene Waffe auf sie richtete. Sie hatte es gewusst, und doch hatte sie es nicht geglaubt, nicht akzeptiert – nicht so richtig, das alles musste ein Irrtum sein, und wenn sie ihn unter Zugzwang setzte, würde herauskommen, was sie übersehen hatte, dass sie sich entsetzlich geirrt hatte.

Joe, der Vater ihres Kindes, war kein Mörder. Sie hatte ihr Bett und ihr Herz nicht mit einem Killer geteilt, der ihre Schwester gequält und umgebracht hatte. Es bestand immer noch die Möglichkeit, dass es für das Ganze eine plausible Erklärung gab.

Bis er abdrückte. Hier, allein im dunklen Wohnzimmer, schloss Maya die Augen.

Sie erinnerte sich noch an Joes Gesichtsausdruck, als sich der Schuss nicht löste. Er drückte noch einmal ab. Dann noch einmal.

»Ich habe den Schlagbolzen entfernt.«

»Was?«

»Ich habe den Schlagbolzen am Hahn entfernt, sodass sie nicht schießt.«

»Spielt keine Rolle, Maya. Du wirst niemals beweisen können, dass ich sie getötet habe.«

»Du hast recht.«

Dann hatte Maya ihren anderen Smith and Wesson gezogen, den, mit dem Joe Claire umgebracht hatte, und dreimal auf ihn geschossen. Die ersten beiden Schüsse waren absichtlich nicht tödlich gewesen. Sie war eine ausgebildete Scharfschützin. Die meisten kleinen Gauner waren das nicht. Wenn sie ihn mit dem ersten Schuss tödlich getroffen hätte, wäre das zu offensichtlich gewesen.

Kierce: *»Die erste Kugel traf die linke Schulter Ihres Mannes, die zweite streifte das Schlüsselbein.«*

Sie hatte einen Trenchcoat und Handschuhe getragen, die sie in einem Heilsarmee-Laden gekauft und bar bezahlt hatte. Alle Schmauchspuren würden sich auf diesen Kleidungsstücken festsetzen. Sie riss sie herunter und warf sie in Abfalleimer auf der anderen Seite der Mauer und auf der 5th Avenue.

Sie würden nicht gefunden werden, und selbst wenn man sie fand und jemand auf die Idee kam, sie auf Schmauchspuren zu untersuchen, würde man sie nicht zu ihr zurückverfolgen können. Dann beugte sie sich herunter, umarmte den sterbenden Joe und achtete darauf, dass möglichst viel Blut auf ihre Bluse tropfte. Sie steckte beide Revolver in ihre Handtasche. Dann taumelte sie zurück in Richtung Bethesda-Brunnen.

»Hilfe … bitte … helfen Sie mir … mein Mann wurde …«

Niemand durchsuchte sie. Warum auch? Sie war ein Opfer. Alle waren damit beschäftigt gewesen, sie auf mögliche Verletzungen zu untersuchen und die Mörder zu verfolgen. Das Durcheinander machte sich bezahlt. Sie hatte die Handtasche wegwerfen wollen – außer den Waffen war sie leer –, doch im Endeffekt war das nicht nötig gewesen. Sie hatte die Tasche einfach behalten und schließlich mit nach Hause genommen. Die Mordwaffe warf sie in einen Fluss. Beim registrierten Smith and Wesson setzte sie den Schlagbolzen wieder ein und legte ihn zurück in den Tresor. Das war die Waffe, die Kierce mitgenommen und getestet hatte.

Maya wusste, dass die ballistischen Tests ihre »Unschuld« beweisen und die Polizei verwirren würden. Joe und Claire waren mit derselben Waffe getötet worden. Für Claires Mord hatte Maya ein bombensicheres Alibi – sie war im Auslandseinsatz gewesen –, also konnte sie unmöglich für einen der beiden Morde verantwortlich sein. Der Gedanke, zwei Unschuldige – Emilio Rodrigo und Fred Katen – in das ganze Theater mit hineinzuziehen, gefiel ihr zwar nicht, andererseits war einer von ihnen tatsächlich bewaffnet gewesen. Sie wusste auch, dass die Anklage aufgrund ihrer Aussage, dass die beiden Sturmhauben getragen hätten, im Sande verlaufen würde. Sie würden nicht wegen Mord in den Knast gehen.

Verglichen mit dem, was sie in der Vergangenheit getan

hatte, waren die Kollateralschäden an den beiden unbedeutend.

Der ganze Fall war ein unauflösbares Chaos, und genau das hatte Maya beabsichtigt. Claire war ermordet worden, und der Mörder hatte seine Strafe bekommen. Ende der Geschichte. Der Gerechtigkeit war gewissermaßen Genüge getan. Maya hatte nicht alle Details herausbekommen, aber sie wusste genug. Sie und ihre Tochter waren in Sicherheit. Doch dann hatte das Nanny-Cam-Video noch einmal alles verändert.

Von ihrem Sessel im Wohnzimmer aus hörte Maya den Wagen vorfahren. Sie blieb sitzen. Die Haustür wurde geöffnet. Sie hörte, wie Judith erzählte, wie langweilig die Veranstaltung gewesen war. Neil war bei ihr. Und Caroline. Die drei kamen zusammen herein.

Judith schaltete das Licht ein und schnappte laut nach Luft.

Maya blieb einfach sitzen.

»Mein Gott«, sagte Judith. »Ich habe mich fast zu Tode erschreckt. Was machst du hier, Maya?«

»Ockhams Rasiermesser«, sagte Maya.

»Wie bitte?«

»Unter den möglichen Theorien sollte man sich für diejenige entscheiden, die die wenigsten Hypothesen benötigt.« Maya lächelte. »Kurz gesagt, die einfachste Antwort ist meistens die wahrscheinlichste. Joe hat die Schießerei nicht überlebt. Du wolltest nur, dass ich das glaube.«

Judith sah ihre beiden Kinder an, dann wandte sie sich wieder Maya zu.

»Du hast dir die Nummer mit der Nanny-Cam ausgedacht, Judith. Du hast Rosas Familie erzählt, dass ich Joe umgebracht habe, aber du hattest einfach keine Beweise. Also wolltest du etwas Bewegung in die Sache bringen.«

Judith versuchte gar nicht erst, es abzustreiten. »Und wenn

es so wäre?« Ihre Stimme klang eisig. »Es ist nicht verboten, einen Mörder fangen zu wollen, oder?«

»Nicht, dass ich wüsste«, stimmte Maya ihr zu. »Natürlich hatte ich von Anfang an einen Verdacht. Du versuchst, Menschen zu manipulieren. Du hast deine Karriere darauf aufgebaut, Menschen zu beeinflussen.«

»Das waren psychologische Experimente.«

»Wortklauberei. Aber ich habe Joe sterben sehen. Ich wusste, dass er nicht am Leben sein konnte.«

»Ach, aber es war dunkel«, sagte Judith. »Du könntest dich geirrt haben. Du hast Joe zwar irgendwie ausgetrickst. Hast ihn dazu gebracht, zu dieser Stelle im Park zu kommen. Aber vielleicht hatte Joe ja auch einen Trick in der Hinterhand. Vielleicht hatte er deine Kugeln durch Platzpatronen ersetzt oder so etwas Ähnliches.«

»Das hatte er aber nicht.«

Neil räusperte sich. »Was willst du, Maya?«

Maya beachtete ihn nicht, konzentrierte sich weiter auf Judith. »Selbst wenn ich euch nicht abgenommen hätte, dass er noch lebt, selbst wenn ich nicht unter dem Druck zusammengebrochen wäre und kein Geständnis abgelegt hätte, dir war klar, dass ich irgendeine Reaktion zeigen würde.«

»Natürlich.«

»Ich hätte gemerkt, dass mich jemand kirre machen will. Und dann hätte ich mir die Sache genauer angesehen. Vielleicht würde ich dabei einen Fehler machen, und du könntest mich wegen Mordes drankriegen. Ich könnte irgendwie ins Straucheln geraten. Außerdem musstest du herausbekommen, was ich wusste. Und alle haben in Mommys kleinem psychologischen Experiment mitgespielt. Caroline hat mir die Lüge aufgetischt, dass sie glaubt, ihre Brüder wären am Leben und Kierce würde von der Familie Geld nehmen. Reine Erfindungen. Aber es stürzte gerade so viel auf mich ein. Die Nanny-Cam, die fehlende Kleidung, die Anrufe. In dieser Situation würde jeder anfangen, an seiner geistigen Gesundheit zu zweifeln. Das habe ich auch getan. Ich hätte verrückt sein müssen, nicht wenigstens darüber nachzudenken, ob ich dabei war, den Verstand zu verlieren.«

Judith lächelte ihr zu. »Warum bist du hier, Maya?«

»Ich habe eine Frage an dich, Judith.«

Sie wartete.

»Woher wusstest du, dass ich Joe getötet habe?«

»Dann gibst du es zu?«

»Klar. Aber woher hast du es gewusst?« Maya sah erst Neil, dann Caroline an. »Hat sie dir erzählt, wie sie dahintergekommen ist, Caroline?«

Caroline runzelte die Stirn und sah ihre Mutter an.

»Ich wusste es einfach«, sagte Judith. »Eine Mutter weiß so etwas.«

»Nein, Judith. Du wusstest, dass ich ihn getötet habe, weil du wusstest, dass ich ein Motiv hatte.«

Caroline sagte: »Wovon spricht sie?«

»Joe hat meine Schwester ermordet.«

»Das ist nicht wahr«, sagte Caroline im Tonfall eines bockigen Kinds.

»Joe hat Claire umgebracht«, sagte Maya. »Und deine Mutter hat es gewusst.«

»Mom?«

Judiths Augen blitzten. »Claire hat uns bestohlen«, sagte sie.

Caroline: »Mom …«

»Mehr noch, Claire hat versucht, uns alle zu vernichten – den Namen Burkett, die Familie und unser Vermögen. Joe wollte sie nur aufhalten. Er hat versucht, sie zu überzeugen.«

»Er hat sie gefoltert«, sagte Maya.

»Er ist in Panik geraten. Das muss ich zugeben. Sie wollte ihm nicht sagen, was sie getan hat. Diese Information wollte sie ihm nicht geben. Ich will sein Verhalten nicht rechtfertigen, aber deine Schwester hat damit angefangen. Sie hat versucht, diese Familie zu zerstören. Du, Maya, müsstest das verstehen. Sie war der Feind. Den Feind bekämpft man mit aller Kraft. Man setzt sich mit allen Mitteln zur Wehr. Man zeigt keine Gnade.«

Maya spürte, wie die Wut in ihr aufstieg, ließ sie aber nicht die Oberhand gewinnen. »Du dumme, dumme, böse Frau.«

»Hey.« Neil kam seiner Mutter zu Hilfe. »Das reicht jetzt.«

»Du verstehst das nicht, oder Neil? Du glaubst, Joe hätte das Familienvermögen verteidigt. Du glaubst, dass es um die Sache mit EAC Pharmaceuticals ging?«

Neil sah seine Mutter auf eine Art an, die Mayas Vermutung betätigte. Fast hätte sie gelacht. Sie sah Judith an.

»Das hat Joe dir so erzählt, richtig? Dass Claire alles über den Pharmabetrug herausbekommen hätte. Und als um dich herum alles zusammenbrach, Neil, hast du kein Vertrauen mehr in Mommys Plan gehabt. Du bist in Panik geraten und hast mir die Kidnapper auf den Hals gehetzt. Du wolltest herausbekommen, was ich wusste. Und du hast den Kerlen von meiner angeschlagenen Psyche erzählt. Sie sollten mir sagen, dass Joe auf mich wartet, denn dann würde ich … was? … zerbrechen?«

Neil starrte sie mit unverhohlenem Hass an. »Zumindest hätte es dich weiter geschwächt.«

Judith schloss die Augen. »Wie dämlich kann man sein«, murmelte sie.

»›Joe wartet‹, hat der Kerl gesagt. Und das war dein Fehler,

Neil. Weißt du, wenn Joe dahintergesteckt hätte, wenn er mir Männer auf den Hals gehetzt hätte, hätte er ihnen gesagt, dass ich eine Waffe trage. Sie wussten aber nichts davon.«

»Maya?«

Das war Judith.

»Du hast meinen Sohn umgebracht.«

»Er hat meine Schwester umgebracht.«

»Er ist tot. Gegen ihn kann man keine Anklage mehr erheben. Aber gerade haben drei Zeugen dein Geständnis gehört. Wir werden dich vor Gericht bringen.«

»Du verstehst das nicht«, sagte Maya. »Joe hat nicht nur meine Schwester umgebracht. Er hat Theo Mora getötet...«

»Das war nur ein Dummejungenstreich, der aus dem Ruder gelaufen ist.«

»Er hat Tom Douglass umgebracht.«

»Das kannst du nicht beweisen.«

»Und er hat seinen eigenen Bruder umgebracht.«

Alle erstarrten. Ein paar Sekunden lang herrschte Totenstille. Es war so leise, als würden selbst die Möbel die Luft anhalten.

»Mom?« Das war Caroline. »Das ist nicht wahr, oder?«

»Natürlich nicht«, sagte Judith.

»Es ist wahr«, sagte Maya. »Joe hat Andrew getötet.«

Caroline wandte sich an Judith. »Mom?«

»Hör nicht auf sie. Das ist eine Lüge.«

Aber Judiths Stimme zitterte leicht.

»Ich war heute bei Christopher Swain, Judith. Er hat mir erzählt, dass Andrew kurz vor einem Nervenzusammenbruch stand und dass Andrew allen auf dem Boot erzählt hat, er werde wegen Theo zur Polizei gehen. Dann ist Andrew allein aufs Oberdeck gegangen. Und Joe ist ihm gefolgt.«

Schweigen.

Caroline fing an zu weinen. Neil sah seine Mutter an, als würde er um Hilfe flehen.

»Das bedeutet nicht, dass Joe ihn umgebracht hat«, sagte Judith. »Vielleicht gaukelt dir eine der schrecklichen Fantasien in deinem kranken Hirn vor, dass es so ist, aber du selbst hast mir gesagt, was passiert ist. Du hast mir die Wahrheit erzählt.«

Maya nickte. »Dass Andrew gesprungen ist. Dass er Selbstmord begangen hat.«

»Ja.«

»Und dass Joe es gesehen hat. Das hat Joe mir erzählt.«

»Ja, natürlich.«

»So war es aber nicht. Joe und Andrew sind gegen ein Uhr nachts aufs Oberdeck gegangen.«

»Richtig.«

»Aber Andrew wurde erst am nächsten Morgen als vermisst gemeldet.« Maya legte den Kopf auf die Seite. »Wenn Joe gesehen hätte, wie sein Bruder über Bord springt, dann hätte er sofort Alarm geschlagen.«

Judiths Augen weiteten sich, als hätte man ihr in den Magen geschlagen. Jetzt erst begriff Maya. Auch Judith hatte es nicht wahrhaben wollen, hatte ihr Wissen verleugnet. Sie hatte es gewusst und doch nicht gewusst. Faszinierend, wie fest wir die Augen vor so deutlich sichtbaren Tatsachen verschließen konnten.

Judith sank auf die Knie.

»Mom?«, sagte Neil.

Judith fing an zu wimmern wie ein verwundetes Tier. »Das kann nicht stimmen.«

»Es stimmt«, sagte Maya und stand auf. »Joe hat Theo Mora umgebracht. Er hat Andrew getötet. Er hat Claire getötet. Er hat Tom Douglass getötet. Wie viele hat er noch umgebracht, Judith? In der achten Klasse hat er einem Mitschüler einen Baseballschläger über den Kopf gezogen. In der Highschool hat er versucht, einen Jungen wegen eines Mädchens zu verbrennen. Joseph senior hat das erkannt. Deshalb hat er Neil die Leitung der Firma übergeben.«

Judith schüttelte nur weiter den Kopf.

»Du hast einen Killer großgezogen, genährt und beschützt.«

»Und du hast ihn geheiratet.«

Maya nickte. »Das habe ich.«

»Glaubst du wirklich, dass du dich so in ihm hättest täuschen können?«

»Ich glaube es nicht nur. Ich weiß es.«

Judith, die immer noch kniete, blickte zu ihr auf. »Du hast ihn exekutiert.«

Maya sagte nichts.

»Das war keine Selbstverteidigung. Du hättest ihn vor Gericht bringen können.«

»Ja.«

»Stattdessen hast du beschlossen, ihn zu ermorden.«

»Du hättest wieder versucht, ihn zu beschützen, Judith. Das durfte ich nicht zulassen.« Maya ging einen Schritt in Richtung Ausgang. Neil und Caroline wichen zurück. »Aber jetzt wird alles herauskommen.«

»Dann«, sagte Judith, »gehst du lebenslänglich ins Gefängnis.«

»Ja, schon möglich. Aber dann wird auch die Sache mit EAC Pharmaceuticals an die Öffentlichkeit kommen. Es ist vorbei. Euch bleibt nichts mehr.«

»Einen Moment«, sagte Judith. Sie stand auf.

Maya blieb stehen.

»Vielleicht können wir einen Deal machen.«

Neil sagte: »Mom, wovon sprichst du?«

»Psst.« Sie sah Maya an. »Du wolltest Gerechtigkeit für

deine Schwester. Die hast du bekommen. Und jetzt sitzen wir hier alle zusammen.«

»Mom?«

»Hör einfach zu.« Sie legte Maya die Hände auf die Schultern. »Wir geben Joe die Schuld am Skandal mit EAC Pharmaceuticals. Wir deuten an, dass das der Grund für seine Ermordung gewesen sein könnte. Verstehst du? Niemand muss die Wahrheit erfahren. Der Gerechtigkeit wurde Genüge getan. Und vielleicht … vielleicht hast du recht, Maya. Ich … ich bin Eva. Ich habe Kain genährt, der Abel getötet hat. Ich hätte es wissen müssen. Ich weiß nicht, ob ich mit mir und meinem Versagen leben oder jemals Wiedergutmachung leisten kann, aber wenn wir einfach alle einen kühlen Kopf bewahren, kann ich meine beiden anderen Kinder vielleicht noch retten. Und auch dich kann ich retten, Maya.«

»Es ist zu spät für irgendwelche Deals, Judith«, sagte Maya.

»Sie hat recht, Mom.«

Das war Neil. Maya drehte sich zu ihm um und sah, dass er eine Pistole auf sie gerichtet hatte. »Aber ich habe eine bessere Idee«, sagte er zu Maya. »Du hast Hectors Pick-up gestohlen. Du bist in unser Haus eingebrochen und bist bestimmt bewaffnet. Du hast zugegeben, dass du Joe umgebracht hast, und jetzt willst du uns umbringen. Ich erschieße dich allerdings gerade noch rechtzeitig und rette uns so. Wir schieben Joe den EAC-Skandal trotzdem in die Schuhe, aber wir müssen nicht den Rest unseres Lebens fürchten, dass uns jemand in den Rücken fällt.«

Neil sah seine Mutter an. Judith lächelte. Dann nickte Caroline. Die Familie hatte sich zusammengefunden.

Neil schoss drei Mal.

Wie passend, dachte Maya. Genauso oft hatte sie auch auf Joe geschossen.

Maya brach zusammen, lag mit ausgebreiteten Armen und Beinen auf dem Rücken. Sie konnte sich nicht bewegen. Sie hatte erwartet, dass ihr kalt werden würde. Aber das tat es nicht. Sie nahm die Stimmen um sich herum nur noch bruchstückhaft wahr.

»… wird niemand je erfahren …«

»Durchsuch ihre Taschen …«

»… keine Waffe …«

Maya lächelte und blickte zum Kamin.

»Warum lächelt sie?«

»Was ist das, auf dem Kaminsims? Es sieht aus wie ein …«

»Oh, nein …«

»Maya blinzelte noch einmal, dann schlossen sich ihre Augen. Sie wartete darauf, dass die Geräusche – die Hubschrauber, die Schüsse, die Schreie – ihren Angriff starteten. Aber sie kamen nicht. Diesmal nicht. Nie wieder.

Es gab nur Dunkelheit, Stille und dann, endlich, Frieden.

VIERUNDDREISSIG

Fünfundzwanzig Jahre später

Die Fahrstuhltür schließt sich langsam, als ich eine Frauenstimme höre, die meinen Namen ruft. »Shane?«

Ich strecke die Hand aus, um die Fahrstuhltür aufzuhalten. »Hallo Eileen.«

Sie betritt lächelnd den Fahrstuhl und küsst mich auf die Wange. »Lange nicht gesehen.«

»Zu lange.«

»Gut siehst du aus, Shane.«

»Du auch, Eileen.«

»Ich habe gehört, dass du ein künstliches Kniegelenk bekommen hast. Alles gut verlaufen?«

Ich wische ihre Bedenken mit einer kurzen Geste beiseite. Wir lächeln beide.

Ein guter Tag.

»Wie geht's den Kindern?«, frage ich.

»Großartig. Habe ich dir schon erzählt, dass Missy am Vassar College unterrichtet?«

»Sie war schon immer klug. Genau wie ihre Mutter.«

Eileen legt eine Hand auf meinen Arm und lässt sie dort liegen. Wir beide sind immer noch Singles, obwohl es damals einen Moment zwischen uns gab … Schluss damit. Den Rest der Fahrstuhlfahrt verbringen wir schweigend.

Mittlerweile haben Sie alle das Video aus der Nanny-Cam

gesehen, die Maya über dem Kamin in Farnwood platziert hatte – früher nannte man es »viral werden« wenn eine Sache sich so schnell verbreitete –, also erzähle ich Ihnen jetzt den Rest der Geschichte, soweit ich sie kenne. Nachdem Maya mich an jenem Abend dazu überredet hatte, Hector und Isabella im Auge zu behalten, rief sie jemanden an, der mit *Corey the Whistle* zusammenarbeitete. Den Namen dieser Person habe ich nie erfahren. Keiner hat das. Sie haben einen Livestream der Nanny-Cam ins Netz gestellt. Kurz gesagt, die ganze Welt konnte mit ansehen, was an diesem Abend im Haus der Burketts passierte. *Corey the Whistle* war vorher schon eine ziemlich große Nummer – damals steckte diese Art von Transparenz noch in den Kinderschuhen –, aber hinterher war seine Website weltberühmt. Ich persönlich war zwar noch sauer auf ihn, weil er unsere Mission in Verruf gebracht hatte. Aber letztlich nutzte Corey Rudzinski die Publicity, die Maya ihm verschafft hatte, für viel Gutes. Verängstigte, verletzte, machtlose Menschen, die immer Angst gehabt hatten, die Wahrheit zu sagen, fassten plötzlich Mut und wagten sich an die Öffentlichkeit. Korrupte Regierungen und Geschäftsleute stürzten.

Letztendlich war es Mayas Idee gewesen: Lasst uns vor der ganzen Welt in Echtzeit die Wahrheit enthüllen. Dieses Ende hatte allerdings niemand erwartet.

Ein Mord vor den Augen der Welt.

Die Fahrstuhltür öffnet sich.

»Nach dir«, sage ich zu Eileen.

»Danke, Shane.«

Als ich ihr den Flur entlang folge, noch immer humpelnd mit dem neuen Kniegelenk, spüre ich, wie das Herz in meiner Brust anschwillt. Ich muss zugeben, dass ich im Lauf der Jahre immer emotionaler geworden bin. Ich neige inzwischen dazu, in den schönen Momenten des Lebens zu weinen.

Als ich das Krankenzimmer betrete, sehe ich zuerst Daniel Walker. Er ist 39 Jahre alt und gut einen Meter neunzig groß. Er arbeitet drei Stockwerke weiter oben als Radiologe. Neben ihm steht seine Schwester Alexa. Sie ist 37 und hat selbst ein Kind. Alexa beschäftigt sich mit Digitaldesign, wobei ich nicht genau weiß, was das eigentlich ist.

Beide begrüßen mich mit Umarmungen und Küssen.

Eddie ist auch da, mit seiner Frau Selina. Eddie war fast zehn Jahre lang Witwer, bevor er wieder heiratete. Selina ist eine wunderbare Frau, und ich bin froh, dass Eddie nach Claire noch einmal sein Glück gefunden hat. Eddie und ich schütteln uns die Hände und machen dieses Männerding mit der halben Umarmung.

Dann blicke ich zum Bett, wo Lily ihre neugeborene Tochter im Arm hält.

Kawumm. Mir explodiert das Herz in der Brust.

Ich weiß nicht, ob Maya an jenem Abend, als sie zu den Burketts ging, wusste, dass sie sterben würde. Sie hatte ihre Waffe im Auto gelassen. Ein paar Leute vermuten, dass sie das getan hat, damit die Burketts es nicht als Notwehr darstellen konnten. Schon möglich. Maya hat mir einen Brief hinterlassen, den sie am Abend vor ihrem Tod geschrieben hatte. Eddie hatte auch einen bekommen. Eddie sollte Lily großziehen, wenn ihr etwas zustoßen sollte. Eddie hat das wunderbar hingekriegt. Sie schrieb, sie hoffe, Daniel und Alexa würden gute ältere Geschwister für ihre Tochter sein. Das waren sie und noch einiges mehr. Ich wurde Lilys Patenonkel, Eileen ihre Patentante. Maya wollte, dass wir weiter eine Rolle in ihrem Leben spielten. Das taten Eileen und ich, aber sie hatte Eddie, Daniel, Alexa und später Selina. Ich glaube, Lily hätte uns gar nicht gebraucht.

Ich war immer in ihrer Nähe – bis heute –, weil ich Lily

mit einer Hingabe liebe, die ein Mann eigentlich nur für seine eigene Tochter empfindet. Aber das hat vielleicht noch einen anderen Grund. Lily ist wie ihre Mutter. Sie sieht aus wie ihre Mutter. Sie verhält sich wie ihre Mutter. In ihrer Nähe zu sein, etwas für sie zu tun – haben Sie einen Moment Geduld mit mir – ist die einzige Möglichkeit, Mayas Nähe zu spüren. Das mag vielleicht selbstsüchtig sein, aber Maya fehlt mir. Manchmal, wenn ich Lily nach einem Baseballspiel oder einem Kinobesuch oder so etwas nach Hause bringe, fühle ich mich fast so, als müsste ich schnell weiter zu Maya, um ihr alles über den Tag zu berichten und ihr zu versichern, dass es Lily gut geht.

Albern, oder?

Lily sieht mich von ihrem Bett aus an und lächelt mir zu. Es ist das Lächeln ihrer Mutter, wobei ich es selten so strahlend gesehen habe.

»Guck mal, Shane!«

Lily kann sich nicht an ihre Mutter erinnern. Das macht mich fertig.

»Gut gemacht, Kleine«, sage ich.

Die Leute reden natürlich über Mayas Verbrechen. Sie hat Zivilisten getötet. Sie hat, so nachvollziehbar ihre Gründe auch gewesen sein mögen, einen Mann exekutiert. Hätte sie überlebt, wäre sie ins Gefängnis gekommen. Das steht außer Frage. Also hatte sie womöglich den Tod einem Leben im Gefängnis vorgezogen. Vielleicht wollte sie aber auch nur sicherstellen, dass die Burketts wirklich erledigt waren und sich nicht mehr in das Leben ihres Kindes einmischen konnten, statt in einer Zelle zu verrotten und nichts dagegen tun zu können. Ich weiß es nicht. Allerdings hatte Maya mir gegenüber behauptet, sie habe wegen der Sache in Übersee keine Schuldgefühle gehabt. Das glaube ich inzwischen nicht mehr so recht. Diese schrecklichen Flashbacks machten ihr Nacht für Nacht das Leben zur Hölle. Menschen, die keine Schuldgefühle haben, werden aber doch nicht von ihren Taten heimgesucht, oder?

Sie war ein guter Mensch. Mir ist egal, was die Leute sagen.

Eddie hat mir einmal erzählt, er habe manchmal gespürt, dass der Tod ein Teil von Mayas Leben war, dass der Tod sie verfolgt habe. Das ist eine seltsame Art, es auszudrücken. Aber ich glaube, ich habe ihn verstanden. Nach dem, was im Irak passiert war, gelang es Maya nicht, die Stimmen zum Schweigen zu bringen. Der Tod war bei ihr geblieben. Sie hat versucht weiterzugehen, aber der Tod blieb in ihrer Nähe, tippte ihr immer wieder auf die Schulter. Er ließ sich nicht abschütteln. Wahrscheinlich hat Maya das erkannt. Wahrscheinlich wollte sie ganz sichergehen, dass der Tod Lily nicht folgte.

Maya hat Lily keinen Brief hinterlassen, den sie in einem bestimmten Alter öffnen sollte, oder so etwas. Sie hat Eddie nicht gesagt, wie er sie erziehen sollte oder warum sie ihn für diese Aufgabe gewählt hatte. Sie hatte es einfach gewusst. Sie hatte gewusst, dass er die richtige Wahl war. Und das war er. Vor vielen Jahren hat Eddie mich nach meiner Meinung gefragt, was er Lily wann über ihre biologischen Eltern erzählen sollte. Wir wussten es beide nicht. Maya hat oft gesagt, dass Kinder nicht mit einer Gebrauchsanweisung kommen. Sie hat es uns überlassen. Sie hat uns vertraut, dass wir das Richtige tun würden, wenn es an der Zeit wäre. Schließlich haben wir Lily alles erzählt, als sie alt genug war, es zu verstehen.

Die hässliche Wahrheit, hatten wir beschlossen, war besser als eine hübsche Lüge.

Dean Vanech, Lilys Ehemann, stürmt ins Zimmer und küsst seine Frau.

»Hey, Shane.«

»Glückwunsch, Dean.«

»Danke.«

Dean ist beim Militär. Ich wette, das würde Maya gefallen. Das glückliche Paar sitzt auf dem Bett und bestaunt sein Kind, wie es sich für frischgebackene Eltern gehört. Ich blicke zu Eddie hinüber. Er hat Tränen in den Augen. Ich nicke.

»Opa«, sage ich zu ihm.

Eddie kann nicht antworten. Er hat diesen Moment verdient. Er hat Lily eine gute Kindheit geschenkt, und dafür bin ich dankbar. Ich werde immer für ihn da sein. Ich werde auch immer für Daniel und Alexa da sein. Und natürlich werde ich immer für Lily da sein.

Das hat Maya ganz genau gewusst.

»Shane?«

»Ja, Lily.«

»Möchtest du sie in den Arm nehmen?«

»Ich weiß nicht. Ich bin da etwas ungeschickt.«

Doch davon will Lily nichts wissen. »Du kriegst das schon hin.«

Sie kommandiert mich herum. Wie ihre Mutter.

Ich trete ans Bett, und sie reicht mir das Baby, achtet darauf, dass der winzige Kopf in meiner Armbeuge liegt. Mit wachsender Ehrfurcht starre ich auf das Baby hinunter.

»Wir haben sie Maya genannt«, sagt Lily.

Ich nicke, weil ich kein Wort herausbekomme.

Maya – meine Maya, die alte Maya – und ich haben eine Menge Menschen sterben sehen. Wir haben darüber gesprochen, dass der Tod das Ende ist. Das war es dann, hat Maya immer gesagt. Man stirbt. Es ist vorbei. Aber jetzt bin ich mir da nicht mehr so sicher. Jetzt schaue ich hinunter und denke mir, vielleicht hatten Maya und ich in diesem Punkt unrecht.

Sie ist hier. Ich weiß es.

DANKSAGUNGEN

Der Autor (das bin dann wohl ich) möchte sich bei folgenden Personen bedanken: Rick Friedman, Linda Fairstein, Kevin Marcy, Pete Miscia, Air Force Lieutenant Colonel T. Mark McCurley, Diane Discepolo, Rick Kronberg, Ben Sevier, Christine Ball, Jamie Knapp, Carrie Swetonic, Stephanie Kelly, Selina Walker, Lisa Erbach Vance, Eliane Benisti und Françoise Triffaux. Ich bin sicher, dass sie Fehler gemacht haben, aber lassen wir Nachsicht mit ihnen walten.

Der Autor (immer noch ich) möchte außerdem folgende Personen würdigen: Marian Barford, Tom Douglass, Eileen Finn, Heather Howell, Fred Katen, Roger Kierce, Neil Kornfeld, Melissa Lee, Mary McLeod, Julian Rubinstein, Corey Rudzinski, Kitty Shum und Dr. Christopher Swain. Diese Leute (oder ihre Freunde oder Partner) haben großzügig an Wohltätigkeitsorganisationen meiner Wahl dafür gespendet, dass ihre Namen in diesem Roman auftauchen. Wenn Sie sich in Zukunft beteiligen möchten, besuchen Sie HarlanCoben.com oder schreiben Sie an giving@harlancoben.com, um mehr zu erfahren.

Schließlich bin ich irrsinnig stolz darauf, ein *USO (United Service Organizations) Tour Veteran* zu sein. Viele einfache Soldaten und Soldatinnen haben offen mit mir geredet, unter der Bedingung, dass ich ihre Namen hier nicht nenne. Sie haben mich aber gebeten, ihre Anerkennung den vielen tapferen Veteranen (und ihren Familien) auszusprechen, die immer noch an psychischen Verletzungen leiden, weil sie sich freiwillig einer Armee angeschlossen haben, die sich seit mehr als einem Jahrzehnt in einem Krieg befindet.

In deinem Namen

MIX
Papier aus verantwortungsvollen Quellen
FSC® C014496
FSC
www.fsc.org

Penguin Random House Verlagsgruppe FSC® N001967

Redaktion: Anja Lademacher
Umschlaggestaltung: www.dasbuero.net, Düsseldorf
Druck und Bindung: GGP Media GmbH, Pößneck
Printed in Germany

Pour Anne
A Ma Vie de Cœur Entier

ANMERKUNG DES VERFASSERS

Als ich im vorstädtischen New Jersey aufwuchs, waren zwei Legenden über meine Heimatstadt weit verbreitet.

Die eine erzählte davon, dass in einem noblen, von einem Eisentor und bewaffneten Wachleuten geschützten Anwesen ein berüchtigter Mafiaboss lebte und dass sich dahinter eine Verbrennungsanlage befand, die womöglich behelfsmäßig als Krematorium benutzt wurde.

Die zweite Legende, die dieses Buch inspiriert hat, rankte sich um das angrenzende Anwesen, das sich in der Nähe der Grundschule befand, mit Stacheldrahtzaun abgesperrt und offiziellen »Betreten verboten«-Schildern versehen war. Es hieß, dass sich dort eine Basis für Nike-Raketen befand, die mit Atomsprengköpfen ausgerüstet werden konnten.

Jahre später habe ich erfahren, dass beide Legenden der Wahrheit entsprachen.

Daisy trug ein eng anliegendes schwarzes Kleid, mit einem Dekolleté, das solch tief greifende Einsichten vermittelte, dass es Philosophie hätte lehren können.

Sie entdeckte ihre Zielperson auf einem Hocker am hinteren Ende des Tresens. Er trug einen grauen Nadelstreifenanzug. Hmm. Er war alt genug, um ihr Vater sein zu können. Möglicherweise würde das ihr Vorgehen erschweren – musste es aber nicht. Bei alten Knackern wusste man nie. Manche, besonders die frisch geschiedenen, waren ganz wild darauf zu beweisen, dass sie es noch draufhatten. Das galt auch für diejenigen, die »es« schon früher nicht draufgehabt hatten. Besonders für diejenigen, die es schon früher nicht draufgehabt hatten.

Als Daisy durch die Bar schlenderte, spürte sie, wie die Blicke der männlichen Gäste ihre nackten Beine hinaufkrochen. Am Ende des Tresens erklomm sie etwas theatralisch den Hocker neben ihm.

Die Zielperson starrte in das vor ihm stehende Whiskeyglas wie eine Zigeunerin in ihre Glaskugel. Daisy wartete darauf, dass er sich ihr zuwandte. Das tat er nicht. Sie musterte sein Profil einen Moment lang. Der dichte, graue Bart. Die Knollennase mit der wachsartigen Haut, die ein wenig wie eine Hollywood-Spezialanfertigung aus Silikon wirkte. Die langen, strähnigen Wischmopp-Haare.

Vermutlich seine zweite Ehe, dachte Daisy. Und somit auch die zweite Scheidung.

Dale Miller – so hieß ihre Zielperson – griff behutsam nach seinem Whiskeyglas und umfasste es mit beiden Händen, als wäre es ein verletzter Vogel.

»Hi«, sagte Daisy und warf routiniert die Haare nach hinten.

Miller wandte ihr den Kopf zu. Er sah ihr direkt in die Augen. Sie wartete darauf, dass sein Blick den Ausschnitt hinabwanderte – verdammt, selbst Frauen konnten sich das nicht verkneifen, wenn sie dieses Kleid trug –, doch er sah ihr weiter in die Augen.

»Hallo«, antwortete er. Dann drehte er sich um und starrte wieder in seinen Whiskey.

Normalerweise ließ Daisy sich von der Zielperson anbaggern. Das war ihre Lieblingstechnik. Sie lächelte und sagte auf diese gewisse Art »Hi«, worauf der Mann fragte, ob er ihr einen Drink ausgeben dürfe. Sie kennen das. Aber Miller war offenbar nicht in Flirtlaune. Er nahm einen großen Schluck aus seinem Glas. Dann noch einen.

Das war gut. Das Saufen. Das machte es einfacher.

»Kann ich irgendetwas für Sie tun?«, fragte er.

Vierschrötig, dachte Daisy. Das Wort beschrieb ihn am besten. Selbst im Nadelstreifenanzug hatte er diese vierschrötige Vietnam-Veteran-Motorradfahrer-Ausstrahlung. Seine Stimme war tief und rau. Daisy fand diesen Typ älterer Männer sexy, vermutlich machte sich da ihr legendärer Vaterkomplex bemerkbar. Sie mochte Männer, in deren Gegenwart sie sich geborgen fühlte.

Und es war sehr lange her, dass sie mit einem solchen Mann zusammen gewesen war.

Zeit für einen zweiten Anlauf, dachte Daisy.

»Haben Sie etwas dagegen, wenn ich mich einfach zu Ihnen setze?« Daisy beugte sich zu ihm hinüber, gewährte ihm einen noch etwas tieferen Einblick in ihren Ausschnitt und flüsterte: »Dieser Mann da ...«

»Belästigt er Sie?«

Nett. Er sagte es nicht auf diese machohafte Tour wie so viele andere Flachpfeifen, die sie im Lauf der Jahre kennengelernt hatte. Dale Miller fragte ruhig und sachlich, fast schon galant – wie ein Mann, der sie beschützen wollte.

»Nein, nein ... nicht direkt.«

Er drehte sich um, ließ den Blick durch die Bar schweifen. »Wer ist es?«

Daisy legte eine Hand auf seinen Arm.

»Es ist kein Problem. Wirklich nicht. Ich meine bloß ... hier bei Ihnen fühle ich mich sicher, okay?«

Wieder sah Miller ihr in die Augen. Die Knollennase passte nicht zum Gesicht, was aufgrund der durchdringenden, blauen Augen jedoch kaum ins Gewicht fiel. »Natürlich«, sagte er, allerdings recht zurückhaltend. »Darf ich Ihnen einen Drink ausgeben?«

Viel mehr brauchte Daisy nicht. Sie war eine gute Zuhörerin, und Männer – ob verheiratet, alleinstehend, getrennt lebend – schütteten ihr gerne das Herz aus. Dale Miller brauchte etwas länger als üblich – bis zum vierten Drink, wenn sie richtig mitgezählt hatte –, doch schließlich erzählte er von seiner bevorstehenden Scheidung, von Clara, seiner – Volltreffer – zweiten Frau, die achtzehn Jahre jünger war als er. (»Hätte ich doch wissen müssen, oder? Ich bin so ein Idiot.«) Beim nächsten Drink erzählte er von seinen beiden Kindern, Ryan und Simone, dem Sorgerechtsstreit, seinem Job im Finanzwesen.

Auch sie musste etwas von sich erzählen. So lief das nun mal. Den Gesprächspartner ein bisschen anfüttern. Für solche Situationen hatte sie eine Story parat, natürlich frei erfunden. Millers Auftreten verleitete sie jedoch dazu, ein paar

Brocken Ehrlichkeit einzuflechten. Natürlich würde sie ihm niemals die Wahrheit erzählen. Die kannte keiner, außer Rex vielleicht. Doch selbst Rex wusste nicht alles.

Er trank Whiskey, sie Wodka. Sie versuchte, langsamer zu trinken als er. Zweimal nahm sie ihr volles Glas mit zur Toilette, goss es ins Waschbecken und füllte es mit Wasser auf. Trotzdem war Daisy leicht angeschickert, als Rex die SMS schickte.

B?

B für »Bereit«.

»Alles in Ordnung?«, fragte Miller.

»Klar. Nur eine Freundin.«

Sie antwortete J für »Ja« und drehte sich wieder zu ihm um. Normalerweise schlug sie zu diesem Zeitpunkt vor, dass sie sich ein ruhigeres Fleckchen suchen könnten. Die meisten Männer ergriffen die Gelegenheit beim Schopf – in diesem Punkt waren Männer sehr berechenbar. Sie war aber nicht überzeugt, dass dieser direkte Weg bei Dale Miller zum Erfolg führen würde. Nicht, dass er nicht interessiert wirkte. Er schien aber irgendwie – wie sollte sie es ausdrücken – darüberzustehen.

»Darf ich Ihnen eine Frage stellen?«, begann sie.

Miller lächelte. »Sie stellen mir schon den ganzen Abend Fragen.«

Er lallte leicht. Gut.

»Haben Sie ein Auto?«, fragte sie.

»Hab ich, ja. Wieso?«

Sie ließ den Blick durch die Bar streifen. »Dürfte ich Sie bitten, äh, mich nach Hause zu fahren? Es ist nicht weit.«

»Klar, kein Problem.«

Dann: »Ich brauche vielleicht noch einen Moment, um den Kopf wieder klarzukriegen.«

Daisy hüpfte vom Hocker. »Ach, schon gut. Dann geh ich einfach zu Fuß.«

Miller richtete sich auf. »Augenblick, was?«

»Ich muss langsam zusehen, dass ich nach Hause komme, aber wenn Sie nicht fahren können …«

»Nein, nein«, sagte er und streckte die Beine aus. »Ich bring Sie gleich hin.«

»Falls es irgendwie ein Problem ist, kann ich …«

Er sprang vom Hocker. »Nein, absolut nicht. Kein Problem, Daisy.«

Bingo. Als sie sich auf den Weg zur Tür machten, simste Daisy schnell an Rex:

ADW

Kurzform für: »Auf dem Weg«.

Man konnte es als Betrug oder Gaunerei ansehen, Rex beharrte jedoch darauf, dass es »redlich verdientes« Geld sei. Von der Redlichkeit war Daisy nicht vollkommen überzeugt, größere Schuldgefühle hatte sie allerdings auch nicht. Der Plan und seine Umsetzung waren simpel, das zugrunde liegende Motiv war hingegen etwas komplexer. Ein Mann und eine Frau ließen sich scheiden. Der Sorgerechtsstreit wurde hässlich. Beide Seiten waren verzweifelt. Die Ehefrau – im Prinzip könnte auch der Ehemann ihre Dienste in Anspruch nehmen, bisher war es jedoch immer die Frau gewesen – erteilte Rex den Auftrag, um sich bei dieser blutigsten aller Schlachten einen Vorteil zu verschaffen. Wie machte er das?

Er erwischte den Ehemann mit Alkohol am Steuer.

Wie könnte man besser nachweisen, dass er unverantwortlich handelte und damit als Erziehungsberechtigter ungeeignet war?

So lief das. Daisys Job umfasste zwei Aufgaben: Zuerst verleitete sie den Ehemann dazu, zu viel zu trinken, sodass er nicht mehr Auto fahren durfte, dann lotste sie ihn hinters Steuer. Rex war Polizist. So konnte er ihn anhalten, einen Alkoholtest durchführen und schwupps, hatte ihre Klientin im Sorgerechtsprozess einen riesigen Vorteil. Rex wartete zwei Blocks weiter in seinem Streifenwagen. Er suchte sich immer ein ruhiges Plätzchen in der Nähe der Bar, in der die Zielperson am fraglichen Abend etwas trank. Je weniger Zeugen, desto besser. Dann stellte auch niemand unangenehme Fragen.

Halt den Kerl an, nimm ihn fest, und fertig.

Daisy und Dale Miller wankten durch die Tür und weiter Richtung Parkplatz. »Hier entlang«, sagte Miller. »Da steht mein Wagen.«

Der Parkplatz war mit groben Kieseln bedeckt. Auf dem Weg zum grauen Toyota Corolla trat Miller ein paarmal hinein, sodass sie durch die Luft flogen. Er drückte auf den Schlüssel. Das Auto hupte zweimal leise. Als Miller zur Beifahrertür ging, war Daisy verwirrt. Sollte sie fahren? Herrje, bloß nicht. War er betrunkener, als sie gedacht hatte? Das war durchaus möglich. Dann begriff sie jedoch, dass es weder um das eine noch um das andere ging.

Dale Miller öffnete die Tür und hielt sie ihr auf. Wie ein echter Gentleman. Daisy hatte schon so lange nichts mehr mit echten Gentlemen zu tun gehabt, dass sie gar nicht begriffen hatte, was er da tat.

Er hielt ihr die Tür auf und wartete. Daisy stieg ein. Dale Miller ließ ihr Zeit, sich richtig hinzusetzen, dann schloss er die Tür vorsichtig.

Sie bekam leichte Gewissensbisse.

Rex hatte immer wieder darauf hingewiesen, dass sie nichts Illegales oder auch nur moralisch Verwerfliches taten. Erstens ging ihr Plan nicht immer auf. Manche Typen hingen einfach nicht in Bars ab. »In dem Fall«, hatte Rex zu ihr gesagt, »ist er aus dem Schneider. Aber unser Mann ist schließlich von sich aus losgezogen, um was zu trinken, oder? Du versetzt ihm nur noch einen leichten Schubs, weiter nichts. Keiner zwingt ihn, sich ans Steuer zu setzen, nachdem er Alkohol getrunken hat. Im Endeffekt ist das seine Entscheidung. Du setzt ihm ja nicht die Pistole auf die Brust.«

Daisy schnallte sich an, genau wie Dale Miller. Dann ließ er den Motor an und legte den Rückwärtsgang ein. Der Kies knirschte unter den Reifen. Nachdem er aus der Parklücke gefahren war, blieb Miller noch einen Moment stehen und musterte Daisy. Sie versuchte, sich ein Lächeln abzuringen, was ihr aber nicht recht gelang.

»Was verbergen Sie, Daisy?«, fragte er.

Ihr lief ein kalter Schauer über den Rücken, aber sie antwortete nicht.

»Irgendetwas muss Ihnen zugestoßen sein. Das sehe ich in Ihrem Gesicht.«

Weil ihr nichts Besseres einfiel, versuchte Daisy die Worte mit einem Lachen abzutun. »Ich habe Ihnen meine Lebensgeschichte doch in der Bar schon erzählt, Dale.«

Miller wartete noch ein oder zwei Sekunden, die ihr wie eine Stunde vorkamen. Schließlich blickte er nach vorn und legte den Vorwärtsgang ein. Er sagte nichts mehr, während sie den Parkplatz verließen.

»Hier links«, sagte Daisy, und hörte die Anspannung in ihrer Stimme. »Dann die zweite rechts.«

Dale Miller schwieg jetzt, fuhr konzentriert um die Kurven,

wie man es macht, wenn man zu viel getrunken hatte und nicht angehalten werden wollte. Der Toyota Corolla war sehr sauber, wirkte unpersönlich und roch etwas zu stark nach Lufterfrischer. Als Miller an der zweiten Kreuzung rechts abbog, hielt Daisy die Luft an und wartete auf Rex' Blaulicht und die Sirene.

Vor dieser Situation hatte Daisy die größte Angst, weil man nie wusste, wie die Leute reagierten. Einer hatte versucht, sich aus dem Staub zu machen, dann aber noch vor der nächsten Kurve erkannt, dass es keinen Sinn hatte. Manche begannen zu fluchen. Manche – zu viele – brachen in Tränen aus. Das fand sie am schlimmsten. Erwachsene Männer, die sie gerade noch cool angebaggert hatten – manche hatten noch eine Hand unter dem Kleidersaum auf ihren nackten Beinen –, fingen urplötzlich an, wie Kleinkinder zu plärren.

Diese Männer erkannten den Ernst der Lage sofort. Und die Erkenntnis erdrückte sie fast.

Daisy hatte keine Ahnung, was sie bei Dale Miller zu erwarten hatte.

Rex hatte das Timing mit fast wissenschaftlicher Akribie perfektioniert. Wie aufs Stichwort erschien das rotierende Blaulicht, direkt gefolgt von der Sirene. Daisy drehte sich zur Seite und sah Dale Miller ins Gesicht, um festzustellen, wie er reagierte. Seine Miene zeigte weder Beunruhigung noch Überraschung. Er wirkte gefasst, wenn nicht sogar entschlossen. Er blinkte rechts und hielt ordentlich am Straßenrand. Rex blieb ein paar Meter hinter ihnen stehen.

Die Sirene war aus, doch das Blaulicht rotierte weiter.

Dale Miller schaltete auf Parken und wandte sich ihr zu. Sie wusste nicht recht, was den Gesichtsausdruck am besten beschrieb: Überraschung? Mitleid? Ein Was-soll-man-da-machen-Seufzer?

»Sieh einer an!«, sagte Miller. »Da hat uns wohl die Vergangenheit eingeholt, was?«

Seine Worte, sein Tonfall und seine Miene verunsicherten sie. Sie wollte Rex zurufen, dass er sich beeilen sollte, doch der ließ sich in typischer Cop-Manier viel Zeit. Dale Miller betrachtete sie weiter, selbst dann noch, als Rex mit den Fingerknöcheln an sein Fenster klopfte. Miller wandte sich langsam ab und ließ die Scheibe heruntergleiten.

»Ist irgendetwas nicht in Ordnung, Officer?«

»Den Führerschein und den Fahrzeugschein, bitte.«

Dale Miller reichte sie ihm.

»Haben Sie heute Abend etwas getrunken?«

»Einen Drink, vielleicht«, sagte er. Zumindest mit dieser Antwort lag er auf einer Linie mit den anderen Zielpersonen. Sie logen alle.

»Würden Sie bitte kurz aussteigen?«

Wieder sah Miller Daisy an. Daisy bemühte sich, unter diesem Blick nicht zu erschaudern. Sie starrte nach vorne durch die Windschutzscheibe, um den Blickkontakt zu vermeiden.

Rex sagte: »Sir? Ich hatte Sie gebeten …«

»Natürlich, Officer.«

Dale Miller zog am Griff. Als sich die Innenbeleuchtung einschaltete, schloss Daisy für einen Moment die Augen. Mit einem Grunzen stieg Miller aus. Er ließ die Autotür auf, doch Rex streckte die Hand aus und schlug sie zu. Das Fenster war noch offen, daher konnte Daisy alles hören.

»Sir, ich möchte Sie bitten, ein paar Übungen durchzuführen, damit ich feststellen kann, ob Sie betrunken sind.«

»Wollen wir das nicht überspringen?«, fragte Dale Miller.

»Wie bitte?«

»Warum lassen Sie mich nicht gleich pusten? Das wäre einfacher.«

Das Angebot überraschte Rex. Er sah Daisy an Miller vorbei an. Sie zuckte kurz die Achseln.

»Ich gehe davon aus, dass Sie ein Alkoholtestgerät in Ihrem Streifenwagen haben?«, sagte Miller.

»Das habe ich, ja.«

»Dann lassen Sie uns keine Zeit verschwenden. Weder Ihre noch meine noch die der hübschen Lady.«

Rex zögerte. Dann sagte er: »Gut, bitte warten Sie hier.«

»Selbstverständlich.«

Als Rex sich umdrehte, um zum Streifenwagen zu gehen, zog Dale Miller eine Pistole und schoss ihm zweimal in den Hinterkopf. Rex sank zu Boden. Dann drehte Dale Miller sich um und richtete die Pistole auf Daisy.

Sie sind wieder da, dachte sie.

Nach all den Jahren haben sie mich gefunden.

EINS

Ich verberge den Baseballschläger hinter meinem Bein, damit Trey – oder der, den ich für Trey halte – ihn nicht sieht. Der potenzielle Trey mit seiner falschen Bräune, den Emo-Fransen im Gesicht und den bedeutungslosen Tribal-Tattoos um den aufgeblähten Bizeps tänzelt in meine Richtung. Ellie hat Trey als »ausgemachten Schwachkopf und Arschloch« bezeichnet. Die Beschreibung passt perfekt auf den Typen.

Aber ich darf in dem Punkt kein Risiko eingehen.

Im Laufe der Jahre habe ich eine absolut coole Ermittlungstechnik entwickelt, um festzustellen, ob ich es mit der richtigen Person zu tun habe. Also pass auf:

»Trey?«

Der Schwachkopf bleibt stehen, legt die Neandertaler-Stirn in tiefe Falten und sagt: »Wer will das wissen?«

»Soll ich jetzt ›ich‹ sagen?«

»Hä?«

Ich seufze. Siehst du, mit was für Schwachköpfen ich es zu tun habe, Leo?

»Sie haben gesagt: ›Wer will das wissen?‹«, fahre ich fort. »So als wären Sie ein wenig misstrauisch. Hätte ich zum Beispiel ›Mike?‹ gerufen, hätten Sie doch sicher gesagt: ›Nein, tut mir leid, da haben Sie sich vertan.‹ Aber Sie haben gefragt: ›Wer will das wissen?‹ Und so haben Sie mir verraten, dass Sie Trey sind.«

Du müsstest die Miene des Typen sehen.

Ich trete einen Schritt näher an ihn heran, achte aber darauf, dass er den Baseballschläger nicht sieht.

Trey gibt sich komplett im Gangster-Style, doch ich spüre seine Angst, die er in heißen Schüben verströmt. Das überrascht mich nicht. Ich bin ein großer, kräftiger Mann, keine eins fünfzig große Frau, die er herumschubsen kann, damit er sich groß und stark fühlt.

»Was wollen Sie?«, fragt Trey.

Noch einen Schritt näher.

»Reden.«

»Worüber?«

Ich schlage einhändig zu, weil das schneller geht. Der Schläger schnellt wie eine Peitsche auf Treys Knie. Er schreit, geht aber nicht zu Boden. Jetzt nehme ich den Baseballschläger in beide Hände. Weißt du noch, wie Coach Jauss uns in der Little League das Schlagen beigebracht hat? »Schläger nach hinten, Ellbogen hoch«, war sein Mantra. Wie alt waren wir damals? Neun? Zehn? Egal, ich tue das, was Coach Jauss uns beigebracht hat. Ich hole mit dem Schläger weit aus, hebe die Ellbogen, ziehe durch und trete dabei mit dem vorderen Fuß vor.

Das dicke Ende des Schlägers landet mitten auf demselben Knie.

Trey fällt um, als hätte ich auf ihn geschossen. »Bitte …«

Dieses Mal hole ich über Kopf aus, wie mit einer Spaltaxt, nutze den ganzen Hebel, lege mein Gewicht in den Schlag und visiere wieder dasselbe Knie an. Als das Holz auftrifft, zersplittert etwas. Trey heult auf. Wieder hebe ich den Schläger. Inzwischen hat Trey beide Hände aufs Knie gelegt und versucht, es zu schützen. Scheiß drauf. Ich kann auch auf Nummer sicher gehen, oder?

Ich ziele auf den Knöchel. Der Knochen gibt nach und zerbricht. Es knackt, als hätte man mit einem Stiefel auf trockene Zweige getreten.

»Sie haben mein Gesicht nicht zu sehen bekommen«, sage ich zu ihm. »Wenn Sie mich verraten, komme ich zurück und bringe Sie um.«

Ich warte nicht auf eine Antwort.

Erinnerst du dich noch an den Tag, als Dad mit uns zum ersten Mal zu einem Major-League-Baseballspiel gegangen ist, Leo? Im Yankee Stadium? Wir haben in dieser Box unten an der Linie zur dritten Base gesessen. Wir haben während des gesamten Spiels unsere Baseballhandschuhe anbehalten, weil wir hofften, dass ein Ball zu uns ins Aus fliegt. Das ist natürlich nicht passiert. Ich weiß noch, wie Dad den Kopf schräg gehalten hat, die schwarze Sonnenbrille auf der Nase und dieses leichte Lächeln im Gesicht. Wie cool Dad war. Als Franzose kannte er die Regeln nicht – auch er war damals das erste Mal bei einem Baseballspiel –, aber das war ihm völlig egal. Für ihn war es einfach ein Tag, den er mit seinen Zwillingen verbringen konnte.

Das hat ihm gereicht.

An einem 7-Eleven-Markt drei Straßen weiter werfe ich den Schläger in einen Müllcontainer. Ich habe Handschuhe getragen, sodass keine Fingerabdrücke darauf sind. Den Schläger habe ich vor vielen Jahren bei einem Garagen-Flohmarkt in Atlantic City gekauft. Ausgeschlossen, dass man ihn zu mir zurückverfolgen kann. Nicht, dass mir das Sorgen bereiten würde. Die Cops werden nicht zwischen den Kirsch-Slurpee-Bechern in den Müllcontainern herumwühlen, um einem Profi-Arschloch wie Trey zu helfen. Im Fernsehen vielleicht. Im wahren Leben werden sie es als Streit unter Gleichgesinnten verbuchen, als einen fehlgeschlagenen Drogendeal, nicht beglichene Spielschulden oder sonst irgendetwas, für das Trey die Prügel wirklich und wahrhaftig verdient hat.

Ich überquere den Parkplatz und nehme einen langen, gewundenen Umweg, um zu meinem Wagen zu kommen. Ich trage eine schwarze Brooklyn-Nets-Kappe – ein klassisches Straßen-Outfit in dieser Gegend – und halte den Kopf gesenkt. Obwohl ich, wie gesagt, nicht davon ausgehe, dass sich jemand ernsthaft mit dem Fall beschäftigen wird, muss man doch immer mit einem übereifrigen Neuling rechnen, der die Videos sämtlicher Überwachungskameras der Umgebung überprüft oder etwas in dieser Art.

Etwas Vorsicht kann ja nicht schaden.

Ich steige in mein Auto, fahre auf die Interstate 280 und direkt zurück nach Westbridge. Mein Handy klingelt – Ellie ruft an. Als wüsste sie, was ich getan habe. Miss Gewissen. Ich gehe jetzt nicht ran.

Westbridge ist einer dieser Vororte, den die Medien wohl als die »familienfreundliche« Version des amerikanischen Traums beschreiben würden, vielleicht auch als »gut situiert« oder gar »wohlhabend«, ohne das Level »todschick« erreichen zu können. Es gibt Rotarier-Grillfeste, eine Parade am Unabhängigkeitstag, vom Kiwani-Club organisierte Jahrmärkte und am Samstagmorgen einen Bio-Bauernmarkt. Die Kinder fahren hier noch mit dem Fahrrad zur Schule. Die Highschool-Footballspiele sind gut besucht, besonders wenn wir gegen unseren Erzrivalen Livingston spielen. Die Little League für die kleinen Baseballspieler ist hier noch eine große Sache. Coach Jauss ist zwar vor ein paar Jahren gestorben, aber sie haben ein Feld nach ihm benannt.

Ich schaue dort immer noch gelegentlich vorbei, inzwischen allerdings in einem Polizeiwagen. Genau, so ein Cop bin ich. Dann denke ich an dich, Leo, rechts draußen im Outfield. Du wolltest eigentlich gar nicht spielen – das habe ich inzwischen begriffen –, du wusstest aber, dass ich ohne dich womöglich auch nicht mitgemacht hätte. Ein paar der Älteren sprechen immer noch über den No-Hitter, der mir als Werfer im Halbfinale der State Championship gelungen war. Du warst nicht gut genug, um es in die Mannschaft zu schaffen. Also haben die Typen, die in der Little League etwas zu sagen hatten, dich mitgenommen, damit du die Spielstatistik führst. Wahrscheinlich sollte aber vor allem ich zufriedengestellt werden. Ich glaube nicht, dass mir das damals aufgefallen ist.

Du warst immer klüger als ich, Leo, klüger und reifer, also hast du es wahrscheinlich gemerkt.

Ich biege in meine Einfahrt und parke. Tammy und Ned Walsh von nebenan – insgeheim sehe ich in ihm Ned Flanders, weil er diesen Pornobalken trägt und immer vor Herzlichkeit überschäumt – reinigen ihre Dachrinnen. Beide winken mir zu.

»Hey, Nap«, sagt Ned.

»Hey, Ned«, sage ich. »Hey, Tammy.«

Ich bin immer so freundlich. Der nette Nachbar. Weißt du, ich bin eine dieser extrem seltenen Kreaturen im Vorort – ein heterosexueller, alleinstehender, kinderloser Mann ist hier so etwas wie eine Zigarette im Fitnessstudio –, daher gebe ich mir große Mühe, normal, langweilig und zuverlässig zu erscheinen.

Harmlos.

Dad ist vor fünf Jahren gestorben, daher glaube ich, dass ein paar Nachbarn mich als einen von diesen Alleinstehenden betrachten – einen, der noch zu Hause wohnt und sich dort vergraben hat wie Boo Radley in *Wer die Nachtigall stört*. Deshalb halte ich das Haus gut in Schuss. Deshalb achte ich darauf, gelegentlich bei Tageslicht angemessene weibliche Begleitung mitzubringen, selbst wenn ich weiß, dass die Verabredung zu nichts führen wird.

Es gab Zeiten, in denen ein Typ wie ich als reizender Exzentriker und überzeugter Junggeselle gegolten hätte. Heutzutage machen sich die Nachbarn wahrscheinlich eher Sorgen, dass ich ein Pädophiler oder etwas in dieser Art sein könnte. Ich tue alles, um diese Angst zu zerstreuen.

Allerdings kennen die meisten Nachbarn unsere Geschichte, Leo, also finden sie es nachvollziehbar, dass ich hierbleibe.

Ich winke Ned und Tammy immer noch.

»Wie läuft's bei Brodys Team?«, frage ich.

Es interessiert mich nicht, auch hier geht es nur um den äußeren Anschein.

»Acht Siege, eine Niederlage«, sagt Tammy.

»Das ist grandios.«

»Du musst nächsten Mittwoch zum Spiel kommen.«

»Wäre schön«, sage ich.

Es wäre auch schön, wenn man mir eine Niere mit einem Grapefruit-Löffel herausoperieren würde.

Ich lächle noch ein wenig, winke noch einmal wie ein Idiot und gehe ins Haus. Aus unserem alten Zimmer bin ich ausgezogen, Leo. Nach jener Nacht – ich nenne es immer »jene Nacht«, weil ich weder bereit bin, von einem »Doppel-Selbstmord« noch von einem »tödlichen Unfall« zu sprechen, und auch nicht von einem »Mord«, was allerdings auch niemand glaubt – habe ich den Anblick unseres alten Etagenbetts nicht mehr ertragen. Ich schlafe seitdem unten im Erdgeschoss in dem Raum, den wir damals das »kleine Wohnzimmer« genannt haben. Wahrscheinlich hätte einer von uns schon eher da runter ziehen sollen, Leo. Für zwei Jungs war unser Schlafzimmer in Ordnung, für zwei männliche Teenager war es einfach viel zu eng.

Was mich damals allerdings nicht gestört hat. Dich vermutlich auch nicht.

Nach Dads Tod bin ich wieder nach oben ins Elternschlafzimmer gezogen. Ellie hat mir geholfen, unser altes Zimmer zum Büro umzubauen – mit so weißen Einbaumöbeln in einem Stil, den sie »Modern Urban Farmhouse« nennt. Ich weiß noch immer nicht, was das bedeutet.

Ich bin unterwegs ins Schlafzimmer und ziehe mir schon das Hemd aus, als es klingelt. Ich nehme an, dass es ein Paket ist, weil UPS und FedEx die Einzigen sind, die vorbeikommen, ohne sich vorher anzumelden. Also gehe ich nicht runter. Als es ein zweites Mal klingelt, überlege ich, ob ich etwas bestellt habe, für das der Bote eine Unterschrift braucht. Mir fällt aber nichts ein. Ich gucke aus dem Schlafzimmerfenster.

Cops.

Sie sind in Zivil, aber ich sehe das immer sofort. Ich weiß nicht, ob es an ihrer Haltung liegt, am Outfit oder an irgendetwas anderem, nicht recht Greifbarem, ich glaube aber nicht, dass es nur daran liegt, dass ich selbst einer bin – eine Cop-zu-Cop-Sache, gewissermaßen. Ein Mann und eine Frau. Einen kurzen Moment denke ich, ihr Erscheinen könnte etwas mit Trey zu tun haben – logische Schlussfolgerung, oder? Ein kurzer Blick auf ihr Zivilfahrzeug, das so deutlich als Zivilfahrzeug der Polizei zu erkennen ist, dass es ebenso gut auf beiden Seiten den Schriftzug »Zivilfahrzeug der Polizei« tragen könnte, verrät mir aber, dass sie nicht von hier sind. Das Nummernschild ist aus Pennsylvania.

Ich ziehe mir schnell eine graue Jogginghose über und werfe einen Blick in den Spiegel. Bei dem Anblick kommt mir nur ein einziges Wort in den Sinn: schneidig. Na ja, das einzige Wort ist es nicht, aber belassen wir es dabei. Ich laufe die Treppe hinunter und greife nach dem Türknauf.

Ich hatte keine Ahnung, was das Öffnen der Tür für mich bedeuten würde.

Ich hatte keine Ahnung, Leo, dass es mich zu dir zurückbringen würde.

ZWEI

Wie schon gesagt, zwei Cops – ein Mann und eine Frau. Die Frau ist älter, wahrscheinlich Mitte fünfzig. Sie trägt einen blauen Blazer, Jeans und bequeme Schuhe. Ich bemerke die Beule an ihrer Hüfte, dort wo sie ihre Dienstwaffe trägt. Es schmeichelt ihrer Figur nicht gerade, aber sie scheint auch keine Frau zu sein, die so etwas stört. Der Mann ist etwa vierzig und trägt einen Anzug im Farbton »abgestorbenes Laub«, wie ihn auch ein Konrektor der flotteren Sorte gewählt hätte.

Die Frau lächelt mir zu und sagt: »Detective Dumas?«

Sie spricht meinen Namen »Duh-mass« aus. Da mein Vater Franzose war, müsste es eigentlich »Düh-mah« heißen, wie der berühmte Schriftsteller. Leo und ich wurden in Marseille geboren.

Weißt du noch, als wir mit acht nach Westbridge in die USA zogen, hielten unsere neuen »Freunde« es für unglaublich clever statt Dumas «Dummarsch« zu sagen. Manche Erwachsene tun das auch heute noch, aber wir, äh, stimmen nicht für dieselben Kandidaten, wenn du verstehst, was ich meine.

Ich mache mir nicht die Mühe, sie zu korrigieren.

»Was kann ich für Sie tun?«

»Ich bin Lieutenant Stacy Reynolds«, sagt sie. »Das ist Detective Bates.«

Die Schwingungen, die ich empfange, gefallen mir nicht. Ich vermute, dass Sie gekommen sind, um irgendwelche schlechten Nachrichten zu überbringen, zum Beispiel dass jemand, der mir nahestand, gestorben ist. Solche Kondolenzbesuche habe ich dienstlich selbst schon oft gemacht. Das ist nicht unbedingt meine Stärke. Aber – so traurig das auch klingen mag – mir fällt niemand ein, der mir so viel bedeutet, dass man seinetwegen einen Streifenwagen schicken würde. Ellie wäre die Einzige, aber die lebt in Westbridge, New Jersey, nicht in Pennsylvania.

Ich spare mir das »»Nett, Sie kennenzulernen« und komme direkt zum: »Worum geht's?«

»Hätten Sie etwas dagegen, wenn wir kurz reinkommen?«, fragt Reynolds mit einem müden Lächeln. »Es war eine lange Fahrt.«

»Ich müsste mal ins Bad«, fügt Bates hinzu.

»Pinkeln gehen können Sie später«, sage ich. »Warum sind Sie hier?«

»Kein Grund, so gereizt zu sein«, sagt Bates.

»Aber auch keiner, so zurückhaltend zu sein. Ich bin selbst Cop, und Sie kommen von weit her, also lassen Sie uns die Sache nicht in die Länge ziehen.«

Bates wirft mir einen finsteren Blick zu. Interessiert mich nicht die Bohne. Reynolds legt ihm eine Hand auf den Arm, um die Situation zu beruhigen. Interessiert mich immer noch kein Stück.

»Sie haben recht«, sagt Reynolds. »Ich fürchte, wir haben schlechte Nachrichten.«

Ich warte.

»Bei uns im Bezirk wurde ein Mord verübt«, sagt sie.

»Ein Polizistenmord«, ergänzt Bates.

Damit haben sie meine Aufmerksamkeit. Es gibt Morde. Und es gibt Polizistenmorde. Eigentlich sollte beides gleich schlimm sein, es dürfte da keinen Unterschied geben – aber eigentlich dürfte es vieles nicht geben.

»Wer wurde ermordet?«, frage ich.

»Rex Canton.«

Sie bleiben stehen und warten, ob ich eine Reaktion zeige. Das tue ich nicht. Ich überlege aber, warum sie zu mir gekommen sind.

»Kannten Sie Sergeant Canton?«, fragt sie.

»Ja, ich kannte ihn«, sage ich. »Ist ewig her.«

»Wann haben Sie ihn das letzte Mal gesehen?«

Ich überlege immer noch, warum sie hergekommen sind. »Das weiß ich nicht mehr. Vielleicht bei der Abschlussfeier der Highschool.«

»Seitdem nicht mehr?«

»Nicht, dass ich wüsste.«

»Es wäre aber möglich.«

Ich zucke die Achseln. »Er könnte auf einer der Jahrgangsfeiern gewesen sein, oder so etwas.«

»Aber das wissen Sie nicht genau.«

»Nein, das weiß ich nicht genau.«

»Sie wirken nicht so, als wären Sie wegen seiner Ermordung am Boden zerstört«, sagt Bates.

»Tief im Herzen sterbe ich tausend Tode«, sage ich. »Ich bin aber einfach ein echt harter Bursche.«

»Kein Grund, sarkastisch zu werden«, sagt Bates. »Ein Kollege von uns ist tot.«

»Ist aber auch kein Grund, meine Zeit zu verschwenden. Wir kannten uns von der Highschool. Mehr nicht. Ich habe ihn seitdem nicht mehr gesehen. Ich wusste nicht, dass er in Pennsylvania gelebt hat. Ich wusste nicht einmal, dass er bei der Polizei war. Wie wurde er ermordet?«

»Er wurde bei einer Verkehrskontrolle erschossen«, sagt Reynolds.

Rex Canton. Natürlich habe auch ich ihn damals gekannt,

aber eigentlich war er dein Freund, Leo. Gehörte zu deiner Clique. Ich erinnere mich noch an das alberne Foto, auf dem ihr euch für eine Talentshow der Schule als Rockband verkleidet hattet. Rex war der Drummer. Er hatte eine kleine Lücke zwischen den Vorderzähnen. Schien ein netter Kerl zu sein.

»Können wir jetzt auf den Punkt kommen?«, frage ich.

»Auf welchen Punkt?«

Ich habe absolut keine Lust auf solche Spielchen. »Was wollen Sie von mir?«

Reynolds blickt zu mir hoch, vielleicht mit dem Anflug eines Lächelns im Gesicht. »Irgendeine Idee?«

»Nicht die geringste.«

»Lassen Sie mich Ihre Toilette benutzen, bevor ich Ihnen auf die Schwelle pinkele. Dann erzählen wir es Ihnen.«

Ich trete vor die Tür und lasse sie herein. Reynolds geht als Erste auf die Toilette. Bates wartet und tritt dabei von einem Bein aufs andere. Mein Handy klingelt. Wieder Ellie. Ich drücke sie weg und schicke ihr eine SMS, dass ich sie so schnell wie möglich zurückrufe. Ich höre Wasser laufen, als Reynolds sich die Hände wäscht. Sie kommt raus. Bates geht rein. Er ist, äh, laut. Er musste, wie man so schön sagt, pissen wie ein Rennpferd. Wir gehen ins Wohnzimmer und setzen uns. Auch dieses Zimmer hat Ellie eingerichtet. Nach dem Konzept »frauenfreundliche Männerhöhle« – Holzvertäfelung und riesiger Fernseher, die Bar ist aber aus Acryl, und die Kunstleder-Couch hat einen seltsamen Malventon.

»Und?«, sage ich.

Reynolds sieht Bates an. Er nickt. Dann wendet sie sich wieder an mich. »Wir haben Fingerabdrücke gefunden.«

»Wo?«, frage ich.

»Wie bitte?«

»Sie sagten, Rex wäre bei einer Verkehrskontrolle erschossen worden.«

»Das stimmt.«

»Wo wurde seine Leiche gefunden? Im Streifenwagen? Auf der Straße?«

»Auf der Straße.«

»Und wo genau haben Sie dann Fingerabdrücke gefunden? Auch auf der Straße?«

»Das Wo spielt keine Rolle«, sagt Reynolds. »Viel wichtiger ist, wessen Fingerabdrücke es waren.«

Ich warte. Niemand sagt etwas. Also frage ich: »Wessen Fingerabdrücke waren es?«

»Tja, das ist Teil des Problems«, sagt sie. »Wissen Sie, die Fingerabdrücke befanden sich nicht in der Verbrecher-Datenbank. Die fragliche Person ist nicht vorbestraft. Aber, na ja, sie waren trotzdem im System.«

Die Redewendung »Meine Nackenhaare sträuben sich«, ist mir nicht unbekannt, aber bisher habe ich sie offensichtlich nie richtig begriffen. Reynolds wartet, aber ich gönne ihr den Triumph nicht. Sie hält den Ball in den Händen, und sie darf ihn in die Endzone tragen.

»Die Fingerabdrücke waren im System«, fährt sie fort, »weil Sie, Detective Dumas, sie in die Datenbank eingegeben haben, mit dem Hinweis »Person von besonderem Interesse«. Vor zehn Jahren, sie waren ganz neu bei der Polizei, haben Sie darum gebeten, informiert zu werden, wenn diese Fingerabdrücke gefunden werden.«

Ich versuche, mir den Schock nicht anmerken zu lassen, glaube aber nicht, dass mir das besonders gut gelingt. Ich denke an die Vergangenheit, Leo. Ich denke an das, was vor fünfzehn Jahren passiert ist. Ich denke an die Sommernächte, in denen sie mit mir im Mondschein zur Lichtung auf dem

Riker Hill hinaufgegangen ist, und wir eine Decke ausgebreitet haben. Ich denke an die Hitze, und natürlich an die Intensität und die Reinheit der Lust, vor allem aber denke ich an das »Danach«, als ich flach auf dem Rücken liege, immer noch nach Luft schnappe und in den Nachthimmel starre, ihr Kopf auf meiner Brust, ihre Hand auf meinem Bauch, und wie wir die ersten paar Minuten geschwiegen und dann auf eine Art und Weise miteinander geredet haben, dass ich wusste – ich wusste es einfach –, dass ich nie genug davon haben würde, mich mit ihr zu unterhalten.

Du wärst der Trauzeuge gewesen.

Du kennst mich. Ich habe nie viele Freunde gebraucht. Ich hatte dich, Leo. Und sie. Dann habe ich dich verloren. Und dann habe ich sie verloren.

Reynolds und Bates sehen mir ins Gesicht. »Detective Dumas?«

Ich reiße mich zusammen. »Wollen Sie mir sagen, dass das Mauras Fingerabdrücke waren?«

»Das waren sie, ja.«

»Aber Sie haben sie noch nicht gefunden.«

»Nein, noch nicht«, sagt Reynolds. »Möchten Sie uns das erklären?«

Ich schnappe mir mein Portemonnaie und die Hausschlüssel. »Das mache ich unterwegs. Fahren wir.«

DREI

Natürlich wollen Reynolds und Bates mich sofort befragen.

»Im Wagen«, wiederhole ich. »Ich will den Tatort sehen.«

Wir gehen den Backsteinweg entlang, den mein Vater vor zwanzig Jahren selbst verlegt hat. Ich gehe vor. Sie eilen hinter mir her.

»Nehmen wir mal an, wir würden nicht wollen, dass Sie mitkommen«, sagt Reynolds.

Ich bleibe stehen und winke wie zum Abschied. »Dann sage ich Tschüss und wünsche eine angenehme Heimfahrt.«

Bates mag mich wirklich nicht. »Wir können Sie dazu verdonnern, unsere Fragen zu beantworten.«

»Meinen Sie? Okay.« Ich drehe mich um und gehe zurück zum Haus. »Melden Sie sich und sagen Sie Bescheid, wenn Sie wissen, wie die Sache ausgegangen ist.«

Reynolds tritt mir in den Weg. »Wir suchen einen Polizistenmörder.«

»Ich auch.«

Ich bin ein sehr guter Ermittler – das bin ich einfach, es gibt keinen Grund, hier falsche Bescheidenheit vorzuschützen –, aber ich muss den Tatort mit eigenen Augen sehen. Ich kenne die Beteiligten. Vielleicht kann ich helfen. Und wenn Maura wieder da ist, lasse ich mir das Ganze sowieso nicht entgehen.

Das will ich Reynolds und Bates allerdings nicht auf die Nase binden.

»Wie lange braucht man bis dahin?«, frage ich.

»Zwei Stunden. Wenn wir Gas geben.«

Ich breite die Arme wie zu einem Willkommensgruß aus. »Ich stehe die ganze Zeit zu Ihrer Verfügung. Überlegen Sie doch mal, was Sie mich in der Zeit alles fragen können.«

Bates runzelt die Stirn. Entweder passt ihm das nicht, oder er hat sich schon so daran gewöhnt, den bösen Cop als Gegenstück zu Reynolds zu spielen, dass es einfach ein Automatismus ist. Sie werden nachgeben. Das wissen wir alle. Es geht nur noch ums Wie und Wann.

Reynolds fragt: »Und wie kommen Sie wieder zurück?«

»Wir sind nämlich nicht Uber«, ergänzt Bates.

»Ja, ja, das Verkehrsmittel für die Rückfahrt«, sage ich. »Das ist genau das Problem, dem wir jetzt unsere volle Aufmerksamkeit schenken sollten.«

Beide runzeln noch kurz die Stirn, aber die Sache ist durch. Reynolds setzt sich hinters Lenkrad, Bates auf den Beifahrersitz.

»Will mir denn niemand die Tür aufhalten?«, frage ich.

Das ist überflüssige Stichelei, aber was soll's. Bevor ich einsteige, ziehe ich mein Handy aus der Tasche und wähle eine Nummer aus der Favoritenliste. Vom Fahrersitz sieht Reynolds mich mit einem Was-soll-der-Mist-Blick an. Ich hebe den Zeigefinger, um ihr mitzuteilen, dass es nur einen Moment dauern wird.

Ellie meldet sich: »Hey.«

»Ich muss für heute Abend absagen.«

Sonntagabend arbeite ich immer unentgeltlich in Ellies Notunterkunft für misshandelte Frauen.

»Was ist los?«, fragt sie.

»Erinnerst du dich an Rex Canton?«

»Von der Highschool? Klar.«

Ellie ist glücklich verheiratet und hat zwei Kinder. Ich bin

Pate von beiden, was seltsam ist, aber funktioniert. Ellie ist der beste Mensch, den ich kenne.

»Er war Cop in Pennsylvania«, sage ich.

»Ja, das weiß ich.«

»Hast du mir nie erzählt.«

»Warum sollte ich?«

»Auch wieder wahr.«

»Was ist mit ihm?«

»Rex wurde ermordet. Jemand hat ihn bei einer Verkehrskontrolle erschossen.«

»Oh, das ist ja schrecklich. Das tut mir wirklich leid.«

Bei den meisten Menschen wäre das nur so daher gesagt. Bei Ellie spürt man das Mitgefühl.

»Was hast du damit zu tun?«, fragt sie.

»Das erklär ich dir später.«

Ellie verschwendet keine Zeit mit Fragen nach dem Warum oder nach weiteren Einzelheiten. Sie weiß, wenn ich mehr hätte erzählen wollen, hätte ich das getan.

»Okay, wenn du irgendwas brauchst, ruf mich an.«

»Kümmer dich für mich um Brenda«, sage ich.

Es entsteht eine kleine Pause. Brenda ist Mutter von zwei Kindern und eine der misshandelten Frauen in Ellies Frauenhaus. Ein brutales Arschloch hat ihr Leben in einen Albtraum verwandelt. Brenda ist vor zwei Wochen mitten in der Nacht mit einer Gehirnerschütterung, mehreren gebrochenen Rippen und leeren Händen in Ellies Notunterkunft erschienen. Seitdem hat sie nicht den Mut aufgebracht, das Haus zu verlassen, sie traut sich nicht einmal in den geschlossenen Hof des Frauenhauses, um frische Luft zu schnappen. Mit Ausnahme ihrer Kinder hat sie alles zurückgelassen. Sie zittert oft, zuckt zusammen und duckt sich, als würde sie ständig damit rechnen, geschlagen zu werden.

Ich würde Ellie gerne sagen, dass Brenda heute Abend nach Hause gehen und endlich ihre Sachen packen kann, dass ihr Peiniger – ein Kretin namens Trey – ein paar Tage lang nicht nach Hause kommen wird, aber in solchen Punkten herrscht selbst zwischen Ellie und mir eine gewisse Verschwiegenheit.

Sie wird es schon mitkriegen. Tun sie alle.

»Sag Brenda, dass ich zurückkomme«, füge ich hinzu.

»Mach ich«, sagt Ellie, und dann legt sie auf.

Ich sitze alleine hinten im Auto. Es riecht nach Polizeiwagen, also nach Schweiß, Verzweiflung und Angst. Reynolds und Bates sitzen vorn, als wären sie meine Eltern. Sie bombardieren mich nicht mit Fragen. Sie sind völlig still. Ich verdrehe die Augen. Echt jetzt? Haben sie vergessen, dass ich auch Cop bin? Sie warten darauf, dass ich zu reden beginne, dass ich mich verplappere. Der Wagen ist sozusagen ein mobiler Vernehmungsraum, in dem man den Täter absichtlich schmoren lässt.

Ich spiele nicht mit. Ich schließe die Augen und versuche zu schlafen.

Reynolds weckt mich. »Heißen Sie mit Vornamen wirklich Napoleon?«

»Ja«, sage ich.

Mein französischer Vater konnte den Namen nicht ausstehen, aber meine Mutter, die Amerikanerin in Paris, hatte darauf bestanden.

»Napoleon Dumas?«

»Alle nennen mich Nap.«

»Schwuchteliger Name«, sagt Bates.

»Bates«, sage ich. »Nennt man Sie öfter Master statt Mister?«

»Hä?«

Reynolds verkneift sich ein Lachen. Ich finde es unglaublich, dass Bates den nicht kennt. Er probiert es aus, murmelt leise »Master Bates« bis er es verstanden hat.

»Sie sind ein Arschloch, Dumas.«

Dieses Mal spricht er meinen Namen korrekt aus.

»Wollen wir loslegen, Nap?«, fragt Reynolds.

»Fragen Sie.«

»Sie haben Maura Wells ins AFIS eingegeben, richtig?«

AFIS. Automated Fingerprint Identification System – das automatische Fingerabdruckerkennungssystem.

»Tun wir mal so, als hätte ich die Frage bejaht.«

»Wann?«

Das wissen sie natürlich schon. »Vor zehn Jahren.«

»Warum?«

»Sie war verschwunden.«

»Wir haben das überprüft«, sagt Bates. »Ihre Familie hat nie eine Vermisstenanzeige aufgegeben.«

Ich antworte nicht. Wir lassen die Stille einen Moment im Raum hängen, bis Reynolds das Schweigen bricht.

»Nap?«

Es wird nicht gut aussehen. Das ist mir klar, lässt sich aber nicht ändern. »Maura Wells war meine Freundin auf der Highschool. Im letzten Jahr hat sie per SMS mit mir Schluss gemacht. Und auch alle anderen Kontakte abgebrochen. Sie ist weggezogen. Ich habe nach ihr gesucht, konnte sie aber nicht finden.«

Reynolds und Bates sehen sich an.

»Haben Sie mit ihren Eltern gesprochen?«, fragt Reynolds.

»Mit ihrer Mom, ja.«

»Und?«

»Und sie hat gesagt, Mauras Aufenthaltsort ginge mich nichts an und ich sollte mein Leben weiterleben.«

»Guter Rat«, sagt Bates.

Ich schlucke den Köder nicht.

Reynolds fragt: »Und wie alt waren Sie damals?«

»Achtzehn.«

»Sie haben Maura also gesucht und nicht gefunden …«

»Richtig.«

»Und was haben Sie dann getan?«

Ich will es nicht sagen, aber Rex ist tot, Maura könnte zurück sein, und man muss auch ein bisschen was anbieten, damit man im Gegenzug etwas bekommt. »Als ich bei der Polizei angefangen habe, habe ich ihre Fingerabdrücke ins AFIS eingegeben. Und eine Akte angelegt, in der ich sie als vermisst gemeldet habe.«

»Sie waren absolut nicht legitimiert, das zu tun«, sagt Bates.

»Darüber könnte man diskutieren«, sage ich. »Aber sind Sie hier, um mich wegen einer dienstrechtlichen Frage dranzukriegen?«

»Nein«, sagt Reynolds. »Sind wir nicht.«

»Ich weiß ja nicht«, gibt Bates sich zweifelnd. »Ein Mädel macht Schluss mit Ihnen. Fünf Jahre später geben Sie vorschriftswidrig ihre Daten ins System ein, damit Sie … tja, was? … versuchen können, ihr wieder an die Wäsche zu gehen?« Er zuckt die Achseln. »Klingt schon ein bisschen nach einem Stalker.«

»Ziemlich unheimliches Verhalten, Nap«, ergänzt Reynolds.

Ich bin sicher, dass sie einiges über meine Vergangenheit wissen. Aber sie wissen nicht genug.

»Darf ich davon ausgehen, dass Sie auch anderweitig nach Maura Wells gesucht haben?«, fragt Reynolds.

»Ein bisschen.«

»Und davon, dass Sie sie nicht gefunden haben?«

»Ja.«

»Haben Sie irgendeine Idee, wo Maura in den letzten fünfzehn Jahren gewesen sein könnte?«

Wir sind inzwischen auf dem Highway in Richtung Westen. Ich versuche immer noch, mir die Sache zusammenzureimen. Ich versuche, meine Erinnerungen an Maura mit Rex in Verbindung zu bringen. Und ich denke über dich nach, Leo. Du warst mit beiden befreundet. Hat das etwas zu bedeuten? Vielleicht, vielleicht aber auch nicht. Wir waren alle im gleichen Jahrgang, daher kannten wir uns alle. Aber wie eng waren Maura und Rex befreundet? Hat Rex sie womöglich zufällig erkannt? Und falls ja, bedeutet das, dass sie ihn ermordet hat?

»Nein«, sage ich. »Keine Ahnung.«

»Komische Geschichte«, sagt Reynolds. »In letzter Zeit gab es keinerlei Aktivitäten von Maura Wells. Sie hatte weder Kreditkarten noch Bankkonten und hat auch keine Steuern bezahlt. Wir suchen noch nach weiteren Unterlagen …«

»Sie werden nichts finden«, sage ich.

»Sie haben das überprüft.«

Das ist keine Frage.

»Wann ist Maura Wells untergetaucht?«, fragt sie.

»Soweit ich weiß«, antworte ich, »vor fünfzehn Jahren.«

VIER

Der Tatort befindet sich in einer ruhigen Nebenstraße, wie man sie aus der Umgebung von Flughäfen oder Betriebsbahnhöfen kennt. Keine Wohnhäuser. Ein Gewerbegebiet, das schon bessere Zeiten erlebt hat, mit ein paar Lagerhäusern, von denen die meisten leer stehen und die anderen auch bald geschlossen werden.

Wir steigen aus. Der Tatort ist provisorisch mit ein paar Holzböcken abgesperrt, um die man aber leicht herumfahren kann. Seit wir hier sind, hat das allerdings niemand getan. Ich merke mir das – den kaum vorhandenen Verkehr. Das Blut ist noch nicht entfernt worden. Jemand hat mit Kreide den Umriss von Rex' Leiche markiert. Ich kann mich nicht erinnern, wann ich so etwas das letzte Mal gesehen habe – eine echte Kreidemarkierung.

»Erzählen Sie Schritt für Schritt, was passiert ist«, sage ich.

»Sie ermitteln hier nicht«, faucht Bates.

»Wollen wir hier Pimmelfechten oder einen Polizistenmörder schnappen?«

Bates sieht mich mit zusammengekniffenen Augen an. »Selbst wenn die Polizistenmörderin Ihre alte Flamme ist?«

Besonders dann. Aber das sage ich nicht laut.

Sie tun noch eine Minute so, als müsste ich sie überzeugen, dann beginnt Reynolds: »Officer Rex Canton hielt gegen ein Uhr fünfzehn einen Toyota Corolla an, angeblich wegen des Verdachts auf Trunkenheit am Steuer.«

»Dann gehe ich davon aus, dass er das über Funk an die Zentrale gemeldet hat?«

»Das hat er, ja.«

Das ist Vorschrift. Wenn man ein Fahrzeug anhält, meldet man das über Funk oder überprüft das Kennzeichen, um festzustellen, ob der Wagen gestohlen wurde, es früher schon irgendwelche Vorkommnisse gab oder etwas anderes nicht stimmt. Außerdem erfährt man so den Namen des Eigentümers.

»Wem gehörte der Wagen?«

»Es war ein Mietwagen.«

Das gefällt mir nicht. Mir gefällt so einiges an dieser Geschichte nicht.

Ich frage: »Vermutlich nicht von einem der großen Verleiher, oder?«

»Wie bitte?«

»Die Mietwagenfirma. Es war nicht Hertz, Avis oder so etwas.«

»Nein, er war von einer kleinen Firma namens Sal's.«

»Lassen Sie mich raten«, sage ich. »Sie liegt in der Nähe eines Flughafens. Und der Wagen wurde nicht im Voraus reserviert.«

Reynolds und Bates sehen sich an. Bates sagt: »Woher wissen Sie das?«

Ich beachte ihn nicht und sehe Reynolds an.

»Er wurde von einem Mann namens Dale Miller aus Portland, Maine, gemietet«, sagt Reynolds.

»Der Ausweis?«, frage ich. »War er geklaut oder eine Fälschung.«

Wieder sehen sie sich an. »Geklaut.«

Ich berühre das Blut. Es ist trocken. »Überwachungskameras bei der Mietwagenfirma?«

»Wir müssten die Bilder bald bekommen, aber der Mitarbeiter im Büro hat gesagt, Dale Miller sei ein älterer Mann gewesen. Mitte sechzig, vielleicht auch siebzig.«

»Wo wurde der Mietwagen gefunden?«, frage ich.

»Knapp einen Kilometer vom Flughafen Philadelphia entfernt.«

»Fingerabdrücke von wie viel Personen?«

»Auf den Vordersitzen? Nur die von Maura Wells. Die Mietwagenfirma reinigt die Wagen zwischen den Vermietungen offenbar sehr gründlich.«

Ich nicke. Ein Pickup-Truck biegt um die Kurve und fährt an uns vorbei. Das ist das erste Fahrzeug, das ich auf dieser Straße sehe.

»Auf den Vordersitzen?«, wiederhole ich.

»Wie bitte?«

»Sie sprachen von den Fingerabdrücken auf den Vordersitzen. Auf welcher Seite? Fahrer oder Beifahrer?«

Wieder sehen sie sich an.

»Auf beiden.«

Ich betrachte die Straße mit der Kreidezeichnung vom Umriss der Leiche und versuche, mir ein Bild zu machen. Dann drehe ich mich um und sehe sie an. »Vermutungen?«, frage ich.

»Im PKW befanden sich zwei Personen, ein Mann und Maura, Ihre Ex«, sagt Reynolds. »Officer Canton hält sie an, weil er vermutet, dass Alkohol im Spiel ist. Irgendetwas versetzt sie in Panik, sie schießen Officer Canton zweimal in den Hinterkopf und hauen ab.«

»Wahrscheinlich hat der Mann geschossen«, ergänzt Bates. »Er hat das Auto verlassen. Er schießt, Ihre Ex rutscht auf den Fahrersitz, dann springt er auf der Beifahrerseite rein. Das würde erklären, warum wir ihre Fingerabdrücke auf beiden Vordersitzen gefunden haben.«

»Der Wagen wurde, wie bereits erwähnt, mit einem gestohlenen Ausweis gemietet«, fährt Reynolds fort. »Daher gehen wir davon aus, dass der Mann etwas zu verbergen hatte. Canton hält sie an, merkt, dass etwas nicht stimmt – und bezahlt dafür mit dem Leben.«

Ich nicke, als würde ich ihre Arbeit bewundern. Ihre Theorie ist falsch, da ich aber auch keine bessere parat habe, bringt es nichts, ihnen zu widersprechen. Sie verschweigen mir etwas. Würde ich wahrscheinlich auch tun, wenn die Rollen andersherum verteilt wären. Aber ich muss herausbekommen, was genau sie mir vorenthalten, und das geht nur, indem ich nett bin.

Ich setze mein bezauberndstes Lächeln auf und sage: »Darf ich mir die Bilder der Dashcam ansehen?«

Das war natürlich der Schlüssel. Meistens zeigte das Video der Kamera auf dem Armaturenbrett nicht alles, in diesem Fall müsste aber genug zu sehen sein. Ich warte auf ihre Antwort – es wäre ihr gutes Recht, die Kooperation in diesem Moment abzubrechen – aber als sie sich ansehen, spüre ich noch etwas anderes.

Ihnen ist die Sache nicht geheuer.

Bates sagt: »Warum hören Sie nicht erst mal auf, uns zu verarschen.«

So viel zum bezaubernden Lächeln.

»Ich war achtzehn«, sage ich. »Im letzten Highschool-Jahr. Maura war meine Freundin.«

»Und sie hat mit Ihnen Schluss gemacht«, ergänzt Bates. »Das sagten Sie schon.«

Reynolds unterbricht ihn mit einer Handbewegung. »Was ist passiert, Nap?«

»Mauras Mutter«, sage ich. »Sie müssen sie gefunden haben. Was hat sie gesagt?«

»Wir stellen hier die Fragen, Dumas«, erwidert Bates.

Doch wieder erkennt Reynolds, dass ich helfen will. »Wir haben die Mutter gefunden, ja.«

»Und?«

»Und sie behauptet, sie hätte seit Jahren nicht mit ihrer Tochter gesprochen und würde ihren Aufenthaltsort nicht kennen.«

»Haben Sie persönlich mit Mrs Wells gesprochen?«

Reynolds schüttelt den Kopf. »Sie hat sich geweigert, mit uns zu reden und ihre Aussage über einen Rechtsberater zu Protokoll gegeben.«

Mrs Wells hat sich also einen Anwalt genommen. »Kaufen Sie ihr das ab?«, frage ich.

»Tun Sie das?«

»Nein.«

Ich bin noch nicht bereit, ihnen diesen Teil zu erzählen. Nachdem Maura mich verlassen hatte, bin ich in ihre Wohnung eingebrochen. Ja: dumm und impulsiv. Vielleicht aber auch nicht. Ich habe mich verloren gefühlt und war verwirrt, nachdem das Schicksal mir zwei so harte Schläge versetzt hatte. Erst hatte ich meinen Bruder verloren und dann die Liebe meines Lebens. Vielleicht erklärt es das.

Warum bin ich dort eingebrochen? Weil ich nach Hinweisen auf Mauras Aufenthaltsort gesucht habe. Der achtzehnjährige Jugendliche hat Detektiv gespielt. Ich habe nicht viel gefunden, aber eine Zahnbürste und ein Glas aus ihrem Bad mitgehen lassen. Damals hatte ich keine Ahnung, dass ich einmal bei der Polizei landen würde. Ich habe die beiden Gegenstände einfach für alle Fälle aufbewahrt. Warum, darfst du mich nicht fragen. Aber so eröffnete sich mir die Möglichkeit, Mauras Fingerabdrücke und ihre DNA in die Datenbanken einzugeben, als ich bei der Polizei war.

Oh, und die Sache ist aufgeflogen.

Die Polizei hat mich erwischt. In Person von Captain Augie Styles. Du mochtest Augie, stimmt's, Leo?

Augie ist für mich seit dieser Sache eine Art Mentor. Seinetwegen bin ich jetzt Cop. Er hat sich auch mit Dad angefreundet. Man könnte sie wohl als Zechkumpane bezeichnen. Wir drei haben in der Tragödie zusammengefunden. Durch solche Ereignisse kommt man sich näher – man hat Menschen um sich, die verstehen, was man durchmacht – trotzdem ist der Schmerz allgegenwärtig. Eine Zuckerbrot-und-Peitschen-Beziehung, die nur ein Wort wirklich beschreibt: bittersüß.

»Warum glauben Sie der Mutter nicht?«, fragt Reynolds.

»Ich habe ihre Telefonverbindungen kontrolliert.«

»Die Telefonverbindungen der Mutter Ihrer Ex?« Bates betrachtet mich ungläubig. »Herrje, Dumas, Sie sind wirklich ein eingetragenes Mitglied im Club der Stalker.«

Ich tue so, als wäre Bates nicht da. »Die Mutter wird von Wegwerf-Handys angerufen. Das wurde sie zumindest.«

»Und woher genau wissen Sie das?«, fragt Bates.

Ich antworte nicht.

»Haben Sie sich einen Gerichtsbeschluss für die Überprüfung ihrer Telefonverbindungsdaten besorgt?«

Ich antworte nicht. Ich starre Reynolds an.

Reynolds sagt: »Sie gehen davon aus, dass Maura sie anruft?«

Ich zucke die Achseln.

»Aber warum gibt Ihre Ex sich so große Mühe, nicht gefunden zu werden?«

Wieder zucke ich die Achseln.

»Irgendeine Vermutung müssen Sie doch haben«, sagt Reynolds.

Die habe ich. Aber ich bin immer noch nicht bereit, sie preiszugeben, denn diese Vermutung ist auf den ersten Blick offensichtlich – und unmöglich. Ich habe lange gebraucht, es zu akzeptieren. Ich habe mit zwei Personen darüber gesprochen – mit Augie und Ellie –, und beide halten mich für verrückt.

»Zeigen Sie mir die Bilder der Dashcam«, sage ich zu ihr.

»Noch stellen wir hier die Fragen«, sagt Bates.

»Zeigen Sie mir die Bilder der Dashcam«, wiederhole ich. »Ich glaube, dann kann ich der Sache auf den Grund gehen.«

Wieder sehen Reynolds und Bates sich mit unbehaglichem Blick an.

Reynolds tritt näher heran. »Es gibt keine.«

Das überrascht mich. Und ich merke, dass auch sie davon überrascht sind.

»Sie war nicht eingeschaltet«, sagt Bates, als würde das irgendetwas erklären. »Canton war nicht im Dienst.«

»Wir gehen davon aus, dass Officer Canton sie abgestellt hat«, sagt Reynolds, »weil er auf dem Weg zurück ins Revier war.«

»Bis wann ging sein Dienst?«

»Mitternacht.«

»Wie weit ist das Revier von hier entfernt?«

»Fünf Kilometer.«

»Und was hat Rex von Mitternacht bis Viertel nach eins gemacht?«

»Wir sind noch dabei, seine letzten Stunden zu rekonstruieren«, sagt Reynolds. »Soweit wir bisher wissen, hat er den Streifenwagen noch etwas länger genutzt.«

»Was nicht ungewöhnlich ist«, ergänzt Bates schnell. »Sie kennen das. Wenn man morgens wieder Dienst hat, nimmt man den Streifenwagen einfach mit nach Hause.«

»Und obwohl das Abschalten der Dashcam nicht den Vorschriften entspricht«, sagt Reynolds, »passiert das immer wieder.«

Ich nehme ihnen die Version nicht ab, aber sie geben sich auch keine große Mühe, mich zu überzeugen.

Das Handy, das Bates am Gürtel trägt, klingelt. Er greift danach und geht ein paar Schritte zur Seite. Nach zwei Sekunden fragt er: »Wo?« Es entsteht eine Pause. Dann legt er auf und wendet sich Reynolds zu. Seine Stimme klingt angespannt. »Wir müssen los.«

Sie setzen mich an einem Busbahnhof ab, der so öde und verlassen wirkt, dass es mich nicht wundern würde, wenn ein Tumbleweed vorbeirollen würde. Am Fahrkartenschalter ist bestimmt niemand. Wahrscheinlich gibt es gar keinen Fahrkartenschalter.

Zwei Blocks weiter entdecke ich ein Stundenmotel, das den ganzen Glanz und alle Vorzüge einer Herpesinfektion verheißt. Auf dem Schild wird mit Stundenpreisen geworben, mit einem Farbfernseher (gibt es wirklich noch Motels mit Schwarz-Weiß-Fernsehern?) und mit »Themenzimmern«.

»Ich nehme die Tripper-Suite«, sage ich.

Der Angestellte legt den Schlüssel so schnell auf den Tresen, dass ich fürchte, die verlangte Suite bekommen zu haben. Das Farbschema des Zimmers könnte man, wenn man ihm schmeicheln wollte, als »ausgeblichenes Gelb« bezeichnen, allerdings nah an einem Urin-Ton. Ich schlage die Decke zurück, beruhige mich damit, dass meine Tetanusimpfung auf dem aktuellen Stand ist, und wage es, mich hinzulegen.

Captain Augie ist damals nicht zu uns nach Hause gekommen, nachdem ich bei Mauras Mutter eingebrochen war.

Ich glaube, er fürchtete, Dad würde einen Anfall erleiden, wenn der Streifenwagen noch einmal in die Einfahrt bog. Auch ich werde das Bild nie mehr aus dem Kopf bekommen – wie in Zeitlupe war der Streifenwagen vorgefahren, Augie hatte die

Fahrertür geöffnet und war mit schwermütigen Schritten den Backsteinweg entlanggegangen. Augies eigenes Leben war ein paar Stunden zuvor in Schutt und Asche gelegt worden – und jetzt stand er vor uns und wusste, dass er uns das Gleiche antun würde.

Jedenfalls hat Augie mich deshalb auf dem Schulweg abgefangen und wegen des Einbruchs in Mauras Zimmer vernommen, statt zu Dad zu gehen.

»Ich will dich nicht in Schwierigkeiten bringen«, sagte er, »aber so etwas kannst du nicht machen.«

»Sie weiß was«, sagte ich.

»Tut sie nicht«, sagte Augie. »Maura ist nur ein verängstigtes Kind.«

»Hast du mit ihr gesprochen?«

»Vertrau mir, Junge. Du musst sie loslassen.«

Ich habe ihm vertraut – und tue das immer noch. Aber Maura habe ich nicht losgelassen – immer noch nicht.

Ich lege die Hände hinter den Kopf und starre die Flecken an der Decke an. Ich versuche, nicht darüber nachzudenken, wie sie dorthin gekommen sein könnten. Augie ist gerade im Sea Pine Resort in Hilton Head zu einem Strandurlaub mit einer Frau, die er auf einer Online-Dating-Seite für Senioren kennengelernt hat. Da will ich auf keinen Fall stören. Augie wurde vor acht Jahren geschieden. Seine Ehe mit Audrey hat in »jener Nacht« einen folgenschweren Schlag erhalten, sich dann aber noch sieben Jahre weitergeschleppt, bis sie schließlich gnädigerweise ein Ende fand. Augie hat lange gebraucht, um sich wieder zu verabreden. Warum sollte ich das wegen irgendwelcher Spekulationen kaputtmachen?

Augie würde in ein oder zwei Tagen zurück sein. Bis dahin kann das warten.

Ich überlege, ob ich Ellie anrufen und mit ihr über meine

verrückten Ideen reden soll, als es plötzlich laut und eindringlich klopft. Ich stehe auf. Zwei uniformierte Cops stehen vor der Tür. Beide mustern mich mit finsteren Blicken. Es heißt, dass Ehepartner sich mit der Zeit immer mehr gleichen. Das gilt wohl auch für langjährige Partner bei der Polizei. In diesem Fall sind beide weiß, übertrieben muskulös und haben eine fliehende Stirn. Wenn ich ihnen wieder begegnen würde, hätte ich Probleme, sie zu unterscheiden.

»Was dagegen, wenn wir reinkommen?«, fragt Cop eins mit einem höhnischen Lächeln.

»Haben Sie einen Durchsuchungsbeschluss?«, frage ich.

»Nein.«

»Dann ja«, sage ich.

»Ja, was?«

»Ja, ich habe etwas dagegen, dass Sie hereinkommen.«

»Ihr Pech.«

Cop zwei schiebt sich an mir vorbei. Ich lasse ihn. Als beide drin sind, schließen sie die Tür.

Wieder lächelt Cop eins höhnisch. »Hübsches Loch haben Sie sich hier gesucht.«

Das soll, wie ich annehme, eine clevere Beleidigung sein. Als wäre ich höchstpersönlich für das Dekor verantwortlich.

»Wir haben gehört, dass Sie uns hinhalten«, sagt Cop eins.

»Rex war unser Freund.«

»Und Polizist.«

»Und Sie halten uns hin.«

Ich habe wirklich keine Lust darauf, also ziehe ich meine Pistole und ziele zwischen die beiden. Sie öffnen die Münder zu überraschten Os.

»Was zum …«

»Sie sind ohne Durchsuchungsbeschluss in mein Motelzimmer eingedrungen«, sage ich.

Ich richte die Waffe erst auf einen, dann auf den anderen, dann wieder in die Mitte.

»Ich könnte Sie ohne Weiteres erschießen, Ihnen Ihre Waffen in die Hände drücken und behaupten, ich hätte in Notwehr gehandelt.«

»Sind Sie verrückt?«, fragt Cop eins.

Ich höre die Angst in seiner Stimme, also trete ich näher an ihn heran. Ich betrachte ihn mit meinem irren Blick. Den irren Blick kann ich gut. Du kennst ihn noch, Leo.

»Wie wär's mit einem Ohrenkampf?«, frage ich ihn.

»Einem was?«

»Ihr Kumpel …«, ich nicke in Richtung Cop zwei, »… geht raus. Wir schließen ab. Wir legen die Waffen weg. Einer von uns verlässt den Raum mit dem Ohr des anderen zwischen den Zähnen. Was meinen Sie?«

Ich beuge mich näher heran und beiße ins Leere.

»Sie sind vollkommen übergeschnappt«, sagt Cop eins.

»Sie machen sich keine Vorstellung.« Ich bin jetzt so in meine Rolle vertieft, dass ich fast hoffe, er würde mich beim Wort nehmen. »Sie sind doch ziemlich kräftig. Was halten Sie davon?«

Es klopft. Cop eins springt wortwörtlich zur Tür und öffnet sie.

Es ist Stacy Reynolds. Ich verstecke die Pistole hinter dem Bein. Reynolds ist offensichtlich nicht erfreut, ihre Kollegen zu sehen. Sie mustert sie mit finsteren Blicken. Beide senken die Köpfe wie gescholtene Schul-Rowdys.

»Was wollt ihr beiden Clowns denn hier?«

Cop zwei sagt: »Bloß …«, dann zuckt er die Achseln.

»Er weiß was«, sagt Cop eins. »Wir wollten Ihnen nur ein bisschen Lauferei abnehmen.«

»Raus mit euch. Sofort.«

Sie verschwinden. Reynolds entdeckt meine Pistole. »Was soll der Scheiß, Nap?«

Ich stecke die Waffe ins Holster. »Vergessen Sie's.«

Sie schüttelt den Kopf. »Cops würden ihre Arbeit einfach besser machen, wenn der Herrgott ihnen größere Schwänze gegeben hätte.«

»Sie sind auch ein Cop«, erinnere ich sie.

»Ich ganz besonders. Kommen Sie. Ich muss Ihnen etwas zeigen.«

FÜNF

Hal, der Barkeeper von Larry and Craig's Bar and Grille, sieht uns wehmütig an.

»Sie war echt heiß«, sagt Hal. Er runzelt die Stirn leicht. »Auf jeden Fall viel zu heiß für den alten Knacker, so viel ist klar.«

Larry and Craig's Bar and Grille ist eindeutig eine Bar, der Tresen zieht sich durch den ganzen Raum, und ebenso eindeutig gibt es keinen Grill. Es ist eben diese Art von Bar. Der klebrige Boden ist mit Sägespänen und Erdnussschalen bedeckt. Der Geruch, ein Gemisch aus schalem Bier und Erbrochenem, wabert immer wieder herauf und steigt einem in die Nase. Ich muss nicht pissen, bin aber sicher, dass ich in der Toilette vor einem Urinal mit defekter Spülung stehen würde, das bis zum Rand mit Eiswürfeln gefüllt ist.

Mit einem kurzen Nicken fordert Reynolds mich auf, die Gesprächsführung zu übernehmen.

»Wie sah sie aus?«, frage ich.

Die Falten auf Hals Stirn werden tiefer. »Welchen Teil von ›echt heiß‹ haben Sie nicht verstanden?«

»Rothaarig, brünett, blond?«

»Brünett ist braun, oder?«

Ich sehe Reynolds an. »Ja, Hal. Brünett ist braun.«

»Brünett.«

»Noch etwas?«

»Heiß.«

»Ja, das haben wir begriffen.«

»Toller Körperbau«, sagt Hal.

Reynolds seufzt. »Und sie war mit einem Mann hier, richtig?«

»Sie war eine vollkommen andere Liga, das kann ich Ihnen sagen.«

»Was Sie ja bereits getan haben«, erinnere ich ihn. »Sind die beiden zusammen reingekommen?«

»Nein.«

»Wer war zuerst da?«, fragt Reynolds.

»Der alte Knacker.« Hal deutet auf mich. »Hat da gesessen, wo Sie jetzt sind.«

»Wie sah er aus?«, frage ich.

»Mitte sechzig, lange Haare, struppiger Bart, große Nase. Sah aus wie ein Motorradfahrer, trug aber einen grauen Anzug, ein weißes Hemd und eine blaue Krawatte.«

»An ihn erinnern Sie sich«, sage ich.

»Hä?«

»An ihn erinnern Sie sich. Aber an sie?«

»Wenn Sie gesehen hätten, wie sie dieses schwarze Kleid trug, würde Ihnen auch nichts anderes mehr einfallen.«

»Er hat sich also auf diesen Platz gesetzt und allein getrunken«, kommt Reynolds wieder zum Thema. »Wie viel später ist denn die Frau reingekommen?«

»Keine Ahnung. Zwanzig Minuten, halbe Stunde?«

»Und sie ist reingekommen und ...?«

»Das war so ein richtiger Auftritt, wenn Sie wissen, was ich meine.«

»Wissen wir«, sage ich.

»Sie ist direkt zu ihm rübermarschiert«, sagt Hal mit weit aufgerissenen Augen, als beschriebe er eine UFO-Landung. »Und dann hat sie den Kerl angebaggert.«

»Besteht die Möglichkeit, dass die beiden sich vorher schon kannten?«

»Glaub ich nicht. So vom Gefühl her.«

»Welches Gefühl hatten Sie denn?«

Hal zuckt die Achseln. »Ich dachte, sie ist eine Professionelle. War eben mein Eindruck, wenn ich ehrlich sein soll.«

»Kommen hier oft Professionelle rein?«, frage ich.

Hal wird misstrauisch. Reynolds sagt: »Kuppelei geht uns gerade am Arsch vorbei, Hal. Wir ermitteln in einem Polizistenmord.«

»Manchmal schon, ja. Na ja, wir haben hier zwei Strip-Clubs im Umkreis von einem Kilometer. Manchmal wollen sich die Mädels von da ein bisschen was dazuverdienen.«

Ich sehe Reynolds an, sie nickt mir zu. »Bates arbeitet dran.«

»Haben Sie die Frau vorher schon mal hier gesehen?«

»Zwei Mal.«

»Sie erinnern sich daran?«

Hal breitet die Arme aus. »Wie oft soll ich es Ihnen noch sagen?«

»Heiß«, werfe ich ein. Ich bin recht gut darin, die Augen vor der Wahrheit zu verschließen. Natürlich bedeutet dieses »heiß« nicht, dass es sich um Maura handelt, wobei die Beschreibung, so vage sie auch sein mag, tatsächlich passt.

»Die beiden Male vorher«, fahre ich fort, »ist sie da auch mit Männern mitgegangen?«

»Ja.«

Ich stelle es mir vor. Drei Mal in diesem Loch. Drei Mal mit Männern mitgegangen. Maura. Ich muss schlucken.

Hal reibt sich das Kinn. »Wenn ich jetzt so darüber nachdenke, ist sie aber vielleicht doch keine Professionelle.«

»Wie kommen Sie darauf?«

»Sie ist nicht der Typ.«

»Was wäre denn der Typ?«

»Das ist so, wie dieser Verfassungsrichter es damals über Pornografie gesagt hat: Man erkennt es, wenn man es sieht. Na ja, sie könnte schon eine sein. Ist es wahrscheinlich auch. Es könnte aber auch was anderes dahinterstecken. Vielleicht ist sie einfach schräg drauf, oder so. Manchmal kommen hier auch solche MILFs rein, großes Haus, glücklich verheiratet, drei Kinder. Sie kommen rein, reißen Männer auf und was weiß ich alles… einfach Freaks. Vielleicht ist sie eine von denen.«

Wie beruhigend.

Reynolds klopft ungeduldig mit dem Fuß auf den Boden. Sie hat mich aus einem bestimmten Grund hergebracht, und der besteht nicht darin, die Vernehmung neu aufzurollen.

Ich habe es lange genug hinausgezögert. Ich nicke ihr zu. Es wird Zeit.

»Okay«, sagt Reynolds zu Hal. »Zeigen Sie ihm das Video.«

Wir gehen zu einem alten Röhrenfernseher. Hal hat ihn auf den Tresen gestellt. Es sitzen noch zwei weitere Gäste davor, die aber vollkommen von den Gläsern vor sich gefesselt zu sein scheinen. Hal drückt auf den Knopf. Der Bildschirm leuchtet auf, dann erscheint ein kleiner, blauer Punkt, der sich nach knapp einer halben Minute in ein hektisches Bildrauschen verwandelt.

Hal sieht auf der Rückseite des Fernsehers nach. »Das Kabel ist locker«, sagt er. Er drückt es wieder hinein. Das andere Ende des Kabels steckt in einem Zenith-Videorekorder. Die Klappe fehlt, daher kann ich die alte Kassette sehen.

Die Play-Taste rastet hörbar ein. Die Qualität des Videos ist mies – gelbstichig, trüb, unscharf. Die Kamera ist hoch oben über dem Parkplatz angebracht, um eine möglichst große Fläche zu erfassen, und genau aus diesem Grund erfasst sie so gut wie nichts. Mit viel Mühe kann ich die Autotypen und ein paar Farben ausmachen, habe aber keine Chance, die Nummernschilder zu erkennen.

»Der Chef überspielt das immer wieder, bis das Band reißt«, erläutert Hal.

Ich kenne das Spielchen. Wahrscheinlich verlangt die Versicherung, dass eine Videoüberwachung eingerichtet ist, also kommt der Besitzer der Bar dem auf die kostengünstigste Weise nach. Das Video quält sich voran. Reynolds deutet auf ein Auto am oberen rechten Bildrand. »Wir glauben, dass das der Mietwagen ist.«

Ich nicke. »Können wir auf Schnellvorlauf schalten?«

Hal tut das. Das Video beschleunigt auf die altmodische Art, bei der alles sichtbar ist, aber schneller abläuft. Als zwei Personen aus der Bar kommen, lässt er die Taste los. Sie wenden uns die Rücken zu. Zwei von hinten aus der Ferne aufgenommene Personen, die verschwommen auf der zu weit entfernten Kamera erscheinen.

Doch dann sehe ich, wie die Frau geht.

Die Zeit bleibt stehen. In meiner Brust tick-tick-tickt es langsam und gleichmäßig. Dann spüre ich das Kawumm, als mein Herz in tausend Teile zerspringt.

Ich weiß noch, wie ich diesen Gang das erste Mal gesehen habe. Dad liebte den Song *Castanets* von Alejandro Escovedo. Erinnerst du dich noch daran, Leo? Natürlich tust du das. Da gibt es diese Stelle über die unglaublich attraktive Frau: »I like her better when she walks away.« Ich habe seine Meinung nie geteilt – mir gefiel es am besten, wenn Maura direkt auf mich zukam, die Schultern gestrafft, ihr Blick, der mich durchbohrte –, aber verdammt, ich habe trotzdem verstanden, was gemeint war.

Im letzten Highschool-Jahr haben die Dumas-Zwillinge sich verliebt. Ich habe dir Diana Styles vorgestellt, Augies und Audreys Tochter, und eine Woche später hast du mich mit Maura Wells verkuppelt. Selbst in dieser Hinsicht – verabreden, Mädchen, verlieben – mussten wir im Gleichtakt bleiben, stimmt's, Leo? Maura war die schöne Außenseiterin, die mit deiner Nerd-Clique abhing. Diana war das nette Mädchen, Cheerleaderin und Vizepräsidentin des Schülerparlaments. Ihr Vater, Augie, war der Chef der örtlichen Polizei und mein Football-Coach. Ich weiß noch, wie er beim Training einen Witz gemacht hat, dass seine Tochter mit dem »›besseren Dumas« ausgehen würde.

Ich glaube zumindest, dass es ein Witz war.

Ich weiß ja, dass es dumm ist, aber ich denke immer noch über die Was-wäre-Wenns nach. Wir haben uns nie konkret über das Leben nach der Highschool unterhalten, richtig? Wären wir beide auf die gleiche Uni gegangen? Wäre ich mit Maura zusammengeblieben? Wären du und Diana …?

Bescheuert.

Reynolds sagt: »Und?«

»Das ist Maura«, sage ich.

»Sind Sie sicher?«

Ich spare mir die Antwort. Ich starre immer noch das Video an. Der grauhaarige Mann öffnet die Autotür, und Maura setzt sich auf den Beifahrersitz. Ich beobachte, wie er hinten ums Auto geht und auf der Fahrerseite einsteigt. Der Wagen setzt zurück und fährt Richtung Ausfahrt. Ich sehe genau zu, bis er aus dem Sichtfeld der Kamera verschwunden ist.

»Wie viel haben sie getrunken?«, frage ich Hal.

Wieder ist Hal misstrauisch.

Reynolds weist ihn wie beim ersten Mal auf den Ernst der Lage hin: »Auch dass Sie ihnen womöglich zu viel Alkohol ausgeschenkt und damit Ihre Fürsorgepflicht als Wirt oder die Verkehrssicherungspflicht verletzt haben, interessiert uns einen Scheißdreck, Hal. Es geht um Polizistenmord.«

»Ja, die beiden haben ordentlich zugelangt.«

Ich denke darüber nach, suche nach einer logischen Erklärung.

»Oh, noch was«, sagt Hal. »Sie hieß nicht Maura. Jedenfalls hat sie sich nicht so genannt.«

»Wie hat sie sich denn genannt?«, fragt Reynolds.

»Daisy.«

Reynolds sieht mich mit einer Besorgnis an, die ich seltsam rührend finde. »Alles okay mit Ihnen?«

Ich weiß, was sie denkt. Meine große Liebe, die ich seit fünfzehn Jahren wie besessen suche, hat in diesem Dreckloch herumgehangen, einen falschen Namen benutzt und ist mit fremden Männern mitgegangen. Der Gestank in dem Schuppen wird langsam unerträglich. Ich stehe auf, danke Hal und gehe rasch zum Ausgang. Ich öffne die Tür und trete auf den Parkplatz hinaus, den ich gerade im Video gesehen habe. Ich hole ein paarmal tief Luft. Aber deshalb bin ich nicht hier.

Ich sehe mir den Parkplatz an, auf dem der Mietwagen stand.

Reynolds verlässt hinter mir die Bar. »Irgendwelche Ideen?«

»Der Kerl hat ihr die Autotür aufgehalten.«

»Na und?«

»Er ist nicht getorkelt. Hat das Schlüsselloch sofort gefunden. Hat sich die ganze Zeit wie ein Gentleman verhalten.«

»Und noch einmal frage ich: Na und?«

»Haben Sie gesehen, wie er hier weggefahren ist?«

»Hab ich.«

»Er ist nicht Zickzack gefahren, hat nicht kurz gestoppt und wieder beschleunigt.«

»Das hat nichts zu sagen.«

Ich gehe die Straße entlang.

»Wo wollen Sie hin?«, fragt sie.

Ich gehe weiter. Reynolds folgt mir. »Wie weit ist es bis zur Abzweigung?«

Sie zögert, vermutlich weil sie merkt, worauf ich hinauswill. »Die zweite rechts.«

Das entspricht in etwa dem, was ich erwartet hatte. Zu Fuß brauchen wir keine fünf Minuten von der Bar bis zum Tatort. Als ich dort ankomme, drehe ich mich um und blicke zurück zur Bar und dann auf die Stelle, an der Rex gelegen hat.

Das ergibt keinen Sinn. Noch nicht. Aber ich komme der Sache langsam näher.

»Ging extrem schnell, bis Rex sie angehalten hat«, sage ich.

»Wahrscheinlich hat er direkt an der Bar gelauert.«

»Ich wette, wenn wir das Video länger laufen lassen, sehen wir eine Menge Leute aus der Bar kommen, die deutlich betrunkener sind als der Täter«, sage ich. »Warum ausgerechnet diese beiden?«

Reynolds zuckt die Achseln. »Vielleicht waren die anderen Einheimische. Der Kerl hatte das Nummernschild einer Mietwagenfirma.«

»Rex wollte den Auswärtigen abkassieren?«

»Klar.«

»Und dieser Auswärtige hat rein zufällig eine Frau bei sich, die Rex von der Highschool kennt?«

Der Wind ist stärker geworden. Ein paar Strähnen wehen Reynolds ins Gesicht. Sie schiebt sie nach hinten. »Ich habe schon größere Zufälle gesehen.«

»Ich auch«, sage ich.

Aber dies ist keiner. Also versuche ich, mir die Sache vor Augen zu führen. Ich fange mit dem an, was ich sicher weiß –

Maura und der alte Mann kommen aus der Bar, er hält ihr die Autotür auf, sie fahren weg, Rex hält sie an.

»Nap?«

»Sie müssen etwas für mich rausbekommen«, sage ich.

SECHS

Die Qualität des Überwachungsvideos von Sal's Rent-A-Vehicle ist besser als das der Bar. Ich sehe es mir schweigend an. Wie so oft bei solchen Aufnahmen ist auch hier die Kamera zu hoch angebracht. Inzwischen weiß das jeder kleine Gauner und hält sich an ein paar einfache Vorsichtsmaßnahmen, um das System zu überlisten. In diesem Video hat sich der Mann, der mit einem gestohlenen Ausweis auf den Namen Dale Miller einen Wagen mietet, eine Baseballkappe tief ins Gesicht gezogen. Er hält den Kopf gesenkt, sodass man seine Züge nicht erkennt. Ich kann gerade mal einen Bartansatz sehen. Er hinkt.

»Ein Profi«, sage ich zu Reynolds.

»Soll heißen?«

»Die Kappe tief ins Gesicht gezogen, den Kopf gesenkt, das falsche Hinken.«

»Woher wollen Sie wissen, dass das Hinken falsch ist?«

»Das ist einfach der Umkehrschluss daraus, dass ich Mauras Gang sofort erkannt habe. Ein Gang kann charakteristisch sein. Wie kann man ihn am besten verbergen und den Blick des Betrachters auf ein unwichtiges Detail lenken?«

»Man tut so, als würde man hinken«, sagt Reynolds.

Wir treten aus dem kleinen Kabuff, in dem sich das Büro von Sal's Autovermietung befindet, in die kühle Nachtluft. In der Ferne steckt sich ein Mann eine Zigarette an. Er hebt den Kopf und stößt langsam eine große Rauchwolke aus, so wie

Dad es früher immer gemacht hat. Nach Dads Tod habe ich angefangen zu rauchen und damit dann über ein Jahr weitergemacht. Ich weiß, wie bescheuert das ist. Dad ist an Lungenkrebs gestorben, nachdem er sein Leben lang geraucht hat, trotzdem habe ich auf seinen schrecklichen Tod damit reagiert, dass ich mit dem Rauchen angefangen habe. Ich bin gerne allein vor die Tür gegangen und habe mir eine Zigarette angesteckt wie der Typ da hinten. Vielleicht hat mich auch genau das gereizt – wenn ich mir eine angesteckt habe, haben die Leute Abstand gehalten.

»Auf die Altersangabe dürfen wir uns auch nicht verlassen«, sage ich. »Die langen Haare, der Bart – das wirkt wie eine Verkleidung. Oft machen Leute sich älter, damit man sie unterschätzt. Wenn Rex einen alten Mann zu einem Alkoholtest anhält, ist er vielleicht nicht so aufmerksam.«

Reynolds nickt. »Trotzdem lasse ich das Überwachungsvideo noch einmal Bild für Bild von Experten durchsehen. Vielleicht finden die ja noch etwas Eindeutigeres.«

»Natürlich.«

»Haben Sie eine Theorie, Nap?«

»Eigentlich nicht.«

»Aber?«

Ich beobachte, wie der Mann einen tiefen Zug nimmt und den Rauch durch die Nase ausstößt. Ich bin schließlich frankophil – Wein, Käse, ich spreche fließend Französisch, das ganze Drum und Dran halt, was vielleicht auch meine kurze Phase als Raucher erklärt. Die Franzosen rauchen. Sie rauchen viel. Natürlich habe ich mir meine Frankophilie, sofern es dieses Wort gibt, auf ehrliche Art und Weise erworben, schließlich wurde ich in Marseille geboren und habe die ersten acht Jahre meines Lebens in Lyon verbracht. Es ist also keine aufgesetzte Show wie bei diesen großkotzigen Dummschwätzern, die keine Ahnung von Wein haben, plötzlich aber eine spezielle Weintragetasche brauchen und den Korken, den sie aus der Flasche gezogen haben, wie die Zunge einer Geliebten behandeln.

»Nap?«

»Glauben Sie an Intuition, Reynolds? Glauben Sie an das Bauchgefühl von Polizisten?«

»Herrgott, nein«, sagt Reynolds. »Bei sämtlichen wirklich dummen Ermittlungsfehlern, mit denen ich zu tun hatte, haben die Polizisten sich auf ihr …«, sie malt Anführungszeichen in die Luft, »… ›Bauchgefühl‹ oder ihre ›Intuition‹ berufen.«

Ich mag Reynolds. Ich mag sie sehr. »Genau darauf wollte ich hinaus.«

Der Tag war lang. Es kommt mir vor, als wäre ein Monat vergangen, seit ich Trey mit dem Baseballschläger bearbeitet habe. Der Adrenalinschub ist verraucht, und ich bin ziemlich erledigt. Aber, wie schon gesagt, ich mag Reynolds. Vielleicht bin ich ihr auch etwas schuldig. Also denke ich mir, wieso nicht?

»Ich hatte einen Zwillingsbruder. Er hieß Leo.«

Sie wartet.

»Ist Ihnen das bekannt?«

»Nein. Müsste es das sein?«

Ich schüttele den Kopf. »Leo hatte eine Freundin. Sie hieß Diana Styles. Wir sind alle zusammen in Westbridge aufgewachsen, der Stadt, aus der Sie mich abgeholt haben.«

»Hübscher Ort«, sagt Reynolds.

»Ja, das ist er.« Ich weiß nicht, wie ich anfangen soll. Da die Story sowieso unlogisch ist, plappere ich einfach weiter. »Im letzten Highschool-Jahr ist mein Bruder Leo also mit Diana zusammen. Eines Abends sind sie dann unterwegs. Ich bin nicht da. Ich habe ein Auswärtsspiel. Eishockey. Wir spielen gegen Parsippany Hills – schon komisch, an was man sich so erinnert. Ich mache zwei Tore und die Vorlagen zu zwei weiteren.«

»Beeindruckend.«

Lächelnd denke ich an mein früheres Leben. Wenn ich die Augen schließe, kann ich mir jeden Moment des Spiels vergegenwärtigen. Mein zweites Tor war das Siegtor. In Unterzahl. Ich habe den Puck direkt vor der blauen Linie erobert, bin die linke Seite entlanggesaust, habe den Torwart mit einer Finte aussteigen lassen und ihn mit der Rückhand über seine linke Schulter gelupft. Das Leben davor, das Leben danach.

Ein Minibus mit der Aufschrift »Sal's Rent-A-Vehicle« hält vor der kleinen Hütte. Er dient als Flughafen-Shuttle. Erschöpfte Reisende – jeder wirkt erschöpft, wenn er einen Mietwagen abholt – purzeln heraus und bilden eine Schlange.

»Sie haben also in einem anderen Ort Eishockey gespielt«, souffliert Reynolds.

»In jener Nacht wurden Leo und Diana von einem Zug erfasst. Beide waren sofort tot.«

Reynolds hält sich die Hand an den Mund. »Mein Beileid.«

Ich sage nichts.

»War es ein Unfall? Selbstmord?«

Ich zucke die Achseln. »Niemand weiß das. Oder ich zumindest nicht.«

Als Letzter steigt ein übergewichtiger Geschäftsmann aus dem Shuttle, der einen riesigen Rollkoffer mit einem kaputten Rad hinter sich herzieht. Sein Gesicht ist knallrot vor Anstrengung.

»Gab es ein offizielles Ermittlungsergebnis?«, fragt Reynolds.

»Unfalltod«, sage ich. »Zwei Highschool-Kids mit viel

Alkohol und auch Spuren von Drogen im Blut. Da sind öfter mal ein paar Leute auf den Bahngleisen herumspaziert, manchmal wurden sie auch für alberne Mutproben benutzt. So ist in den Siebzigern auch einmal ein Jugendlicher umgekommen, der versucht hat, die Gleise ganz knapp vor dem Zug zu überqueren. Jedenfalls war die ganze Schule schockiert und hat getrauert. Es gab jede Menge scheinheilige Medienberichte über die beiden Toten – angeblich als Warnung für andere Jugendliche: jung, attraktiv, Drogen, Alkohol, was stimmt nicht mit unserer Gesellschaft, Sie kennen das.«

»Klar«, sagt Reynolds. Dann: »Im letzten Highschool-Jahr, sagten Sie?«

Ich nicke.

»Das war, als Sie mit Maura Wells zusammen waren.«

Sie ist gut.

»Wann genau ist Maura denn verschwunden?«

Wieder nicke ich. Reynolds versteht es.

»Scheiße«, sagt sie. »Wie lange danach?«

»Ein paar Tage. Ihre Mutter hat behauptet, ich würde einen schlechten Einfluss auf sie ausüben. Sie wollte, dass ihre Tochter aus diesem schrecklichen Ort herauskommt, in dem Teenager sich betrinken, kiffen und dann vor Züge laufen. Maura ist dann angeblich auf ein Internat gewechselt.«

»Kommt vor«, sagt Reynolds.

»Ja.«

»Aber Sie haben es ihr nicht abgenommen?«

»Nein.«

»Wo war Maura in der Nacht, als Ihr Bruder und seine Freundin umgekommen sind?«

»Ich weiß es nicht.«

Jetzt begreift Reynolds. »Deshalb suchen Sie sie immer noch. Es geht nicht nur um ihr faszinierendes Dekolleté.«

»Was wir aber keinesfalls außer Acht lassen dürfen.«

»Männer«, sagt Reynolds. Sie rückt etwas näher an mich heran. »Und jetzt glauben Sie – was eigentlich? –, dass Maura etwas über den Tod Ihres Bruders weiß?«

Ich antworte nicht.

»Wie kommen Sie darauf, Nap?«

Ich male mit den Fingern Anführungszeichen in die Luft. »Bauchgefühl«, sage ich. »Intuition.«

SIEBEN

Ich habe ein Leben und einen Job, also kann ich es mir leisten, mich von einem Taxidienst nach Hause fahren zu lassen.

Ellie ruft an und will auf den neuesten Stand gebracht werden, ich antworte, dass das keine Eile hat. Wir verabreden uns zum Frühstück im Armstrong Diner. Ich schalte mein Handy aus, schließe die Augen und schlafe den Rest der Strecke. Als wir bei mir zu Hause sind, bezahle ich den Fahrer und biete an, etwas draufzulegen, damit er sich für die Nacht ein Zimmer nehmen kann.

»Nee, ich muss zurück«, sagt er.

Ich gebe zu viel Trinkgeld. Für einen Cop bin ich ziemlich reich. Warum auch nicht? Ich bin Dads einziger Erbe. Manche Leute behaupten, Geld wäre die Wurzel allen Übels. Schon möglich. Andere sagen, Glück könne man sich nicht kaufen. Das mag stimmen. Wenn man aber richtig mit dem Geld umgeht, kann man sich Zeit und Freiheit kaufen, was letztendlich sehr viel greifbarer ist als Glück.

Es ist schon nach Mitternacht, trotzdem steige ich in meinen Wagen und fahre zum Clara Maass Medical Centre in Belleville. Ich zeige meine Marke und gehe auf Treys Etage. Ich spähe in sein Zimmer. Trey schläft, sein Bein hängt in einem riesigen Gips in der Luft. Es ist kein Besucher da. Ich zeige der Schwester die Marke und behaupte, ich würde den Angriff auf ihn untersuchen. Sie sagt mir, dass Trey mindestens ein halbes

Jahr nicht aus eigener Kraft laufen können wird. Ich bedanke mich und gehe.

Ich fahre zurück zum leeren Haus, gehe ins Bett und starre die Decke an. Manchmal vergesse ich, wie seltsam es ist, als alleinstehender Mann in diesem Viertel zu wohnen, offenbar habe ich mich inzwischen daran gewöhnt. Ich überlege, wie verheißungsvoll jene Nacht angefangen hatte. Ich war so aufgedreht, als ich vom Sieg gegen Parsippany Hills nach Hause kam. An dem Abend saßen Scouts von Ivy-League-Universitäten im Publikum. Zwei von ihnen hatten mir noch vor Ort Angebote für ein Sportstipendium gemacht. Ich konnte es kaum erwarten, dir das zu erzählen, Leo. Ich habe mit Dad in der Küche gesessen und darauf gewartet, dass du nach Hause kommst. Gute Nachrichten waren erst dann gute Nachrichten, wenn ich sie dir mitgeteilt hatte. Also haben Dad und ich dagesessen und gewartet und mit einem Ohr gehorcht, ob dein Wagen in die Zufahrt einbiegt. Die meisten Jugendlichen in der Stadt mussten zu einer festen Zeit zu Hause sein, aber Dad hielt nichts davon. Manche Eltern meinten, dadurch würde er es sich leicht machen bei der Erziehung, doch Dad zuckte nur die Achseln und sagte, er vertraue uns.

Du bist also nicht um zehn nach Hause gekommen, Leo, auch nicht um elf oder um Mitternacht. Und als um fast zwei Uhr morgens schließlich ein Wagen in die Zufahrt bog, rannte ich zur Tür.

Aber du warst es natürlich nicht. Es war Augie in einem Streifenwagen.

Als ich am nächsten Morgen aufwache, dusche ich lange heiß. Ich versuche, einen klaren Kopf zu behalten. Im Lauf der Nacht gab es keine neuen Erkenntnisse über Rex, und ich will nicht noch mehr Zeit mit Spekulationen verbringen. Ich steige in den Wagen und fahre zum Armstrong Diner. Wenn Sie wissen wollen, welches die besten Diner in einem Ort sind, fragen Sie einfach einen Cop. Das Armstrong ist eine Art Hybridrestaurant: Äußerlich ein reiner Diner im Retro-Stil, wie man ihn aus New Jersey kennt, also viel Chrom mit dem großen roten Neon-Schriftzug »DINER« auf dem Dach, ein Tresen mit Zapfhähnen für Softdrinks, handgeschriebene Tafeln mit den Tagesangeboten und Nischen mit Kunstleder-Bänken. Die Küche hingegen ist hip, politisch korrekt und ökologisch. Der Kaffee nennt sich »fair trade«, die Speisen kommen »von der Farm auf den Tisch« – wobei ich mir bei Eiern nicht so recht vorstellen kann, welchen Weg sie sonst nehmen sollten.

Ellie erwartet mich am Ecktisch. Ganz egal, welche Zeit ich vorschlage, sie ist immer zuerst da. Ich rutsche ihr gegenüber in die Nische.

»Guten Morgen!«, wünscht Ellie mir mit der üblichen, überbordenden Fröhlichkeit.

Ich zucke zurück. Sie mag das.

Ellie schiebt sich einen Fuß unter den Hintern, um etwas höher zu sitzen. Sie sprüht vor Energie. Selbst wenn sie still sitzt, sieht es aus, als würde sie sich bewegen. Ich habe zwar nie ihren Puls gefühlt, würde aber wetten, dass der Ruhepuls über hundert liegt.

»Mit wem fangen wir an?«, fragt Ellie. »Mit Rex oder mit Trey?«

»Mit wem?«

Ellie runzelt die Stirn und sieht mich an. »Trey.«

Mein Gesicht ist ausdruckslos.

»Trey ist Brendas Ex, der sie zusammengeschlagen hat.«

»Ach, der. Was ist mit dem?«

»Jemand hat ihn mit einem Baseballschläger verprügelt. Er wird eine ganze Weile nicht laufen können.«

»Oh, jammerschade«, sage ich.

»Ja, wie ich sehe, bist du völlig am Boden zerstört.«

Fast hätte ich gesagt: »So zerstört wie Treys Bein«, verkneife es mir aber.

»Das Gute daran ist«, fährt Ellie fort, »dass Brenda so in seine Wohnung gehen konnte. Sie hat ihren Kram und die Kindersachen geholt und endlich wieder mal eine Nacht durchgeschlafen. Also sind wir alle dankbar, dass das passiert ist.«

Ellie sieht mich einen Moment zu lange an.

Ich nicke. Dann sage ich: »Mit Rex.«

»Was?«

»Du hast gefragt, ob wir mit Rex oder mit Trey anfangen sollen.«

»Über Trey haben wir ja schon gesprochen«, sagt sie.

Jetzt sehe ich sie an. »Und mehr gibt es da nicht zu besprechen.«

»So ist es.«

»Gut«, sage ich.

Bunny, die Bedienung vom alten Schlag mit einem Bleistift in den zu stark blondierten Haaren, kommt zu uns und schenkt uns Fair-Trade-Kaffee ein.

»Das Übliche, ihr Lieben?«, fragt Bunny.

Ich nicke. Ellie auch. Wir sind oft hier. Meistens nehmen wir die Eier-Sandwiches mit weichem Eigelb. Ellie meist das normale – zwei halbflüssige Eier auf Sauerteigbrot mit weißem Cheddar-Käse und Avocado. Ich nehme das Gleiche mit Bacon.

»Also, was ist mit Rex passiert?«, fragt Ellie.

»Am Tatort wurden Fingerabdrücke gefunden«, sage ich. »Mauras.«

Ellie blinzelt kurz, dann weiten sich ihre Augen. Das Leben hat mir schon einige Tiefschläge verpasst. Ich habe keine

Familie, keine Freundin, kaum Aufstiegschancen und nicht viele Freunde. Aber diese fantastische Person, diese Frau, deren reine Güte selbst ein Blinder in finsterster Nacht sieht, ist meine beste Freundin. Überlegen Sie mal. Ellie hat *mich* für diese Position – den besten Freund – gewählt, und das heißt, ganz egal, wie viel Mist ich auch bauen mag, irgendetwas muss ich wohl richtig machen.

Ich erzähle ihr alles.

Als ich zu der Stelle komme, an der Maura sich mit Männern in der Bar trifft, zieht Ellie eine Grimasse. »Ach, Nap.«

»Ich komme damit klar.«

Sie mustert mich mit diesem skeptischen Blick, den ich normalerweise verdient habe.

»Ich glaube nicht, dass sie anschaffen gegangen ist oder Männer aufgerissen hat«, sage ich.

»Was denn sonst?«

»Könnte eher was Schlimmeres sein«, sage ich.

»Wieso?«

Ich schüttele den Kopf. Spekulieren bringt nichts. Ich warte darauf, dass Reynolds sich meldet und mir die Informationen gibt.

»Als wir gestern telefoniert haben«, sagt Ellie, »hast du das von Mauras Fingerabdrücken schon gewusst, oder?«

Ich nicke.

»Ich hab das an deiner Stimme gehört. Na ja, dass einer deiner alten Freunde von der Highschool gestorben ist, klar, das ist schon eine große Sache, aber du klangst … jedenfalls bin ich aktiv geworden.« Ellie greift in eine Handtasche von der Größe eines Seesacks und zieht ein großes Buch heraus. »Ich hab was gefunden.«

»Was ist das?«

»Dein Highschool-Jahrbuch.«

Sie legt es auf den Resopaltisch.

»Du hast es zu Beginn deines letzten Highschool-Jahrs bestellt, dann aber verständlicherweise nicht abgeholt. Also habe ich es für dich aufbewahrt.«

»Fünfzehn Jahre lang?«, frage ich.

Jetzt zuckt Ellie die Achseln. »Ich war Vorsitzende des Jahrbuch-Komitees.

»Wer auch sonst?«

Auf der Highschool war Ellie immer geschniegelt und gestriegelt, hatte Pullover und Perlenkette getragen. Sie war die Jahrgangsbeste, ein Mädchen, das immer jammerte, dass sie durch den Test fallen würde, um dann als Erste fertig zu sein, eine glatte Eins zu bekommen und den Rest der Stunde mit ihren Hausaufgaben zu verbringen. Sie hatte für alle Fälle immer mehrere perfekt gespitzte HB-Bleistifte dabei, und ihre Hefte sahen aus wie am ersten Schultag.

»Warum gibst du es mir jetzt?«, frage ich.

»Ich muss dir etwas zeigen.«

Jetzt fällt mir auf, dass einige Seiten mit rosa Post-its markiert sind.

Ellie leckt am Zeigefinger und schlägt eine der hinteren Seiten auf.

»Hast du dich je gefragt, wie wir mit Leo und Diana umgegangen sind?«

»Inwiefern umgegangen?«

»Im Jahrbuch. Die Meinungen im Komitee gingen auseinander. Lassen wir die Fotos einfach da, wo sie normalerweise hingehören, also in der alphabetischen Reihenfolge der Schüler, die ihren Abschluss gemacht haben – oder nehmen wir sie da raus und fügen hinten eine Art Gedenkseite für sie ein?«

Ich trinke einen Schluck Wasser. »Ihr habt wirklich darüber diskutiert?«

»Wahrscheinlich erinnerst du dich nicht mehr – wir kannten uns damals nicht besonders gut –, aber ich habe dich gefragt, was dir am liebsten wäre.«

»Doch, ich erinnere mich«, sage ich.

Ich habe sie angefaucht, dass es mir egal sei, wobei ich mich vermutlich jedoch etwas plastischer ausgedrückt habe. Leo war tot. Es ging mir so was von am Arsch vorbei, wie man im Jahrbuch damit umging.

»Letztlich hat das Komitee entschieden, sie rauszunehmen und eine Gedenkseite einzurichten. Die Jahrgangssprecherin … Erinnerst du dich an Cindy Monroe?«

»Ja.«

»Sie war ziemlich pedantisch.«

»Du meinst, ein Arschloch.«

Ellie beugt sich vor. »Meint man das nicht, wenn man jemanden als pedantisch bezeichnet? Jedenfalls hat Cindy Monroe darauf hingewiesen, dass die normalen Seiten den Schülern vorbehalten sein müssten, die einen Abschluss gemacht hatten.«

»Und Leo und Diana waren vorher gestorben.«

»Genau.«

»Ellie?«

»Ja.«

»Kannst du auf den Punkt kommen?«

»Zwei Eier-Sandwiches mit weichem Eigelb«, sagt Bunny. Sie stellt die Teller vor uns. »Guten Appetit.«

Der Geruch steigt auf, wandert durch meine Nasenlöcher und direkt in den Magen. Ich greife nach dem Sandwich, nehme es vorsichtig mit beiden Händen hoch und beiße hinein. Das Eigelb platzt auf und sickert ins Brot.

Ambrosia. Manna. Nektar der Götter. Entscheide du, wie du es nennen willst.

»Ich will dir nicht das Frühstück verderben«, sagt sie.

»Ellie.«

»Okay.« Sie schlägt eine der hinteren Seiten im Jahrbuch auf.

Und da bist du, Leo.

Du trägst meinen alten Blazer auf, denn obwohl wir Zwillinge waren, war ich immer größer als du. Ich glaube, ich habe diesen Blazer in der achten Klasse bekommen. Die Krawatte ist von Dad. Du hast es nie geschafft, sie zu binden. Das musste Dad immer für dich tun – und er hat ein großes Tamtam darum gemacht. Irgendjemand hat auch versucht, deine widerspenstigen Haare zu glätten, was aber – wie immer – nicht geklappt hat. Du lächelst, Leo, und ich kann nicht umhin, dieses Lächeln zu erwidern.

Weder bin ich der Erste, der ein Geschwister vorzeitig verloren hat, noch der Erste, der einen Zwillingsbruder vorzeitig verloren hat. Dein Tod war zweifelsohne ein Desaster, aber mein Leben ging weiter. Ich habe mich erholt. Zwei Wochen nach »jener Nacht« bin ich wieder zur Schule gegangen. Ich bin sogar am darauffolgenden Samstag zum Eishockeyspiel gegen Morris Knolls angetreten – die Ablenkung tat mir gut, ich habe allerdings vermutlich etwas zu wild gespielt. Man hat mir eine zehnminütige Zeitstrafe aufgebrummt, weil ich einen Gegner fast durch die Plexiglasscheibe gerammt hätte. Es hätte dir gefallen. Natürlich war ich in der Schule ein bisschen mürrisch. In den ersten Wochen haben mich alle mit Aufmerksamkeit überschüttet, sie sind darüber hinweggekommen. Als meine Geschichtszensur schlechter wurde, hat mich Mrs Freedman freundlich, aber bestimmt darauf aufmerksam gemacht, dass dein Tod keine Ausrede sei. Sie hatte recht. Das Leben ging weiter, genau wie es sich gehörte, was allerdings an und für sich ein Skandal ist. In der Trauerphase hat man wenigstens etwas, woran man sich festhalten kann. Wenn die Trauer aber schließlich nachlässt – was bleibt einem dann? Man macht weiter – und ich wollte nicht weitermachen.

Augie sagt, dass ich deshalb in dieser Sache so detailversessen bin und nicht akzeptiere, was für alle anderen offensichtlich ist.

Ich starre dein Gesicht an. Meine Stimme klingt etwas seltsam, als ich frage: »Warum zeigst du mir das?«

»Sieh dir Leos Revers an.«

Ellie streckt die Hand aus und tippt mit dem Finger auf eine kleine, silberne Anstecknadel. Wieder lächle ich.

»Das sind zwei gekreuzte C«, sage ich.

»Gekreuzte C?«

Ich lächle immer noch, als ich an deine Macke denke. »Sie nannten sich Conspiracy Club.«

»Es gab einen Conspiracy Club an der Westbridge High?«

»Nein, offiziell nicht. Das sollte so eine Art Geheimbund sein.«

»Du wusstest aber davon?«

»Klar.«

Ellie nimmt das Jahrbuch wieder an sich. Sie schlägt eine Seite vorne auf und dreht es erneut um, sodass ich sie sehen kann. Das Foto zeigt mich. Ich stehe stocksteif da und lächle gezwungen. Herrje, ich sehe aus wie ein Vollidiot. Ellie zeigt auf mein leeres Revers.

»Ich war kein Mitglied«, sage ich.

»Wer denn sonst?«

»Es sollte, wie gesagt, ein Geheimbund sein. Keiner sollte etwas davon wissen. Es war nur eine spinnerte Gruppe ähnlich denkender Nerds …«

Meine Stimme verhallt, als sie wieder umblättert. Es ist Rex Cantons Foto. Er trägt einen Bürstenhaarschnitt und präsentiert beim Lächeln eine Zahnlücke. Sein Kopf ist leicht schräg gelegt, als hätte ihn gerade jemand überrascht.

»Die Sache ist die«, sagt Ellie. »Als du Rex erwähntest, habe ich ihn zuerst im Jahrbuch nachgeschlagen. Und da ist mir das aufgefallen.«

Wieder zeigt sie mit dem Finger auf das Foto. Rex hat das winzige CC am Revers.

»Wusstest du, dass er auch Mitglied war?«

Ich schüttele den Kopf. »Ich hab aber auch nie gefragt. Es sollte, wie gesagt, ihr kleiner Geheimbund sein. Ich habe dem damals nicht viel Aufmerksamkeit geschenkt.«

»Kennst du noch andere Mitglieder?«

»Sie durften eigentlich nicht darüber sprechen, aber …« Ich sehe ihr in die Augen. »Ist Maura im Jahrbuch?«

»Nein. Als sie die Schule gewechselt hat, haben wir ihr Bild entfernt. War sie auch im Club?«

Ich nicke. Maura war am Ende unseres vorletzten Highschool-Jahrs nach Westbridge gezogen. Diese superheiße, unnahbare Mitschülerin, die anscheinend nicht das geringste Interesse daran hatte, sich an die Gepflogenheiten der Highschool zu halten, war für uns alle ein Mysterium. An den Wochenenden fuhr sie gern nach Manhattan. Sie war mit einem Rucksack durch Europa gereist. Sie war dunkelhaarig, geheimnisvoll und fühlte sich von Gefahr angezogen, also eine Mitschülerin, von der man annahm, dass sie mit College-Studenten oder Lehrern ausging. Wir waren viel zu provinziell für sie. Wie hast du dich mit ihr angefreundet, Leo? Das hast du mir nie erzählt. Ich weiß noch, dass ich eines Tages nach Hause gekommen bin, und ihr beide saßt am Küchentisch und habt Hausaufgaben gemacht. Ich fand es unglaublich. Du und Maura Wells.

»Ich, äh, habe mir auch Dianas Foto angesehen«, sagt Ellie. Sie spricht etwas stockend. Ellie war seit der zweiten Klasse

Dianas beste Freundin gewesen. Auch das hatte dazu beigetragen, dass die Verbindung zwischen Ellie und mir entstanden war – das gemeinsame Leid. Ich hatte dich verloren, Leo. Sie hatte Diana verloren. »Diana trägt keine Nadel. Ich glaube auch, sie hätte mir etwas von diesem Club erzählt, wenn sie Mitglied gewesen wäre.«

»Sie war ganz bestimmt kein Mitglied«, sage ich. »Sie könnte höchstens später dazugestoßen sein, als sie mit Leo ausging.«

Ellie greift nach ihrem Sandwich. »Okay, was war also dieser Conspiracy Club?«

»Hat das Zeit, bis wir fertig gefrühstückt haben?«

»Klar.«

»Dann lass uns hinterher einen Spaziergang machen. Da kann ich es vielleicht leichter erklären.«

Ellie beißt ein Stück vom Sandwich ab, bekommt Eigelb auf die Hand, wischt sich die Hand und den Mund ab. »Meinst du, es besteht eine Verbindung, zwischen dem und … äh …«

»Und dem, was mit Leo und Diana passiert ist? Möglich. Und was meinst du?«

Ellie greift nach einer Gabel und sticht ihr Eigelb auf. »Ich habe immer gedacht, dass Leo und Diana durch einen Unfall ums Leben gekommen sind.« Sie sieht mich an. »Deine anderen Erklärungen fand ich etwas … weit hergeholt.«

»Das hast du mir nie gesagt.«

Sie zuckt die Achseln. »Im Übrigen fand ich, dass du einen Verbündeten brauchen könntest statt noch jemanden, der dich für verrückt erklärt.«

Ich weiß nicht recht, wie ich darauf reagieren soll, also sage ich einfach: »Danke.«

»Aber jetzt …« Ellie legt nachdenklich die Stirn in Falten.

»Jetzt was?«

»Wir kennen das Schicksal von mindestens drei Mitgliedern dieses Clubs.«

Ich nicke. »Leo und Rex sind tot.«

»Und Maura, die vor fünfzehn Jahren verschwunden ist, war bei Rex' Ermordung zufällig am Tatort.«

»Außerdem«, ergänze ich, »könnte Diana dem Club auch beigetreten sein, nachdem das Foto fürs Jahrbuch gemacht wurde. Wer weiß?«

»Dann wären es drei Tote. Aber das, was geschehen ist, einfach für Zufall zu halten – einfach zu glauben, dass es da keinen Zusammenhang gibt –, tja, das wäre wirklich weit hergeholt.«

Wieder nehme ich mein Sandwich und beiße hinein. Ich halte den Blick gesenkt, weiß aber, dass Ellie mich beobachtet.

»Nap?«

»Was ist?«

»Ich habe mir das ganze Jahrbuch mit der Lupe angesehen. Ich habe sämtliche Revers nach dieser Nadel abgesucht.«

»Hast du noch mehr gefunden?«, frage ich.

Ellie nickt. »Noch zwei. Zwei weitere Schüler aus unserem Jahrgang haben diese Nadel getragen.«

ACHT

Wir gehen den alten Pfad hinter der Benjamin Franklin Middle School hinauf. Als wir Schüler waren, haben wir diesen Pfad nur »den Pfad« genannt. Pfiffig, was?

»Unglaublich, dass es den Pfad noch gibt«, sagt Ellie.

Ich ziehe eine Augenbraue hoch. »Bist du auch öfter hier hochgekommen?«

»Ich? Nie. Das haben nur die aufmüpfigen Kids gemacht.«

»Aufmüpfig?«

»Ich wollte nicht ›ungezogen‹ oder ›rebellisch‹ sagen.« Sie legt ihre Hand auf meinen Arm. »Du warst öfter hier, oder?«

»Vor allem im letzten Jahr.«

»Alkohol? Drogen? Sex?«

»Alles«, sage ich. Dann füge ich mit einem traurigen Lächeln etwas hinzu, was ich mir bei anderen verkneifen würde. »Alkohol und Drogen aber nur selten.«

»Maura.«

Unnötig zu antworten.

Der Wald hinter der Middle School ist das Gebiet, in das die Jugendlichen zum Rauchen, Trinken, Kiffen und für sexuelle Abenteuer gingen. So ein Gebiet gibt es in jedem Ort. Oberflächlich betrachtet ist Westbridge da nicht anders. Wir gehen den Hügel hinauf. Es ist zugig hier im Wald, der eher lang gestreckt als tief ist. Man kommt sich vor, als wäre man meilenweit von der Zivilisation entfernt, tatsächlich sind es aber nie mehr als ein paar hundert Meter bis zur nächsten Wohnstraße.

»Der Knutschfleck der Stadt«, sagt Ellie.

»Ja.«

»Wobei hier mehr als nur geknutscht wird.«

Ich sage nichts. Ich komme nicht gerne hierher. Ich war seit »jener Nacht« nicht mehr hier, Leo. Nicht deinetwegen. Nicht primär. Du bist auf den Bahngleisen auf der anderen Seite der Stadt umgekommen. Westbridge ist ziemlich groß. Wir haben dreißigtausend Einwohner. Die Schüler aus den sechs Grundschulen werden auf zwei Middle Schools verteilt und gehen schließlich gemeinsam auf eine Highschool. Die Fläche beträgt fast vierzig Quadratkilometer. Ich bräuchte mindestens zehn Minuten, um von hier zu dem Ort zu fahren, wo ihr beiden, du und Diana, gestorben seid, und da müsste ich Glück mit den Ampeln haben.

Vielmehr denke ich in diesem Waldstück an Maura. Ich denke daran, welche Gefühle sie in mir hervorgerufen hat. Ich denke daran, dass nach ihr niemand mehr – und ja, ich weiß, wie das klingt – diese Gefühle erzeugt hat.

Geht es hier gerade um Körperliches?

Absolut.

Nenn mich ein Schwein. Mir egal. Meine einzige Entschuldigung ist, dass ich glaube, dass das Körperliche und das Emotionale zusammenhängen, dass die aberwitzigen sexuellen Höhepunkte, die dieser achtzehnjährige Junge mit ihr erreicht hat, nicht auf irgendeiner besonderen Technik, Neuartigkeit, Experimenten oder Nostalgie beruhten, sondern das etwas Tieferes und Bedeutsameres dahintersteckte.

Ich bin aber auch weise genug, um zuzugeben, dass das Unsinn sein könnte.

»Eigentlich kannte ich Maura gar nicht richtig«, sagt Ellie. »Ist sie nicht erst am Ende des vorletzten Schuljahrs hergezogen?«

»In den Sommerferien, ja.«

»Sie hat mich irgendwie eingeschüchtert.«

Ich nicke. Ellie war damals, wie gesagt, die Jahrgangsbeste. Im Jahrbuch befindet sich auch ein gemeinsames Foto von Ellie und mir. Die Mitschüler hatten uns damals zu denjenigen Schülern »mit der größten Chance auf Erfolg im Leben« gewählt. Witzig, oder? Natürlich kannten wir uns schon ein wenig, als wir für das Foto posierten, ich hielt Ellie aber für eine kleine Zicke. Was hatten wir schon gemeinsam? Vermutlich könnte ich in groben Linien nachzeichnen, wie Ellie und ich Freunde wurden, nachdem dieses Fotos entstanden war – wir rückten näher zusammen, als wir Leo und Diana verloren hatten, blieben Freunde, als Ellie auf die Princeton University ging, während ich zu Hause blieb, und so weiter. Aber aus dem Stegreif könnte ich, abgesehen vom gemeinsam erlittenen Leid, nicht genau sagen, was wir im anderen sahen. Ich bin einfach nur dankbar dafür.

»Sie kam mir älter vor«, sagt Ellie. »Maura, meine ich. Erfahrener. Und irgendwie, ich weiß nicht, sexy.«

Da kann ich kaum widersprechen.

»Manche Mädchen haben das einfach, weißt du? Als wäre alles, was sie tun, irgendwie zweideutig, ob sie wollen oder nicht. Das klingt jetzt sexistisch, oder?«

»Ein bisschen.«

»Du verstehst aber, was ich meine?«

»Ja, klar doch.«

»Die anderen Mitglieder des Conspiracy Clubs«, sagt sie, »waren Beth Lashley und Hank Stroud. Erinnerst du dich an sie?«

Das tue ich. »Das waren Freunde von Leo. Kanntest du sie?«

»Hank war ein Mathegenie«, sagt sie. »In der zehnten

waren wir im selben Mathekurs, und sie mussten für ihn einen eigenen Lehrplan erarbeiten. Soweit ich weiß, hat er später am Massachusetts Institute of Technology studiert.«

»Das ist richtig«, sage ich.

Mit bedrückter Stimme fährt Ellie fort: »Weißt du, wie es ihm geht?«

»So halbwegs, ja. Letztens habe ich gehört, dass er noch in der Stadt ist. Er spielt gelegentlich am Oval Pickup-Basketball.«

»Ich habe ihn vor etwa einem halben Jahr in der Nähe des Bahnhofs gesehen«, sagt Ellie und schüttelt den Kopf. »Er hat Selbstgespräche geführt und laut herumgezetert. Es war schrecklich. Das ist wirklich eine traurige Sache, oder?«

»Ja, absolut.«

Sie bleibt stehen und lehnt sich an einen Baum. »Lass uns kurz die einzelnen Clubmitglieder durchgehen. Und wir gehen einfach mal davon aus, dass Diana auch beigetreten ist, okay?«

»Okay«, sage ich.

»Dann haben wir insgesamt sechs Mitglieder. Leo, Diana, Maura, Rex, Hank und Beth.«

Ich setze mich wieder in Bewegung. Ellie folgt mir und redet dabei weiter.

»Leo ist tot. Diana ist tot. Rex ist tot. Maura wird vermisst. Hank ist, na ja … wie wollen wir das nennen? Obdachlos?«

»Nein«, sage ich. »Er ist in ambulanter Behandlung im Essex Pines.«

»Was ist er dann? Psychisch krank?«

»Ja, das kann man so sagen.«

»Dann bliebe noch Beth.«

»Was weißt du über sie?«

»Nichts. Sie hat fürs Studium die Stadt verlassen und ist

nicht wieder zurückgekommen. Als Koordinatorin für die Ehemaligen habe ich versucht, eine E-Mail-Adresse von ihr zu bekommen, um sie zu Jahrestreffen oder Wiedersehensfeiern einzuladen. Nichts.«

»Ihre Eltern?«

»Soweit ich weiß, sind sie nach Florida gezogen. Ich habe auch ihnen geschrieben, auf meine Fragen aber keine Antwort bekommen.«

Hank und Beth. Ich musste mit ihnen reden. Aber was genau sollte ich ihnen sagen?

»Wohin gehen wir, Nap?«

»Ist nicht mehr weit«, sage ich.

Ich will ihr etwas zeigen – oder womöglich will ich es auch mit eigenen Augen sehen. Ich bin auf der Suche nach den Geistern der Vergangenheit. Es riecht nach Pinienzapfen. Gelegentlich sieht man eine leere Schnapsflasche oder Zigarettenschachtel.

Allmählich nähern wir uns dem Ort. Ich weiß, dass ich mir das einbilde, aber die Luft scheint plötzlich stillzustehen. Es kommt mir vor, als wäre dort draußen jemand, der uns mit angehaltenem Atem beobachtet. Ich bleibe an einem Baum stehen und fahre mit der Hand über die Rinde. Ich spüre einen rostigen Nagel. Ich gehe zum nächsten Baum, fahre mit der Hand an ihm hinab und stoße auf einen weiteren rostigen Nagel. Ich zögere.

»Was ist?«, fragt Ellie.

»Weiter bin ich nie gegangen.«

»Warum nicht?«

»Es war verboten. Siehst du die Nägel? Da hingen überall Schilder.«

»Verbotsschilder?«

»Auf den Schildern stand in großen roten Buchstaben:

›Achtung: Sperrgebiet‹«, antworte ich. »Darunter stand jede Menge furchteinflößendes Zeug, irgendwelche Paragrafen, die das Gebiet zum Sperrgebiet erklärten, dass Eigentum konfisziert werden könne, keine Fotos gemacht werden dürften, man durchsucht werden würde und so weiter. Am Ende stand fett gedruckt: Von Schusswaffen wird ohne Warnung Gebrauch gemacht.«

»Das stand da wirklich? Das mit den Schusswaffen?«

Ich nicke.

»Du hast ein ziemlich gutes Gedächtnis«, sagt sie.

Ich lächle. »Maura hatte ein Schild geklaut und es in ihr Schlafzimmer gehängt.«

»Du machst Witze.«

Ich zucke die Achseln.

Ellie stupst mich an. »Du hast schon immer auf böse Mädchen gestanden.«

»Schon möglich.«

»Tust du immer noch. Genau das ist dein Problem.«

Wir gehen weiter. Es ist ein seltsames Gefühl, an der Stelle, wo die Schilder hingen, vorbeizugehen. Es kommt mir fast vor, als wäre ein unsichtbares Kraftfeld zusammengebrochen. Nach fünfzig Metern sehen wir die Überreste eines Stacheldrahtzauns. Als wir weitergehen, stoßen wir auf die überwucherten Ruinen von Baracken.

»Ich hab im vorletzten Schuljahr einen Aufsatz darüber geschrieben«, sagt Ellie.

»Worüber?«

»Du weißt, was das hier war, oder?«

Ich weiß es, will aber, dass sie es erzählt.

»Eine Nike-Raketenbasis«, sagt sie. »Viele Leute glauben das nicht, aber genau das war es. Im Kalten Krieg – ich rede jetzt über die Fünfzigerjahre des letzten Jahrhunderts – hat die Army ihre Raketenbasen in Vorstädten wie hier in Westbridge versteckt. Sie haben sie auf Farmen oder in Wäldchen wie diesem eingerichtet. Viele Leute haben das für Ammenmärchen gehalten, es ist aber wahr.«

Es ist ganz still. Wir gehen weiter. Ich sehe größere Gebäude, wahrscheinlich alte Kasernen. Ich versuche mir vorzustellen, wie es hier ausgesehen hat – die Soldaten, die Fahrzeuge, die Abschussrampen.

»Zwölf Meter lange Nike-Raketen mit Atomsprengköpfen konnten hier abgeschossen werden.« Ellie schirmt mit der Hand die Augen ab und blickt nach oben, als würden sie dort stehen. »Wir sind wahrscheinlich keine hundert Meter vom Haus der Carlinos und der anderen Familien dort drüben an der Downing Street entfernt. Die Nike-Raketen sollten New York City vor einem sowjetischen Raketen- oder Flugzeugangriff schützen.«

Die Auffrischung hilft mir. »Weißt du, wann das Nike-Raketenprogramm aufgegeben wurde?«, frage ich.

»Ich glaube, das war Anfang der Siebziger.«

Ich nicke. »Diese Basis wurde 1974 geschlossen.«

»Ein Vierteljahrhundert bevor wir auf die Highschool gegangen sind.«

»Genau.«

»Und?«

»Und die meisten Leute, na ja, zumindest die Älteren werden dir sagen, dass diese Raketenbasen, die ja angeblich geheim sein sollten, das wohl am schlechtesten gehütete Geheimnis im nördlichen New Jersey waren. Jeder wusste davon. Mir hat jemand erzählt, dass sie für die Parade am Unabhängigkeitstag doch tatsächlich mal so eine Rakete auf einen Umzugsanhänger gelegt haben. Keine Ahnung, ob das stimmt.«

Wir gehen weiter. Ich will in die alte Basis hinein – warum, weiß ich selbst nicht recht –, aber der rostige Zaun hält immer noch die Stellung wie ein alter Soldat, der nicht weichen will. Wir bleiben stehen und gucken durch die Maschen.

»Die alte Nike-Basis in Livingston«, sagt Ellie, »ist jetzt ein Park. Für Künstler. Die Kasernen wurden zu Ateliers umgebaut. Die Abschussbasis in East Hanover wurde abgerissen, um Platz für eine Wohnsiedlung zu schaffen. Und in Sandy Hook gibt es noch so eine alte Basis, man kann dort so eine Tour auf den Spuren des Kalten Kriegs machen.«

Wir beugen uns vor. Es ist absolut still im Wald. Kein Vogelzwitschern. Kein Blätterrascheln. Ich höre mich nur selbst atmen. Die Vergangenheit verschwindet nicht einfach. Was auch immer hier passiert ist, spukt auf diesem Gelände noch herum. Manchmal spürt man so etwas – wenn man antike Ruinen oder alte Schlösser besichtigt, oder wenn man allein im Wald ist. Die Echos verhallen, werden leiser, verschwinden aber nie ganz.

»Und was ist nach der Beendigung des Nike-Programms mit dieser Raketenbasis passiert?«, fragt Ellie.

»Genau das«, antworte ich, »wollte der Conspiracy Club herausfinden.«

NEUN

Wir gehen zurück zu Ellies Auto. Sie bleibt davor stehen und legt ihre Hände um mein Gesicht. Es ist eine mütterliche Geste, die ich aus eigener Erfahrung nur von Ellie kenne, und ja, ich weiß, dass das seltsam klingt. Sie sieht mich voller Sorge an.

»Ich weiß nicht, was ich dazu sagen soll, Nap.«

»Mir geht's gut.«

»Es könnte das Beste sein, was dir passieren kann.«

»Inwiefern?«

»Ich will nicht melodramatisch klingen, aber du bist die Geister jener Nacht nie losgeworden. Vielleicht kann die Wahrheit dich von ihnen erlösen.«

Ich nicke, sie steigt ein und schließt die Autotür. Als sie wegfährt, sehe ich ihr nach. Auf dem Weg zu meinem Wagen klingelt mein Handy. Es ist Reynolds.

»Woher wussten Sie das?«, fragt sie.

Ich warte.

»Officer Rex Canton hat an dieser Stelle schon drei Mal vorher betrunkene Autofahrer angehalten.«

Ich warte noch. Diese Information hätte Reynolds innerhalb weniger Minuten haben können. Also hat sie noch mehr zu erzählen, und ich glaube zu wissen, was es ist.

»Nap?«

Sie will, dass ich mitspiele, also frage ich: »Die angetrunkenen Fahrer waren alle Männer, richtig?«

»Richtig.«

»Und alle befanden sich entweder in einem Scheidungsprozess oder in einem Sorgerechtsstreit.«

»Sorgerechtsstreit«, sagt Reynolds. »Alle drei.«

»Ich glaube nicht, dass es nur die drei waren«, sage ich. »Wahrscheinlich gab es da noch ein paar andere Stellen.«

»Ich bin gerade dabei, alle von Rex mit dem Verdacht auf Alkohol am Steuer angezeigten Fälle durchzusehen. Könnte eine Weile dauern.«

Ich steige in mein Auto und lasse den Motor an.

»Woher wussten Sie das?«, fragt Reynolds. »Und kommen Sie mir nicht mit Ahnungen oder Intuition.«

»Ich war mir nicht sicher, aber Rex hat den Wagen sehr schnell, nachdem die beiden die Bar verlassen hatten, angehalten.«

»Er könnte den Schuppen doch einfach beobachtet haben.«

»Das Video, das wir uns angeguckt haben, sprach dagegen. Selbst in der miesen Qualität hat man gesehen, dass der Fahrer weder getorkelt hat noch unsicher gefahren ist. Warum hätte Rex ihn also rauswinken sollen? Außerdem saß rein zufällig noch eine Frau im Wagen, die mit Rex auf die Highschool gegangen ist? Das war mir einfach zu viel. Es musste ein abgekartetes Spiel gewesen sein.«

»Ich versteh's immer noch nicht«, sagt Reynolds. »Ist dieser Kerl extra hergeflogen, um Rex zu exekutieren?«

»Wahrscheinlich.«

»Hat Ihre Ex ihm geholfen?«

»Ich glaub nicht«, sage ich.

»Spricht da die Liebe aus Ihnen?«

»Nein. Die Logik.«

»Erklären Sie.«

»Sie haben die Beschreibung des Barkeepers doch gehört«,

sage ich. »Sie ist reingekommen, hat sich zu ihm gesetzt und mit ihm getrunken, bis er genug intus hatte, dann hat sie ihn in seinen Wagen bugsiert. Wenn sie mit dem Killer zusammengearbeitet hätte, wäre das alles nicht nötig gewesen.«

»Es könnte auch Teil einer Inszenierung gewesen sein.«

»Das könnte es«, sage ich.

»Aber Ihre Version klingt logisch. Also nehmen Sie an, dass Maura mit Rex gearbeitet hat?«

»Ja.«

»Was aber nicht bedeutet, dass sie Rex keine Falle gestellt haben kann.«

»Das ist wahr.«

»Wenn sie aber nichts mit dem Mord zu tun hatte, wo ist sie dann jetzt?«

»Keine Ahnung.«

»Der Killer könnte sie mit der Waffe bedroht haben. Vielleicht hat er sie gezwungen, ihn zu fahren. Vielleicht hat er sich von ihr zum Flughafen bringen lassen oder so etwas.«

»Möglich.«

»Und was dann?«

»Wir greifen vor«, sage ich zu ihr. »Wir brauchen mehr belastbare Daten. Ich kann mir nicht vorstellen, dass die Prozessgegner bei diesen Sorgerechtsstreits, also die Ehefrauen, einfach zu Rex gegangen sind und gesagt haben: ›Hey, ich muss den Ruf meines Ehemanns zerstören. Helfen Sie mir dabei?‹«

»Okay? Wie haben sie ihn dann angeheuert?«

»Ich würde auf einen Scheidungsanwalt tippen. Das ist jetzt der nächste Schritt, Reynolds. Wahrscheinlich wurden die drei Frauen vom selben Anwalt vertreten. Stellen Sie fest, wer das ist, dann können wir ihn vernehmen und nach Rex und Maura fragen.«

»Er – oder sie, wir wollen ja nicht sexistisch sein – wird sich aufs Anwaltsgeheimnis berufen.«

»Eins nach dem anderen.«

»Okay«, sagt Reynolds. »Also könnte der Killer einer der Ehemänner sein, der Rache wollte?«

Das klingt zwar am plausibelsten, ich weise sie aber noch einmal darauf hin, dass wir noch nicht genug wissen. Den Conspiracy Club erwähne ich nicht, weil ihre bisherigen Erkenntnisse in eine komplett andere Richtung zu weisen scheinen. Irgendwie hänge ich immer noch meiner lächerlichen, kleinen Hoffnung nach, dass Rex' Ermordung zu dir zurückführt, Leo. Es spricht auch gar nicht viel dagegen. Reynolds wird sich die Sache mit dem Alkohol am Steuer näher ansehen. Währenddessen kann ich mich um die Sache mit dem Conspiracy Club kümmern. Ich muss also Hank Stroud und Beth Lashley ausfindig machen.

Vor allem aber muss ich Augie mit einbeziehen.

Aber das kann auch noch etwas warten. Es gibt keinen Grund, diese Wunde wieder aufzureißen, besonders wenn Augie gerade solche Fortschritte in seinem Privatleben macht. Aber Augie etwas vorzuenthalten ist nicht mein Stil. Ich würde auch nicht wollen, dass er entscheidet, was ich ertragen kann und was nicht. Ich bin es ihm schuldig, ihm den gleichen Respekt entgegenzubringen.

Trotzdem – Augie ist Dianas Vater. Das wird nicht leicht.

Als ich auf der Route 80 bin, drücke ich den Knopf am Lenkrad und sage meinem Handy, dass es Augie anrufen soll. Beim dritten Klingeln geht er ran.

»Hey, Nap.« Augie ist ein großer, kräftiger, breitschultriger Mann. Seine Stimme klingt angenehm knurrig.

»Bist du zurück aus Hilton Head?«

»Wir sind gestern Nacht angekommen.«

»Dann bist du wieder zu Hause?«

»Ja, ich bin zu Hause. Was gibt's?«

»Kann ich nach der Schicht kurz vorbeikommen?«

Er zögert. »Ja, klar.«

»Gut. Und wie war die Reise?«

»Bis nachher«, sagt Augie.

Er legt auf. Ich frage mich, ob er während des Telefonats alleine war oder ob seine neue Freundin noch bei ihm ist. Das wäre schön, denke ich, und gleichzeitig denke ich, dass es mich nichts angeht.

Augie wohnt in einer Backstein-Gartensiedlung an der Oak Street, die man eigentlich in Scheidungsväter-Siedlung umbenennen könnte. Er ist hier vor acht Jahren »für eine Übergangszeit« eingezogen, und hat Audrey, Dianas Mutter, das Haus überlassen, in der sie ihr einziges Kind großgezogen hatten. Ein paar Monate später hat Audrey das Haus verkauft, ohne Augie vorher zu informieren.

Audrey hatte das, wie sie mir später erzählte, eher Augie als ihr selbst zuliebe getan.

Als Augie die Tür öffnet, sehe ich seine Golfschläger hinter ihm im Eingangsbereich.

»Und wie war's in Hilton Head?«, frage ich.

»Nett.«

Ich zeige hinter ihn. »Du hast deine Golfschläger mitgenommen?«

»Wow, ein richtiger Detektiv.«

»Toll, nicht, ich versuche trotzdem, bescheiden zu bleiben.«

»Ich habe sie dabeigehabt«, sagt Augie. »Aber ich habe nicht gespielt.«

Ich muss lächeln. »Also ist es gut gelaufen mit …?«

»Yvonne.«

»Yvonne«, wiederhole ich und ziehe eine Augenbraue hoch. »Toller Name.«

Er tritt zur Seite, als wollte er mich hereinlassen, und sagt: »Ich glaub nicht, dass das mit uns was wird.«

Meine Stimmung sinkt. Ich bin Yvonne nie begegnet, aber aus irgendeinem Grund stelle ich sie mir als eine selbstbewusste, unbeschwerte Frau vor, die laut und herzhaft lacht, angenehm und witzig ist, und sich bei Augie einhakt, wenn sie zusammen vom Hotel zum Strand gehen. Ich habe das Gefühl, eine Person zu vermissen, die ich nie kennengelernt habe.

Ich sehe ihn an. Er zuckt die Achseln.

»Es wird sich eine andere finden«, sagt er.

»Sind noch viele Fische im Meer«, pflichte ich ihm bei.

Wenn man denkt, dass die Wohnung, wie es sich für Junggesellenbuden gehört, leicht verwahrlost ist, liegt man falsch. Augie geht gerne auf lokale Kunstausstellungen und kauft Bilder. Er hängt sie regelmäßig um, sodass jedes Bild höchstens ein oder zwei Monate am gleichen Ort bleibt. Die Eichenvitrinen sind vollgestopft mit Büchern. Augie ist der unersättlichste Leser, den ich kenne. Er hat seine Bücher in zwei einfache Kategorien aufgeteilt. Fiction und Nonfiction – sie aber ansonsten nicht alphabetisch nach Autor geordnet oder so etwas.

Ich setze mich.

»Bist du außer Dienst?«, fragt Augie.

»Bin ich. Und du?«

»Auch.«

Augie leitet das Westbridge Police Department immer noch. Nächstes Jahr geht er in den Ruhestand. Ich bin deinetwegen zur Polizei gegangen, Leo, aber ohne Augies Unterstützung wäre es nicht dazu gekommen. Ich setze mich immer in den Plüschsessel, wenn ich herkomme. Augie hat den Football-Pokal für die Highschool States Championship – die das Team errungen hat, das er trainiert und in dem ich gespielt habe – zur Buchstütze umfunktioniert. Sonst ist in diesem Zimmer nichts Privates zu sehen – weder Fotos noch Urkunden oder Belobigungen oder sonst irgendetwas.

Er reicht mir eine Weinflasche. Ein 2009er Chateau Haut-Bailly. Man bekommt ihn für rund zweihundert Dollar.

»Nett«, sage ich.

»Mach sie auf.«

»Die solltest du für einen besonderen Anlass aufbewahren.«

Augie nimmt mir die Flasche aus der Hand und drückt den Korkenzieher in den Korken. »Wäre das der Rat deines Vaters gewesen?«

Ich lächele. »Nein.«

Dad erzählte oft, dass mein Urgroßvater sich seine besten Weine für besondere Gelegenheiten aufbewahrt hatte. Er war bei der Besetzung von Paris getötet worden. Am Ende haben die Nazis seinen Wein getrunken. Lektion: Man wartet nicht. Als ich klein war, haben wir immer von den »guten« Tellern gegessen. Wir haben die »guten« Bettbezüge benutzt. Wir haben aus Waterford-Kristallgläsern getrunken. Als mein Vater starb, war sein Weinkeller so gut wie leer.

»Dein Dad hat es schöner ausgedrückt«, sagt Augie. »Ich hingegen halte es mit einer Zeile von Groucho Marx.«

»Und die lautet?«

»›Ich trinke keinen Wein, bevor die Zeit gekommen ist. Okay, die Zeit ist gekommen.‹«

Augie gießt den Wein ins erste Glas, dann ins zweite. Er reicht mir eins. Wir stoßen an. Ich schwenke den Wein kurz und rieche daran. Ziehe aber keine Show dabei ab.

Er hat ein fantastisches Bukett von Brombeere, Pflaume, Johannisbeerlikör und – glauben Sie mir – Bleistiftspänen. Ich trinke einen Schluck – saftig, reife Frucht, frisch, lebendig, Sie wissen schon, was ich meine. Extrem langer Abgang, mindestens eine Minute. Spektakulär.

Augie wartet auf meine Reaktion. Mein Nicken sagt alles. Wir blicken beide zu dem Platz hinüber, auf dem Dad säße, wenn er bei uns wäre. Sehnsucht erfüllt meine Brust. Dad liebte solche Momente. Er hätte sowohl die Gesellschaft als auch den Wein genossen.

Dad war der Inbegriff dessen, was die Franzosen »joie de vivre« nennen, was man grob mit »überschwängliche Lebensfreude« übersetzen kann. Ich bin nicht sicher, ob diese Definition wirklich zutrifft. Nach meiner Erfahrung lieben es die Franzosen, die Gefühle wahrzunehmen. Sie nehmen die Erfahrungen einer großen Liebe wie auch einer großen Tragödie in sich auf, ohne davor zurückzuschrecken oder in eine Abwehrhaltung zu verfallen. Wenn das Leben ihnen einen Schlag ins Gesicht versetzt, recken sie das Kinn und genießen den Augenblick. So kostet man das Leben voll aus.

So war Dad.

Und genau deshalb wäre ich für ihn eine große Enttäuschung, Leo.

Was die wichtigen Dinge im Leben angeht, bin ich also vielleicht doch nicht so frankophil.

»Also, was liegt an, Nap?«

Ich fange mit Rex' Ermordung an und lege dann mit Mauras Fingerabdrücken nach. Augie trinkt seinen Wein etwas zu bedächtig. Ich erzähle nicht weiter.

Ich warte. Er wartet. Cops haben gelernt zu warten.

Schließlich frage ich: »Und was hältst du davon?«

Augie steht auf. »Ist nicht mein Fall. Also muss ich keine Meinung dazu haben. Aber wenigstens weißt du jetzt etwas.«

»Was weiß ich?«

»Etwas über Maura.«

»Viel ist das nicht«, sage ich.

»Nein, viel ist das nicht.«

Ich sage nichts, sondern trinke einen Schluck Wein.

»Ich rate jetzt einfach mal«, sagt Augie. »Du glaubst vermutlich, dass dieser Mord irgendetwas mit Diana und Leo zu tun hat.«

»Ich weiß nicht, ob ich bereit bin, so weit zu gehen«, sage ich.

Augie seufzt. »Was weißt du?«

»Rex kannte Leo.«

»Wahrscheinlich kannte er auch Diana. Ihr wart in derselben Stufe, oder? So groß ist die Stadt ja nicht.«

»Es steckte noch mehr dahinter.«

Ich greife in meine Tasche und ziehe das Jahrbuch heraus. Augie nimmt es entgegen.

»Rosa Post-its?«

»Ellie«, sage ich.

»Hätte ich mir auch denken können. Und warum zeigst du mir das?«

Als ich von den Anstecknadeln und dem Conspiracy Club erzähle, umspielt ein amüsiertes Lächeln seine Lippen. Als ich fertig bin, fragt er: »Und wie lautet deine Theorie, Nap?«

Ich sage nichts. Er lächelt breiter.

»Glaubst du, dass dieser Conspiracy Club ein großes, furchterregendes Geheimnis über eine geheime Militärbasis aufgedeckt hat?«, fragt er. Er bewegt die Finger, als würde er einen Fluch aussprechen. »Ein so ungeheuerliches Geheimnis, dass Diana und Leo zum Schweigen gebracht werden mussten? Ist das deine Theorie, Nap?«

Ich trinke noch einen Schluck Wein. Er steht auf, geht auf und ab, schlägt die Seiten mit den Post-its auf und sieht sie sich an.

»Und jetzt, fünfzehn Jahre später, muss auch Rex aus irgendeinem Grunde zum Schweigen gebracht werden. Seltsam, dass das nicht auch schon damals vonnöten war, aber was soll's? Plötzlich werden Geheimagenten losgeschickt, um ihn zu beseitigen.«

Augie bleibt stehen und starrt mich an.

»Macht dir das Spaß?«, frage ich.

»Ein bisschen schon.«

Er schlägt eine weitere Seite mit einem rosa Post-it auf.

»Beth Lashley. Ist sie auch tot?«

»Nein, ich glaube nicht. Aber bis jetzt habe ich keine Informationen über sie.«

Augie blättert fieberhaft zu einer weiteren Seite. »Oh, und Hank Stroud. Bei dem wissen wir, dass er noch in der Stadt ist. Zugegebenermaßen ist er nicht ganz bei sich, aber die bösen Geister haben ihn noch nicht ganz im Griff.« Er schlägt eine weitere Seite mit einem rosa Post-it auf, dieses Mal erstarrt er jedoch. Es ist still im Raum. Ich sehe ihm in die Augen und frage mich, ob es klug war herzukommen. Ich sehe nicht, welche Seite er sich ansieht, nur, dass sie ziemlich weit hinten ist. Ich weiß Bescheid. Seine Miene verändert sich nicht, alles andere jedoch schon. Furchen graben sich in sein Gesicht. Seine Hand zittert leicht. Ich will etwas Tröstliches sagen, weiß aber, dass Worte in diesem Moment wie ein Blinddarm wären – bestenfalls überflüssig, schlimmstenfalls schädlich.

Also halte ich den Mund.

Ich warte, während Augie das Foto seiner siebzehnjährigen Tochter anstarrt, die in jener Nacht nicht nach Hause gekommen ist. Als er schließlich wieder etwas sagt, klingt es, als läge ein großes Gewicht auf seiner Brust.

»Sie waren Kids, Nap.«

Ich spüre, dass ich mein Glas fester umklammere.

»Dumme, unerfahrene Jugendliche. Sie haben zu viel getrunken. Sie haben Tabletten zusammen mit Alkohol genommen. Es war dunkel. Es war spät. Haben sie sich einfach auf die Gleise gestellt? Sind sie betrunken und lachend darauf entlanggelaufen und haben gar nicht mitgekriegt, wie ihnen geschah? War es eine Mutprobe, oder wollten sie knapp vor dem Zug über die Gleise rennen, so wie Jimmy Riccio, der 1973 dabei umgekommen ist? Ich weiß es nicht, Nap. Ich wollte, ich wüsste es. Ich wünschte, ich wüsste genau, was damals passiert ist. Ich will wissen, ob Diana gelitten hat – oder ob es schnell ging. Ich will wissen, ob sie sich im letzten Moment umgedreht hat und wusste, dass ihr Leben in wenigen Momenten vorbei sein würde, oder ob sie nichtsahnend gestorben ist. Weißt du, mein Job, mein einziger Job, war, sie zu beschützen, aber ich habe sie in dieser Nacht ausgehen lassen, und jetzt frage ich mich, ob sie damals Angst hatte. Ich frage mich, ob sie wusste, dass sie sterben würde – und wenn sie es wusste, hat sie meinen Namen gerufen? Hat sie nach ihrem Vater gerufen? Hat sie gehofft, dass ich vielleicht irgendwie in der Lage wäre, sie zu retten?«

Ich rühre mich nicht. Ich kann mich nicht bewegen.

»Du wirst dir die Sache näher ansehen, oder?«

Es gelingt mir zu nicken. Dann sage ich: »Ja.«

Er reicht mir das Jahrbuch, dreht sich um und verlässt das Zimmer. »Ist wohl besser, wenn du das alleine machst.«

ZEHN

Also mache ich mich alleine daran, mir die Sache genauer anzusehen.

Ich rufe im Essex Pines Medical Center an und werde überraschend schnell mit einem von Hanks Ärzten verbunden. Er fragt: »Das Gesetz zum Schutz personenbezogener Daten und die ärztliche Schweigepflicht sind Ihnen doch bekannt, oder?«

»Natürlich.«

»Daher darf ich Ihnen nichts über seinen Zustand sagen.«

»Ich will nur mit ihm reden«, sage ich.

»Er ist hier ambulant in Behandlung.«

»Das ist mir bekannt.«

»Dann wird Ihnen auch bekannt sein, dass es bedeutet, dass er nicht hier wohnt.«

Die Welt ist voller Klugscheißer. »Doktor … entschuldigen Sie, ich habe Ihren Namen nicht mitbekommen.«

»Bauer. Warum?«

»Ich möchte nur wissen, von wem ich hier verarscht werde.«

Schweigen.

»Ich bin Polizist und suche Hank. Haben Sie eine Idee, wo er sich im Moment aufhalten könnte?«

»Nein.«

»Haben Sie eine Adresse?«

»Er hat hier nur ein Postfach in Westbridge angegeben. Und, bevor Sie weiterfragen, es gibt Regeln, die mir verbieten, Ihnen zu sagen, dass Hank normalerweise an drei bis fünf Tagen in der Woche zu uns ins Essex Pines kommt, jetzt aber seit über zwei Wochen nicht da war.«

Seit über zwei Wochen. Dr. Bauer legt auf. Ich lasse es dabei bewenden. Ich habe eine andere Idee.

Ich stehe an den Basketballplätzen am Oval vor der Westbridge Highschool und lausche dem satten Ploppen eines in der Dämmerung aufprallenden Balls. Direkt vor mir findet etwas Wunderbares statt, das allgemein als »Pickup-Basketball« bezeichnet wird. Es gibt weder Trikots noch Trainer, keine festen Mannschaften, keine Schiedsrichter. Manchmal markiert die weiße Linie das Aus, manchmal der Maschendrahtzaun. Das Spiel beginnt jeweils mit einem »Check« am Rand der Zone, also einem Bodenpass der verteidigenden Mannschaft. Das Siegerteam bleibt auf dem Feld, und man sagt seine Fouls selbst an. Manche dieser Leute sind Freunde, manche Fremde. Manche haben wichtige Jobs, manche kommen gerade so über die Runden. Groß, klein, fett, dünn, alle Rassen, Religionen und Glaubensrichtungen. Einer trägt einen Turban. All das spielt hier keine Rolle. Es geht nur darum, wie man spielt. Manche reden und versuchen andere zu provozieren, andere schweigen. Vielleicht kennen Sie feste Spieltermine. Sie kennen Erwachsenen-Ligen. Pickup-Basketball ist das wunderbare, anarchistische und archaische Gegenteil.

Ich höre die Männer schnaufen, Blocks ansagen, das Stakkato der rutschenden Schuhsohlen. Zehn Männer spielen – fünf gegen fünf. Am Spielfeldrand warten drei weitere. Ein vierter kommt dazu und fragt: »Spielt ihr das nächste?« Die Männer nicken.

Ich kenne etwa die Hälfte der Spieler. Mit einigen war ich auf der Highschool. Einige sind Nachbarn. Der Leiter des städtischen Lacrosse-Programms ist da. Viele sind im Finanzbereich tätig, ich sehe aber auch zwei Highschool-Lehrer.

Hank ist nicht da.

Als das Spiel endet – sie spielen, bis eine Mannschaft zehn Körbe hat –, parkt ein groß gewachsener Mann seinen Wagen und steigt aus. Ich kenne ihn. »Myron spielt bei uns!«, ruft einer der vier Wartenden schnell. Die anderen johlen und grölen, als Myron sich nähert. Myron lächelt verlegen.

»Guckt mal, wer wieder zurück ist«, ruft einer.

Die anderen stimmen ein. »Wie waren die Flitterwochen, Romeo?« »Du dürftest gar nicht so braun gebrannt sein, Kumpel.« »Ja, eigentlich solltest du die ganze Zeit im Hotel verbracht haben, wenn du verstehst, was ich meine«, worauf Myron erwidert: »›Wenn du verstehst, was ich meine …‹, oh, gut, dass du das sagst. Hätte sonst wirklich nicht gewusst, was du meinst.«

Es folgen viel freundliches Gelächter und Gratulationen an den frischgebackenen Ehemann.

Erinnerst du dich an Myron Bolitar, Leo? Weißt du noch, dass Dad uns zum Highschool-Basketball nach Livingston mitgenommen hat, damit wir sehen, was wahre Größe ist? Myron war ein eingefleischter alter Junggeselle. Dachte ich zumindest. Er hat kürzlich die Moderatorin eines Cable-News-Senders geheiratet. Ich erinnere mich noch an Dads Stimme auf der Tribüne. »Wahre Größe anzugucken«, erläuterte er, »lohnt sich immer.« Das war Dads Philosophie. Myron wurde ein ganz Großer – ein Superstar an der Duke University, und hinterher wurde er in der ersten Runde von den Boston Celtics gedraftet. Dann, rumms, erlitt er bei einem Trainingsunfall eine böse Verletzung und hat es nie zu den Profis geschafft.

So etwas sollte einem wohl eine Lehre sein.

Aber hier auf den Plätzen wird er immer noch wie ein Held gefeiert. Ich weiß nicht, ob das nur Nostalgie oder so etwas ist, verstehe es aber. Auch für mich ist er immer noch etwas Besonderes. Wir sind jetzt beide erwachsen, irgendwie bin ich aber immer noch ein bisschen eingeschüchtert und fühle mich gleichzeitig geehrt, wenn er mir seine Aufmerksamkeit schenkt.

Ich mische mich unter die anderen, die ihn begrüßen. Als ich an der Reihe bin, schüttele ich ihm die Hand und sage: »Glückwunsch zur Hochzeit.«

»Danke, Nap.«

»Du bist ein Schuft, mich hier so alleine zu lassen.«

»Das Gute daran ist, dass du jetzt der heißeste Junggeselle der Stadt bist.« Dann sieht er etwas in meiner Miene und nimmt mich zur Seite. »Was ist los?«

»Ich suche Hank.«

»Hat er irgendwelchen Mist gebaut?«

»Nein, ich glaub nicht. Ich muss ihn nur sprechen. Hank spielt doch normalerweise montagabends, oder?«

»Immer«, antwortet Myron. »Man weiß allerdings nie, mit welchem Hank man es zu tun bekommt.«

»Soll heißen?«

»Das soll heißen, dass Hank, äh, alterniert. Hinsichtlich seines Verhaltens.«

»Medikamente?«

»Medikamente, ein chemisches Ungleichgewicht, was auch immer. Aber mich musst du nicht fragen. Ich bin einen Monat lang nicht hier gewesen.«

»Ausgedehnte Flitterwochen?«

Myron schüttelt den Kopf. »Schön wär's.«

Er will nicht, dass ich weiterfrage, und ich habe keine Zeit.

»Und wer kennt Hank am besten?«

Myron deutet mit dem Kinn auf einen gut aussehenden Mann. »David Rainiv.«

»Wirklich?«

Myron zuckt die Achseln und geht auf den Platz.

Ich kann mir kaum unterschiedlichere Lebensläufe vorstellen als die von Hank und David Rainiv. David war Präsident der National Honor Society unserer Klassenstufe und ist jetzt der Geschäftsführer einer der größten Investmentfirmen des Landes. Sie könnten ihn vor ein paar Jahren im Fernsehen gesehen haben, als der Kongress einige prominente Banker ins Kreuzverhör genommen hat. David hat ein Penthouse in Manhattan, aber er und Jill, seine frühere Highschool-Freundin, die er später geheiratet hat, leben mit ihren Kindern hier in Westbridge. Hier in den Vorstädten gibt es eigentlich keine echten Promis – den Leuten hier geht es im Allgemeinen darum zu zeigen, dass sie mit den Nachbarn mithalten können –, aber ganz egal, wie man es auch nennt, die Rainivs würden überall ganz oben auf der Liste stehen.

Als das nächste Spiel anfängt, setze ich mich mit David auf eine Bank am anderen Ende des Platzes. David ist durchtrainiert und sieht aus wie das uneheliche Kind eines Kennedys und einer Ken-Puppe. Wenn man jemanden für die Rolle eines Senators mit ausgeprägter Kinnpartie suchen würde, wäre man bei David Rainiv an der richtigen Adresse.

»Ich habe Hank seit drei Wochen nicht gesehen«, sagt David.

»Ist das ungewöhnlich?«

»Eigentlich ist er jeden Montag und Donnerstag hier.«

»Und wie geht's ihm?«, frage ich.

»Ganz gut, glaube ich«, sagt David. »Na ja, eigentlich geht's ihm nie gut, wenn du weißt, was ich meine. Ein paar von den Jungs hier …« Er blickt auf den Platz. »… sehen es nicht gern, dass Hank herkommt. Er lässt seinen Gefühlen freien Lauf. Er duscht nicht oft genug. Und wenn er neben dem Platz auf sein nächstes Spiel wartet, geht er häufig hektisch auf und ab und bricht in wilde Tiraden aus.«

»Was für Tiraden?«

»Unsinniges Zeug. Er hat mal geschrien, dass Himmler Thunfischsteaks hasst.«

»Himmler? Der alte Nazi?«

David zuckt die Achseln. Er blickt auf den Platz und verfolgt das Spiel. »Er flucht, läuft herum und erschreckt den einen oder anderen. Aber auf dem Platz …«, David lächelt, »… verwandelt er sich wieder. Für die Dauer des Spiels ist dann der alte Hank wieder da.« Er dreht sich um und sieht mich an. »Weißt du noch, wie Hank in der Highschool war?«

Ich nicke.

»Hinreißend, oder?«, fragt David.

»Ja.«

»Na ja, er war ein totaler Nerd, aber – weißt du noch, wie er die Lehrer-Weihnachtsfeier aufgemischt hat?«

»Er hatte irgendetwas mit ihren Snacks gemacht, oder?«

»Genau. Die Lehrer waren alle schon ein wenig betrunken. Hank hat sich reingeschlichen. Er mischt M&Ms in die Skittles-Schüsseln und umgekehrt …«

»Ih, ekelhaft.«

»… und die betrunkenen Lehrer greifen rein, nehmen sich eine Handvoll von den vermeintlichen Schokolinsen oder Fruchtdragees, und …« Er fängt an zu lachen. »Hank hat es gefilmt. Es war wunderbar.«

»Jetzt erinnere ich mich wieder.«

»Er hat nichts Böses im Schilde geführt. So war Hank. Für ihn war es eher ein wissenschaftliches Experiment als ein Streich.« David schweigt einen Moment lang. Ich folge seinem Blick. Er beobachtet Myron bei einem Sprungwurf. Wusch! Ohne Ringberührung durchs Netz.

»Nein, Hank geht es nicht gut, Nap. Er kann nichts dafür. Das sage ich den Leuten, die nicht wollen, dass er kommt, auch immer wieder. Das ist eher so, als hätte er Krebs. Man würde doch auch niemandem verbieten, bei uns mitzuspielen, weil er Krebs hat, oder?«

»Guter Punkt«, sage ich.

David blickt etwas zu konzentriert auf den Platz. »Ich bin Hank etwas schuldig.«

»Wieso?«

»Hank ist nach dem Highschool-Abschluss aufs MIT gegangen. Das wusstest du doch, oder?«

»Ja«, sage ich.

»Ich wurde in Harvard angenommen, keine zwei Kilometer entfernt. Fantastisch, oder? Ganz in seiner Nähe. Im ersten Jahr haben Hank und ich auch viel unternommen. Ich hab ihn abgeholt, wir sind irgendwo einen Burger essen oder zu einer Party gegangen, meistens bei mir auf dem Campus, manchmal aber auch auf seinem. Hank konnte mich zum Lachen bringen wie kein anderer.« Wieder lächelt er. »Er hat so gut wie nichts getrunken, sondern sich einfach in eine Ecke gestellt und beobachtet. Das mochte er. Und die Mädels mochten ihn. Ein bestimmter Typus fühlte sich zu ihm hingezogen.«

Es ist dunkel und still geworden. Man hört nur die Kakofonie konzentrierter Geräusche vom Platz.

Das Lächeln fällt wie ein Schleier von Davids Gesicht. »Aber mit der Zeit hat sich das alles verändert«, sagt er. »Das ging so langsam, dass es mir anfangs gar nicht aufgefallen ist.«

»Was hat sich verändert?«

»Zum Beispiel war Hank nicht fertig, wenn ich ihn abholen wollte. Oder er hat beim Verlassen des Wohnheims zwei oder drei Mal überprüft, ob die Zimmertür auch wirklich abgeschlossen ist. Das wurde dann immer schlimmer. Ich kam, und er war noch im Bademantel. Er hat stundenlang geduscht. Er hat die Tür immer wieder auf- und abgeschlossen. Nicht zwei oder drei Mal, sondern zwanzig oder dreißig Mal. Ich habe versucht, ihn zu überzeugen. ›Hank, du hast das schon überprüft, du kannst jetzt aufhören. Außerdem will den Scheiß aus deinem Zimmer sowieso keiner haben.‹ Dann hatte er Angst, dass das Wohnheim abbrennen könnte. In einem Gemeinschaftsraum war ein Herd. Wir mussten hingehen und nachsehen, ob er aus war. Oft hab ich eine Stunde gebraucht, um ihn aus dem Haus zu bekommen.«

David verstummt. Wir sehen uns eine Weile das Spiel an. Ich dränge ihn nicht. Er will es auf seine Art erzählen.

»Irgendwann waren wir dann mit zwei Mädels zu einem Double-Date in einem edlen Steakhouse in Cambridge verabredet. Er sagt zu mir: ›Hol mich nicht ab, ich nehm den Bus.‹ Ich sage: ›okay‹, und hole die Mädels. Wir sind da. Nein, ich muss das anders erzählen. Dieses Mädel, Kristen Megargee, ich hab gemerkt, dass Hank vollkommen verrückt nach ihr ist. Sie war atemberaubend – und ein Mathe-Nerd. Er war unglaublich aufgeregt. Na ja, wahrscheinlich kannst du dir vorstellen, was passiert ist.«

»Er ist nicht aufgetaucht.«

»Genau. Also habe ich mir eine Ausrede ausgedacht und die Mädels nach Hause gebracht. Dann bin ich zu seinem Wohnheim gefahren. Hank war noch damit beschäftigt, die Tür auf- und zuzuschließen. Er fand kein Ende. Dann fing er an, mir die Schuld zu geben. ›Aber du hast doch gesagt, dass das nächste Woche ist.‹«

Ich warte. David stützt den Kopf auf die Hände, holt tief Luft und hebt den Kopf wieder.

»Ich war Student«, fährt David fort. »Ich war jung. Alles war aufregend. Ich habe neue Freunde kennengelernt. Ich musste mich um mein Studium kümmern, habe gelebt, und schließlich war ich ja nicht Hanks Gouvernante. Es war wirklich nervig, ihn abzuholen. Irgendwann bin ich also seltener hingegangen. Du kennst das bestimmt. Er schreibt eine SMS, ich antworte nicht sofort. Wir driften auseinander. Plötzlich haben wir uns einen Monat nicht gesehen. Dann ein Semester. Dann …«

Ich schweige. Ich spüre seine Schuldgefühle.

»Und die Typen da …«, er deutet kurz auf den Platz, »… halten Hank also für durchgeknallt. Sie wollen ihn hier nicht sehen.« Er richtet sich auf. »Tja, Pech. Hank wird hier spielen, wenn er das will. Er wird mit uns spielen, und er wird sich willkommen fühlen.«

Ich warte einen Moment. Dann frage ich: »Hast du eine Idee, wo er sein könnte?«

»Nein. Wir … wir reden immer noch nicht miteinander, außer auf dem Platz. Hank und ich, meine ich. Viele von uns gehen nach dem Spiel noch ins McMurphy's, weißt du, auf ein oder zwei Bierchen und eine Pizza. Früher habe ich Hank oft eingeladen, aber wenn ich das getan habe, ist er buchstäblich geflüchtet. Du hast gesehen, wie er in der Stadt herumläuft, oder?«

»Natürlich«, sage ich.

»Er geht jeden Tag den gleichen Weg, weißt du? Immer um die gleiche Zeit. Ein Gewohnheitstier. Hilft ihm wahrscheinlich. Die Routine, meine ich. Wir hören hier gegen neun auf. Hank geht auch dann um Punkt neun, wenn es mal etwas später wird. Ohne sich zu verabschieden oder zu entschuldigen. Er hat eine alte Timex mit Weckfunktion. Wenn sie um neun klingelt, sprintet er los, auch mitten im Spiel.«

»Was ist mit seiner Familie? Könnte er dort sein?«

»Seine Mutter ist letztes Jahr gestorben. Sie wohnte in Cross Creek Point, in der alten Eigenheim-Siedlung in West Orange. Gut möglich, dass sein Dad da noch lebt.«

»Ich dachte, seine Eltern hätten sich scheiden lassen, als er klein war«, sage ich.

Auf dem Platz schreit jemand und geht zu Boden. Er sagt, er sei gefoult worden, sein Gegenüber meint, er solle sich nicht so anstellen.

»Sie haben sich getrennt, als wir in der fünften Klasse waren«, sagt David. »Sein Dad ist dann irgendwo in den Westen gezogen. Ich glaube nach Colorado. Na ja, aber sie haben ihre Meinungsverschiedenheiten wohl beigelegt, als Mrs Stroud krank wurde. Ich hab aber vergessen, wer mir das erzählt hat.«

Das Spiel auf dem Platz endet damit, dass Myron den Ball mit einem Sprungwurf über das Brett im Korb versenkt.

David steht auf. »Ich bin dran«, erinnert er mich.

»Hast du je vom Conspiracy Club gehört?«, frage ich ihn.

»Nein, was soll das sein?«

»Ein paar unserer Mitschüler von der Highschool hatten ihn gegründet. Hank war Mitglied. Genau wie mein Bruder.«

»Leo«, sagt er und schüttelt traurig den Kopf. »War auch ein prima Kerl. Schade um ihn.«

Ich sage nichts. »Hat Hank je etwas über Verschwörungen gesagt?«

»Ja, ich glaub schon. War aber nichts Konkretes. Eigentlich ergab das keinen Sinn.«

»Hat er vielleicht irgendetwas über den Pfad gesagt? Oder über den Wald hier?«

David sieht mich an. »Du meinst die alte Militärbasis, oder?«

Ich antworte nicht.

»Hank war schon auf der Highschool besessen davon. Er hat dauernd darüber gesprochen.«

»Was hat er gesagt?«

»Verrücktes Zeug, dass die Regierung dort Tests mit LSD oder Gedankenlese-Experimente durchführt und so weiter.«

Auch du hast dir über solche Dinge Gedanken gemacht, stimmt's, Leo? Ich würde zwar nicht sagen, dass du davon besessen warst, aber du hast darüber gesprochen. Das hat dir Spaß gemacht, wobei ich nicht glaube, dass du selbst wirklich daran geglaubt hast. Ich hatte den Eindruck, dass es für dich nur ein Spiel war, aber womöglich habe ich das auch falsch interpretiert. Vielleicht wart ihr ja auch aus unterschiedlichen Gründen dabei. Hank ging von einer großen Regierungsverschwörung aus. Maura hatte Spaß an der Andersartigkeit, dem Geheimnis und der Gefahr. Und du, Leo, ich glaube, dir gefiel die Kameraderie, wenn du mit deinen Freunden auf der Suche nach Abenteuern durch den Wald gelaufen bist wie in einem alten Stephen-King-Roman.

»Hey, David, wir sind so weit!«, ruft einer.

Myron sagt: »Gebt ihm noch einen Moment. Wir haben doch Zeit.«

Aber alle warten und wollen loslegen, und auch hier gibt es ein paar Regeln. Dazu gehört, dass man die Gruppe nicht warten lässt. David sieht mich fragend an. Mit einem kurzen Nicken bestätige ich, dass wir fertig sind und er gehen kann. Er macht sich auf den Weg zum Platz, dreht sich aber dann noch einmal zu mir um.

»Hank ist immer noch besessen von der alten Militärbasis.«

»Wie kommst du darauf?«

»Er geht jeden Morgen dieselbe Strecke. Und zuerst wandert er den Pfad hinauf.«

ELF

Am nächsten Morgen ruft Reynolds an. »Ich habe den Scheidungsanwalt gefunden, der Rex beauftragt hat.«

»Sehr schön.«

»Nicht unbedingt. Er heißt Simon Fraser und ist Seniorpartner der angesehenen Kanzlei Elbe, Baroche und Fraser.«

»Haben Sie versucht, ihn zu erreichen?«

»Aber sicher.«

»Ich wette, er wollte kooperieren.«

»Ich wette, das ist Ironie. Mr Fraser wird aufgrund der anwaltlichen Schweigepflicht und den ihr innewohnenden Implikationen nicht mit mir sprechen.«

Ich runzle die Stirn. »Hat er wirklich ›innewohnend‹ gesagt?«

»Das hat er.«

»Allein dafür sollten wir ihn verhaften dürfen.«

»Wenn wir nur die Gesetze machen würden«, sagt Reynolds. »Ich habe überlegt, ob ich mich an seine Mandanten wende, in der Hoffnung, dass sie ihn von der Schweigepflicht entbinden.«

»Sie meinen die Ehefrauen, die er vertreten hat?«

»Ja.«

»Das wäre Zeitverschwendung«, sage ich. »Die Frauen haben Sorgerechtsfälle gewonnen, weil ihre Männer in Rex' Falle gegangen sind und erwischt wurden, als sie betrunken Auto gefahren sind. Das werden sie niemals zugeben. Sie müssten befürchten, dass ihre Ex-Männer dieses illegale Vorgehen zum Anlass nehmen könnten, die Sorgerechtsverfahren neu aufzurollen.«

»Irgendeine Idee?«, fragt Reynolds.

»Wir könnten Simon Fraser einen persönlichen Besuch abstatten.«

»Ich glaube, auch das wäre Zeitverschwendung.«

»Ich kann auch alleine gehen«, sage ich.

»Nein, das halte ich für keine gute Idee.«

»Dann gehen wir zusammen. Es ist Ihr Zuständigkeitsbereich, also können Sie als Gesetzeshüterin auftreten …«

»… während Sie die Rolle des interessierten Zivilisten spielen?«

»Für die Rolle bin ich wie geschaffen.«

»Wann?«

»Ich muss unterwegs noch ein paar Dinge erledigen, sollte aber vor der Mittagspause da sein.«

»Schicken Sie eine SMS, wenn Sie in der Nähe sind.«

Ich lege auf, dusche, ziehe mich an. Ich sehe auf die Uhr. Laut David Rainiv geht Hank jeden Morgen um Punkt acht Uhr dreißig den Pfad hinauf. Ich stelle den Wagen so auf den Lehrerparkplatz, dass ich den Pfad gut einsehen kann. Es ist Viertel nach acht. Ich zappe durch die Radiosender und höre mir eine Weile Howard Sterns Talksendung an. Es ist jetzt halb neun. Ich lasse den Pfad nicht aus den Augen. Niemand kommt.

Wo ist Hank?

Um neun gebe ich auf und fahre zu meinem zweiten Stopp.

Ellies Frauenhaus nimmt vor allem die Reste zerstörter Familien auf. Ich treffe mich bei einem der Übergangswohnheime mit ihr, einem alten viktorianischen Haus in einer ruhigen Wohnstraße in Morristown. Hier werden misshandelte Frauen und Kinder vor ihren Peinigern versteckt, bis der nächste Schritt geplant werden kann, der zwar meist eine Verbesserung bringt, aber auch keine perfekte Lösung ist.

Hier sind nur sehr selten große Siege zu verzeichnen. Das ist das Tragische an dieser Tätigkeit. Ellies Arbeit wirkt oft so, als versuchte man, ein Meer mit einem Esslöffel auszuschöpfen. Trotzdem watet sie Tag für Tag unermüdlich in diesem Meer herum, und auch wenn sie der Bosheit im Herzen der Menschen nicht gewachsen ist, lohnt es sich doch, für Ellie zu kämpfen.

»Beth Lashley hat den Namen ihres Mannes angenommen«, erzählt Ellie. »Sie heißt jetzt Dr. Beth Fletcher und arbeitet als Kardiologin in Ann Arbor.«

»Wie hast du das herausbekommen?«

»Es war schwieriger, als es eigentlich hätte sein sollen.«

»Soll heißen?«

»Ich habe mich bei allen ihren guten Freundinnen und Freunden von der Highschool gemeldet. Niemand hatte Kontakt zu Beth, was mich überrascht hat. Schließlich war sie damals ziemlich beliebt. Dann habe ich einen zweiten Versuch bei ihren Eltern gestartet. Ich habe ihnen erzählt, dass wir Beth' Adresse für Wiedersehensfeiern und Ähnliches brauchen.«

»Was haben sie gesagt?«

»Sie haben sie mir nicht gegeben. Sie meinten, ich solle alles Wichtige per E-Mail an sie schicken.«

Ich weiß nicht recht, was ich davon halten soll. Aber es gefällt mir nicht. »Und wie hast du sie dann ausfindig gemacht?«

»Über Ellen Mager. Erinnerst du dich an sie?«

»Sie war eine Stufe unter uns«, sage ich. »Aber wenn ich mich recht entsinne, war sie bei mir im Mathekurs.«

»Das ist sie. Sie ist jedenfalls auf die Rice University unten in Houston gegangen.«

»Okay?«

»Da hat auch Beth Lashley studiert. Also habe ich sie gebeten, im Ehemaligen-Büro der Rice anzurufen und als Ex-Kommilitonin zu versuchen, Informationen über sie zu bekommen.«

Ich muss zugeben, dass das einfach genial ist.

»Die haben ihr dann eine E-Mail-Adresse mit dem Nachnamen Fletcher im Medical Center der University of Michigan genannt. Den Rest konnte ich googeln. Das ist ihre Nummer bei der Arbeit.« Ellie reicht mir einen Zettel.

Ich studiere die Telefonnummer, als wäre darin ein Hinweis versteckt.

Ellie lehnt sich zurück. »Was macht die Suche nach Hank?«, fragt sie.

»Nicht viel.«

»Die Sache fängt langsam an, interessant zu werden.«

»Das ist wahr.«

»Ach, bevor du gehst, Marsha wollte dich noch sprechen.«

»Bin schon unterwegs.«

Ich gebe Ellie einen Wangenkuss. Bevor ich mich auf den Weg zu ihrer Kollegin Marsha Stein mache, gehe ich links die Treppe hinauf in den ersten Stock. Hier befindet sich ein provisorischer Kinderhort. Als ich hineinblicke, sehe ich, dass Brendas Jüngster mit einem Buntstift ein Malbuch bearbeitet. Ich gehe weiter den Flur entlang. Die Tür zu Brendas Schlafzimmer steht offen. Ich klopfe leise. In dem kleinen Raum liegen zwei offene Koffer auf dem Bett. Als Brenda mich sieht, kommt sie zu mir und umarmt mich. Das hat sie noch nie getan.

Brenda sagt nichts. Ich sage nichts.

Als sie mich loslässt, blickt sie nach oben und nickt mir kurz zu. Ich nicke kurz zurück.

Wir sagen immer noch nichts.

Als ich wieder auf den Flur trete, wartet Marsha Stein auf mich.

»Hey, Nap.«

Als wir acht, neun Jahre alt waren, war Marsha unsere Babysitterin. Erinnerst du dich an sie, Leo? Sie war ein Teenager, grazil und einfach umwerfend, eine Ballerina und Sängerin, der Star jeder Highschool-Aufführung. Natürlich waren wir in sie verknallt, das waren alle anderen aber auch. Wenn sie auf uns aufgepasst hat, bestand unsere Lieblingstätigkeit darin, ihr bei der Probe für ihr nächstes Stück zu helfen. Wir haben ihr Stichworte gegeben und Textzeilen vorgelesen. In ihrem vorletzten Jahr ist Dad mit uns zur Highschool-Aufführung von *Anatevka* gefahren, in der sie Hodel, die hübsche Tochter, gespielt hat. Im letzten Jahr der Highschool hat Marsha ihrer Theaterkarriere die Krone aufgesetzt, als sie die Titelrolle in *Mame* spielte. Du, mein Bruder, durftest die Rolle von Mames Neffen spielen, der im Programm als »Der junge Patrick« aufgeführt wurde. Dad und ich haben es uns vier Mal angesehen, und Marsha hat jedes Mal verdientermaßen stehende Ovationen bekommen.

Damals hatte Marsha einen etwas robusten, dabei aber attraktiven Freund namens Dean, der dieses schwarze Trans-Am-Coupé fuhr und immer, ganz egal, wie warm oder kalt es war, die Jacke vom Ringer-Team der Highschool trug, eine grüne Jacke mit weißen Ärmeln. Marsha und Dean waren das »perfekte Paar« im Jahrbuch der Westbridge High. Die beiden haben dann auch ein Jahr nach ihrem Abschluss geheiratet. Schon kurz darauf hat Dean angefangen, sie zu verprügeln. Heftig. Ihre rechte Augenhöhle konnte nie wieder ganz hergestellt werden. Ihr Gesicht wirkt seitdem schief, als wäre es verzogen. Die Nase ist platt von den jahrelangen Schlägen.

Es dauerte zehn Jahre, bis Marsha endlich den Mut fasste,

ihn zu verlassen. Zu den misshandelten Frauen hier sagt sie oft: »Meist ist es zu spät, wenn man sich endlich traut, aber andererseits ist es nie zu spät – und richtig, das ist ein Widerspruch.« Sie ist dann auf ein anderes »Kind« zugegangen, das sie früher als Babysitter betreut hat, und hat mit Ellie zusammen diese Frauenhäuser aufgebaut.

Ellie leitet die Einrichtung. Marsha hält sich lieber im Hintergrund. Inzwischen betreiben sie das Frauenhaus und vier solche Übergangswohnheime wie dieses. Außerdem gehören noch drei weitere Häuser dazu, deren Adressen vor der Öffentlichkeit geheim gehalten werden. Die Gründe sind naheliegend. Sie haben ein ziemlich gutes Sicherheitssystem, aber manchmal helfe ich aus.

Ich küsse Marsha auf die Wange. Sie ist nicht mehr schön. Alt ist sie noch nicht, Anfang vierzig – wenn aus denen, die am hellsten gestrahlt haben, das Leben herausgeprügelt wird, erholen sie sich zwar, aber häufig erreicht dieses Strahlen nie wieder die frühere Intensität. Marsha spielt übrigens immer noch gerne Theater. Die Westbridge Community Players geben im Mai *Anatevka*. Marsha spielt die Oma Zeitel.

Sie zieht mich zur Seite. »Seltsame Geschichte.«

»Ach?«

»Ich erzähle dir, was Trey für ein Monster ist, und plötzlich landet er im Krankenhaus.«

Ich sage nichts.

»Vor ein paar Monaten habe ich dir erzählt, dass Wandas Freund ihre vierjährige Tochter missbraucht. Und plötzlich landet er …«

»Ich bin ein bisschen in Eile, Marsha«, unterbreche ich sie.

Sie sieht mich an.

»Du kannst dich auch entschließen, mir nichts von euren Problemen zu erzählen«, sage ich. »Das liegt bei dir.«

»Zuerst bete ich immer.«

»Okay.«

»Aber die Gebete helfen nicht. Dann komme ich zu dir.«

»Vielleicht siehst du das falsch«, sage ich.

»Inwiefern?«

Ich zucke die Achseln. »Vielleicht bin ich einfach die Antwort auf deine Gebete.«

Ich nehme ihr Gesicht in beide Hände und küsse sie noch einmal auf die Wange. Dann verschwinde ich, bevor sie noch etwas sagen kann. Wahrscheinlich fragst du dich jetzt, wie ich, ein Polizist, der geschworen hat, Recht und Gesetz zu wahren, das rechtfertige, was ich Trey angetan habe. Das tue ich nicht. Ich bin ein Heuchler. Sind wir alle. Ich glaube an das Rechtsstaatsprinzip und bin kein großer Freund der Selbstjustiz. Aber so betrachte ich das, was ich manchmal tue, nicht. Ich betrachte es eher so, als wäre die Welt eine Bar, in der ich mitbekomme, wie ein Mann eine Frau zusammenschlägt, sie verhöhnt, sie auslacht, und sie dann anfleht, sie solle ihm noch eine Chance geben. Fast wie Lucy, die den Football für Charlie Brown hält, nur um ihn dann, nachdem sie ihm ein wenig Hoffnung gemacht hat, wieder wegzuziehen – so wie immer. Ich betrachte es so, als wäre ich auf einen kurzen Besuch zu einer Freundin gefahren und hätte dort mitbekommen, wie ihr Freund ihre vierjährige Tochter sexuell missbraucht.

Kocht dir das Blut?

Darf eine größere räumliche und zeitliche Distanz es abkühlen?

Also gehe ich dazwischen. Ich setze dem ein Ende. Ich mache mir keine Illusionen. Ich habe beschlossen, das Gesetz zu brechen, und wenn man mich erwischt, werde ich dafür bestraft.

Ich gebe zu, dass das keine gute Rechtfertigung ist, aber das ist mir ziemlich egal.

Ich fahre Richtung Westen nach Pennsylvania. Natürlich ist die Wahrscheinlichkeit ziemlich hoch, dass Simon Fraser nicht in seiner Kanzlei ist. In diesem Fall werde ich ihn zu Hause besuchen, oder wo immer er sonst sein mag. Natürlich könnte ich ihn verpassen. Natürlich könnte er sich weigern, mich zu empfangen. Aber so ist das mit der Ermittlungsarbeit. Man macht einfach weiter, auch wenn das, was man da tut, eine gewaltige Zeit- und Energieverschwendung zu sein scheint.

Auf der Fahrt denke ich an dich. Mein Problem ist das folgende: An meine ersten achtzehn Lebensjahre habe ich keinerlei Erinnerung, die nicht in irgendeiner Form mit dir verbunden ist. Erst haben wir uns eine Gebärmutter geteilt, dann ein Zimmer. Es gab wirklich nichts, was wir nicht geteilt hätten. Ich habe dir alles erzählt. *Alles.* Nichts habe ich dir verheimlicht. Es gab nichts, was ich dir nicht erzählt hätte, wofür ich mich geschämt hätte, was mir peinlich gewesen wäre, weil ich wusste, dass du mich trotzdem lieben würdest. Bei jedem anderen setzt man eine mehr oder weniger undurchschaubare Fassade auf. Das muss man. Aber zwischen dir und mir gab es das nicht.

Ich habe dir nichts – gar nichts – vorenthalten. Aber manchmal frage ich mich: Hast du das getan?

Hattest du Geheimnisse vor mir, Leo?

Eine Stunde später, ich bin immer noch unterwegs, rufe ich im Büro von Dr. Beth Fletcher, geborene Lashley, an. Ich nenne der Arzthelferin meinen Namen und bitte sie, mich mit Dr. Fletcher zu verbinden. Die Arzthelferin erklärt mir, dass Dr. Fletcher im Moment nicht im Haus ist. Sie sagt das in diesem müden, genervten Tonfall, den nur Arzthelferinnen perfekt beherrschen. Dann fragt sie mich, worum es geht.

»Ich bin ein alter Freund von der Highschool.« Ich nenne

meinen Namen und gebe ihr meine Handynummer. Dann füge ich so eindringlich wie möglich hinzu: »Es ist wirklich wichtig, dass ich mit ihr spreche.«

Die Arzthelferin beeindruckt das nicht. »Ich hinterlasse ihr eine Nachricht.«

»Außerdem bin ich bei der Polizei.«

Nichts.

»Bitte piepen Sie Dr. Fletcher an und sagen Sie ihr, dass es wichtig ist.«

Die Arzthelferin legt auf, ohne zu bestätigen, dass sie das tun wird.

Dann rufe ich Augie an. Er meldet sich beim ersten Klingeln: »Ja?«

»Ich weiß, dass du dich aus der Sache raushalten willst«, sage ich.

Keine Antwort.

»Aber könntest du deinen Leuten sagen, dass sie nach Hank Ausschau halten sollen?«

»Ihn zu finden sollte kein Problem sein«, sagt Augie. »Er geht jeden Tag denselben Weg.«

»Heute Morgen nicht.«

Ich erzähle Augie von meinem vergeblichen Observierungsversuch am Pfad. Außerdem berichte ich von meinem Besuch beim Pickup-Basketball gestern Abend. Augie schweigt einen Moment. Dann sagt er: »Du weißt, dass es Hank nicht, äh, gut geht, oder?«

»Natürlich.«

»Was genau könnte er dir also erzählen?«

»Ich habe keinen Schimmer«, sage ich.

Wieder schweigt er. Ich bin drauf und dran, mich dafür zu entschuldigen, dass ich urplötzlich etwas aufgedeckt habe, was er mit aller Macht verbergen wollte, habe aber keine Lust auf

Plattitüden und glaube auch nicht, dass Augie welche hören will.

»Ich sag meinen Leuten, sie sollen sich melden, wenn sie ihn sehen.«

»Danke«, sage ich, aber er hat schon aufgelegt.

Die Kanzlei von Elbe, Baroche und Fraser befindet sich in einem nichtssagenden Hochhaus mit Glasfassade inmitten eines Gebäudekomplexes aus nichtssagenden Hochhäusern mit Glasfassaden, dem man den Namen »Country Club Campus« gegeben hat, was vermutlich ironisch zu verstehen ist. Ich stelle den Wagen auf einen Parkplatz von der Größe eines europäischen Fürstentums und gehe zu Reynolds, die mich am Eingang erwartet. Sie trägt einen Blazer über einem grünen Rollkragenpullover.

»Simon Fraser ist hier«, sagt sie.

»Woher wissen Sie das?«

»Ich beobachte das Gebäude, seit ich Sie angerufen habe. Ich habe gesehen, wie er hineingegangen ist, ich habe ihn nicht wieder herauskommen sehen, und sein Wagen steht noch auf dem Parkplatz. Aufgrund dieser Beobachtungen habe ich geschlussfolgert, dass Simon Fraser hier ist.«

»Sie sind gut«, sage ich.

»Lassen Sie sich von meinen Fähigkeiten als Gesetzeshüterin nur nicht ins Bockshorn jagen.«

Die Lobby ist so farblos und kalt wie die Höhle von Mr. Freeze. Im Gebäude befinden sich mehrere Anwaltskanzleien und Investmentfirmen und sogar eins dieser Möchtegern-Colleges, das einzig und allein der Abschreibung von Betriebsgewinnen dient. Wir fahren mit dem Fahrstuhl in den sechsten Stock. Der dünne Bursche an der Rezeption trägt einen Zwei-Tage-Bartschatten, eine modische Brille und ein Headset mit

Mikrofon. Er hebt einen Finger, um uns zu signalisieren, dass er noch einen Moment Zeit braucht.

Dann: »Was kann ich für Sie tun?«

Reynolds zieht ihre Marke heraus. »Wir sind hier, um mit Simon Fraser zu sprechen.«

»Haben Sie einen Termin?«

Kurz glaube ich, dass Reynolds faucht: »Mit dieser Marke brauche ich keinen Termin«, was mich, wie ich zugeben muss, enttäuscht hätte. Stattdessen verneint sie und betont, dass wir es aber zu schätzen wüssten, wenn Mr Fraser sich einen Moment Zeit für uns nehmen würde. Der dünne Bursche drückt eine Taste und flüstert etwas. Dann bittet er uns, Platz zu nehmen. Wir setzen uns. Es gibt keine Zeitschriften, nur Hochglanzbroschüren von Anwaltskanzleien. Ich blättere in einer und stoße auf ein Foto und den Lebenslauf von Simon Fraser. Er ist vom Scheitel bis zur Sohle ein Mann aus Pennsylvania. Nach dem Besuch der örtlichen Highschool zog es ihn in den Westen des Bundesstaats, wo er an der University of Pittsburgh seinen Bachelor machte, um dann ganz im Osten des Staats in Philadelphia an der University of Pennsylvania Jura zu studieren und seinen Abschluss zu machen. Inzwischen ist er ein »landesweit anerkannter Anwalt für Familienrecht«. Allmählich trübt sich vor Langeweile mein Blick, als ich weiterlese, um zu erfahren, dass er den Vorsitz in diesem und jenem Komitee innehatte, in diesem und jenem Medium dies und jenes veröffentlicht hat, im Vorstand dieser und jener Firma saß und ihm in der von ihm gewählten Fachdisziplin diese und jene Auszeichnung verliehen wurde.

Eine große Frau in einem grauen Bleistiftrock kommt auf uns zu. »Hier entlang, bitte.«

Wir folgen ihr den Flur entlang in einen Sitzungsraum, dessen Glaswand wohl einen atemberaubenden Blick auf den

Parkplatz und die in etwas größerer Entfernung dahinter liegenden Wendy's- und Olive-Garden-Restaurants präsentieren soll. In der Mitte des Raums steht ein langer Konferenztisch, auf dem eins dieser Freisprechgeräte steht, das wie eine graue Tarantel aussieht.

Reynolds und ich warten eine Viertelstunde, dann kommt die große Frau zurück.

»Lieutenant Reynolds?«

»Ja?«

»Ein Anruf für Sie auf Leitung drei.«

Die große Frau geht. Reynolds sieht mich mit gerunzelter Stirn an. Sie legt den Zeigefinger über die Lippen, um mir mitzuteilen, dass ich den Mund halten soll, und drückt den Knopf am Freisprechgerät.

»Reynolds«, sagt sie.

Eine Männerstimme antwortet: »Stacy?«

»Ja?«

»Was zum Henker haben Sie in Simon Frasers Büro zu suchen, Stacy?«

»Ich bearbeite einen Fall, Captain.«

»Um welchen Fall handelt es sich?«

»Den Mord an Officer Rex.«

»Den Ihre Dienststelle nicht bearbeitet, weil die Bezirkspolizei die Zuständigkeit an sich gezogen hat.«

Das wusste ich bisher nicht.

»Ich gehe nur einer Spur nach«, sagt Reynolds.

»Nein, Stacy, Sie gehen keiner Spur nach. Sie behelligen einen angesehenen Mitbürger, der mit mindestens zwei Richtern im Ort befreundet ist. Beide Richter haben mich angerufen und mir mitgeteilt, dass eine meiner Lieutenants einen aktiven Rechtsanwalt von der Arbeit abhält, der sich bereits auf seine anwaltliche Schweigepflicht berufen hat.«

Reynolds sieht mich mit einem »Da sehen Sie mal, womit ich mich herumschlagen muss«-Blick an. Mit einem Nicken zeige ich mein Verständnis.

»Soll ich fortfahren, Stacy?«

»Nein, Captain, ich hab schon verstanden. Ich bin hier raus.«

»Oh, und man sagte mir, Sie wären in Begleitung. Wer könnte …«

»Bis später.«

Reynolds legt auf. Wie aufs Stichwort öffnet die große Frau die Tür zum Sitzungsraum und wartet auf uns. Wir stehen auf und folgen ihr den Flur entlang. Als wir in den Fahrstuhl steigen, entschuldigt Reynolds sich: »Tut mir leid, dass ich Sie gebeten habe, den ganzen Weg hier raufzufahren.«

»Ja«, antworte ich. »Jammerschade.«

Als wir das Gebäude verlassen, sagt Reynolds: »Ich mach mich auf den Weg ins Revier und klär das mit meinem Captain.«

»Gute Idee.«

Wir schütteln uns die Hände. Sie dreht sich um und geht.

»Fahren Sie direkt zurück nach Westbridge?«, fragt sie.

Ich zucke die Achseln. »Vielleicht gehe ich vorher noch was essen. Wie ist das Olive Garden?«

»Was glauben Sie?«

Ich gehe nicht ins Olive Garden. Ein Teil des Parkplatzes ist reserviert. Ich entdecke ein Schild mit der Aufschrift »Reserviert für Simon Fraser, Esq«, auf dem derzeit ein glänzender Tesla steht. Ich runzle die Stirn, versuche aber, kein übereiltes Urteil zu fällen. Der Platz links neben dem Tesla, der für »Benjamin Baroche, Esq« reserviert ist, ist frei.

Gut.

Ich gehe zurück zu meinem Wagen. Dabei begegnet mir ein Mittvierziger, der eine Zigarette raucht. Er trägt einen Geschäftsanzug und einen Ehering – und aus irgendeinem Grund ist der Ehering mir wichtig.

»Hören Sie bitte mit dem Rauchen auf«, sage ich.

Der Mann mustert mich mit diesem Blick – einer Mischung aus Verwirrung und Entrüstung –, mit dem ich fast immer bedacht werde, wenn ich das tue. »Was?«

»Es gibt Menschen, die Sie brauchen«, sage ich. »Ich will nur nicht, dass Sie krank werden oder sterben.«

»Kümmern Sie sich um Ihren eigenen Scheiß«, faucht er, wirft die Kippe auf den Boden, als hätte sie ihn beleidigt und stürmt wieder ins Gebäude.

Aber irgendwie denke ich: *Wer weiß – vielleicht war das die letzte Zigarette, die er je geraucht hat.*

Und da heißt es, ich wäre kein Optimist.

Ich blicke zum Eingang. Von Simon Fraser ist nichts zu sehen. Ich steige in meinen Wagen, fahre zum »Baroche«-Parkplatz und stellte mich so nah neben den Tesla, dass meine Beifahrertür nur gut eine Handbreit von der Fahrertür entfernt ist. Ausgeschlossen, dass Simon Fraser sich dazwischenquetscht und die Tür erreicht – öffnen kann er sie auf keinen Fall.

Ich warte. Warten kann ich gut. Es macht mir nichts aus. Echte Observierungsarbeit ist hier eigentlich gar nicht erforderlich – er hat keine Chance, schnell in seinen Wagen zu steigen –, also nehme ich den Roman aus der Tasche, den ich mir mitgebracht habe, stelle die Rückenlehne meines Sitzes weit zurück und fange an zu lesen.

Es dauert nicht lange.

Um 12:15 Uhr sehe ich im Rückspiegel, dass Simon Fraser das Gebäude verlässt. Ich stecke das Lesezeichen zwischen die Seiten 312 und 313, lege das Buch auf den Beifahrersitz und warte weiter. Simon unterhält sich angeregt am Handy. Er kommt näher. Er wühlt mit der freien Hand in der Hosentasche herum und zieht den Schlüssel heraus. Ich höre das leise Piepsen, als die Tür entriegelt wird. Ich warte weiter.

Als er wie angewurzelt stehen bleibt, weiß ich, dass er das Parkproblem entdeckt hat. Ich höre ein gedämpftes: »Was zum Teufel …?«

Ich halte mein Handy ans Ohr und tue so, als würde ich telefonieren. Die andere Hand habe ich am Türgriff.

»Hey … hey, Sie da!«

Ich ignoriere Simon Fraser und lasse das Handy am Ohr. Er wird wütend. Er kommt auf meine Seite und klopft mit etwas Hartem, vermutlich mit seinem College-Ring, ans Seitenfenster.

»Hey, Sie dürfen hier nicht parken.«

Ich drehe mich zu ihm um und gestikuliere mit dem Handy, um ihm zu zeigen, dass ich beschäftigt bin. Sein Gesicht läuft rot an. Simon Fraser klopft mit seinem Ring lauter gegens Fenster. Wieder lege ich die Hand auf den Türgriff.

»Hören Sie, Sie Arschlo…«

Ich stoße die Autotür auf, sodass er sie ins Gesicht bekommt. Simon Fraser kippt nach hinten. Sein Handy fällt ihm aus der Hand und knallt auf den Asphalt. Ich weiß nicht, ob es kaputt ist. Bevor er sich aufrappeln kann, steige ich aus und sage: »Ich habe auf Sie gewartet, Simon.«

Langsam führt Simon Fraser die Hand zum Gesicht, als wollte er prüfen, ob er …

»Kein Blut«, sage ich. »Noch nicht.«

»Ist das eine Drohung?«

»Ja, schon möglich.« Ich strecke die Hand aus, um ihm hoch zu helfen. »Kommen Sie, ich helfe Ihnen hoch.«

Er starrt auf meine Hand, als wäre sie mit Scheiße beschmiert. Ich lächle ihm zu. Dann sehe ich ihn mit dem irren »Mir ist das alles scheißegal«-Blick an. Er kriecht ein Stück weg.

»Ich bin hergekommen, um Ihre Karriere zu retten, Simon.«

Dieser ganze Auftritt dient nicht so sehr dazu, ihm wehzutun oder ihn zu verletzen, ich will ihn eher verwirren und aus dem Konzept bringen. Dieser Mann ist es gewohnt, dass er alles unter Kontrolle hat, dass es klare Regeln und Grenzen gibt und dass er Probleme aus der Welt schaffen kann, indem er mit gezielt ausgewählten Personen telefoniert. Mit Kontrollverlusten und ausufernden Konflikten kennt er sich nicht aus, und wenn ich es richtig angehe, kann ich das ausnutzen.

»Ich … ich rufe die Polizei.«

»Nicht nötig«, sage ich und breite die Arme aus. »Ich bin Cop. Was kann ich für Sie tun?«

»Sie sind Polizist?«

»Bin ich.«

Sein Gesicht wird noch einen Tick röter. »Ihre Dienstmarke sind Sie so gut wie los.«

»Wegen Falschparkens?«

»Wegen Körperverletzung.«

»Die Autotür? Das war ein Unfall, entschuldigen Sie. Aber nur zu, rufen wir noch ein paar Cops dazu. Versuchen Sie, mir die Dienstmarke abnehmen zu lassen, weil ich eine Autotür geöffnet habe, und ich …«, ich zeige mit dem Daumen auf mich, »… werde versuchen, Ihnen die Zulassung als Anwalt entziehen zu lassen.«

Simon Fraser sitzt immer noch auf dem Boden. Ich stehe so nah vor ihm, dass er kaum ohne meine Hilfe aufstehen kann. Ein recht banales Machtspiel. Wieder strecke ich die Hand aus. Falls er etwas versucht – was in dieser Phase durchaus möglich wäre –, bin ich bereit. Er ergreift meine Hand, und ich ziehe ihn hoch.

Simon Fraser wischt seine Kleidung ab. »Ich gehe«, verkündet er.

Er geht zu seinem Handy, hebt es auf und wischt auch das vorsichtig ab, als wäre es ein kleiner Hund. Ich sehe das zerbrochene Display. Jetzt, da er ein paar Meter entfernt steht, wirft er mir einen bösen Blick zu.

»Den Schaden bezahlen Sie.«

Ich lächle ihm zu. »Ach was.«

Er sieht zu seinem Auto hinüber, aber meins blockiert immer noch die Fahrertür. Ich sehe, dass er die Vor- und Nachteile abwägt, die es mit sich bringt, auf der Beifahrerseite einzusteigen, rüberzukrabbeln und wegzufahren.

»Sie erzählen mir, was ich wissen muss«, sage ich, »und die Sache bleibt unter uns.«

»Und wenn ich es Ihnen nicht erzähle?«

Ich zucke die Achseln. »Dann zerstöre ich Ihre Karriere.«

Er kichert. »Und Sie glauben wirklich, dass Sie das könnten?«

»Ehrlich gesagt bin ich mir da nicht sicher. Aber ich werde nicht ruhen, bis ich es geschafft habe. Ich habe nichts zu verlieren, Simon. Mir ist es egal, ob ich …«, ich male mit den Fingern Anführungszeichen in die Luft, »… ›meine Dienstmarke los bin‹. Ich bin Single. Ich habe keine gesellschaftliche Position. Was, wie schon erwähnt, bedeutet, dass ich nichts zu verlieren habe.«

Ich trete einen Schritt näher an ihn heran.

»Sie hingegen, tja, Sie haben eine Familie, einen guten Ruf und genießen …«, wieder die Anführungszeichen mit den Fingern, »… ›ein hohes Ansehen‹ in der Gemeinde.«

»Sie können mir nicht drohen.«

»Das habe ich doch gerade. Ach, und falls es mir aus irgendeinem Grunde doch nicht gelingt, Ihren Ruf zu zerstören, komme ich einfach vorbei und trete Ihnen in den Arsch. Ganz simpel. Auf die altmodische Art.«

Er sieht mich entsetzt an.

»Mein Bruder ist tot, Simon. Womöglich stehen Sie mir auf der Suche nach seinem Mörder im Weg.« Ich gehe etwas näher an ihn heran. »Sehe ich aus wie jemand, der das einfach hinnimmt?«

Er räuspert sich. »Falls das Ganze etwas mit der Arbeit zu tun hat, die Officer Rex für unsere Kanzlei erledigt hat…«

»Das hat es tatsächlich.«

»… dann kann ich Ihnen nicht helfen. Wie ich schon erklärt habe, unterliegt das der anwaltlichen Schweigepflicht.«

»Nicht wenn Sie ihn mit einem Verbrechen beauftragt haben, Simon.«

Schweigen.

»Haben Sie je von Anstiftung zu einer Straftat gehört?«

Wieder räuspert er sich, dieses Mal weniger selbstsicher. »Was um alles in der Welt wollen Sie damit sagen?«

»Sie haben Officer Rex Canton dafür bezahlt, dass er Ex-Ehemännern Schmutz anhängt, damit Ihre Mandantinnen davon profitieren.«

Simon fällt in den Anwalt-Modus. »Erst einmal würde ich Officer Cantons Arbeit nicht so charakterisieren. Und zweitens ist es weder illegal noch in irgendeiner Weise anrüchig, jemanden dafür zu bezahlen, den Background der Gegenpartei auszuleuchten.«

»Seine Aufgabe bestand nicht darin, ihren Background auszuleuchten, Simon.«

»Sie können nicht beweisen…«

»Natürlich kann ich das. Pete Corwick, Randy O'Toole und Nick Weiss. Sagen Ihnen die Namen etwas?«

Schweigen.

»Hat es Ihnen die Sprache verschlagen, Herr Anwalt?«

Noch mehr Schweigen.

»Dank eines erstaunlichen Zufalls ist es Officer Rex Canton gelungen, jeden dieser drei Männer wegen Alkohol am Steuer anzuhalten. Dank eines ähnlich erstaunlichen Zufalls hat Ihre Kanzlei die Ehefrauen jedes dieser drei Männer in Sorgerechtsverfahren vertreten, als diese angehalten wurden.«

Ich grinse.

Er versucht es noch einmal: »Das ist kein Beweis für ein Verbrechen.«

»Hmm. Was meinen Sie, werden die Medien das auch so sehen?«

»Wenn auch nur ein einziges Wort dieser unbegründeten Anschuldigungen an die Medien gelangt…«

»Bin ich meine Dienstmarke so gut wie los, schon klar. Hören Sie, ich stelle Ihnen jetzt zwei Fragen. Wenn Sie mir darauf ehrliche Antworten geben, ist die Sache gegessen. Ihr kurzer Albtraum, den ich hier verkörpere, ist zu Ende. Wenn Sie diese Fragen jedoch nicht beantworten, werde ich mich an die Presse und an die Rechtsanwaltskammer wenden und alles, was ich weiß, auf Facebook posten oder was die Jugend heutzutage sonst bevorzugt. Alles klar?«

Simon Fraser spricht es nicht aus, seine Schultern sinken jedoch herab, daher weiß ich, dass er klein beigeben wird.

»Erste Frage: Was wissen Sie über die Frau, die Rex bei diesen abgekarteten Alkoholtests unterstützt hat?«

»Nichts.«

Die Antwort kommt wie aus der Pistole geschossen.

»Sie wissen aber, dass er mit einer Frau zusammengearbeitet hat, die die Männer zum Trinken verleitet hat, oder?«

»Männer, die in Bars mit Frauen flirten.« Simon Fraser zuckt die Achseln und versucht, etwas von seiner üblichen Blasiertheit auszustrahlen. »Das Gesetz interessiert sich nicht für den Grund des Trinkens, sondern nur für die Menge.«

»Also, wer ist sie?«

»Keine Ahnung«, sagt er. Es klingt glaubhaft. »Meinen Sie wirklich, dass sich irgendjemand in meiner Kanzlei mit solchen Details beschäftigt? Ich selbst schon gar nicht.«

Nein. Eigentlich habe ich das auch nicht erwartet. Trotzdem muss ich es versuchen. »Zweite Frage.«

»*Letzte* Frage«, entgegnet er.

»Wer hat den Auftrag erteilt, in der Nacht, in der Rex Canton ermordet wurde, so einen abgekarteten Alkoholtest durchzuführen?«

Simon Fraser zögert. Er überlegt. Ich lasse ihm Zeit. Sein Gesicht ist nicht mehr rot, sondern eher aschfahl.

»Wollen Sie damit andeuten, dass Officer Cantons, äh, Tätigkeit für unsere Kanzlei zu seiner Ermordung geführt hat?«

»Mehr als nur andeuten.«

»Und das können Sie beweisen?«

»Der Mörder ist genau zu diesem Zweck mit dem Flugzeug angereist. Er hat sich einen Mietwagen genommen und ist zu dieser Bar gefahren. Er hat so getan, als würde er sich mit Rex' Partnerin betrinken. Er hat abgewartet, bis er von Officer Rex Canton angehalten wurde. Dann hat er ihn erschossen.«

Simon Fraser wirkt betroffen.

»Es war eine Falle, Simon. Ganz einfach.«

So weit hätte es nicht kommen dürfen – dass ich auf einem Parkplatz herumstehe und Drohungen ausstoße. Ich glaube, auch Simon Fraser hat das inzwischen erkannt. Er wirkt noch benommener als in dem Moment, als er die Tür an den Kopf bekommen hat.

»Ich besorg Ihnen den Namen.«

»Gut.«

»Nach dem Mittagessen kann ich die Rechnungen durchsehen«, sagt er und sieht auf die Uhr. »Ich bin schon zu spät für einen Lunch-Termin mit einem Mandanten.«

»Simon?«

Er sieht mich an.

»Vergessen Sie den Lunch. Gehen Sie jetzt gleich ins Büro und besorgen Sie den Namen.«

Ich verdränge alles, was mit Maura zu tun hat.

Das mache ich aus mehreren Gründen. Vor allem wohl, damit ich mich auf den Fall konzentrieren kann. Gefühle bringen einen da nicht weiter. Offensichtlich gehe ich diesen Fall mit größerem Ehrgeiz an als gewöhnlich, aufgrund meiner persönlichen Verbindung zu dir, Leo, und zu Maura. Ich darf aber nicht zulassen, dass diese persönliche Verbindung mir das Hirn vernebelt oder die Gedanken verzerrt.

Kurz gesagt: Ich kann nichts daran ändern, sondern nur hoffen.

Es besteht die Möglichkeit – auch wenn sie noch so klein sein mag –, dass es eine vernünftige Antwort auf all die Fragen gibt, die sich hier auftun, und dass, wenn Maura und ich uns wiedersehen … wenn ich an diesen Augenblick denke, wandern meine Gedanken in Richtungen, die sie nicht einschlagen dürften: Ich denke an eine gemeinsame Zukunft, an lange Spaziergänge, Hand in Hand, noch längere Nächte im Bett, dann wandern sie weiter zu Kindern, der Renovierung der Veranda und der Trainertätigkeit bei einem Little-League-Baseballteam, und ja, natürlich weiß ich, wie albern das alles klingt, und ich würde auch niemals jemandem davon erzählen, aber andererseits verstehst du vielleicht, was mir ohne dich im Leben fehlt.

Ist doch so schon verrückt genug, dass ich mit meinem toten Bruder rede, oder?

Wir setzen uns in Simon Frasers Büro. Die große Frau reicht Simon eine Akte. Er öffnet sie. Dann mustert er die Akte überrascht.

»Was ist?«, frage ich.

»Ich habe Rex Canton seit über einem Monat keinen Auftrag erteilt.« Simon Fraser sieht mich an. »Ich weiß nicht, wer ihn an dem Abend beauftragt hat, aber ich war es nicht.«

»Vielleicht jemand anders aus Ihrer Kanzlei?«

Simon räuspert sich kurz. »Das würde mich überraschen.«

»Hat Rex ausschließlich für Sie gearbeitet?«

»Das weiß ich nicht, aber in dieser Kanzlei, na ja, ich bin Seniorpartner und der Einzige, der Familienrecht macht, daher …«

Er beendet den Satz nicht, aber ich verstehe. Rex war *sein* Mann. Die Kollegen würden es nicht wagen, ohne Simon Frasers Zustimmung Kontakt zu ihm aufzunehmen.

Mein Handy klingelt. Auf dem Display steht: »Polizei Westbridge«. Ich bitte um Entschuldigung und drehe mich zur Seite.

»Hallo?«

Augie ist am Apparat. »Ich glaube, ich weiß, wie wir Hank finden.«

ZWÖLF

Als ich am nächsten Morgen ins Revier in Westbridge komme, erwartet Augie mich mit Jill Stevens, seinem Neuzugang frisch von der Polizeischule. Auch ich bin anfangs hier Streife gegangen, und arbeite immer noch als eine Art Hybridermittler für den Bezirk und die Stadt. Augie hat mich hergeholt und dann die Karriereleiter hinaufgeschoben. Ich mag diese Position – der bedeutende Bezirksermittler mit einem Hauch Kleinstadt-Cop. Ich habe nicht das geringste Interesse an Geld oder Ruhm. Das ist keine falsche Bescheidenheit. Ich bin glücklich, wo ich bin. Ich löse die Fälle und überlasse anderen die Anerkennung. Ich will weder degradiert noch weiterbefördert werden. Hier lässt man mich im Großen und Ganzen in Ruhe, außerdem gerate ich nicht in den Treibsand politischer Intrigen, der so viele nach unten zieht.

Ich bin genau da, wo ich hingehöre.

Das Revier befindet sich in einem alten Bankgebäude mitten in der Old Westbridge Road. Vor acht Jahren wurde das gerade neu eröffnete Hightech-Revier an der North Elm Street bei einem Sturm überflutet. Da während der Reparatur- und Renovierungsarbeiten nichts anderes frei war, wurden ein paar leer stehende Räume in der Westbridge Savings Bank angemietet, die ihre besten Tage hinter sich hatte. Das vom griechisch-römischen Baustil inspirierte Bankhaus aus dem Jahr 1924 besaß noch alles, was man von einem Haus aus dieser Zeit erwarten konnte: Marmorboden, hohe Decken und dunkle Eichenholztresen. Der altmodische Tresor war zur Arrestzelle umgebaut worden. Offiziell lässt der Stadtrat immer noch verlauten, dass die Polizei wieder ins Revier an der North Elm Street zieht, allerdings wurde nach knapp acht Jahren immer noch nicht mit den Bauarbeiten begonnen.

Wir drei setzen uns in Augies Büro im ersten Stock, in dem früher der Leiter der Bank saß. Die Wand hinter Augie ist leer – dort hängen weder Kunstwerke, noch Flaggen, Zertifikate oder Zeitungsausschnitte, wie man sie sonst aus Büros von Polizeichefs kennt. Es stehen auch keine Fotos auf dem Schreibtisch. Für Außenstehende sieht es fast aus, als hätte Augie schon angefangen, sein Büro für den Ruhestand auszuräumen, aber so ist mein Mentor nun einmal. Auszeichnungen und Zeitungsausschnitte sind für ihn nur Prahlerei. Kunst würde etwas über ihn preisgeben, was er lieber für sich behalten möchte. Fotos … tja, selbst wenn Augie eine Familie hätte, würde er sie nicht mit zur Arbeit nehmen wollen.

Augie sitzt hinter seinem Schreibtisch. Jill Stevens sitzt rechts von mir und hält einen Laptop und eine Akte parat.

Augie sagt: »Hank war vor drei Wochen hier im Revier und hat Anzeige erstattet. Jill hat die Anzeige aufgenommen.«

Wir sehen Jill an. Sie räuspert sich und schlägt die Akte auf. »Der Anzeigenerstatter wirkte sehr aufgeregt, als er das Revier betrat.«

Augie sagt: »Jill.«

Sie blickt auf.

»Vergessen Sie die Formalitäten. Sie sind hier unter Freunden.«

Sie nickt und schließt die Akte. »Ich habe Hank in der Stadt gesehen. Natürlich kennen wir hier alle seinen Ruf. Aber ich habe das überprüft. Hank war vorher noch nie im Revier. Oder, um es genauer zu sagen, er war vorher noch nie *frei-*

willig im Revier. Wenn er zu aufdringlich wurde, haben wir ihn gelegentlich eingesammelt und einfach ein paar Stunden hierbehalten, bis er sich wieder beruhigt hatte. Nicht in der Arrestzelle. Er saß einfach unten im Büro auf einem Stuhl. Was ich meine, ist, dass er nie hergekommen ist, um Anzeige zu erstatten.«

Ich versuche, die Sache zu beschleunigen. »Sie sagten, er hätte aufgeregt gewirkt?«

»Ich habe schon ein paarmal gesehen, wie er in Rage geraten ist, daher habe ich ihm am Anfang einfach gut zugeredet. Ich dachte, er müsste nur ein bisschen Luft ablassen und würde sich dann beruhigen. Das hat er aber nicht. Er sagte, die Leute hätten ihn bedroht, ihn angeschrien und beschimpft.«

»Was haben sie gesagt?«

»Das habe ich nicht richtig verstanden, aber er schien wirklich Angst zu haben. Er sagte, die Leute würden Lügen über ihn erzählen. Zwischendurch hat er immer wieder in einem eigenartigen gelehrten Tonfall über Beleidigung und Verleumdung gesprochen, als wäre er sein eigener Anwalt oder so etwas. Das war alles ziemlich bizarr. Bis er uns dann das Video gezeigt hat.«

Jill rückt ihren Stuhl etwas zu mir herüber und klappt den Laptop auf.

»Es hat eine ganze Weile gedauert, bis Hank sich soweit beruhigt hatte, dass er sich verständlich ausdrücken konnte, und dann hat er mir dies hier gezeigt.« Sie reicht mir den Laptop. Jill hat eine Facebook-Seite aufgerufen. Ein Video zeigt ein Standbild. Ich erkenne es nicht genau, meine aber, einen Wald zu sehen. Bäume mit grünen Blättern. Mein Blick wandert weiter nach oben. Der Titel des Videos gibt an, wo es veröffentlicht wurde.

»Shame-A-Perv?«, sage ich laut. »Stellt man da Perverse an den Pranger?«

»Das Internet«, sagt Augie, als würde das alles erklären. Er lehnt sich zurück und faltet die Hände auf seinem Bauch.

Jill klickt auf die Play-Taste.

Die ersten Bilder sind ziemlich verwackelt. Man sieht nur einen schmalen, senkrechten Streifen mit verschwommenen Rändern, was bedeutet, dass das Video mit einem hochkant gehaltenen Smartphone aufgenommen wurde. In der Ferne steht ein Mann alleine hinter dem Fangnetz eines Baseballfelds.

»Das ist Sloane Park«, sagt Jill.

Ich habe es bereits erkannt. Es ist das Baseballfeld neben der Benjamin Franklin Middle School.

Das Video zoomt etwas ruckartig an den Mann heran. Wie erwartet, ist es Hank. Er sieht aus wie jemand, den man früher einen Penner genannt hat. Er ist unrasiert. Seine Jeans hängt locker herab und ist so stark ausgebleicht, dass sie fast weiß wirkt. Unter dem offenen Flanellhemd sieht man das einst weiße, wahrscheinlich – oder sollte man sagen hoffentlich – mottenzerfressene Unterhemd.

Ein oder zwei Sekunden lang geschieht nichts. Die Kamera scheint ihre Angst zu verlieren, hört auf zu zittern, und das Bild wird scharf. Dann flüstert eine Frau – wahrscheinlich diejenige, die das Video aufgenommen hat: »Dieser dreckige Perverse hat sich vor meiner Tochter entblößt.«

Ich sehe Augie kurz an, der keine Reaktion zeigt. Dann konzentriere ich mich wieder auf den Laptop.

Das Auf und Ab und der größer werdende Hank deuten darauf hin, dass die filmende Frau auf ihn zugeht.

»Was wollen Sie hier?«, ruft die Frau. »Was haben Sie hier zu suchen?«

Hank Stroud dreht sich zu ihr um. Seine Augen weiten sich.

»Warum entblößen Sie sich vor Kindern?«

Hanks Blick irrt herum wie ein verängstigter Vogel, der einen Landeplatz sucht.

»Warum erlaubt die Polizei, dass Perverse wie Sie unsere Gemeinde in Gefahr bringen?«

Für einen Moment hält Hank sich die Hände über die Augen, als wollte er ein helles Licht abschirmen, das jedoch nicht vorhanden ist.

»Antworten Sie!«

Hank rennt davon.

Die Kamera versucht, ihm zu folgen. Hanks Hose beginnt zu rutschen. Er hält sie mit einer Hand fest und rennt weiter in Richtung Wald.

»Wenn Sie irgendetwas über diesen Perversen wissen«, sagt die Frau, die das Video aufnimmt, »posten Sie es bitte. Wir müssen unsere Kinder schützen!«

Damit endet das Video.

Ich sehe Augie an. »Hat sich jemand über Hank beschwert?«

»Die Leute beschweren dich dauernd über Hank.«

»Darüber, dass er sich entblößt?«

Augie schüttelt den Kopf. »Ihnen gefällt einfach sein Aussehen nicht, dass er so ungepflegt durch die Stadt läuft, dass er riecht und Selbstgespräche führt. Du kennst das doch.«

Das tue ich. »Aber es gab keine Beschwerden darüber, dass er sich entblößt hat?«

»Nein, das nicht.« Augie deutet mit dem Kinn auf den Laptop. »Guck dir den Zähler unter dem Video an, wie viele Leute es sich angeguckt haben.«

Mir fällt die Kinnlade herunter: 3789452 Klicks. »Holla.«

»Es ist viral geworden«, sagt Jill. »Als Hank hier war, stand es erst einen Tag im Netz. Und da hatte es schon eine halbe Million Klicks.«

»Und was sollten Sie Hanks Meinung nach dagegen unternehmen?«, frage ich.

Jill öffnet den Mund, überlegt, schließt ihn wieder. »Er sagte nur, dass er Angst hat.«

»Sie sollten ihn schützen?«

»Ja, ich denke schon.«

»Und was haben Sie getan?«

Augie sagt: »Nap.«

»Was hätte ich denn machen sollen? Er hat sich so unklar ausgedrückt. Ich habe ihn gebeten wiederzukommen, wenn es eine konkrete Bedrohung gibt.«

»Haben Sie überprüft, wer das Video gepostet hat?«

»Äh, nein.« Jill sieht Augie mit weit aufgerissenen Augen an. »Ich habe die Akte auf Ihren Schreibtisch gelegt, Captain. Hätte ich noch etwas tun sollen?«

»Nein, das war gut so, Jill. Ich kümmere mich jetzt darum. Lassen Sie den Laptop hier. Danke.«

Jill sieht mich an, als müsste ich etwas sagen, um ihr Absolution zu erteilen. Ich mache ihr zwar keinen Vorwurf dafür, wie sie die Sache gehandhabt hat, habe aber auch keine Lust, sie einfach so vom Haken zu lassen. Ich sage nichts, als sie geht. Als wir alleine sind, sieht Augie mich stirnrunzelnd an.

»Sie ist im ersten Jahr, verdammt noch mal.«

»In diesem Video wirft jemand Hank ein ziemlich schweres Verbrechen vor.«

»Dann gib mir die Schuld«, sagt Augie.

Ich verziehe das Gesicht und winke ab.

»Ich bin der Captain. Meine Untergebene hat mir die Akte auf den Schreibtisch gelegt. Ich hätte sie besser durchsehen müssen. Wenn du unbedingt jemandem einen Vorwurf machen willst, dann mir.«

Egal, ob er recht hatte, darauf wollte ich nicht hinaus. »Ich will niemandem einen Vorwurf machen.«

Ich klicke auf den Play-Button und sehe mir das Video noch einmal an. Dann sehe ich es mir ein drittes Mal an.

»Die Hose sitzt ziemlich locker«, sage ich zu Augie.

»Glaubst du, dass sie runtergerutscht ist?«

Ich glaube das nicht. Und er auch nicht.

»Guck dir die Kommentare an«, sagt Augie.

Ich scrolle nach unten. »Das sind mehr als fünfzigtausend.«

»Klick einfach auf ›Top-Kommentare‹ und lies ein paar davon.«

Ich tue, was er gesagt hat. Und wie immer, wenn ich solche Internet-Kommentare lese, schwindet mein Vertrauen in die Menschheit:

MAN SOLLTE DEN TYP MIT EINEM ROSTIGEN NAGEL KASTRIEREN …

ICH WÜRDE DIESEN PERVERSEN HINTEN AN MEINEN PICKUP KETTEN UND SEINEN ARSCH …

DA SIEHT MAN WIEDER, WAS IN AMERIKA FALSCH LÄUFT. WARUM LÄUFT DIESER PÄDO NOCH FREI RUM …

ER HEISST HANK STROUD! ICH HAB GESEHEN, WIE ER AUF DEN PARKPLATZ VOM STARBUCKS IN WESTBRIDGE GEPISST HAT …

WARUM SOLLEN MEINE STEUERGELDER DAFÜR VERSCHWENDET WERDEN, DASS DER ABARTIGE IM KNAST SITZT? LASST DIESEN HANK EINFACH VERSCHWINDEN, WIE MAN ES MIT EINEM TOLLWÜTIGEN HUND MACHEN WÜRDE …

ICH HOFFE, DIE MISSGEBURT LÄUFT DURCH MEINEN GARTEN. HAB EIN NEUES GEWEHR, DAS ICH UNBEDINGT AUSPROBIEREN WILL…

MAN SOLLTE IHM DIE HOSE RUNTERZIEHEN UND DANN SOLL ER SICH VORBEUGEN, DAMIT…

Sie verstehen, was ich meine. Zu viele Posts fangen mit »Man sollte…« an, worauf diverse irrsinnige, auf krankhafte Weise kreative Foltermethoden folgen, bei denen jeder spanische Inquisitor vor Neid erblasst wäre.

»Nett, nicht?«, sagt Augie.

»Wir müssen ihn finden.«

»Ich habe eine Suchmeldung rausgegeben.«

»Vielleicht sollten wir es bei seinem Vater versuchen.«

»Bei Tom?« Augie sieht mich überrascht an. »Tom Stroud ist doch schon vor Ewigkeiten weggezogen.«

»Es gibt Gerüchte, dass er zurückgekommen ist«, sage ich.

»Wirklich?«

»Ich hab gehört, dass er in der Wohnung seiner Exfrau in Cross Creek Point wohnt.«

»Was?«, sagt Augie.

»Wieso wundert dich das?«

»Wir waren früher ziemlich gut befreundet. Tom und ich. Nach seiner Scheidung ist er in den Westen gezogen. Nach Cheyenne, Wyoming. Wir sind noch mal mit ein paar Leuten hingefahren und haben da eine Angeltour mit ihm gemacht. Fliegenfischen. Ach, aber das muss auch schon an die zwanzig Jahre her sein.«

»Wann hast du ihn das letzte Mal gesehen?«

»Damals bei diesem Besuch. Du weißt doch, wie das läuft.

Wenn jemand auf die andere Seite des Landes zieht, verliert man den Kontakt.«

»Trotzdem«, sage ich. »Du sagtest gerade, ihr wärt ziemlich gute Freunde gewesen.«

Ich sehe ihn an. Augie versteht, worauf ich hinauswill. Er sieht hinunter ins Erdgeschoss des Reviers. Wie üblich ist nicht viel los.

»Okay«, sagt er, seufzt und geht zur Tür. »Du fährst.«

DREIZEHN

Wir fahren ein paar Minuten lang schweigend.

Ich will Augie etwas sagen, ich will mich dafür entschuldigen, genau die Dinge wieder ans Tageslicht gezerrt zu haben, die er so tief wie möglich vergraben wollte. Ich will ihm sagen, dass ich umkehren, ihn am Revier absetzen und die Sache allein regeln kann. Ich will ihm sagen, er soll Yvonne anrufen, es noch einmal versuchen und vergessen, dass ich etwas über seine tote Tochter gesagt habe.

Doch das tue ich nicht.

Stattdessen sage ich: »Meine Theorie stimmt nicht mehr richtig.«

»Wieso?«

»Meine Theorie – wenn man es denn so bezeichnen will – besagte, dass die ganze Sache etwas mit dem zu tun hat, was mit Leo und Diana passiert ist.«

Aus dem Augenwinkel sehe ich, wie Augie in sich zusammensackt. Ich fahre fort.

»Ich dachte, es hätte etwas mit diesem Conspiracy Club zu tun. Sechs potenzielle Mitglieder, von denen wir wissen – Leo und Diana …«

»Wir wissen nicht, ob Diana Mitglied war.« Seine Stimme klingt aggressiv, was ich vollkommen verstehe. »Im Jahrbuch trägt sie keine von diesen albernen Anstecknadeln.«

»Das stimmt«, sage ich langsam und behutsam. »Darum habe ich von potenziellen Mitgliedern gesprochen.«

»Okay, ist ja auch egal.«

»Wenn du nicht willst, dass ich darüber rede …«

»Tu mir einen Gefallen, Nap. Erzähl mir einfach, was an deiner Theorie nicht stimmt, okay?«

Ich nicke. Mit dem Alter haben sich unsere Positionen immer mehr angeglichen. Augie ist aber immer noch der Mentor, und ich bin sein Schützling. »Sechs mögliche Mitglieder«, wiederhole ich. »Diana und Leo …«

»… sind tot«, sagt er. »Rex auch. Es bleiben also noch Maura, die am Tatort von Rex' Ermordung war, diese Kardiologin im Westen …«

»Beth Fletcher, geborene Lashley.«

»Und Hank«, sagt Augie.

»Und genau der ist das Problem«, sage ich.

»Inwiefern?«

»Vor drei Wochen, also vor Rex' Ermordung, hat jemand dieses Video von Hank gepostet. Dann ist Hank verschwunden. Und Rex wird umgebracht. Ich weiß nicht, welche Verbindung es da gibt. Wer auch immer das Video gepostet hat – das waren bestimmt die Eltern irgendwelcher Schüler hier. Das kann doch nicht mit der alten Raketenbasis oder dem Conspiracy Club zusammenhängen, oder?«

»Klingt unwahrscheinlich.« Er reibt sich mit der rechten Hand das Kinn. »Soll ich dir sagen, was mir dabei auffällt?«

»Schieß los.«

»Du bist zu eifrig bei der Sache, Nap.«

»Und du interessierst dich kein Stück dafür«, schieße ich zurück, was eine wirklich dumme Bemerkung ist.

Ich erwarte, dass er dagegenhält. Stattdessen gluckst Augie nur. »Jedem anderen hätte ich dafür eine aufs Maul gehauen.«

»Das war daneben«, sage ich. »Tut mir leid.«

»Ich versteh das, Nap, selbst wenn du es nicht tust.«

»Wovon sprichst du?«

»Dir geht's bei dieser Sache nicht nur um Leo und Diana«, sagt er. »Dir geht es um Maura.«

Ich sage nichts und warte, dass das Stechen nachlässt, das diese Worte in mir ausgelöst haben.

»Wenn Maura nicht abgehauen wäre, hättest du Leos Tod überwunden. Du hättest natürlich viele Fragen gehabt, genau wie ich. Aber genau das ist der Unterschied. Ganz egal, wie die Antwort aussieht, selbst wenn sie alles verändert, was wir über Leo und Diana wissen, ändert das für mich eigentlich nichts. Die Leiche meiner Tochter wird weiterhin auf dem Friedhof verrotten. Aber für dich …«, in Augies Stimme liegt tiefe Trauer, und ich glaube, dass es Mitleid mit mir sein könnte, »… für dich geht es um Maura.«

Wir kommen ans Tor zur Eigenheim-Siedlung. Ich schiebe den Gedanken beiseite. Schluss damit. Konzentrier dich.

Man kann sich leicht über solche Siedlungen lustig machen – die völlige Gleichförmigkeit, das Fehlen jeder persönlichen Note, die baukastenartige Struktur, die zu stark durchgeplante Landschaftsgestaltung – allerdings überlege ich, seit ich erwachsen bin, ob ich nicht auch in eine solche Siedlung ziehen soll. Mir gefällt der Gedanke, eine monatliche Gebühr für die Instandhaltung zu bezahlen und dafür keine Außenarbeiten erledigen zu müssen. Ich kann Rasen mähen nicht ausstehen, mache nicht gern Gartenarbeit, grille nicht gerne und mag auch die anderen typischen Hausbesitzerrituale nicht. Es würde mich nicht im Geringsten stören, wenn mein Haus von außen genauso aussieht wie das meines Nachbarn. Ich empfinde nicht einmal eine besondere Verbindung zu dem Gebäude, in dem wir aufgewachsen sind.

Du, Leo, würdest auf jeden Fall bei mir bleiben, ganz egal, wo ich wohne.

Warum ziehe ich dann nicht um?

Ein Psychiater hätte sicher viel Freude an dieser Frage, ich glaube aber nicht, dass es darauf eine wirklich tiefgreifende Antwort gibt. Wahrscheinlich ist es schlicht einfacher, dort zu bleiben, wo ich bin. Ein Umzug macht Arbeit. Klassische Naturwissenschaft: Ein ruhender physikalischer Körper verharrt im Ruhezustand. So ganz überzeugt mich diese Erklärung nicht, aber es ist die beste, die ich habe.

Der Wachmann der Wohnsiedlung trägt nicht einmal einen Schlagstock. Ich zeige ihm meine Dienstmarke und sage: »Wir wollen Tom Stroud sprechen.«

Er sieht sich die Marke an und gibt sie mir zurück. »Erwartet Mr Stroud Sie?«

»Nein.«

»Hätten Sie etwas dagegen, wenn ich ihn anrufe und ihm sage, dass Sie hier sind? Na ja, das ist hier eigentlich Vorschrift.«

Ich sehe Augie an. Der nickt. Ich sage: »Kein Problem.«

Der Wachmann ruft an. Er legt auf, beschreibt den Weg – die zweite links und an den Tennisplätzen vorbei – und klebt einen Parkausweis an die Windschutzscheibe. Ich bedanke mich und fahre weiter.

Als wir ankommen, erwartet Tom Stroud uns vor der offenen Tür. Es ist seltsam, wenn man die Ähnlichkeit zum Sohn im Vater sieht. Zweifelsohne ist er Hanks Vater, aber auf eine bizarre Art. Natürlich ist er älter, aber er ist auch besser gekleidet, rasiert und frisiert. Hanks Haare stehen ab, als handele es sich bei ihnen um ein fehlgeschlagenes wissenschaftliches Experiment. Sein Vater ist ordentlich gekämmt, die grauen Haare sind geglättet und wie von einem höheren Wesen gescheitelt.

Als wir die Autotüren öffnen, ringt Tom Stroud die Hände.

Er schwankt vor und zurück. Seine Augen sind zu weit aufgerissen. Ich sehe Augie an. Dieser Mann erwartet schlechte Nachrichten, die denkbar schlechtesten Nachrichten. Wir haben beide schon solche Nachrichten überbracht – und sie natürlich auch erhalten.

Tom Stroud tritt unsicher einen Schritt vor. »Augie?«

»Wir wissen nicht wo Hank ist«, sagt Augie. »Deshalb sind wir hier.«

Erleichterung breitet sich auf seinem Gesicht aus. Sein Sohn ist nicht tot. Tom Stroud beachtet mich nicht, geht auf Augie zu und umarmt seinen alten Freund. Augie zögert einen Moment, zuckt vor Schmerz fast zurück, bevor er sich entspannt und die Umarmung erwidert.

»Schön, dich zu sehen, Augie«, sagt Tom Stroud.

»Gleichfalls, Tom.«

Als sie die Umarmung lösen, fragt Augie: »Weißt du, wo Hank ist?«

Tom Stroud schüttelt den Kopf und fragt: »Wollt ihr nicht reinkommen?«

Tom Stroud macht uns Kaffee in einer French Press.

»Doris hat immer eine von diesen Kapsel-Maschinen benutzt, aber ich finde, der Kaffee daraus schmeckt nach Plastik.« Er reicht erst mir, dann Augie eine Tasse. Ich trinke einen Schluck. Er ist übrigens ausgezeichnet – oder meine frankophile Ader macht sich wieder bemerkbar. Augie und ich setzen uns auf die Hocker in der kleinen Küche. Tom Stroud bleibt stehen. Er blickt aus dem Fenster auf ein Haus, das genauso aussieht wie seins.

»Doris und ich haben uns scheiden lassen, als Hank zehn Jahre alt war. Wir beide waren zusammen, seit wir fünfzehn waren. Das ist zu jung. Wir waren noch auf dem College, als wir geheiratet haben. Irgendwann habe ich angefangen, für meinen Vater zu arbeiten. Er hat Gewindenägel für Paletten und Heftklammern hergestellt. Mit mir in der dritten Generation. Früher, vor den Rassenunruhen, war die Fabrik noch in Newark. Dann haben wir die Produktion ins Ausland verlagert. Ich hatte den langweiligsten Job der Welt. Das dachte ich damals jedenfalls.«

Ich sehe Augie an, rechne damit, dass er die Augen verdreht, aber entweder gibt Augie vor, aufmerksam zuzuhören, damit Tom weiterredet, oder die Geschichte seines alten Freundes rührt ihn wirklich.

»Ich war jedenfalls Anfang dreißig, habe meinen Job gehasst, finanziell lief es nicht besonders gut, ich bin frühzeitig gealtert, habe mich mies gefühlt und ... na ja, es war alles meine Schuld. Die Scheidung meine ich. Irgendwann steht man am Abgrund, man steigt aus, und dann gibt es kein Halten mehr. Doris und ich haben immer gestritten. Wir haben angefangen, uns zu hassen. Auch Hank, mein ›undankbarer‹ Sohn, hat angefangen, mich zu hassen. Also dachte ich, zur Hölle mit ihnen. Ich bin weit weggezogen. Habe einen Waffen- und Angelladen mit einem Schießstand eröffnet. Ein paarmal bin ich auch hergekommen und habe Hank besucht. Aber wenn ich hier war, war er immer mies drauf. Eine echte Nervensäge. Wieso also sollte ich mich um ihn kümmern? Ich habe dann noch mal geheiratet, aber das ging nicht lange gut. Sie hat mich verlassen, aber diesmal gab es keine Kinder, und es war keine große Sache. Wir hatten wohl beide nicht erwartet, dass die Beziehung den Rest unseres Lebens hält ...«

Seine Stimme verklingt.

»Tom?«

»Ja, Augie.«

»Warum bist du zurückgekommen?«

»Ich war da draußen in Cheyenne. Ich hab mein Leben gelebt, mein Ding gemacht. Plötzlich ruft Doris an und erzählt mir, dass sie Krebs hat.«

Jetzt hat er Tränen in den Augen. Ich sehe Augie an. Auch seine Augen sind etwas feucht.

»Ich bin mit der nächsten Maschine hergekommen. Als ich wieder hier war, haben Doris und ich nicht mehr gestritten. Wir haben nicht über die Vergangenheit geredet. Wir haben das, was passiert ist, nicht aufgearbeitet, nicht einmal darüber gesprochen, warum ich zurückgekommen bin. Ich bin einfach wieder eingezogen. Mir ist klar, dass das alles keinen Sinn ergibt.«

»Doch, das tut es«, sagt Augie.

Tom schüttelt den Kopf. »Was für eine Verschwendung. Ein ganzes Leben.«

Es wird still. Ich will, dass es vorangeht, aber im Moment gibt Augie den Takt vor.

»Wir hatten noch ein halbes Jahr, in dem sie mehr oder weniger gesund war, dann ein halbes, in dem sie das nicht mehr war. Ich nenne sie nicht ›gute‹ und ›schlechte‹ Phasen. Sie sind alle gut, wenn man das Richtige tut. Verstehst du, was ich meine?«

»Ja«, sagt Augie. »Ich verstehe, was du meinst.«

»Ich habe dafür gesorgt, dass Hank hier war, als Doris gestorben ist. Wir waren beide an ihrer Seite.«

Augie rückt auf dem Hocker nach hinten. Ich verhalte mich ganz still. Schließlich wendet Tom Stroud sich vom Fenster ab.

»Ich hätte dich anrufen sollen, Augie.«

Augie winkt ab.

»Das wollte ich auch. Wirklich. Ich wollte anrufen, aber …«

»Du brauchst dich nicht zu entschuldigen, Tom.« Augie räuspert sich. »Kommt Hank gelegentlich vorbei?«

»Ja, manchmal schon. Ich habe schon überlegt, ob ich das Haus verkaufen soll und von dem Geld ein Treuhandkonto für ihn einrichte. Aber ich glaube, das Haus gibt Hank einen Hauch von Stabilität. Ich versuche auch, Hilfe für ihn zu bekommen. Manchmal … manchmal ist es okay mit ihm. Was das Ganze fast noch schlimmer macht. Als würde er einen flüchtigen Blick darauf erhaschen, wie sein Leben sein könnte, und dann wird es ihm wieder genommen.«

Tom Stroud sieht mich zum ersten Mal an. »Sie sind mit Hank auf die Highschool gegangen?«

»Das bin ich, ja.«

»Dann wissen Sie es vielleicht schon. Hank ist krank.«

Ich nicke kurz.

»Die Leute verstehen nicht, dass das eine Krankheit ist. Sie erwarten von Hank, dass er sich auf eine gewisse Art benimmt, dass er darüber hinwegkommt, sich zusammenreißt oder sonst irgendetwas – aber das ist, als würde man einen Mann mit zwei gebrochenen Beinen auffordern, über einen Platz zu sprinten. Er kann das einfach nicht.«

»Wann haben Sie Hank das letzte Mal gesehen?«, frage ich.

»Das ist schon ein paar Wochen her. Es ist aber auch nicht so, dass er regelmäßig herkommt.«

»Also haben Sie sich keine Sorgen gemacht?«

Tom Stroud zögert einen Moment. »Einerseits schon, andererseits nicht.«

»Soll heißen?«

»Das soll heißen, dass ich selbst wenn ich besorgt gewesen wäre, nicht gewusst hätte, was ich tun soll. Hank ist ein erwachsener Mann. Er wurde nicht zwangseingewiesen. Was hätten Sie denn getan, wenn ich auf dem Revier angerufen hätte?«

Die Frage brauche ich nicht zu beantworten. Es ist offensichtlich.

»Hat Hank Ihnen das Video gezeigt, das jemand im Park von ihm gemacht hat?«

»Welches Video?«

Ich ziehe mein Smartphone heraus und zeige es ihm.

Als es zu Ende ist, fasst er sich an den Kopf. »Mein Gott … wer hat das gepostet?«

»Das wissen wir nicht.«

»Kann ich … ich weiß nicht … kann ich eine Vermisstenanzeige für Hank aufgeben oder so etwas?«

»Das können Sie«, sage ich.

»Dann lass uns das machen, Augie?«

Augie sieht ihn an.

»Findet meinen Jungen, okay?«

Augie nickt langsam. »Wir geben unser Bestes.«

Bevor wir gehen, führt Tom Stroud uns in ein Zimmer, das seine Exfrau für Hank eingerichtet hat.

»Er schläft nie hier. Ich glaube, seit ich zurückgekommen bin, hat Hank dieses Zimmer nie betreten.«

Als er die Tür öffnet, riecht man die abgestandene Luft. Wir treten ein, und als ich die Wand sehe, drehe ich mich um und warte auf Augies Reaktion.

Die ganze Wand ist bedeckt mit Schwarz-Weiß-Fotos, Zeitungsausschnitten und Luftbildern der Nike-Raketenbasis in ihren besten Jahren. Das meiste ist alt, die Ecken der Fotos krümmen sich, die Zeitungsausschnitte sind vergilbt wie die Zähne eines Kettenrauchers. Ich lasse den Blick darüber schweifen, suche nach etwas Neuerem oder etwas, das ich nicht auch im Internet finden würde, entdecke aber nichts Besonderes.

Tom sieht, dass wir die Wand anstarren. »Ja, Hank war wohl fast schon besessen von der alten Basis.«

Wieder sehe ich Augie an. Der zeigt immer noch keine Reaktion.

»Hat Hank je etwas dazu gesagt?«, frage ich.

»Wozu genau?«

Ich zucke die Achseln. »Zu allem, was damit zu tun hat.«

»Nichts Sinnvolles.«

»Und Sinnloses?«

Tom Stroud sieht Augie an. »Glaubst du, die Raketenbasis hat etwas mit seinem …«

»Nein«, sagt Augie.

Tom dreht sich wieder zu mir um. »Das war nur Gerede. Wirres Zeug – die würden da Geheimnisse verbergen, sie wären böse und würden Hirnexperimente machen.« Er lächelt traurig. »Schon komisch.«

»Was?«, frage ich.

»Na ja, nicht komisch, aber irgendwie skurril. Hank war, wie gesagt, wirklich besessen von der Raketenbasis. Schon als Kind.«

Er zögert. Augie und ich schweigen.

»Jedenfalls hat Doris oft gescherzt, dass Hank recht haben könnte – vielleicht hätten die da oben in einem Geheimlabor tatsächlich seltsame Experimente gemacht. Vielleicht wäre Hank, als er klein war, eines Abends den Pfad hinaufgegangen, wo ihn einer der bösen Männer geschnappt und irgendetwas mit seinem Gehirn gemacht hätte. Dass er dadurch so geworden wäre.«

Es ist still im Raum. Tom versucht, es mit einem Lachen abzutun.

»Das war nur ein Witz«, sagt Tom. »Galgenhumor. Wenn so etwas mit deinem Kind passiert, greift man nach jedem Strohhalm.«

VIERZEHN

Rektorin Deborah Keren ist schwanger.

Mir ist klar, dass es nicht unbedingt dem guten Ton entspricht, eine Schwangerschaft so direkt zu erwähnen, sie ist aber – abgesehen vom Bauch – eine sehr zierliche Frau, die sich ganz in Orange gekleidet hat, was eine seltsame Wahl ist, es sei denn, sie will sich absichtlich im Kürbis-Look präsentieren. Das Aufstehen bereitet ihr Mühe, und sie stützt sich auf die Armlehnen ihres Stuhls. Ich sage ihr, dass sie sitzen bleiben kann, sie hat aber schon über die Hälfte der Strecke geschafft, und man bräuchte einen Kran, um die Bewegung abzubremsen und sie sicher wieder auf ihren Stuhl herunterzulassen.

»Ich bin im achten Monat«, sagt Keren. »Ich sage Ihnen das, weil plötzlich alle Angst haben, dass sie mit der Frage ›Sind Sie schwanger‹ falsch liegen und deshalb Schwierigkeiten bekommen oder so etwas.«

»Moment mal«, sage ich. »Sie sind schwanger?«

Keren lächelt schwach. »Nein, ich habe eine Bowlingkugel verschluckt.«

»Ich hatte eher an einen Wasserball gedacht.«

»Sehr witzig, Nap.«

»Ist das Ihr erstes Kind?«

»Ja.«

»Das ist wundervoll. Glückwunsch.«

»Danke.« Sie kommt auf mich zu. »Sind Sie fertig damit oder wollen Sie mich weiter mit Komplimenten bezirzen?«

»Wie war ich?«

»So charmant, dass ich spätestens jetzt schwanger wäre. Was kann ich für Sie tun, Nap?«

Wir kennen uns nicht sehr gut, aber wir wohnen beide in Westbridge, und als Schulrektorin und örtlicher Cop läuft man sich gelegentlich bei der einen oder anderen der vielen Stadtversammlungen über den Weg. Sie watschelt den Flur entlang. Ich begleite sie und achte darauf, dass ich sie nicht unbewusst nachahme. Die Flure sind so leer, wie es nur Schulflure während des Unterrichts sein können. Seit damals hat sich hier nicht viel verändert, Leo – geflieste Fußböden, rechts und links stehen die Spinde der Schüler, und die Wand darüber ist in Schwefelgelb gestrichen. Die größte Veränderung, die eigentlich gar keine ist, besteht in der Perspektive. Man sagt, Schulen würden mit zunehmendem Alter kleiner wirken. Das stimmt. Vielleicht ist es diese veränderte Perspektive, die die alten Geister im Zaum hält.

»Es geht um Hank Stroud«, sage ich.

»Interessant.«

»Warum sagen Sie das?«

»Sie wissen sicher, dass viele Eltern sich ständig über ihn beschweren.«

Ich nicke.

»Ich habe ihn allerdings seit Wochen nicht gesehen. Ich glaube, dieses Video hat ihn verscheucht.«

»Sie wissen von dem Video?«

»Ich versuche, mich über das, was in meiner Schule vorgeht, auf dem Laufenden zu halten …«, sie blickt durch ein kleines, rechteckiges Fenster in einen Klassenraum, geht zur nächsten Tür, blickt auch dort hinein, »… aber, na ja, seien wir ehrlich, das halbe Land kennt das Video.«

»Haben Sie gesehen, wie Hank sich entblößt hat?«

»Sie dürfen davon ausgehen, dass ich bei Ihnen angerufen hätte, wenn ich das gesehen hätte.«

»Das heißt, nein?«

»Das heißt, nein.«

»Glauben Sie dennoch, dass er das getan hat?«, frage ich.

»Dass er sich entblößt hat?«

»Ja.«

Wir gehen weiter. Sie blickt in weitere Klassenräume. Jemand im Raum muss sie gesehen haben, sie winkt kurz. »Was Hank betrifft, bin ich zwiegespalten.« Eine Schülerin kommt um die Ecke, sieht uns, bleibt wie angewurzelt stehen. Rektorin Keren fragt: »Wohin willst du, Cathy?«

Cathys Blick wandert überallhin, nur nicht zu uns. »Zu Ihnen.«

»Okay. Geh in mein Büro und warte dort. Ich komme in ein paar Minuten nach.«

Cathy schiebt sich wie ein verängstigtes Hausmädchen an uns vorbei. Ich sehe Keren fragend an, doch das ist nicht meine Sache. Sie hat sich wieder auf den Weg gemacht.

»Sie sind zwiegespalten, was Hank betrifft«, sage ich, um aufs Thema zurückzukommen.

»Das da draußen ist öffentlicher Grund«, sagt sie. »Den kann jeder nutzen. Das ist die Rechtslage. Hank hat dasselbe Recht, sich dort aufzuhalten, wie jeder andere. Da laufen auch täglich Jogger vorbei. Unter anderem Kimmy Konisberg. Die haben Sie doch bestimmt auch schon mal gesehen, oder?«

Kimmy Konisberg ist, in Ermangelung eines besseren Begriffs, die MILF der Stadt. Sie hat's, und Junge, Junge, sie zeigt auch, was sie hat. »Wer?«

»Schon okay. Kimmy joggt also im engsten nichts stützenden Lycra, das man sich nur vorstellen kann, hier vorbei. Wenn ich ein bestimmter Typ Mensch wäre, würde ich behaupten, sie legt es darauf an, von diesen pubertierenden Jungs angestarrt zu werden.«

»Hätte dieser Typ Mensch recht?«

»Gute Frage. Und diese Stadt ist an sich schon eine scheinheilige, schützende Blase. Ich versteh auch, wieso das so ist. Ich verstehe, dass die Menschen hier rausziehen, um Familien zu gründen. Damit sie in Sicherheit sind. Verdammt…«, sie legt die Hand auf den Bauch, »… ich will auch, dass meine Kinder in einer sicheren Umgebung aufwachsen. Aber man kann auch zu behütet leben. Das ist nicht gesund. Ich bin in Brooklyn groß geworden. Ich werde Ihnen nicht vorjammern, wie schwer ich es hatte. Wir sind täglich an sechs Hanks vorbeigekommen. Vielleicht können unsere Kinder so lernen, Mitgefühl zu empfinden. Hank ist ein Mensch und nicht etwas, auf das man herabblickt. Vor ein paar Monaten haben die Kids mitbekommen, dass Hank hier zur Schule gegangen ist. Und ein Schüler – kennen Sie Cory Mistysyn?«

»Ich kenne die Familie. Nette Leute.«

»Genau. Sind auch schon lange in der Stadt. Jedenfalls hat Cory ein altes Jahrbuch der Middle School ausgegraben. Aus Hanks letztem Jahr.« Sie bleibt stehen und dreht sich zu mir um. »Sie und Hank waren zur selben Zeit hier, stimmt's?«

»Stimmt.«

»Dann wissen Sie das ja. Die Kids waren schockiert. Hank ist wie sie gewesen – war in der Tanzgruppe, hat den Forschungswettbewerb gewonnen und war sogar Kassenwart seines Jahrgangs. Das hat die Kids ins Grübeln gebracht.«

»Wir sind alle auf Gottes Gnade angewiesen.«

»So ist es.« Sie geht zwei Schritte weiter. »Verdammt, ich hab dauernd Hunger, und sobald ich etwas esse, wird mir schlecht. Der achte Monat nervt einfach. Im Moment hasse ich übrigens alle Männer.«

»Ich werd's mir merken.« Dann sage ich: »Sie sagten, Sie wären zwiegespalten.«

»Wie bitte?«

»Was Hank betrifft. Sie sagten, Sie wären zwiegespalten. Wie ist denn Ihre andere Sichtweise?«

»Oh.« Sie geht wieder los, den Bauch voraus. »Also, einerseits hasse ich es, dass psychisch Kranke stigmatisiert werden – das versteht sich von selbst –, andererseits gefällt es mir auch nicht, dass Hank hier herumhängt. Ich glaube zwar nicht, dass Gefahr von ihm ausgeht, ich kann mir aber auch nicht sicher sein, ob das nicht doch der Fall ist. Manchmal fürchte ich, dass ich mich ihm gegenüber politisch so korrekt verhalten will, dass ich meine Schüler nicht ausreichend schütze. Verstehen Sie, was ich meine?«

Ich ließ sie wissen, dass ich das tue.

»Es gefällt mir also nicht, dass Hank hier herumlungert. Aber was soll ich machen? Es gefällt mir nicht, dass Mike Ingas Mutter ihren Sohn immer in der Halteverbotszone vor der Schule absetzt. Es gefällt mir nicht, dass Lisa Vances Vater seiner Tochter ganz offensichtlich bei ihren Kunstprojekten hilft. Es gefällt mir nicht, dass Andrew McDades Eltern immer hereinstürmen, wenn es Zeugnisse gegeben hat, und die Zensuren ihres Jungen nachverhandeln wollen. Mir gefällt vieles nicht.« Sie bricht ab und legt mir eine Hand auf den Arm. »Aber wissen Sie, was mir am wenigsten gefällt?«

Ich sehe sie an.

»Bloßstellungen im Internet. Das ist Selbstjustiz der übelsten Art. Hank ist dafür das beste Beispiel.

Letztes Jahr hat jemand ein Foto von einem Jugendlichen gepostet und den Text daruntergesetzt: ›Dieser Wichser hat mein iPhone geklaut, dabei aber vergessen, dass alle damit gemachten Fotos in meine Cloud geladen werden. Wenn

Sie ihn kennen, antworten Sie bitte.‹ Der angebliche Wichser war Evan Ober, einer von unseren Schülern. Kennen Sie ihn?«

»Der Name sagt mir nichts.«

»Muss er auch nicht. Evan ist ein guter Junge.«

»Hat er das iPhone geklaut?«

»Nein, natürlich nicht. Das meine ich ja. Er ging mit Carrie Mills. Carries Ex, Danny Turner, war fuchsteufelswild.«

»Also hat Turner das Bild gepostet.«

»Ja, aber ich kann das nicht beweisen. Wegen dieser beschissenen Anonymität im Internet. Haben Sie das Mädchen gesehen, das gerade an uns vorbeigegangen ist?«

»Das, das Sie in Ihr Büro geschickt haben?«

»Ja, das ist Cathy Garrett. Sie ist in der sechsten Klasse. In der sechsten Klasse, Nap. Vor ein paar Wochen hat Cathy versehentlich ihr Handy in der Toilette liegen lassen. Ein anderes Mädchen hat es gefunden. Daraufhin hat dieses andere Mädchen das Handy genommen, eine Nahaufnahme ihres, äh, Intimbereichs gemacht, und dieses Foto an Cathys sämtliche Kontakte gesendet, einschließlich ihrer Eltern und ihrer Großeltern … an alle.«

Ich verziehe das Gesicht. »Das ist krank.«

»Schon klar, ich weiß.« Sie zieht eine Grimasse und stützt beide Hände in den Rücken.

»Alles in Ordnung?«

»Ich bin im achten Monat, wissen Sie noch?«

»Okay.«

»Ich habe das Gefühl, als stünde ein Schulbus auf meiner Blase.«

»Haben Sie das Mädchen erwischt, das die Fotos gemacht hat?«

»Nein. Wir haben etwa fünf, sechs Verdächtige, lauter zwölfjährige Mädchen, könnten das aber nur überprüfen, indem wir …«

Ich hebe die Hand. »Schon klar.«

»Cathy ist von der ganzen Sache so traumatisiert, dass sie fast jeden Tag zu mir ins Büro kommt. Wir reden, sie beruhigt sich etwas, dann geht sie zurück in den Unterricht.«

Keren bleibt stehen und sieht über ihre Schulter nach hinten. »Ich muss jetzt zu Cathy.«

Wir machen uns auf den Rückweg.

»Sie sprechen von Anonymität und Bloßstellungen im Internet«, sage ich. »Wollen Sie mir auf diese Art mitteilen, dass Sie nicht glauben, dass Hank sich entblößt hat?«

»Nein, das will ich nicht. Das Entscheidende ist etwas ganz anderes.«

»Und das wäre?«

»Ich weiß es nicht, weil ich es nicht wissen kann. Genau da liegt das Problem bei solchen Vorwürfen. Man möchte sie gern als unbegründet abtun. Manchmal kann man das aber nicht. Vielleicht hat Hank es getan, vielleicht auch nicht. Aber ich bekomme den Gedanken nicht mehr aus dem Kopf, und, Entschuldigung, das ist falsch.«

»Sie haben sich dieses Video von Hank angesehen, oder?«

»Ja.«

»Irgendeine Idee, wer es aufgenommen hat?«

»Auch da habe ich keine Beweise.«

»Ich brauche keine Beweise.«

»Ich will nicht ohne jeden Beweis eine falsche Anschuldigung in die Welt setzen, Nap. Das wäre das Gleiche wie eine Bloßstellung im Internet.«

Wir kommen zu ihrem Büro. Sie sieht mich an. Ich sehe sie an. Dann stößt sie einen langen Seufzer aus.

»Ich kann Ihnen aber sagen, dass wir hier eine Achtklässlerin namens Maria Hanson haben. Meine Sekretärin kann Ihnen ihre Adresse geben. Ihre Mutter Suzanne war regelmäßig bei mir, um sich über Hank zu beschweren. Wenn ich ihr sage, dass man juristisch nichts unternehmen kann, reagiert sie äußerst aufgebracht.«

Rektorin Keren sieht Cathy durch die Glasscheibe an. Tränen schießen ihr in die Augen.

»Ich muss zu ihr«, sagt sie.

»Okay.«

»Mist.« Sie wischt sich mit den Fingern die Tränen aus den Augen und sieht mich an. »Alles trocken?«

»Ja.«

»Der achte Monat«, sagt sie. »Meine Hormone sind auf Crack.«

Ich nicke. »Wird es ein Mädchen?«

Sie lächelt mir zu. »Wie haben Sie das erraten?«

Sie watschelt davon. Ich sehe durch die Scheibe zu, wie sie Cathy in den Arm nimmt und dem jungen Mädchen erlaubt, sich an ihrer Schulter auszuweinen.

Dann mache ich mich auf die Suche nach Suzanne Hanson.

FÜNFZEHN

In Westbridge gibt es keine armen Viertel. Es gibt allenfalls einen armen Straßenzug.

Der befindet sich in der Nähe des Stadtzentrums zwischen einem Ford-Autohändler und dem Dick's-Sportgeschäft. Dort steht auch die Gruppe alternder Dreifamilienhäuser, in denen Maura und ihre Mutter im Sommer vor unserem letzten Highschool-Jahr gewohnt haben. Nachdem Mauras Vater sich mit sämtlichen Ersparnissen aus dem Staub gemacht hatte, waren sie zur Untermiete in eine Zweizimmerwohnung gezogen. Mauras Mutter hatte mehrere Teilzeitjobs und trank zu viel.

Die Hansons wohnen ebenfalls dort – schräg gegenüber von Mauras alter Behausung –, im Erdgeschoss eines rostbraunen Gebäudes. Die hölzerne Stufe stöhnt auf, als ich sie betrete. Ich klingele, und ein dicker Mann in einem Mechaniker-Overall öffnet die Tür. Auf der Brusttasche steht: »Joe«. Joe wirkt nicht erfreut, mich zu sehen.

»Wer sind Sie?«, fragt Joe.

Ich zeige ihm meine Marke. Hinter ihm erscheint eine Frau, vermutlich Suzanne. Als sie meine Marke sieht, weiten sich auch ihre Augen, wahrscheinlich aus elterlicher Sorge. Ich beruhige sie sofort.

»Es ist alles in Ordnung«, sage ich.

Joe bleibt misstrauisch. Er tritt vor seine Frau und sieht mich mit zusammengekniffenen Augen an. »Was wollen Sie von uns?«

Ich stecke die Marke ein. »Einige besorgte Bürger haben Beschwerden gegen einen gewissen Hank Stroud zu Protokoll gegeben. Ich gehe der Sache nach.«

»Siehst du, Joe?«, sagt die Frau, die ich für Suzanne halte. Sie schiebt sich vor ihren Mann und stößt die Tür weiter auf. »Kommen Sie herein, Officer.«

Wir gehen durchs vordere Zimmer in die Küche. Sie bietet mir einen Platz an einem runden Kunststofftisch an. Ich setze mich auf einen abgewetzten Windsor-Stuhl. Der Fußboden ist aus Resopal. Auf der Uhr über der Tür sind die Zahlen als rote Würfel dargestellt. Sie trägt die Inschrift »Fabulous Las Vegas«. Auf dem Tisch liegen ein paar Toastkrümel. Suzanne wischt sie mit einer Hand über den Rand in die Handfläche der anderen. Sie wirft die Krümel in die Spüle und lässt etwas Wasser nachlaufen.

Einzig und allein zu Showzwecken hole ich einen Block und einen Stift heraus. »Wissen Sie, wer Hank Stroud ist?«

Suzanne setzt sich mir gegenüber. Joe stellt sich hinter sie, legt ihr eine Hand auf die Schulter und sieht mich weiterhin an, als wäre ich hier, um etwas zu klauen oder seine Frau zu verführen. »Das ist der schreckliche Perverse, der immer an der Schule herumhängt«, sagt sie.

»Dann haben Sie ihn mehr als einmal gesehen?«, sage ich.

»Er ist fast jeden Tag da. Er starrt alle Mädchen an, auch meine Tochter Maria. Sie ist erst vierzehn!«

Ich nicke und probiere es mit einem freundlichen Lächeln. »Haben Sie das selbst gesehen?«

»Oh, natürlich. Es ist schrecklich. Und es wird langsam Zeit, dass die Polizei sich um ihn kümmert. Wir haben hart gearbeitet und lange gespart, damit wir in eine hübsche Stadt wie Westbridge ziehen können. Und, na ja, da erwartet man schon, dass die Kinder sicher sind, oder?«

»Auf jeden Fall«, sage ich.

»Und was finden wir hier vor? Einen Penner. Sagt man noch Penner?«

Ich lächle und breite die Hände aus. »Warum nicht?«

»Genau. Ein Penner. Er lungert bei den Kindern herum. Da zieht man in eine Stadt wie diese und sieht täglich diesen Penner – das ist er nämlich, ich weiß, dass man das Wort eigentlich nicht mehr benutzen soll –, der um unsere Kinder herumschleicht. Das ist, als würde ein riesiges, schreckliches Unkraut in einem wundervollen Blumenbeet stehen, wissen Sie?«

Ich nicke. »Wir müssen dieses Unkraut herausreißen.«

»Genau.«

Ich tue so, als würde ich mir ein paar Notizen machen. »Haben Sie gesehen, dass Mr Stroud noch mehr tut, als die Kinder nur anzustarren?«

Sie will etwas herausposaunen, aber ich sehe, wie die Hand auf der Schulter sich kurz zusammenzieht, um sie zum Schweigen zu bringen. Ich sehe zu Joe hoch. Er sieht mich an. Er weiß, warum ich hier bin. Ich weiß, dass er es weiß, und er weiß, dass ich es weiß.

Kurz gesagt. Das Spiel ist aus. Oder es fängt gerade erst an.

»Sie haben ein Video von Hank Stroud ins Internet gestellt, nicht wahr, Mrs Hanson?«

Ihre Augen lodern auf. Sie wischt Joes Hand von ihrer Schulter. »Das können Sie nicht wissen.«

»Doch, das weiß ich«, sage ich. »Wir haben bereits eine Sprachanalyse gemacht. Außerdem haben wir die IP-Adresse ermittelt, von der das Video ursprünglich gepostet wurde.« Ich warte einen Moment, damit meine Worte Wirkung zeigen. »Beide bestätigen, dass Sie, Mrs Hanson, das Video aufgenommen und gepostet haben.«

Das ist natürlich gelogen. Ich habe weder eine Sprachanalyse gemacht, noch die IP-Adresse ermitteln lassen.

»Und was wäre, wenn sie es getan hätte?«, fragt Joe. »Ich sage nicht, dass sie es getan hat oder nicht, aber es gibt doch kein Gesetz, das das verbietet, oder?«

»Das interessiert mich nicht«, sage ich. »Ich bin hier, um herauszufinden, was passiert ist, weiter nichts.« Ich sehe ihr direkt in die Augen. Sie senkt kurz den Blick, dann sieht sie mich wieder an. »Sie haben Hank gefilmt. Und wenn Sie es weiterhin leugnen, verärgern Sie mich nur. Also erzählen Sie mir, was Sie gesehen haben.«

»Er … er hat seine Hose runtergezogen«, sagt sie.

»Wann?«

»Meinen Sie jetzt das Datum oder so?«

»Für den Anfang, natürlich.«

»Das war vor ungefähr einem Monat.«

»Vor der Schule? Danach? Wann?«

»Vor der Schule. Da sehe ich ihn immer. Ich setze meine Tochter täglich um Viertel vor acht dort ab. Dann warte ich, bis sie auch wirklich drin ist, weil … na ja … würden Sie das nicht tun? Sie setzen ihre vierzehnjährige Tochter vor dieser schönen Schule ab, und gegenüber steht dieser unheimliche Perverse. Ich verstehe nicht, warum die Polizei nichts dagegen tut.«

»Erzählen Sie mir genau, was passiert ist.«

»Das hab ich schon. Er hat seine Hose runtergezogen.«

»Ihre Tochter ist gegangen, und er hat seine Hose runtergezogen?«

»Ja.«

»Im Video ist die Hose oben.«

»Er hat sie wieder hochgezogen.«

»Verstehe. Er hat also seine Hose runtergezogen und sie dann wieder hochgezogen.«

»Ja.« Sie sieht nach links. Ich vergesse immer, ob das bedeutet, dass darauf eine Lüge folgt, oder ob sie nach Erinnerungen sucht. Spielt aber auch keine Rolle. Ich glaube sowieso nicht recht an diesen Kram. »Er hat gesehen, wie ich an meinem Handy herumgefummelt habe und ist in Panik geraten. Daher hat er sie wieder hochgezogen.«

»Wie lange war die Hose denn unten?«

»Ich weiß nicht. Woher soll ich das wissen?«

Joe ergänzt: »Glauben Sie etwa, sie hätte eine Stoppuhr dabeigehabt oder so was?«

»Lang genug, so viel kann ich Ihnen sagen.«

Ich verkneife mir den naheliegenden Witz und sage: »Fahren Sie fort.«

Suzanne sieht mich verwirrt an. »Was meinen Sie mit ›Fahren Sie fort?‹«

»Er hat seine Hose runtergezogen, er hat sie wieder hochgezogen.« Ich zeige mich sehr unbeeindruckt. »War das alles?«

Joe gefällt das nicht. »Wieso? Reicht Ihnen das etwa nicht?«

»Woher wissen Sie, ob ihm die Hose nicht einfach heruntergerutscht ist?«, frage ich.

Wieder senkt Suzanne kurz den Blick, bevor sie ihn wieder hebt und mir in die Augen sieht. Ich weiß, dass sie jetzt lügen wird. Sie enttäuscht mich nicht. »Er hat seine Hose runtergezogen«, wiederholt sie. »Dann hat er meiner Tochter hinterhergeschrien, sie soll mal gucken, dies wäre sein … Dann hat er ihn gestreichelt und alles.«

Ach, die menschliche Natur. Manchmal ist sie einfach unglaublich vorhersehbar. Ich erlebe das oft, Leo. Du hörst, wie dir ein Zeuge etwas erzählt, von dem er hofft, dass es dich schockiert. Wenn ich, der Ermittler, dann pomadig reagiere, nimmt ein ehrlicher Mensch das hin. Ein Lügner fängt an, die Story auszuschmücken, sie aufzubauschen, damit ich seine

Entrüstung teile. Ich benutze das Wort »aufbauschen«, aber eigentlich handelt es sich schlicht und ergreifend um Lügen. Manche Leute können einfach nicht anders.

Ich weiß also Bescheid und will hier keine Zeit mehr verschwenden. Also komme ich direkt auf den Punkt.

Schau zu und lern, Leo.

»Sie lügen«, sage ich.

Suzannes Mund formt ein erschrockenes, nahezu perfektes O.

Joe läuft rot an. »Bezeichnen Sie meine Frau als Lügnerin?«

»Welcher Teil von ›Sie lügen‹ hat daran irgendwelche Zweifel aufkommen lassen, Joe?«

Wenn Suzanne eine Perlenkette getragen hätte, würde sie sich jetzt daran klammern. »Wie können Sie es wagen?«

Ich lächle ihr zu. »Ich weiß, dass es eine Lüge ist«, sage ich, »weil ich gerade mit Maria gesprochen habe.«

Ihre Wut wächst.

»Was haben Sie?«, ruft Suzanne.

»Es hat eine Weile gedauert, bis Ihre Tochter sich dazu geäußert hat«, sagte ich, »doch dann hat Maria zugegeben, dass das nie passiert ist.«

Beide sind vor Wut rot angelaufen. Ich versuche, mich nicht darüber zu freuen.

»Das dürfen Sie überhaupt nicht!«

»Was darf ich nicht?«

»Sie dürfen nicht mit unserer Tochter sprechen, ohne dass wir Ihnen das erlaubt haben«, sagt sie. »Ihre Dienstmarke sind Sie so gut wie los.«

Ich runzle die Stirn. »Warum sagt das jeder?«

»Was?«

»Diese Drohung. ›Ihre Dienstmarke sind Sie so gut wie los.‹ Das ist aus irgendeiner Fernsehserie, oder?«

Joe macht einen Schritt auf mich zu. »Es gefällt mir nicht, wie Sie mit meiner Frau sprechen.«

»Mir egal. Setzen Sie sich hin, Joe.«

Er sieht mich höhnisch an. »Jetzt spielen Sie den harten Burschen. Nur weil Sie eine Dienstmarke haben.«

»Schon wieder die Dienstmarke.« Ich seufze, ziehe meine Dienstmarke heraus, schiebe sie über den Tisch. »Hier, wollen Sie sie? Sie können sie haben.« Ich stehe auf und baue mich ganz nah vor Joes Gesicht auf. »Kann's jetzt losgehen?«

Joe tritt einen Schritt zurück. Ich folge ihm. Er versucht, mir in die Augen zu sehen, kann meinem Blick aber nicht standhalten.

»Sie sind es nicht wert«, murmelt er.

»Was haben Sie gesagt?«

Joe antwortet nicht. Er geht um den Tisch und setzt sich neben seine Frau.

Ich mustere Suzanne Hanson mit einem finsteren Blick. »Wenn Sie mir nicht die Wahrheit sagen, werde ich eine umfassende Untersuchung einleiten und Sie wegen zweier Vergehen gegen das Bundes-Internet-Gesetz, Paragraf 418 anklagen, was bei einer Verurteilung eine Strafe in Höhe von einhunderttausend Dollar und vier Jahren Haft nach sich ziehen kann.«

Das ist pure Fantasie. Ich glaube nicht, dass es ein Bundes-Internet-Gesetz gibt. Es macht sich aber gut, den genauen Paragrafen zu nennen, findest du nicht, Leo?

»Der Penner dürfte nicht hier sein!«, beharrt sie. »Und Ihre Leute tun ja nichts dagegen!«

»Also haben Sie das selbst in die Hand genommen«, sage ich.

»Man sollte ihm verbieten, so nah an die Schule heranzukommen!«

»Er hat einen Namen. Der lautet Hank Stroud. Und er wird vermisst.«

»Was?«

»Er wurde nicht mehr gesehen, seit Sie Ihr Video gepostet haben.«

»Gut«, sagt sie.

»Wie war das?«

»Vielleicht hat das Video ihm Angst eingejagt.«

»Und Sie fühlen sich gut dabei, ja?«

Suzanne öffnet den Mund, dann schließt sie ihn wieder. »Ich wollte nur meine Tochter schützen. Und die anderen Kinder auf der Schule auch.«

»Es wäre besser, wenn Sie mir jetzt alles von Anfang an erzählen.«

Das tat sie.

Suzanne gab zu, die ganze Geschichte stark übertrieben – oder besser erfunden – zu haben. Hank hatte sich nicht entblößt. Müde und enttäuscht von dem, was sie als einen Mangel an Entschlossenheit von Seiten der Schule und der Gesetzeshüter betrachtete, hatte Suzanne Hanson die Initiative ergriffen und das getan, was sie für richtig hielt.

»Es ist nur eine Frage der Zeit, bis er irgendetwas Furchtbares tut. Ich wollte das verhindern.«

»Wie edelmütig«, sage ich so verächtlich, wie ich nur kann.

Suzanne wollte »den Ort vom Schmutz befreien«, indem sie sich die Realität der Stadt, in der sie lebt, so zurechtbog, dass sie der himmlischen Idylle entsprach, die sie ihrer Ansicht nach sein sollte. Hank war einfach nur Unrat, den man am besten irgendwo in den Straßengraben warf, damit ihn jemand wegschaffte, sodass man ihn nicht mehr sehen und riechen musste.

Eigentlich hätte ich Suzanne Hanson gern einen Vortrag über ihren Mangel an Mitgefühl gehalten, aber was hätte das schon gebracht? Ich weiß noch, wie wir – wir müssen ungefähr zehn Jahre alt gewesen sein, Leo – durch ein heruntergekommenes Viertel in Newark gefahren sind. Eltern erzählen ihren Kindern immer, dass sie aus dem Fenster gucken und für das, was sie haben, dankbar sein sollen. Unser Dad ist mit dieser Situation anders umgegangen. Er hat nur einen Satz gesagt, der sich in mein Gedächtnis eingebrannt hat:

»Jeder Mensch hat Träume und Hoffnungen.«

Daran versuche ich immer zu denken, wenn ich einem Mitmenschen begegne. Gilt das auch für degenerierte Arschlöcher wie Trey? Selbstverständlich. Auch er hat Träume und Hoffnungen. Das ist auch in Ordnung. Wenn unsere Träume und Hoffnungen allerdings die Träume und Hoffnungen anderer Menschen …

Ich fange schon wieder an, mich zu rechtfertigen. Die Treys dieser Welt interessieren mich nicht. So einfach ist das. Vielleicht sollten sie das. Aber sie tun es nicht. Aber vielleicht ist das auch nur das Bellen eines getroffenen Hundes.

Was meinst du, Leo?

Als ich ihr spießiges Haus schließlich verlasse – und Joe die Tür hinter mir zuknallt, um doch noch einmal irgendwie Stellung zu beziehen, zumindest für sich selbst –, atme ich tief durch. Ich sehe hinüber zu dem Haus, in dem Maura früher gewohnt hat. Sie hat mich nie mitgenommen, und ich war auch nur einmal dort. Das war ungefähr zwei Wochen, nachdem du und Diana umgekommen wart. Jetzt drehe ich mich um und betrachte einen Baum auf der anderen Straßenseite. Dort hatte ich mich versteckt und gewartet. Erst war die vietnamesische Familie herausgekommen. Eine Viertelstunde danach war Mauras Mutter in einem schlecht sitzenden

Sommerkleid herausgetorkelt. Es gelang ihr, im Zickzack die Bushaltestelle zu erreichen.

Als sie außer Sicht war, bin ich ins Haus eingebrochen.

Die Frage nach dem Warum liegt wohl auf der Hand. Ich habe nach Hinweisen gesucht, wohin Maura gegangen sein könnte. Vorher hatte ich ihre Mutter schon einmal bedrängt, die mir daraufhin erzählte, Maura wäre auf eine Privatschule gewechselt. Ich habe sie gefragt auf welche, aber sie wollte es mir nicht sagen.

»Es ist vorbei, Nap«, sagte Mrs Wells mit einem Atem, der nach Alkohol roch. »Maura ist weitergezogen. Und du musst das auch.«

Aber ich habe ihr nicht geglaubt. Also bin ich in die Wohnung eingebrochen. Ich habe sämtliche Schränke und Schubladen durchwühlt. Ich bin in Mauras Zimmer gegangen. Ihre Kleidung und ihr Rucksack waren noch da. Hatte sie irgendetwas mitgenommen? Es sah nicht so aus.

Außerdem habe ich meine Mannschaftsjacke gesucht.

Obwohl Maura immer die Augen verdreht hatte, weil dem Sport in der Stadt so große Bedeutung beigemessen wurde und das außerdem mit einem altbackenen und quasi-sexistischen Gehabe einherging, war sie ganz versessen auf meine Mannschaftsjacke gewesen, die sie bei jeder sich bietenden Gelegenheit getragen hatte. Vielleicht betrachtete sie es als eine Art Retro-Chic. Oder es war ironisch gemeint. Ich weiß es nicht. Vielleicht war das aber auch gar kein Gegensatz. Maura war schon sehr reif für ihr Alter.

Also habe ich meine Mannschaftsjacke gesucht, die grüne mit den weißen Ärmeln, den gekreuzten Eishockeyschlägern auf dem Rücken, meinem Namen und dem Wort »Captain« auf der Brust.

Aber ich habe sie nicht gefunden.

Hatte Maura die Jacke mitgenommen? Die Frage habe ich mir seitdem immer wieder gestellt. Warum war die Jacke nicht in ihrem Zimmer gewesen?

Ich wende mich ab und sehe in die Ferne. Ich habe noch ein paar Minuten. Ich weiß, wohin ich will. Ich gehe über die Straße und weiter zu den Bahngleisen. Ich weiß, dass es verboten ist, daran entlangzugehen, aber im Moment genieße ich das Leben am Rande der Gesetzlosigkeit und lasse es einfach drauf ankommen. Ich folge den Gleisen aus dem Stadtzentrum hinaus, zur Downing Road und Coddington Terrace hinauf, an den Self-Storage-Lagern und der ehemaligen Fabrik vorbei, in der sich jetzt Fitnessstudios und Clubs angesiedelt haben.

Ich bin abseits der Zivilisation, hoch oben auf dem Hügel zwischen den Bahnhöfen von Westbridge und Kasselton. Ich gehe um zerbrochene Bierflaschen herum und erreiche den Hang. Von hier aus sehe ich unter mir den Turm der Westbridge Presbyterian Church. Er wird täglich ab 19 Uhr angestrahlt, also gehe ich davon aus, dass du ihn in jener Nacht gesehen hast. Oder warst du zu bekifft oder betrunken, um ihn zu bemerken? Ich weiß, dass du damals etwas zu viel Gefallen an Freizeitdrogen und Alkohol gefunden hattest. Rückblickend hätte ich dich wohl bremsen müssen, aber damals schien es mir keine große Sache zu sein. Fast alle haben mitgemacht – du, Maura, wie auch die meisten unserer Freunde. Einzig mein Training hat mich davon abgehalten, mich daran zu beteiligen.

Wieder atme ich tief durch.

Wie ist das damals abgelaufen, Leo? Warum wart ihr hier, auf der anderen Seite von Westbridge, und habt nicht im Wald bei der alten Nike-Raketenbasis abgehangen? Wolltest du mit Diana allein sein? Habt ihr versucht, euren Freunden vom Conspiracy Club aus dem Weg zu gehen? Habt ihr euch absichtlich von der alten Basis ferngehalten?

Warum wart ihr hier? Was habt ihr hier auf den Bahngleisen gemacht?

Ich warte darauf, dass du antwortest. Doch du antwortest nicht.

Ich warte noch einen Moment, weil ich weiß, dass es nicht mehr lange dauern wird. Um diese Tageszeit fährt die Main Line stündlich. Ich warte, bis ich das Pfeifen höre, als der Zug im Bahnhof Westbridge abfährt. Er ist nicht mehr weit weg. Etwas in mir will sich auf die Gleise stellen. Nein, ich will mein Leben nicht beenden. Ich hege keine Selbstmordgedanken. Aber ich will wissen, wie es für dich war. Ich will die Nacht rekonstruieren, damit ich weiß, wie du dich gefühlt hast. Ich beobachte den über den Horizont heranrasenden Zug. Die Gleise vibrieren so stark, dass es nahezu unglaublich erscheint, dass sie nicht brechen. Hast du die Vibrationen unter deinen Füßen gespürt? Hat Diana es? Oder standst du seitlich neben den Gleisen, so wie ich? Habt ihr beide zum Kirchturm hinuntergeblickt, habt euch umgedreht und dann beschlossen, im letzten Moment vor dem Zug über die Gleise zu springen?

Jetzt sehe ich den ganzen Zug. Er kommt näher. Hast du ihn in jener Nacht gesehen? Hast du ihn gehört? Gespürt? Du musst ihn gespürt haben. Er rattert mit unfassbarer Kraft über das Gleis. Ich trete noch einen Schritt zurück. Als er vorbeirast, bin ich zehn Meter vom Zug entfernt, trotzdem sehe ich mich gezwungen, die Augen zu schließen und die Hände schützend vors Gesicht zu halten. Die Druckwelle wirft mich fast um. Die schiere Macht der Lokomotive, das Produkt aus Masse und Geschwindigkeit, ist faszinierend, überwältigend, unaufhaltsam.

Wie das Herz tun auch die Gedanken, was sie wollen. Daher kommt mir in den Sinn, wie der harte Stahlgrill menschliches Fleisch zerfetzt. Ich stelle mir vor, wie diese ratternden Räder Knochen zu Staub zermalmen.

Ich öffne die Augen einen Spalt und betrachte den vorbeirasenden Zug. Es scheint ewig zu dauern, bis er vorbei ist, das Rattern, Rütteln und Mahlen scheint kein Ende zu nehmen. Ich sehe direkt auf ihn, versuche aber nicht, den Blick zu fokussieren, sondern starre in die Ferne, sodass er verschwimmt. Mir tränen die Augen.

Ich habe die entsetzlichen, blutigen Tatortfotos aus dieser Nacht gesehen, doch seltsamerweise berühren sie mich kaum. Die Schäden waren so immens, die Körper so verunstaltet, dass ich entweder keine Verbindung zwischen den unförmigen, wachsartigen Klumpen zu dir und Diana herstellen kann, oder, was wahrscheinlicher ist, dass mein Gehirn es einfach nicht zulässt.

Als der Zug schließlich vorbeigefahren ist, als langsam wieder Ruhe einkehrt, lasse ich den Blick schweifen. Selbst jetzt, so viele Jahre danach, suche ich noch nach Hinweisen, Indizien, irgendetwas, was übersehen worden sein könnte. Es ist eigenartig, hier oben zu sein. Der Schrecken ist allgegenwärtig, aber er hat auch etwas Heiliges, und es kommt mir irgendwie richtig vor, dass ich an dem Ort bin, an dem du deinen letzten Atemzug gemacht hast.

Als ich mich auf den Rückweg mache und den Hügel hinabgehe, checke ich mein Handy. Keine Nachricht von unserer alten Schulkameradin Beth Fletcher, geborene Lashley. Ich rufe noch einmal in ihrer Praxis in Ann Arbor an. Wieder weicht die Arzthelferin den Fragen aus, also werde ich konkreter. Bald darauf habe ich eine Frau in der Leitung, die sich als Cassie vorstellt und als »Praxis-Managerin« bezeichnet.

»Dr. Fletcher ist im Moment nicht erreichbar.«

»Cassie, ich habe keine Lust, mich weiter hinhalten zu lassen. Ich bin Polizist. Ich muss sie sprechen.«

»Ich kann das nur an sie weiterleiten.«

»Wo ist sie?«

»Das weiß ich nicht.«

»Einen Moment, Sie wissen nicht, wo sie ist?«

»Es geht mich nichts an. Sie können mir gerne Ihren Namen und die Telefonnummer geben. Soll ich ihr die Nachricht übermitteln?«

Wer A sagt, muss auch B sagen. »Haben Sie einen Stift, Cassie?«

»Den habe ich.«

»Sagen Sie Dr. Fletcher, dass unser alter Freund Rex Canton ermordet wurde. Sagen Sie ihr, dass Hank Stroud vermisst wird. Sagen Sie ihr, dass Maura Wells zwar kurz wieder aufgetaucht ist, seitdem aber auch vermisst wird. Sagen Sie der guten Frau Doktor, dass alles auf den Conspiracy Club deutet. Sagen Sie ihr, dass sie mich anrufen soll.«

Stille. Dann: »War der Name Laura mit L oder Maura mit M?«

Vollkommen unbeeindruckt.

»Maura mit M.«

»Ich leite das an Dr. Fletcher weiter.«

Sie legt auf.

Mir gefällt das nicht. Vielleicht kann ich die Polizei in Ann Arbor anrufen und sie bitten, einen Officer zu Beth' Praxis und ihrer Wohnung zu schicken. Ich gehe weiter. Wieder denke ich über die vielen Stränge nach – deinen und Dianas »Unfall«, Rex' Ermordung, bei der Maura am Tatort war, Hank und das virale Video, den Conspiracy Club. Ich zermartere mir das Gehirn, suche nach Bezügen, bemühe mich, Verbindungslinien zu ziehen und Schnittmengen zu bilden. Mir gelingt weder das eine noch das andere.

Vielleicht gibt es keine. Das würde Augie vermutlich sagen. Wahrscheinlich hätte er recht, aber diese potenzielle Realität anzuerkennen brächte mich natürlich nicht weiter.

Als die Westbridge Memorial Library vor mir auftaucht, kommt mir eine Idee. Die Fassade ist aus diesem roten Backstein, aus dem vor hundert Jahren viele Schulen gebaut wurden. Der Rest des Gebäudes ist modern und elegant. Ich gehe immer noch gern in Bibliotheken. Ich mag die Kombination aus alten, vergilbten Büchern und moderner Computertechnik. Mich erinnern Bibliotheken immer an Kathedralen – Zufluchtsorte mit gedämpfter Atmosphäre, in denen dem Lernen gehuldigt wird, in denen wir, die Bürger, Bücher und Gelehrsamkeit zu einer Art Religion erheben. Als wir klein waren, sind wir samstagmorgens oft mit Dad hergekommen. Er hat uns, unter strenger Ermahnung, uns zu benehmen, in der Kinder- und Jugendbuchabteilung abgesetzt. Ich habe in diversen Büchern herumgeblättert. Du hast dir eins genommen – meistens eins für ältere Leser –, dich in die Ecke auf einen der Sitzsäcke gesetzt und das ganze Buch gelesen.

Ich gehe die zwei Etagen in den düsteren Keller hinunter. Hier ist alles noch ganz altmodisch – ein Aluminiumregal über dem anderen, alle voller Bücher, von denen die meisten für den Gelegenheitsleser nicht mehr von Interesse sind. Dazu ein paar mit Stellwänden abgetrennte Arbeitsplätze für Schüler, die sich richtig in ihre Hausaufgaben vertiefen wollen. Hinten in der Ecke ist der Raum, den ich suche. Neben der Tür hängt ein Schild mit der Aufschrift »Stadtgeschichte«. Ich stecke den Kopf hinein und klopfe gegen den Holzrahmen.

Als Dr. Jeff Kaufman zu mir aufblickt, rutscht ihm die Lesebrille von der Nase. Da sie an einer Kette hängt, baumelt sie schließlich vor seiner Brust. Dr. Kaufman trägt eine dicke Strickjacke, die über dem Bauch zugeknöpft ist. Er hat eine Glatze, aus der seitlich ein paar graue Haarbüschel heraussstehen, als versuchten sie, seiner Kopfhaut zu entfliehen.

»Hey, Nap.«

»Hey, Dr. Kaufman.«

Er runzelt die Stirn. Dr. Kaufman war hier schon Bibliothekar und Stadthistoriker, bevor wir nach Westbridge zogen, und wenn man eine Autoritätsperson als Kind »Doktor« oder auch nur »Mister« genannt hat, ist es schwer, sich an die Verwendung des Vornamens zu gewöhnen. Ich trete in den voll gestellten Raum und frage Dr. Kaufman, was er mir über die alte Nike-Raketenbasis sagen kann, die sich oberhalb der Middle School befindet.

Kaufmans Augen beginnen zu leuchten. Er nimmt sich einen Moment Zeit, um seine Gedanken zu ordnen, dann bietet er mir einen Platz ihm gegenüber am Tisch an. Auf dem Tisch liegen lauter uralte Schwarz-Weiß-Fotos. Ich lasse den Blick darüber schweifen, in der Hoffnung, eins von der alten Basis zu entdecken, finde aber keins.

Er räuspert sich und legt los: »Die Nike-Raketenbasen wurden Mitte der Fünfziger im Norden New Jerseys errichtet. Das war auf dem Höhepunkt des Kalten Krieges. Damals wurden, so unglaublich es auch klingt, in den Schulen Übungen durchgeführt, in denen die Kinder lernten, sich bei einem Atomangriff unter ihre Schreibtisch zu ducken. Als ob das etwas genützt hätte. Die Basis hier in Westbridge wurde 1954 gebaut.«

»Die Army hat diese Basen einfach mitten in den Vororten errichtet?«

»Klar, wieso nicht? Auch auf landwirtschaftlich genutzten Flächen. In New Jersey gab es damals sehr viele Farmen.«

»Und wozu genau dienten die Nike-Raketen?«, frage ich.

»Es handelte sich um Boden-Luft-Raketen. Im Prinzip waren sie der Kern eines Luftverteidigungssystems, das entwickelt worden war, um sowjetische Flugzeuge abzuschießen, vor allem die Tupolew Tu-95, die mit einer Tankfüllung zehntausend Kilometer fliegen konnte. Die Abschussrampen befanden sich in rund einem Dutzend Basen im nördlichen New Jersey. In Sandy Hook kann man die Überreste besichtigen, falls Sie das interessiert. Die Basis in Livingston ist inzwischen eine Künstlerkolonie. Ausgerechnet. Weitere Abschussrampen befanden sich in Franklin Lakes, East Hanover und in Morristown.«

Es ist kaum zu glauben. »An all diesen Orten waren Nike-Raketen stationiert?«

»Ganz richtig. Erst handelte es sich um die kleineren Nike-Ajax-Raketen, aber auch die waren neun Meter lang. Sie wurden auf unterirdischen Abschussrampen gelagert und auf ähnliche Art an die Oberfläche transportiert wie Autos auf einer Hebebühne in der Werkstatt.«

»Das versteh ich nicht«, sage ich. »Wie konnte die Regierung so etwas geheim halten?«

»Das hat sie nicht«, sagt Kaufman. »Zu Anfang wenigstens nicht.«

Er wartet einen Moment, lehnt sich zurück und legt die Hände auf dem Bauch zusammen.

»Anfangs wurden diese Basen regelrecht bejubelt. Als ich sieben war – also 1960 –, habe ich mit meiner Pfadfindergruppe doch tatsächlich eine Führung durch die Basis erhalten. Der Gedanke, dass die nette Nachbarschafts-Raketenbasis dich vor den Langstreckenbombern der Sowjetunion beschützt, sollte dazu beitragen, dass die Menschen ruhig schlafen.«

»Aber das hat sich irgendwann geändert?«

»Ja.«

»Wann war das?«

»Anfang der Sechziger.« Kaufman seufzt und steht auf. Er öffnet einen großen Aktenschrank. »Na ja, da wurden die Nike-Ajax-Raketen durch die größeren Nike Hercules ersetzt.« Er zieht zwei Fotos einer angsteinflößenden weißen Rakete mit der Aufschrift »US Army« aus der Akte. »Sie waren zwölf Meter fünfzig lang und erreichten dreifache Schallgeschwindigkeit, also rund viertausendachthundert Kilometer pro Stunde. Die Reichweite betrug einhundertzwanzig Kilometer.«

Er setzte sich wieder und legte die Hände vor sich auf den Tisch. »Die größte Veränderung an den Nike-Hercules-Raketen – der Hauptgrund dafür, dass das Programm dann totgeschwiegen wurde –, betraf die Sprengladungen.«

»Soll heißen?«

»Die Raketen waren mit W31-Atomsprengköpfen bestückt.«

Es war kaum zu begreifen. »Hier waren Atomwaffen stationiert, mitten in …«

»Hier, mitten in der Stadt, ja. Scharfe Atomsprengköpfe. Es gab sogar ein paar Berichte über Beinaheunfälle. Eine Rakete war von einem Transporter gerutscht, als sie den Berg hinaufgebracht werden sollte. Sie ist auf den Beton gefallen, der Sprengkopf ist zerbrochen, und es ist Rauch aufgestiegen. Damals hat das natürlich niemand erfahren. Alles wurde unter den Teppich gekehrt. Das Nike-Programm lief dann jedenfalls bis in die frühen Siebziger. Das Kontrollzentrum in Westbridge wurde als eins der letzten geschlossen. Das war 1974.«

»Und was war dann?«, frage ich. »Ich meine, was ist mit den Basen passiert, nachdem sie geschlossen worden waren?«

»In den Siebzigern bestand kein großes Interesse an Dingen, die mit dem Militär zusammenhingen. Der Vietnamkrieg näherte sich seinem Ende. Daher lagen sie einfach brach. Die meisten sind verfallen. Irgendwann wurden sie dann verkauft. In East Hanover wurde zum Beispiel eine Wohnsiedlung darauf errichtet. Eine Straße dort heißt Nike Drive.«

»Und was war mit der Basis in Westbridge?«

Jeff Kaufman lächelt. »Die Geschichte unserer Basis«, sagt er, »ist etwas undurchsichtiger.«

Ich warte.

Er beugt sich vor und stellt mir eine Frage, mit der ich schon viel früher gerechnet hatte. »Würden Sie mir verraten, woher Ihr plötzliches Interesse an dieser ganzen Sache rührt?«

Ich will etwas erfinden oder erwidern, dass ich ihm das lieber nicht sagen würde, finde dann aber, dass es eigentlich nichts schaden kann. »Es geht um einen Fall, an dem ich arbeite.«

»Was für ein Fall ist das, wenn ich fragen darf?«

»Es ist alles sehr vage«, sage ich. »Außerdem ist es Jahre her.«

Jeff Kaufman sieht mir in die Augen. »Sprechen Sie vom Tod Ihres Bruders?«

Ka-wumm.

Ich sage nichts – zum einen, weil ich gelernt habe, zu schweigen und andere die Stille füllen zu lassen, zum anderen, weil mir nichts einfällt.

»Unsere Väter waren befreundet«, sagt er. »Das wussten Sie doch, oder?«

Es gelingt mir zu nicken.

»Und Leo …«, Kaufman schüttelt den Kopf und lehnt sich zurück. Sein Gesicht ist etwas blasser geworden. »Er hat sich auch nach der Geschichte der Raketenbasis erkundigt.«

»Leo war bei Ihnen?«

»Ja.«

»Wann?«

»So genau weiß ich das nicht mehr. Ein paarmal. Das muss während des letzten Jahres vor seinem Tod gewesen sein. Leo war fasziniert von der Basis. Es waren auch ein paar Freunde von ihm dabei.«

»Erinnern Sie sich an ihre Namen?«

»Nein, tut mir leid.«

»Was haben Sie ihnen erzählt?«

Er zuckt die Achseln. »Das, was ich auch Ihnen gerade erzähle.«

Mir schwirrt der Kopf. Wieder fühle ich mich völlig verloren.

»Ich habe Ihnen auf Leos Trauerfeier die Hand geschüttelt. Ich nehme nicht an, dass Sie sich daran erinnern. Es waren so viele Leute da, und Sie wirkten vollkommen schockiert. Also habe ich es Ihrem Vater erzählt.«

Seine Worte holen mich zurück. »Was haben Sie meinem Vater erzählt?«

»Dass Leo öfter hier war und sich nach der Basis erkundigt hat.«

»Das haben Sie meinem Vater erzählt?«

»Natürlich.«

»Was hat er gesagt?«

»Er schien dankbar zu sein. Leo war klug und wissbegierig. Ich habe gedacht, Ihr Vater würde sich freuen, das zu hören, weiter nichts. Ich bin nie auf den Gedanken gekommen, dass ein Zusammenhang zwischen seinem Tod und… also, ich kann es mir immer noch nicht vorstellen. Aber jetzt sitzen Sie auch hier, Nap. Und Sie sind auch nicht dumm.« Er sieht mich an. »Also verraten Sie es mir. Besteht ein Zusammenhang?«

Statt seine Frage zu beantworten, sage ich: »Ich muss den Rest der Geschichte hören.«

»Okay.«

»Was ist mit der Basis in Westbridge nach der Beendigung des Nike-Programms passiert?«

»Offiziell? Offiziell wurde die Basis vom Landwirtschaftsministerium übernommen.«

»Und inoffiziell?«

»Sind Sie als Jugendlicher je da oben gewesen?«

»Ja.«

»Ich war auch dort, als ich in dem Alter war. Wir haben uns durch ein Loch im Zaun reingeschlichen. Einmal waren wir so betrunken, dass ein Soldat uns in einem Army-Jeep nach Hause gebracht hat. Ich habe drei Wochen Hausarrest bekommen.« Er lächelt schwach. »Wie nah sind Sie an die Basis herangekommen?«

»Nicht sehr.«

»Genau.«

»Was wollen Sie damit sagen?«

»Die Sicherheitsmaßnahmen für diese Außenstelle des Landwirtschaftsministeriums waren strenger als die des Kontrollzentrums für Atomraketen.« Kaufman legt den Kopf schräg. »Was könnte der Grund dafür gewesen sein?«

Ich antworte nicht.

»Überlegen Sie mal. Sie haben diese leer stehenden Militärbasen. Die Sicherheitseinrichtungen sind noch intakt. Stellen Sie sich eine Regierungsstelle vor, die unauffällig bleiben will, etwas tun will, von dem die Öffentlichkeit nichts erfahren darf, denken Sie an die Regierungsagenturen mit drei Buchstaben, die sich so gern – vor jedermanns Augen – verstecken. Wäre schließlich nicht das erste Mal. Um die alte Air-Force-Station in Montauk ranken sich auch Dutzende Gerüchte.«

»Was für Gerüchte?«

»Nazi-Wissenschaftler, Gedankenkontrolle, LSD-Experimente, UFOs und jede Menge anderes verrücktes Zeug.«

»Und Sie glauben das? Sie glauben, dass die Regierung der Vereinigten Staaten in Westbridge Nazis und Außerirdische versteckt hat?«

»Himmelherrgott, Nap, die Regierung hat hier Atomwaffen versteckt.« Kaufmans Augen funkeln jetzt. »Ist der Gedanke wirklich so unvorstellbar, dass sie hier auch noch etwas anderes versteckt hat?«

Ich antworte nicht.

»Es müssen ja keine Nazis oder Außerirdische sein. Vielleicht haben sie eine zukunftsweisende Technologie getestet – zum Beispiel die DARPA, die Defense Advanced Research Projects Agency. Dann könnte es um Laser, Drohnen, Wettermanipulation oder Internet-Hacking gegangen sein. Ist Ihnen das zu weit hergeholt, wenn man sich die ganzen Sicherheitseinrichtungen da oben ansieht?«

Nein, ist es nicht.

Jeff Kaufman steht auf und geht hin und her. »Ich bin ein verdammt guter Historiker«, sagt er. »Ich habe damals recht intensive Nachforschungen angestellt. Ich bin sogar nach Washington D.C. gefahren, um mir dort die zugehörigen Protokolle und Archive anzusehen. Das Einzige, was ich gefunden habe, waren endlose Aufzeichnungen über unverfängliche Mais- und Nutztier-Studien.«

»Und das haben Sie auch meinem Bruder erzählt?«

»Ihm und seinen Freunden, ja.«

»Wie viele waren es?«

»Was?«

»Wie viele Jugendliche haben Leo begleitet?«

»Fünf oder sechs, das weiß ich nicht mehr.«

»Jungs oder Mädchen?«

Er überlegt. »Ich glaube, es waren zwei Mädchen dabei, beschwören könnte ich das aber nicht. Vielleicht war es auch nur eins.«

»Sie wissen, dass Leo nicht alleine gestorben ist?«

Er nickt. »Natürlich. Diana Styles war bei ihm. Die Tochter des Captains.«

»War Diana eins der Mädchen, die mit meinem Bruder bei Ihnen waren?«

»Nein.«

Ich weiß nicht recht, was ich davon halten soll oder ob es überhaupt von Bedeutung ist. »Fällt Ihnen noch etwas ein, das mir weiterhelfen könnte?«

»Weiterhelfen wobei, Nap?«

»Nehmen wir an, Sie hätten recht. Nehmen wir an, in der Basis wäre irgendetwas streng Geheimes vorgegangen und die Jugendlichen hätten das herausbekommen. Was wäre mit ihnen geschehen?«

Jetzt ist er derjenige, der schweigt.

»Was haben Sie noch erfahren, Dr. Kaufman?«

»Nur zwei weitere Dinge.« Er räuspert sich und setzt sich wieder hin. »Ich habe den Namen eines Kommandanten herausbekommen. Andy Reeves. Angeblich war er ein Landwirtschaftsexperte von der Michigan State University, aber als ich mir seinen Lebenslauf angesehen habe, war er ziemlich … na ja, sagen wir, es gab ein paar Ungereimtheiten.«

»CIA?«

»Das würde ins Muster passen. Außerdem wohnt er immer noch in der Gegend.«

»Haben Sie mit ihm darüber gesprochen?«

»Ich habe es versucht.«

»Und?«

»Er sagte nur, auf der Basis wäre es um langweiligen landwirtschaftlichen Kram gegangen. Sie hätten Rinder gezählt und Getreideerträge gewogen, wie er es ausdrückte.«

»Was haben Sie noch erfahren?«

»Die Basis wurde geschlossen.«

»Okay, wann war das?«

»Vor fünfzehn Jahren«, sagt Kaufman. »Drei Monate nachdem Ihr Bruder und Augies Tochter tot aufgefunden worden waren.«

Auf dem Rückweg zu meinem Wagen rufe ich Augie an.

»Ich habe mich gerade mit Jeff Kaufman unterhalten.«

Ich meine, einen Seufzer zu hören. »Na toll.«

»Er hat mir ein paar interessante Dinge über die alte Basis erzählt.«

»Das kann ich mir vorstellen.«

»Kennst du Andy Reeves?«

»Ich kannte ihn.«

Ich nehme eine Abkürzung durch die Stadt. »Wieso?«

»Du wirst dich erinnern, dass ich hier seit dreißig Jahren Leiter der Polizeidienststelle bin. Er war Leiter der Basis, als dort landwirtschaftliche Studien durchgeführt wurden.«

Ich gehe an einem neuen Fast-Food-Restaurant vorbei, in dem ausschließlich Chicken Wings in allen erdenklichen Varianten verkauft werden. Allein vom Geruch verhärten sich meine Arterien.

»Hast du ihm das abgenommen?«, frage ich.

»Was abgenommen?«

»Dass sie dort landwirtschaftliche Studien durchgeführt haben.«

»Natürlich nehme ich ihm das ab«, sagt Augie. »Ich finde es sehr viel einleuchtender als diese Gerüchte über Gedankenkontrolle und so etwas. Als ich Polizeichef war, habe ich alle Kommandeure der Basis kennengelernt. Und mein Vorgänger kannte deren Vorgänger.«

»Kaufman sagte, die Basis wäre früher eine Kontrollstation für Atomraketen gewesen.«

»Das habe ich auch gehört.«

»Und dann sagte er, als die zuständige Regierungsstelle wechselte, seien die Sicherheitsmaßnahmen verstärkt und die Geheimhaltung erhöht worden.«

»Nichts gegen Kaufman, aber da übertreibt er ein bisschen.«

»Inwiefern?«

»Anfangs waren die Nike-Basen für jedermann sichtbar. Das hat Kaufman dir doch auch erzählt, oder?«

»Ja.«

»Wenn man sich dann plötzlich verbarrikadiert und abgeschirmt hätte, als sie mit Atomsprengköpfen ausgerüstet wurden, hätten die Leute Verdacht geschöpft. Die Sicherheitsmaßnahmen wurden damals tatsächlich massiv verschärft, aber eben sehr unauffällig.«

»Und als die Raketenbasen geschlossen wurden?«

»Gut möglich, dass die Sicherheitsmaßnahmen danach noch einmal verschärft wurden. Das war dann aber einfach auf die normale Modernisierung und die neue Technologie zurückzuführen. Der neue Besitzer hat sich beim Einzug einfach einen besseren Zaun gebaut.«

Ich überquere die Oak Street, Westbridges Restaurantmeile. Mir werden – in dieser Reihenfolge – japanische, thailändische, französische und italienische Küche, Dim-Sum und etwas, das sich »California-Fusion« nennt, angeboten. Dann kommt eine Reihe Bankfilialen. Ich weiß nicht, wozu. Man sieht nie Kunden in Bankfilialen, außer an den Geldautomaten.

»Ich würde diesen Andy Reeves gern sprechen«, sage ich zu Augie. »Kannst du das hinbekommen?«

Ich erwarte, dass er das ablehnt, aber das tut er nicht. »Okay, ich arrangiere das für dich.«

»Du versuchst nicht, mich zu bremsen?«

»Nein«, sagt Augie. »Wie's aussieht, brauchst du das.«

Damit legt er auf. Als ich mein Auto erreiche, klingelt mein Handy wieder. Ich sehe im Display, dass es Ellie ist.

»Hey«, sage ich.

»Wir brauchen dich beim Frauenhaus.«

Ihr Tonfall gefällt mir nicht. »Was ist los?«

»Nichts. Sieh einfach zu, dass du so schnell wie möglich vorbeikommst, okay?«

»Okay.«

Sie legt auf. Ich steige in den Wagen und greife nach meinem magnetischen Blaulicht. Ich nutze es fast nie, aber dies scheint ein guter Zeitpunkt zu sein. Ich klatsche es aufs Dach und rase los.

Zwölf Minuten später bin ich am Frauenhaus. Ich gehe zügig hinein, wende mich nach links und laufe den Flur entlang. Ellie erwartet mich vor ihrem Büro. Ihr Gesichtsausdruck verrät mir, dass es um etwas Wichtiges geht.

»Was ist?«, frage ich.

Ellie antwortet nicht, sondern deutet auf ihr Büro. Ich drehe den Knauf, stoße die Tür auf und sehe hinein.

Im Büro sitzen zwei Frauen.

Die linke kenne ich nicht. Die andere … ich brauche einen Moment, um das zu verarbeiten. Sie ist gut gealtert – viel besser, als ich erwartet hätte. Die fünfzehn Jahre haben ihr gutgetan. Ich frage mich, ob sich ihr Leben in diesen Jahren um Abstinenz und Yoga oder zumindest Ähnliches gedreht hat. Auf mich macht es jedenfalls diesen Eindruck.

Unsere Blicke treffen sich. Einen Moment lang sage ich nichts. Ich stehe nur da und sehe sie an.

»Ich habe gewusst, dass Sie mich erkennen«, sagt sie.

Ich denke an den Moment zurück, als sie im schlecht sitzenden Kleid auf der anderen Straßenseite vor der Häuserreihe stand, um dann im Zickzack die Straße entlangzutorkeln. Es ist Lynn Wells.

Mauras Mutter.

SECHZEHN

Ich vergeude keine Zeit. »Wo ist Maura?«

»Schließen Sie die Tür«, sagt die andere Frau. Sie hat karottenfarbene Haare und trägt einen dazu passenden Lippenstift, ein maßgeschneidertes, graues Kostüm und ein Rüschenhemd. Ich bin kein Modeexperte, aber es sieht teuer aus.

»Und Sie sind?«

Ich drehe mich um und greife nach der Tür. Als ich sie schließe, nickt Ellie mir kurz zu.

»Ich heiße Bernadette Hamilton. Ich bin Lynns Freundin.«

Ich verstehe das so, dass sie mehr als nur Freundinnen sind, was mich aber nicht weiter interessiert. Mein Herz schlägt so heftig, dass ich mir einbilde, sie könnten es durch mein Hemd sehen. Ich wende mich wieder an Mrs Wells, will meine Frage mit mehr Nachdruck wiederholen, bremse mich dann aber.

Immer mit der Ruhe, fordere ich mich auf.

Natürlich habe ich tausend Fragen an sie, mir ist aber auch bewusst, dass die besten Vernehmungstechniken eine beinahe übernatürliche Geduld erfordern. Schließlich ist Mrs Wells an mich herangetreten, nicht umgekehrt. Sie hat mich ausfindig gemacht. Sie hat sogar Ellie als Mittelsfrau benutzt, sodass sie nicht bei mir zu Hause oder im Büro auftauchen musste und auch keine telefonische Spur hinterlassen hat. So etwas ist ziemlich aufwendig.

Naheliegende Schlussfolgerung?

Sie will etwas von mir.

Also muss ich sie reden lassen. Ich muss sie dazu bringen, etwas zu verraten, ohne dass ich danach frage. Bleib ruhig. Außerdem ist das meine normale Vorgehensweise. Es gibt keinen Grund, das zu ändern, nur weil es um etwas Privates geht. Also schweige ich. Ich frage nicht. Ich gebe keine Stichworte und stelle keine Forderungen.

Noch nicht. Lass dir Zeit. Plane.

Eins ist allerdings klar, Leo: Mrs Wells wird diesen Raum auf keinen Fall verlassen, ohne mir zu erzählen, wo Maura ist.

Ich bleibe stehen und warte auf ihren ersten Zug.

Schließlich sagt Mrs Wells etwas: »Die Polizei war bei mir.«

Ich schweige.

»Sie sagten, Maura könnte in den Mord an einem Polizisten verwickelt sein.« Als ich immer noch nicht antworte, fragt sie: »Stimmt das?«

Ich nicke. Ihre Freundin Bernadette streckt die Hand aus und legt sie auf die ihrer Freundin.

»Glaubst du wirklich, dass Maura in einen Mord verwickelt sein könnte?«, fragt Lynn Wells.

»Wahrscheinlich schon, ja«, sage ich.

Ihre Augen weiten sich ein wenig. Bernadette drückt ihre Hand etwas fester.

»Maura würde niemanden töten. Das weißt du doch.«

Ich verkneife mir eine sarkastische Erwiderung und schweige.

»Die Polizistin, die bei mir war, Lieutenant Reynolds, kam irgendwo aus Pennsylvania. Sie sagte, du würdest sie bei den Ermittlungen unterstützen?«

Mrs Wells betont das wie eine Frage. Wieder schnappe ich nicht nach dem Köder.

»Das begreife ich nicht, Nap. Warum wirst du in die Mordermittlung eines anderen Bundesstaats einbezogen?«

»Hat Lieutenant Reynolds Ihnen den Namen des Opfers genannt?«

»Ich glaube nicht. Sie sagte nur, es handele sich um einen Polizisten.«

»Er hieß Rex Canton.« Ich sehe sie an. Nichts. »Der Name sagt Ihnen nichts?«

Sie überlegt. »Nein, eigentlich nicht.«

»Rex war mit uns auf der Highschool.«

»Auf der Westbridge High?«

»Ja.«

Die Farbe weicht aus ihrem Gesicht.

Zum Henker mit der Geduld. Manchmal kann man sein Gegenüber auch mit einer unerwarteten Frage aus dem Konzept bringen: »Wo ist Maura?«

»Das weiß ich nicht«, sagt Lynn Wells.

Ich ziehe die rechte Augenbraue hoch und mustere sie mit meinem ungläubigsten Gesichtsausdruck.

»Ich weiß es wirklich nicht. Deshalb bin ich zu dir gekommen.« Sie sieht zu mir hoch. »Ich hatte gehofft, dass du mir helfen kannst.«

»Ihnen helfen, Maura zu finden?«

»Ja.«

Meine Stimme ist belegt. »Ich habe Maura nicht mehr gesehen, seit ich achtzehn war.«

Das Telefon auf dem Schreibtisch klingelt. Wir beachten es alle nicht. Ich sehe Bernadette an, aber sie hat nur Augen für Lynn Wells.

»Wenn ich Ihnen bei der Suche nach Maura helfen soll«, sage ich und versuche, ruhig, professionell, pragmatisch zu klingen, während mir das Herz rast, »müssen Sie mir alles erzählen, was Sie wissen.«

Stille.

Lynn Wells sieht Bernadette an. Die schüttelt den Kopf. »Er kann uns nicht helfen«, sagt Bernadette.

Lynn Wells nickt. »Das war ein Fehler.« Beide Frauen stehen auf. »Wir hätten nicht kommen sollen.«

Beide gehen zur Bürotür.

»Wohin wollen Sie?«, frage ich.

Lynn Wells sagt mit fester Stimme: »Wir gehen jetzt.«

»Nein«, sage ich.

Bernadette ignoriert mich und will um mich herum Richtung Tür gehen. Ich trete ihr in den Weg.

»Lassen Sie mich durch«, sagt sie.

Ich sehe Lynn Wells an. »Maura steckt da bis über beide Ohren drin.«

»Du weißt gar nichts.«

Als Bernadette nach dem Türknauf greifen will, stehe ich immer noch vor ihr.

»Wollen Sie uns hier mit Gewalt festhalten?«

»Ja.«

Das ist kein Bluff. Seit ich erwachsen bin, suche ich nach Antworten auf bestimmte Fragen, und ich werde diese Antworten jetzt, wo sie vor mir stehen, nicht einfach so hinausspazieren lassen. Auf keinen Fall. Niemals. Ich werde Lynn Wells hierbehalten, bis sie mir alles gesagt hat, was sie weiß. Ganz egal, was mich das kostet.

Lynn Wells wird diesen Raum nicht verlassen, bis sie mir alles erzählt hat.

Ich rühre mich nicht von der Stelle.

Ich versuche es mit dem irren Blick, kriege ihn aber nicht hin. Ich zittere innerlich, bebe vor Erregung und glaube, dass sie das sehen können.

»Wir können ihm nicht trauen«, sagt Bernadette.

Ich beachte sie nicht und konzentriere mich auf Mrs Wells.

»Vor fünfzehn Jahren«, fange ich an, »bin ich von einem Eishockeyspiel nach Hause gekommen. Ich war achtzehn Jahre alt. In meinem letzten Highschool-Jahr. Ich hatte einen tollen besten Freund – meinen Zwillingsbruder. Und ich hatte eine Freundin, die ich für die Liebe meines Lebens hielt. Ich habe am Küchentisch gesessen und darauf gewartet, dass mein Bruder nach Hause kommt …«

Lynn Wells mustert mein Gesicht. Ich sehe etwas, das ich nicht ganz verstehe. Sie bekommt feuchte Augen. »Ich weiß. Unser beider Leben haben sich in dieser Nacht für immer verändert.«

»Lynn …«

Mit einer kurzen Geste fordert sie Bernadette zum Schweigen auf.

»Was ist passiert?«, frage ich. »Warum ist Maura untergetaucht?«

Bernadette faucht: »Wie wäre es, wenn Sie uns das erzählen?«

Die Reaktion verwirrt mich, aber Lynn legt Bernadette eine Hand auf die Schulter. »Warte draußen.«

»Ich lass dich hier nicht allein.«

»Ich muss Nap unter vier Augen sprechen.«

Bernadette protestiert, hat aber keine Chance, diese Auseinandersetzung zu gewinnen. Ich trete einen halben Schritt zur Seite. Ich bin noch immer nicht bereit, ein Risiko einzugehen. Ich öffne die Tür gerade so weit, dass Bernadette hindurchpasst. Ich bin tatsächlich so bekloppt, dass ich Mauras Mom die ganze Zeit im Auge behalte, als könnte auch sie losstürmen und versuchen, sich durch den Spalt zu zwängen. Sie tut es nicht. Als Bernadette schließlich durch die Tür schlüpft, wirft sie mir noch einen bösen Blick zu.

Mauras Mutter und ich sind allein.

»Setzen wir uns«, sagt sie.

»Du weißt bestimmt, dass Maura und ich damals ein schwieriges Verhältnis hatten.«

Wir haben die beiden Stühle vor Ellies Schreibtisch umgedreht, sodass wir uns ansehen können. Ich entdecke den Ehering an Lynn Wells' linker Hand. Beim Sprechen spielt sie immer wieder damit.

Da sie auf eine Antwort wartet, sage ich: »Ja, das weiß ich.«

»Es war schwierig. Und das war meine Schuld. Zumindest zum größten Teil. Ich habe zu viel getrunken. Ich fand es furchtbar, dass ich als alleinstehende Mutter nicht so viel unternehmen konnte … wobei ich gar nicht weiß, was ich hätte machen wollen. Wahrscheinlich hätte ich einfach noch mehr getrunken. Das Timing hätte auch kaum schlechter sein können – schließlich war Maura ein Teenager und kämpfte mit ihren eigenen Problemen. Außerdem war sie von Natur aus rebellisch. Aber das weißt du ja. Vermutlich hat dich das ja auch angezogen. Wenn das alles zusammenkommt, kann es leicht zu einer …«

Sie ballt die Fäuste und breitet dann die Finger aus, um eine Explosion darzustellen.

»Finanziell waren wir auch nicht gut gestellt. Ich hatte zwei Jobs. Verkäuferin bei Kohl's und Kellnerin bei Bennigan's. Maura hat eine Weile in Teilzeit in Jenson's Zoohandlung gearbeitet. Das weißt du noch, oder?«

»Ja.«

»Weißt du auch noch, warum sie gekündigt hat?«

»Sie sagte etwas von einer Hundeallergie.«

Lynn Wells lächelt freudlos. »Mike Jenson hat ihr dauernd den Hintern betatscht.«

Selbst jetzt, nach all den Jahren, spüre ich, wie mir heiß wird. »Ist das Ihr Ernst?«

Natürlich ist es das. »Maura sagte, du seist ein Hitzkopf. Sie befürchtete, wenn sie es dir erzählt hätte … ist ja auch egal. Wir haben damals noch in Irvington gewohnt, durch Mauras Arbeit in der Zoohandlung konnten wir kurz in Westbridge reinschnuppern. Eine Kollegin von Kohl's hat mich dann auf eine Idee gebracht. Sie sagte, ich sollte in die billigste Wohnung in einem Ort mit einer guten Schule ziehen. ›Auf die Art bekommt deine Tochter die bestmögliche Bildung‹, sagte sie. Das klang logisch. Natürlich kann man über Maura viel sagen, auf jeden Fall aber war sie blitzgescheit. Also haben wir das gemacht. Kurz darauf habt ihr beide euch dann kennengelernt.«

Lynn Wells verstummt.

»Ich schinde gerade Zeit«, sagt sie.

»Dann überspringen Sie alles andere und erzählen Sie von jener Nacht«, sage ich.

Sie nickt. »Maura ist nicht nach Hause gekommen.«

Ich sage nichts.

»Ich habe das nicht sofort mitbekommen. Nach der Spätschicht bei Bennigan's bin ich noch mit ein paar Freunden weggegangen. Natürlich waren wir etwas trinken. Ich bin dann nicht vor vier Uhr nach Hause gekommen. Oder sogar noch später. Ich weiß es nicht. Kann mich nicht mehr erinnern. Ich glaube auch nicht, dass ich in ihrem Zimmer nachgeguckt habe. Tolle Mutter, was? Es hätte aber wohl auch nichts geändert. Was hätte ich schon anderes machen sollen, wenn mir aufgefallen wäre, dass Maura nicht da war? Wahrscheinlich nichts. Vermutlich hätte ich angenommen, dass sie bei dir ist. Oder vielleicht, dass sie in die Stadt gefahren ist. Sie hat oft Freunde in Manhattan besucht. Seit ihr beide zusammen wart, allerdings seltener. Tja, und als ich schließlich aufgewacht bin und Maura nicht da war, da war es schon fast Mittag. Ich dachte, sie wäre schon wieder weg. Eigentlich logisch, oder? Also habe ich mir nicht viel dabei gedacht. Dann bin ich wieder zur Arbeit gegangen. Eine Doppelschicht bei Bennigan's. Am Abend, kurz vor Küchenschluss, hat der Barkeeper mich zu sich gewinkt und gesagt, es wäre jemand für mich am Telefon. Das war seltsam. Und der Manager hat mich böse angeguckt. Das war dann Maura.«

Mein Handy vibriert in der Tasche. Ich ignoriere es.

»Was hat sie gesagt?«

»Na ja, ich war besorgt. Weil sie, wie schon gesagt, nie bei der Arbeit anrief. Also bin ich ans Telefon und habe gefragt: ›Alles okay mit dir, Schatz?‹, worauf sie nur gesagt hat: ›Mom, ich bin eine Zeit lang weg. Falls jemand fragt … das, was passiert ist, hat mich total mitgenommen, und ich wechsle die Schule.‹ Dann hat sie noch gesagt: ›Sprich nicht mit der Polizei.‹« Sie atmet tief durch. »Weißt du, was ich darauf gesagt habe?«

»Was?«

Wieder lächelt sie traurig. »Ich habe sie gefragt, ob sie high ist. Das war das Erste, was ich meine Tochter gefragt habe, als sie mich anrief und Hilfe brauchte. Ich habe gefragt: ›Bist du high oder so?‹«

»Was hat sie geantwortet?«

»Nichts. Sie hat aufgelegt. Ich weiß nicht einmal, ob sie die Frage noch gehört hat. Und ich hab auch gar nicht kapiert, was sie damit meinte, dass sie das alles zu sehr mitgenommen hätte. Verstehst du, Nap, ich war vollkommen ahnungslos. Ich hatte noch nicht einmal was vom Tod deines Bruders und der jungen Styles gehört. Also habe ich weitergearbeitet, es waren ja noch Gäste da. Zwei Tische hatten sich schon beschwert. Und dann habe ich an einem Tisch gegenüber vom Tresen eine Bestellung aufgenommen – du weißt doch, wie das eingerichtet war, mit den Fernsehern, die überall liefen?«

Ich nicke.

»Na ja, normalerweise lief da immer Sport, aber irgendjemand hatte auf den Nachrichtensender umgeschaltet. Da habe ich es dann gesehen…« Sie schüttelt den Kopf. »Herrgott, war das furchtbar. Es wurden aber keine Namen genannt, daher wusste ich nicht, dass es um deinen Bruder ging oder um wen auch immer. Es wurde nur gesagt, dass zwei Schüler aus Westbridge vom Zug überfahren worden waren. Dadurch ergab Mauras Anruf immerhin ein bisschen Sinn. Ich dachte, deshalb wäre sie so mitgenommen, dass sie für ein paar Tage die Stadt verlassen wollte, um sich zu sammeln. Ich wusste nicht, was ich tun sollte, hatte aber im Lauf des Lebens ein paar Dinge gelernt. Dazu gehört, nicht übereilt zu reagieren. Ich bin nicht die Klügste. Aber wenn man die Wahl zwischen zwei Wegen hat, ist es oft besser zu bleiben, wo man ist, bis man sich orientiert hat. Also habe ich in aller Ruhe meine Schicht beendet. Schließlich ergab das ja, wie schon gesagt, einen gewissen Sinn. Außer vielleicht, na ja, warum sollte ich nicht mit der Polizei sprechen? Das kam mir seltsam vor, aber ich musste mich um meine Arbeit kümmern und habe mir darüber nicht groß den Kopf zerbrochen. Nach meiner Schicht bin ich dann raus zu meinem Auto gegangen. Ursprünglich war ich noch mit einem Mann verabredet, mit dem ich damals öfter mal ausgegangen bin, aber das hatte ich abgesagt. Ich wollte nur noch nach Hause und mich verkriechen. Also bin ich zum Parkplatz gegangen. Er war schon ziemlich leer. Und da haben diese Männer auf mich gewartet.«

Sie wendet sich ab und blinzelt.

»Männer?«, frage ich.

»Sie waren zu viert.«

»Meinen Sie Polizisten oder so etwas?«

»So haben sie sich vorgestellt. Sie haben mir auch Dienstmarken gezeigt.«

»Was wollten sie?«

»Sie wollten wissen, wo Maura ist.«

Ich stelle mir die Szene vor. Bennigan's hat schon vor Jahren zugemacht und ist durch die Filiale einer anderen Restaurantkette namens Marconi Grill ersetzt worden. Den Parkplatz kenne ich aber.

»Was haben Sie denen erzählt?«

»Ich habe gesagt, dass ich es nicht weiß.«

»Okay.«

»Sie waren sehr höflich. Der Anführer, also der, der geredet hat, hatte ganz blasse Haut und so eine Flüsterstimme. Da ist es mir kalt den Rücken heruntergelaufen. Außerdem hatte er sehr lange Fingernägel. Das mag ich bei Männern nicht. Er sagte, Maura würde nicht in Schwierigkeiten stecken. Er sagte, wenn sie sich direkt melden und eine Aussage machen würde, wäre alles in Ordnung. Er war da sehr deutlich.«

»Aber Sie wussten nicht, wo Maura war.«

»Richtig.«

»Und was ist dann passiert?«

»Und dann …« Tränen schießen ihr in die Augen, und sie legt die Hand in einer verzweifelten Geste an ihren Hals. »Ich weiß gar nicht, wie ich das jetzt erzählen soll.«

Ich strecke meine Hand aus und lege sie auf ihre. »Das ist schon in Ordnung.«

Etwas im Raum hat sich verändert. Man spürt es, wie eine elektrische Ladung.

»Was ist dann passiert, Mrs Wells?«

»Was als Nächstes passiert ist …« Sie bricht ab und zuckt die Achseln. »Als Nächstes war es eine Woche später.«

Ich schweige. Dann sage ich: »Das verstehe ich nicht.«

»Ich auch nicht. Das Nächste, an das ich mich erinnere, ist, dass jemand laut an meine Hintertür klopft. Ich mache die

Augen auf und liege in meinem Bett. Ich spähe durchs Rollo, um nachzusehen, wer da ist.«

Sie sieht mich an.

»Das warst du, Nap.«

Daran erinnere ich mich natürlich. Ich weiß, dass ich zu ihrer Wohnung gegangen bin und an die Hintertür gehämmert habe, auf der Suche nach Maura, die sich seit dem Tod meines Bruders nicht mehr bei mir gemeldet hatte, außer um mir kurz mitzuteilen, dass die Nachricht vom Schicksal meines Bruders so furchtbar gewesen sei, dass sie die Stadt verlassen werde.

Und dass es aus sei zwischen uns.

»Ich habe nicht aufgemacht«, sagt sie.

»Ich weiß.«

»Das tut mir leid.«

Ich winke ab. »Sie sagten, das wäre eine Woche später gewesen?«

»Genau das ist das Problem. Weißt du, ich dachte, es wäre der nächste Morgen, aber es war eine ganze Woche vergangen. Ich hatte keine Ahnung, was ich tun sollte. Ich habe dann versucht, dahinterzukommen, was passiert ist. Das Wahrscheinlichste war ja wohl, dass ich extrem viel getrunken und einen ausgedehnten Filmriss hatte, oder? Ich nahm an, dass der blasse Mann mit der Flüsterstimme sich für meine Hilfe bedankt und gesagt hatte, dass ich mich melden solle, sobald ich etwas von Maura höre. Daraufhin bin ich dann wohl in mein Auto gestiegen und auf Sauftour gegangen.« Sie legt den Kopf auf die Seite. »Klingt doch logisch, oder, Nap?«

Es schien schlagartig kühler geworden zu sein.

»Ich glaube aber nicht, dass es so abgelaufen ist.«

»Was ist denn Ihrer Ansicht nach passiert?«, frage ich.

»Ich glaube, dass der blasse Mann mit der Flüsterstimme irgendetwas mit mir gemacht hat.«

Ich höre meine Atemzüge, als würde ich mir Muscheln an die Ohren pressen. »Und was, zum Beispiel?«

»Ich glaube, sie haben mich irgendwo hingebracht und dort noch einmal nachgefragt, wo Maura ist. Direkt nach dem Aufwachen hatte ich eigenartige, vage Erinnerungen. Schlimme Erinnerungen. Aber die sind dann verschwunden, wie ein Traum. Kennst du das? Man wacht auf, erinnert sich an den Albtraum, den man gerade noch hatte, denkt, dass man ihn nie vergessen wird, aber dann lösen sich die Bilder einfach auf.«

Ich höre mich antworten: »Ja.«

»So ist es da auch gewesen. Ich weiß nur noch, dass es schlimm war. Wie ein schlimmer Albtraum. Aber wenn ich versuche, mir Einzelheiten ins Gedächtnis zu rufen, ist es, als würde ich mit den Händen nach einer Rauchwolke greifen.«

Ich nicke, vor allem um überhaupt irgendetwas zu tun, um irgendwie auf diese Tiefschläge zu reagieren. »Und was haben Sie dann getan?«

»Ich habe einfach …« Lynn Wells zuckt die Achseln. »Ich bin zur Arbeit gefahren, zu Kohl's. Ich dachte, ich würde einen Riesenärger bekommen, weil ich einfach nicht zur Arbeit erschienen bin, aber sie sagten, ich hätte mich krankgemeldet.«

»Aber daran erinnern Sie sich auch nicht?«

»Nein. Bei Bennigan's war es das Gleiche. Auch die sagten, ich hätte mich krankgemeldet.«

Ich lehne mich zurück und versuche, das Ganze zu verstehen.

»Ich … ich bin dann auch paranoid geworden. Ich habe mich dauernd verfolgt gefühlt. Sobald ich einen Mann gesehen habe, der Zeitung liest, war ich davon überzeugt, dass er mich beobachtet. Und du bist auch immer wieder bei uns vorbeigekommen, Nap. Ich weiß noch, dass ich dich angeblafft habe, dass du verschwinden sollst. Auf die Dauer konnte das aber nicht so weitergehen. Ich musste irgendetwas tun, bis Maura sich bei mir melden und mir erzählen würde, was los war. Also habe ich das getan, was sie mir aufgetragen hatte. Ich habe dir die Lüge von ihrem Schulwechsel erzählt. Ich habe auch bei der Westbridge High angerufen. Ich habe ihnen erzählt, dass wir umziehen und uns wieder melden, sobald wir wissen, wohin sie Mauras Unterlagen schicken sollten. Und sie haben nicht weiter nachgefragt. Wahrscheinlich waren viele von euren Mitschülern völlig fertig und hatten sich ein paar Tage freigenommen.«

Wieder greift Lynn Wells sich an den Hals. »Ich brauche einen Schluck Wasser.«

Ich stehe auf und gehe um den Schreibtisch herum. Ellie hat einen kleinen Kühlschrank unter dem Fenstersims. Ich überlege, warum Mrs Wells über Ellie an mich herangetreten ist, es gibt aber dringendere Fragen. Als ich den Kühlschrank öffne, sehe ich die pedantisch aufgereihten Wasserflaschen, nehme eine heraus und gebe sie ihr.

»Danke«, sagt sie.

Sie schraubt sie auf und nimmt einen kräftigen Zug wie, tja, eine Alkoholikerin. »Sie haben aufgehört zu trinken?«, frage ich.

»Einmal Alkoholiker, immer Alkoholiker«, sagt sie. »Aber, ja, seit meinem letzten Drink sind dreizehn Jahre vergangen.«

Ich nicke anerkennend, obwohl sie das nicht nötig hat.

»Das habe ich Bernadette zu verdanken. Sie ist mein Fels in der Brandung. Wir haben uns kennengelernt, als ich ganz unten war. Wir haben vor zwei Jahren geheiratet.«

Ich weiß nicht, was ich darauf sagen soll – ich will wieder aufs Thema zurückkommen –, also sage ich einfach: »Okay.« Dann frage ich: »Wann haben Sie das nächste Mal von Maura gehört?«

Sie trinkt noch einen Schluck und schraubt den Verschluss wieder auf die Flasche.

»Tage vergingen. Dann Wochen. Immer wenn das Telefon geklingelt hat, bin ich sofort aufgesprungen. Ich habe überlegt, ob ich irgendjemandem davon erzählen soll. Aber wem? Maura hatte ja gesagt, dass ich nicht zur Polizei gehen soll, und nach meinen Erfahrungen mit dem blassen Typen … Tja, wie ich schon sagte, wenn man nicht sicher ist, ob man den einen oder den anderen Weg nehmen soll, bleibt man lieber, wo man ist. Aber ich hatte Angst. Ich hatte schreckliche Träume. Und ich hatte auch ständig diese schreckliche Flüsterstimme im Ohr, die mich fragte: ›Wo ist Maura?‹ Die ganze Stadt hat um deinen Bruder und Diana getrauert. Auch Dianas Vater, der Polizeichef, war irgendwann bei mir. Auch er hat sich nach Maura erkundigt.«

»Was haben Sie ihm gesagt?«

»Das Gleiche wie allen anderen auch. Maura sei vollkommen erledigt von dem, was passiert ist. Ich habe gesagt, sie sei für eine Weile zu meinem Cousin nach Milwaukee gefahren, danach würde sie die Schule wechseln.«

»Gab es einen Cousin in Milwaukee?«

Sie nickt. »Er hat mir versprochen, mich nicht zu verraten.«

»Und wann haben Sie wieder etwas von Maura gehört?«

Sie starrt die Wasserflasche an, hat eine Hand am weißen Verschluss, die andere unten am Boden. »Drei Monate später.«

Ich stehe da und versuche, mir meine Verblüffung nicht anmerken zu lassen. »Dann haben Sie drei Monate lang …?«

»Ich hatte keine Ahnung, wo sie war. Wir hatten keinen Kontakt. Nichts.«

Ich weiß nicht, was ich sagen soll. Wieder vibriert mein Handy.

»Ich habe mir ständig Sorgen gemacht, die ganze Zeit über. Ich dachte, der blasse Mann mit der Flüsterstimme hätte sie gefunden und umgebracht. Ich habe versucht, ruhig zu bleiben. Was hätte ich denn tun sollen? Zur Polizei konnte ich auch nicht gehen, was hätte ich denen schon sagen können? Wer hätte mir die denn Geschichte von der verschwundenen Woche geglaubt? Oder überhaupt irgendetwas? Wer auch immer diese Männer waren, entweder hatten sie Maura schon umgebracht – oder ich hätte ihnen womöglich geholfen, sie umzubringen, weil ich zu viel Staub aufgewirbelt hätte. Verstehst du, dass ich nichts tun konnte? Es hätte ihr nicht geholfen, wenn ich zur Polizei gegangen wäre. Entweder schaffte sie es alleine, oder ...«

»Oder sie war schon tot«, sage ich.

Lynn Wells nickt.

»Und wo haben Sie sie schließlich gesehen?«

»In einem Starbucks in Ramsey. Ich bin auf die Toilette gegangen, und plötzlich stand sie hinter mir.«

»Moment? Sie hat Sie nicht vorher angerufen?«

»Nein.«

»Sie ist da einfach aufgetaucht?«

»Ja.«

Ich versuche, das zu begreifen.

»Und wie ging's dann weiter?«

»Sie sagte, sie sei in Gefahr, aber sie komme schon klar.«

»Was noch?«

»Nichts.«

»Das war alles, was sie gesagt hat?«

»Ja.«

»Und Sie haben sie nicht gefragt ...?«

»Natürlich habe ich sie gefragt.« Lynn Wells erhebt zum ersten Mal die Stimme. »Ich habe ihren Arm gepackt und ihn verzweifelt umklammert. Ich habe sie angefleht, mir mehr zu sagen. Ich habe mich für alles entschuldigt, was ich falsch gemacht habe. Sie hat mich umarmt und dann weggestoßen. Sie ist durch die Tür und nach hinten raus. Ich bin ihr gefolgt, aber … du verstehst das nicht.«

»Dann erklären Sie es mir.«

»Als ich aus der Toilette kam … da waren diese Männer wieder da.«

Ich warte einen Moment, um mich zu vergewissern, dass ich mich nicht verhört habe. »Dieselben Männer?«

»Nein, nicht genau dieselben, aber … einer ist auch durch die Hintertür raus. Ich bin zu meinem Auto gegangen und dann …«

»Was dann?«

Als Lynn Wells aufblickt – als ich sehe, wie ihr Tränen in die Augen schießen und sie die Hand wieder zum Hals führt –, kommt es mir vor, als würde mein Herz in einen tiefen Schacht fallen. »Man könnte annehmen, dass ich die Spannung, die sich aufgebaut hatte, als ich meine Tochter nach so langer Zeit wiedergesehen habe, nur durch eine weitere Sauftour abbauen konnte.«

Ich nehme ihre Hand. »Wie lange war es diesmal?«

»Drei Tage. Aber du verstehst jetzt, was ich meine, oder?«

Ich nicke. »Und Maura hat das alles gewusst.«

»Ja.«

»Sie hat gewusst, dass man Sie verhören würde. Vielleicht mithilfe von Drogen. Vielleicht mit harten Methoden. Und wenn Sie nichts wussten …«

»Konnte ich nichts verraten.«

»Mehr noch«, sage ich.

»Was meinst du?«

»Maura hat Sie beschützt«, sage ich ihr. »Ganz egal, aus

welchem Grund sie geflohen war, wenn Sie etwas von der Sache gewusst hätten, wären Sie auch in Gefahr gewesen.«

»O mein Gott…«

Ich versuche, mich zu konzentrieren.

»Und wie ging's dann weiter?«

»Ich weiß es nicht.«

»Wollen Sie sagen, dass Sie Maura seit diesem Tag bei Starbucks nicht mehr gesehen haben?«

»Doch, ich habe sie sechs Mal gesehen.«

»In den letzten fünfzehn Jahren?«

Lynn Wells nickt. »Immer wie zufällig. Es war jedes Mal nur eine ganz kurze Begegnung, in der sie mir mitgeteilt hat, dass es ihr gut geht. Eine Zeit lang hatte sie ein E-Mail-Konto für uns beide eingerichtet. Wir haben nie etwas geschickt. Wir haben beide die Nachrichten einfach als Entwürfe gespeichert. Wir kannten beide das Passwort. Sie hat ein VPN verwendet, damit es anonym bleibt. Aber irgendwann ist ihr auch das zu riskant geworden. Und seltsamerweise hatte sie mir so gut wie nichts zu sagen. Ich habe ihr von meinem Leben erzählt. Dass ich Bernadette kennengelernt und aufgehört habe zu trinken. Aber von ihrem Leben hat sie mir nie etwas mitgeteilt. Für mich war das eine Qual.« Sie umklammert die Wasserflasche etwas zu fest. »Ich habe keine Ahnung, wo sie war oder was sie gemacht hat.«

Wieder vibriert mein Handy.

Dieses Mal sehe ich aufs Display. Es ist Augie. Ich führe das Handy zum Ohr.

»Hallo?«

»Wir haben Hank gefunden.«

SIEBZEHN

Erinnerst du dich an die Feier zu Hanks zehntem Geburtstag, Leo?

Es war eins der Jahre, in denen Laser-Tags, NERF-Wars und Sport-Themenpartys ganz groß waren. Eric Kuby hatte damals zu dieser Fußballparty in einer Traglufthalle eingeladen. Alex Cohen hat ihren Geburtstag in diesem Einkaufszentrum mit Minigolfplatz und dem Regenwald-Café gefeiert. Bei Michael Stotter gab's Videospiele und virtuelle Achterbahnen. Wir wurden festgeschnallt, die Sitze haben gewackelt, und wir haben gekreischt. Wir hatten wirklich das Gefühl, dass wir in einer Achterbahn sitzen. Dir ist sogar übel geworden.

Hanks Party war anders – genau wie Hank. Sie fand in einem wissenschaftlichen Labor an der Reston University statt. Ein Mann mit einer dicken Brille und einem weißen Laborkittel hat mit uns diverse Experimente durchgeführt. Wir haben aus Boraxpulver und flüssigem Klebstoff Slime hergestellt. Wir haben Flummis hergestellt, die enorm hoch gesprungen sind, und riesige Eismurmeln gebastelt. Es ging um chemische Reaktionen, Feuer und statische Elektrizität. Die Party war viel unterhaltsamer, als ich erwartet hatte – ein Nerd-Paradies, in dem sogar die Sportskanonen Spaß hatten. Am besten erinnere ich mich aber an Hanks Gesichtsausdruck, die weit aufgerissenen Augen und das verträumte, leicht idiotische Lächeln, das er gar nicht mehr aus dem Gesicht bekam. Schon damals, schon als Zehnjähriger, habe ich verstanden, wie glücklich Hank war, wie sehr er in seinem Element (ha, ha) war und wie selten einer von uns ein solches Hochgefühl erlebte. Schon damals hätte ich – ohne dass ich es hätte in Worte fassen können – gerne die Zeit für ihn angehalten. Damit er länger in diesem Augenblick, in diesem Raum hätte verweilen können, mit seinen Freunden und seiner Leidenschaft – länger als diese Dreiviertelstunde Unterhaltung und die anschließende Viertelstunde gemeinsames Kuchenessen. Ich denke gerade zurück an diese Party, an die reine Glückseligkeit, die Hank damals empfunden hat, an die verschiedenen Wege, die unsere Leben eingeschlagen haben. Ich überlege, was in der Zeit zwischen dieser Party und dem gegenwärtigen Moment geschehen ist, welche Verbindung zwischen dem glücklichen Jungen mit dem idiotischen Lächeln und der nackten, verstümmelten Leiche besteht, die vor mir an einem Strick im Baum hängt.

Selbst wenn ich dieses Gesicht ansehe – aufgequollen, verzerrt, sogar schon leicht verwest – habe ich noch den kleinen Jungen auf der Party vor Augen. Schon seltsam, dass es einem bei Menschen, mit denen man aufgewachsen ist, oft so geht. Die anderen weichen einen Schritt zurück, als ihnen der Gestank in die Nase steigt, aus irgendeinem Grund stört er mich nicht. Ich habe schon viele Leichen gesehen. Hanks nackter Körper sieht aus, als hätte ihm jemand die Knochen herausgerissen, wie eine Marionette, die nur an einem Faden hängt. Sein Rumpf ist übersät mit Schnittwunden, die vermutlich von einer scharfen Klinge stammen, die größte Wunde fällt allen jedoch sofort ins Auge.

Hank wurde kastriert.

Ich bin von zwei meiner Vorgesetzten umgeben. Rechts von mir steht Loren Muse, die Staatsanwältin von Essex County. Links steht Augie. Wir starren die Leiche schweigend an.

Muse dreht sich zu mir um. »Ich dachte, du hättest ein paar

Tage Urlaub beantragt, um private Angelegenheiten zu erledigen.«

»Jetzt nicht mehr. Ich will diesen Fall.«

»Du kanntest das Opfer, oder?«

»Das ist Jahre her.«

»Trotzdem. Keine Chance.« Muse ist eine dieser kleinen Frauen, die viel Stärke ausstrahlen. Sie deutet auf den Mann, der den Hügel herunterkommt. »Manning übernimmt das.«

Augie hat immer noch kein Wort gesagt. Auch er hat in seinem Leben viele Leichen gesehen, ist aber aschfahl. Für Mordfälle ist das County zuständig. Die Polizei aus Westbridge – Augies Abteilung – unterstützt es nur. Meine Aufgabe wird darin bestehen, die Verbindung zwischen den beiden Dienststellen aufrechtzuerhalten.

Muse dreht sich um und mustert die Straße auf dem Hügel. »Hast du die vielen Übertragungswagen gesehen?«

»Ja.«

»Weißt du auch, warum es so viele sind?«

Das weiß ich. »Das virale Video.«

Muse nickt. »Ein Mann wird durch einen Akt von Selbstjustiz im Internet als Sexualtäter geoutet. Das Video wurde so etwa drei oder vier Millionen Mal angeklickt. Jetzt wird dieser Mann aufgehängt an einem Baum im Wald gefunden. Wenn herauskommt, dass er kastriert wurde …«

Sie braucht nicht weiterzureden. Wir verstehen, was sie meint. Die Scheiße würde uns bis zum Hals stehen. Jetzt bin ich fast froh, dass ich die Ermittlung nicht leite.

Alan Manning geht an uns vorbei, als wären wir gar nicht da. Neben Hanks leicht schaukelnder Leiche bleibt er stehen und untersucht sie ziemlich theatralisch. Ich kenne Manning. Er ist kein schlechter Detective. Aber eben auch kein guter.

Muse tritt einen Schritt zurück. Augie und ich folgen ihr.

»Augie meinte, du hättest mit der Mutter gesprochen, die das Video gepostet hat?«, sagt sie zu mir.

»Suzanne Hanson.«

»Was hat sie gesagt?«

»Dass sie gelogen hat. Hank hat sich nicht entblößt.«

Muse dreht sich langsam zu mir um. »Wie bitte?«

»Mrs Hanson passte es einfach nicht, dass ein Störenfried in der Nähe der Schule herumlungerte.«

»Und jetzt ist er tot«, sagt Muse und schüttelt den Kopf.

Ich antworte nicht.

»Ignoranz, Dummheit ...« Wieder schüttelt sie den Kopf. »Ich guck mal, ob wir etwas finden, für das wir sie vor Gericht stellen können.«

Ich habe damit kein Problem.

»Glaubst du, Mrs Hanson könnte in die Sache verwickelt sein?«, fragt Muse.

Nein, denke ich. Und ich will ehrlich sein. Ich will keine falsche Spur legen, um Manning zu verwirren, aber ich will auch das Beste für den Fall – was eine leichte Verwirrung beinhalten kann. Also antworte ich: »Wahrscheinlich wäre es nicht schlecht, wenn Manning bei den Hansons anfängt.«

Wieder starren wir zur Leiche hinauf. Manning umkreist sie von unten mit nachdenklicher Miene. Er führt sich zu theatralisch auf, fast wie ein Kommissar im Fernsehen. Gleich zieht er ein riesiges Vergrößerungsglas aus der Tasche, wie Sherlock Holmes.

Augie starrt die Leiche immer noch an. »Ich kenne Hanks Vater.«

»Dann ist es vielleicht am besten, wenn du die schlechte Nachricht überbringst«, sagt Muse. »Und zwar so schnell wie möglich, wenn man sich anguckt, wie viel Presse hier schon herumschwirrt.«

»Hast du etwas dagegen, wenn ich ihn begleite?«, frage ich.

Sie zuckt die Achseln. »Wenn du meinst.«

Wir machen uns auf den Weg. Franco Cadeddu, der Gerichtsmediziner des Countys und ein netter Kerl, ist gerade angekommen. Als wir an ihm vorbeigehen, nickt er ernst. Am Tatort ist Franco vollkommen vertieft in seine Arbeit. Ich nicke zurück. Augie nicht. Wir gehen weiter. Die Kollegen von der Spurensicherung kommen uns in Ganzkörperanzügen und mit Mundschutz entgegen. Augie würdigt sie keines Blickes. Er stapft mit starrer Miene auf die ihm bevorstehende, schwere Aufgabe zu.

»Das ergibt keinen Sinn«, sage ich.

Es dauert einen Moment, bis Augie entgegnet: »Was genau?«

»Hanks Gesicht.«

»Was ist damit?«

»Es ist nicht blau angelaufen, hat nicht einmal einen dunkleren Farbton als der Rest der Leiche.«

Augie antwortet nicht.

»Also wurde er nicht stranguliert, und sein Hals ist auch nicht gebrochen«, sage ich.

»Franco wird das feststellen.«

»Und noch etwas: der Geruch – das ist mehr als ranzig. Man sieht schon eine leichte Verwesung.«

Augie geht weiter.

»Hank ist vor drei Wochen verschwunden«, sage ich. »Ich nehme an, dass er schon so lange tot ist.«

»Lass uns einfach auf Francos Ergebnisse warten.«

»Wer hat die Leiche gefunden?«

»David Elefant«, sagt Augie. »Er ist mit seinem Hund spazieren gegangen. Der Hund war nicht angeleint, ist irgendwann abgehauen und hat angefangen zu jaulen.«

»Wie oft macht Elefant das?«

»Was?«

»Hier mit seinem Hund spazieren gehen? Diese Schlucht liegt zwar etwas abseits, wirklich abgeschieden ist sie aber auch nicht.«

»Keine Ahnung. Wieso?«

»Nehmen wir mal an, dass ich richtig liege. Nehmen wir an, dass Hank schon seit drei Wochen tot ist.«

»Okay.«

»Wenn Hanks Leiche die ganze Zeit da oben im Baum gehangen hätte, meinst du nicht, dass ihn vorher jemand gesehen hätte? Oder gerochen, bei dem Gestank? So weit sind wir ja schließlich auch nicht von der Zivilisation entfernt.«

Augie antwortet nicht.

»Augie?«

»Ich hab's gehört.«

»Irgendwas stimmt hier nicht.«

Schließlich bleibt er stehen, dreht sich um und betrachtet den Tatort aus der Entfernung. »Ein Mann wurde kastriert und in einen Baum gehängt«, sagt er. »Natürlich stimmt hier etwas nicht.«

»Ich glaube nicht, dass es dabei um dieses virale Video geht«, sage ich.

Augie antwortet nicht.

»Ich glaube, es geht dabei um den Conspiracy Club und die alte Militärbasis. Ich glaube, es geht um Rex, Leo und Diana.«

Als ich den Namen seiner Tochter nenne, zuckt er zusammen.

»Augie?«

Er dreht sich um und geht weiter. »Später«, sagt er.

»Was ist?«

»Wir sprechen später darüber«, sagt Augie. »Erst mal muss ich Tom erzählen, dass sein Junge tot ist.«

Tom Stroud starrt auf seine Hände. Seine Unterlippe zittert. Er hat nichts gesagt, kein einziges Wort, seit er die Tür geöffnet hat. Er wusste es. Sofort. Er hat unsere Gesichter gesehen und wusste Bescheid. So ist das oft. Oft heißt es, die erste Phase im Trauerprozess sei die Verleugnung. Als regelmäßiger Überbringer niederschmetternder Nachrichten habe ich die Erfahrung gemacht, dass das Gegenteil zutrifft: Die erste Phase ist das sofortige vollständige Verstehen. Man hört die Nachricht und realisiert sofort, wie verheerend sie ist, dass es kein Entrinnen gibt, dass der Tod endgültig ist, dass deine bisherige Welt in Schutt und Asche liegt und niemals wieder dieselbe sein wird. Man erkennt das innerhalb weniger Sekunden. Die Erkenntnis durchströmt deine Adern und überwältigt dich. Dir bricht das Herz. Du bekommst weiche Knie. Jeder Körperteil will aufgeben und den Dienst quittieren. Du willst dich zu einer Kugel zusammenrollen. Du willst dich fallen lassen, einen unendlich tiefen Schacht einfach hinabstürzen, ohne dass es jemals aufhört.

Erst dann setzt die Verleugnung ein.

Die Verleugnung rettet dich. Sie errichtet einen Schutzzaun. Das Nichtwahrhabenwollen packt dich, bevor du über die Kante springst. Deine Hand liegt auf einer heißen Herdplatte. Die Verleugnung zieht sie für dich weg.

Die Erinnerungen an jene Nacht bestürmen mich, als wir Tom Strouds Haus betreten, und auch in mir sehnt sich etwas nach diesem Schutzzaun. Ich hielt es für eine gute Idee mitzukommen, aber zu sehen, wie Augie eine schlechte Nachricht übermittelt – die denkbar schlechteste Nachricht, genau wie er das in jener Nacht getan hat, in der du gestorben bist –, macht mir mehr zu schaffen, als ich erwartet habe. Ich blinzle, und Tom Stroud hat sich irgendwie in Dad verwandelt. Genau wie Dad damals starrt er auf den Tisch. Auch er zuckt, als würden Schläge auf ihn einprasseln. Augies Stimme – eine Mischung aus Härte, Zartheit, Mitgefühl und Distanziertheit – ruft in mir mehr und deutlichere Bilder hervor als jeder visuelle Eindruck oder Geruch: ein albtraumhaftes Déjà-vu, als er ein weiteres Mal einem Vater die Nachricht vom Tod seines Sohnes überbringt.

Die beiden älteren Männer setzen sich in die Küche. Ich bleibe hinter Augie stehen, knapp drei Meter von ihm entfernt, bin bereit, als Ersatzmann einzuspringen, hoffe aber, dass der Trainer mich nicht braucht. Ich habe weiche Knie. Ich versuche, mir das Ganze irgendwie zusammenzureimen, es ergibt aber immer weniger Sinn. Ich bin sicher, dass sich die offiziellen Ermittlungen des Countys, die Manning leitet, auf das virale Video konzentrieren werden. Sie werden es als eine zusammenhängende Kette von Ereignissen betrachten: Das virale Video wird gepostet, die Öffentlichkeit ist aufgebracht, irgendjemand nimmt die Angelegenheit selbst in die Hand.

Es passt. Es ist logisch. Es könnte sogar stimmen.

Die andere Theorie ist diejenige, die ich verfolgen werde. Irgendjemand bringt die Mitglieder des alten Conspiracy Clubs um. Von den sechs potenziellen Mitgliedern wurden vier getötet, bevor sie fünfunddreißig Jahre alt waren. Wie wahrscheinlich ist es, dass da keine Verbindung besteht? Zuerst Leo und Diana. Dann Rex. Jetzt Hank. Wo Beth ist, weiß ich nicht. Und dann ist da natürlich noch Maura, die in jener Nacht etwas gesehen hat, was sie veranlasste, für immer unterzutauchen.

Es sei denn …

Warum gerade jetzt? Sagen wir, die Mitglieder des Clubs hätten in jener Nacht alle irgendetwas gesehen, das sie nicht hätten sehen dürfen. Auch das mag jetzt paranoid klingen, selbst wenn sie sich Conspiracy Club nannten, aber ich muss die Theorie durchspielen.

Angenommen, sie alle hätten in jener Nacht etwas gesehen.

Vielleicht sind sie weggerannt – und die Bösen haben … nur Leo und Diana erwischt? Okay, bleiben wir fürs Erste dabei. Aber wie ging es weiter? Haben sie Leo und Diana zu den Bahngleisen auf der anderen Seite der Stadt gebracht und dann einen Unfall mit dem Zug vorgetäuscht? Okay, möglich. Angenommen, die anderen wären abgehauen. Maura haben sie nicht zu fassen bekommen. So weit, so gut.

Aber was ist mit Rex, Hank und Beth?

Die haben sich nicht versteckt. Sie sind weiter auf die Highschool gegangen und haben mit den anderen ihren Abschluss gemacht.

Warum haben die Bösen von der Basis sie nicht umgebracht?

Warum haben sie damit fünfzehn Jahre gewartet?

Und wo wir gerade über die zeitliche Abfolge der Ereignisse sprechen – warum haben die Bösen Hank in etwa zum selben Zeitpunkt umgebracht, zu dem das Video viral gegangen ist? Ergibt das irgendeinen Sinn?

Nein.

Wie passt das virale Video da dann überhaupt hinein?

Ich muss irgendetwas übersehen.

Schließlich fängt Tom Stroud an zu weinen. Sein Kinn sackt auf seine Brust. Seine Schultern zucken. Augie legt seine Hand auf Toms Oberarm. Es ändert nichts. Augie rückt näher zu ihm. Tom beugt sich vor, lehnt den Kopf an Augies Schulter und fängt an, haltlos zu schluchzen. Jetzt sehe ich Augie im Profil. Er schließt die Augen. Ich sehe den Schmerz in seinem Gesicht. Toms Schluchzen wird lauter. Die Zeit vergeht. Keiner bewegt sich. Das Schluchzen nimmt allmählich ab. Schließlich verklingt es ganz. Tom Stroud löst sich von Augies Schulter und sieht ihm in die Augen.

»Danke, dass du persönlich Bescheid gesagt hast«, sagt Tom Stroud.

Augie gelingt es zu nicken.

Tom Stroud wischt sich mit dem Ärmel übers Gesicht und ringt sich eine Art Lächeln ab. »Jetzt haben wir etwas gemeinsam.«

Augie sieht ihn fragend an.

»Na ja, etwas Schreckliches«, fährt Tom fort. »Wir haben beide unsere Kinder verloren. Jetzt kann ich deinen Schmerz nachempfinden. Das ist … das ist, als wären wir beide Mitglieder im schlimmsten Club, den man sich vorstellen kann.«

Jetzt zuckt Augie, als würden Schläge auf ihn einprasseln.

»Glaubst du, dass das abscheuliche Video etwas damit zu tun hat?«, fragt Tom.

Ich warte darauf, dass Augie antwortet, doch der wirkt völlig abwesend. Also übernehme ich das.

»Die Ermittler werden dem sicher nachgehen«, sage ich.

»Das hat Hank nicht verdient. Selbst wenn er sich entblößt hat …«

»Hat er nicht.«

Tom sieht mich an.

»Es war eine Lüge. Einer Mutter hat es nicht gefallen, dass Hank sich in der Nähe der Schule aufhält.«

Tom Strouds Augen werden groß. Wieder denke ich an die Trauerphasen. Verleugnung kann schnell in Zorn umschlagen. »Sie hat es erfunden?«

»Ja.«

Sein Gesichtsausdruck verändert sich nicht, man spürt aber, dass seine Körpertemperatur ansteigt. »Wie heißt sie?«

»Das dürfen wir Ihnen nicht sagen.«

»Glauben Sie, dass sie es war?«

»Ob ich glaube, dass sie Hank umgebracht hat?«

»Ja.«

Ich gebe eine ehrliche Antwort. »Nein.«

»Wer dann?«

Ich erkläre, dass die Ermittlungen gerade erst begonnen haben, und bringe auch die klassischen »Wir tun, was wir können«-Plattitüden. Ich frage ihn, ob er jemanden hat, den er anrufen kann, der sich um ihn kümmert. Das hat er – einen Bruder. Augie sagt kaum ein Wort, hält sich am Türrahmen fest und schwankt auf den Hacken vor und zurück. Ich beruhige Tom, so gut ich kann, meine Aufgabe ist es aber nicht, hier den Babysitter zu spielen. Augie und ich waren lange genug hier.

»Danke, noch mal«, sagt Tom Stroud an der Tür.

Nur für den Fall, dass ich womöglich noch nicht genug Banalitäten von mir gegeben habe, stammele ich: »Mein Beileid.«

Augie geht als Erster und stapft den Weg entlang. Ich muss mich beeilen, um ihn einzuholen.

»Was ist los?«

»Nichts.«

»Du bist da drinnen auf einmal ganz still geworden. Ich dachte schon, du hättest auf dem Handy neue Informationen bekommen oder so was.«

»Nein.«

Wir sind am Auto, und Augie entriegelt die Türen. Wir steigen ein.

»Also, was ist los?«, frage ich.

Augie starrt mit finsteren Blicken auf Tom Strouds Haus. »Hast du gehört, was er zu mir gesagt hat?«

»Meinst du Tom Stroud?«

Er starrt weiter auf die Haustür. »Wir beide, er und ich, hätten jetzt etwas gemeinsam.« Sein Gesicht zuckt. »Er könne meinen Schmerz nachempfinden.«

Seine Stimme trieft vor Verachtung. Sein Atem geht schwer und schleppend. Ich weiß nicht, was ich tun oder darauf sagen soll, also warte ich ab.

»Ich habe eine schöne, strahlende, siebzehnjährige Tochter verloren, ein Mädchen, dem die Welt offenstand. Sie war mein Ein und Alles, Nap. Verstehst du das? Sie war mein Leben.«

Er starrt mich immer noch mit demselben finsteren Blick an. Ich sehe ihm in die Augen und rühre mich nicht.

»Ich habe Diana morgens geweckt, wenn sie Schule hatte. Ich habe ihr jeden Mittwoch Pfannkuchen mit Schokostückchen gemacht. Als sie klein war, bin ich jeden Samstagmorgen mit ihr zum Armstrong Diner gefahren, nur wir beide, dann sind wir zu Silverman's gegangen und haben Haargummis oder Neon-Zopfbänder oder diese Schildpatt-Haarspangen gekauft. Sie hat diesen Krimskrams für die Haare gesammelt. Ich war nur der ignorante Dad, der keine Ahnung von solchen Dingen hatte. Das Zeug war noch da, als ich ihr Zimmer ausgeräumt habe. Ich hab das alles weggeworfen. Als sie in der siebten Klasse rheumatisches Fieber bekam, habe ich acht Nächte hintereinander im Saint Barnabas auf einem Stuhl geschlafen. Ich habe im Krankenhaus gesessen, sie angesehen und Gott angefleht, ihr niemals etwas anzutun. Ich bin zu jedem Feldhockeyspiel gegangen, zu jedem Schulkonzert, jeder Tanzvorführung, jeder Zeugnisfeier, jedem Elternsprechtag. Als sie ihr erstes Date hatte, bin ich ihr und ihrem Verehrer heimlich ins Kino gefolgt, weil ich so unruhig war. Wenn sie abends unterwegs war, habe ich wach gelegen, bis ich wusste, dass sie sicher wieder nach Hause gekommen war. Ich habe ihr beim Schreiben der Essays für die College-Bewerbungen geholfen, die am Ende niemand gelesen hat, weil sie vorher gestorben ist. Ich habe das Mädchen jeden einzelnen Tag von ganzem Herzen geliebt, und er …«, Augie spuckt das

Wort fast in Richtung von Tom Strouds Haus, »... glaubt, wir hätten jetzt etwas gemeinsam? Er, ein Mann, der seinen Sohn im Stich gelassen hat, als es nicht mehr so gut lief, glaubt, er könne meinen Schmerz nachempfinden?«

Beim Wort »meinen« schlägt er sich auf die Brust. Dann fängt er sich und wird ganz still. Er schließt die Augen.

Einen kurzen Moment lang will ich etwas Versöhnliches sagen, ihm zu bedenken geben, dass Tom Stroud gerade seinen Sohn verloren hat und wir deshalb nicht so streng mit ihm sein dürfen. Andererseits verstehe ich genau, was Augie meint, und habe nicht das Gefühl, mich so großherzig geben zu müssen.

Als Augie die Augen wieder öffnet, starrt er weiter auf das Haus. »Vielleicht müssen wir das auch noch einmal aus einem anderen Blickwinkel betrachten«, sagt er.

»Und der wäre?«

»Wo war Tom Stroud all die Jahre?«

Ich sage nichts.

»Er behauptet, er wäre im Westen gewesen«, fährt Augie fort, »und hätte dort einen Waffen- und Angelladen geführt.«

»Mit einem Schießstand«, ergänze ich.

Jetzt starren wir beide auf das Haus.

»Er hat auch behauptet, dass er gelegentlich zurückgekommen wäre. Dass er versucht hätte, Kontakt zu seinem Sohn aufzunehmen, der ihn aber zurückgewiesen hätte.«

»Und?«

Augie antwortet einen Moment lang nicht. Dann stößt er einen langen Atemzug aus und sagt: »Vielleicht ist er ja auch schon vor fünfzehn Jahren zurückgekommen.«

»Klingt ziemlich unwahrscheinlich«, sage ich.

»Das stimmt«, gibt Augie zu. »Trotzdem könnte es eine gute Idee sein festzustellen, wo er wann war.«

ACHTZEHN

Als ich zu Hause ankomme, sind die Walshes in ihrem Garten. Ich begrüße sie mit einem breiten Smiley-Lächeln. Seht nur, wie harmlos dieser alleinstehende Mann ist. Sie winken zurück.

Natürlich kennen alle deine tragische Geschichte. Sie ist hier in der Gegend schon fast eine Legende. Erstaunlich nur, dass keiner von Westbridges Möchtegern-Springsteens die »Ode an Leo und Diana« oder etwas Ähnliches geschrieben hat. Trotzdem glauben alle, dass ihnen so etwas nicht passieren kann. So sind die Menschen. Dass sie danach lechzen, alle Einzelheiten ganz genau zu erfahren, hat nicht nur mit ihrem Hang zum Morbiden zu tun – wobei das zweifelsohne mit hineinspielt –, sondern vielmehr damit, dass sie ganz sicher gehen wollen, dass ihnen das auf keinen Fall passieren kann. Diese Teenager haben sich betrunken. Sie haben Drogen genommen. Sie haben sich extrem riskant verhalten. Ihre Eltern haben sie nicht richtig erzogen. Sie haben nicht aufgepasst. Was auch immer. Uns kann das jedenfalls nicht passieren.

Nicht nur die Trauernden neigen zur Verleugnung.

Beth Lashley hat sich immer noch nicht auf meinen Anruf gemeldet. Das gefällt mir nicht. Ich rufe die Polizei in Ann Arbor an, stelle mich vor, bitte darum, mit einem Detective sprechen zu dürfen und werde mit Carl Legg verbunden. Ich erkläre ihm, dass ich eine Kardiologin namens Beth Fletcher, geborene Lashley, suche, und von ihren Praxismitarbeitern von Pontius zu Pilatus geschickt werde.

»Wird sie in Verbindung mit einem Verbrechen gesucht?«, fragt Legg.

»Nein. Aber ich muss sie sprechen.«

»Ich fahre persönlich zur Praxis rüber.«

»Danke.«

»Kein Problem. Sobald ich etwas in Erfahrung gebracht habe, rufe ich Sie an.«

Es ist ruhig im Haus, die Geister schlafen. Ich gehe in den ersten Stock und ziehe am Griff. Die Dachbodenleiter gleitet herunter. Ich steige sie hinauf und versuche mich zu erinnern, wann ich zum letzten Mal hier oben war. Wahrscheinlich als ich geholfen habe, deine Sachen hier raufzubringen – falls ich das überhaupt getan habe. Ich erinnere mich nicht mehr daran. Vielleicht wollte Dad es mir ersparen und hat es alleine gemacht. Dein Tod kam unerwartet. Dads nicht. Wir hatten genug Zeit, uns zu verabschieden. Er hat sein Schicksal akzeptiert, selbst wenn ich es verleugnet habe. Als sein Körper schließlich aufgab, hatte Dad sich – also vor allem mich – von seinen weltlichen Besitztümern entlastet. Er hatte seine Kleidung selbst weggegeben. Er hatte sein Zimmer selbst entrümpelt.

Er hat aufgeräumt, bevor der Sensenmann ihn geholt hat, damit ich das nicht tun musste.

In der Mansarde ist es, wie nicht anders zu erwarten, heiß und muffig. Das Atmen fällt mir schwer. Ich rechne damit, auf stapelweise Kartons und einen Haufen alte Koffer zu stoßen, wie man es aus Filmen kennt, finde aber nur sehr wenig. Dad hat nur ein paar Holzplanken ausgelegt, mehr nicht, der Rest des Fußbodens besteht aus rosa Dämmstoff. Daran erinnere ich mich am besten. Als Kinder waren wir beide oft hier oben und haben gespielt, dass wir auf den Planken bleiben mussten, weil wir beim Betreten des rosa Materials durchbrechen und auf dem Fußboden im ersten Stock landen würden. Ich weiß nicht, ob das stimmt, Dad hat es uns jedenfalls immer erzählt. Ich erinnere mich, dass ich als Kind Angst vor dem Isoliermaterial hatte, als wäre es eine Art Treibsand, der mich verschlingen und nie wieder freigeben würde.

Im wahren Leben hat man es nie mit Treibsand zu tun, oder? Schon seltsam, dass man nie von jemandem hört, der in Treibsand versunken oder gar darin umgekommen ist, wenn man bedenkt, wie allgegenwärtig dieses Motiv in Film und Fernsehen ist.

Solche Gedanken gehen mir durch den Kopf, als ich den Karton in der Ecke entdecke. Mehr nicht. Einen Karton, Leo. Wie du weißt, war Dad kein großer Freund materieller Güter. Deine Kleidung ist verschwunden. Deine Spielsachen sind verschwunden. Das Loslassen ist ein Teil des Trauerprozesses, ich weiß aber nicht mehr genau, zu welcher Phase es gehört. Vielleicht zur Akzeptanz, wobei Akzeptanz eigentlich der letzte Schritt sein soll, und auch Dad musste nach dem Loslassen noch einiges durchstehen. Dad war natürlich auch ein sehr emotionaler Mensch, aber sein Schluchzen, das den ganzen Körper erschütterte – die Brust hob sich, und die Schultern zitterten, während er durchdringende Klagelaute ausstieß –, hat mir Angst eingejagt. Zwischenzeitlich dachte ich, sein Körper würde zerplatzen, die unablässige Pein würde seinen Rumpf in Stücke reißen oder so etwas.

Und nein, von Mom haben wir nichts gehört.

Hat Dad Kontakt zu ihr aufgenommen und es ihr mitgeteilt? Ich weiß es nicht. Ich habe nicht gefragt. Und er hat es mir nicht erzählt.

Ich öffne den Karton, um nachzusehen, was Dad aufbewahrt hat. Jetzt fällt mir etwas ein, auf das ich bis zu diesem Augenblick noch nicht gekommen bin: Dad wusste, dass du diesen Karton nicht mehr öffnen würdest, und ihm war auch klar, dass er selbst ihn nicht mehr öffnen würde, also muss alles, was sich darin befindet, was er hineingepackt hat, für mich wertvoll sein. Alles, was er aufbewahrt hat, hat er für mich aufbewahrt, weil er glaubte, dass ich es eines Tages haben wollen würde.

Der Karton ist mit Klebeband verschlossen. Es lässt sich nur schwer ablösen. Ich ziehe einen Schlüssel aus der Tasche und fahre damit die Rille entlang. Dann klappe ich die Laschen auf und blicke in den Karton. Ich weiß nicht, was ich erwarte. Ich kenne dich. Ich kenne dein Leben. Wir haben uns dein ganzes Leben lang ein Zimmer geteilt. Es ist nicht so, dass es größere klärungsbedürftige Leerstellen gäbe.

Doch als ich das Foto sehe, das ganz oben liegt, ist das Gefühl der Verlorenheit sofort wieder da. Es ist ein Schnappschuss von uns vieren – du und Diana, Maura und ich. Natürlich erinnere ich mich, wann und wo es entstanden ist. Es war bei Diana im Garten. An ihrem siebzehnten – ihrem letzten – Geburtstag. Es war ein lauer Oktoberabend. Wir hatten den Tag unten im Six-Flags-Great-Adventure-Freizeitpark verbracht. Ein Freund von Augie, ein pensionierter Polizist, der für einen wichtigen Sponsoren des Parks arbeitete, hatte uns Armbänder besorgt, mit denen wir einen unbegrenzten Schnellzugang zu den Attraktionen hatten. Keine Schlangen an den Achterbahnen, Leo. Weißt du noch? Eigentlich habe ich nur wenige Erinnerungen an diesen Tag mit dir und Diana. Wir haben uns getrennt. Ihr beide habt den größten Teil des Tages im Spielhallen-Bereich verbracht – jetzt fällt mir ein, dass du einen Plüschpikachu für sie gewonnen hast –, und ich bin mit Maura zu den wildesten Achterbahnen gegangen.

Maura hat ein Bustier getragen, bei dessen Anblick ich einen trockenen Mund bekommen habe. Ihr habt da noch so ein komisches Foto mit einer der Looney-Tunes-Figuren gemacht. Welche war es noch? Ich wette es ist … ja, das zweite Foto. Ich nehme es in die Hand. Diana steht links und du rechts von Tweety vor dem Six-Flags-Springbrunnen.

Zwei Wochen danach wart ihr tot.

Ich sehe mir das Foto von uns vieren noch etwas länger an. Auf dem Foto ist es Nacht. Hinter uns sind weitere Partygäste zu sehen. Vermutlich sind wir müde – es war ein langer Tag. Maura sitzt auf meinem Schoß, und wir beide hielten uns auf eine Art umschlungen, wie es wohl nur verliebte Teenager können. Du sitzt neben Diana. Sie lächelt nicht. Du siehst aus, als wärst du bekifft. Deine Augen sind glasig, dein Blick ist völlig vernebelt. Außerdem wirkst du … am ehesten wohl bekümmert. Damals ist mir das nicht aufgefallen. Ich war wohl mit meinem eigenen Kram beschäftigt: Maura, Eishockey und der Bewerbung für ein erstklassiges College. Das Schicksal, da war ich mir sicher, würde für mein zukünftiges Glück sorgen, obwohl ich keinen echten Plan oder auch nur eine Idee hatte, was ich werden wollte. Ich wusste nur, dass ich unglaublich erfolgreich sein würde.

Es klingelt an der Tür.

Ich lege das Foto zurück in den Karton und stehe auf, aber die Decke ist zu niedrig. Gebückt gehe ich zur Luke. Als ich die Leiter hinunterklettere, klingelt es wieder. Dann noch einmal. Ungeduldig.

»Ich komme«, rufe ich.

Ich stapfe die Treppe hinunter und erkenne durchs Fenster, dass es mein alter Schulkamerad David Rainiv ist. Sein hochwertiger Anzug sieht aus, als wäre er von einem höheren Wesen geschneidert worden. Ich öffne die Tür. Sein Gesicht ist aschfahl und eingefallen, obwohl seine Hermès-Krawatte in einem perfekten Windsorknoten gebunden ist.

»Ich hab das von Hank gehört.«

Ich frage nicht, woher er das weiß. Der alte Spruch, dass schlechte Nachrichten sich schnell verbreiten, war nie zutreffender als im Internet-Zeitalter.

»Stimmt das?«

»Ich darf wirklich nichts darüber sagen.«

»Es heißt, er hätte an einem Baum gehangen.«

Die Trauer ist ihm tief ins Gesicht gebrannt. Mir fällt wieder ein, dass er helfen wollte, als ich mich am Basketballplatz nach Hank erkundigt habe. Sinnlos, ihm gegenüber hart zu bleiben. »Mein Beileid.«

»Hat Hank sich selbst erhängt?«, fragt David, »oder wurde er ermordet?«

Erst will ich wieder antworten, dass ich nicht darüber sprechen darf, aber ich sehe diese eigenartige Verzweiflung in seinem Gesicht. Ich frage mich, ob er nur zu mir gekommen ist, um sich das Gerücht bestätigen zu lassen, oder ob er noch weitere Gründe hat.

»Ermordet«, sage ich.

Er schließt die Augen.

»Weißt du etwas darüber?«, frage ich.

Seine Augen bleiben geschlossen.

»David?«

»Ich kann es nicht genau sagen«, erwidert er schließlich. »Es wäre aber möglich.«

NEUNZEHN

Die Rainivs wohnen ganz am Ende einer schicken, neuen Sackgasse in einem dieser geschmacklosen, zu groß geratenen Häuser mit Indoor-Pool, Tanzsaal, etwa achthundert Bädern und hunderttausend Quadratmetern ungenutzter Fläche. Alles schreit »neureich«. Das Zufahrtstor ist als übertrieben verschnörkelte Metallskulptur gestaltet, auf der Kinder dargestellt sind, die Drachen steigen lassen. Alles soll sehr alt aussehen, indem es sehr neu aussieht. Aufgesetzt, zu bemüht, protzig. Aber das ist nur meine persönliche Meinung. Ich kenne David schon lange. Er war immer ein guter Mensch. Er spendet großzügig an Wohltätigkeitsorganisationen. Er investiert viel Zeit und Geld in die Stadt. Ich habe ihn mit seinen Kindern gesehen. Er versucht sich nicht in der Pose des perfekten Vaters – du kennst diese Typen, die ein Riesentamtam machen, wenn sie sich im Einkaufszentrum oder im Park um ihre Kinder kümmern, sodass man im ersten Moment denkt: *Wow, was für ein fürsorglicher Vater*, dann aber schnell erkennt, dass das nur für die Augen der Öffentlichkeit bestimmt ist. So ist David nicht. Ich habe sein bestürztes Gesicht vor Augen und erinnere mich daran, wie er mir seine Freundschaft mit Hank geschildert hat. Diese Loyalität zeigt die wahre Natur eines Menschen. Mir gefällt also sein Geschmack, was Häuser betrifft, nicht – oder der seiner Frau. Wen kratzt das? Nimm dich nicht so wichtig. Hör auf, alle und jeden zu bewerten.

Wir fahren in eine Garage in der Größe einer Universitäts-

Sporthalle – ist das schon eine Wertung? – und parken dort. Er führt mich durch einen Nebeneingang hinab in die Räume, die man bei normalen Häusern als Keller bezeichnet. Hier befinden sich jedoch ein Privatkino und ein Weinlager; wir brauchen also einen neuen Begriff – vielleicht Tiefgeschoss? Er geht in ein kleines Zimmer und drückt einen Schalter. In der hinteren, rechten Ecke steht ein knapp ein Meter fünfzig hoher, altmodischer Tresor mit einer großen Einstellscheibe.

»Du ermittelst nicht aktiv in diesem Fall, oder?«

Diese Frage stellt David jetzt zum dritten Mal. »Nein. Wieso ist das so wichtig?«

Er beugt sich vor und fummelt an der Einstellscheibe herum. »Hank hat mich gebeten, etwas für ihn aufzubewahren.«

»Vor Kurzem?«

»Nein. Vor acht, neun Jahren. Er sagte, wenn er je ermordet werden sollte, soll ich es jemandem zukommen lassen, dem ich vertraue. Er hat mich davor gewarnt, es jemandem zu geben, der für eine Strafverfolgungsbehörde arbeitet oder an der Ermittlung beteiligt ist.« David sieht mich an. »Du verstehst mein Problem?«

Ich nicke. »Ich arbeite für eine Strafverfolgungsbehörde.«

»Genau. Aber das ist, wie gesagt, acht oder neun Jahre her. Hank war damals schon ziemlich durch den Wind. Ich dachte, es steckt nicht viel dahinter, es wäre nur die Ausgeburt eines verwirrten Hirns. Er hat aber darauf bestanden. Also habe ich ihm das Versprechen gegeben, dass ich tun werde, was er für richtig hält, sollte er je ermordet werden. Ich habe nie so recht darüber nachgedacht, was das Ganze zu bedeuten hat, denn … na ja … schließlich war es nur das unzusammenhängende Gerede eines verwirrten Hirns, verstehst du? Aber inzwischen …«

Er dreht ein letztes Mal am Einstellrad, dann ertönt ein Klicken. Er legt die Hand an den Griff, dreht sich um und sieht mich an. »Ich vertraue dir, Nap. Du arbeitest zwar in der Strafverfolgung, aber irgendwie glaube ich, Hank wäre damit einverstanden gewesen, dass ich dir das gebe.«

Er öffnet den Tresor, greift tief hinein, wühlt zwischen ein paar Dingen herum – ich sehe nicht genau hin – und zieht eine Videokassette heraus, bei deren Anblick ich sofort ein Déjà-vu habe und mir schwindelig wird. Mir fällt wieder ein, dass Dad dir im ersten Highschool-Jahr einen digitalen Canon-PV1-Camcorder geschenkt hatte. Du bist vor Freude fast durchgedreht. Eine Zeit lang hast du alles und jeden gefilmt. Du wolltest Regisseur werden, Leo. Du hast gesagt, dass du einen Dokumentarfilm drehen würdest. Wieder packt mich der Schmerz, als ich daran denke.

Die Kassette, die David mir reicht, steckt in einer roten Plastikhülle mit der Aufschrift »Maxell, 60 Minutes« – genau die hast du damals auch benutzt. Du warst natürlich nicht der Einzige, der Maxell-Kassetten benutzt hat. Die waren weit verbreitet. Aber genau so eine nach all den Jahren zu sehen …

»Hast du dir das Video angeguckt?«, frage ich.

»Hank hat es mir verboten.«

»Irgendeine Idee, was drauf sein könnte?«

»Nicht die geringste.«

Ich starre die Kassette noch einen Moment lang an.

»Wahrscheinlich hat es nichts mit seinem Tod zu tun«, sagt David. »Ich habe etwas von einem viralen Video gehört, auf dem er sich entblößt haben soll.«

»Das war eine Lüge.«

»Eine Lüge? Warum sollte jemand so etwas tun?«

Er ist Hanks Freund. Ich bin ihm etwas schuldig. Also gebe ich ihm eine kurze Zusammenfassung von Suzanne Hansons dummen und niederträchtigen Motiven. David nickt, schließt den Tresor, dreht das Einstellrad.

»Ich nehme mal an, dass du nichts im Haus hast, was solche Kassetten abspielt«, sage ich.

»Nein, wohl nicht.«

»Dann lass uns irgendwohin fahren, wo es so etwas gibt.«

Ellie sagt am Telefon: »Bob hat im Keller eine alte Canon gefunden. Er glaubt, die funktioniert noch, der Akku muss aber vermutlich erst geladen werden.«

Das überrascht mich nicht. Ellie und Bob werfen nichts weg. Außerdem – und das ist noch verstörender – ist bei ihnen alles so gut sortiert, dass sogar eine alte Videokamera, die seit mindestens zehn Jahren kein Tageslicht mehr gesehen hat, perfekt beschriftet neben dem Ladekabel liegt.

»Ich kann in zehn Minuten bei euch sein.«

»Bleibst du zum Abendessen?«

»Kommt drauf an, was auf dem Video ist«, sage ich.

»Oh, ja klar, logisch.« Ellie hat etwas aus meiner Stimme herausgehört – sie kennt mich zu gut. »Ist ansonsten alles in Ordnung?«

»Das bereden wir später.«

Ich lege als Erster auf.

David Rainiv fährt – er hat beide Hände am Lenkrad in der Zehn-vor-zwei-Position. »Ich will das nicht an die große Glocke hängen«, sagt er, »aber falls es keine nahen Verwandten gibt, könntet ihr die Leiche, nachdem ihr mit ihr fertig seid, von Feeney's Funeral Home abholen lassen und denen mitteilen, dass sie die Rechnung an mich schicken sollen?«

»Sein Vater ist wieder in der Stadt«, erinnere ich ihn.

»Ach ja, richtig«, sagt David stirnrunzelnd. »Das hatte ich vergessen.«

»Du glaubst nicht, dass er dafür aufkommt?«

Er zuckt die Achseln. »Der Typ hat sich sein ganzes Leben lang nicht um Hank gekümmert. Ich wüsste nicht, warum wir davon ausgehen sollten, dass er jetzt die Verantwortung übernimmt.«

Guter Punkt. »Ich erkundige mich und melde mich bei dir.«

»Wenn's geht, würde ich das gern anonym machen und die Jungs vom Basketball einladen, damit sie ihm die letzte Ehre erweisen können. Hank hat das verdient.«

Ich weiß nicht, was Menschen verdient haben oder nicht, erkläre mich aber einverstanden.

»Es würde ihm viel bedeuten«, fährt David fort. »Die Toten zu ehren war Hank wichtig: seine Mutter …«, er spricht leiser, »… deinen Bruder, Diana.«

Ich sage nichts. Wir fahren weiter. Ich halte das Video in der Hand. Dann denke ich über das nach, was er gerade gesagt hat, und frage: »Was meinst du damit?«

»Womit?«

»Dass Hank die Toten geehrt hat? So wie meinen Bruder und Diana?«

»Meinst du das ernst?«

Ich sehe ihn an.

»Hank war völlig am Ende, nachdem das mit Leo und Diana passiert ist.«

»Das ist nicht dasselbe, wie sie ›zu ehren‹.«

»Weißt du es wirklich nicht?«

Ich antworte nicht, da ich es für eine rhetorische Frage halte.

»Hank ist doch fast jeden Tag den gleichen Weg gegangen. Das wusstest du aber, oder?«

»Ja«, sage ich. »Er ist immer am Pfad an der Middle School losgegangen.«

»Aber du weißt auch, wo er hingegangen ist?«

Plötzlich kommt es mir vor, als würde ein kalter Finger meinen Nacken herabfahren.

»An die Bahngleise«, sagt David. »Das Ende von Hanks Weg ist genau da, wo … tja, du weißt schon.«

Mir klingeln die Ohren. Meine Worte scheinen von sehr weit weg zu kommen. »Also ist Hank jeden Tag von der alten Raketenbasis …«, ich bemühe mich, ruhig zu sprechen, »… zu der Stelle gegangen, an der Leo und Diana umgekommen sind?«

»Ich dachte, das hättest du gewusst.«

Ich schüttele den Kopf.

»Manchmal hat er dabei die Zeit gestoppt«, fährt David fort. »Und gelegentlich … also das war eigenartig.«

»Was?«

»Er hat mich gebeten, ihn zu fahren, damit er stoppen kann, wie lange die Fahrt mit dem Auto dauert.«

»Wie lange die Fahrt mit dem Auto von der Raketenbasis zu den Bahngleisen auf der anderen Seite der Stadt dauert?«

»Ja.«

»Warum?«

»Das hat er mir nie verraten. Er hat Berechnungen in einem Notizbuch angestellt und vor sich hin gemurmelt.«

»Was für Berechnungen?«

»Keine Ahnung.«

»Aber er war damit beschäftigt zu bestimmen, wie lange es dauert, von einem Ort zum anderen zu kommen?«

»Er war nicht nur damit beschäftigt …«, David überlegt kurz, dann fährt er fort, »… ich würde fast sagen, er war davon besessen. An den Bahngleisen habe ich ihn vielleicht drei oder vier Mal gesehen, als ich den Zug in die Stadt genommen habe und wir an ihm vorbeigefahren sind. Da hat er immer geweint. Es war ihm wichtig, Nap. Er hat die Toten geehrt.«

Ich versuche zu verarbeiten, was David mir erzählt. Ich frage nach weiteren Einzelheiten, mehr weiß er aber nicht. Ich frage ihn, ob er mehr über die Verbindung zwischen Hank und Leo weiß, über die Verbindung zwischen Hank und dem Conspiracy Club, zwischen Hank und Rex, zwischen Maura und Beth, zwischen Hank und irgendwelchen anderen Geschehnissen in der Vergangenheit. Doch auch da kann er mir nicht helfen.

David Rainiv hält vor Ellies und Bobs Haus. Ich bedanke mich bei ihm, und wir schütteln uns die Hände. Er erwähnt noch einmal, dass er sich gerne beteiligt, damit Hank ein ordentliches Begräbnis bekommt. Ich nicke. Ich sehe, dass er noch eine Frage stellen will, aber dann schüttelt er den Kopf.

»Ich muss nicht wissen, was auf dem Video ist«, sagt er.

Ich steige aus und blicke ihm hinterher, als er wegfährt.

Ellies und Bobs Rasen ist so perfekt manikürt, als sollte morgen ein Profi-Golfturnier darauf stattfinden. Die Blumenkästen an den Fenstern sind absolut symmetrisch bepflanzt, sodass die rechte Hälfte des Hauses das perfekte Spiegelbild der linken ist. Bob öffnet die Tür und empfängt mich mit einem breiten Lächeln und einem kräftigen Händedruck.

Bob arbeitet für ein Immobilienunternehmen, ich weiß allerdings nicht genau, in welcher Funktion. Er ist ein klasse Typ, und ich würde mich für ihn in die Flugbahn einer Kugel werfen. Wir haben ein paarmal versucht, zu zweit loszuziehen, so haben wir uns unter anderem in Yag's Sports Bar die Finalspiele der College-Meisterschaft und der Eishockey-Playoffs angeguckt – Männerabende eben –, wenn ich ehrlich bin, muss ich aber eingestehen, dass unsere Freundschaft ohne Ellie schnell ins Stocken gerät. Wir kommen beide damit klar.

Gelegentlich hört man, dass ein Mann und eine Frau ohne eine sexuelle Komponente nicht befreundet sein können, aber auf die Gefahr hin, entsetzlich politisch korrekt zu klingen, das ist Unfug.

Ellie kommt argwöhnischer als gewöhnlich auf mich zu und gibt mir einen Wangenkuss. Seit dem Treffen mit Lynn Wells wissen wir wohl beide, dass wir noch ein paar Dinge klären müssen, im Moment habe ich allerdings Wichtigeres zu tun.

»Die Videokamera ist draußen in der Werkstatt«, sagt Bob. »Der Akku ist noch nicht voll, aber wenn du den Stecker drin lässt, läuft sie.«

»Danke.«

»Onkel Nap!«

Ihre beiden Mädchen, die neunjährige Leah und die siebenjährige Kelsi, schießen um die Ecke, wie es nur kleine Mädchen können. Beide umarmen mich, wie es nur kleine Mädchen können, und werfen mich dabei fast um. Für Leah und Kelsi würde ich mich nicht nur in die Flugbahn einer Kugel werfen – ich würde erbarmungslos zurückschießen.

Als Patenonkel beider Kinder – und im Prinzip ohne eigene Familie – liebe ich Leah und Kelsi abgöttisch und verwöhne sie so sehr, dass Ellie und Bob mich oft zur Zurückhaltung ermahnen müssen. Ich erkundige mich kurz, wie es in der Schule läuft, und sie berichten voller Begeisterung. Ich bin nicht blöd. Ich weiß, dass sie älter werden und bald nicht mehr so um die Ecke geschossen kommen, aber damit komme ich klar. Man kann sich fragen, ob ich nicht ein bisschen eifersüchtig bin, weil ich keine eigene Familie habe, oder ob es mir nicht fehlt, der leibliche Onkel deiner Kinder zu sein, Leo.

Wir wären tolle Onkel für die Kinder des anderen gewesen, Leo.

Ellie versucht, mir etwas Luft zu verschaffen. »Okay, ihr

beiden, das reicht jetzt. Onkel Nap muss in der Werkstatt etwas mit Daddy erledigen.«

»Was macht er da?«, fragt Kelsi.

»Er will da arbeiten«, antwortet Bob.

Leah: »Was arbeitet er da?«

Kelsi: »Ist das Polizistenarbeit, Onkel Nap?«

Leah: »Jagst du Verbrecher?«

»So dramatisch ist es nicht«, sage ich. Dann frage ich mich, ob sie das Wort »dramatisch« kennen, außerdem gefällt es mir nicht, da »nicht so dramatisch« eine Lüge sein könnte, also füge ich hinzu: »Ich muss mir bloß dieses Video angucken.«

»Oh, können wir mitgucken?«, fragt Leah.

Ellie erlöst mich von ihnen: »Ganz sicher nicht. Los jetzt, geht den Tisch decken.«

Sie jammern nur ganz kurz, dann ziehen sie los und machen sich an ihre Aufgabe. Bob und ich gehen zur Garage, in der sich die Werkstatt befindet. Über der Tür hängt ein Holzschild mit der Aufschrift »Bobs Werkstatt«. Es ist eine Schnitzarbeit, und jeder Buchstabe hat eine andere Farbe. Wie nicht anders zu erwarten, könnte man in Bobs Werkstatt Schulungsvideos für Heimwerker drehen. Die Werkzeuge sind nach Größe sortiert in gleichmäßigen Abständen aufgehängt. Leisten und Rohre lehnen in perfekter Pyramidenform an der Wand. Von der Decke hängen fluoreszierende Halterungen herab. Nägel, Schrauben, Befestigungselemente und Stecker werden in ordentlich beschrifteten Plastikbehältern aufbewahrt. Der Boden ist mit zusammengesteckten Gummimatten ausgelegt und der Raum farblich neutral und angenehm eingerichtet. Weder Dreck noch Sägemehl oder irgendetwas in dieser Art stören die relative Ruhe des Ortes.

Ich kann zwar keinen Nagel gerade in die Wand schlagen, verstehe aber, warum Bob sich gerne hier aufhält.

Die Kamera auf der Werkbank ist identisch mit deiner, Leo – eine Canon PV1 –, und ich überlege kurz, ob es vielleicht sogar deine sein könnte. Wie schon gesagt, hat Dad den größten Teil deiner Sachen verschenkt. Wer weiß, vielleicht ist der Camcorder irgendwie bei Ellie und Bob gelandet? Die Canon PV1 steht senkrecht, das Okular nach oben. Bob dreht sie um und drückt die Eject-Taste. Er streckt mir die Hand entgegen, damit ich ihm die Kassette gebe. Das tue ich. Er steckt sie hinein und schließt die Klappe.

»Sie ist bereit«, sagt Bob. »Du brauchst nur die Play-Taste zu drücken …«, er zeigt darauf, »… und kannst es hier ansehen.« Er zieht an etwas, woraufhin seitlich ein kleiner Bildschirm herausklappt.

Jede Bewegung erinnert mich an dich, Leo. Und zwar keinesfalls auf eine angenehme Art.

»Falls du Hilfe brauchst, bin ich in der Küche«, sagt Bob.

»Danke.«

Bob verlässt die Werkstatt und schließt die Tür hinter sich. Es hat keinen Sinn, die Sache in die Länge zu ziehen. Ich drücke die Play-Taste. Am Anfang sehe ich etwas Schneegestöber begleitet von statischem Rauschen. Dann folgt Dunkelheit. Ich sehe nur die Zeit- und Datumsangabe oben in der Ecke.

Es wurde eine Woche vor deinem und Dianas Tod aufgenommen.

Das Bild wackelt gleichmäßig, als würde derjenige, der den Camcorder in der Hand hält, gehen. Dann wird es noch wackliger, so als würde er jetzt rennen. Man sieht immer noch nichts. Alles ist schwarz. Ich meine, etwas zu hören, es ist aber sehr leise.

Ich suche den Lautstärkeregler und drehe ihn voll auf.

Das Bild wackelt nicht mehr, ist aber immer noch so dunkel,

dass ich nichts erkennen kann. Ich spiele am Helligkeitsregler herum, was nichts ändert. Also schalte ich das Licht in der Werkstatt aus, um einen stärkeren Kontrast zu erhalten. Die Garage wirkt plötzlich bedrohlich mit all den Werkzeugen dort im Halbdunkel. Ich starre auf den kleinen Bildschirm.

Dann höre ich, wie eine Stimme aus der Vergangenheit sagt: »Läuft er, Hank?«

Mir stockt das Herz.

Es ist deine Stimme.

Hank antwortet: »Ja, er läuft.«

Dann eine andere Stimme: »Richte ihn mal nach oben, Hank.«

Das ist Maura. Das stillstehende Herz explodiert in meiner Brust.

Ich lege eine Hand auf die Werkbank, um mich festzuhalten. Maura klingt erregt. Ich habe diesen Tonfall noch genau im Ohr. Dann wird der Camcorder nach oben gerichtet, und ich sehe die Lichter der Raketenbasis.

Wieder deine Stimme, Leo: »Hört ihr es noch?«

»Ich schon. Aber nur sehr leise.«

Das klingt nach Rex.

Du: »Okay, still jetzt.«

Dann sagt Maura: »Du heilige Scheiße, guckt mal! Genau wie letzte Woche.«

»Mein Gott.« Du wieder. »Du hattest recht, Maura.«

Jetzt schnappen mehrere Stimmen nach Luft und plappern aufgeregt durcheinander. Ich versuche, sie zu erkennen – du bist dabei, Maura, Rex, Hank … eine weitere Frauenstimme. Diana? Beth? Ich muss nachher zurückspulen und noch einmal ganz genau hinhören. Ich starre auf den Bildschirm, weil ich sehen will, was sie so überrascht.

Dann sehe ich es auch – vom Himmel schwebt etwas ins

Sichtfeld der Kamera. Ich schnappe im Einklang mit den anderen nach Luft.

Ein Hubschrauber.

Ich versuche, die Lautstärke zu erhöhen, damit ich das Laufgeräusch des Rotors höre, aber sie ist schon voll aufgedreht. Als hätte er meine Gedanken gelesen, erklärt Hank mir im Video, was los ist.

»Sikorsky Black Hawk«, sagt er. »Ein Tarnkappen-Hubschrauber. Man hört ihn kaum.«

»Einfach unglaublich.« Das klingt wie Beth.

Der Bildschirm ist winzig, und obwohl ich das Licht in Bobs Werkstatt ausgeschaltet habe, kann ich kaum erkennen, was genau da passiert. Eins ist aber sicher: Über der alten Raketenbasis schwebt ein Hubschrauber.

Als er zur Landung ansetzt, flüstert Maura: »Lasst uns näher rangehen.«

Rex: »Dann sehen sie uns.«

Maura: »Na und?«

Beth: »Ich weiß nicht…«

Maura: »Los, komm, Hank.«

Die Kamera wackelt wieder, als Hank offenbar in Richtung Basis geht. Er stolpert und fällt hin. Die Kamera ist nach unten gerichtet. Dann erscheint eine Hand im Bild, die ausgestreckt wird, um ihm aufzuhelfen, und dann… dann sehe ich den weißen Ärmel meiner Mannschaftsjacke. Hank hebt die Kamera auf, dann richtet er sie direkt auf Mauras Gesicht. Ich zucke zusammen. Ihr perfekt zerzaustes schwarzes Haar, die vor Aufregung leuchtenden Augen, ihr Hammerlächeln mit diesem Hauch von Wahnsinn.

»Maura…«

Ich sage das laut.

Im Minilautsprecher sagst du: »Psst, stehen bleiben.«

Der Hubschrauber landet. Ich kann kaum etwas erkennen, der Rotor dreht sich aber noch. Er ist unglaublich leise. Mir ist immer noch nicht ganz klar, was ich da sehe – eventuell wird eine Schiebetür geöffnet. Dann erscheint ein grelloranger Fleck. Es könnte eine Person sein. Was sonst.

Das grelle Orange erinnert an Häftlingskleidung.

Dann klingt es, als wäre jemand auf einen Zweig getreten. Hank reißt die Kamera nach rechts. Rex ruft: »Lasst uns abhauen!«

Das Bild wird schwarz.

Ich drücke die Taste für den schnellen Vorlauf, aber das war alles. Der Rest der Kassette ist leer. Ich spule wieder zurück und sehe mir die Hubschrauberszene noch einmal an. Dann ein drittes Mal. Es wird nicht leichter, deine Stimme anzuhören und Mauras Gesicht zu sehen.

Beim vierten Durchgang kommt mir ein neuer Gedanke. Ich füge mich selbst in die Zeitachse ein. Wo war ich in dieser Nacht? Ich war kein Mitglied des Conspiracy Clubs. Ehrlich gesagt habe ich damals nicht viel davon gehalten – dieser »Geheimbund« war irgendetwas zwischen niedlich und kindisch. Ich fand das alles zwar eher harmlos, gelegentlich aber auch (vor allem, wenn ich gereizt war) ziemlich erbärmlich. Das waren deine Spiele und Geheimnisse. Das verstehe ich.

Aber wie konntet ihr mir ein solches Geheimnis vorenthalten?

Früher hast du mir immer alles erzählt.

Ich gehe in der Zeit rückwärts. Wo war ich in der Nacht? Es muss ein Freitag gewesen sein, genau wie die Nacht, in der du gestorben bist. Freitagabends waren immer unsere Eishockeyspiele. Gegen wen haben wir an diesem Tag gespielt? Ich kann mich nicht erinnern. Haben wir gewonnen? Habe ich dich gesehen, als ich nach Hause kam? Auch daran kann ich mich nicht erinnern. Ich weiß noch, dass ich mich später mit Maura getroffen habe. Wir sind zur Lichtung im Wald gegangen. Ich sehe sie noch vor mir, mit ihren zerzausten Haaren, dem Wahnsinnslächeln, den vor Aufregung leuchtenden Augen, aber irgendetwas war anders in dieser Nacht, es war noch elektrisierender als sonst, als wir uns geliebt haben. Ich glaube nicht, dass ich damals darüber nachgedacht habe, warum das so war – Maura liebte das Risiko –, wahrscheinlich habe ich es einfach ganz egomanisch auf meine Herrlichkeit zurückgeführt. So war ich, der erfolgreiche Sportler, in meiner eigenen Welt gefangen.

Und mein Zwillingsbruder?

Mir kommt das Foto vom Dachboden wieder in den Sinn. Das mit uns vieren. Dein bekiffter, abwesender Gesichtsausdruck. Irgendetwas hat mit dir nicht gestimmt, Leo. Wahrscheinlich war es wichtig und wäre leicht zu erkennen gewesen, weil ich aber ein egozentrischer Mistkerl war, habe ich es übersehen und du bist gestorben.

Ich ziehe den Stecker aus der Kamera. Bob hat bestimmt nichts dagegen, wenn ich sie mitnehme. Aber ich muss über das Ganze nachdenken. Ich will nicht überhastet handeln. Hank hat das Video versteckt, weil er – trotz seiner Probleme – seine Bedeutung erkannt hat. Er war paranoid und wahrscheinlich auch geistig nicht ganz auf der Höhe, aber was auch passiert, ich werde versuchen, seine Wünsche zu respektieren.

Was kann ich also tun?

Soll ich damit zur Polizei gehen? Soll ich Loren Muse oder Alan Manning davon in Kenntnis setzen? Oder Augie?

Eins nach dem anderen. Mach eine Kopie. Verwahre das Original an einem sicheren Ort.

Ich lasse mir das Ganze durch den Kopf gehen, versuche zu

verstehen, wie das alles zusammenpasst. Die alte Nike-Raketenbasis stand damals auch weiterhin unter Regierungsverwaltung, und um ihren wahren Zweck zu verschleiern, wurde sie als harmlose Landwirtschaftseinrichtung ausgegeben. Okay, das habe ich begriffen. Ich habe sogar begriffen, dass ihr in der Nacht etwas gesehen habt, das eine öffentliche Untersuchung dieser Einrichtung hätte nach sich ziehen können.

Ich wäre sogar bereit, noch einen Schritt weiterzugehen. Ich könnte akzeptieren, dass es einen Grund gab, warum »sie« – und damit meine ich einfach »die Bösen«, die in der Basis gearbeitet haben – dich und Diana zum Schweigen bringen wollten, obwohl ich Dianas Stimme im Video gar nicht gehört habe. War sie dabei? Ich weiß es nicht. Auf jeden Fall wart ihr beiden eine Woche später tot.

Frage: Warum waren die anderen noch am Leben?

Mögliche Antwort: »Sie« wussten nichts von Rex, Hank und Beth. »Sie« wussten nur von dir und Diana. Okay, das ergibt zumindest ein bisschen Sinn. Nicht viel. Aber für den Anfang reicht mir dieses Bisschen. Außerdem kann ich so Maura in der Gleichung unterbringen. Anscheinend wussten »sie« auch von Maura. Deshalb ist sie abgehauen und untergetaucht. Im Video merkt man, dass ihr beide, Maura und du, eindeutig die Anführer seid. Womöglich wart ihr später noch einmal dort und habt etwas Unvorsichtiges getan. Du wurdest erwischt, sie ist weggerannt.

Das klingt alles halbwegs logisch.

Trotzdem: Was war mit den anderen? Rex, Hank und Beth haben ihr Leben fortgesetzt. Sie sind nicht untergetaucht. Vielleicht haben »sie« sich fünfzehn Jahre später noch einmal damit befasst. Vielleicht ist fünfzehn Jahre später etwas passiert, das dazu führte, dass »sie« plötzlich Bescheid wussten.

Aber was könnte das sein?

Keine Ahnung. Vielleicht hatte Augie den richtigen Riecher, als er fragte, wann genau Tom Stroud nach Westbridge zurückgekommen ist. Ich muss das herausfinden.

Schluss mit den Spekulationen. Mir fehlt immer noch etwas. Außerdem muss ich eine Sache sofort erledigen.

Ich muss Ellie zur Rede stellen.

Es kann kein Zufall sein, dass Mauras Mutter über Ellie mit mir in Kontakt getreten ist. Ellie weiß etwas. Am liebsten würde ich diese Erkenntnis ignorieren. Ich habe heute schon genug Tiefschläge abbekommen, besten Dank, aber wenn ich Ellie nicht trauen kann – wenn Ellie mich belügt und mir nicht den Rücken freihält –, was bleibt mir dann noch?

Ich atme tief durch und öffne die Werkstatttür. Zuerst höre ich Leahs und Kelsis Lachen. Mir ist klar, dass diese Familie in meiner Schilderung etwas unwirklich und zu perfekt erscheint, aber ich beschreibe nur das, was ich sehe. Ich habe Ellie einmal gefragt, wie sie und Bob das machen, worauf sie sagte: »Wir haben beide einige Kriege ausgefochten, jetzt kämpfen wir darum, das Erreichte zu erhalten.« Vielleicht verstehe ich, was sie meint, sicher bin ich mir aber nicht. Ellie hat lange unter der späten Scheidung ihrer Eltern gelitten. Vielleicht spielt das mit hinein, aber auch das weiß ich nicht genau. Oder wir kennen uns doch nicht so gut.

Ich suche nach den Flickarbeiten in Ellies und Bobs Leben. Dass ich nichts sehe, bedeutet nicht, dass es sie nicht gibt. Und Ellie und Bob sind nicht weniger wunderbar oder menschlich, weil sie versuchen, das zu verbergen.

Zitat Dad: Jeder Mensch hat Träume und Hoffnungen.

Ich gehe in die Küche, aber Ellie ist nicht da. Ein Stuhl ist frei. Bob sieht mich an und sagt: »Ellie musste dringend los. Sie hat einen Teller für dich hingestellt.«

Durchs Fenster sehe ich, dass Ellie zu ihrem Wagen geht.

Ich entschuldige mich hastig und folge ihr. Sie hat gerade die Autotür geöffnet und will einsteigen, als ich rufe: »Weißt du, wo Maura ist?«

Sie hält inne und dreht sich zu mir um. »Nein.«

Ich sehe ihr in die Augen. »Ihre Mutter hat sich an dich gewandt, um mit mir Kontakt aufzunehmen.«

»Ja.«

»Warum an dich, Ellie?«

»Ich habe ihr versprochen, dass ich niemandem etwas verrate.«

»Wem?«

»Maura.«

Ich hatte damit gerechnet, dass sie diesen Namen nennt, trotzdem trifft er mich wie ein Schlag ins Gesicht. »Du …«, ich brauche einen Moment, »… du hast es Maura versprochen?«

Mein Handy klingelt. Augie. Ich gehe nicht ran. Egal, was jetzt passiert – egal, was Ellie mir jetzt erzählt –, mir ist klar, dass es zwischen uns nie wieder so sein wird, wie es war. In meiner Welt gibt es nicht viel, an dem ich mich festhalten kann. Ich habe keine Familie. Ich lasse nur wenige Menschen an mich heran.

Der Mensch, den ich am liebsten mag, hat mir, wenn man so will, gerade den Rettungsring entrissen.

»Ich muss los«, sagt Ellie. »Ein Notfall im Frauenhaus.«

»All die Jahre«, sage ich, »hast du mich belogen?«

»Nein.«

»Aber du hast es mir nie erzählt.«

»Ich habe es versprochen.«

Ich versuche, nicht zu verletzt zu klingen. »Ich dachte, du wärst meine beste Freundin.«

»Das bin ich. Aber nur weil ich deine Freundin bin, heißt das nicht, dass ich alle anderen hintergehe.«

Mein Handy vibriert schon wieder. »Wie konntest du mir das vorenthalten?«

»Wir erzählen uns nicht alles«, sagt sie.

»Was redest du da? Ich würde mein Leben in deine Hände legen.«

»Und trotzdem erzählst auch du mir nicht alles, oder, Nap?«

»Natürlich tu ich das.«

»Blödsinn.« Das Wort ist ein überraschter Flüsterschrei, wie es bei Erwachsenen manchmal klingt, wenn sie wütend sind, die Kinder aber nicht wecken wollen. »Du enthältst mir vieles vor.«

»Was redest du da?«

Ihre Augen blitzen auf. »Möchtest du mir von Trey erzählen?«

Ich will schon fragen: »*Von wem*?«, so sehr bin ich auf die Ermittlungen fixiert, auf die Möglichkeit, die Wahrheit über jene Nacht zu erfahren, und ich bin schockiert, weil ich ausgerechnet von der Frau, die mir von allen Menschen am nächsten steht, betrogen wurde. Doch dann fallen mir der Baseballschläger und die Tracht Prügel wieder ein, die ich ihm verpasst habe.

Ellie starrt mich an.

»Ich habe dich nicht belogen«, sage ich.

»Du hast mir bloß nichts davon erzählt.«

Ich schweige.

»Glaubst du, ich wüsste nicht, dass du es warst, der Trey krankenhausreif geschlagen hat?«

»Das hat nichts mit dir zu tun«, sage ich.

»Ich bin deine Komplizin.«

»Nein, bist du nicht. Das ist ganz allein meine Sache.«

»Bist du wirklich so begriffsstutzig? Es gibt eine Grenze

zwischen Richtig und Falsch, Nap. Du hast mich auf die andere Seite gezogen. Du hast das Gesetz gebrochen.«

»Um Abschaum zu bestrafen«, sage ich. »Um einem Opfer zu helfen. Ist das nicht unsere Aufgabe?«

Ellie schüttelt den Kopf, ihre Wangen sind vor Wut rot angelaufen. »Du verstehst das offenbar wirklich nicht. Als die Polizei bei uns im Haus war, weil sie glaubten, es könnte eine Verbindung zwischen dem verletzten Mann und der misshandelten Frau geben, musste ich sie belügen. Das ist dir schon klar, oder? Ob es dir also gefällt oder nicht, ich bin deine Komplizin. Du hast mich da reingezogen und besitzt nicht einmal den Anstand, mir die Wahrheit zu sagen.«

»Ich habe dir nichts gesagt, um dich nicht in Gefahr zu bringen.«

Ellie schüttelt den Kopf. »Bist du sicher, dass das der Grund ist, Nap?«

»Worauf willst du hinaus?«

»Vielleicht erzählst du es mir nicht, weil ich dich davon abhalten würde. Vielleicht erzählst du es mir nicht, weil das, was du tust, falsch ist. Ich habe das Frauenhaus aufgebaut, um den Misshandelten zu helfen, nicht um an den Tätern Selbstjustiz zu üben.«

»Das ist nicht deine Sache«, wiederhole ich. »Ich bin derjenige, der diese Entscheidung trifft.«

»Wir alle treffen Entscheidungen.« Sie spricht jetzt ruhiger. »Du hast entschieden, dass Trey Prügel verdient. Ich habe entschieden, mich an das Versprechen zu halten, das ich Maura gegeben habe.«

Ich schüttele den Kopf, als mein Handy erneut vibriert. Schon wieder Augie.

»Das durftest du mir nicht vorenthalten, Ellie.«

»Lass gut sein«, sagt sie.

»Was meinst du?«

»Du hast mir angeblich nichts von Trey erzählt, um mich zu schützen.«

»Und?«

»Vielleicht habe ich für dich ja das Gleiche getan.«

Mein Handy vibriert immer noch. Ich muss rangehen. Als ich es zum Ohr führe, steigt Ellie schnell ins Auto. Ich will sie aufhalten, sehe dann aber, dass Bob in der Haustür steht und uns mit einem seltsamen Gesichtsausdruck mustert.

Es muss warten.

»Was ist denn los?«, schreie ich ins Handy.

»Ich habe Andy Reeves endlich erreicht«, sagt Augie.

Den »landwirtschaftlichen« Kommandeur der Militärbasis. »Und?«

»Kennst du die Rusty Nail Tavern?«

»Das ist so eine Spelunke in Hackensack, oder?«

»Das war sie bis vor Kurzem. Er erwartet dich da in einer Stunde.«

ZWANZIG

Ich kopiere das Video auf die technisch am wenigsten ausgefeilte, im Moment aber schnellstmögliche Art, indem ich es einfach auf dem kleinen Bildschirm abspiele und mit meinem Smartphone abfilme. Die Qualität ist nicht so kläglich, wie ich erwartet hatte, aber einen Filmpreis bekommt man dafür nicht. Ich lade eine Kopie des Videos in meine Cloud, und dann, um auf Nummer sicher zu gehen, schicke ich es noch an eine meiner anderen E-Mail-Adressen.

Soll ich noch jemandem eine Kopie zum Aufbewahren schicken?

Ja. Aber wem? Ich denke an David Rainiv, aber falls jemand die Sache zurückverfolgt – ja, ich bin paranoid –, will ich ihn nicht in Gefahr bringen. Ich überlege, es Ellie zu schicken, aber da besteht das gleiche Problem. Außerdem muss ich mir das Geschehen erst einmal durch den Kopf gehen lassen. Ich muss mir genau überlegen, wie ich mich bei unserer nächsten Begegnung verhalte.

Am einfachsten wäre es, wenn ich es an Augie schicke, aber auch da fragt sich, ob ich das so ohne jede Vorwarnung tun soll?

Ich rufe Augie an.

»Bist du schon im Rusty Nail?«, fragt Augie.

»Bin auf dem Weg. Ich maile dir ein Video.«

Ich erzähle ihm von David Rainivs Besuch und dem, was sich daraus ergeben hat. Er hört schweigend zu. Als ich fertig bin, frage ich, ob er noch dran ist.

»Mail es nicht an die Arbeit«, sagt er.

»Okay.«

»Hast du meine private E-Mail-Adresse?«

»Ja.«

»Okay, dann schick's da hin.« Er schweigt eine Weile. Dann räuspert er sich und sagt: »Diana … du sagtest, sie wäre im Video nicht zu sehen?«

Ich höre jedes Mal an seinem Tonfall, dass er über Diana spricht, noch bevor er ihren Namen nennt. Ich habe dich verloren. Einen Bruder. Einen Zwillingsbruder. Niederschmetternd, natürlich. Aber Augie hat sein einziges Kind verloren. Dianas Name kommt nur heiser und schmerzerfüllt heraus, als würde ihn jemand schlagen, wenn er ihn ausspricht. Mit jeder Silbe kommt das Leid erneut zum Vorschein.

»Ich habe Diana weder gesehen noch gehört«, sage ich, »die Qualität ist aber auch nicht sehr gut. Vielleicht entdeckst du etwas, das mir nicht aufgefallen ist.«

»Ich glaube immer noch, dass du auf dem Holzweg bist.«

Ich überlege einen Moment. »Ich auch.«

»Aber?«

»Aber das ist der einzige Weg, den ich habe. Also werde ich weitergehen und sehen, wohin er mich bringt.«

»Klingt nach einem Plan.«

»Allerdings nicht nach einem besonders guten.«

»Nein, nicht nach einem guten«, pflichtet Augie mir bei.

»Was hast du Andy Reeves gesagt?«, frage ich.

»Über dich?«

»Über den Grund meines Besuchs, ja.«

»Nichts. Was hätte ich ihm auch sagen sollen? Ich kenne ihn ja nicht einmal.«

»Ist alles Teil meines Plans«, sage ich. »Dem nicht besonders guten.«

»Ist wahrscheinlich besser, als gar keinen zu haben. Ich guck mir das Video an. Wenn mir was auffällt, ruf ich dich an.«

Das Rusty Nail ist ein umgebautes Wohnhaus mit einer Schindel-Imitat-Verkleidung aus Kunststoff und einer roten Tür. Ich parke zwischen einem gelben Ford Mustang mit dem Kennzeichen EBNY-IVRY und einer Mischung aus Kleinbus und Transporter mit der Aufschrift »Bergen County Senior Center«. Ich weiß nicht, was Augie meinte, als er sagte, es sei bis vor Kurzem eine Spelunke gewesen. Äußerlich sieht es immer noch so aus. Mir fällt nur eine Veränderung auf: Neben der Treppe verläuft eine breite Rollstuhlrampe. Die war vorher nicht da. Ich gehe die Stufen hinauf und öffne die schwere, rote Tür.

Erster Eindruck: Die Gäste sind alt.

Sehr alt. Der Durchschnitt liegt schätzungsweise bei knapp achtzig. Wahrscheinlich sind sie vom Seniorenheim herübergekommen. Interessant. Senioren machen Ausflüge zu Supermärkten, Rennbahnen und Spielcasinos.

Warum also nicht in eine Kneipe?

Das Zweite, was mir auffällt: In der Mitte des Raums steht ein protziger, weißer Flügel mit Silberbeschlägen und einem Trinkgeldbehälter auf dem Deckel – ein Instrument, das Liberace vermutlich zu aufdringlich gewesen wäre. Sieht aus, als wäre er einem Billy-Joel-Song entsprungen. Der »Real Estate Novelist«, »Davy from the Navy« oder eine andere Figur aus seinen Songs könnten hier vor ihren Drinks sitzen, aber ich sehe niemanden, auf den die Beschreibungen passen. Stattdessen entdecke ich diverse Rollatoren, Gehstöcke und Rollstühle.

Der Pianist hämmert *Sweet Caroline* heraus. *Sweet Caroline* gehört inzwischen zu den Songs, die bei jeder Hochzeit und auf jedem Sportereignis gespielt werden, weil Kinder und

Senioren ihn gleichermaßen lieben. Die alten Gäste singen begeistert mit. Sie singen falsch und können die Töne nicht halten, was sie aber nicht stört. Es ist ein schöner Anblick.

Ich weiß nicht, wer Andy Reeves ist. Eigentlich erwarte ich einen Mitsechziger mit kurz geschorenen Haaren und militärisch strammer Haltung. Ein paar der älteren Männer entsprechen diesem Bild. Ich gehe weiter in den Raum hinein. Dann fallen mir mehrere kräftige, junge Männer auf, deren Blicke hin und her schießen wie die argwöhnischer Wachleute. Vielleicht sind es Barkeeper oder die Pfleger der Senioren.

Der Pianist hebt den Blick und nickt mir zu. Er hat weder kurz geschorene Haare, noch sitzt er in strammer Haltung auf seinem Hocker. Er trägt einen blonden Fransenpony und hat diesen wächsernen Teint, bei dem ich immer unwillkürlich an ein chemisches Peeling denken muss. Mit einer kurzen Kopfbewegung fordert er mich auf, beim Piano Platz zu nehmen, als die Menge zu einem gewaltigen »Bah-bah-bah, good times never seems so good« anhebt.

»So good, so good, so good …«

Ich setze mich. Einer der älteren Männer legt mir den Arm um die Schulter und drängt mich zum Mitsingen. Ich steure ein sehr desinteressiertes »I've been inclined« bei und warte darauf, dass jemand – vorzugsweise Andy Reeves – auf mich zukommt. Das geschieht jedoch nicht. Ich sehe mich um. Hinten an der Wand hängt ein Poster mit vier der glücklichsten und gesündesten Senioren, die man – außerhalb der Viagra-Werbung – je gesehen hat. Es trägt die Aufschrift »Dienstagnachmittag: Bingo – Drinks 3$«. Am Tresen gießen ein paar der Männer, die ich für Pfleger-Barkeeper halte, eine rote Flüssigkeit in die bereitgestellten Plastikbecher.

Als *Sweet Caroline* zu Ende ist, applaudieren die Alten jubelnd und grölend. Fast freue ich mich auf den nächsten Song, genieße die relative Normalität, doch der Pianist mit dem Fransenpony steht auf und kündigt eine »kurze Pause« an.

Die Senioren verleihen ihrer Enttäuschung hörbar Ausdruck.

»Nur fünf Minuten«, sagt der Pianist. »Ihre Drinks stehen auf dem Tresen. Überlegen Sie sich, was ich für Sie spielen soll, okay?«

Das beruhigt sie etwas. Der Pianist nimmt das Geld aus dem Glas, das wie ein übergroßer Cognacschwenker aussieht, kommt auf mich zu und sagt: »Officer Dumas?«

Ich nicke.

»Ich bin Andy Reeves.«

Eins fällt mir sofort auf: Wenn er spricht, klingt er etwas heiser.

Eine Flüsterstimme.

Er setzt sich auf den Stuhl neben mir. Ich versuche, sein Alter zu schätzen. Selbst wenn ich die seltsame kosmetische Behandlung einberechne, die seinem Gesicht diesen Glanz verliehen hat, kann er höchstens Mitte fünfzig sein. Andererseits wurde die Militärbasis erst vor fünfzehn Jahren geschlossen. Warum sollte er also älter sein?

Ich sehe mich um. »Der Laden hier«, sage ich.

»Was ist damit?«

»Ist eine etwas andere Welt als das Landwirtschaftsministerium.«

»Das ist mir klar.« Er breitet die Hände aus. »Was soll ich dazu sagen. Ich brauchte eine Luftveränderung.«

»Dann arbeiten Sie nicht mehr für die Regierung?«

»Ich bin vor, äh, sieben Jahren in den Ruhestand gegangen. Habe fünfundzwanzig Jahre für das Landwirtschaftsministerium der Vereinigten Staaten gearbeitet. Ich erhalte eine hübsche Pension und fröne jetzt meiner Leidenschaft.«

»Dem Klavierspielen?«

»Ja. Also, hier eigentlich nicht. Dies ist … na ja … irgendwo muss man ja schließlich anfangen, was?«

Ich betrachte sein Gesicht. Der Teint stammt aus einer Flasche oder aus dem Solarium, jedenfalls nicht von der Sonne. Am Haaransatz sehe ich ein wenig von seiner sehr hellen Haut. »Natürlich«, sage ich.

»Im Büro in Westbridge hatten wir auch ein Klavier. Ich hab da dauernd gespielt. Zur Entspannung, wenn die Arbeit zu stressig wurde.« Reeves rutscht etwas nach vorne und präsentiert große, weiße Zähne, die ohne Weiteres als Klaviertasten herhalten könnten. »Also, was kann ich für Sie tun, Detective?«

Ich komme sofort zur Sache. »An was habt ihr Jungs da auf der Militärbasis gearbeitet?«

»Militärbasis?«

»Das war es früher«, sage ich. »Ein Kontrollzentrum für Nike-Raketen.«

»Oh, schon klar.« Er schüttelt ehrfürchtig den Kopf. »Tja, das Gelände hat eine tolle Geschichte, was?«

Ich sage nichts.

»Aber das war alles Jahre, bevor wir da eingezogen sind. Wir haben das nur als Bürokomplex genutzt, nicht als Militärbasis.«

»Als Bürokomplex für das Landwirtschaftsministerium«, sage ich.

»Genau. Unsere Aufgabe bestand darin, auf der Basis bestmöglicher Öffentlichkeitsarbeit, modernster Forschung und effizienten Managements eine Führungsposition in den Bereichen Nahrung, Agrikultur und natürliche Rohstoffe einzunehmen sowie zur Entwicklung des ländlichen Raumes beizutragen.«

Es klingt wie einstudiert, was vermutlich daran liegt, dass es das ist.

»Warum gerade da?«, frage ich.

»Wie bitte?«

»Der Sitz des Landwirtschaftsministeriums befindet sich in Washington D.C.«

»Die Zentrale, ja. Wir waren eine Außenstelle.«

»Aber warum gerade da, so versteckt im Wald?«

»Warum nicht?«, sagt er und hebt die Hände. »Es war ein wunderbarer Standort. Einige der Studien, an denen wir da gearbeitet haben, waren, na ja, ich will ja nicht angeben oder es aufregender machen, als es war, aber viele unserer Studien unterlagen strengster Geheimhaltung.« Er beugt sich vor. »Kennen Sie den Film *Die Glücksritter*?«

»Mit Eddie Murphy, Dan Aykroyd und Jamie Lee Curtis?«, frage ich.

Er ist sehr erfreut darüber, dass ich den Film kenne. »Genau den. Dann erinnern Sie sich bestimmt auch daran, dass die Duke-Brüder darin versuchen, sich das Monopol auf dem Orangensaftmarkt zu sichern?«

»Natürlich.«

»Wissen Sie noch, wie die dabei vorgegangen sind?« Reeves lächelt, als er mir ansieht, dass ich es weiß. »Die Dukes bestechen einen Regierungsbeamten, um Einblick in den noch unveröffentlichten Erntebericht des Landwirtschaftsministeriums zu bekommen. Des *Landwirtschaftsministeriums*, Detective Dumas. Das waren wir. Viele unserer Studien waren wichtig. Wir brauchten Ruhe und strenge Sicherheitsmaßnahmen.«

Ich nicke. »Deshalb also der Zaun und all die Betreten-Verboten-Schilder?«

»Genau.« Wieder breitet Reeves die Hände aus. »Wo hätten wir unsere Tests ungestörter durchführen können als in einer ehemaligen Militärbasis?«

»Sind diese Schilder je missachtet worden?«

Zum ersten Mal scheint die Strahlkraft seines Lächelns etwas abzunehmen. »Was meinen Sie damit?«

»Sind je Unbefugte aufs Gelände gelangt?«

»Vereinzelt«, sagt Reeves so beiläufig, wie er kann. »Jugendliche sind im Wald herumgestreunt, um heimlich Alkohol zu trinken oder Hasch zu rauchen.«

»Und was dann?«

»Was meinen Sie?«

»Haben die Jugendlichen die Warnschilder missachtet?«

»Manchmal schon.«

»Und was haben diese Jugendlichen dann getan?«

»Nichts weiter. Sie sind nur an den Schildern vorbeigegangen.«

»Und was haben Sie dagegen unternommen?«

»Nichts.«

»Nichts?«

»Womöglich haben wir ihnen mitgeteilt, dass sie sich auf Privatgelände befinden.«

»Womöglich?«, frage ich. »Oder ist das wirklich passiert?«

»Es gab wohl ein paar Situationen, in denen wir das getan haben.«

»Und wie genau ist das abgelaufen?«

»Wie bitte?«

»Erklären Sie es mir. Schritt für Schritt. Ein Jugendlicher geht am Schild vorbei. Wie haben Sie reagiert?«

»Warum fragen Sie?«

»Bitte beantworten Sie meine Frage«, erwidere ich leicht schnippisch.

»Wir haben ihn aufgefordert umzukehren. Wir haben ihn darauf hingewiesen, dass er unbefugt Privatgelände betreten hat.«

»Wer hat ihn darauf hingewiesen?«, frage ich.

»Die Frage verstehe ich nicht.«

»Haben Sie das getan?«

»Nein, natürlich nicht.«

»Wer dann?«

»Einer von den Wachleuten.«

»Die haben den Wald bewacht?«

»Was?«

»Die ersten Schilder standen etwa fünfzig Meter vom Zaun entfernt.«

Andy Reeves überlegt. »Nein, die Wachleute waren nicht so weit draußen. Sie haben das eigentliche Gelände bewacht.«

»Ein Eindringling wurde also normalerweise erst dann entdeckt, wenn er bis an den Zaun kam, ist das richtig?«

»Ich verstehe nicht, wieso das von Bedeutung …«

»Wie hätten Sie einen Jugendlichen entdeckt, der unbefugt das Gelände betritt?«, frage ich und lege sofort nach: »Haben Sie sich auf die Augen der Wachleute verlassen, oder hatten Sie Überwachungskameras?«

»Ich glaube, wir haben wohl ein paar gehabt …«

»Sie *glauben*, Sie hätten Kameras gehabt? Sie erinnern sich nicht?«

Ich stelle seine Geduld auf die Probe. Das mache ich keineswegs unabsichtlich. Reeves tippt jetzt mit einem Fingernagel auf den Tisch. Mit einem langen Fingernagel, wie mir auffällt. Dann lächelt er wieder, zeigt seine weißen Zähne und flüstert: »Ich bin wirklich nicht in Stimmung, mich noch viel länger von Ihnen belästigen zu lassen, Detective.«

»Ja, okay, entschuldigen Sie«, sage ich. Ich lege den Kopf schräg. »Dann will ich eine andere Frage stellen: Warum sollte nachts bei einem ›Bürokomplex des Landwirtschaftsministeriums‹«, ich male mit den Fingern Anführungszeichen in die Luft, »ein Tarnkappen-Hubschrauber landen?«

Funkstille, wie eine meiner Patentöchter gesagt hätte.

Damit hatte Andy Reeves nicht gerechnet. Sein Unterkiefer klappt nach unten, wo er allerdings nicht lange bleibt. Sein Blick wird starr. Sein gerade noch so breites Lächeln verwandelt sich in etwas Hinterlistiges und deutlich Verkniffeneres.

»Ich habe keine Ahnung, wovon Sie reden«, flüstert er.

Ich versuche, ihn niederzustarren, er hat aber kein Problem mit intensivem Augenkontakt. Das gefällt mir nicht. Wir neigen alle dazu, Augenkontakt für ein Zeichen von Ehrlichkeit zu halten, wie bei den meisten Dingen deutet zu viel davon allerdings häufig auf ein Problem hin.

»Das ist fünfzehn Jahre her, Reeves.«

Er hört nicht auf, mich anzustarren.

»Es ist mir völlig egal, was Sie da gemacht haben.« Ich versuche, nicht zu flehen. »Ich muss nur wissen, was mit meinem Bruder passiert ist.«

Genau dieselbe Lautstärke, genau derselbe Tonfall, genau dieselben Worte: »Ich habe keine Ahnung, wovon Sie reden.«

»Mein Bruder hieß Leo Dumas.«

Er gibt vor, darüber nachzudenken, in irgendwelchen hinteren Winkeln seines Gedächtnisses nach dem Namen zu stöbern.

»Er ist zusammen mit einem Mädchen namens Diana Styles vor einen Zug geraten.«

»Ach, mit Augies Tochter.« Andy Reeves schüttelt den Kopf, wie die Menschen es tun, wenn sie über Tragödien anderer sprechen. »Ihr Bruder war der junge Mann, der mit ihr zusammen getötet wurde.«

Er weiß es. Ich weiß es. Er weiß, dass ich es weiß.

»Mein Beileid.«

Herablassung trieft aus seiner Stimme wie Ahornsirup von einem Stapel Pfannkuchen. Natürlich in voller Absicht. Er schlägt zurück.

»Ich habe Ihnen schon gesagt, dass mir egal ist, was Sie

auf der Basis getrieben haben«, versuche ich es noch einmal. »Wenn Sie also wollen, dass ich aufhöre, weiter in diese Richtung zu ermitteln, brauchen Sie mir nur die Wahrheit zu sagen. Es sei denn …«

»Es sei denn, was?«

»Es sei denn, Sie haben meinen Bruder getötet«, sage ich.

Reeves beißt nicht an. Stattdessen sieht er theatralisch auf seine Uhr. Er hebt den Blick und sieht die alten Leute an, die langsam wieder ihre Plätze in der Nähe des Klaviers einnehmen. »Meine Pause ist zu Ende.«

Er steht auf.

»Einen Moment noch«, sage ich.

Ich ziehe mein Handy heraus. Ich starte das Video an der Stelle, an der der Hubschrauber zum ersten Mal erscheint. Ich berühre die Play-Taste und halte das Handy so, dass er das Display sehen kann. Selbst die falsche Bräune verschwindet jetzt aus seinem Gesicht.

»Ich weiß nicht, was das sein soll«, sagt er, bekommt es aber nur stockend heraus.

»Natürlich wissen Sie das. Es ist ein Sikorsky-Black-Hawk-Tarnhubschrauber über einem Gelände, auf dem sich Ihren Worten zufolge ein Bürokomplex des Landwirtschaftsministeriums befindet. Im weiteren Verlauf des Videos sieht man, wie der Hubschrauber landet. Dann steigt ein Mann in einem orangefarbenen Häftlings-Overall aus diesem Hubschrauber.«

Das ist zwar leicht übertrieben – eigentlich sieht man nur einen orangefarbenen Fleck –, aber diese leichte Übertreibung reicht.

»Sie können nicht belegen …«

»Natürlich kann ich das. Das Video hat eine Datums- und Zeitanzeige. Die Eigenheiten der Gebäude und der Landschaft sind erkennbar. Ich habe den Ton ausgeschaltet, es gibt aber einen Kommentar zu den Geschehnissen.« Noch eine Übertreibung. »Die Teenager, die das Video gemacht haben, erläutern eingehend, wo sie sind und was sie dort sehen.«

Sein finsterer Blick ist wieder da.

»Eins noch«, sage ich.

»Was?«

»Im Video hört man die Stimmen von drei männlichen Teenagern. Alle drei sind unter mysteriösen Umständen umgekommen.«

Einer der alten Männer ruft: »Hey, Andy, kann ich mir *Livin' on a Prayer* wünschen?«

»Ich kann Madonna nicht ausstehen«, sagt ein anderer.

»Das ist *Like a Prayer*, du Blödmann. *Livin' on a Prayer* ist von Bon Jovi.«

»Wen nennst du hier einen Blödmann?«

Andy Reeves beachtet sie nicht. Er sieht mich an. Die Fassade hat er abgelegt. Sein Flüstern klingt härter. »Ist das die einzige Kopie?«

»Ja«, sage ich und sehe ihn mit großen, unschuldigen Augen an. »Ich war so dumm herzukommen, ohne Kopien davon zu machen.«

Er presst die Worte zwischen den Zähnen hervor. »Falls das Video tatsächlich zeigt, was Sie behaupten – und ich möchte das *falls* noch einmal betonen –, wäre eine Veröffentlichung ein Kapitalverbrechen, das mit Gefängnis bestraft wird.«

»Andy?«

»Was ist?«

»Sehe ich verängstigt aus?«

»Es wäre Hochverrat, das zu verbreiten.«

Ich deute auf mein Gesicht, um noch einmal darauf hinzuweisen, dass mir seine Drohung in keinster Weise, Art oder Form Angst einjagt.

»Wenn Sie es wagen, es irgendjemandem vorzuführen …«

»Ich muss Sie jetzt kurz unterbrechen, Andy. Damit Sie sich nicht unnötig Ihren hübschen Kopf darüber zerbrechen: Wenn Sie mir nicht sagen, was ich wissen will, werde ich es auf jeden Fall zeigen. Ich werde es auf Twitter und auf Facebook posten und dabei Ihren Namen erwähnen.« Ich tue so, als hätte ich Stift und Papier in der Hand und wollte etwas notieren. »Schreibt man Reeves mit Doppel-e oder mit ea?«

»Ich hatte nichts mit Ihrem Bruder zu tun.«

»Und was ist mit meiner Freundin? Sie heißt Maura Wells. Wollen Sie mir sagen, dass Sie auch mit ihr nichts zu tun hatten?«

»Mein Gott.« Andy Reeves schüttelt langsam den Kopf. »Sie haben nicht den geringsten Schimmer, oder?«

Mir gefällt nicht, wie er das sagt – er klingt plötzlich so selbstbewusst. Ich weiß nicht, was ich darauf antworten soll, also sage ich einfach: »Dann erzählen Sie es mir.«

Ein anderer Gast ruft: »Spiel *Don't Stop Believin'*, Andy. Da stehen wir drauf.«

»Sinatra!«

»Journey!«

Beipflichtendes Murmeln. Ein Mann fängt an zu singen: »Just a small town girl«, die anderen antworten: »Livin' in a lonely world.«

»Einen Moment noch, Leute.« Reeves winkt und lächelt, ganz der nette Nachbar, der es genießt, mal im Mittelpunkt zu stehen. »Spart euch die Energie.«

Andy Reeves dreht sich wieder um, beugt sich tief zu mir herunter, bis sein Mund neben meinem Ohr ist, und flüstert: »Wenn Sie das Video veröffentlichen, Detective Dumas, werde ich Sie und alle, die Sie lieben, umbringen. Habe ich mich klar ausgedrückt?«

»Kristallklar.« Ich nicke. Dann strecke ich die Hand aus, packe seine Eier und drücke zu.

Sein Schrei hallt durch das Rusty Nail.

Ein paar alte Männer springen vor Schreck auf. Als ich gehe, liegt Reeves zuckend auf dem Boden wie ein Fisch auf einem Anleger.

Die jüngeren Männer, die Pfleger, reagieren schnell. Sie kommen auf mich zu. Ich weiche zurück und ziehe meine Marke.

»Bleiben Sie, wo Sie sind«, warne ich sie. »Es handelt sich um eine Polizeiangelegenheit.«

Den Alten gefällt das nicht. Drei Pflegern auch nicht. Sie kommen näher heran und kreisen mich ein. Ich ziehe mein Handy heraus und mache ein paar schnelle Fotos. Die Alten schreien mich an.

»Was denken Sie, was Sie hier tun? … Wenn ich zehn Jahre jünger wäre … Das können Sie doch nicht einfach machen … *Livin' on a Prayer*!«

Einer kniet sich hin und kümmert sich um den verwundeten Reeves. Die Pfleger kommen mir immer näher.

Ich muss die Sache sofort beenden.

Ich zeige den näher kommenden Pflegern die Pistole in meinem Hüftholster. Ich ziehe sie nicht, aber der Anblick reicht aus, um sie zu stoppen.

Ein alter Mann schüttelt die Faust und schreit: »Wir zeigen Sie an!«

»Tun Sie, was Sie nicht lassen können«, sage ich.

»Sie sollten zusehen, dass Sie hier rauskommen.«

Er hat recht. Fünf Sekunden später stehe ich vor der Tür.

EINUNDZWANZIG

Ich mache mir keine großen Sorgen, dass ich für diese Aktion angezeigt werde. Andy Reeves wird sich erholen, und dann wird er vermutlich kaum wollen, dass jemand den Vorfall meldet.

Reeves' Drohung bereitet mir da schon größere Bauchschmerzen. Vier Menschen – du, Diana, Rex und Hank – wurden ermordet. Ja, ab jetzt werde ich dieses Wort verwenden. Die Behauptung, es hätte sich um einen Unfall oder Selbstmord gehandelt, kann man getrost vergessen. Du wurdest ermordet, Leo. Und ich will verdammt sein, wenn ich das einfach so durchgehen lasse.

Ich rufe Ellie an. Sie geht nicht ran, was mich ankotzt. Ich sehe mir auf dem Handy das Foto an, das ich von Reeves gemacht habe. Er liegt zwar auf dem Boden, und seine Miene ist schmerzverzerrt, aber das Foto ist halbwegs scharf geworden. Ich schreibe eine kurze Mail und schicke sie mit dem Foto an Ellie. Die Mail lautet:

> Frag Mauras Mutter, ob sie ihn erkennt.

Ich will mich gerade auf den Heimweg machen, als mir auffällt, dass ich noch nichts gegessen habe. Ich biege rechts ab und fahre zum Armstrong Diner. Es ist rund um die Uhr geöffnet. Durchs Fenster sehe ich, dass Bunny arbeitet. Als ich einparke, klingelt mein Handy. Ellie.

»Hey«, sagt sie.

»Hey.«

Das ist wohl unsere Art, uns einzugestehen, dass wir zu weit gegangen sind.

»Wo bist du?«, fragt sie.

»Im Armstrong.«

»Ich bin in einer halben Stunde da.«

Sie legt auf. Ich steige aus und mache mich auf den Weg ins Diner. Zwei junge Frauen, beide wohl um die zwanzig, stehen rauchend draußen und unterhalten sich. Eine ist blond, die andere brünett. Beide sehen aus wie »Internet-Models« oder Möchtegern-Stars aus einer Realityshow. Ist wohl derzeit der angesagte Look. Als ich an ihnen vorbeigehe, nehmen sie einen tiefen Zug von ihren Zigaretten. Ich bleibe stehen und drehe mich zu ihnen um. Ich starre sie so lange an, bis sie meinen Blick spüren. Sie unterhalten sich noch einen Moment, wobei sie mich taxieren. Ich rühre mich nicht von der Stelle. Schließlich verstummen sie.

Die Blondine zieht eine Grimasse. »Gibt's irgendein Problem?«

»Wahrscheinlich sollte ich einfach reingehen«, sage ich. »Ich sollte mich um meine eigenen Angelegenheiten kümmern. Allerdings möchte ich Ihnen vorher noch etwas sagen.«

Beide mustern mich mit einem Blick, der normalerweise Verrückten vorbehalten ist.

»Bitte hören Sie auf zu rauchen«, sage ich.

Die Brünette stemmt die Hände in die Hüften. »Kennen wir uns?«

»Nein«, sage ich.

»Sind Sie ein Cop oder so was?«

»Bin ich, aber das hat damit nichts zu tun. Mein Vater ist an Lungenkrebs gestorben, weil er geraucht hat. Also könnte ich einfach an Ihnen vorbeigehen – oder ich kann versuchen, Ihnen das Leben zu retten. Wahrscheinlich werden Sie nicht auf mich hören, aber wenn ich das häufig genug mache, wird vielleicht – nur ganz vielleicht, und selbst wenn es nur ein einziges Mal ist – jemand innehalten, nachdenken oder sogar aufhören. Daher bitte ich Sie – ich flehe Sie gewissermaßen an –, hören Sie auf zu rauchen.«

Das ist alles.

Ich gehe rein. Stavros steht an der Kasse. Er klatscht mich zur Begrüßung ab und nickt in Richtung eines Ecktischs. Ich bin ein Single, der nicht gerne kocht, daher komme ich oft zum Abendessen. Wie in den meisten Diners in New Jersey hat die Speisekarte fast den Umfang der Bibel. Bunny gibt mir nur die Karte mit den Tages- und Wochenangeboten. Sie tippt auf den Lachs mit Couscous und zwinkert mir zu.

Ich blicke aus dem Fenster. Die beiden rauchenden jungen Frauen sind noch da. Die Brünette, die mit dem Rücken zu mir steht, hält eine Zigarette zwischen den Fingern. Die Blondine mustert mich finster, hat aber keine Zigarette in der Hand. Ich hebe beide Daumen in ihre Richtung. Sie wendet sich ab. Wahrscheinlich hat sie schon aufgeraucht, aber ich freue mich auch über die kleinen Siege.

Ich esse gerade den letzten Bissen, als Ellie durch die Tür kommt. Stavros fängt an zu strahlen. Es ist zwar ein Klischee zu sagen, es wird heller im Raum, wenn eine bestimmte Person hereinkommt, aber dass das Niveau an Güte, Anstand und Tugend im Raum steigt, wenn Ellie eintritt, ist nicht zu bezweifeln.

Dies ist das erste Mal, dass ich das nicht einfach als Selbstverständlichkeit hinnehme.

Sie rutscht mir gegenüber in die Nische, zieht einen Fuß hoch und setzt sich darauf.

»Hast du Mauras Mutter das Foto geschickt?«, frage ich.

Ellie nickt. »Sie hat aber noch nicht geantwortet.«

Sie blinzelt, um ein paar Tränen zu verstecken.

»Ellie?«

»Es gibt noch etwas, das ich dir nie erzählt habe.«

»Was?«

»Vor zwei Jahren, als ich einen Monat lang in Washington war …«

Ich nicke. »… bei dieser Konferenz über Obdachlosigkeit.«

Sie schnaubt kurz. »Eine Konferenz …«, sie nimmt eine Serviette und wischt sich über die Augen, »… die einen Monat dauert?«

Ich weiß nicht, was ich dazu sagen soll, also sage ich nichts.

»Das hat übrigens nichts mit Maura zu tun. Ich wollte bloß …«

Ich lege ihr die Hand auf den Arm. »Was ist los?«

»Du bist der beste Mensch, den ich kenne, Nap. Ich würde dir mein Leben anvertrauen. Aber ich hab's dir nicht erzählt.«

»Was hast du mir nicht erzählt?«

»Bob …«

Ich bin absolut still.

»Da war diese Frau auf der Arbeit. Bob ist oft länger geblieben. Eines Nachts hab ich ihn dann überrascht. Die beiden haben …«

Mir stockt das Herz. Ich weiß nicht, was ich sagen soll, und glaube auch nicht, dass sie eine Antwort von mir erwartet, also drücke ich ihren Arm nur etwas fester. Ich will ihr ein bisschen Trost zusprechen. Aber die Gelegenheit habe ich verpasst.

Eine Konferenz, die einen Monat dauert. Mann.

Meine beste Freundin hat furchtbar gelitten. Und ich habe es nicht gemerkt.

Toller Detektiv.

Ellie wischt sich noch einmal über die Augen und ringt sich ein Lächeln ab. »Inzwischen ist es wieder in Ordnung. Wir haben reinen Tisch gemacht.«

»Willst du darüber reden?«

»Im Moment nicht, nein. Ich bin hier, um mit dir über Maura zu reden. Über das Versprechen, das ich ihr gegeben habe.«

Bunny kommt herüber, legt ihr eine Speisekarte hin und zwinkert ihr zu. Als sie wieder geht, weiß ich nicht, wie ich fortfahren soll. Offenbar geht es Ellie genauso. Also sage ich: »Du hast Maura ein Versprechen gegeben.«

»Richtig.«

»Wann?«

»In der Nacht, in der Leo und Diana gestorben sind.«

Noch ein Tiefschlag.

Bunny kommt wieder herüber und fragt Ellie, ob sie etwas bestellen will. Ellie nimmt einen koffeinfreien Kaffee. Ich bestelle einen Pfefferminztee. Bunny fragt, ob einer von uns die Bananen-Mousse probieren möchte. Sie sei unwiderstehlich. Wir lehnen ab.

»In jener Nacht«, sage ich. »Hast du Maura gesehen, bevor oder nachdem Leo und Diana gestorben sind?«

Ihre Antwort bringt mich wieder ins Schleudern. »Sowohl als auch.«

Ich weiß nicht, was ich sagen soll – oder vielleicht habe ich auch Angst vor dem, was ich sagen könnte. Sie blickt aus dem Fenster auf den Parkplatz.

»Ellie?«

»Ich werde das Versprechen brechen, das ich Maura gegeben habe«, sagt sie. »Aber so viel solltest du wissen, Nap.«

»Was?«

»Es wird dir nicht gefallen.«

»Ich werde mit dem ›nachdem‹ anfangen«, sagt Ellie.

Das Diner leert sich, aber das stört uns nicht. Bunny und Stavros schicken die Neuankömmlinge auf die andere Seite, sodass wir uns ungestört unterhalten können.

»Maura ist zu mir nach Hause gekommen«, sagt sie.

Ich warte, dass Ellie fortfährt. Das tut sie nicht.

»In jener Nacht?«

»Ja.«

»Wann?«

»Um drei Uhr morgens. Meine Eltern hatten sich getrennt, und Dad … er wollte, dass ich glücklich bin, daher hat er mir die Garage zum Schlafzimmer umgebaut, was für einen Teenager einfach fantastisch war. So konnten zu jeder Tages- und Nachtzeit Freunde vorbeikommen, weil man in mein Zimmer konnte, ohne jemanden im Haus zu wecken.«

Ich hatte Gerüchte gehört, dass Ellies Hintertür damals immer offen stand, das war aber, bevor Ellie und ich uns näher kennenlernten, bevor mein Bruder und Ellies beste Freundin Diana bei den Bahngleisen gefunden wurden. Jetzt frage ich mich, was es zu bedeuten hat, dass die beiden stabilsten Freundschaften, die ich als Erwachsener habe, meine Freundschaften zu Ellie und Augie, aus jener tragischen Nacht hervorgegangen sind.

»Als ich das Klopfen hörte, habe ich mir zuerst nicht viel dabei gedacht. Die Leute wussten, dass sie bei mir pennen konnten, wenn sie noch nicht nach Hause wollten – weil sie zu betrunken waren oder so etwas.«

»War Maura vorher schon einmal bei dir gewesen?«, frage ich.

»Nein, nie. Ich weiß, dass ich dir schon mehrmals erzählt habe, dass ich Maura gegenüber immer eine gewisse Ehrfurcht empfunden habe. Sie war einfach … ich weiß nicht …

cooler als wir anderen. Reifer und weltgewandter. Verstehst du, was ich meine?«

Ich nicke. »Und was wollte sie bei dir?«

»Das habe ich sie später auch gefragt, aber als sie ankam, war sie vollkommen fertig, hat die ganze Zeit geweint, war fast hysterisch. Was mir, wie schon gesagt, seltsam vorkam, weil sie doch immer über allem zu stehen schien. Es hat mindestens fünf Minuten gedauert, bis ich sie halbwegs beruhigt hatte. Sie war völlig verdreckt. Erst dachte ich, sie wäre überfallen worden oder so was. Ich habe auch ihre Kleidung gecheckt, um festzustellen, ob etwas zerrissen war. Das hatte ich in einem Kurs über Krisenintervention und Vergewaltigungstraumata aufgeschnappt. Na ja, als sie sich dann etwas beruhigt hatte, ging es mir fast zu schnell. Ich kann es nicht anders ausdrücken. Als hätte ihr jemand eine Ohrfeige gegeben und gesagt: ›Reiß dich zusammen!‹«

»Was hast du gemacht?«

»Ich habe eine Flasche Fireball-Whisky-Likör unter dem Bett hervorgeholt, die ich dort versteckt hatte.«

»Du?«

Sie schüttelt den Kopf. »Du glaubst wirklich, du wüsstest alles über mich, was?«

Ganz offensichtlich nicht, denke ich.

»Maura wollte aber keinen Alkohol, weil sie, wie sie sagte, einen klaren Kopf bewahren musste. Sie hat gefragt, ob sie eine Weile bei mir bleiben kann. ›Natürlich‹, habe ich geantwortet. Ehrlich gesagt habe ich mich geschmeichelt gefühlt, dass sie ausgerechnet zu mir gekommen war.«

»Und das war um drei Uhr morgens?«

»Gegen drei, ja.«

»Also hast du das von Leo und Diana noch nicht gewusst«, sage ich.

»Richtig.«

»Hat Maura es dir erzählt?«

»Nein. Sie sagte nur, sie bräuchte einen Ort, an dem sie sich verstecken kann.« Ellie beugte sich vor. »Dann hat sie mir direkt in die Augen gesehen und hat mir das Versprechen abgenommen. Du weißt ja, wie eindringlich sie sein konnte. Ich musste versprechen, nie irgendjemandem zu erzählen, dass sie bei mir war, niemals, nicht einmal dir.«

»Sie hat mich direkt erwähnt?«

Ellie nickt. »Ehrlich gesagt dachte ich zuerst, ihr beide hättet einen Riesenkrach gehabt, aber dafür war sie zu verängstigt. Ich glaube, sie ist zu mir gekommen, weil, na ja, ich bin eben die verlässliche Ellie, richtig? Sie hatte jede Menge Leute, die ihr näherstanden. Immer wieder habe ich mich gefragt: ›Warum ich?‹ Jetzt weiß ich's.«

»Was weißt du?«

»Warum sie zu mir gekommen ist. Du hast doch gehört, was ihre Mutter gesagt hat. Sie wurde gesucht. Das habe ich damals nicht gewusst. Aber Maura muss geahnt haben, dass diejenigen, die ihr nahestanden, überwacht oder vernommen werden würden.«

Ich nicke. »Daher konnte sie nicht nach Hause gehen.«

»Genau. Und sie ist vermutlich davon ausgegangen, dass sie auch dich überwachen oder deinen Dad vernehmen. Schließlich war es naheliegend, dass sie bei Freunden Hilfe suchen würde.«

Jetzt begreife ich. »Und eigentlich gehörtest du gar nicht zu ihren Freundinnen.«

»So ist es. Sie hat gehofft, dass sie bei mir nicht suchen.«

»Aber was wollten diese Leute von ihr? Warum waren sie hinter ihr her?«

»Keine Ahnung.«

»Du hast sie nicht gefragt?«

»Ich habe sie gefragt. Aber sie hat es mir nicht gesagt.«

»Und das hast du einfach akzeptiert?«

Ellie lächelt fast. »Schon vergessen, wie überzeugend Maura sein konnte?«

Nein, ich weiß genau, was sie meint.

»Später habe ich begriffen, dass Maura mir aus dem gleichen Grund nichts erzählt hat, aus dem sie ihrer Mutter nichts erzählt hat.«

»Um dich nicht in Gefahr zu bringen.«

»Ja.«

»Wenn du nichts wusstest«, fahre ich fort, »konntest du ihnen nichts verraten.«

»Sie hat mich dazu gezwungen, ihr dieses Versprechen zu geben. Ich musste schwören, dass ich niemandem etwas verrate, bis sie von sich aus wieder zurückkommt. Ich habe versucht, mein Versprechen zu halten, Nap. Ich weiß, dass du deshalb sauer bist. Aber etwas daran, wie Maura es gesagt hat… ich wollte mein Wort halten. Und ich hatte wirklich Angst, dass eine Katastrophe eintritt, wenn ich mein Versprechen breche. Ehrlich gesagt, glaube ich noch immer, dass ich das Falsche tue. Eigentlich wollte ich es dir nicht erzählen.«

»Und wieso hast du es dir anders überlegt?«

»Es sterben zu viele Leute, Nap. Und ich frage mich, ob Maura nicht auch dazugehört.«

»Du glaubst, dass sie tot ist?«

»Ihre Mutter und ich… natürlich hat uns das irgendwie zusammengeschweißt. Sie hat dir doch von Mauras erstem Anruf im Bennigan's erzählt. Ich habe Maura damals geholfen, den Kontakt herzustellen. Lynn hat das nicht erwähnt, um mich zu schützen.«

Ich weiß nicht, was ich dazu sagen soll. »Du hast mich all die Jahre belogen?«

»Du warst besessen.«

Wieder dieses Wort. Ellie sagt, ich wäre besessen. David Rainiv sagte, Hank wäre besessen gewesen.

»Woher hätte ich wissen sollen, wie du reagierst, wenn ich dir von diesem Versprechen erzähle?«

»Es stand dir nicht zu, meine Reaktion zu bewerten.«

»Schon möglich. Aber es stand mir auch nicht zu, ein Versprechen zu brechen.«

»Ich begreife das immer noch nicht. Wie lange ist Maura bei dir geblieben?«

»Zwei Nächte.«

»Und dann?«

Ellie zuckt die Achseln. »Sie war einfach weg, als ich nach Hause kam.«

»Keine Nachricht, nichts?«

»Nichts.«

»Und seitdem?«

»Weiterhin nichts. Ich habe sie seitdem weder gesehen noch von ihr gehört.«

Irgendetwas passt hier nicht ganz. »Moment mal. Wann hast du von Leos und Dianas Tod erfahren?«

»Einen Tag nachdem sie gefunden wurden. Ich habe bei Diana angerufen, ihre Mutter war am Telefon, und als ich nach ihr gefragt habe …«, wieder treten ihr Tränen in die Augen, »… ihre Mutter … Herrje, ihre Stimme.«

»Audrey Styles hat es dir am Telefon erzählt?«

»Nein. Sie hat mich gebeten vorbeizukommen. Aber ich habe es gleich gewusst. Ich bin den ganzen Weg gerannt. Sie hat mir gesagt, ich solle mich setzen. In der Küche. Nachdem sie es mir erzählt hatte, bin ich nach Hause gegangen, um Maura zu fragen, was sie darüber weiß. Da war sie verschwunden.«

Es passt immer noch nicht richtig zusammen. »Aber … du

musst dir doch gedacht haben, dass da ein Zusammenhang besteht, oder?«

Sie antwortet nicht.

»Maura ist in der Nacht zu dir gekommen, in der Leo und Diana gestorben sind«, sage ich. »Da musst du doch auf den Gedanken gekommen sein, dass zwischen diesen Ereignissen eine Verbindung besteht.«

Ellie nickt langsam. »Richtig. Ich habe gedacht, das kann kein Zufall sein.«

»Und trotzdem hast du es niemandem erzählt?«

»Ich hatte es ihr versprochen, Nap.«

»Deine beste Freundin war umgekommen«, sage ich. »Wie kann es angehen, dass du niemandem etwas darüber erzählst?«

Ellie senkt den Kopf. Ich warte einen Moment.

»Du warst das verantwortungsbewussteste Mädchen in der Schule«, sage ich. »Ich kann nachvollziehen, dass du ein Versprechen hältst. Das klingt logisch. Aber als du erfahren hast, dass Diana tot ist …«

»Wir haben es doch alle für einen Unfall gehalten, oder? Vielleicht noch für einen seltsamen Doppel-Selbstmord – obwohl ich das nie geglaubt habe. Ich bin nicht davon ausgegangen, dass Maura etwas damit zu tun haben könnte.«

»Komm schon, Ellie, so naiv bist du nicht. Wie kommt es, dass du es niemandem erzählt hast?«

Wieder senkt sie den Kopf. Jetzt bin ich mir sicher, dass sie mir etwas verheimlicht.

»Ellie?«

»Ich habe es jemandem erzählt.«

»Wem?«

»Aber rückblickend war das ein Teil von Mauras Genialität. Was konnte ich schon erzählen? Ich hatte keine Ahnung, wo sie war.«

»Wem hast du es erzählt?«

»Dianas Eltern.«

Ich erstarre. »Du hast es Augie und Audrey erzählt?«

»Ja.«

»Augie …« Ich dachte, meine Verblüffung könnte sich nicht noch steigern, aber … »Augie weiß, dass Maura bei dir zu Hause war?«

Sie nickt, und wieder wird mir schwindelig. Kann man in dieser Welt irgendjemandem vertrauen, Leo? Ellie hat mich belogen. Augie hat mich belogen. Wer noch? Mom natürlich. Als sie sagte, sie würde bald zurückkommen.

Hat Dad mich auch belogen?

Und du?

»Was hat Augie gesagt?«, frage ich.

»Er hat sich bedankt. Dann hat er mich aufgefordert, mein Versprechen zu halten.«

Ich muss mit Augie sprechen. Ich muss zu ihm fahren und herausbekommen, was zum Henker hier los ist. Doch dann fällt mir ein, dass Ellie noch etwas gesagt hat.

»Du sagtest: ›Vorher und nachher‹.«

»Was?«

»Als ich dich gefragt habe, ob du Maura gesehen hast, bevor oder nachdem Leo und Diana gestorben sind, sagtest du: ›Sowohl als auch‹.«

Ellie nickt.

»Vom Nachher hast du mir gerade berichtet. Was ist mit dem Vorher?«

Sie wendet den Blick ab.

»Was ist?«, frage ich.

»Das ist der Teil«, sagt Ellie, »der dir nicht gefallen wird.«

ZWEIUNDZWANZIG

Sie steht gegenüber dem Armstrong Diner und beobachtet die beiden durchs Fenster.

Vor fünfzehn Jahren, nachdem die Schüsse die ruhige Nacht erschüttert hatten, war sie weggerannt und hatte sich zwei Stunden lang versteckt. Als sie sich wieder herausgewagt und die Wagen mit den Männern am Straßenrand gesehen hatte, wusste sie, dass sie sie suchten. Sie machte sich auf den Weg zur Bushaltestelle. Sie wollte einfach in den nächsten Bus steigen. Sie musste den Abstand vergrößern. Von Westbridge fuhren die Busse nach Newark oder nach New York City. Dort konnte sie sich Freunde und Hilfe suchen. Aber es war spät. Um diese Zeit fuhren nur sehr wenige Busse. Und was noch schlimmer war, am Karim Square in der Nähe des Bahnhofs fielen ihr auch geparkte Autos mit Männern darin ins Auge. Die nächsten beiden Nächte verbrachte sie bei Ellie. Drei weitere Tage versteckte sie sich in Livingston im Kelleratelier von Hugh Warner, ihrem Kunstlehrer. Mr Warner war Single, trug einen Pferdeschwanz und roch immer nach Haschpfeife. Dann verließ sie die Stadt. Mr Warner hatte einen Freund in Manhattans Alphabet City. Sie blieb zwei Tage bei ihm, schnitt sich die Haare ab und färbte sie blond. Zwei Wochen lang mischte sie sich im Central Park unter ausländische Touristengruppen und klaute ihnen Bargeld, merkte aber, dass sie damit aufhören musste, als sie fast von einem Polizisten aus Connecticut geschnappt wurde, der die Stadt besichtigte. Ein Bettler erzählte ihr von einem Typen in Brooklyn, der falsche Ausweise herstellte. Sie kaufte sich vier neue Namen. Die Ausweise waren nicht perfekt, aber gut genug, um damit ein paar Aushilfsjobs zu bekommen. In den folgenden drei Jahren zog sie herum. Fast pausenlos. In Cincinnati bediente sie in einem Schnellrestaurant. In Birmingham saß sie in einem Piggly-Wiggly-Supermarkt an der Kasse. In Daytona Beach trug sie einen Bikini und verkaufte Timesharings für Ferienwohnungen, was ihr schmutziger vorkam als das Beklauen der Touristen. Sie schlief auf der Straße, in Parks, in den Motels der billigen Ketten (die waren immer sauber), in Wohnungen fremder Männer. Sie wusste, dass sie in Sicherheit war, solange sie in Bewegung blieb. Schließlich konnten sie sie nicht zur Fahndung ausschreiben oder Fahndungsfotos verteilen. Sie suchten sie, aber ihre Möglichkeiten waren begrenzt. Sie konnten die Öffentlichkeit nicht um Hilfe bitten. Sie trat diversen religiösen Gruppierungen bei, täuschte Ehrerbietung für die Egomanen vor, die dort als Priester tätig waren, und suchte auf diese Weise Unterkunft, Nahrung und Schutz. Sie tanzte in abgelegenen »Gentlemen's Clubs« – eine eigenartige Umschreibung, da sie weder das eine noch das andere waren –, verdiente dort gutes Geld, zog aber zu viel Aufmerksamkeit auf sich. Sie wurde zweimal beraubt, zusammengeschlagen, und eines Nachts wuchs ihr die Situation völlig über den Kopf. Sie verdrängte es und machte weiter. Seitdem hatte sie immer ein Messer dabei. In der Nähe von Denver wurde sie auf einem Parkplatz von zwei Männern angegriffen. Sie stieß einem das Messer in den Bauch. Blut floss aus seinem Mund. Sie floh. Womöglich war er gestorben. Sie erfuhr es nicht. Manchmal hielt sie sich auf dem Gelände von Community Colleges auf, wo die Sicherheitsmaßnahmen nicht allzu streng waren, und gelegentlich besuchte sie sogar Seminare. In der Nähe von Milwaukee versuchte sie, sich für eine Weile niederzulassen, hatte sich sogar eine Lizenz als Immobilienmaklerin besorgt, doch dann fiel einem Anwalt im Zuge eines Vertragsabschlusses auf, dass mit ihrem Ausweis etwas nicht stimmte. In Dallas bearbeitete sie Einkommensteuerbescheide im Ladenbüro einer Buchhaltungskette – die Kette gab vor, ausgebildete Steuerberater zu beschäftigen, ihre gesamte Ausbildung bestand allerdings aus einem dreiwöchigem Kurs in einem Courtyard-Marriott-Hotel –, bei dem sie zum ersten Mal eine echte Freundschaft mit einer Kollegin schloss, wohl weil die Einsamkeit sie zu ersticken drohte. Sie hieß Ann Hannon, war warmherzig und witzig, und nach einer kurzen Kennenlernphase zogen sie zusammen. Sie verabredeten sich zu Doppel-Dates, gingen gemeinsam ins Kino und machten sogar zusammen einen Kurzurlaub in San Antonio. Ann Hannon war der erste Mensch, zu dem sie so viel Vertrauen hatte, dass sie ihr die Wahrheit erzählt hätte, was sie natürlich – ihrer beider Sicherheit zuliebe – nicht tat. Als sie eines Tages aus der Mittagspause zurückkam, fielen ihr schon von draußen zwei Männer ins Auge, die im Wartebereich Zeitung lasen. Es saßen oft Leute im Wartebereich. Aber diese Männer sahen falsch aus. Sie sah auch Ann durchs Fenster. Ihre immer lächelnde Freundin lächelte nicht. Also floh sie wieder. Einfach so. Sie rief Ann nicht ein einziges Mal an, um sich zu verabschieden. Im Sommer arbeitete sie in einer Konservenfabrik in Alaska. Dann verkaufte sie drei Monate lang auf einem Kreuzfahrtschiff zwischen Skagway und Seattle Tagesausflüge. Es waren ein paar nette Männer unterwegs. Die meisten waren jedoch nicht nett. Die meisten waren alles andere als nett. Im Lauf der Jahre begegnete sie zweimal Personen, die sie als Maura Wells erkannten – einmal in Los Angeles und einmal in Indianapolis. Rückblickend war es nicht verwunderlich, dass das passierte. Wenn man sein Leben auf der Straße und an öffentlichen Orten verbrachte, musste einem irgendwann ein Bekannter begegnen. Im Endeffekt war es kein großes Problem. Sie tat nicht so, als hätten die Personen sich geirrt, und behauptete auch nicht, jemand anderes zu sein. Sie hatte Storys parat, normalerweise erzählte sie etwas von einem Graduiertenprogramm. Sobald die Person außer Sichtweite war, tauchte Maura ab. Sie hatte immer einen Plan B, wusste immer, wo die nächste Fernfahrer-Raststätte war, weil das, wenn man aussah wie sie, die einfachste Möglichkeit war, eine Mitfahrgelegenheit zu bekommen. Männer nahmen sie fast immer mit. Wenn sie früh genug am Rasthof war, beobachtete sie die Männer beim Essen, bei ihren Gesprächen und ihrem Umgang mit anderen Menschen und versuchte herauszubekommen, wer von ihnen am wenigsten einem Raubtier glich. Man konnte es erkennen. Man konnte sich auch irren. Fahrerinnen bat sie nie um eine Mitfahrgelegenheit, selbst die nicht, die freundlich wirkten, weil Frauen, die diesen Job ausübten, gelernt hatten, misstrauisch zu sein, und sie hatte Angst, dass sie sie anzeigen könnten. Sie besaß inzwischen diverse Perücken und mehrere Brillen. Das reichte als Verkleidung, wenn jemand etwas erzählen würde.

Es gibt diverse Theorien, die zu erklären versuchen, warum die Jahre mit zunehmendem Alter schneller zu vergehen scheinen. Die beliebteste ist auch die naheliegendste: Wenn man älter wird, macht ein Jahr einen geringeren Anteil des Lebens aus. Wenn man zehn ist, sind es zehn Prozent. Wenn man fünfzig ist, nur zwei Prozent. Sie hatte jedoch eine andere Theorie gelesen, die diese Erklärung für falsch hielt. Sie besagte, dass die Zeit schneller vergeht, wenn wir uns auf eingefahrenen Bahnen bewegen, wenn wir nichts Neues lernen, wenn wir bestimmten Routinen nachgehen. Der Schlüssel zur Verlangsamung der Zeit besteht darin, immer wieder neue Erfahrungen zu machen. Man sagt gerne, die Woche Ferien sei viel zu schnell verflogen, aber wenn man darüber nachdenkt, scheint die Woche eigentlich viel länger gewesen zu sein als die, in der man seinem langweiligen Alltagsjob nachgegangen ist. Man beklagt sich, weil man so viel Spaß hatte, nicht weil man tatsächlich den Eindruck hatte, dass die Zeit schneller vergangen ist. Auch umgekehrt hielt diese Theorie der Überprüfung stand: Wenn du willst, dass die Tage länger dauern, verändere etwas. Besuch exotische Gegenden. Mach einen Kurs.

In gewisser Weise war ihr Leben so verlaufen.

Bis Rex auftauchte. Bis weitere Schüsse fielen. Bis Hank starb.

Durch das Fenster sieht sie die Spuren der Zeit in Naps Gesicht. Sie sieht ihn das erste Mal seit fünfzehn Jahren. Das größte Was-wäre-Wenn ihres Lebens. Der Weg, der nicht eingeschlagen wurde. Sie lässt den Gefühlen eine Weile ihren Lauf. Sie kämpft nicht dagegen an.

Eine Zeit lang tritt sie sogar aus dem Schatten heraus.

Sie stellt sich auf dem Parkplatz unter eine Laterne, direkt in sein Blickfeld, bleibt reglos stehen, um dem Schicksal eine Möglichkeit zu eröffnen, falls Nap sich zur Seite dreht, aus dem Fenster guckt und …

Sie gibt ihm zehn Sekunden. Nichts. Sie gibt ihm weitere zehn Sekunden.

Doch Nap guckt nicht aus dem Fenster.

Maura dreht sich um und verschwindet wieder in der Dunkelheit.

DREIUNDZWANZIG

Diana und ich hatten Pläne geschmiedet«, sagt Ellie.

Es sind nur noch zwei weitere Tische besetzt, und die befinden sich auf der andern Seite des Tresens. Ich gebe mir Mühe, nicht vorschnell zu urteilen, erst zuzuhören, bevor ich irgendwelche Schlüsse ziehe, erst einmal alles in mich aufzunehmen und es dann zu verarbeiten.

»Wenn man darauf zurückblickt, entsprechen wir wahrscheinlich genau irgendwelchen albernen Klischeevorstellungen. Ich war Präsidentin der Studierendenvertretung. Diana war Vizepräsidentin. Außerdem waren wir erste und zweite Mannschaftsführerin des Frauen-Fußballteams. Unsere Eltern waren eng befreundet. Sie waren sogar schon zu viert essen gegangen.« Sie sieht mich an. »Geht Augie öfter mit Frauen aus?«

»Eigentlich nicht.«

»Du hast doch erzählt, dass er vor Kurzem mit einer Freundin runter in den Süden gefahren ist.«

»Mit Yvonne. Nach Hilton Head.«

»Ist das in Georgia?«

»Es ist eine Insel vor der Küste von South Carolina.«

»Wie ist es gelaufen?«, fragt Ellie.

Wie hatte Augie sich ausgedrückt? »Ich glaube nicht, dass es was wird.«

»Tut mir leid für ihn.«

Ich sage nichts.

»Er sollte mit jemandem zusammen sein. Diana würde es nicht gefallen, dass ihr Vater so alleine ist.«

Ich nehme Blickkontakt mit Bunny auf, aber sie wendet sich ab, will unsere Privatsphäre nicht stören. Jemand hat eine der alten Jukeboxen angestellt. Tears for Fears erinnern uns in ihrem Song daran, dass *Everybody Wants to Rule the World*.

»Du sagtest, du hättest Maura gesehen, bevor Leo und Diana gestorben sind«, versuche ich wieder aufs Thema zurückzukommen.

»Darauf komme ich gleich.«

Ich warte.

»Diana und ich waren also in der Schulbibliothek. Wahrscheinlich erinnerst du dich nicht mehr – warum solltest du auch? –, aber eine Woche später sollte der große Herbstball stattfinden. Diana war Leiterin des Planungskomitees, ich ihre Stellvertreterin.«

Sie hat recht. Ich erinnere mich nicht daran. Der jährliche Herbstball. Maura hätte sowieso nicht hingehen wollen. Mir war er egal.

»Irgendwie erzähle ich das nicht richtig«, sagt Ellie.

»Schon okay.«

»Für Diana war der Ball jedenfalls eine große Sache. Sie hatte über einen Monat daran gearbeitet. Sie hatte zwei Mottos, ›Klassische Strandpromenade‹ und ›Es war einmal ein Bilderbuch‹, konnte sich aber nicht entscheiden, also hat sie vorgeschlagen, dass wir einfach beide nehmen.« Ellie blickt zur Seite, ein schwaches Lächeln umspielt ihre Lippen. »Ich war absolut dagegen. Ich habe zu Diana gesagt, wir müssen – *müssen* – uns für ein Motto entscheiden, weil sonst Anarchie ausbrechen würde … Und weil ich eine dumme, erbärmliche, kleine Perfektionistin war, ist dieser Streit über das Motto für den Herbstball das letzte Gespräch, das meine beste Freundin und ich geführt haben.«

Ellie verstummt. Ich lasse ihr Zeit, sich zu sammeln.

»Also stritten wir darüber, und es wurde ein wenig hitzig … da kam Maura herein und begann ein Gespräch mit Diana. Ich habe noch wegen der Idee mit den beiden Mottos geschmollt, daher habe ich am Anfang nicht genau zugehört. Auf jeden Fall wollte Maura, dass Diana am Abend irgendwohin mitkommt. Diana hat das abgelehnt und gesagt, dass sie genug davon hätte.«

»Wovon hatte sie genug?«, frage ich.

»Das hat sie nicht gesagt. Doch schließlich hat Diana doch etwas erzählt …«

Wieder verstummt Ellie und sieht mich an.

»Was?«

»Sie sagte, sie hätte genug von der ganzen Gruppe.«

»Und mit Gruppe meinte sie …?«

»Wie schon gesagt, Nap, eigentlich war es mir in dem Moment vollkommen schnuppe. Mein Ärger über die Schnapsidee mit den zwei Mottos hat mich völlig in Anspruch genommen, und wie sollte man ›Klassische Strandpromenade‹, ein Motto, das mir gefiel, bei dem mir Jahrmarkt, geröstete Erdnüsse und Popcorn in den Sinn kamen, mit ›Es war einmal ein Bilderbuch‹ verbinden, einem Motto, das ich gar nicht verstanden hatte. Was zum Henker sollte damit gemeint sein? Aber inzwischen, nachdem wir die Anstecknadeln im Jahrbuch gesehen haben, kann ich mir vorstellen, dass Diana den Conspiracy Club meinte. Ganz sicher bin ich mir nicht. Aber das war auch noch nicht der Teil, der dir nicht gefallen wird.«

»Sondern?«

»Das, was Diana dann sagte.«

»Und was war das?«

»Diana wollte noch zwei Wochen warten, bis nach dem Herbstball, weil, tja, sie war die Vorsitzende und für die Planung zuständig. Aber Diana sagte, sie hätte genug von deinem Bruder und seinen Freunden. Sie hat uns zur Verschwiegenheit verpflichtet, sagte aber, sie würde mit Leo Schluss machen.«

Ich reagiere rein intuitiv. »Das ist doch Quatsch.«

Ellie schweigt.

»Diana und Leo hatten eine stabile Beziehung«, sage ich. »Ich meine, na ja, es war eine Highschool-Liebe, aber …«

»Er hatte sich verändert, Nap.«

Ich schüttele den Kopf.

»Leo war launisch geworden. Hat Diana gesagt. Er soll sie angeschnauzt haben. Du weißt doch, dass viele Jugendliche im letzten Jahr herumexperimentiert haben. Sie haben viel gefeiert und dabei auch …«

»Genau das hat er auch getan, und weiter nichts. Mit Leo war alles in Ordnung.«

»Nein, Nap, mit ihm war nicht alles in Ordnung.«

»Wir haben uns ein Zimmer geteilt. Ich kannte ihn in- und auswendig.«

»Und trotzdem wusstest du nicht, was im Conspiracy Club passierte. Du wusstest nicht, dass er und Diana eine schwere Zeit durchmachten. Das ist nicht deine Schuld. Du hattest Maura und dein Eishockey. Du warst nur ein Jugendlicher …«

Ihre Stimme versagt, als sie meinen Gesichtsausdruck sieht.

»Was auch immer in der Nacht passiert ist …«, meint Ellie.

Ich unterbreche sie. »Was soll das denn jetzt heißen? Es gab ein Geheimnis auf der alten Militärbasis. Leo, Maura und … ich weiß nicht … ein paar von den anderen haben irgendwie herausbekommen, was es war. Es spielt überhaupt keine Rolle, ob Leo high war oder dass Diana vielleicht … vielleicht … überlegt hat, eine Woche später mit ihm Schluss zu machen.

Sie haben etwas gesehen. Und inzwischen kann ich das auch beweisen.«

»Ich weiß«, sagt Ellie leise. »Ich bin auf deiner Seite.«

»Klingt aber nicht so.«

»Nap?«

Ich sehe sie an.

»Vielleicht solltest du das auf sich beruhen lassen«, sagt sie schließlich.

»Ja. Aber das wird nicht passieren.«

»Vielleicht will Maura gar nicht gefunden werden.«

»Ich mache das nicht für Maura«, sage ich. »Ich mach das für Leo.«

Aber als wir dann draußen auf dem Parkplatz sind, als ich Ellie auf die Wangen geküsst und gewartet habe, bis sie sicher in ihrem Auto sitzt, steigt eine Idee aus der Asche auf, die nicht so ohne Weiteres wieder verschwindet: Vielleicht hat Ellie recht. Vielleicht sollte ich die Sache auf sich beruhen lassen.

Ich beobachte Ellie beim Ausparken. Sie dreht sich nicht um und winkt auch nicht zum Abschied. Früher hat sie immer noch kurz gewinkt. Blöd, dass mir so etwas auffällt, aber was soll man machen? Ich frage mich, wie das passieren konnte. Gut möglich, dass es ein Versprechen war, jedenfalls hat sie fünfzehn Jahre lang ein Geheimnis bewahrt. Man sollte meinen, jetzt wo sie sich von dieser Last befreit hat, wäre das Vertrauen zwischen uns gestärkt.

Danach sieht es aber nicht aus.

Ich lasse den Blick über den Parkplatz schweifen, suche nach den rauchenden jungen Frauen, doch die sind längst weg. Trotzdem habe ich das Gefühl, beobachtet zu werden. Keine Ahnung, von wem. Ist mir auch egal. Ellies Worte bohren sich wie Krallen in mein Gehirn.

Vielleicht solltest du die Sache auf sich beruhen lassen. Vielleicht will Maura gar nicht gefunden werden.

Was genau tue ich hier eigentlich?

Zu behaupten, ich würde in meinem Kampf für die Gerechtigkeit vor nichts zurückschrecken, mag ehrenwert und furchtlos klingen. Richtiger wird es dadurch nicht. Wie viele Menschen müssen noch sterben, bevor ich die Finger davon lasse? Bringe ich Maura in Gefahr, indem ich sie aus ihrem Versteck scheuche? Und dazu noch ein paar andere Menschen?

Ich bin ein Dickkopf. Und ich bin fest entschlossen. Aber ich bin nicht waghalsig oder gar lebensmüde.

Soll ich die Sache auf sich beruhen lassen?

Ich habe immer noch den Eindruck, beobachtet zu werden, also drehe ich mich um. Bei Jersey Mike's Sandwichladen ein Stück die Straße hinab steht jemand hinter einem Baum. Ist vermutlich nicht weiter wichtig, allerdings bin ich im Moment auch ziemlich paranoid. Ich lege die Hand auf die Waffe im Hüftholster. Ich ziehe sie nicht. Ich will nur wissen, wer das ist.

Als ich auf den Baum zugehen will, vibriert mein Handy. Die Nummer ist unterdrückt. Ich gehe zu meinem Wagen. »Hallo?«

»Detective Dumas?«

»Ja.«

»Hier ist Carl Legg vom Ann Arbor Police Department. Sie haben mich gebeten, eine Kardiologin namens Dr. Fletcher aufzusuchen.«

»Haben Sie sie gefunden?«

»Nein«, sagt Legg. »Mir sind aber ein paar Sachen zu Ohren gekommen, die ich Ihnen mitteilen wollte. Hallo, sind Sie noch da?«

Ich setze mich in den Wagen. »Ja, ich höre Sie.«

»Entschuldigen Sie, aber es klang für einen Moment so, als ob wir unterbrochen worden wären. Ich bin also zu Dr. Fletchers Büro gefahren und habe mit der Praxis-Managerin gesprochen.«

»Cassie.«

»Ja«, sagt Legg. »Kennen Sie sie?«

»Sie war am Telefon nicht sehr kooperativ.«

»Sie war auch im persönlichen Gespräch nicht die charmanteste Person, der ich je begegnet bin, aber ich habe etwas eindringlicher nachgefragt.«

»Vielen Dank, Carl.«

»Na ja, Kollege mit Dienstmarke oder so. Jedenfalls hat Dr. Fletcher letzte Woche aus heiterem Himmel in der Praxis angerufen und Cassie darüber informiert, dass sie ein Sabbatjahr nimmt. Sie hat sämtliche Termine abgesagt und viele davon an einen Dr. Paul Simpson weitervermittelt. Das ist ihr Partner.«

Ich sehe zum Baum hinüber. Da rührt sich nichts. »Hat sie so etwas früher schon einmal getan?«

»Nein. Cassie zufolge lebt Dr. Fletcher sehr zurückgezogen, widmet sich aber hingebungsvoll ihren Patienten. Diese kurzfristigen Terminabsagen sind eigentlich gar nicht ihre Art. Dann habe ich mich noch mit ihrem Mann unterhalten.«

»Was hat er gesagt?«

»Er sagte, dass sie sich getrennt hätten und er nicht wüsste, wo sie sei. Sie habe ihn angerufen und ihm das Gleiche über das Sabbatjahr mitgeteilt, was sie auch Cassie gesagt hatte. Er stimmte zu, dass dieses Verhalten eigentlich nicht ihre Art sei, fügte dann allerdings hinzu, dass sie seit ihrer Trennung – ich zitiere – ›zu sich selbst gefunden‹ habe.«

Ich lasse meinen Wagen an und fahre vom Parkplatz. »Okay, Carl, danke.«

»Sie könnten natürlich den nächsten Schritt gehen. Ihre Telefonverbindungsdaten anfordern, die Kreditkartenauszahlungen und so weiter.«

»Ja, das könnte ich tun.«

Was jedoch einen Haufen Formalitäten mit sich bringen würde, unter anderem müsste ich mir einen Gerichtsbeschluss besorgen. Ich weiß nicht recht, ob ich das durchziehen will. Ich bedanke mich noch einmal bei Carl Legg und lege auf. Dann mache ich mich auf den Weg zu Augies Wohnung in der Oak Street. Ich fahre langsam, weil ich den Kopf freibekommen und darüber nachdenken muss.

Augie weiß also, dass Maura in jener Nacht zu Ellie gegangen ist und sich dort versteckt hat.

Aber was genau bedeutete das? Ich habe keine Ahnung. Ist Augie der Sache nachgegangen? Hat er irgendetwas mit dieser Information gemacht?

Und vor allem, warum hat Augie mir nichts davon gesagt?

Wieder vibriert mein Handy, und dieses Mal ist es meine Chefin, Loren Muse.

»Morgen früh«, sagt Muse. »Neun Uhr. Mein Büro.«

»Worum geht's?«

»Neun Uhr.«

Sie legt auf.

Na toll. Jetzt frage ich mich, ob die alten Knacker im Rusty Nail den Angriff auf Andy Reeves' Hoden doch angezeigt haben. Aber es bringt nichts, mir darüber den Kopf zu zerbrechen. Ich wähle Augies Nummer. Er geht nicht ran. Ich bin überrascht, dass er sich nicht bei mir gemeldet hat, seit ich ihm die Kopie von Hanks Video geschickt habe.

Inzwischen habe ich die Abzweigung zur Oak Street erreicht. So viel dazu, den Kopf freizubekommen. Ich fahre auf den Parkplatz hinter den Backstein-Apartments und mache den Motor aus. Ich bleibe sitzen und starre aus dem Fenster ins Nichts – was nichts nützt. Ich steige aus und gehe außen herum zur Vorderseite des Gebäudes. Das Licht ist schwach und bernsteinfarben. Hundert Meter vor mir führt eine ältere Frau einen riesigen Hund aus. Eine Dänische Dogge oder etwas in der Art. Ich erkenne nur ihre Silhouette. Als ich in ihrer Hand etwas entdecke, das wie eine Zigarette aussieht, seufze ich und überlege, ob ich sie ansprechen soll.

Nein. Ich bin eine neugierige Nervensäge, aber kein Kreuzritter.

Doch als sie sich mit der Plastiktüte in der Hand bückt, um den Haufen aufzuheben, fällt mir etwas ins Auge.

Ein gelbes Auto.

Es wirkt zumindest gelb. Allerdings machen diese bernsteinfarbenen Straßenlampen mit Farben wie Weiß, Beige und sogar hellen Metalliclackierungen manchmal die komischsten Dinge. Ich trete auf den Gehweg und gehe schnell darauf zu. Als ich an der älteren Frau vorbeikomme, denke ich, dass es nichts schadet, nicht total scheinheilig zu sein.

»Bitte hören Sie auf zu rauchen«, sage ich.

Die Frau sieht mir nach, als ich vorbeieile, was für mich vollkommen in Ordnung ist. Ich habe schon jede erdenkliche Reaktion erlebt. Ein Raucher war Veganer, der mir einen Vortrag gehalten hat, dass meine Essgewohnheiten viel schlimmer seien, als alles, was Tabak und Nikotin mir antun könnten. Durchaus möglich.

Das Auto ist gelb. Außerdem ist es ein Ford Mustang.

Genau wie der Wagen, der auf dem Parkplatz am Rusty Nail stand.

Ich bleibe davor stehen und sehe das Kennzeichen: EBNY-IVRY. Beim ersten Mal habe ich nicht darüber nachgedacht, aber jetzt verstehe ich es.

EBONY und IVORY. Ebenholz und Elfenbein. Schwarz und weiß. Klavier-Terminologie.

Der gelbe Ford Mustang gehört Andy Reeves.

Wieder lege ich die Hand auf die Pistole. Ich weiß nicht recht, warum. Das mache ich gelegentlich. Ich frage mich kurz, wo Andy Reeves sein könnte, aber die Antwort liegt wohl auf der Hand:

Bei Augie.

Ich gehe zurück zu Augies Wohnung. Als ich an der alten Frau vorbeikomme, sagt sie: »Danke.«

Ihre Stimme klingt rauchig und verschleimt. Ich bleibe stehen.

»Mir hilft das nicht mehr, dafür ist es zu spät«, sagt sie, und ich sehe eine gewisse Schwermut in ihren Augen. »Trotzdem vielen Dank für die Unterstützung. Machen Sie so weiter.«

Mir fällt Verschiedenes ein, was ich erwidern könnte, nichts davon ist von Belang, und alles würde die wehmütige Atmosphäre zerstören, also nicke ich nur und gehe weiter.

Die Siedlung ist altmodisch und zweckmäßig, daher tragen die Häuser auch keine hochtrabenden Namen. Haus A, B und C stehen nebeneinander an der Straße. Die Häuser D, E und F bilden die Reihe dahinter. Die Häuser G, H und I … du verstehst schon. In jedem Haus befinden sich vier Wohnungen, zwei im Erdgeschoss (Apartment 1 und 2) und zwei im ersten Stock (Apartment 3 und 4). Augie wohnt in Haus G, Apartment 2. Ich renne den Weg entlang und wende mich nach links.

Und wäre fast in ihn hineingerannt.

Andy Reeves kommt gerade aus Augies Wohnung. Er hat mir den Rücken zugewandt und schließt die Tür hinter sich. Ich laufe den Weg zurück. Bis ich außer Sichtweite bin. Dann wird mir klar, dass er vermutlich auch diesen Weg nehmen und mich sehen wird.

Ich verlasse den gepflasterten Weg und ducke mich hinter einen Busch. Als ich zur Seite blicke, sehe ich, dass eine schwarze Frau mit hochtoupierten Haaren aus dem Fenster – Haus E, Wohnung 1 – auf mich hinabstarrt.

Na wunderbar.

Ich lächle ihr beruhigend zu. Sie wirkt nicht beruhigt.

Ich verschwinde in Richtung Haus D. Eigentlich mache ich mir keine großen Sorgen, dass jemand den Notruf wählt. Bis hier jemand ankommt, ist das längst ausgestanden. Außerdem bin ich Polizist, und Augie ist unser Captain.

Andy Reeves kommt wirklich den Weg entlanggeschlendert, auf dem ich gerade noch war. Wenn er nach rechts blickt, könnte er mich vielleicht entdecken, ein Großteil meines Körpers ist allerdings vom Pfahl einer defekten Laterne verdeckt. Ich ziehe mein Handy heraus und wähle noch einmal Augies Nummer. Ich lande direkt bei der Mailbox.

Das gefällt mir nicht.

Angenommen, Andy Reeves hätte Augie etwas angetan. Soll ich ihn dann einfach laufen lassen?

Mir schwirrt der Kopf. Ich habe zwei Möglichkeiten: Nachschauen, ob es Augie gut geht, oder Andy Reeves aufhalten. Entschieden: Ich renne um Haus D herum und gehe zu Augies Wohnung. Ich sehe das folgendermaßen: Wenn ich jetzt hineinplatze und Augie vorfinde … in welchem Zustand auch immer … habe ich entweder noch genug Zeit, um zurückzurennen und den schlendernden Andy Reeves abzufangen, bevor er in sein Auto steigt – und wenn nicht, wenn ich etwas zu spät komme, versucht der Mann in einem neongelben Ford Mustang zu fliehen. Noch Fragen?

Die Fenster in Augies Wohnung sind dunkel, was bedeutet, dass das Licht aus ist. Auch das gefällt mir nicht. Ich laufe zur Tür und hämmere kräftig dagegen.

»Wow, immer mit der Ruhe. Es ist offen.«

Erleichterung durchflutet mich. Es ist Augies Stimme.

Ich drehe den Knauf und stoße die Tür auf. Es brennt kein Licht. Augie sitzt mit dem Rücken zu mir im Dunkeln. Ohne sich umzudrehen, sagt er: »Was hast du dir dabei gedacht?«

»Wobei?«

»Bist du wirklich auf Reeves losgegangen?«

»Es ist nicht ausgeschlossen, dass ich ihm die Eier gequetscht habe.«

»Herrje, bist du übergeschnappt?«

»Er hat mich bedroht. Und dich übrigens auch.«

»Was hat er gesagt?«

»Dass er mich und alle, die ich liebe, umbringt.«

Augie seufzt. Er hat sich noch immer nicht umgedreht. »Setz dich, Nap.«

»Können wir etwas Licht anmachen? So ist das ein bisschen unheimlich.«

Augie streckt die Hand aus und stellt eine Tischlampe an. Sehr hell wird es nicht, aber es reicht. Ich gehe zum üblichen Sessel und setze mich. Augie bleibt sitzen.

»Woher weißt du vom Griff in die Eier?«, frage ich.

»Reeves war gerade hier. Er ist wirklich wütend.«

»Das kann ich mir vorstellen.«

Jetzt sehe ich, dass Augie ein Glas in der Hand hält. Augie sieht, dass ich das sehe. »Schenk dir einen ein«, sagt er.

»Danke, ist schon okay so.«

»Das Video, das du mir geschickt hast«, sagt er. »Mit diesem Hubschrauber. Das die Kids gemacht haben.«

»Was ist damit?

»Du darfst es niemandem zeigen.«

Die Frage nach dem Warum erübrigt sich, also versuche ich es anders: »Hast du es dir angeguckt?«

»Ja.«

»Ich würd gern wissen, was du davon hältst.«

Augie seufzt tief. »Ein Trupp Teenager hat offizielle ›Betreten Verboten‹-Schilder missachtet und gefilmt, wie ein Hubschrauber an einem Regierungsstandort landet.«

»Das ist alles?«

»Hab ich was übersehen?«

»Hast du raushören können, wer in dem Video gesprochen hat?«, frage ich.

Er überlegt kurz. »Die einzige Stimme, die ich sicher erkannt habe, war die deines Bruders.«

»Was ist mit Diana?«

Augie schüttelt den Kopf. »Diana war nicht im Video.«

»Du scheinst dir ziemlich sicher zu sein.«

Augie hebt das Glas an die Lippen, hält inne, überlegt es sich anders, stellt es wieder auf den Tisch. Er starrt ins Leere – an mir vorbei in die Vergangenheit. »Am Wochenende vor ihrem Tod war Diana in Philadelphia und hat sich mehrere Colleges angesehen. Wir waren zu dritt dort – Diana, Audrey und ich. Wir haben uns Villanova, Swarthmore und Haverford angesehen. Sie haben uns alle gefallen, Diana meinte allerdings, Haverford sei ein bisschen klein und Villanova ein bisschen groß. Als wir am Sonntagabend wieder zu Hause waren, überlegte sie, ob sie die erste Bewerbung an Swarthmore oder Amherst schicken sollte, das wir uns im Sommer angesehen hatten.« Er starrt immer noch ins Leere und spricht mit vollkommen emotionsloser Stimme. »Falls sie noch zu einer Entscheidung gekommen ist, hatte sie nicht mehr die Gelegenheit, sie mir mitzuteilen. In der Nacht, in der sie starb, lagen beide Bewerbungen noch auf ihrem Schreibtisch.«

Er nimmt einen kräftigen Schluck aus seinem Glas. Ich warte einen Moment.

»Augie, die haben da oben auf der Basis irgendwas vertuscht.«

Ich erwarte, dass er es abstreitet, doch er nickt. »Sieht so aus.«

»Es überrascht dich nicht?«

»Dass die abgelegene, mit Stacheldrahtzaun geschützte Regierungseinrichtung eine Tarnung war? Nein, Nap, das überrascht mich nicht.«

»Ich gehe davon aus, dass Andy Reeves dich nach dem Video gefragt hat«, sage ich.

»Ja.«

»Und?«

»Er sagte, ich solle dafür sorgen, dass du es nicht veröffentlichst. Er sagte, es würde als Hochverrat gewertet, weil es eine Angelegenheit der nationalen Sicherheit betreffe.«

»Es muss etwas mit Leo und Diana zu tun haben.«

Er schließt die Augen und schüttelt den Kopf.

»Komm schon, Augie. Sie entdecken dieses Geheimnis, und eine Woche später sind sie tot.«

»Nein«, sagt Augie. »Es gibt keine Verbindung. Zumindest nicht so, wie du sie siehst.«

»Ist das dein Ernst? Du hältst das alles für einen gewaltigen Zufall?«

Augie sieht in sein Glas, als könnte er am Grund die Antwort auf diese Frage finden. »Du bist ein großartiger Ermittler, Nap. Und das sage ich nicht nur deshalb, weil ich dich ausgebildet habe. Dein Geist … du bist in vieler Hinsicht brillant. Du siehst Dinge, die andere nicht sehen. Aber manchmal musst du dich wieder auf das besinnen, was du sicher weißt. Greif nicht vor. Halt dich an die Fakten. Bleib bei dem, was wir wirklich wissen.«

Ich warte.

»Erstens: Leo und Diana wurden viele Kilometer von der Militärbasis entfernt tot am Bahngleis aufgefunden.«

»Das lässt sich erklären.«

Er unterbricht mich, indem er die Hand hebt. »Ich bin überzeugt, dass du das könntest. Aber lass uns für den Moment einfach die Fakten festhalten. Ohne Spekulationen. Er hebt einen Finger. Fakt eins: Die Leichen wurden kilometerweit von der Militärbasis entfernt gefunden. Fakt zwei …«, ein zweiter Finger, »… der Gerichtsmediziner ist zu dem Ergebnis gekommen, dass beide an stumpfen Traumata gestorben sind, die von einem fahrenden Zug verursacht wurden, weiter nichts. Bevor ich fortfahre, sind wir uns bis hierhin einig?«

Ich nicke, allerdings nicht, weil ich ihm hundertprozentig zustimme – der Aufprall des Zugs war so gewaltig, dass er vorherige Traumata überdeckt haben könnte –, sondern weil ich hören will, was er noch zu sagen hat.

»Dann lass uns über das Video sprechen, das du gefunden hast. Wenn wir davon ausgehen, dass es echt ist – und ich sehe keinen Grund, das anzuzweifeln –, hat einer der Verstorbenen, Leo, einen Hubschrauber über der Basis gesehen. Wie ich vermute, lautet deine Theorie, dass er deshalb sterben musste. Aber Diana war nicht bei ihnen, als dieses Video entstanden ist.«

»Leo hätte es ihr erzählt«, entgegne ich.

»Nein«, sagt er.

»Nicht?«

»Halt dich auch hier an die Fakten, Nap. Wenn du das tust, wirst du, so wie ich, zu dem Ergebnis kommen, dass Diana nichts davon gewusst hat.«

»Ich kann dir nicht folgen«, sage ich.

»Es ist ganz einfach.« Er sieht mir in die Augen. »Hat Leo dir von dem Hubschrauber erzählt?«

Ich öffne den Mund und erstarre. Ich merke, worauf er hinauswill. Langsam schüttele ich den Kopf.

»Was ist mit deiner Freundin, Maura? Sie war auch auf dem Video, oder?«

»Ja.«

»Hat Maura es dir erzählt?«

»Nein«, sage ich.

Augie lässt das einen Moment sacken, bevor er fortfährt. »Und dann ist da noch der toxikologische Befund.«

Ich weiß, was im Bericht stand – sie hatten Halluzinogene, Alkohol und Cannabinoide im Blut. »Was ist damit?«, frage ich.

Augie bemüht sich, neutral zu sprechen, ganz analytisch »nur die Fakten« vorzubringen, kann den Schmerz in seiner Stimme aber nicht verbergen. »Du kanntest meine Tochter ziemlich lange.«

»Ja.«

»Man könnte sogar sagen, dass ihr befreundet wart.«

»Ja.«

»Genau genommen ...«, jetzt klingt er ein bisschen wie ein Anwalt beim Kreuzverhör, »... hast du Diana und Leo zusammengebracht.«

Das ist nicht ganz richtig. Sie haben sich durch mich kennengelernt – ich habe sie nicht aktiv zusammengebracht –, aber dies ist nicht der Moment für Wortklaubereien. »Worauf willst du hinaus, Augie?«

»Wenn es um ihre kleinen Mädchen geht, sind alle Väter naiv. Da war ich wohl keine Ausnahme. Ich dachte, dieses kleine Mädchen wäre der Grund dafür, dass die Sonne Tag für Tag auf- und wieder untergeht. Im Herbst hat Diana Fußball gespielt. Im Winter war sie bei den Cheerleadern. Außerdem hat sie sich mit großem Engagement an jeder Menge außerschulischer Aktivitäten beteiligt, oft sogar in leitender Position.« Er beugt sich vor, sodass sein Gesicht von der Lampe beschienen wird. »Ich bin Polizist, kein Narr. Ich weiß, dass all das keineswegs bedeutet, dass dein Kind keine Drogen nimmt oder nicht in Schwierigkeiten gerät, aber würdest du sagen, dass Diana so etwas wie ein Partylöwe war?«

Ich brauche nicht lange zu überlegen. »Nein.«

»Nein«, wiederholt er. »Du kannst auch Ellie fragen. Frag sie, wie oft Diana Drogen genommen oder getrunken hat, bevor…« Er bricht ab und schließt die Augen. »An dem Abend bin ich zu Hause, als Leo sie abholen kommt. Ich öffne ihm die Tür. Ich schüttele ihm die Hand, und ich sehe es.«

»Was siehst du?«

»Er ist high. Und zwar nicht das erste Mal. Ich will etwas sagen. Ich will sie davon abhalten, das Haus zu verlassen. Aber Diana sieht mich nur mit diesem flehenden Blick an. Du kennst diesen Blick, der sagt: ›Mach jetzt bloß keine Szene, Dad.‹ Also habe ich sie gehen lassen.«

Er durchlebt die Szene, während er sie erzählt. Er schüttelt dir die Hand, Leo, blickt seine Tochter an, sieht ihren Gesichtsausdruck. Dieses Was-wäre-Wenn, diese Qual, hat ihn nie losgelassen.

»So, nachdem wir jetzt also die Fakten kennen, Nap, beantworte mir eine Frage: Ist eine große Verschwörung mit CIA-Agenten, die… was weiß ich… zwei Jugendliche entführt haben, weil einer von ihnen eine Woche zuvor einen Hubschrauber gefilmt hat, wirklich wahrscheinlich? Ist es wahrscheinlich, dass die sie durch die ganze Stadt zu den Eisenbahngleisen geschleppt und dort, na ja, vor einen heranrasenden Zug gestoßen haben? Wenn sie davon wussten, warum haben sie dann eine Woche gewartet, bis sie ihn umgebracht haben? Ist nicht viel eher davon auszugehen, dass eine junge Frau mit einem jungen Mann ausgegangen ist, der gerne gekifft hat. Dass die beiden wild gefeiert haben und ihnen die Geschichte von Jimmy Riccio in den Sinn kam, woraufhin sie gemeinsam – völlig high – versucht haben, vor dem Zug über die Gleise zu springen, und dabei einfach ein bisschen zu langsam waren?«

Er sieht mich erwartungsvoll an.

»Du hast eine ganze Menge weggelassen«, sage ich.

»Nein, Nap. Du fügst jede Menge Kram hinzu.«

»Wir haben Rex. Wir haben Hank…«

»Fünfzehn Jahre später.«

»… und du weißt auch, dass Maura sich in jener Nacht versteckt hat. Ellie hat es dir erzählt. Warum hast du mir nichts davon gesagt?«

»Wann hätte ich dir das sagen sollen? Du warst ein achtzehnjähriger Jugendlicher. Hätte ich es dir sagen sollen, als du neunzehn warst? Als du deinen Abschluss auf der Polizeiakademie gemacht hast? Als du befördert wurdest und beim County angefangen hast? Wann hätte ich dir etwas so Unbedeutendes erzählen sollen, wie: ›Deine ehemalige Freundin wollte nicht nach Hause gehen, also ist sie bei Ellie geblieben‹?«

Ist das sein Ernst? »Maura war vollkommen verängstigt und hat sich versteckt«, sage ich und bemühe mich, nicht zu schreien. »Und zwar vor etwas, das sich in der Nacht ereignet hat, in der Leo und Diana getötet wurden.«

Er schüttelt den Kopf. »Du musst die Finger davon lassen. Uns allen zuliebe.«

»Ja, das sagt man mir immer wieder.«

»Ich liebe dich, Nap. Das meine ich ernst. Ich liebe dich … nein, ich werde nicht sagen, wie meinen eigenen Sohn. Das wäre vermessen. Außerdem wäre es eine Beleidigung für deine

Beziehung zu deinem Vater, der ein wunderbarer Mann war, den ich sehr vermisse, und es wäre eine Beleidigung für meine kleine Tochter. Aber ich liebe dich wirklich. Ich habe mir große Mühe gegeben, dir ein guter Mentor zu sein, ein guter Freund.«

»Das warst du und noch einiges mehr.«

Augie lehnt sich zurück. Sein Glas ist leer. Er stellt es auf den Couchtisch. »Wir haben beide nicht mehr sehr viele Menschen, die uns etwas bedeuten. Ich fände es unerträglich, wenn dir etwas… Du bist jung, Nap. Du bist klug. Du bist freundlich und großzügig und… Mist… ich klinge schon wie so ein Text auf einer von diesen Dating-Seiten im Internet.«

Jetzt lächelt er. Ich lächle zurück.

»Du musst weitergehen. Ganz egal, wie deine Antwort lautet, du hast es mit ein paar sehr gefährlichen Menschen zu tun. Sie werden dir wehtun. Sie werden mir wehtun. Du hast gehört, was Reeves gesagt hat. Er wird allen wehtun, die dir etwas bedeuten. Lass uns annehmen, du hättest recht und ich unrecht. Sagen wir, dein Bruder und seine Freunde hätten wirklich etwas gesehen und irgendjemand – wer auch immer? – hätte Diana und Leo getötet. Wieso? Wahrscheinlich doch, um sie zum Schweigen zu bringen. Na ja, und dann warten sie also fünfzehn Jahre… warum haben sie gewartet? Und jetzt, fünfzehn Jahre später, haben sie – wieso auch immer? – einen Auftragskiller angeheuert, der Rex zwei Kugeln in den Hinterkopf gejagt hat. Außerdem haben sie Hank abgeschlachtet und es auf ein virales Video geschoben. Klingt das wirklich logischer als meine Theorie, dass die beiden sich bekifft haben? Ich weiß es nicht, aber von mir aus. Und nehmen wir mal an, Reeves und seine Handlanger wären wirklich so grausam und gefährlich und hätten so viele Menschen umgebracht. Sagen wir, deine Theorie ist wahr, okay?«

Ich nicke.

»Vergiss dich und mich, Nap – aber glaubst du nicht, dass sie Ellie ins Visier nehmen würden, um uns zu stoppen? Oder Ellies Töchter?«

Ich habe Leah und Kelsi vor Augen. Ich sehe ihre lächelnden Gesichter, höre ihre Stimmen, spüre ihre Umarmungen.

Ich trete auf die Bremse. Ich bin diesen Hügel mit halsbrecherischer Geschwindigkeit und ohne Rücksicht auf Verluste heruntergerast, aber Augies Worte zwingen mich, die Zügel etwas anzuziehen. Ich versuche, mich an das zu erinnern, was ich mir selbst schon gesagt hatte: Handle nicht überhastet. Du musst nachdenken und auch die Risiken abwägen.

»Es ist spät«, sagt Augie. »Heute Nacht wird nichts mehr passieren. Fahr nach Hause und leg dich aufs Ohr. Wir reden morgen weiter.«

VIERUNDZWANZIG

Ich fahre nach Hause, werde aber auf keinen Fall einschlafen können.

Ich denke über Augies Worte nach, dass Ellie und die Mädchen da mit hineingezogen werden könnten, und weiß nicht recht, wie ich damit umgehen soll. Dass ich mich von so etwas nicht einschüchtern lassen darf, ist leicht gesagt, es ist aber auch ein gewisser Pragmatismus erforderlich. Wie hoch ist die Wahrscheinlichkeit, dass ich den Fall tatsächlich löse?

Nicht sehr hoch.

Wie hoch ist die Wahrscheinlichkeit, dass ich nicht nur die Wahrheit über Leo und Diana herausbekomme, sondern auch so viele Beweise finde, dass die Staatsanwaltschaft Klage erheben kann – von einer Verurteilung gar nicht zu reden?

Noch geringer.

Und wie hoch ist demgegenüber die Wahrscheinlichkeit, dass ich oder jemand, der mir nahesteht, aufgrund meiner dickköpfigen Entschlossenheit, diese Mission zu Ende zu führen, furchtbare Konsequenzen erleiden muss?

Das ist beinahe schon eine rhetorische Frage.

Ist es gerechtfertigt, für das alles schlafende Hunde zu wecken?

Ich weiß es nicht genau. Das Klügste wäre wohl tatsächlich, die Finger von der Sache zu lassen. Du bist tot, Leo. Und ganz egal, was ich tue, ganz egal, welche Abscheulichkeiten ich ans Tageslicht befördere, daran wird sich nichts ändern. Du bist und bleibst tot. Mein Kopf weiß das. Trotzdem …

Ich öffne den Internet-Browser auf meinem Laptop. Ich gebe den Namen »Andy Reeves« ein und »NJ« für New Jersey, dann füge ich das Wort »Klavier« hinzu und bekomme einen Treffer:

Willkommen auf der Fanseite von
PianoManAndy

Eine Fanseite? Ich klicke auf den Link. Ja, Andy Reeves hat, wie fast jeder Interpret, seine eigene Webseite. Auf der Startseite befindet sich ein mit Weichzeichner bearbeitetes Porträtfoto von ihm im paillettenbesetzten Blazer.

Der weltbekannte Pianist Andy Reeves ist ein begnadeter
Sänger, ein Komiker und vielseitiger Entertainer,
dem diejenigen, die ihn lieben, den Spitznamen
»Der Andere PianoMan« verliehen haben …

Au Backe!

Ich überfliege den Text. Andy tritt »gelegentlich« bei »exklusiven« Privatfeiern auf, wie »Hochzeiten, Firmenpartys, Geburtstagen und Bar Mitzwas«.

Mitten auf der Seite erscheint ein Schriftzug:

Möchten Sie dem Fanclub vom Anderen PianoMan beitreten?
Abonnieren Sie unseren Newsletter!

Darunter befindet sich ein Feld, in das ich meine E-Mail-Adresse eintragen kann. Ich zögere.

Am linken Rand der Seite sind mehrere Buttons: »Home«, »Über mich«, »Fotogalerie«, »Songs«, »Termine« …

Ich klicke auf »Termine« und scanne nach unten, bis ich den heutigen Tag gefunden habe. Der Gig im Rusty Nail war für 18 Uhr angekündigt. Darunter steht, dass er von 22 Uhr bis Mitternacht in einem Club namens Hunk-A-Hunk-A auftritt.

Mein Handy surrt. Eine SMS von Ellie.

Noch wach?

Meine Daumen legen los: Ist erst zehn. Ja.

Kurzer Spaziergang?

Klar. Soll ich vorbeikommen?

Die kleinen Punkte bewegen sich. Dann erscheint Ellies Nachricht:

Bin schon unterwegs. Treffpunkt Parkplatz Basketballfeld.

Fünf Minuten später biege ich auf den leeren Parkplatz der Middle School ein. Ellie und Bob wohnen nicht weit weg. Wie die meisten Schulparkplätze ist auch dieser recht gut beleuchtet, trotzdem sehe ich sie nicht. Ich parke und steige aus.

»Hier drüben.«

Links befindet sich ein typischer Schulspielplatz. Schaukeln, Rutschen, Kletterwände, Netze, Leitern, Klettergerüste, und der Boden darunter ist komplett mit weichem Mulch bedeckt. Ellie sitzt auf einer Schaukel. Sie stößt sich mit den Füßen ab, aber nur ganz leicht, sodass sie eher locker hin und her schwingt, als wirklich zu schaukeln.

Der Zederduft, der vom Mulch ausgeht, wird stärker, als ich auf sie zugehe. »Alles in Ordnung mit dir?«, frage ich.

Ellie nickt. »Ich hatte bloß noch keine Lust, nach Hause zu gehen.«

Da mir nichts einfällt, was ich dazu sagen könnte, nicke ich nur.

»Als Kind war ich völlig vernarrt in Spielplätze«, sagt Ellie. »Erinnerst du dich an das Spiel Four Square?«

»Nein«, sage ich.

»Ist auch egal. War eine dumme Frage. Ich bin aber oft hier.«

»Hier auf dem Spielplatz?«

Sie nickt. »Nachts. Ich weiß auch nicht, warum.«

Ich setze mich auf die Schaukel neben sie. »Das hab ich nicht gewusst.«

»Ja, wir erfahren gerade viel Neues übereinander«, sagt Ellie.

Ich überlege. »Nein, eigentlich nicht.«

»Wie meinst du das?«

»Du weißt alles über mich, Ellie. Auch wenn ich dir nicht erzählt habe, dass ich es war, der Trey verprügelt hat, hast du es doch gewusst.«

Sie nickt. »Stimmt.«

»Und bei den anderen wusstest du es auch. Bei Roscoe, Brandon und … wie hieß Alicias Freund noch?«

»Colin.«

»Genau.«

»Du weißt also alles über mich. Einfach alles.«

»Und du willst damit sagen, dass du nicht alles über mich weißt?«

Ich antworte nicht.

»Also gut«, sagt Ellie. »Ich erzähle dir nicht alles.«

»Du vertraust mir nicht.«

»Das glaubst du doch selbst nicht.«

»Sondern?«

»Sondern ich erlaube mir, Geheimnisse zu haben. Das von Bob hätte ich dir auch nicht erzählen dürfen, weil du ihn jetzt hasst und überlegst, wie du ihm wehtun kannst.«

»Ein bisschen«, gestehe ich.

Sie lächelt. »Tu's nicht. Du verstehst das nicht. Er ist noch derselbe Mann, den du heute Morgen noch bewundert hast.«

Ich sehe das anders, weiß aber nicht, was es bringen würde, ihr das zu sagen.

Ellie starrt hinauf in den Nachthimmel. Es sind ein paar Sterne zu sehen, aber ich habe das Gefühl, dass es mehr sein müssten. »Mauras Mutter hat sich gemeldet. Der Mann auf dem Foto, das du mir geschickt hast, ist der, der sie damals verhört hat. Der blasse Mann mit der Flüsterstimme.«

Das hatte ich erwartet. »Ich habe ihn vorhin gesehen.«

»Wer ist es?«

»Er heißt Andy Reeves.« Ich nicke in Richtung des Pfads. »Er hat die Militärbasis geleitet, als Leo und Diana getötet wurden.«

»Hast du mit ihm gesprochen?«

Ich nicke.

»Hat er etwas gesagt?«

»Er hat gedroht, alle umzubringen, die ich liebe.«

Ich sehe sie nur an.

»Noch jemand, der vorschlägt, dass du die Finger davon lässt.«

»Vorschlägt?«

Sie zuckt die Achseln.

»Aber du hast recht. Genau wie du und Augie.«

»Augie. Noch jemand, den du liebst.«

Ich nicke.

»Ziehst du es in Erwägung?«

»Was? Die Sache auf sich beruhen zu lassen?«

»Ja.«

»Das tue ich.«

Ellie blickt nach hinten zum Pfad. Ihre Augen verengen sich.

»Was ist?«, frage ich.

»Ich könnte es mir anders überlegen.«

»Soll heißen?«

»Ich glaube nicht, dass du das kannst.«

»Doch, das kann ich, wenn ich sonst dich oder die Mädchen in Gefahr bringe.«

»Nein, genau andersherum.«

»Ich kann dir nicht folgen«, sage ich.

»Ich weiß, dass ich diejenige war, die gesagt hat, du sollst die Finger davon lassen. Das war allerdings, bevor dieser gruselige Kerl meine Kinder bedroht hat. Jetzt will ich die Sache nicht mehr auf sich beruhen lassen. Wenn wir das tun, lauert er immer irgendwo da draußen. Ich werde mich nie wieder sicher fühlen.«

»Wenn ich die Finger davon lasse, wird er dir nichts tun.«

»Genau«, höhnt Ellie. »Frag doch Rex und Hank mal, wie die das sehen.«

Ich könnte einwerfen, dass Rex und Hank eine viel direktere Bedrohung darstellten, weil sie den Hubschrauber vor fünfzehn Jahren mit eigenen Augen über der Militärbasis gesehen haben, glaube aber nicht, dass das etwas ändern würde. Ich verstehe, was sie meint. Ellie will ihr Leben nicht in dauernder Angst führen. Sie will, dass ich mich um den Grund für ihre Angst kümmere – und sie will nicht wissen, wie ich das mache.

Ellie stößt sich jetzt stärker ab. Die Schaukel schwingt nach hinten, und als sie sich wieder nach vorne bewegt, nutzt sie den Schwung, springt elegant ab und hebt die Hände wie eine Turnerin bei der Landung. Sie ist mir so wichtig. Aber zum ersten Mal wird mir auch bewusst, dass ich sie immer noch nicht kenne, wodurch sie mir nur noch wichtiger wird.

»Ich lasse nicht zu, dass dir etwas zustößt«, sage ich.

»Ich weiß.«

Ich erinnere mich an den Terminplan, den ich vorhin auf der Webseite von Andy, dem »Anderen PianoMan« gesehen habe. Er müsste jetzt im Hunk-A-Hunk-A-Club sein, was auch immer das sein mag.

Ich werde noch heute Nacht hinfahren und ihn mir vornehmen.

»Eins noch«, sagt Ellie.

»Was?«

»Ich habe womöglich einen Hinweis auf Beth Lashleys Aufenthaltsort. Als wir in der Highschool waren, haben ihre Eltern einen kleinen Biobauernhof in Far Hills gekauft. Meine Cousine Merle wohnt auch in der Gegend. Ich habe sie gebeten, mal hinzufahren und an die Tür zu klopfen. Sie sagte, sie hätte es versucht, aber das Tor am Zaun sei abgeschlossen gewesen.«

»Muss nichts zu bedeuten haben.«

»Nein, das muss es nicht. Ich werde morgen einen kleinen Ausflug machen und dir dann Bescheid sagen.«

»Danke.«

»Kein Problem.« Ellie stößt einen langen Atemzug aus und blickt zur Schule hinüber. »Ist es wirklich so lange her, seit wir auf diese Schule gegangen sind?«

Auch ich sehe die Schule an. »Eine Ewigkeit«, sage ich.

Ellie nickt. »Ich mach mich lieber auf den Heimweg.«

»Soll ich dich fahren?«

»Nein«, sagt sie. »Ich geh lieber zu Fuß.«

FÜNFUNDZWANZIG

Das Hunk-A-Hunk-A wirbt mit einer »erlesenen Revue männlicher Erotiktänzer für anspruchsvolle Ladys« – wohl einfach weil niemand mehr Striplokal sagt. Der Name des heutigen Darstellers lautet Dick Shaftwood, wobei es sich, wie ich vermute, um ein Pseudonym handeln dürfte. Den gelben Mustang entdecke ich ganz hinten in der Ecke des Club-Parkplatzes. Da es nichts bringen würde, wenn ich in den Laden hineingehe, parke ich so, dass ich alle Ausgänge und den Mustang im Blick habe. Auf dem Parkplatz stechen mir zwei Busse und mehrere Kleinbusse ins Auge – als würden Reisegruppen herkommen.

Die Beobachtung der Menschen, die hier ein und aus gehen, führt zu einer eigentlich selbstverständlichen Erkenntnis: Frauen kommen nicht alleine her. Ich sehe nicht eine einzige Frau alleine hineingehen oder herauskommen, so wie es für Männer in Striplokalen ganz normal ist. Die weiblichen Gäste kommen in Gruppen, häufig sogar in großen Gruppen, immer jauchzend und zumindest etwas angeschickert. Die meisten, wenn nicht alle, scheinen Gäste auf Junggesellinnenabschieden zu sein, was auch die Anwesenheit der Busse und Kleinbusse erklärt. Ein sehr verantwortungsvolles Verhalten – guter, sauberer, schmutziger Spaß mit professionellen Fahrern, die nichts trinken.

Es wird spät. Die Frauen, die jetzt gehen, sind unangenehm betrunken – sie sind laut und liederlich, sie torkeln, fallen übereinander und stützen sich gegenseitig – bleiben aber trotzdem als Gruppe eng zusammen, warten darauf, dass eventuelle Nachzügler sich wieder zur Herde gesellen, bevor sie weiterschwanken. Ein paar der männlichen Stripper machen sich auf den Heimweg. Sie sind selbst bekleidet leicht zu erkennen. Alle blicken mürrisch. Alle stolzieren in dieser Stock-im-Arsch-»Yo-Brah«-Haltung herum. Die meisten tragen lose Flanellhemden, bei denen fast alle Knöpfe offen sind, sodass die gewachste Brust im Licht der Straßenlaternen glänzt.

Ich habe keine Ahnung, wozu das Hunk-A-Hunk-A einen Klavierspieler braucht. Ein kurzer Check der Webseite auf meinem Handy (das Hunk-A-Hunk-A hat übrigens eine eigene App) verrät mir aber, dass sie »Themenabende« anbieten, unter anderem auch eine »stilvolle Veranstaltung«, bei der die Tänzer in Fracks zu alten Klassikern auftreten, die auf einem »Steinway-Flügel« dargeboten werden.

Es steht mir nicht zu, die Menschen zu beurteilen, Leo.

Kurz nach Mitternacht kommt Andy Reeves in einem Smoking heraus. Ich sehe keine Veranlassung, die Sache zurückhaltend oder verschämt anzugehen. Ich steige aus meinem Wagen und gehe auf seinen zu. Als Reeves mich sieht, wirkt er alles andere als erfreut.

»Was machen Sie denn hier, Dumas?«

»Ich möchte Sie bitten, meinen Künstlernamen zu verwenden«, sage ich. »Dick Shaftwood.«

Er findet das nicht komisch. »Wie haben Sie mich gefunden?«

»Ihr Newsletter. Ich bin eingetragenes Mitglied im Fanclub des ›Anderen PianoMan‹.«

Offensichtlich findet Reeves auch das nicht komisch. Er geht schneller.

»Ich habe Ihnen nichts zu sagen.« Nach kurzer Überlegung ergänzt er: »Es sei denn, Sie haben mir das Video mitgebracht.«

»Das habe ich nicht«, sage ich. »Aber mir reicht's jetzt langsam, Andy.«

»Was wollen Sie damit sagen?«

»Ich will damit sagen, dass Sie mir sofort erzählen, was passiert ist, weil ich das Video sonst auf der Stelle an die Presse weiterleite.« Ich halte mein Handy so, als würde mein Daumen über dem »Senden«-Symbol schweben. Das ist ein Bluff. »Mit einem Freund bei der *Washington Post* geht es los. Dann sehe ich weiter.«

Reeves' Blicke durchbohren mich.

Ich seufze. »Also gut.« Ich tue so, als wollte ich den Button drücken.

»Warten Sie.«

Mein Daumen schwebt weiter über dem Display.

»Versprechen Sie mir, dass Sie die Sache auf sich beruhen lassen, wenn ich Ihnen die Wahrheit über die Basis erzähle?«

»Ja«, sage ich.

Er macht einen Schritt auf mich zu. »Sie müssen das auf das Grab Ihres Bruders schwören.«

Es ist ein Fehler von ihm, dich in die Sache hineinzuziehen, Leo, trotzdem schwöre ich es. Ich könnte erzählen, dass ich Vorsichtsmaßnahmen ergriffen hätte. Ich könnte ihm sagen, dass ich nicht nur wie ein hyperaktiver Kanarienvogel singen würde, sollten er und seine Kohorten etwas mit deinem Tod zu tun haben, sondern höchstpersönlich dafür Sorge tragen würde, dass jeder Einzelne zur Rechenschaft gezogen wird.

Wegen des Schwurs brauchst du dir keine Sorgen zu machen, Leo. Wenn das, was er mir jetzt erzählt, enthüllt werden muss, werde ich das mit großer Freude und Begeisterung tun.

»Okay«, sagt Andy Reeves. »Gehen wir irgendwohin, wo wir reden können.«

»Ich finde es hier okay.«

Er sieht sich voller Argwohn um. Es sind noch ein paar Nachzügler unterwegs, aber das ist hier nicht der Nährboden, auf dem potenzielle Lauscher gedeihen. Andererseits hat er vermutlich den größten Teil seines Lebens für eine geheime Regierungsagentur gearbeitet, für die CIA oder so etwas, daher verstehe ich die Paranoia.

»Setzen wir uns doch wenigstens in meinen Wagen«, schlägt Reeves vor.

Ich nehme ihm die Autoschlüssel aus der Hand und setze mich auf den Beifahrersitz. Er setzt sich auf den Fahrersitz. Wir blicken beide nach vorne auf einen alten Lattenzaun, der schon bessere Tage gesehen hat. Mehrere Latten sind gebrochen oder fehlen ganz, wie die Zähne eines Herumtreibers nach zu vielen Prügeleien.

»Ich warte«, sage ich.

»Wir gehörten nicht zum Landwirtschaftsministerium«, sagt er.

Als er nicht weiterspricht, bemerke ich: »Ja, das hatte ich mir schon gedacht.«

»Der Rest ist eigentlich ganz einfach. Alles, was in der Basis passiert ist, unterliegt strengster Geheimhaltung. Das wissen Sie jetzt. Ich bestätige Ihre Vermutung. Das muss Ihnen reichen.«

»Was es allerdings leider nicht tut«, sage ich.

»Wir hatten nichts mit Ihrem Bruder oder Diana Styles zu tun.«

Ich sehe ihn mit meiner besten »Kommen Sie endlich auf den Punkt«-Miene an. Andy Reeves macht ein ziemliches Aufhebens um das Nachdenken über seinen nächsten Schritt.

Noch einmal muss ich ihm versprechen, niemals auch nur ein einziges Wort darüber zu verlieren, wirklich niemals, er würde alles abstreiten. Nichts von dem, was er mir erzählt, dürfe dieses Auto verlassen und so weiter und so fort.

Ich erkläre mich mit allem einverstanden, damit es endlich vorangeht.

»Sie werden sich noch an die Zeit erinnern, über die wir reden?«, setzt Andy Reeves an. »Vor fünfzehn Jahren. Nach den Terroranschlägen am 11. September. Irakkrieg. Al-Qaida. All das. Sie müssen das in diesem Kontext sehen.«

»Okay.«

»Erinnern Sie sich an einen gewissen Terry Fremond?«

Ich grabe in den hintersten Ecken meines Gedächtnisses. Irgendetwas ist da: »Ein reicher, weißer Jugendlicher aus einem Chicagoer Vorort, der zum Terroristen umgedreht wurde. Man nannte ihn ›Onkel Sam Al-Qaida‹ oder so ähnlich. Außerdem stand er auf der Liste der zehn meistgesuchten Flüchtigen des FBI.«

»Das tut er immer noch«, erklärt Andy Reeves. »Vor fünfzehn Jahren hat Fremond nach seiner Rückkehr in die USA eine Terrorzelle aufgebaut. Sie stand kurz davor, den womöglich schwersten Anschlag auf US-Territorium auszuüben, ein zweites 9/11.« Andy Reeves dreht sich zu mir um und sieht mir in die Augen. »Erinnern Sie sich auch noch daran, was nach offizieller Lesart mit ihm geschehen ist?«

»Er hat Wind davon bekommen, dass das FBI ihm auf den Fersen war. Ist über Kanada geflohen und hat sich nach Syrien oder in den Irak abgesetzt.«

»Ja«, sagt Andy Reeves langsam und gedehnt. »Das ist die offizielle Version.«

Reeves starrt mich weiter an. Ich denke an den orangefarbenen Fleck, den ich für einen Overall gehalten habe. Ich denke an die Sicherheitsmaßnahmen rund um die Basis. Ich denke an das Bedürfnis nach Geheimhaltung. Ich denke an den Hubschrauber, der leise und im Schutz der Dunkelheit in der Basis gelandet ist.

»Das FBI hat ihn geschnappt. Sie haben ihn in die Basis gebracht.«

Die Gerüchte waren damals allgegenwärtig, oder? Mir fällt gerade noch etwas ein, Leo, etwas, das du mir erzählt hast, ich weiß aber nicht mehr genau, wann das war. Wir müssen auf der Highschool gewesen sein. Du warst fasziniert von dem, was die Medien den »Krieg gegen den Terror« getauft hatten. Du hast mir davon erzählt – brutale, dunkle Orte im Ausland, in die man feindliche Kämpfer brachte, um sie zum Reden zu bringen. Das waren keine regulären Kriegsgefangenenlager, sondern …

»Die Basis war eine Black Site, ein geheimes Militärgefängnis.«

Andy Reeves blickt wieder nach vorn durch die Windschutzscheibe. »Wir hatten Black Sites in Ländern wie Afghanistan, Litauen, Thailand, Lager mit Codenamen wie Salt Pit, Bright Light und the Quartz …« Seine Stimme wird leiser. »Ein CIA-Gefängnis befand sich auf einer Insel im Indischen Ozean, eins war früher eine Reitschule, eins lag sogar in einer Ladenzeile, ein Versteck in aller Öffentlichkeit. Die Black Sites waren von essenzieller Bedeutung in unserem Krieg gegen den Terror. In ihnen wurden extrem wichtige ausländische Häftlinge festgehalten, um sie mittels erweiterter Vernehmungstechniken zu verhören.«

Erweiterte Vernehmungstechniken.

»Es war also logisch, diese Leute im Ausland zu belassen«, fährt Reeves fort. »Die meisten feindlichen Kämpfer waren Ausländer, warum hätte man sie also herbringen sollen? Die formaljuristischen Einzelheiten sind kompliziert, aber wenn man einen feindlichen Kämpfer außerhalb der USA vernimmt, können die Gesetze… na ja, sagen wir, angepasst werden. Sie können ein Gegner oder Befürworter solcher erweiterten Vernehmungstechniken sein. Völlig okay, das stört mich nicht. Aber machen Sie es sich nicht zu einfach, indem Sie behaupten, dadurch hätten wir sowieso keine brauchbaren Informationen bekommen und auch kein Leben gerettet. Das wäre falsch. Das haben wir. Das ist für viele Menschen der moralische Ausweg aus dem Dilemma. ›Ich bin gegen Folter‹, sagen sie. ›Ach ja? Stellen Sie sich vor, Sie könnten das Leben Ihres Kindes retten, wenn Sie ein Monster verprügeln, das Tausende Menschen auf dem Gewissen hat – würden Sie es dann tun?‹ Darauf haben diese Menschen keine Antwort. Sie können nicht sagen: ›Natürlich opfere ich mein eigenes Kind für meine Moralvorstellungen‹, also erfinden sie eine blasierte Rechtfertigung, wie: ›Das funktioniert doch sowieso nicht.‹«

Andy Reeves dreht sich um, und sein Blick ist bleischwer.

»Folter funktioniert. Das ist ja das Schreckliche daran.«

Es läuft mir kalt den Rücken runter, als ich allein mit diesem Mann im dunklen Wagen sitze, selbst wenn er sich langsam für seine Geschichte erwärmt. Ich habe das schon öfter erlebt. Es ist ein so entsetzliches Geheimnis, ein so ungeheuerliches Geständnis, und doch, sobald man sich frei genug fühlt, sich zu offenbaren, wenn man erst einmal angefangen hat zu reden, schaltet der Mund vor Erleichterung auf Automatik.

»Das Problem war offensichtlich. Vergessen Sie das Ausland. Es gab – und gibt – auch hier in den Vereinigten Staaten Terrorzellen. Und zwar weit mehr, als Sie sich vorstellen können. Und die meisten Mitglieder sind amerikanische Staatsbürger, erbärmliche Nihilisten, die Freude an Gewalt und Massenzerstörung haben. Aber wenn wir sie hier in den

Vereinigten Staaten festnehmen, haben sie ihre Rechte, ihnen steht ein faires Gerichtsverfahren zu, mit Anwälten und allem Drum und Dran. Die reden nicht. Und stellen Sie sich vor, vielleicht, nur ganz vielleicht, steht in nächster Zukunft ein großer Anschlag bevor.«

»Also haben Sie sich einen Verdächtigen geschnappt«, sage ich. »Sie haben ihn in den Tarnkappen-Hubschrauber gesetzt, ihn damit zu der Basis geflogen und dort verhört.«

»Kennen Sie einen besseren Ort für so ein Gefängnis?«

Ich sage nichts.

»Die Gefangenen sind nicht lange bei uns geblieben. Wir haben die Basis das Purgatorium genannt. Und aus diesem Fegefeuer konnten wir sie dann in den Himmel schicken, oder in die Hölle, also in eine Black Site im Ausland.«

»Und auf welcher Grundlage haben Sie diese Entscheidung getroffen?«

Reeves dreht sich um und blickt direkt durch mich hindurch. Mehr wird er auf diese Frage nicht antworten – und ich brauche auch nicht mehr.

»Jetzt erzählen Sie mir von den Ereignissen, an denen mein Bruder beteiligt war«, sage ich.

»Es gibt keine Ereignisse, an denen Ihr Bruder beteiligt war. Das ist das Ende der Geschichte.«

»Nein, mein Freund, ist es nicht. Inzwischen weiß ich, dass er und seine Freunde ein Video von einem amerikanischen Staatsbürger gemacht haben, der auf der Basis illegal festgehalten wurde.«

Seine Miene verfinstert sich. »Wir haben Leben gerettet.«

»Aber nicht das meines Bruders.«

»Damit hatten wir nichts zu tun. Bis Sie es mir gezeigt haben, wusste ich nicht einmal, dass es so ein Video gibt.«

Ich suche in seinem Gesicht nach Hinweisen, dass er lügt,

aber Andy Reeves ist kein Anfänger. Trotzdem sehe ich kein Anzeichen für eine Täuschung. Wusste Reeves wirklich nichts von dem Video? Wie kann das sein?

Ich habe noch einen Trumpf in der Hand. Und den spiele ich jetzt aus.

»Wenn Sie nichts von dem Video wussten«, sage ich, »warum haben Sie dann Maura gesucht?«

»Wen?«

Dieses Mal sehe ich sofort, dass er lügt. Ich verziehe das Gesicht.

»Sie haben ihre Mutter verhört«, sage ich. »Mehr noch, ich glaube, Sie haben sie in Ihre kleine Black Site gebracht und da irgendetwas mit ihr gemacht, damit sie vergisst, was auch immer Sie mit ihr gemacht haben.«

»Ich habe keine Ahnung, wovon Sie sprechen.«

»Ich habe ihr ein Foto von Ihnen gezeigt, Andy. Sie hat bestätigt, dass Sie es waren, der sie verhört hat.«

Wieder starrt er durch die Windschutzscheibe. Dann schüttelt er langsam den Kopf. »Sie begreifen absolut nichts.«

»Unser Deal war, dass Sie fair spielen. Wenn Sie mich hier nur an der Nase herumführen …«

»Öffnen Sie das Handschuhfach«, sagt er.

»Was?«

Andy Reeves seufzt. »Öffnen Sie einfach das Handschuhfach, okay?«

Ich strecke die Hand nach dem Handschuhfach aus, drehe meinen Kopf nur für eine Sekunde zur Seite, um den Knopf zu suchen, mit dem ich es öffnen kann, doch das reicht ihm schon. Seine Faust – ich nehme zumindest an, dass es seine Faust ist, sehe sie aber nicht kommen – trifft mich direkt zwischen der linken Schläfe und dem Wangenknochen. Durch die Wucht wird mein Kopf nach rechts geschleudert, und meine

Zähne rasseln. Ein Taubheitsgefühl zieht aus der Wange den Hals hinunter.

Er greift ins Handschuhfach und wühlt darin herum.

Mir schwirrt noch der Kopf, aber ein Gedanke dringt dennoch durch.

Waffe. Er sucht eine Waffe.

Seine Hand umfasst etwas Metallisches. Ich kann es nicht erkennen, aber muss ich das? Ich bin noch so klar im Kopf, dass ich sein Handgelenk mit beiden Händen umklammere. Also sind meine beiden Hände im Einsatz, während er noch eine frei hat. Und mit dieser freien Hand versetzt er mir viele kurze Schläge in die Rippen.

Ich lasse sein Handgelenk nicht los.

Er verdreht das Handgelenk, krümmt die Hand, versucht sich zu befreien, oder … vielleicht versucht er ja auch, den Lauf auf mich zu richten. Ich schiebe eine Hand so weit herunter, dass ich seine Finger spüre. Keiner liegt auf einem Abzug. Ich drücke kräftig zu. Selbst wenn er die Pistole auf mich richten kann, nützt ihm das nichts, solange er keinen Finger am Abzug hat.

Das denke ich gerade: *Ich habe seine Finger, also kann er nicht auf mich schießen. Ich bin sicher.*

Aber dieser Gedankengang stellt sich fatalerweise als falsch heraus.

Er dreht die Hand noch ein Stück weiter. Für einen Moment spüre ich das kalte Metall auf meinem Handrücken. Aber nur für einen Moment. Jetzt erkenne ich, dass es keine Pistole sein kann. Das Ding ist zu lang. Es ist wie ein Schlagstock geformt. Ich höre das Knistern der Elektrizität und spüre gleichzeitig den Schmerz, ein Schmerz, der alles andere ausschaltet. Ein Schmerz, vor dem man zurückzuckt, um nicht noch mehr davon zu spüren.

Die Spannung läuft durch meinen Arm und lähmt ihn.

Ohne Probleme befreit Andy Reeves sich aus meiner nicht mehr vorhandenen Umklammerung. Mit einem hämischen Grinsen drückt er das Gerät – ein Elektro-Schlagstock, ein elektrischer Viehtreiber, irgendetwas in der Art – gegen meinen Körper.

Ich zucke unkontrolliert.

Er wiederholt es. Meine Muskeln versagen den Dienst.

Er greift auf die Rückbank und zieht etwas anderes hervor. Ich kann nicht sehen, was es ist. Vielleicht ein Radmutterschlüssel. Ein Baseballschläger. Ich weiß es nicht. Ich werde es nie erfahren.

Er schlägt mir einmal damit auf den Kopf, dann noch einmal, und dann ist da nichts mehr.

SECHSUNDZWANZIG

Ich komme auf eine sehr seltsame Art wieder zu Bewusstsein. Kennst du diese Träume, in denen du nicht in der Lage bist, auch nur die einfachste körperliche Tätigkeit auszuführen? Du versuchst, vor einer Gefahr davonzulaufen, und es kommt dir vor, als würdest du bei jedem Schritt in hüfthohen, nassen Schnee einsinken. So ähnlich fühlte ich mich in diesem Moment. Ich wollte mich bewegen, fliehen, wegrennen, lag aber nur starr da, als wäre mein Körper in Blei gehüllt.

Als ich nach kurzem Blinzeln die Augen öffne, liege ich auf dem Rücken. Ich sehe Rohre und frei liegende Träger. Eine Decke. In einem alten Keller. Ich versuche, ruhig zu bleiben, mich zu sammeln, keine übereilten Bewegungen zu machen.

Ich versuche, den Kopf zur Seite zu drehen, mich umzuschauen.

Unmöglich.

Ich kann den Kopf überhaupt nicht bewegen. Ich bin vollkommen hilflos.

Ich höre Reeves Flüsterstimme. »Sie müssen mir sagen, wo das Video ist, Nap.«

Unverbindliche Plauderei wird mich hier nicht weiterbringen. Das ist mir sofort klar. Also rufe ich, ohne zu zögern, nach Hilfe. Ich brülle, so laut ich kann. Ich brülle so lange, bis er mir einen Knebel in den Mund stopft.

»Sinnlos«, sagt er.

Reeves ist irgendwie beschäftigt – er summt dabei vor sich

hin –, aber ich kann den Kopf nicht drehen und sehe nicht, was er tut. Ich höre, dass ein Wasserhahn aufgedreht wird und ein Eimer oder etwas Ähnliches mit Wasser gefüllt wird. Dann wird der Hahn wieder zugedreht.

»Wissen Sie, warum das Waterboarding bei den Navy SEALs aus dem Ausbildungsprogramm genommen wurde?«, fragt Reeves. Als ich nicht antworte – was ich nicht kann, weil ich den Knebel im Mund habe –, fährt er fort: »Es lag daran, dass der angehende SEAL, an dem es vorgeführt wurde, so schnell kapituliert hat, dass es schlecht für die Moral war. CIA-Rekruten haben im Durchschnitt vierzehn Sekunden durchgehalten, bis sie ihren Ausbilder angefleht haben aufzuhören.«

Andy Reeves stellt sich neben mich. Als ich in sein lächelndes Gesicht blicke, sehe ich, dass ihm das Spaß macht.

»Wir haben mit den Häftlingen auch das komplette Psychospiel durchgezogen – Augenbinde, Begleitung durch bewaffnete Wärter. Manchmal haben wir ihnen Hoffnung gemacht und diese Hoffnung dann wieder zerstört. Manchmal haben wir ihnen gesagt, dass es kein Entkommen gibt. Man geht unterschiedlich vor, je nach Charakter des Häftlings. Heute Abend habe ich allerdings keine Zeit für ein solches Theater, Nap. Die Sache mit Diana tut mir wirklich leid, aber das war nicht meine Schuld. Also fahren wir fort. Sie sind schon an den Tisch gefesselt. Und Ihnen ist auch schon klar, dass es wirklich übel wird.«

Er geht nach hinten zu meinen Füßen. Ich versuche, ihm mit dem Blick zu folgen, aber er ist jetzt außerhalb meines Sichtfelds. Ich bemühe mich, nicht in Panik zu geraten. Ich höre, wie eine Kurbel betätigt wird, dann beginnt der Tisch, auf dem ich liege, sich zu neigen. Einen Moment lang hoffe ich, dass ich direkt hinunterrutsche, selbst wenn ich dann mit dem Kopf aufschlagen würde. Aber ich bin so fest angebunden, dass ich mich auch unter dem Einfluss der Schwerkraft kein Stück von der Stelle rühre.

»Den Kopf abzusenken und die Füße anzuheben«, erläutert er, »sorgt dafür, dass die Kehle offen bleibt, außerdem kann man die Nasenlöcher leichter mit Wasser füllen. Sie denken sicher, dass es schrecklich wird. Aber es wird noch viel schlimmer werden.«

Er tritt wieder in mein Sichtfeld und nimmt den Knebel aus meinem Mund.

»Sagen Sie mir, wo das Video ist?«

»Ich kann es Ihnen zeigen«, sage ich.

»Nein, das reicht nicht.«

»Sie können es sich nicht selbst holen.«

»Das ist eine Lüge. Ich habe das alles schon gehört, Detective Dumas. Sie sind dabei, sich eine Story auszudenken. Wahrscheinlich werden Sie sich auch die ersten ein oder zwei Male, die ich Sie dieser Prozedur unterziehe, neue Storys ausdenken. Deshalb behaupten Kritiker der Folter, sie wäre unzuverlässig. Im Augenblick sind Sie verzweifelt. Sie werden alles sagen, damit ich Sie verschone. Doch bei mir wird das nicht funktionieren. Ich kenne sämtliche Tricks. Irgendwann werden Sie kapitulieren. Irgendwann werden Sie die Wahrheit sagen.«

Möglich, aber eins weiß ich genau: Sobald er das Video hat, wird er mich umbringen. So wie er auch die anderen umgebracht hat. Also darf ich nicht kapitulieren, ganz egal, was passiert.

Dann, als könne er meine Gedanken lesen, sagt er: »Sie werden es mir erzählen, selbst wenn es Ihren Tod bedeutet. Ein Soldat, der im Philippinisch-Amerikanischen Krieg für die Vernehmung von Gefangenen verantwortlich war, hat das, was Sie erleben werden, folgendermaßen beschrieben: ›Sein

Leiden muss das eines Menschen sein, der am Ertrinken ist, aber nicht ertrinken kann.‹«

Andy Reeves zeigt mir das Handtuch: »Bereit?« Dann legt er es mir übers Gesicht, sodass ich nichts mehr sehe.

Er drückt das Handtuch nicht einmal an, es liegt nur locker auf meinem Gesicht, trotzdem habe ich das Gefühl, es würde mir die Luft abschnüren. Wieder versuche ich, den Kopf zu drehen, er rührt sich immer noch nicht. Meine Brust beginnt zu zucken.

Beruhige dich, sage ich mir.

Ich versuche es. Ich versuche, gleichmäßig zu atmen und mich vorzubereiten. Ich weiß, dass ich irgendwann die Luft anhalten muss.

Sekunden vergehen. Nichts passiert.

Mein Atem wird nicht gleichmäßiger. Er bleibt hektisch und unruhig. Ich lausche, versuche etwas zu hören, irgendetwas, aber Andy Reeves sagt nichts, rührt sich nicht und tut nichts.

Weitere Zeit vergeht. Wie viel? Dreißig Sekunden? Vierzig?

Vielleicht ist das alles nur ein Bluff, denke ich. Vielleicht ist es alles nur ein Psychospiel, mit dem man sein Gegenüber unter Stress …

Da höre ich das Plätschern. Nicht einmal eine Sekunde später sickert Wasser durch das Handtuch.

Als ich die Nässe auf meinem Mund spüre, presse ich die Lippen zusammen, schließe die Augen und halte die Luft an.

Weiteres Wasser dringt durchs Handtuch, erst als Rinnsal, dann nimmt es zu.

Ich spüre, wie es in meine Nasenlöcher läuft. Ich verkrampfe, kneife die Lippen fest zusammen.

Mehr Wasser strömt über mein Gesicht. Ich versuche, den

Kopf zur Seite zu drehen, ihn leicht anzuheben und nach anderen Möglichkeiten zu suchen, dem Angriff zu entkommen. Aber ich kann mich nicht bewegen. Meine Nasenlöcher sind randvoll mit Wasser. Ich werde panisch. Viel länger kann ich die Luft nicht anhalten, das Wasser muss raus aus meiner Nase und weg von meinem Mund. Es gibt nur eine Möglichkeit. Puste es heraus. Aber da ist das Handtuch. Trotzdem versuche ich auszuatmen, presse das Wasser heraus, und für ein oder zwei Sekunden ist es besser. Ich versuche, weiter auszuatmen, leere meine Lunge, um das Wasser fernzuhalten. Aber inzwischen läuft zu viel Wasser über mein Gesicht. Und es gibt noch ein Problem:

Man kann nur eine begrenzte Zeit ausatmen.

Und wenn man das getan hat, wenn die Luft zum Ausatmen verbraucht ist – jetzt folgt der schreckliche Teil –, muss man schließlich wieder einatmen.

An diesem Punkt bin ich jetzt.

Als die Luft verbraucht ist, läuft mir wieder Wasser in Mund und Nase. Ich kann nichts mehr tun. Mir geht die Luft aus, und diese Tortur lähmt alle anderen Gedanken. Wenn ich aufhöre auszuatmen, werde ich sterben, und all das ist mir bewusst. Ich muss einatmen, Luft holen, aber es gibt keine Luft. Nur Wasser. Viel Wasser. Beim Einatmen öffnen sich alle Dämme. Das Wasser fließt durch meine Nase in meinen Mund. Ich kann nichts dagegen tun. Beim Einatmen wird das Wasser durch den Mund und die Luftröhre hinabgesogen.

Keine Luft.

Mein Körper fängt an zu zucken. Ich versuche, mich zu krümmen, um mich zu schlagen und zu treten, den Kopf loszureißen, aber ich bin gefesselt. Ich kann dem Wasser nicht entgehen. Es gibt keine Pause oder Erlösung. Es wird immer schlimmer.

Man will nicht nur, dass es aufhört. Es soll nicht nur aufhören. Es muss unbedingt sofort aufhören.

Es ist, als würde jemand meinen Kopf unter Wasser drücken, nur schlimmer. Ich kann mich nicht bewegen. Ich bin in einen Betonblock gegossen. Ich ertrinke, Leo. Ich ertrinke und ersticke. Das rationale Denken endet. Ich spüre, wie sich ein kleiner Teil meiner mentalen Gesundheit verabschiedet, meiner Psyche einen dauerhaften Schaden versetzt, von dem ich mich, wie ich weiß, nie wieder ganz erholen werde.

Jede Körperzelle lechzt nach Sauerstoff, nach einem einzigen Atemzug. Aber es gibt ihn nicht. Ich schnappe nach Luft und atme weiteres Wasser ein. Ich will damit aufhören, aber mein Würgereflex zwingt mich, aus- und einzuatmen. Das Wasser läuft durch meine Kehle in die Luftröhre.

Bitte, Gott, lass mich atmen …

Ich sterbe. Das ist mir jetzt klar. Ein Urinstinkt signalisiert mir aufzugeben, zu kapitulieren, hofft, dass der Tod sich beeilt und sein Werk schnell vollendet. Aber das tut er nicht. Ich zappele. Ich zucke. Ich leide.

Ich halluziniere.

Eine akustische Halluzination: Ich höre eine Stimme, die »aufhören« schreit und »weg von ihm«. Wenn nicht jeder Teil meines Körpers nach Luft lechzen würde, wenn nicht jede einzelne Körperfaser allein damit beschäftigt wäre, dieser Situation zu entkommen, würde ich sagen, dass es eine Frauenstimme ist. Ich spüre tatsächlich, wie sich meine Augen nach hinten verdrehen, als ich irgendwo tief in meinem Hirn den Knall höre.

Dann sehe ich ein Licht.

Ich sterbe, Leo, ich sterbe und halluziniere, und das Letzte, was ich vor Augen habe, ist das schönste überhaupt vorstellbare Gesicht.

Mauras.

SIEBENUNDZWANZIG

Ich bin losgebunden und auf die Seite gerollt worden.

Gierig sauge ich Luft ein und huste sie wieder aus. Kann eine Zeit lang nichts anderes tun. Ich keuche und versuche, nicht zu schlucken. Aus meinem Mund und den Nasenlöchern strömt Wasser, bildet auf dem Boden kleine Pfützen und verdünnt das dunkelrote Blut, das aus Andy Reeves' Kopf sickert. Das alles interessiert mich nicht. Ich interessiere mich einzig und allein für Luft.

Doch es dauert gar nicht so lange, bis ich wieder zu Kräften komme. Ich blicke auf, um nachzusehen, wer mich gerettet hat, aber vielleicht bin ich auch tot oder mein Gehirn hat zu lange keinen Sauerstoff bekommen. Vielleicht geht das Waterboarding weiter, und dies ist ein seltsamer Zustand, in den man dabei verfällt, denn die Halluzination – nein, die Illusion – hält noch an.

Es ist Maura.

»Wir müssen hier raus«, sagt sie.

Ich traue meinen Augen noch immer nicht. »Maura? Ich…«

»Jetzt nicht, Nap.«

Die Art, wie sie meinen Namen sagt…

Ich versuche, das alles zu begreifen, überlege, wie unser nächster Schritt aussehen könnte, aber die alte »Bis man sich orientiert hat, sollte man lieber bleiben, wo man ist«-Logik ist gerade den Bach runtergegangen.

»Kannst du laufen?«

Ich nicke. Und schon als ich den zweiten Schritt mache, bin ich wieder ganz im Hier und Jetzt. *Eins nach dem anderen*, sage ich mir.

Wir müssen hier raus. Als wir das Erdgeschoss erreichen, sehe ich, dass wir in einem halb verfallenen Lagerhaus sind. Ich bin überrascht, wie still es ist, aber wahrscheinlich … wie spät ist es? Um Mitternacht habe ich Reeves abgefangen. Also muss es spätnachts oder frühmorgens sein.

»Hier entlang«, sagt Maura.

Wir treten in die Nacht hinaus. Ich merke, dass ich etwas seltsam atme, schneller als sonst, als fürchtete ich immer noch, dass man mir die Möglichkeit dazu wieder nimmt. Ich sehe den gelben Mustang hinten in der Ecke des Parkplatzes, aber Maura – ich kann es immer noch nicht glauben – führt mich zu einem anderen Auto. Mit der linken Hand drückt sie auf den Schlüssel, um die Türen zu öffnen. In der rechten Hand hält sie die Pistole.

Ich steige auf der Beifahrerseite ein, sie setzt sich hinters Lenkrad. Sie startet den Wagen und prescht im Rückwärtsgang los. Nach zwei Minuten fahren wir auf dem Garden State Parkway in Richtung Norden. Ich starre auf ihr Profil und bin überzeugt, nie zuvor etwas so Schönes gesehen zu haben.

»Maura …?«

»Das kann warten, Nap.«

»Wer hat meinen Bruder getötet?«

Ich sehe, wie eine Träne die schöne Wange hinabläuft.

»Ich glaube«, sagt Maura, »das könnte ich gewesen sein.«

ACHTUNDZWANZIG

Wir sind wieder in Westbridge. Maura hält auf dem Parkplatz der Benjamin Franklin Middle School.

»Gib mir bitte dein Handy«, sagt sie zu mir.

Ich stelle überrascht fest, dass es noch in meiner Tasche ist. Ich entsperre es mit dem Fingerabdruckscanner und reiche es ihr. Ihre Daumen tanzen über den Bildschirm.

»Was machst du?«

»Du bist doch Cop«, sagt sie. »Also weißt du auch, dass das Handy geortet werden kann, oder?«

»Klar.«

»Ich installiere eine Art VPN-Antitracker, sodass es aussieht, als wärst du in einem anderen Bundesstaat.«

Ich wusste nicht, dass es eine solche Technologie gibt, es wundert mich aber auch nicht. Ihre Daumen beenden den Tanz. Dann gibt sie mir mein Handy zurück, öffnet die Autotür, steigt aus. Ich mache dasselbe.

»Was tun wir hier, Maura?«

»Ich will es noch einmal sehen.«

»Was willst du sehen?«

Sie geht einfach auf den Pfad zu, und ich folge ihr. Ich versuche, sie nicht anzuglotzen, als sie mit pantherartigen Bewegungen vor mir herschreitet, kann aber nichts dagegen tun. Als wir in die Dunkelheit hinaufstapfen, dreht sie sich kurz um und sagt: »Herrgott, was habe ich dich vermisst«, sieht dann wieder nach vorn und geht weiter.

Einfach so.

Ich reagiere nicht. Ich kann nicht reagieren. Aber ich fühle mich, als würden sämtliche Nervenenden frei liegen.

Der nächtliche Vollmond spendet genug Licht. Immer wieder zerteilen die Schatten unsere Gesichter, als wir den wohlbekannten Weg hinaufgehen. Wir schweigen, einerseits weil die Dunkelheit das verlangt und andererseits, tja, weil dieser Wald unser Platz war. Man sollte meinen, dass das gerade heute Nacht besonders unheimlich sein müsste. Man sollte meinen, die Geister würden mich gerade jetzt heimsuchen, wo Maura bei mir ist, sie würden mir auf die Schulter tippen, sich hinter Bäumen und Felsen verstecken und mit mir Schabernack treiben.

Doch das tun sie nicht.

Heute Nacht holt mich die Vergangenheit nicht ein. Ich höre kein heimliches Flüstern. Seltsamerweise bleiben die Geister in ihren Verstecken.

»Du weißt von dem Video«, sagt Maura in einem fragendem Tonfall, obwohl es eigentlich eine Feststellung ist.

»Wie lange folgst du mir schon?«, frage ich.

»Seit zwei Tagen.«

»Ich weiß von dem Video«, sage ich. »Wusstest du davon?«

»Ich bin dabei gewesen, Nap.«

»Nein, ich meine, wusstest du, dass Hank es hatte? Oder dass er es David Rainiv gegeben hat, damit der es sicher aufbewahrt?«

Sie schüttelt den Kopf. Vor uns tauchen die alten Zäune auf. Maura biegt vom Pfad nach rechts ab. Sie springt ein paar Schritte den Hang hinunter und bleibt an einem Baum stehen. Ich folge ihr. Wir sind ziemlich nah an der ehemaligen Basis.

Sie bleibt stehen und starrt auf den alten Zaun. Ich bleibe stehen und starre ihr ins Gesicht.

»Das ist die Stelle, an der ich in der Nacht gewartet habe. Hinter diesem Baum.« Sie blickt zu Boden. »Genau hier habe ich gesessen und auf den Zaun geblickt. Ich habe einen Joint geraucht, den ich von deinem Bruder hatte. Und ich hab aus dem Flachmann getrunken, den du mir geschenkt hattest.« Sie sieht mir in die Augen, und auch wenn es nicht die Geister der Vergangenheit sind, versetzt mir irgendetwas einen Stich ins Herz. »Erinnerst du dich noch an den Flachmann?«

Ich hatte ihn bei einem Garagen-Flohmarkt im alten Haus der Siegels gekauft. Er war metallgrau und hatte eine verblichene Gravur: »A Ma Vie de Cœur Entier.« Diese französische Redewendung aus dem fünfzehnten Jahrhundert bedeutete: »Mein Herz ist dein, mein Leben lang.« Ich weiß noch, dass ich Mr Siegel gefragt habe, woher er sie hatte, er wusste es aber nicht mehr. Er hat sogar noch Mrs Siegel dazu geholt und sie gefragt, aber die beiden konnten sich nicht einmal mehr daran erinnern, wo sie die Flasche herhatten. Für mich hatte der Flachmann etwas Magisches und Lächerliches zugleich, als befände sich darin ein Flaschengeist, den zu finden mir vom Schicksal bestimmt war. Also habe ich ihn für drei Dollar gekauft und Maura geschenkt, die leichthin gesagt hat: »Ein Geschenk voller Romantik und Alkohol.«

»Bin ich nicht der perfekte Freund?«

»Das bist du«, sagte sie. Dann hat sie mich umarmt und leidenschaftlich geküsst.

»Ich erinnere mich«, sage ich jetzt. Dann: »Du hast hier also mit einem Joint und dem Flachmann gesessen. Wer war noch bei dir?«

»Ich war allein.«

»Was war mit dem Conspiracy Club?«

»Du weißt davon?«

Ich zucke leicht die Achseln.

Maura blickt wieder zur Basis hinüber. »Eigentlich wollten wir uns an dem Abend nicht treffen. Ich glaube, als wir den Hubschrauber gesehen und das Video gemacht haben – na ja, ein paar von uns sind da ziemlich nervös geworden. Vorher war das alles nur ein Spiel. Durch dieses Ereignis ist es plötzlich real geworden. Na ja, ich war eigentlich kein Mitglied vom …«, sie malt mit den Fingern Anführungszeichen in die Luft, »… ›Club‹. Im Prinzip war Leo der Einzige aus dem Club, mit dem ich befreundet war. Er hatte in der Nacht etwas mit Diana geplant. Also bin ich hergekommen und hab mich hier an den Baum gesetzt. Ich hatte meinen Joint und meinen Jack, den Geist aus der Flasche.«

Maura lässt sich nieder und setzt sich – wie ich annehme – so hin, wie sie in jener Nacht gesessen hat. Ein schwaches Lächeln umspielt ihre Lippen. »Ich habe an dich gedacht. Ich habe mir gewünscht, bei deinem Spiel dabei zu sein. Bevor ich dich kennenlernte, konnte ich diesen ganzen Sportkram nicht ausstehen, aber dann habe ich dir einfach gern beim Eislaufen zugesehen.«

Da ich nicht weiß, was ich darauf sagen soll, schweige ich.

»Jedenfalls konnte ich nur zu den Heimspielen kommen, und an dem Abend habt ihr auswärts gespielt. Gegen Summit, glaube ich.«

»Parsippany Hills.«

Sie gluckst. »Dachte mir schon, dass du dich erinnerst. Spielte aber keine Rolle. Ich wusste ja, dass wir in ein paar Stunden zusammen sein würden. Ich habe mir da im Wald nur einen kleinen Vorsprung erarbeitet. Heute heißt das ›Vorglühen‹. Also habe ich weitergetrunken und bin, soweit ich mich entsinne, ein bisschen melancholisch gewesen.«

»Wieso?«

Sie schüttelt den Kopf. »Spielt keine Rolle.«

»Doch, ich will es wissen.«

»Weil es bald vorbei sein würde.«

»Was?«

Sie blickt von ihrem Platz auf dem Boden zu mir hoch. »Das mit uns beiden.«

»Moment, du wusstest das alles schon, als du da gesessen hast?«

Maura schüttelt den Kopf. »Anscheinend bist du noch genauso begriffsstutzig, wie du es früher manchmal warst, Nap. Natürlich hatte ich keine Ahnung, was passieren würde.«

»Und was …?«

»Was ich meinte, ist, dass wir beide, du und ich, es niemals geschafft hätten. Langfristig. Vielleicht das Abschlussjahr, und dann noch einen Sommer …«

»Ich habe dich geliebt.«

Es platzt einfach aus mir heraus. Sie zuckt kurz zusammen, fängt sich dann aber sofort.

»Und ich habe dich geliebt, Nap. Aber du standst kurz davor, auf eine schicke Uni zu gehen, um dort ein aufregendes Leben zu beginnen. Da wäre für mich kein Platz gewesen, und, Herrgott noch mal, was für einen Haufen Klischees ich hier absondere, was?« Maura verstummt, schließt die Augen und schüttelt den Kopf. »Es bringt nichts, das jetzt noch einmal durchzugehen.«

Sie hat recht. Ich helfe ihr dabei, wieder zurück zum Thema zu kommen. »Du hast hier also gesessen, getrunken und geraucht.«

»Genau. Und nach einer Weile war ich etwas angesäuselt. Nicht betrunken, nur leicht beschwipst. Dabei habe ich die ganze Zeit auf die Basis gestarrt. Eigentlich war es hier immer ganz ruhig, aber plötzlich habe ich ein Geräusch gehört.«

»Was für ein Geräusch?«

»Ich weiß es nicht. Schreie. Von Männern. Ein Motor. Also bin ich aufgestanden …«, Maura tut das, rutscht mit dem Rücken am Baum hoch, »… und hab mir gedacht, was soll's. Du gehst der Sache jetzt ein für alle Mal auf den Grund. Dann bist du die Heldin dieses ganzen Conspiracy-Club-Clans. Also bin ich auf den Zaun zumarschiert.«

Maura marschiert auf die Basis zu. Ich bleibe direkt hinter ihr.

»Was hast du gesehen?«, frage ich.

»Erst mal standen da noch mehr Warnschilder, jede Menge, offenbar rund um die Basis herum. Sie waren leuchtend rot, weißt du noch?«

»Ja.«

»Unter anderem stand da: ›Achtung, Lebensgefahr. Dies ist die letzte Möglichkeit umzukehren.‹ Wir haben immer Angst gehabt, daran vorbeizugehen, weil sie ziemlich nah am Zaun standen. Aber in dieser Nacht habe ich keinen Moment gezögert. Ganz im Gegenteil, irgendwann bin ich einfach losgerannt.«

Jetzt sind wir beide wieder in der Vergangenheit, wieder in jener Nacht, und ich zögere kurz an der Stelle, an der die roten Schilder standen. Aber wir durchbrechen die unsichtbare Sperre und gehen direkt auf den rostigen Zaun zu. Sie deutet auf die Spitze eines Pfeilers.

»Da oben war eine Kamera angebracht. Ich weiß noch, dass ich dachte, sie können mich sehen. Aber ich war ziemlich high und völlig unbekümmert. Ich bin einfach weitergerannt und dann …«

Sie wird langsamer, bleibt stehen. Führt die Hand an den Hals.

»Maura?«

»Hier war ich, als das Licht anging.«

»Licht?«

»Scheinwerfer. Riesige Strahler. Sie waren so hell, dass ich mir zum Schutz die Hände vor die Augen gehalten habe.« Sie tut das, schützt die Augen vor dem imaginären Scheinwerferlicht. »Ich konnte nichts erkennen. Ich habe hier mehr oder weniger erstarrt im Strahl des Scheinwerfers gestanden und nicht gewusst, was ich tun soll. Und dann habe ich die Schüsse gehört.«

Maura lässt die Hand sinken.

»Sie haben auf dich geschossen?«

»Ja, ich glaube schon.«

»Was heißt, du glaubst?«

»Ich glaube, dass mein Verhalten der Grund dafür war, dass sie geschossen haben.« Mauras Stimme ist plötzlich eine Oktave höher. Ich höre die Angst und die Reue darin. »Ich bin wie ein dummes Kind auf den Zaun zugerannt. Ich habe die Warnschilder ignoriert. Wahrscheinlich bin ich auf einen Signaldraht getreten, sie haben mich gesehen oder sonst irgendetwas, also haben sie das gemacht, was sie auf den Schildern angedroht haben. Sie haben das Feuer eröffnet. Also ja, ich glaube, dass sie auf mich geschossen haben.«

»Was hast du dann getan?«

»Ich hab kehrtgemacht und bin weggerannt. Ich habe noch gehört, wie eine Kugel gleich neben meinem Kopf in einen Baum eingeschlagen ist. Aber, na ja, ich bin schließlich lebend rausgekommen. Ich wurde ja nicht getroffen.«

Sie hebt den Kopf und sieht mir in die Augen.

»Leo«, sage ich.

»Ich bin immer weitergerannt, und sie haben immer weitergeschossen. Und dann …«

»Was dann?«

»Dann habe ich eine Frau schreien gehört. Ich bin, so

schnell ich konnte, geduckt zwischen den Bäumen hindurchgesprintet, damit ich ein möglichst kleines Ziel abgebe. Dann höre ich den Schrei, bleibe stehen und drehe mich um. Eine Frauenstimme. Ich sehe eine Silhouette, vermutlich die eines Mannes, im hellen Licht … weitere Gewehrsalven … dann schreit die Frau noch einmal, aber dieses Mal … dieses Mal meine ich, ihre Stimme zu erkennen. Sie schreit: ›Leo!‹ Sie schreit: ›Leo, Hilfe!‹, allerdings wird das ›Hilfe‹ durch einen weiteren Schuss unterbrochen.«

Ich merke, dass ich die Luft angehalten habe.

»Und dann … dann höre ich einen Mann rufen, dass alle das Feuer einstellen sollen … Stille … Totenstille … und dann ruft vielleicht jemand – ich weiß es nicht mehr genau –, aber vielleicht schreit jemand: ›Was habt ihr getan …?‹ Und dann ruft eine andere Stimme: ›Da war noch eine junge Frau, wir müssen sie finden …‹, ich weiß aber gar nicht ganz genau, ob ich das wirklich gehört habe – ich weiß nicht, ob das echt war oder ob ich mir das nur eingebildet habe, weil ich schon wieder weiterrenne. Ich renne immer weiter, ohne anzuhalten …«

Sie sieht mich an, als bräuchte sie meine Hilfe – und als sollte ich es bloß nicht wagen, sie ihr anzubieten.

Ich rühre mich nicht. Ich glaube nicht, dass ich das könnte.

»Sie … sie haben sie einfach erschossen?«

Maura antwortet nicht.

Dann sage ich etwas Dummes. »Und du bist einfach abgehauen?«

»Was?«

»Ich meine, ich verstehe, dass du von da abgehauen bist – dass du aus der Gefahrenzone weggerannt bist. Aber warum hast du nicht die Polizei gerufen, als du in Sicherheit warst?«

»Und was hätte ich denen sagen sollen?«

»Wie wäre es mit: ›Hallo, ich habe gesehen, wie zwei Menschen erschossen wurden‹?«

Sie blinzelt kurz und wendet den Blick von mir ab. »Vielleicht hätte ich das tun sollen«, sagt sie.

»Das ist keine wirklich gute Antwort.«

»Ich war stoned und verängstigt und bin ausgeflippt, okay? Ich wusste ja auch nicht, dass sie erschossen worden waren oder so. Und dass Leo auch getroffen wurde, hab ich ja auch nicht mitgekriegt. Nur das von Diana. Ich bin in Panik geraten. Das verstehst du doch, oder? Also habe ich mich eine Zeit lang versteckt.«

»Wo?«

»Erinnerst du dich an das Steinhäuschen hinter dem städtischen Schwimmbad?«

Ich nicke.

»Ich habe mich einfach im Dunkeln davorgesetzt. Wie lange ich da war, weiß ich nicht. Von da sieht man die Hobart Avenue. Und auf der sind dann große, schwarze Wagen ganz langsam entlanggefahren. Vielleicht war ich nur paranoid, aber ich dachte, sie suchen mich. Irgendwann hab ich dann beschlossen, zu dir nach Hause zu gehen.«

Das ist mir neu, aber andererseits … was in dieser Nacht ist das nicht? »Du bist zu mir nach Hause gegangen?«

»Das hatte ich zumindest vor, ja, aber als ich in eure Straße kam, stand an der Ecke ein weiterer großer, schwarzer Wagen. Es war nach Mitternacht. Zwei Männer in dunklen Anzügen saßen drin und haben euer Haus nicht aus den Augen gelassen. Also wusste ich, was los war. Sie hatten die Sache im Griff.« Sie tritt einen Schritt auf mich zu. »Jetzt nimm mal an, ich hätte das der Polizei gemeldet. Ich hätte angerufen und gesagt, dass die Männer von der Basis womöglich jemanden erschossen haben. Weitere Einzelheiten hätte ich nicht erzählen können, aber ich hätte meinen Namen nennen müssen. Sie hätten gefragt, was ich an der Basis gemacht habe. Ich hätte lügen können, oder ich hätte ihnen einfach erzählen können, dass ich da oben einen Joint geraucht und etwas Jack Daniels getrunken habe. Aber bis die mir schließlich geglaubt hätten, wäre oben an der Basis längst alles weggeräumt gewesen. Begreifst du das wirklich nicht?«

»Also bist du wieder abgehauen«, sage ich.

»Ja.«

»Und zu Ellie gegangen.«

Sie nickt. »Irgendwann habe ich mir gesagt: ›Jetzt warte mal ein oder zwei Tage und guck, was passiert.‹ Vielleicht würden sie mich ja vergessen. Aber das haben sie natürlich nicht. Ich habe mich hinter einem Felsen versteckt und zugesehen, wie sie meine Mutter verhört haben. Und als ich dann in den Nachrichten gesehen habe, dass Leos und Dianas Leichen gefunden worden waren … na ja, da wusste ich Bescheid. In den Nachrichten wurde nicht erwähnt, dass sie erschossen wurden. Es hieß, sie wären auf der anderen Seite der Stadt von einem Zug erfasst worden. Also was jetzt? Was konnte ich tun? Die Beweise hatten sie vernichtet. Wer würde mir glauben?«

»Ich hätte dir geglaubt«, sage ich. »Warum bist du nicht zu mir gekommen?«

»Ach, Nap. Ist das dein Ernst?«

»Mir hättest du es erzählen können, Maura.«

»Und was hättest du dann gemacht? Dein hitzköpfiges achtzehnjähriges Ich?« Sie starrt mich einen Moment an. »Wenn ich dir das erzählt hätte, wärst du jetzt auch tot.«

Wir stehen nur da und lassen diese Wahrheit in der Luft hängen.

»Los, komm, jetzt«, sagt Maura und erschauert. »Machen wir, dass wir hier wegkommen.«

NEUNUNDZWANZIG

Als wir bei ihrem Auto sind, sage ich: »Mein Wagen steht noch bei diesem Club.«

»Ich hab da angerufen«, sagt Maura.

»Wieso angerufen?«

»Ich habe beim Club angerufen, ihnen den Wagentyp und das Kennzeichen genannt und gesagt, dass ich zu betrunken zum Autofahren bin und ihn morgen abhole.«

Sie hatte an alles gedacht.

»Du kannst nicht nach Hause, Nap.«

Da wollte ich sowieso nicht hin. Sie startet den Motor.

»Und wohin fahren wir?«, frage ich.

»Ich habe ein sicheres Plätzchen«, sagt sie.

»Also bist du seit jener Nacht …«, ich weiß nicht einmal, wie ich es ausdrücken soll, »… auf der Flucht?«

»Ja.«

»Aber warum jetzt, Maura? Warum bringt jemand fünfzehn Jahre später die restlichen Mitglieder des Conspiracy Clubs um?«

»Das weiß ich nicht.«

»Aber du warst bei Rex, als er erschossen wurde?«

Sie nickt. »In den letzten drei, vier Jahren bin ich das Ganze etwas entspannter angegangen. Ich dachte, na ja, wer auch immer dahintersteckt, warum sollte er jetzt noch hinter mir her sein? Es gab weder Beweise noch Indizien. Die Basis ist längst geschlossen. Man würde mir kein Wort glauben. Ich war knapp bei Kasse und habe nach einer Möglichkeit … einer sicheren Möglichkeit gesucht nachzusehen, was hier los ist. Ich bin dabei zwar ein gewisses Risiko eingegangen, aber es machte den Eindruck, als wollte Rex die Vergangenheit genauso ruhen lassen wie ich. Er konnte Unterstützung für seine Nebeneinkünfte brauchen.«

»Männer mit Alkohol abfüllen und abgreifen.«

»Er hat es netter formuliert, aber im Prinzip ist das richtig.«

Hinter Jim Johnston's Steak House biegen wir vom Eisenhower Parkway ab.

»Ich habe ein paar Bilder von Rex' Ermordung gesehen. Von der Dashcam auf dem Armaturenbrett in seinem Wagen«, sage ich.

»Das war ein eiskalter Profi.«

»Und trotzdem«, sage ich, »konntest du entkommen.«

»Vielleicht.«

»Soll heißen?«

»Als ich gesehen habe, wie Rex zusammensackte, dachte ich, sie haben uns, ich bin tot. Du weißt, was ich meine. Schließlich war ich in der Nacht vor Ort, daher habe ich angenommen, dass ich das eigentliche Ziel bin, aber vielleicht kannten sie auch den ganzen Conspiracy Club. Kam mir logisch vor. Als der Täter auf Rex geschossen hat, habe ich also blitzschnell reagiert. Aber der Typ hatte schon die Waffe auf mich gerichtet. Ich bin auf den Fahrersitz gerutscht, hab den Wagen angelassen und bin losgerast wie eine Irre …«

»Aber?«

»Aber, wie schon gesagt, der Mann war ein Profi.« Maura zuckt die Achseln. »Wie kommt es also, dass er mich nicht auch umgebracht hat?«

»Du glaubst also, er hat dich absichtlich davonkommen lassen?«

Sie weiß es nicht. Wir parken hinter einer schäbigen Absteige in East Orange. Sie hat hier kein Zimmer. Sie erklärt mir, dass das ein alter Trick ist. Sie parkt an der Absteige, und wenn die Polizei oder sonst wer ihren Wagen entdeckt und die Absteige durchsucht, ist sie nicht da. Sie hat sich knapp einen halben Kilometer entfernt ein Zimmer genommen. Das Auto ist geklaut, erklärt sie. Wenn sie das Gefühl hat, dass Gefahr im Anzug sein könnte, lässt sie es einfach stehen und klaut ein anderes.

»Momentan wechsle ich jeden zweiten Tag meinen Aufenthaltsort.«

Wir gehen in das Zimmer, das sie gemietet hat und setzen uns aufs Bett.

»Ich will dir auch noch den Rest erzählen«, sagt Maura.

Während sie das tut, starre ich sie an. Ich habe nicht den Eindruck, ein Déjà-vu zu erleben. Ich bin nicht mehr der Teenager, der im Wald mit ihr Sex hatte. Ich versuche, mich nicht in ihren Augen zu verlieren, aber in ihnen kann ich alles sehen – die ganze Geschichte, die Was-wäre-Wenns, die Scheidewege. Ich sehe auch dich in ihren Augen, Leo. Ich sehe das Leben, das ich früher einmal hatte und seitdem vermisse.

Maura erzählt mir, wo sie seit der Nacht war, in der du gestorben bist. Es fällt mir nicht leicht, mir anzuhören, was für ein Leben sie geführt hat, trotzdem unterbreche ich sie nicht. Ich weiß nicht mehr, was ich fühle. Es ist, als wäre ich ein einziges, riesiges, frei liegendes Nervenende. Als sie zum Ende kommt, ist es drei Uhr morgens.

»Wir müssen ein bisschen schlafen«, sagt sie.

Ich nicke. Sie geht ins Bad und duscht. Als sie wieder herauskommt, trägt sie einen Frottee-Bademantel und hat sich ein Handtuch um die Haare gebunden. Das Mondlicht setzt sie perfekt ins Szene, und ich glaube nicht, dass ich je etwas

Wunderbareres gesehen habe. Ich gehe ins Bad, ziehe mich aus, dusche. Als ich herauskomme, trage ich ein Handtuch um die Hüfte. Abgesehen von einer schwachen Nachttischlampe ist das Licht aus. Maura steht da. Das Handtuch um die Haare hat sie abgenommen. Den Bademantel trägt sie noch. Sie sieht mich an. Jetzt sind alle Masken gefallen. Ich gehe mit schnellen Schritten auf sie zu. Wir wissen es beide. Keiner spricht es aus. Ich nehme sie in die Arme und küsse sie. Sie erwidert den Kuss, und ihre Zunge schlängelt sich in meinen Mund. Sie zieht mein Handtuch weg. Ich reiße ihren Bademantel auf.

Nie zuvor habe ich etwas Vergleichbares erlebt. Dieser Hunger, die Raserei, das Begehren, die Genesung. Es ist hart und liebevoll. Es ist sanft, es ist rau. Es ist ein Tanz und eine Keilerei. Es ist unbändig und intensiv und wild und fast unerträglich zärtlich.

Als es zu Ende ist, sinken wir beide aufs Bett, verblüfft, erschüttert, als würden wir nie wieder dieselben sein, was wahrscheinlich auch so sein wird. Schließlich dreht sie sich so, dass sie ihren Kopf auf meine Brust und ihre Hand auf meinen Bauch legen kann. Wir reden nicht. Wir starren an die Decke, bis uns die Augen zufallen.

Mein letzter Gedanke vor dem Einschlafen ist sehr einfach: *Verlass mich nicht. Verlass mich nie wieder.*

DREISSIG

Bei Sonnenaufgang lieben wir uns noch einmal.

Maura rollt sich auf mich. Unsere Blicke treffen sich, bleiben aneinander hängen. Dieses Mal ist es langsamer, beseelter, behaglicher, verletzlicher. Hinterher, als wir auf dem Rücken liegen und in die Stille hinaufstarren, meldet ein kurzes Ping die Ankunft einer SMS. Sie ist von Muse und knapp gehalten:

Nicht vergessen. Pünktlich um 9.

Ich zeige sie Maura. »Meine Chefin.«

»Könnte eine Falle sein.«

Ich schüttele den Kopf. »Muse hatte mich schon hinbestellt, bevor ich mich mit Reeves getroffen habe.«

Ich liege noch auf dem Rücken. Maura dreht sich um und legt ihr Kinn auf meine Brust. »Glaubst du, dass sie Andy Reeves schon gefunden haben?«

Das habe ich mich auch gefragt. Ich weiß, wie die Sache laufen wird: Zuerst fällt der gelbe Mustang jemandem auf, der womöglich auf der Stelle die Polizei ruft, die dann womöglich die Räumlichkeiten durchsucht. Wie auch immer. Jedenfalls finden sie die Leiche. Hatte Reeves einen Ausweis dabei? Wahrscheinlich. Wenn nicht, kriegen sie seinen Namen über das Autokennzeichen heraus. Sie finden seinen Terminplan und sehen darin, dass er am Abend im Hunk-A-Hunk-A aufgetreten ist. So ein Club hat sicher Überwachungskameras auf dem Parkplatz.

Und ich werde auf den Videos sein.

Und mein Wagen auch. Auf den Videos wird zu sehen sein, wie ich mit dem Opfer, Reeves, in seinen gelben Mustang einsteige.

Ich werde die letzte Person sein, die ihn lebend gesehen hat.

»Wir können auf dem Weg am Tatort vorbeifahren«, sage ich. »Nachsehen, ob die Cops schon da sind.«

Maura rollt sich zur Seite und steht auf. Ich will dasselbe tun, sehe mich dann aber gezwungen, noch einen Moment zu verharren und sie voller Ehrfurcht anzuschauen.

»Und warum hat deine Chefin dieses Meeting anberaumt?«

»Darüber möchte ich lieber nicht spekulieren«, sage ich. »Ich glaube aber nicht, dass es um etwas Angenehmes geht.«

»Dann geh nicht hin«, sagt sie.

»Was soll ich deiner Ansicht nach tun?«

»Brenn mit mir durch.«

Das könnte der beste Vorschlag sein, der mir jemals gemacht wurde. Aber ich werde nicht abhauen. Jedenfalls noch nicht. Ich schüttele den Kopf. »Wir müssen die Sache zu Ende bringen.«

Als Antwort zieht sie sich an. Ich folge ihrem Beispiel. Wir verlassen das Hotel. Maura führt uns zurück zum Parkplatz der Absteige. Wir schauen uns in der Umgebung um, entdecken keine Beschatter und beschließen, es zu riskieren. Wir steigen in den Wagen, mit dem wir gestern Abend hergekommen sind, und fahren in Richtung Route 280.

»Weißt du noch, wie man da hinkommt?«, frage ich.

Maura nickt. »Das Lagerhaus ist in Irvington, ganz in der Nähe vom Friedhof neben dem Parkway.«

Sie fährt ein Stück die 280 entlang, dann auf den Garden

State Parkway und biegt an der ersten Ausfahrt ab in die South Orange Avenue. Hinter einer in die Jahre gekommenen Einkaufszeile fahren wir nach rechts in ein Gewerbegebiet, das, wie so viele Gewerbegebiete in New Jersey, schon bessere Tage gesehen hat. Die Industrie geht, Fabriken schließen. So ist es nun einmal. Meistens hält der Fortschritt Einzug, und etwas Neues wird aufgebaut. Aber manchmal, so wie hier, werden die Lagerhäuser und Fabriken einfach dem Verfall überlassen, verwandeln sich in düstere Ruinen, werden zu Erinnerungen an eine glorreiche Vergangenheit.

Auf dem Grundstück sind weder Menschen noch Autos zu sehen, und auch sonst rührt sich absolut nichts. Es sieht aus wie in einem dystopischen Film nach einer Atombomben-Explosion. Wir fahren mit gleichbleibendem Tempo am gelben Mustang vorbei.

Hier war niemand. Wir sind sicher. Fürs Erste.

Maura fährt wieder auf den Parkway. »Wo ist dein Meeting?«

»Newark«, sage ich ihr. »Aber ich will noch duschen und mich umziehen.«

Sie lächelt verschmitzt. »Ich finde, du siehst toll aus.«

»Ich sehe befriedigt aus«, sage ich. »Das ist etwas anderes.«

»Auch wieder wahr.«

»Bei dem Meeting wird es um ernste Angelegenheiten gehen.« Ich deute auf mein Gesicht. »Also muss ich eine Möglichkeit finden, dieses Grinsen zum Verschwinden zu bringen.«

»Nur zu, versuch's doch.«

Wir lächeln wie zwei liebeskranke Idioten. Sie legt ihre Hand auf meine und lässt sie da liegen. »Also, wo soll es hingehen?«, fragt sie.

»Zum Hunk-A-Hunk-A«, sage ich. »Ich hole meinen Wagen und fahre nach Hause.«

»Okay.«

Einen Moment lang genießen wir gemeinsam die Ruhe. Dann sagt Maura leise: »Ich kann dir gar nicht sagen, wie oft ich den Telefonhörer abgenommen habe, um dich anzurufen.«

»Und warum hast du es nicht getan?«

»Was hätte uns das gebracht, Nap? Wohin hätte es geführt? Ein Jahr später, fünf Jahre später oder zehn Jahre später? Wenn ich dich angerufen und dir die Wahrheit erzählt hätte, wo wärst du dann jetzt?«

»Ich weiß es nicht.«

»Ich auch nicht. Also habe ich ein ums andere Mal mit dem Telefon in der Hand dagesessen und habe die Sache in Gedanken durchgespielt. Wie würdest du reagieren, wenn ich es dir erzähle? Wo wärst du? Ich wollte, dass du in Sicherheit bist. Und wer hätte mir geglaubt, wenn ich nach Hause gekommen wäre und die Wahrheit erzählt hätte? Niemand. Und falls es doch jemand getan hätte – falls die Polizei mich wider Erwarten ernst genommen hätte? Dann hätten die Typen von der Basis mich erst recht zum Schweigen bringen müssen, oder? Und dann habe ich das Ganze folgendermaßen betrachtet: Ich war in der Nacht allein im Wald. Ich bin abgehauen und jahrelang untergetaucht. Vielleicht würden die Typen von der Basis mir Leos und Dianas Tod anhängen. Wäre für sie sicherlich kein Problem.«

Ich sehe ihr Profil an. Dann sage ich: »Was verschweigst du mir?«

Sie betätigt den Blinker etwas zu sorgfältig, umklammert das Lenkrad und blickt dabei die ganze Zeit konzentriert auf die Straße. »Es ist nicht leicht, das zu erklären.«

»Versuch's.«

»Ich habe lange auf der Straße gelebt, immer auf dem Sprung, habe mich im Verborgenen gehalten, am Rande der

Gesellschaft. Das geht schon so, seit ich erwachsen bin. Es ist das einzige Leben, das ich kenne. Die ewige Unrast. Ich hatte mich so sehr daran gewöhnt, an die Flucht, das Versteckspiel, dass ich gar nicht mehr entspannen konnte. Ich hatte keinen Boden mehr unter den Füßen. Auf meine Art bin ich ganz gut damit zurechtgekommen, immer bedroht, immer im Überlebenskampf. Aber wenn ich mal langsamer gemacht habe, wenn ich mal dazu kam, einen klaren Gedanken zu fassen…«

»Was war dann?«

Sie zuckt die Achseln. »Mein Leben war leer. Ich hatte nichts… niemanden. Ich hatte das Gefühl, dass das mein Schicksal war, weißt du? Solange ich in Bewegung blieb, war es in Ordnung – es schmerzte viel mehr, wenn ich über das nachdachte, was hätte sein können.« Sie umklammert das Lenkrad fester. »Was ist mit dir, Nap?«

»Was meinst du damit?«

»Wie war dein Leben?«

Ich will sagen: *Es wäre besser gewesen, wenn du geblieben wärst*, verkneife es mir aber. Stattdessen bitte ich sie, mich zwei Straßen vor dem Hunk-A-Hunk-A abzusetzen, sodass ich zum Club gehen kann und sie nicht auf einer Überwachungskamera zu sehen ist. Natürlich besteht auch die Möglichkeit, dass wir von einer anderen Kamera in der Umgebung erfasst werden, aber bis das jemand herausgefunden hat, ist diese Geschichte auf die eine oder andere Art erledigt.

Bevor ich aussteige, zeigt Maura mir noch einmal die neue App, die ich nutzen soll, wenn ich sie erreichen will. Angeblich ist sie nicht zurückverfolgbar, und die SMS werden fünf Minuten nach ihrer Ankunft automatisch gelöscht. Als sie fertig ist, reicht sie mir das Handy. Ich strecke die Hand aus, um die Tür zu öffnen. Ich bin drauf und dran, ihr das Versprechen abzunehmen, dass sie nicht untertaucht, dass sie, egal, was auch passiert, nicht einfach wieder verschwindet. Aber das ist nicht meine Art. Stattdessen küsse ich sie. Es ist ein sanfter, langer Kuss.

»Ich empfinde so viele Sachen gleichzeitig«, sagt sie.

»Ich auch.«

»Und ich will das auch alles empfinden. Ich will meine Gefühle dir gegenüber nicht im Zaum halten.«

Wir beide verstehen diese Beziehung mit all ihrer Offenheit sehr gut, oder? Wir sind beide keine Jugendlichen mehr, und ich verstehe, dass diese explosive Mischung aus Lust, Begehren, Gefahr und Nostalgie die Perspektive verzerren kann. Aber so ist das bei uns nicht. Ich weiß es. Und sie weiß es auch.

»Ich bin froh, dass du wieder da bist«, sage ich, was vermutlich die größte Untertreibung meines Lebens ist.

Maura küsst mich noch einmal, dieses Mal härter, sodass ich es im ganzen Körper spüre. Dann stößt sie mich weg, wie in diesem alten Song von Dan Hill, in dem es heißt, dass diese ganze Ehrlichkeit zu viel ist.

»Ich warte bei diesem Büro in Newark auf dich«, sagt sie.

Ich steige aus. Maura fährt davon. Mein Auto steht da, wo ich es gelassen habe. Natürlich ist das Hunk-A-Hunk-A geschlossen. Auf dem Parkplatz sind noch zwei weitere Fahrzeuge, und ich frage mich, ob ihre Besitzer auch vorgegeben haben, dass sie nicht mehr fahren konnten. Ich muss Augie über Mauras Rückkehr und Reeves' Ableben informieren.

Auf dem Nachhauseweg rufe ich ihn vom Handy aus an. Als Augie sich meldet, sage ich: »Muse erwartet mich um neun in ihrem Büro.«

»Worum geht's?«, fragt Augie.

»Das wollte sie mir nicht sagen. Außerdem muss ich dir vorher noch ein paar Dinge erzählen.«

»Ich höre.«

»Können wir uns um Viertel vor neun im Mike's treffen?«

Mike's ist ein Coffeeshop in der Nähe der Staatsanwaltschaft von New Jersey.

»Geht in Ordnung.«

Augie legt auf, ich biege in meine Einfahrt und parke. Als ich aus dem Wagen stolpere, höre ich jemanden lachen. Ich drehe mich um und sehe meine Nachbarin Tammy Walsh.

»Sieh an, wen haben wir denn da?«

Ich winke ihr zu. »Hey, Tammy.«

»War 'ne lange Nacht, was?«

»Hab gearbeitet.«

Doch Tammy lächelt, als stünde es mir ins Gesicht geschrieben. »Schon gut, alles klar, Nap.«

Ich kann mir ein Lächeln nicht verkneifen. »Du nimmst mir das nicht ab?«

»Absolut nicht«, sagt sie. »Aber schön für dich.«

»Danke.«

Was für ein Tag!

Ich dusche und versuche, mich wieder auf die Story zu konzentrieren. Im Großen und Ganzen kenne ich die Wahrheit jetzt, oder? Aber irgendetwas übersehe ich immer noch, Leo. Was ist es? Oder mache ich mir zu viele Gedanken? Die alte Basis hatte ein schreckliches Geheimnis – sie war eine Black Site für hochgefährliche, potenzielle Terroristen. Würde die Regierung Menschen töten lassen, um das geheim zu halten? Die Antwort ist so offensichtlich, dass es sich per Definition um eine rhetorische Frage handelt. Natürlich würde sie das. Irgendetwas hat die Männer auf der Basis in jener Nacht aufgeschreckt. Vielleicht Maura, die auf den Zaun zugerannt ist. Vielleicht haben sie auch dich und Diana zuerst entdeckt. Auf jeden Fall sind sie in Panik geraten.

Sie haben geschossen.

Du und Diana wurdet getötet. Was hätten Reeves und seine Kohorten also machen sollen? Sie konnten nicht einfach die Polizei rufen und erklären, was passiert war. Es hätte zu viele Fragen nach sich gezogen. Die Polizisten – besonders Augie – hätten keine Ruhe gegeben, bis sie herausbekommen hätten, was passiert war. Nein, in dieser Situation war die gute alte Vertuschung unabdingbar. Alle hier kannten die Geschichte der Bahngleise. Natürlich kann ich nicht im Einzelnen sagen, was passiert ist, ich vermute aber, dass sie die Kugeln aus euren Körpern entfernt und euch dann zu den Gleisen gebracht haben. Nach dem Aufprall des Zuges waren die Leichen in einem Zustand, der es jedem Gerichtsmediziner unmöglich machte, noch irgendwelche Hinweise zu finden.

Das klingt absolut plausibel. Also kenne ich doch sämtliche Antworten auf meine Fragen, oder?

Nur …

Nur dass Rex und Hank erst fünfzehn Jahre nach diesen Ereignissen ermordet wurden.

Wie passt das zusammen?

Jetzt sind nur noch zwei Mitglieder des Conspiracy Clubs am Leben. Beth, die untergetaucht ist, und Maura.

Was hat das also zu bedeuten? Ich weiß es nicht, aber vielleicht fällt Augie ja etwas dazu ein.

Mike's Coffee Shop & Pizzeria schafft es irgendwie, weder wie ein Coffeeshop noch wie eine Pizzeria auszusehen. Er liegt im Herzen Newarks, an der Ecke Broad Street und William Street und hat eine große, rote Markise. Augie sitzt am Fenster. Er starrt einen Mann an, der vor neun Uhr morgens schon ein Stück Pizza isst. Das Stück ist so obszön groß, dass der normal große Pappteller darunter wie eine Cocktailserviette wirkt. Augie will sich gerade darüber lustig machen, als er mein Gesicht sieht und es sich verkneift.

»Was ist passiert?«

Es gibt keinen Grund, die Sache in irgendeiner Form zu beschönigen. »Leo und Diana wurden nicht vom Zug getötet«, sage ich. »Sie wurden erschossen.«

Man muss Augie zugutehalten, dass er nicht mit einer der üblichen Verleugnungen einsteigt und »Was?«, »Wie kannst du so was sagen?«, »Es wurden keine Kugeln gefunden«, oder etwas in der Art einwendet. Er weiß, dass ich so etwas nicht grundlos behaupten würde.

»Erzähl.«

Das tue ich. Zuerst erzähle ich ihm von Andy Reeves. Ich sehe, dass er mich unterbrechen will, dass er einwenden will, nichts davon beweise, dass Reeves oder seine Männer Diana und Leo getötet hätten, dass er mich gefoltert habe, weil er die Existenz der Black Site weiterhin geheim halten wolle. Aber er unterbricht mich nicht. Er kennt mich gut genug.

Als ich an die Stelle komme, an der Maura mich rettet, überspringe ich für den Moment, wie Reeves gestorben ist. Ich würde mein Leben in Augies Hände legen, es besteht jedoch kein Grund, ihn in eine Situation zu bringen, in der er womöglich bezeugen müsste, was ich ihm erzählt habe. Oder anders ausgedrückt: Wenn ich Augie nicht erzähle, dass Maura Reeves erschossen hat, kann er das unter Eid auch nicht aussagen.

Ich fahre fort. Ich sehe, dass meine Worte bei meinem Mentor den Effekt von Körpertreffern haben. Ich will eine Pause machen, ihm Zeit geben durchzuatmen und sich zu sammeln, weiß aber, dass es dadurch nur noch schlimmer werden würde. Und er würde es nicht wollen. Also setze ich die Offensive ungebremst fort.

Ich erzähle Augie von dem Schrei, den Maura gehört hat.

Ich erzähle Augie von den Schüssen und der darauffolgenden Stille.

Als ich fertig bin, lehnt Augie sich zurück. Er sieht aus dem Fenster und blinzelt zweimal.

»Dann wissen wir es jetzt«, sagt er.

Ich antworte nicht. Wir sitzen nur da. Jetzt, da wir die Wahrheit kennen, warten wir darauf, dass sich etwas verändert, die Welt in einem anderen Licht erscheint. Aber der Kerl isst immer noch sein riesiges Pizzastück. Noch immer fahren Autos die Broad Street entlang. Noch immer gehen die Menschen zur Arbeit. Nichts ist anders als vorher.

Du und Diana, ihr seid immer noch tot.

»Ist es vorbei?«, fragt Augie.

»Was soll vorbei sein?«

Er breitet die Arme aus, als wollte er die ganze Welt umschließen.

»Es fühlt sich nicht so an, als ob es vorbei wäre«, sage ich.

»Soll heißen?«

»Diejenigen, die an Leos und Dianas Tod beteiligt waren, müssen ihre gerechte Strafe bekommen.«

»Hattest du nicht gesagt, dass er tot ist?«

Er. Augie nennt Andy Reeves' Namen nicht. Zur Sicherheit.

»In jener Nacht waren noch andere Personen auf der Basis.«

»Und die willst du alle schnappen?«

»Du nicht?«

Augie wendet sich ab.

»Irgendjemand hat abgedrückt«, sage ich. »Das war vermutlich nicht Reeves. Jemand hat sie aus dem Wald geholt und in ein Fahrzeug gelegt. Jemand hat die Kugeln aus ihren Körpern entfernt. Jemand hat die Leiche deiner Tochter auf ein Bahngleis geworfen und …«

Augie zuckt. Er hat die Augen geschlossen.

»Du warst wirklich ein toller Lehrer, Augie. Deshalb kann

ich nicht einfach weitermachen und die Sache auf sich beruhen lassen. Du hast immer gegen die Ungerechtigkeit gekämpft. Mehr als jeder andere, den ich kannte, hast du darauf bestanden, dass die Übeltäter für ihre Taten zur Rechenschaft gezogen werden. Du hast mir beigebracht, dass, wenn wir der Gerechtigkeit nicht genüge tun – wenn niemand bestraft wird –, das Gleichgewicht nicht wiederhergestellt werden kann.«

»Du hast Andy Reeves bestraft«, sagt er.

»Das reicht nicht.«

Ich beuge mich vor. Ich habe unzählige Male gesehen, wie Augie zugeschlagen hat. Er war es, der mir geholfen hat, als ich mir meinen ersten »Trey« zur Brust genommen habe, ein abartiges, schleimiges Drecksstück, den ich festgenommen hatte, weil er sich sexuell an einem sechsjährigen Mädchen vergangen hatte, der Tochter seiner Freundin. Das Verfahren wurde wegen eines Formfehlers eingestellt, und er war auf dem Heimweg – zurück zu dem kleinen Mädchen. Also haben Augie und ich ihn gestoppt.

»Was verschweigst du mir, Augie?«

Er stützt den Kopf in beide Hände.

»Augie?«

Er reibt sich das Gesicht. Als er mich wieder ansieht, sind seine Augen gerötet. »Du sagst, Maura gibt sich die Schuld, weil sie auf den Zaun zugerannt ist?«

»Zumindest zum Teil, ja.«

»Sie hat sogar gesagt, dass es ihre Schuld gewesen sein könnte.«

»Das ist es aber nicht.«

»Aber es kommt ihr so vor, oder? Denn wenn sie nicht so bekifft gewesen und losgerannt wäre… das hat sie doch gesagt, oder?«

»Worauf willst du hinaus?«, frage ich.

»Willst du Maura bestrafen?«

Ich sehe ihm in die Augen. »Was zum Teufel geht hier vor, Augie?«

»Willst du das?«

»Natürlich nicht.«

»Obwohl sie mitverantwortlich sein könnte?«

»Das ist sie nicht.«

Er lehnt sich zurück. »Maura hat dir von den hellen Scheinwerfern erzählt. Und von dem Lärm. Du fragst dich vielleicht, warum das niemand gemeldet hat, richtig?«

»Richtig.«

»Na ja, du kennst das Gebiet. Die Meyers wohnten ziemlich nah an der Basis. In der Sackgasse. Und die Häuser der Carlinos und Brannums waren auch nicht viel weiter entfernt.«

»Moment.« Jetzt begreife ich, worauf er hinauswill. »Ihr habt einen Anruf bekommen?«

Er blickt zur Seite. »Dodi Meyer. Sie sagte, an der Basis würde irgendetwas passieren. Sie hat vom Licht erzählt. Sie dachte … sie dachte, da wären vielleicht ein paar Jugendliche eingedrungen, die die Scheinwerfer eingeschaltet und ein paar Feuerwerkskörper gezündet hätten.«

Ich spüre, wie sich ein Gewicht auf meine Brust legt. »Und was habt ihr gemacht, Augie?«

»Ich war im Büro. Der Telefonist hat mich gefragt, ob ich mich darum kümmern will. Es war spät. Der andere Streifenwagen war wegen häuslicher Gewalt unterwegs. Also habe ich mich dazu bereit erklärt.«

»Was ist passiert?«

»Als ich oben ankam, waren die Scheinwerfer wieder aus. Mir ist … Am Tor ist mir ein Pickup-Truck ins Auge gefallen. Er war abfahrbereit. Die Ladefläche war mit einer Plane bedeckt. Ich habe am Zaun geklingelt. Andy Reeves ist rausgekommen. Es war spätnachts, trotzdem habe ich mich nicht gefragt, warum noch so viele Leute in einer Außenstelle des Landwirtschaftsministeriums arbeiteten. Deine Geschichte über eine Black Site überrascht mich nicht. Ich wusste zwar nicht genau, was da vorging, aber ich habe meiner Regierung törichterweise soweit vertraut, dass sie schon das Richtige tut. Jedenfalls ist Andy Reeves ans Tor gekommen. Ich habe ihm erzählt, dass man uns eine Ruhestörung gemeldet hätte.«

»Was hat er gesagt?«

»Dass ein Hirsch in den Zaun gesprungen ist. Der hätte den Alarm ausgelöst, worauf sich auch die Scheinwerfer eingeschaltet hätten. Er sagte, einer seiner Leute wäre in Panik geraten und hätte gefeuert. Daher die Schüsse. Er sagte, der Wachmann hätte den Hirsch abgeschossen. Dabei deutete er auf die Plane über der Ladefläche des Pickups.«

»Hast du ihm das abgenommen?«

»Ich weiß nicht. Nicht so ganz. Aber das war geheimes Regierungsgelände. Also hab ich es akzeptiert.«

»Was hast du dann gemacht?«

Seine Stimme kommt aus unendlicher Ferne. »Ich bin nach Hause gefahren. Mein Dienst war zu Ende. Ich bin ins Bett gegangen, und ein paar Stunden später …« Er beendet den Gedankengang mit einem Achselzucken, aber ich bin nicht bereit, das auf sich beruhen zu lassen.

»Und da hast du den Anruf wegen Diana und Leo bekommen.«

Augie nickt. Seine Augen sind feucht.

»Und du hast keine Verbindung zwischen diesen Geschehnissen gesehen?«

Er überlegt. »Vielleicht wollte ich die nicht sehen. Auf die Weise war es nicht meine Schuld – ähnlich wie bei Maura, nach der ich dich eben gefragt habe. Vielleicht war es eine Rechtfertigung, weil ich mir meine eigenen Fehler nicht eingestehen wollte, aber ich habe damals keine Verbindung gesehen.«

Mein Handy vibriert. Ich sehe, dass es 9:10 Uhr ist, noch bevor ich Muses SMS lese:

Wo zum T bist du?

Ich schicke eine Antwort: Bin sofort da.

Ich stehe auf. Er sieht zu Boden.

»Du kommst zu spät zu deinem Meeting«, sagt er, ohne aufzublicken. »Geh.«

Ich zögere. In gewisser Hinsicht erklärt das fast zu viel – Augies jahrelange Verschlossenheit, sein Beharren darauf, dass es nur eine Dummheit von zwei bekifften Jugendlichen gewesen war, seine Distanziertheit. Sein Kopf hat nicht zugelassen, dass er eine Verbindung zwischen der Ermordung seiner Tochter und seinem spätabendlichen Besuch auf der Basis herstellte. Denn dann hätte er womöglich eine weitere Schuld auf sich geladen, weil er dieser Sache nicht nachgegangen ist. Als ich mich umdrehe und zum Ausgang gehe, frage ich mich, ob ich das Richtige getan habe. Ich frage mich, ob ich ihm das alles aufbürden, ihn wieder ins Unglück stürzen darf, ob er jetzt nicht jeden Abend, wenn er die Augen schließt, die Plane auf der Ladefläche des Pickups sieht und sich fragt, was darunterlag? Oder macht er das unbewusst sowieso schon seit Langem? Hat er sich so schnell mit dieser einfachen Erklärung für den Tod seiner Tochter zufriedengegeben, weil er nicht in der Lage war zu akzeptieren, dass er selbst auch eine kleine Nebenrolle bei all dem gespielt hat?

Mein Handy klingelt. Es ist Muse. »Ich bin fast da«, sage ich.

»Was zum Teufel hast du getan?«
»Wieso? Was gibt's?«
»Sieh einfach zu, dass du herkommst.«

EINUNDDREISSIG

Das Büro der Staatsanwaltschaft von Essex County befindet sich an der Market Street im Veterans Courthouse. Ich arbeite hier, also kenne ich mich im Gebäude gut aus. Hier herrscht immer Hochbetrieb – mehr als ein Drittel aller Kriminalfälle New Jerseys werden hier verhandelt. Während ich hineingehe, höre ich ein mir unbekanntes Ping-Geräusch von meinem Handy, und nach kurzem Nachdenken wird mir klar, dass die neue App, die Maura installiert hat, dafür verantwortlich ist. Ich lese ihre SMS.

Bin noch mal vorbeigefahren. Cops haben gelben Mustang gefunden.

Das ist natürlich nicht gut, trotzdem wird es noch eine Weile dauern, bis der von mir skizzierte Ablauf sie zu mir führen kann. Ich habe noch Zeit. Wahrscheinlich. Ich antworte:

Ok. Gehe jetzt ins Meeting.

Loren Muse empfängt mich an der Tür und durchbohrt mich mit ihrem finsteren Blick. Die kleine Frau steht zwischen zwei großen Anzugträgern. Der Jüngere der beiden, ein dünner, drahtiger Mann, mustert mich mit unnachgiebigen Augen. Der Ältere trägt einen Heiligenschein aus zu langen Haaren rund um seine Glatze. Sein hervorstehender Bauch führt einen harten Kampf mit den Hemdknöpfen. Als wir ins Büro treten, sagt der Ältere: »Ich bin Special Agent Rockdale. Das ist Special Agent Krueger.«

FBI. Wir schütteln uns die Hände. Natürlich versucht Krueger, mich mit einem dominanten Händedruck zu beeindrucken. Ich blicke ihn stirnrunzelnd an.

Als das erledigt ist, wendet Rockdale sich an Muse und sagt: »Vielen Dank für Ihre Kooperation, Ma'am. Wir wären Ihnen sehr verbunden, wenn Sie jetzt gehen würden.«

Muse gefällt das nicht. »Ich soll gehen?«

»Ja, Ma'am.«

»Das ist mein Büro.«

»Und das FBI weiß Ihre Kooperation in dieser Angelegenheit sehr zu schätzen, aber wir müssen uns wirklich allein mit Detective Dumas unterhalten.«

»Nein«, sage ich.

Sie sehen mich an. »Wie bitte?«

»Mir wäre es lieber, wenn Staatsanwältin Muse bei allen Vernehmungen zugegen ist.«

»Sie werden keines Verbrechens verdächtigt«, sagt er.

»Ich möchte trotzdem, dass sie hierbleibt.«

Rockdale wendet sich wieder an Muse.

Muse sagt: »Sie haben gehört, was der Mann gesagt hat.«

»Ma'am ...«

»Hören Sie auf, mich Ma'am zu nennen.«

»Frau Staatsanwältin, entschuldigen Sie. Sie haben doch einen Anruf von Ihrem Vorgesetzten erhalten, nicht wahr?«

Muse lächelt gezwungen, als sie antwortet: »Das habe ich, ja.«

Ich weiß, dass ihr Vorgesetzter der Gouverneur von New Jersey ist.

»Und er hat Sie gebeten, mit uns zu kooperieren und

die Zuständigkeit für diese Angelegenheit, die die nationale Sicherheit betrifft, in unsere Hände zu legen, nicht wahr?«

Mein Handy vibriert. Ich werfe einen schnellen Blick darauf und stelle überrascht fest, dass es eine SMS von meiner Nachbarin Tammy ist.

Ein Transporter mit Männern, die dein Haus durchsuchen.
In FBI-Jacken.

Damit war zu rechnen. Sie suchen das Original der Videokassette. Bei mir im Haus werden sie sie nicht finden. Ich habe sie vergraben – wo wohl? –, im Wald bei der alten Basis.

»Der Gouverneur hat mich kontaktiert«, fährt Muse fort, »allerdings hat Detective Dumas um Beistand gebeten …«

»Das ist irrelevant.«

»Wie bitte?«

»Es handelt sich um eine Angelegenheit, die die nationale Sicherheit betrifft. Die Dinge, über die wir sprechen, sind streng geheim.«

Muse sieht mich an. »Nap?«

Ich überlege. Ich denke an die Punkte, die Augie angesprochen hat, daran, was wir für uns behalten sollten, wer schuld an dem ist, was mit Leo passiert ist und wie ich der Sache ein für alle Mal auf den Grund gehen kann.

Wir stehen immer noch in der Tür. Muses vier Mitarbeiter tun so, als würden sie nicht zuhören. Ich sehe die beiden Agenten an. Rockdale steht mit stoischer Miene da. Krueger schließt und öffnet die Faust immer wieder und betrachtet mich mit einem Blick, als wäre ich etwas, das aus einem Hundehintern gefallen ist.

Mir reicht's.

Also wende ich mich an Muse und sage so laut, dass es auch

ihre Mitarbeiter hören: »Vor fünfzehn Jahren war die alte Nike-Raketenbasis in Westbridge eine illegale Black Site, in der amerikanische Staatsbürger festgehalten und verhört wurden, weil sie in Verdacht standen, mit terroristischen Vereinigungen zusammenzuarbeiten. Eine Gruppe Jugendlicher aus der Highschool, zu der auch mein verstorbener Zwillingsbruder gehörte, hat ein Video gedreht, auf dem ein Black-Hawk-Hubschrauber nachts auf der Basis landet. Sie wollen, dass ich ihnen die Videokassette aushändige.« Ich deute auf die beiden Agenten. »Ihre Kollegen durchsuchen gerade mein Haus, wo sie die Kassette übrigens nicht finden werden.«

Kruegers Augen weiten sich vor Schreck und Wut. Er stürzt sich auf mich, seine Hand schießt vor, um mir die Luft abzudrücken. Du musst das verstehen, Leo. Ich bin gut mit den Fäusten. Ich trainiere viel und bin, wie du weißt, von Natur aus ziemlich sportlich. Trotzdem gehe ich davon aus, dass der Typ mich normalerweise ohne große Probleme außer Gefecht setzen kann. Wie soll ich also erklären, was jetzt passiert? Wie kann ich erklären, dass ich schnell genug reagiere, um seinen Angriff mit dem Unterarm zu parieren? Es ist ganz einfach:

Sein Angriff richtet sich gegen meine Kehle.

Den Körperteil, der mir die Luftzufuhr garantiert.

Und seit der letzten Nacht, als ich an diesem Tisch festgebunden war, lässt ein Urinstinkt in mir das einfach nicht zu. Durch eine gleichermaßen unbewusste wie nahezu übernatürliche Reaktion schütze ich diesen Körperteil, ganz egal, was auch geschieht.

Das Problem liegt darin, dass die Sache mit der Abwehr des Schlags nicht erledigt ist. Man muss zurückschlagen. Ich ramme ihm die Handwurzel mit ausgestrecktem Arm auf den Solarplexus. Volltreffer. Krueger sinkt auf ein Knie und bekommt keine Luft mehr. Ich springe mit erhobenen Fäusten zur Seite, falls sein Kollege mitmischen will. Das will er nicht. Er starrt seinen auf dem Boden knienden Kameraden schockiert an.

»Sie haben gerade einen Bundesagenten geschlagen«, sagt Rockdale dann.

»In Notwehr«, schreit Muse. »Was zum Henker stimmt mit euch nicht?«

Er faucht sie an: »Ihr Mann hat gerade streng geheime Informationen ausgeplaudert, was illegal ist, besonders wenn es eine Lüge ist.«

»Wie kann es streng geheim sein«, faucht Muse zurück, »wenn es eine Lüge ist?«

Wieder vibriert mein Handy, und als ich Ellies SMS sehe, weiß ich, dass ich hier so schnell wie möglich rausmuss.

HAB BETH GEFUNDEN.

»Hören Sie«, sage ich, »tut mir leid, okay, lassen Sie uns reingehen und die Sache in Ordnung bringen.« Ich gehe zu Krueger, um ihm aufzuhelfen. Ihm gefällt das nicht, und er stößt meine Hand weg, die Kampfbereitschaft ist aber fürs Erste verflogen. Ich spiele weiter den Friedfertigen, als wir in Muses Büro gehen. Ich habe einen Plan, einen aberwitzig simplen Plan, aber manchmal sind das die besten. Kaum haben wir Platz genommen, es sitzen gerade alle auf ihren Stühlen, stehe ich auf und sage: »Ich, äh, brauche mal eben zwei Minuten.«

Muse fragt: »Was ist los?«

»Nichts.« Ich versuche etwas verlegen dreinzublicken. »Ich muss nur schnell zur Toilette. Ich bin sofort wieder da.«

Ich warte nicht auf Erlaubnis. Schließlich bin ich erwachsen, oder? Ich verlasse Muses Büro und gehe den Flur entlang. Keiner folgt mir. Vor mir ist die Tür zur Herrentoilette.

Ich gehe daran vorbei zur Treppe, renne hinunter ins Erdgeschoss, wo ich das Tempo ein wenig herunterfahre und locker weiterjogge.

Keine sechzig Sekunden nach dem Verlassen von Muses Büro bin ich draußen und bringe Abstand zwischen mich und die FBI-Agenten.

Ich rufe Ellie an. »Wo ist Beth?«, frage ich.

»Auf der Farm ihrer Eltern in Far Hills. Ich glaube zumindest, dass sie es ist. Wo bist du?«

»Newark.«

»Ich simse dir die Adresse. Die Fahrt dürfte keine Stunde dauern.«

Ich lege auf und gehe schnell durch die Market Street. Dann biege ich in die University Avenue und rufe Maura über die neue App an. Ich mache mir Sorgen, dass sie nicht rangeht, dass sie wieder im Nichts verschwunden ist, aber sie meldet sich sofort.

»Was gibt's?«, fragt Maura.

»Wo bist du?«

»Ich stehe in zweiter Reihe vor dem Büro der Staatsanwaltschaft an der Market Street.«

»Fahr Richtung Osten und bieg rechts ab in die University Avenue. Wir müssen eine alte Freundin besuchen.«

ZWEIUNDDREISSIG

Als ich bei Maura im Wagen sitze, schreibe ich Muse eine SMS:

Entschuldige. Erklärung später.

»Wo fahren wir hin?«, fragt Maura.

»Wir besuchen Beth.«

»Du hast sie gefunden?«

»Ich nicht, aber Ellie.«

Ich gebe die Adresse, die Ellie mir gesimst hat, in meine Navigations-App ein. Die App behauptet, die Fahrt würde achtunddreißig Minuten dauern. Wir verlassen die Stadt Richtung Westen zur Route 78.

»Hast du eine Ahnung, wie Beth Lashley in die Sache hineinpasst?«, fragt Maura.

»Die drei waren in jener Nacht auch da«, sage ich. »An der Basis, meine ich. Rex, Hank und Beth.«

Maura nickt. »Klingt logisch. Dann hatten wir alle einen Grund zu fliehen.«

»Was die anderen allerdings nicht getan haben. Wenigstens nicht sofort. Sie haben ihren Highschool-Abschluss gemacht. Dann sind sie auf die Uni gegangen. Zwei von ihnen, Rex und Beth, sind nicht nach Westbridge zurückgekehrt. Sie sind zwar nicht direkt abgetaucht, haben aber meiner Meinung nach deutlich zu erkennen gegeben, dass sie nichts mehr mit Westbridge zu tun haben wollten. Bei Hank, tja, da war es etwas anderes. Er ist Tag für Tag den ganzen Weg von der alten Basis durch die Stadt zu den Bahngleisen zu Fuß gegangen. Als hätte er die Strecke nachmessen wollen. Als hätte er versucht herauszubekommen, wie Leo und Diana dort hingekommen sind. Inzwischen glaube ich, das begriffen zu haben. Wahrscheinlich hat er sie, so wie du, das letzte Mal an der Basis gesehen, als sie erschossen wurden.«

»Ich habe nicht direkt gesehen, wie sie erschossen wurden.«

»Ich weiß. Aber sagen wir, der Conspiracy Club mit Ausnahme von dir wäre vollzählig dort gewesen – Leo, Diana, Hank, Beth und Rex. Nehmen wir an, sie hätten die Scheinwerfer gesehen, die Schüsse gehört und wären geflohen. Vielleicht haben Hank und die anderen gesehen, wie Leo und Diana erschossen wurden. Sie hatten eine Heidenangst, genau wie du. Am nächsten Tag haben sie dann erfahren, dass die Leichen auf der anderen Seite der Stadt an den Bahngleisen gefunden wurden. Das muss sie verwirrt haben.«

Maura nickt. »Wahrscheinlich hätten sie vermutet, dass die Männer von der Basis sie dahin gebracht haben.«

»Genau.«

»Trotzdem sind sie in der Stadt geblieben.« Maura fädelt sich auf dem Highway ein. »Also müssen wir annehmen, dass Reeves und die Männer von der Basis nichts von Hank, Rex und Beth wussten. Vielleicht waren nur Leo und Diana so nah am Zaun, dass man sie sehen konnte.«

Das klingt logisch. »Und wenn ich Reeves' Reaktion richtig interpretiere, wusste er nichts von dem Video.«

»Dann hätten sie mich für die einzige lebende Zeugin gehalten«, sagt sie. »Bis vor Kurzem.«

»Genau.«

»Aber was hat sie verraten? Das ist fünfzehn Jahre her.«

Ich denke intensiv darüber nach und finde eine mögliche Antwort. Maura hat mich aus den Augenwinkeln beobachtet und es in meinem Gesicht gesehen. »Was glaubst du?«

»Das virale Video.«

»Was für ein virales Video?«

»In dem behauptet wird, dass Hank sich angeblich entblößt hat.«

Ich erzähle ihr von dem Video mit Hank, davon, wie es sich rasend schnell verbreitet hat, und dass die meisten Leute seine Ermordung für einen Akt der Selbstjustiz halten. Als ich fertig bin, fragt Maura: »Du glaubst also, irgendjemand von der Basis hat das Video gesehen und darauf womöglich Hank wiedererkannt, den er in jener Nacht gesehen hatte?«

Ich schüttele den Kopf. »Das ergibt keinen Sinn, oder? Wenn sie Hank in jener Nacht gesehen hätten …«

»Dann hätten sie ihn früher ausfindig gemacht.«

Wir übersehen immer noch irgendetwas, inzwischen bin ich allerdings überzeugt, dass das Ganze mit diesem viralen Video zusammenhängt. Fünfzehn Jahre lang waren die drei in Sicherheit. Dann ist das Video von Hank auf dem Schulgelände viral geworden.

Es muss eine Verbindung geben.

Auf einem braunen Schild mit einem Reiter in roter Jacke steht: »Willkommen in Far Hills«. Dies ist kein Farmland. Nicht mehr. In diesem Teil von Somerset County hat sich die gut betuchte Landbevölkerung angesiedelt, die auf großen Grundstücken mit riesigen Häusern so wohnen wollen, dass sie ihre Nachbarn kaum zu Gesicht bekommen. Ich kenne einen Philanthropen, der sich hier draußen einen Dreiloch-Golfkurs auf seinem Grundstück hat anlegen lassen. Andere besitzen Pferde oder bauen Äpfel an, um daraus Cider zu keltern, oder üben sonst irgendeine Tätigkeit aus, die man allenfalls als gehobene Hobby-Landwirtschaft bezeichnen kann.

Wieder betrachte ich Mauras Gesicht und bin einfach überwältigt. Ich strecke die Hand aus und lege sie auf ihre. Maura lächelt mir zu, ein Lächeln, das mir durch Mark und Bein geht, mein Blut in Wallung bringt und das meine Nerven auf eine wunderbare Art in Schwingungen versetzt. Sie nimmt meine Hand, führt sie an ihre Lippen, küsst den Handrücken.

»Maura?«

»Ja?«

»Wenn du wieder fliehen musst, gehe ich mit.«

Sie drückt meine Hand an ihre Wange. »Ich verlasse dich nicht, Nap. Nur, damit du es weißt. Ganz egal, ob wir bleiben, gehen, leben, sterben, ich werde dich nie wieder verlassen.«

Mehr sagen wir nicht. Wir haben es begriffen. Wir sind keine hormongesteuerten Teenager mehr, deren Liebe unter einem schlechten Stern steht. Wir sind argwöhnische, kampferprobte Haudegen und wissen, was das bedeutet. Keine Heuchelei, kein Hinhalten, keine Spielchen.

Ellie erwartet uns gleich um die Ecke von Beth' vermeintlicher Adresse. Wir halten hinter ihrem Wagen und steigen aus. Ellie und Maura umarmen sich. Sie haben seit fünfzehn Jahren keinen persönlichen Kontakt gehabt – seit Ellie Maura nach jener Nacht in ihrem Schlafzimmer versteckt hat. Dann gehen wir alle zu Ellies Auto. Ellie fährt, ich nehme den Beifahrersitz, Maura setzt sich nach hinten. Wir fahren zu dem geschlossenen Tor und blockieren die Zufahrt.

Ellie drückt den Knopf auf der Gegensprechanlage. Keine Antwort. Sie drückt ihn noch einmal. Immer noch nichts.

Ich sehe das weiße Farmhaus in der Ferne. Wie alle anderen weißen Farmhäuser, die ich je gesehen habe, wirkt es beeindruckend und weckt sofort nostalgische Gefühle, sodass man sich direkt vorstellen kann, unter diesem Dach ein schlichteres, glücklicheres Leben führen zu können. Ich steige aus und rüttele am Tor. Keine Chance.

Ich werde jetzt nicht einfach wieder nach Hause fahren. Ich gehe zum Palisadenzaun neben der Zufahrt, stemme mich hinauf und springe auf der anderen Seite herunter. Ich winke Ellie und Maura, dass sie bleiben sollen, wo sie sind. Das Farmhaus liegt rund zweihundert Meter entfernt. Da es keine Bäume oder sonst irgendetwas gibt, hinter dem man sich verstecken kann, erspare ich mir die Mühe. Ich gehe ganz offen die ebene Zufahrt entlang.

Als ich mich dem Haus nähere, sehe ich einen Volvo Kombi in der Garage stehen. Das Kennzeichen verrät, dass er aus Michigan ist. Beth lebt in Ann Arbor. Man muss kein großer Detektiv zu sein, um daraus zu schließen, dass es sich vermutlich um ihren Wagen handelt.

Ich gehe nicht direkt zur Tür, um zu klingeln. Wenn Beth im Haus ist, weiß sie schon, dass wir hier sind. Ich gehe ums Haus herum und blicke durch die Fenster. Hinten fange ich an.

Als ich am Küchenfenster stehe, sehe ich Beth. Vor ihr steht eine fast leere Flasche Jameson. Das Glas daneben ist halb voll.

Auf ihrem Schoß liegt ein Gewehr.

Ich beobachte, wie sie die Hand ausstreckt, das Glas mit zittriger Hand ergreift und einen Schluck trinkt. Sie bewegt sich langsam und bedächtig. Jetzt ist nicht nur die Flasche fast leer, sondern auch das Glas. Ich überlege, wie ich vorgehen soll, habe aber immer noch keine Lust, die Sache unnötig in die Länge zu ziehen. Ich schleiche zur Hintertür, hebe den Fuß und trete sie direkt über dem Knauf ein. Das Holz gibt nach wie ein spröder Zahnstocher. Ich zögere keinen Moment.

Mit dem Schwung des Tritts lege ich die knapp zwei Meter bis zum Tisch in ein bis zwei Sekunden zurück.

Beth reagiert langsam. Sie greift erst so spät nach dem Gewehr, dass ich es ihr einfach aus der Hand nehmen kann.

Sie starrt mich kurz an. »Hallo, Nap.«

»Hallo, Beth.«

»Dann bring's schon hinter dich«, sagt sie. »Erschieß mich.«

DREIUNDDREISSIG

Ich entlade das Gewehr, werfe die Patronen in eine Ecke, das Gewehr in eine andere. Dann teile ich den anderen über Mauras App mit, dass alles in Ordnung ist und sie bleiben sollen, wo sie sind. Beth starrt mich mit einem aufsässigen Blick an. Ich setze mich ihr gegenüber an den Küchentisch.

»Warum sollte ich dich erschießen wollen?«, frage ich.

Beth sieht noch fast genauso aus wie früher auf der Highschool. Mir ist aufgefallen, dass die Frauen meines Jahrgangs, die jetzt also Mitte dreißig sind, mit den Jahren attraktiver geworden sind. Warum, kann ich nicht sagen, vielleicht hat es etwas mit Reife und Selbstbewusstsein zu tun, vielleicht ist es aber auch etwas Greifbareres, die stärkere Definition der Muskeln oder die straffere Haut im Bereich der Wangenknochen. Als ich Beth jetzt gegenübersitze, weiß ich nur, dass ich kein Problem habe, in ihr das Mädchen zu sehen, das im Schulorchester die erste Geige gespielt und in der Senior Award Night das Biologiestipendium bekommen hat.

»Rache«, sagt sie. Sie lallt leicht.

»Rache wofür?«

»Vielleicht auch, um uns zum Schweigen zu bringen. Die Wahrheit zu kaschieren. Was aber dumm wäre, Nap. Wir haben fünfzehn Jahre lang nicht einen Piep gesagt. Und ich schwöre bei Gott, dass ich niemals etwas gesagt hätte.«

Ich weiß nicht, wie ich weiter vorgehen soll. Sage ich ihr,

dass sie sich entspannen soll, dass ich ihr nichts antun werde? Offenbart sie sich mir dann? Oder lasse ich sie im Ungewissen und deute an, dass sie nur überleben wird, wenn sie den Mund aufmacht?

»Du hast Familie«, sage ich.

»Zwei Jungs. Acht und sechs Jahre alt.«

Ich sehe jetzt die nackte Angst in ihren Augen, es wirkt fast, als würde sie von Sekunde zu Sekunde nüchterner werden. Ich will nicht, dass sie leidet. Ich will nur die Wahrheit erfahren.

»Erzähl mir, was in jener Nacht passiert ist.«

»Du weißt es wirklich nicht?«

»Ich weiß es wirklich nicht.«

»Was hat Leo dir erzählt?«

»Wie meinst du das?«

»Du hattest an dem Abend ein Eishockeyspiel, oder?«

»Ja.«

»Bevor du da hingefahren bist, was hat Leo dir da erzählt?«

Die Frage überrascht mich. Ich versuche, mich an den frühen Abend zu erinnern: Ich bin zu Hause. Die Eishockeytasche ist gepackt. Es ist absurd, wie viel Kram man dafür braucht – Schlittschuhe, Schläger, Ellbogenschützer, Schienbeinschützer, Schulterschutz, Handschuhe, Nackenpolster, Helm. Irgendwann hat Dad uns eine Liste gemacht, die wir vorher durchgingen, damit ich nicht zu Hause anrufen würde, sobald ich in der Halle war, um etwas zu sagen wie: »Ich habe meinen Mundschutz vergessen.«

Wo warst du, Leo?

Wenn ich jetzt darüber nachdenke, erinnere ich mich, dass du nicht mit uns an der Tür warst. Normalerweise warst du auch dabei, wenn Dad und ich seine Checkliste durchgingen. Dann hast du mich zur Schule gebracht, wo der Bus abfuhr. Das war mehr oder weniger Routine.

Dad und ich sind die Checkliste durchgegangen. Du hast mich zum Bus gefahren.

Aber an dem Abend hast du das nicht getan. Warum, weiß ich nicht mehr. Aber nachdem wir die Checkliste durchgegangen waren, hat Dad gefragt, wo du bist. Wahrscheinlich habe ich nur die Achseln gezuckt, ich erinnere mich nicht mehr. Dann bin ich zu unserem Zimmer gegangen, um nachzusehen, ob du da bist. Das Licht war aus, aber du lagst im oberen Bett.

»Fährst du mich?«, habe ich dich gefragt.

»Kann Dad das machen? Ich will hier einfach ein bisschen liegen.«

Also hat Dad mich gefahren. Das ist alles. Das waren die letzten Worte, die wir miteinander gesprochen haben. Damals habe ich keinen weiteren Gedanken daran verschwendet. Vielleicht habe ich noch einmal kurz daran gedacht, als die Leute über einen Doppel-Selbstmord spekulierten – weniger an deine Worte, eher an die bedrückte Stimmung, als du im Dunkeln oben auf dem Etagenbett lagst –, aber ich habe nicht viel darauf gegeben. Oder, falls ich es doch getan habe, war es vielleicht ähnlich wie bei Augie mit seinem dienstlichen Besuch bei der Basis in jener Nacht, und ich habe es verdrängt. Ich wollte nicht, dass du Selbstmord begangen hast, also habe ich mich vielleicht gezwungen, diese Situation zu vergessen. Das machen wir alle so. Wir nehmen nur das wahr, was zu unserer Version der Geschichte passt. Wir neigen dazu, alles andere auszublenden.

»Leo hat mir gar nichts erzählt«, sage ich jetzt zu Beth.

»Gar nichts? Kein Wort über Diana? Kein Wort über seine Pläne für die Nacht?«

»Nichts.«

Beth schenkt sich noch etwas Whiskey ein. »Ich dachte, ihr beiden wärt euch so nahe gewesen.«

»Was ist passiert, Beth?«

»Wieso ist das jetzt plötzlich so wichtig?«

»Das kommt nicht plötzlich«, sage ich. »Das war schon immer wichtig.«

Sie hebt das Glas und mustert den Drink.

»Was ist passiert, Beth?«

»Die Wahrheit wird dir nicht helfen, Nap. Sie wird es nur noch schlimmer machen.«

»Mir egal«, sage ich. »Erzähl.«

Und das tut sie.

»Ich bin die Einzige, die noch übrig ist, stimmt's? Die anderen sind tot. Ich glaube, wir alle haben irgendwie versucht, Wiedergutmachung zu leisten. Rex ist Polizist geworden. Ich bin Kardiologin, arbeite aber vor allem für Menschen, die sich solche Behandlungen nicht leisten können. Ich habe eine Klinik aufgebaut, die bedürftigen Menschen mit Herzproblemen hilft – Prävention, Behandlung, Medikamente und wenn nötig auch Operationen. Die Leute halten mich für selbstlos und fürsorglich, ich glaube aber, dass ich das in Wahrheit nur tue, um dem, was ich in dieser Nacht getan habe, etwas entgegenzusetzen.«

Beth starrt eine Weile auf den Tisch.

»Wir sind alle schuldig, aber wir hatten einen Anführer. Es war seine Idee. Er hat den Plan geschmiedet und in die Tat umgesetzt. Wir anderen waren zu schwach, um uns dem zu widersetzen, wir haben einfach mitgemacht. Was in gewisser Hinsicht sogar noch schlimmer ist. Als Jugendliche habe ich diese Typen, die andere tyrannisiert haben, immer gehasst. Aber weißt du, wen ich noch mehr gehasst habe?«

Ich schüttele den Kopf.

»Diejenigen, die hinter dem Typen standen und sich am

Zugucken aufgegeilt haben. Und genau das haben wir an dem Abend getan.«

»Wer war der Anführer?«, frage ich.

Sie verzieht das Gesicht. »Das weißt du doch.«

Sie hat recht. Das warst du, Leo. Du warst der Anführer.

»Leo hatte Wind davon bekommen, dass Diana ihm den Laufpass geben wollte. Diana hat nur noch gewartet, bis der blöde Ball vorbei war, was wirklich total mies von ihr war. Leo so zu benutzen. Herrje, ich klinge schon wie ein Teenager, was? Jedenfalls war Leo zuerst traurig, dann ist er sauer geworden. Du weißt doch, dass dein Bruder viel gekifft hat, oder?«

Ich nicke knapp.

»Haben wir damals wohl alle. Aber auch in dem Punkt war er der Anführer. Ich persönlich glaube ja, dass genau das einen Keil zwischen Diana und ihn getrieben hat. Leo hat gern einen draufgemacht, Diana war die Tochter des Polizisten, die nicht so darauf stand. Ist ja auch egal, jedenfalls hat Leo sich da immer weiter reingesteigert. Er ist auf und ab gegangen und hat herumgeschrien, dass Diana ein Miststück sei, die dafür bezahlen müsse, und dass wir das in die Hand nehmen müssten. Den Conspiracy Club kennst du doch, oder?«

»Ja.«

»Leo, Rex, Hank, Maura und ich gehörten dazu. Er sagte, der Conspiracy Club würde an Diana Rache üben. Ich glaub nicht, dass einer von uns das ernst genommen hat. Wir sollten uns alle bei Rex treffen, aber Maura ist da gar nicht erst aufgetaucht. Was im Nachhinein ein bisschen seltsam ist, weil sie ja diejenige war, die dann verschwunden ist. Ich habe mich immer gefragt, was da passiert ist – warum Maura geflohen ist, obwohl sie doch gar nicht am Plan beteiligt war.«

Beth senkt den Kopf.

»Wie sah dieser Plan aus?«, frage ich.

»Jeder von uns hatte eine Aufgabe. Hank hat das LSD besorgt.«

Das überrascht mich. »Ihr habt LSD genommen?«

»Nein, das hatten wir vorher noch nie getan. Das war Teil des Plans. Hank kannte jemanden aus dem Chemiekurs, der ihm eine flüssige Version hergestellt hat. Und Rex' Aufgabe war einfach, tja, das Haus zur Verfügung zu stellen. Wir haben uns bei ihm im Keller getroffen. Ich sollte Diana dazu bringen, das Zeug zu nehmen.«

»Das LSD?«

Beth nickt. »Natürlich hätte Diana das von sich aus niemals genommen, aber sie hat immer Coke Light getrunken. Meine Aufgabe war es also, ihr das in die Cola zu kippen. Wie gesagt hatte jeder seine Aufgabe. Wir waren alle bereit und haben gewartet, als Leo losgegangen ist, um Diana abzuholen.«

Ich erinnere mich daran, dass Augie das erzählt hat, dass er Leo für stoned hielt und wie sehr er sich wünschte, die Zeit zurückdrehen und Diana davon abhalten zu können, das Haus zu verlassen.

»Und wie ging's dann weiter?«, frage ich.

»Diana war etwas misstrauisch, als Leo mit ihr in Rex' Keller kam. Ja, das war ein weiterer Grund für meine Anwesenheit. Eine weitere Frau im Raum. Damit sie sich entspannt. Wir haben ihr versprochen, keinen Alkohol zu trinken. Erst haben wir ein bisschen Tischtennis gespielt, dann einen Film geguckt. Und dazu haben wir natürlich Cola getrunken. Unsere war mit Wodka versetzt. In Dianas war das LSD-Gebräu, das Hank mitgebracht hatte. Wir haben alle herumgekichert und uns toll amüsiert, sodass ich den eigentlichen Grund für unser Treffen beinahe vergessen hätte. Ich weiß noch, dass ich Diana irgendwann angeguckt habe, und da war sie schon fast bewusstlos. Ich habe mich gefragt, ob ich ihr zu viel in die Cola getan hatte. Sie war wirklich völlig weggetreten. Aber dann habe ich gedacht, okay, Mission erfüllt. Das war's.«

Sie bricht ab und wirkt völlig verloren. Ich versuche, wieder aufs Thema zurückzukommen.

»Aber das war's noch nicht?«

»Nein«, sagte Beth, »das war's noch nicht.« Sie blickt jetzt an mir vorbei, über meine Schulter, als ob sie gar nicht mehr anwesend wäre, und vielleicht ist sie das auch tatsächlich nicht. »Ich weiß nicht mehr, wer auf die Idee gekommen ist. Könnte Rex gewesen sein. Er hat als Betreuer in einem Ferienlager gearbeitet. Er hat erzählt, die Kinder hätten oft so fest geschlafen, dass die Betreuer ihnen manchmal einen Streich gespielt und sie in ihrem Feldbett in den Wald getragen haben. Die Betreuer haben sich versteckt und gewartet, bis das Kind aufgewacht ist, und dann haben sie zugesehen, wie es durchdreht. Rex hat viele solcher Geschichten erzählt, die alle wahnsinnig komisch waren. Einmal hat er sich bei einem Kind unterm Bett versteckt und immer wieder von unten gedrückt, bis das Kind schreiend aufgewacht ist. Ein andermal hat er die Hand eines Jungen in warmes Wasser gelegt. Eigentlich hätte er ins Bett machen sollen oder so etwas, aber der Junge ist stattdessen aufgestanden, als wollte er ins Bad gehen, und direkt in einen Busch gelaufen. Also hat Leo gesagt – ja, es war eindeutig Leo, der gesagt hat: ›Lass uns Diana zur Basis in den Wald bringen‹.«

Oh, nein …

»Das haben wir gemacht. Es war extrem dunkel. Gemeinsam haben wir Diana den Pfad entlanggeschleppt. Ich habe die ganze Zeit darauf gewartet, dass jemand die Sache abbläst. Das hat aber niemand getan. Hinter dieser Felsformation ist doch die kleine Lichtung. Die kennst du doch sicher. Da wollte Leo Diana zurücklassen, weil sie an der Stelle oft rumgemacht hatten. Genau dieses Wort hat er benutzt, in einem herablassenden Ton. Also haben wir Diana da abgeladen. Einfach so. Wir haben sie wie einen Haufen Schutt abgeladen. Ich weiß noch, wie Leo auf sie hinuntergeblickt hat, als … ich weiß nicht. Als wollte er sie vergewaltigen oder so etwas. Aber das hat er nicht. Er sagte, wir sollten uns verstecken und zugucken, was passiert. Das haben wir gemacht. Rex hat die ganze Zeit gekichert. Hank auch. Ich glaube aber, die beiden waren einfach nur nervös, weil sie keine Ahnung hatten, wie Diana auf das LSD reagiert. Leo hat sie nur böse angestarrt. Und ich … ich wollte nur noch, dass das aufhört. Ich wollte nach Hause. Ich sagte: ›Das reicht doch jetzt, oder?‹ Ich weiß noch, dass ich Leo angesehen und gefragt habe: ›Bist du sicher, dass du das durchziehen willst?‹ Und Leo hat mich todtraurig angesehen. Als ob … als ob er erst in diesem Moment begriff, was er da eigentlich tat. Eine Träne lief ihm über die Wange. Ich hab gesagt: ›Schon okay, Leo, lass uns Diana jetzt nach Hause bringen.‹ Leo hat genickt. Er hat Hank und Rex gesagt, dass sie aufhören sollen zu kichern. Er ist aufgestanden, auf Diana zugegangen und dann …«

Tränen laufen ihr übers Gesicht.

»Was war dann?«, frage ich.

»Dann ist die Hölle losgebrochen«, sagt Beth. »Zuerst waren da diese riesigen Scheinwerfer. Als sie uns erfassten, ist Diana aufgesprungen, als hätte jemand einen Kübel Eiswasser über sie gegossen. Sie hat zu schreien angefangen und ist auf sie zugerannt. Leo ist hinter ihr her. Rex, Hank und ich sind einfach wie angewurzelt stehen geblieben. Ich habe Dianas Silhouette im Scheinwerferlicht gesehen. Sie hat immer noch geschrien, lauter als vorher. Dann hat sie angefangen, sich auszuziehen. Bis sie völlig nackt war. Und dann … Dann habe ich

Schüsse gehört. Diana … ich habe gesehen, wie Diana gestürzt ist. Leo hat sich zu uns umgedreht und geschrien: ›Macht, dass ihr hier wegkommt!‹ Das haben wir uns nicht zweimal sagen lassen. Wir sind abgehauen. Wir sind den ganzen Weg, so schnell wir konnten gerannt, bis wir wieder in Rex' Keller waren. Da haben wir dann die ganze Nacht im Dunkeln auf Leo gewartet, oder darauf, dass … ich weiß nicht. Wir haben einen Pakt geschlossen. Wir würden nie ein Wort über diese Nacht verlieren. Niemals. Wir haben einfach in diesem Keller gesessen und gehofft, dass alles irgendwie gut gegangen ist. Wir wussten nicht, was passiert ist. Auch am nächsten Morgen noch nicht. Vielleicht war Diana ja im Krankenhaus, vielleicht war alles in Ordnung. Und dann … als wir dann die Sache von Leo und Diana am Bahngleis gehört haben … da war uns sofort klar, was passiert war. Die Schweine hatten sie erschossen und die Geschichte vertuscht. Hank wollte zur Polizei gehen, aber Rex und ich haben ihn davon abgehalten. Was hätten wir auch sagen sollen? Dass wir die Tochter des Polizeichefs unter Drogen gesetzt, sie einfach in den Wald gebracht und die Männer von der Basis sie erschossen hätten? Also haben wir uns an unseren Schwur gehalten. Wir haben nie wieder darüber gesprochen. Wir haben unsere Highschool-Abschlüsse gemacht und die Stadt verlassen.«

Beth fährt fort. Sie erzählt von einem Leben voller Angst und Selbsthass, von ihren depressiven Phasen, ihren Essstörungen, Schuldgefühlen, von Alpträumen, in denen sie Diana nackt sieht oder versucht, sie zu warnen oder festzuhalten, ehe sie auf die Scheinwerfer zurennen kann. Beth erzählt immer weiter, fängt an zu weinen, bittet um Vergebung und sagt, dass sie all die schrecklichen Dinge verdient hat, die ihr widerfahren sind.

Aber ich höre nur noch mit halbem Ohr zu.

Weil meine Gedanken anfangen zu rotieren und mich auf einen Weg bringen, den ich nie einschlagen wollte. Weißt du noch, wie ich sagte, dass wir nur das wahrnehmen, was zu unserer Version der Geschichte passt, und den Rest einfach ausblenden? Ich versuche jetzt, das nicht zu tun. Ich versuche, mich zu konzentrieren, obwohl ich das nicht will. Ich will gewisse Dinge ignorieren. Beth hat mich gewarnt. Sie sagte, ich würde die Wahrheit nicht hören wollen. Sie hatte auf eine Art und Weise recht, die sie selbst sich gar nicht vorstellen konnte. Für einen Moment wünsche ich mir, ich könnte die Zeit zurückdrehen – bis zu dem Zeitpunkt, an dem Reynolds und Bates bei mir an die Tür klopften. Dann könnte ich ihnen einfach sagen, dass ich nichts darüber weiß, und die Sache einfach auf sich beruhen lassen. Aber dafür ist es zu spät. Ich kann nicht wegsehen. Also wird die Gerechtigkeit auf die eine oder andere Art ihren Lauf nehmen, egal um welchen Preis.

Weil ich jetzt Bescheid weiß. Jetzt kenne ich die Wahrheit.

VIERUNDDREISSIG

Hast du einen Laptop?«, frage ich Beth.

Meine Worte schrecken sie auf. Sie führt jetzt seit fünf Minuten ein Selbstgespräch. Schließlich steht sie auf, holt einen Laptop und stellt ihn auf den Tisch. Sie schaltet ihn an und dreht ihn zu mir. Ich öffne ihren Browser und gebe eine Internet-Adresse ein. Im Feld für den Benutzernamen gebe ich die E-Mail-Adresse ein, beim Passwort muss ich raten. Im dritten Versuch treffe ich es. Ich überfliege die Absender der E-Mails im Ordner »Privat« und finde den passenden Namen. Ich notiere mir den vollständigen Namen und die zugehörige Telefonnummer.

Auf meinem Handy sind Dutzende unbeantwortete Anrufe – Muse, Augie, Ellie und vermutlich auch das FBI. Mir wurden jede Menge Nachrichten hinterlassen. Ich verstehe das. Das FBI sucht mich wegen des Videos. Die Polizei hat mich wahrscheinlich auf den Bildern der Überwachungskameras am Hunk-A-Hunk-A im gelben Mustang gesehen.

Ich ignoriere sie alle.

Ein paar Telefonate führe ich allerdings schon. Ich rufe das Polizeirevier in Westbridge an und habe Glück. Ich rufe unten im Süden an. Ich rufe die Telefonnummer an, die ich unter dem passenden Namen auf der Internet-Seite gefunden habe, und gebe mich als Polizist zu erkennen. Ich rufe Lieutenant Stacy Reynolds in Pennsylvania an.

»Sie müssen mir einen Gefallen tun«, sage ich.

Reynolds hört zu, und als ich fertig bin, sagt sie: »Okay, ich maile das Video in zehn Minuten.«

»Danke.«

Bevor sie auflegt, fragt Reynolds: »Wissen Sie inzwischen, wer den Mord an Rex in Auftrag gegeben hat?«

Ich weiß es, sage es ihr aber nicht. Noch könnte ich mich irren.

Ich rufe Augie an. Er meldet sich mit den Worten: »Gut möglich, dass das FBI mein Handy abhört.«

»Spielt keine Rolle«, sage ich. »Ich mache mich in ein paar Minuten auf den Rückweg. Sobald ich da bin, spreche ich mit ihnen.«

»Was ist los?«

Ich weiß nicht recht, was ich diesem Vater sagen soll, der seit so langer Zeit trauert, entscheide mich dann aber für die Wahrheit. Es sind schon zu viele Lügen im Umlauf, zu viele Geheimnisse werden gehütet.

»Ich habe Beth Lashley gefunden«, sage ich.

»Wo?«

»Sie hat sich auf die Farm ihrer Eltern in Far Hills verkrochen.«

»Was hat sie gesagt?«

»Diana …« Ich habe eine Träne im Auge. Mein Gott, Leo, was hast du getan? Als ich dich das letzte Mal im Etagenbett gesehen habe, hast du dir da über Diana den Kopf zerbrochen? Hast du deine Rache geplant? Warum hast du mir nichts davon erzählt? Früher haben wir über alles gesprochen, Leo. Warum hast du dich so zurückgezogen? Oder war ich es? War ich so sehr mit meinen eigenen Angelegenheiten beschäftigt – Eishockey, Maura, die Suche nach einer Uni –, dass ich deinen Schmerz nicht gesehen und nicht bemerkt habe, was für einen selbstzerstörerischen Pfad du eingeschlagen hattest?

In dieser Angelegenheit haben so viele Menschen Schuld auf sich geladen. Gehöre ich auch dazu?

»Was ist mit Diana?«, fragt Augie.

»Ich mach mich in ein paar Minuten auf den Weg«, sage ich. »Ist wohl besser, wenn ich es dir persönlich erzähle.«

»So schlimm.«

Augie fragt nicht. Er stellt fest.

Ich antworte nicht. Ich traue meiner Stimme nicht.

Dann sagt Augie: »Ich bin zu Hause. Komm vorbei, wenn du Zeit hast.«

Als ich Augie sehe, wird mir schwer ums Herz.

Ich warte hier seit einer Stunde. Ich bin nicht so unerfahren wie Beth und habe mich nicht ans Fenster gesetzt. Ich sitze in der Wohnzimmerecke. Von hier kann ich alle Zugangsmöglichkeiten beobachten. So kann sich niemand anschleichen.

Ich kenne die Wahrheit, hoffe aber immer noch, dass ich mich irre. Ich hoffe, dass ich hier sinnlos meine Zeit vergeude, dass ich für den Rest des Tages und die Nacht hindurch in dieser Ecke des Farmhauses hocken und am Morgen erkennen werde, dass mir ein Denkfehler unterlaufen ist, dass ich einem Trugschluss aufgesessen bin, dass ich glücklicherweise völlig danebenlag.

Aber ich liege nicht daneben. Ich bin ein guter Detective. Ich wurde vom Besten ausgebildet.

Augie hat mich noch nicht gesehen.

Ich richte meine Waffe auf ihn und schalte das Licht an. Augie fährt herum und sieht mich. Ich will »Keine Bewegung« sagen, bekomme es aber nicht über die Lippen. Also bleibe ich einfach sitzen, richte die Pistole auf ihn und hoffe, dass er nicht nach seiner greift. Er sieht mir ins Gesicht. Ich weiß Bescheid. Er weiß Bescheid.

»Ich bin auf deiner Dating-Seite gewesen«, sage ich.

»Wie?«

»Deine E-Mail-Adresse war der Benutzername.«

Er nickt, immer noch der Mentor. »Und das Passwort?«

»Vierzehn-Elf-Vierundachtzig«, sage ich. »Dianas Geburtstag.«

»Da war ich wirklich unvorsichtig.«

»Ich habe mir deine Mails angeguckt. Es gab nur eine Yvonne. Yvonne Shifrin. Ihre Telefonnummer war auch angegeben.«

»Du hast sie angerufen?«

»Ja, das hab ich. Ihr hattet nur eine Verabredung. Zum Mittagessen. Du wärst süß gewesen, meinte Yvonne Shifrin, aber in deinen Augen hätte zu viel Trauer gelegen.«

»Yvonne hat einen angenehmen Eindruck gemacht«, sagt er.

»Ich habe trotzdem noch im Sea Pine Resort in Hilton Head angerufen. Sicherheitshalber. Du hattest da kein Zimmer gebucht.«

»Ich könnte mich beim Namen des Hotels vertan haben.«

»Wollen wir das jetzt wirklich bis zum bitteren Ende durchziehen, Augie?«

Er schüttelt den Kopf. »Hat Beth dir erzählt, was sie Diana angetan haben?«

»Ja.«

»Dann verstehst du es.«

»Hast du meinen Bruder getötet, Augie?«

»Ich habe nur Gerechtigkeit für meine Tochter gesucht.«

»Hast du Leo getötet?«

Aber so leicht macht Augie es mir nicht.

»An dem Abend habe ich uns von Nellie's Chicken-Parmesan geholt. Audrey musste zu einem Meeting, daher waren

Diana und ich allein. Ich habe gemerkt, dass ihr etwas zu schaffen machte. Diana hat nur lustlos in ihrem Essen herumgestochert, dabei hat sie das Chicken-Parmesan von Nellie's normalerweise immer verschlungen.« Er legt den Kopf schräg und gibt sich einen Moment lang der Erinnerung hin. »Also habe ich sie gefragt, ob etwas nicht in Ordnung wäre. Sie sagte, sie wolle mit Leo Schluss machen. Einfach so. So standen wir zueinander, Nap.«

Er sieht mich an. Ich sage nichts.

»Ich habe sie gefragt, wann sie das tun will. Sie sagte, sie wäre sich nicht ganz sicher, würde aber wahrscheinlich bis nach dem Ball warten. Ich …« Er schließt die Augen. »Ich habe ihr gesagt, dass es ihre Sache sei, ich das Leo gegenüber aber nicht fair fände. Wenn sie sich von ihm trennen wolle, solle sie ihn nicht zappeln lassen. Verstehst du es jetzt, Nap? Hätte ich den Mund gehalten, hätte ich mich um meine eigenen Angelegenheiten gekümmert, wäre das vielleicht … Ich habe deinen Bruder gesehen, als er bei uns ankam. Er war völlig stoned, und ich habe mich wie ein Idiot … o Gott, warum habe ich sie nur gehen lassen? Jede Nacht, wenn ich im Bett liege, grübele ich darüber. In jeder Nacht meines erbärmlichen, leeren Lebens. Ich liege da, lasse mir die Situation immer wieder durch den Kopf gehen und biete Gott alle möglichen Deals an, überlege mir, was ich dafür geben würde, was ich tun würde, welche Qualen ich auf mich nehmen würde, wenn wir doch bloß die Zeit zurückdrehen könnten und ich eine zweite Chance bekäme. Gott kann so grausam sein. Dabei hatte er mich mit der wunderbarsten Tochter der Welt gesegnet. Das war mir klar. Ich wusste, wie fragil das Ganze war. Ich habe mir größte Mühe gegeben bei diesem verdammten Hochseilakt, einerseits ein strenger Vater zu sein und meiner Tochter andererseits genug Freiheit für ihre Entwicklung zu lassen.«

Er steht zitternd vor mir. Ich halte noch immer die Pistole auf ihn gerichtet.

»Und was hast du dann getan, Augie?«

»Es war so, wie ich es dir schon erzählt habe. Ich bin aufgrund eines Anrufs wegen Ruhestörung zur Basis hinaufgefahren. Andy Reeves hat mich hereingeholt. Ich habe gemerkt, dass etwas Wichtiges passiert war. Alle waren blass. Reeves hat mir zuerst die Leiche auf der Ladefläche des Pickups gezeigt. Es war ein Mann, den sie dort eingesperrt hatten. Ein Amerikaner, erläuterte er, ein wichtiger Mann. Er war geflohen und hatte die Zäune schon überwunden. Sie konnten nicht riskieren, dass er entkommt. Er hätte nicht auf der Basis sein dürfen, also wollten sie seine Leiche beseitigen und behaupten, er wäre wieder in den Irak geflohen oder so etwas. Das war alles vertraulich, was Reeves mir da erzählte. Aber ich habe verstanden, worauf er hinauswollte. Es ging um Staatsgeheimnisse. Er wollte sicherstellen, dass er mir vertrauen kann. Ich sagte, das könne er. Und dann… dann sagte er, dass er mir etwas Schreckliches zeigen müsse.«

Augies Gesichtszüge entgleisen.

»Reeves hat mich in den Wald geführt. Zwei seiner Männer sind uns gefolgt. Zwei waren schon dort. Wir sind auf sie zugegangen. Reeves hat die Taschenlampe eingeschaltet, und da, auf dem Boden, nackt…«

Er blickt auf, und ich sehe die Wut in seinen Augen.

»…und bei ihr, gleich neben der Leiche meiner Tochter, hockt Leo, hält ihre Hand und schluchzt hysterisch. Ich starre völlig benommen nach unten, während Reeves mir das Ganze erklärt. Der Gefangene, dessen Leiche auf der Ladefläche des Pickups lag, war geflohen. Sie haben die Scheinwerfer angeschaltet. Die Männer auf den Wachtürmen schießen in den Wald. Wo sich eigentlich niemand befinden durfte. Es ist

Nacht. Überall stehen Warnschilder. Die Wachen erschießen den Geflüchteten, aber versehentlich, in der Hitze des Gefechts – na ja, Diana hat wie am Spieß geschrien und ist splitterfasernackt auf sie zugerannt, woraufhin ein Wachmann, ein Neuer, in Panik abgedrückt hat. War wohl nicht sein Fehler. Und jetzt stehen wir also da. Man sollte meinen, dass ich auf die Knie gefallen wäre oder so etwas. Meine kleine Tochter liegt tot auf dem Boden, und ich will mich neben sie legen, will mich einfach auf den Boden werfen, sie in den Arm nehmen und stundenlang weinen. Aber das tue ich nicht.«

Augie sieht mich an. Ich weiß nicht, was ich sagen soll, also sage ich nichts.

»Leo flennt immer noch herum. Ich frage ihn, so ruhig, wie ich kann, was passiert ist. Reeves signalisiert seinen Männern, dass sie zur Basis zurückgehen sollen. Leo wischt sich mit dem Ärmel übers Gesicht. Er erzählt mir, dass er mit Diana im Wald war, dass sie rumgemacht haben und schließlich einen Schritt weitergegangen sind, du weißt schon. Sie haben angefangen, sich auszuziehen. Er sagt, als die Scheinwerfer plötzlich angingen, ist Diana aufgesprungen und in Panik geraten. Reeves steht neben uns und hört zu. Ich sehe ihn an. Er schüttelt den Kopf. Er weiß, was ich im Gesicht deines Bruders sehe. Leo lügt. ›Wir haben ein Video‹, flüstert er mir zu. Ich helfe deinem Bruder hoch. Wir gehen in die Basis und gucken uns die Überwachungsvideos an. Zuerst zeigt Reeves mir ein Video von deiner Freundin. Die hatten sie auch aufgenommen. Reeves fragt mich, ob ich sie kenne. Ich bin zu verblüfft, um das zu verneinen. Ich sage ihm, dass es Maura Wells ist. Er nickt und zeigt mir ein anderes Video. Ich sehe Diana. Sie rennt laut schreiend und mit weit aufgerissenen Augen auf die Basis zu. Sie sieht verängstigt aus und fängt an, sich die Kleider vom Leib zu reißen, als würden sie brennen. So hat meine kleine Tochter die letzten Momente ihres Lebens verbracht, Nap. Vor Angst schreiend. Ich sehe, wie die Kugel in ihre Brust einschlägt. Sie sackt zusammen. Und dann kommt Leo ins Bild, er rennt hinter ihr her. Reeves hält das das Video an. Ich mustere Leo. Er windet sich. Ich frage: ›Wie kommt's, dass du noch angezogen bist?‹ Er weint. Erzählt mir was davon, wie sehr sie sich geliebt haben. Aber ich wusste, dass Diana mit ihm Schluss machen wollte. Ich werde ganz still. Als würde ich ihn verstehen. Ich bin der Cop, er ist der Täter. Ich bearbeite ihn. Mein Herz zerspringt – es löst sich in meiner Brust auf –, und ich sage die ganze Zeit nur Sachen wie: ›Schon okay, Leo. Sag mir einfach die Wahrheit. Sie werden eine Obduktion machen. Welche Drogen hat sie genommen? Ich bearbeite ihn. Er ist ein Jugendlicher. Es dauert nicht lange, bis Leo aufgibt.«

»Was hat er dir erzählt?«

»Er hat immer wieder gesagt, dass es nur ein Scherz war. Er wollte ihr nichts tun. Es wäre nur ein dummer Streich gewesen. Um es ihr heimzuzahlen.«

»Was hast du getan?«

»Ich habe Reeves angesehen. Er hat genickt, als hätten wir beide verstanden. Und so war es auch. Die Basis war eine Black Site. Die Regierung würde niemals zulassen, dass all das an die Öffentlichkeit gelangt. Auch wenn dafür ein paar Zivilisten sterben mussten. Reeves hat den Raum verlassen, und Leo hat immer noch geweint. Ich habe ihm gesagt, er solle sich keine Sorgen machen, alles würde wieder gut werden. Es sei falsch gewesen, was er getan habe, aber viel hätte er wohl kaum zu befürchten? Im Endeffekt habe er doch bloß einem Mädchen etwas LSD untergejubelt. Keine große Sache also. Im schlimmsten Fall eine Anklage wegen Totschlags, vielleicht eine Bewährungsstrafe. Ich habe ihm das alles erzählt, weil es die Wahrheit war, und währenddessen habe ich meine Waffe gezogen, habe sie ihm an die Stirn gehalten und abgedrückt.«

Ich zucke zusammen, als wäre ich dabei, Leo, als stünde ich direkt neben Augie, als er dich kaltblütig umbringt.

»Reeves ist dann wieder in den Raum gekommen. Er hat mich aufgefordert, nach Hause zu fahren, er würde sich darum kümmern. Aber ich bin nicht gegangen. Ich bin dort geblieben. Ich habe die Kleidung meiner Tochter gesucht und sie angezogen. Ich wollte nicht, dass sie nackt gefunden wird. Wir haben die beiden Leichen auf die Ladefläche des Pickups gelegt. Wir sind durch die Stadt zu den Bahngleisen gefahren. Wir haben alles vorbereitet. Ich selbst habe Dianas Leiche auf die Gleise gelegt. Ich habe zugesehen, wie die riesige Lok meine schöne Tochter zermalmt hat. Und ich habe nicht einmal geblinzelt. Ich bin nicht zurückgezuckt. Es musste so entsetzlich sein. Dann bin ich nach Hause gefahren und habe dort auf den Anruf gewartet. Das ist alles.«

Ich will ihn verfluchen. Ich will ihm wehtun. Doch das alles kommt mir so nutzlos, so absurd und unsinnig vor.

»Du weißt, wie man Leute verhört«, sage ich. »Aber Leo hat dir nicht alles erzählt, stimmt's?«

»Nein«, sagt Augie. »Er hat seine Freunde beschützt.«

Ich nicke. »Ich habe auch im Revier in Westbridge angerufen. Die Neue, Jill Stevens, war am Apparat. Mir hat es die ganze Zeit zu schaffen gemacht, dass sie Hanks Akte auf deinen Schreibtisch gelegt hat und du der Sache nicht nachgegangen bist. Das bist du aber, oder?«

»Ich habe Hank am Basketballplatz gefunden. Er war ziemlich erschüttert von der Angelegenheit mit dem viralen Video. Ich habe ihn immer gemocht, also habe ich ihm angeboten, dass er die Nacht bei mir im Haus verbringen kann. Wir haben uns erst das Basketballspiel der New York Knicks im Fernsehen angeguckt. Und als es zu Ende war, habe ich im zweiten Schlafzimmer das Bett für ihn gemacht. Als er ins Zimmer kommt und das Foto von Diana auf der Kommode sieht, flippt er völlig aus. Er fängt an zu schluchzen und zu heulen und bittet mich um Vergebung. Er sagt immer wieder, dass es seine Schuld war, und zuerst weiß ich nicht, was los ist, ob er einfach eine Art manischen Anfall hat, doch dann sagt er: ›Ich hätte das LSD niemals besorgen dürfen.‹«

»Und da wusstest du, was los war.«

»Er hat sich dann wieder ein bisschen gefangen. Als wäre ihm klar geworden, dass er zu viel verraten hat. Also musste ich ihn bearbeiten. Ziemlich intensiv sogar. Doch schließlich hat er mir von der Nacht erzählt und welche Rolle er, Rex und Beth gespielt haben. Du hast keine Kinder, daher erwarte ich nicht, dass du das verstehst. Aber sie alle haben Diana getötet. Sie alle haben meine kleine Tochter ermordet. Meine Tochter. Mein Leben. Die drei durften noch fünfzehn Jahre weiterleben. Sie durften atmen, lachen und erwachsen werden, während mein Baby, meine Welt, unter der Erde verrottet ist. Verstehst du wirklich nicht, warum ich das getan habe?«

Auf diesen schmalen Grat werde ich mich nicht begeben. »Hank hast du als Ersten getötet.«

»Ja, ich habe die Leiche an einem Ort versteckt, wo sie niemand findet. Doch dann sind wir bei seinem Vater gewesen. Ich dachte, Tom hätte es verdient zu wissen, was mit seinem Sohn geschehen ist. Also habe ich Hank aufgehängt. Und ihn so zugerichtet, als hätte es mit dem viralen Video zu tun.«

»Aber vorher bist du nach Pennsylvania raufgefahren«, sage ich. Augie ist gut, und gründlich. Natürlich hatte er die Lage gecheckt, sich angeguckt, was Rex so treibt, von seiner Betrugsmasche erfahren und sich das zunutze gemacht. Ich erinnere mich, wie Hal, der Barkeeper, den Killer beschrieben hat: lange Haare, struppiger Bart, große Nase. Maura, die Augie früher nur einmal kurz bei Dianas Geburtstagsfeier begegnet war, hatte den Mörder mit fast den gleichen Worten beschrieben. »Du hast dich verkleidet, hast sogar deinen Gang verändert. Aber die Analyse der Videos von der Autovermietung hat ergeben, dass Größe und Gewicht auf dich passen. Genau wie deine Stimme.«

»Was ist mit meiner Stimme?«

Die Küchentür wird geöffnet. Maura und Ellie kommen herein. Ich wollte nicht, dass sie bleiben, aber sie waren nicht davon abzubringen. Ellie meinte, wenn sie Männer wären, würde ich nicht darauf bestehen, dass sie gehen. Sie hat recht. Also sind sie jetzt hier.

Maura nickt mir zu. »Dieselbe Stimme.«

»Maura sagte, der Mann, der Rex erledigt hat, war ein Profi«, erkläre ich, weil ich die Sache zu Ende bringen will. »Doch dieser Profi hat sie entkommen lassen. Das war der erste Hinweis. Du wusstest, dass Maura nichts mit dem zu tun hat, was Diana passiert ist. Also hast du sie nicht getötet.«

Das ist alles. Mehr gibt es eigentlich nicht zu sagen. Ich könnte ihm noch von den anderen Hinweisen erzählen, die mich zu ihm geführt haben: So wusste Augie, dass Rex zwei Schüsse in den Hinterkopf bekommen hatte, obwohl ich ihm das nicht erzählt hatte, oder dass Andy Reeves, nachdem er mich gefesselt hatte, bedauerte, dass er Diana getötet hatte, aber kein Wort über Leo verlor. Aber all das ist jetzt nicht mehr wichtig.

»Und was jetzt, Nap?«, fragt Augie.

»Ich gehe davon aus, dass du bewaffnet bist.«

»Du hast mir diese Adresse gegeben«, sagt er und nickt. »Du weißt, warum ich hier bin.«

Um Beth zu töten, die letzte Person, die seiner Tochter etwas zuleide getan hatte.

»Meine Gefühle für dich waren echt, Nap – sind echt. Wir haben uns in unserem Kummer verbündet – du, ich und dein Dad. Ich weiß, dass das keinen Sinn ergibt, dass es fast ein bisschen krank klingt …«

»Nein, ich versteh dich.«

»Ich liebe dich.«

Wieder bricht mir das Herz. »Und ich liebe dich.«

Augie steckt die Hand in die Tasche.

»Nicht«, sage ich.

»Ich würde nie auf dich schießen«, sagt Augie.

»Das weiß ich«, sage ich. »Tu es trotzdem nicht.«

»Lass mich das zu Ende bringen, Nap.«

Ich schüttele den Kopf. »Nein, Augie.«

Ich durchquere den Raum, greife in seine Tasche, ziehe seine Pistole heraus und werfe sie zur Seite. Etwas in mir sträubt sich, ihn aufzuhalten. Lass es mit einem netten Selbstmord enden. Ein schneller, ordentlicher Abschluss. Ruhe in Frieden. Man könnte annehmen, dass ich inzwischen eingesehen habe, dass es nicht richtig von Augie war, mir beizubringen, Selbstjustiz zu üben. Dass ich, nur weil das Rechtssystem nicht immer für Gerechtigkeit sorgt, die Sache nicht selbst in die Hand nehmen darf. Dass es falsch war, was ich Trey angetan habe, genauso wie es falsch war, was Augie Leo, Hank und Rex angetan hat. Man könnte meinen, dass ich ihn aufhalte, weil ich will, dass das Rechtssystem zum Zug kommt, dass ich endlich verstanden habe, dass ich die Entscheidungen dem Gesetz überlassen muss, nicht dem Zorn einzelner Menschen.

Aber vielleicht wird mir, als ich ihm Handschellen anlege, auch klar, dass der Selbstmord ein zu einfacher Ausweg wäre, dass die Sache für ihn damit vorbei wäre und dass es ein viel härteres Schicksal für einen alten Cop ist, in einer Gefängniszelle zu verrotten, als sich eine Kugel durch den Kopf zu jagen.

Spielt es da überhaupt eine Rolle, was richtig ist?

Ich bin untröstlich, am Boden zerstört. Einen Moment lang denke ich an die Pistole in meiner Hand und daran, wie einfach es wäre, mich zu dir zu gesellen, Leo. Aber dieser Gedanke verfliegt sofort wieder.

Ellie hat schon die Polizei gerufen. Als sie Augie mitnehmen, sieht er mich noch einmal an. Vielleicht will er mir etwas sagen, aber ich will es nicht hören, könnte es nicht ertragen. Ich habe Augie verloren. Worte können daran nichts ändern. Ich wende mich ab und gehe durch die Hintertür nach draußen.

Da steht auch Maura und blickt über die Felder. Ich stelle mich hinter sie.

»Eins muss ich dir noch erzählen«, sagt sie.

»Das ist nicht wichtig«, sage ich.

»Ich habe Diana und Ellie am Tag zuvor in der Schulbibliothek getroffen.«

Das weiß ich natürlich schon. Ellie hat es mir erzählt.

»Diana sagte, sie würde nach dem Ball mit Leo Schluss machen. Ich hätte es nicht verraten dürfen. Aber was war da schon dabei? Und trotzdem hätte ich es für mich behalten müssen.«

Ich hatte es mir schon gedacht. »Du hast es Leo erzählt?«

Daher hast du es gewusst, stimmt's, Leo?

»Er ist unglaublich wütend geworden. Er sprach davon, dass er es ihr heimzahlen würde. Ich wollte damit nichts zu tun haben.«

»Und deshalb warst du schließlich ganz allein im Wald«, sage ich.

»Wenn ich es ihm nicht erzählt hätte … wäre das alles nicht passiert. Es ist meine Schuld.«

»Nein«, sage ich, »ist es nicht.«

Und das meine ich ernst. Ich ziehe sie an mich und küsse sie. Wir können mit diesen gegenseitigen Schuldzuweisungen ewig fortfahren, Leo, oder? Es ist ihre Schuld, weil sie dir erzählt hat, dass Diana mit dir Schluss machen wollte, es ist meine Schuld, weil ich nicht für dich da war, es ist Augies, Hanks, Rex', Beth' Schuld, verdammt, es ist die Schuld des Präsidenten der Vereinigten Staaten, weil er der Einrichtung dieser Black Site zugestimmt hat.

Aber weißt du was, Leo? Es interessiert mich nicht mehr. Ich rede auch eigentlich nicht mit dir. Du bist tot. Ich liebe dich und werde dich immer vermissen, aber du bist seit fünfzehn Jahren tot. Das ist lange genug zum Trauern, meinst du nicht? Also werde ich dich jetzt loslassen und mich an etwas Konkreterem festhalten. Ich kenne jetzt die Wahrheit. Und als ich die starke, schöne Frau in meinen Armen ansehe, halte ich es für möglich, dass die Wahrheit mich endlich befreit hat.

DANKSAGUNGEN

Wenn Sie die Anmerkung des Verfassers am Anfang des Buchs gelesen haben, wissen Sie, dass ich in meine Kindheit zurückgegangen bin. Die Erinnerungen der Facebook-Seite *Livingston – 60s and 70s* waren von unschätzbarem Wert, vor allem muss ich mich bei Don Bender bedanken, einem geduldigen Mann und Experten für alles, was mit den alten Raketenbasen in New Jersey zu tun hat. Andere Personen, bei denen ich mich ohne bestimmte Reihenfolge bedanken muss: Anne-Sophie Brieux, Anne Armstrong-Coben, MD, Roger Hanos, Linda Fairstein, Christine Ball, Jamie Knapp, Carrie Swetonic, Diane Discepolo, Lisa Erbach Vance, John Parsley und ein paar andere, die ich vergessen habe. Weil sie aber alle großzügige und wunderbare Menschen sind, werden sie mir vergeben.

Außerdem möchte ich Franko Cadeddu, Simon Fraser, Ann Hannon, Jeff Kaufman, Beth Lashley, Cory Mistysyn, Andy Reeves, Yvonne Shifrin, Marsha Stein und Tom Stroud erwähnen. Diese Menschen (oder ihre Liebsten) haben großzügig an Wohltätigkeitsorganisationen meiner Wahl gespendet, damit im Gegenzug ihr Name in meinem Roman erscheint. Falls Sie daran auch Interesse haben, finden Sie die Einzelheiten hierzu auf www.harlancoben.com.